Get ready with The TOEIC® Official Learning and Preparation Course! *

Programme de préparation en ligne au test TOEIC®

Nous vous remercions pour l'achat de cet ouvrage, grâce auquel vous aurez accès à **un essai gratuit de 14 jours** au TOEIC® Official Learning and Preparation Course. Conçu par ETS, il s'agit du seul outil en ligne officiel de préparation au test TOEIC® Listening and Reading.

- **90 heures de préparation**
- **Cours thématiques de compréhension écrite et orale, d'expression orale et de grammaire**
- **5 tests blancs**
- **Un diagnostic de vos compétences.**

Pour profiter de cette offre découverte, rendez-vous sur :

https://edtoeic.engdis.com/login.aspx

Voici vos codes d'accès personnels valides 14 jours (1) :

- **Nom d'utilisateur - User Name : 105000415157**
- **Mot de passe - Password : c83bff**

1. À partir de la première connexion.

Convaincu par votre essai ?

*Préparez-vous avec le cours en ligne TOEIC® Official Learning and Preparation Course !

ETS TOEIC

Les guides
OFFICIELS
du test
TOEIC®

La BIBLE officielle du test TOEIC®

Le meilleur **TOUT-EN-UN** *pour réussir !*

PRÉPARATION AU TEST (pages 13 à 355)

Cassandra Harvey
DEA de littérature anglaise
Responsable d'anglais pour les formations par alternance à ISA JUNIA à Lille

Sandra von Barany
Master 2 de traduction trilingue
Responsable d'anglais pour les formations par alternance à ISA JUNIA à Lille de 2011 à 2020

Danuta Langner
Master d'enseignement de l'anglais
Enseignante d'anglais à ISA JUNIA et à l'Université catholique de Lille

TESTS OFFICIELS LISTENING AND READING (pages 359 à 624)

Les deux tests officiels ont été élaborés par Educational Testing Service (ETS)

hachette
ÉDUCATION

Les auteurs

Cassandra Harvey, **Sandra von Barany** et **Danuta Langner** sont formatrices d'anglais. Elles préparent leurs étudiants et futurs ingénieurs au test *TOEIC®* à l'ISA de Lille, établissement agréé pour faire passer le test, et à l'Université catholique de Lille. Elles ont également enseigné l'anglais dans divers établissements d'enseignement supérieur.

Educational Testing Service (ETS)

ETS développe, administre et évalue plus de 50 millions de tests par an dans plus de 180 pays.

La Bible officielle du test TOEIC® est éditée sous la direction de Nathalie Théret.
Responsable éditoriale : Stéphanie Jouzier
Responsable de projet : Emmanuel Meier
Édition et lecture : Judith Ajchenbaum
Conception graphique de la couverture et de l'intérieur : Stéphanie Benoit
Fabrication : Jérémy Vinerbi
Mise en pages : APS Chromostyle – Médiamax

ISBN : 978-2-01-718380-8

58 rue Jean Bleuzen, CS 70007, 92178 Vanves Cedex
www.parascolaire.hachette-education.com

Contains official practice tests provided by ETS and learning content reviewed by ETS.

Sommaire

PRÉPARATION AU TEST *TOEIC®*

TESTS OFFICIELS *TOEIC®*

Les grilles détachables à remplir pour répondre aux tests officiels (1) et (2) se trouvent en fin d'ouvrage.

Le test *TOEIC®* *Listening and Reading*

Le test *TOEIC®* *Listening and Reading* est un **test international** qui évalue de manière globale les capacités à communiquer en anglais dans un contexte professionnel, pour tous ceux dont la langue maternelle n'est pas l'anglais.

Qui crée le test ?

Le test *TOEIC®* *Listening and Reading* est élaboré par *Educational Testing Service*, une organisation américaine à but non lucratif basée à Princeton, dans le New Jersey. ETS est la plus grande organisation de recherche sur l'éducation au monde.

Les tests *TOEIC®* sont reconnus par plus de 14 000 entreprises dans 160 pays.

Présentation du test *Listening and Reading*

Le test se compose de **200 questions** et dure **2 heures** :

– 45 minutes sont consacrées aux 100 questions de **compréhension orale** ;

– 75 minutes sont consacrées aux 100 questions de **compréhension écrite. Il n'y pas de pause pendant le test.**

Des exemples de questions sont présentés dans les pages d'introduction des Parts 1 à 7 (*cf.* pp. 13, 37, 61, 89, 115, 153, 179).

Le test se déroule uniquement en anglais, il n'y a aucun exercice de traduction.

La correction est parfaitement objective puisqu'elle se fait par ordinateur, grâce à la grille de réponse remplie à l'aide d'un crayon de papier. Pour cette raison, **il est strictement interdit d'écrire sur les grilles de réponses** au test ailleurs qu'aux endroits prévus.

Un test proche des vraies situations de communication

Chacune des deux parties du test représente entre 5 et 495 points, soit un total de 10 à 990 points pour l'ensemble du test. Cette évaluation est standardisée, donc tout candidat ayant passé le test obtient un score qui reflète son niveau avec fiabilité. Par ailleurs, les scores *TOEIC®* sont corrélés au **Cadre Européen Commun de Référence pour les Langues (CECRL) pour les niveaux A1 à C1**.

Afin d'évaluer les compétences nécessaires dans une situation de communication réelle, le test reproduit des environnements et des conditions proches de la réalité, notamment par le recours à différents accents : américain, britannique, canadien, australien.

Le test évalue les capacités à comprendre les points clés et à établir des suppositions, la maîtrise du vocabulaire et de la grammaire de base ainsi que la capacité à distinguer les sons. Il accorde une attention toute particulière aux compétences de base, point de départ incontournable d'une bonne maîtrise de l'anglais.

Les thèmes généraux sont tirés de situations de la vie professionnelle et de la vie quotidienne. Aucune question ne requiert de maîtriser des connaissances professionnelles, ni l'histoire ou la culture d'un pays spécifique.

Une nouvelle version du test est entrée en vigueur en France en juin 2018

Le test *Listening and Reading* a été remanié pour mieux correspondre aux modes de communication actuels. Le nouveau format de questions reflète l'évolution de l'utilisation de la langue anglaise ainsi que des modes de communication modernes communément utilisés dans la vie quotidienne et en milieu professionnel à travers le monde : des discussions par messagerie instantanée, mais aussi des extraits de conversations entre trois interlocuteurs, ou encore des questions où il faut puiser les éléments de réponse parmi différents supports, qu'il s'agisse de fichiers audio, de plans, de tableaux ou d'autres documents visuels simples.

Les informations les plus récentes sur la nouvelle version du test sont disponibles sur le site Internet d'ETS Global : www.etsglobal.org et dans cet ouvrage.

Présentation de l'ouvrage

La référence absolue du test *TOEIC*®

***La Bible officielle du test TOEIC*®** propose un entraînement complet au test *TOEIC® Listening and Reading*. Approuvé et validé par ETS, les créateurs du test *TOEIC*®, l'ouvrage comporte une présentation du test et comprend, pour chacune des sept parties du test, une solide préparation grammaticale, lexicale et audio rédigée par des formatrices expérimentées. L'ouvrage est complété par deux tests *TOEIC Listening & Reading* officiels fournis par ETS, avec leurs corrigés détaillés.

Cet ouvrage est conforme à la nouvelle version du test *TOEIC® Listening and Reading* qui est entrée en vigueur en France en juin 2018.

1. Une préparation complète au test

Les sept chapitres du livre abordent les différentes parties du test et permettent de développer les compétences en anglais nécessaires pour communiquer efficacement dans le monde professionnel et réussir le test *TOEIC® Listening and Reading*.

Chaque chapitre s'organise ainsi :

- une **« carte d'identité »** de la partie du test qui présente ses caractéristiques, ses difficultés principales et les conseils des auteurs pour réussir le test ;
- un **entraînement guidé et progressif** qui rappelle toutes les **règles de grammaire à maîtriser** et le **vocabulaire à acquérir**, avec des **exemples systématiques** et de nombreux **exercices**.
  Les parties 1 à 4 de compréhension orale sont accompagnées d'**exercices audio** avec les accents que l'on entend lors du test réel ;
- une **rubrique de vocabulaire** qui développe un grand thème abordé dans le test *TOEIC*®, avec les mots à connaître (tous enregistrés) et des exercices pour **enrichir son bagage lexical** et savoir le réemployer dans le contexte approprié ;
- un **Mini Test *TOEIC*®** qui comporte 26 à 28 questions couvrant les parties 1 à 7 du test ; il permet de **confirmer les compétences acquises dans chaque chapitre** et de se familiariser avec les questions et les documents du test pour le jour J.

Les **corrigés de tous les exercices** de grammaire, de vocabulaire et des Mini Tests sont regroupés après le chapitre 7. Ils proposent des **conseils** et des **explications** sur les réponses ainsi que les **transcriptions** de tous les exercices enregistrés de compréhension orale.

2. Des tests officiels pour se tester « en vrai »

Entraînez-vous avec deux tests officiels complets *TOEIC® Listening and Reading* accompagnés de leurs corrigés détaillés !

- Les **deux tests officiels d'entraînement** sont des tests réels élaborés par ETS. Ils présentent **toutes les particularités de la nouvelle version du test** introduite en juin 2018 ;
- Les **fichiers audio** des parties 1 à 4 sont conformes aux normes exigées par le test : deux voix d'hommes et deux voix de femmes et quatre accents anglo-saxons différents ;
- La **table de conversion** (p. 444) est incluse pour évaluer votre score ;
- Les **corrigés** fournissent des explications détaillées sur les réponses à chacune des questions et permettent de mieux comprendre les subtilités du test.

Avec ***La Bible officielle du test TOEIC*®**, vous constaterez une nette amélioration de votre niveau d'anglais. Nous espérons que cet ouvrage vous permettra d'être parfaitement préparé et de maximiser votre score au test *TOEIC*® le jour J.

Comment utiliser cet ouvrage

La Bible officielle du test TOEIC® se présente en deux grandes parties :

– **une préparation complète aux 7 parties du test *Listening and Reading*** avec toutes les règles de grammaire et le vocabulaire à connaître et de nombreux exercices corrigés ;

– **deux tests officiels complets** élaborés par ETS pour vous préparer à passer le test dans les conditions réelles.

LA PRÉPARATION AU TEST

Retrouvez dans chaque chapitre de préparation au test :

- **la présentation de la partie**

La « **carte d'identité** » de la partie avec :
– la nature de l'épreuve
– le nombre de questions
– la durée conseillée
– les spécificités

Un exemple de question type de la partie et de réponse

Les difficultés principales de la partie et comment les appréhender

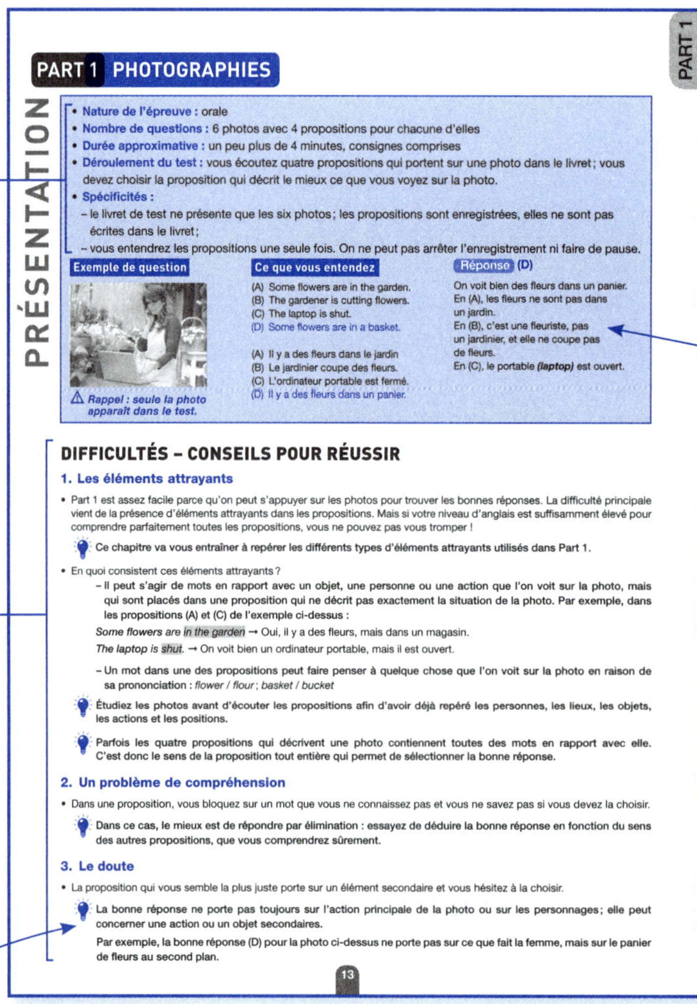

PART 1 PHOTOGRAPHIES

PART 1

PRÉSENTATION

- **Nature de l'épreuve :** orale
- **Nombre de questions :** 6 photos avec 4 propositions pour chacune d'elles
- **Durée approximative :** un peu plus de 4 minutes, consignes comprises
- **Déroulement du test :** vous écoutez quatre propositions qui portent sur une photo dans le livret ; vous devez choisir la proposition qui décrit le mieux ce que vous voyez sur la photo.
- **Spécificités :**
  – le livret de test ne présente que les six photos ; les propositions sont enregistrées, elles ne sont pas écrites dans le livret ;
  – vous entendrez les propositions une seule fois. On ne peut pas arrêter l'enregistrement ni faire de pause.

Exemple de question

⚠ ***Rappel : seule la photo apparaît dans le test.***

Ce que vous entendez

(A) Some flowers are in the garden.
(B) The gardener is cutting flowers.
(C) The laptop is shut.
(D) Some flowers are in a basket.

(A) Il y a des fleurs dans le jardin
(B) Le jardinier coupe des fleurs.
(C) L'ordinateur portable est fermé.
(D) Il y a des fleurs dans un panier.

Réponse (D)

On voit bien des fleurs dans un panier.
En (A), les fleurs ne sont pas dans un jardin.
En (B), c'est une fleuriste, pas un jardinier, et elle ne coupe pas de fleurs.
En (C), le portable ***(laptop)*** est ouvert.

DIFFICULTÉS – CONSEILS POUR RÉUSSIR

1. Les éléments attrayants

- Part 1 est assez facile parce qu'on peut s'appuyer sur les photos pour trouver les bonnes réponses. La difficulté principale vient de la présence d'éléments attrayants dans les propositions. Mais si votre niveau d'anglais est suffisamment élevé pour comprendre parfaitement toutes les propositions, vous ne pouvez pas vous tromper !

Ce chapitre va vous entraîner à repérer les différents types d'éléments attrayants utilisés dans Part 1.

- En quoi consistent ces éléments attrayants ?
  – Il peut s'agir de mots en rapport avec un objet, une personne ou une action que l'on voit sur la photo, mais qui sont placés dans une proposition qui ne décrit pas exactement la situation de la photo. Par exemple, dans les propositions (A) et (C) de l'exemple ci-dessus :

  Some flowers are in the garden → Oui, il y a des fleurs, mais dans un magasin.

  The laptop is shut. → On voit bien un ordinateur portable, mais il est ouvert.

  – Un mot dans une des propositions peut faire penser à quelque chose que l'on voit sur la photo en raison de sa prononciation : *flower / flour* ; *basket / bucket*

Étudiez les photos avant d'écouter les propositions afin d'avoir déjà repéré les personnes, les lieux, les objets, les actions et les positions.

Parfois les quatre propositions qui décrivent une photo contiennent toutes des mots en rapport avec elle. C'est donc le sens de la proposition tout entière qui permet de sélectionner la bonne réponse.

2. Un problème de compréhension

- Dans une proposition, vous bloquez sur un mot que vous ne connaissez pas et vous ne savez pas si vous devez la choisir.

Dans ce cas, le mieux est de répondre par élimination : essayez de déduire la bonne réponse en fonction du sens des autres propositions, que vous comprendrez sûrement.

3. Le doute

- La proposition qui vous semble la plus juste porte sur un élément secondaire et vous hésitez à la choisir.

La bonne réponse ne porte pas toujours sur l'action principale de la photo ou sur les personnages ; elle peut concerner une action ou un objet secondaires.

Par exemple, la bonne réponse (D) pour la photo ci-dessus ne porte pas sur ce que fait la femme, mais sur le panier de fleurs au second plan.

13

Tous les conseils indispensables de nos auteurs, formatrices expérimentées et agréées

• Une remise à niveau et un entraînement intensif

En grammaire

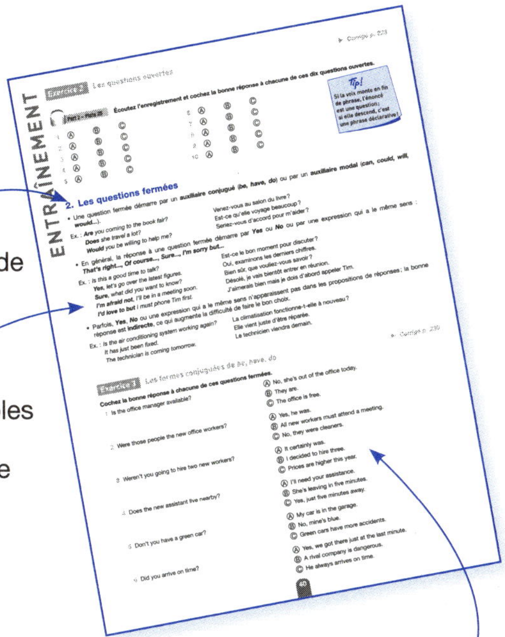

Les règles de grammaire

Des exemples pour bien comprendre

Des exercices d'application

En vocabulaire

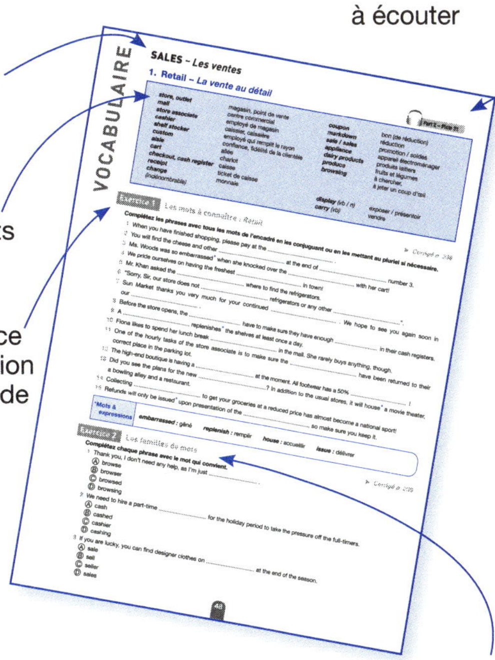

Le grand thème du chapitre

Une liste de 20 mots à retenir

Un exercice d'application des mots de la liste...

Les mots de la liste à écouter

... et d'autres exercices pour renforcer l'acquisition de vocabulaire

Des conseils et astuces à retenir

Tip!
Either et ***neither*** s'emploient toujours avec un verbe au singulier.

Part 1 – Piste 14

Le numéro de piste à écouter.

Pour faire les exercices de compréhension orale des Part 1 à Part 4, vous devrez écouter les pistes audio qui sont disponibles en streaming ou téléchargeables à l'adresse hachette-clic.fr/toeicbible.
Prévoyez un lecteur MP3.

• Un Mini Test *TOEIC*®

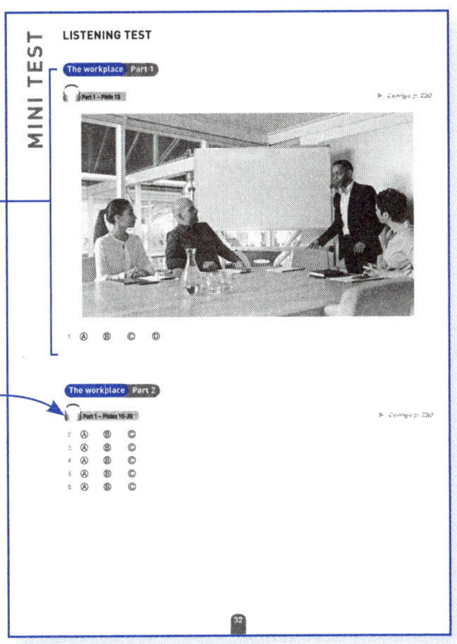

Chaque Mini Test regroupe un échantillon de questions des parties 1 à 7 du test

Comme dans le vrai test, les questions des parties 1 à 4 du Mini Test s'appuient sur des exercices enregistrés

• Les corrigés

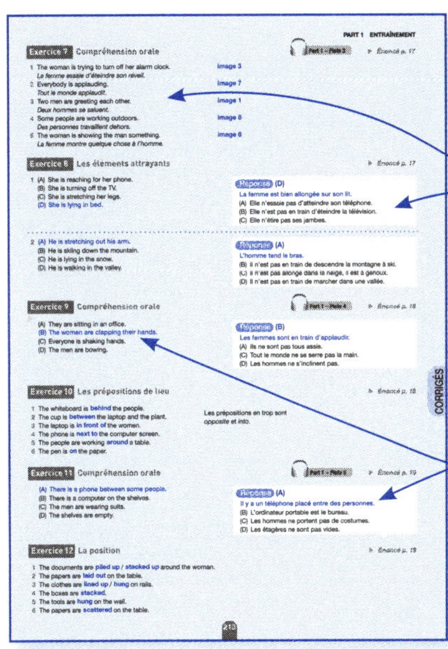

Des traductions et des réponses détaillées

La bonne réponse est signalée en bleu

INCLUS !

2 TESTS OFFICIELS CORRIGÉS POUR SE TESTER EN VRAI !

Chaque test comprend le même nombre de questions que le test réel (200 questions).

• Les deux tests d'entraînement au *TOEIC*®

– Test (1) *page 359*

– Test (2) *page 401*

– Pour répondre aux questions de compréhension orale des Part 1 à Part 4 des tests, vous devrez écouter les pistes audio qui sont disponibles en streaming ou téléchargeables à l'adresse hachette-clic.fr/toeicbible. Prévoyez un lecteur MP3.

– Pour s'entraîner dans les conditions réelles d'un test, **le temps alloué pour répondre aux 200 questions est de deux heures**.

• Compréhension orale (100 questions – **45 minutes**)

• Compréhension écrite (100 questions – **75 minutes**)

OFFICIEL

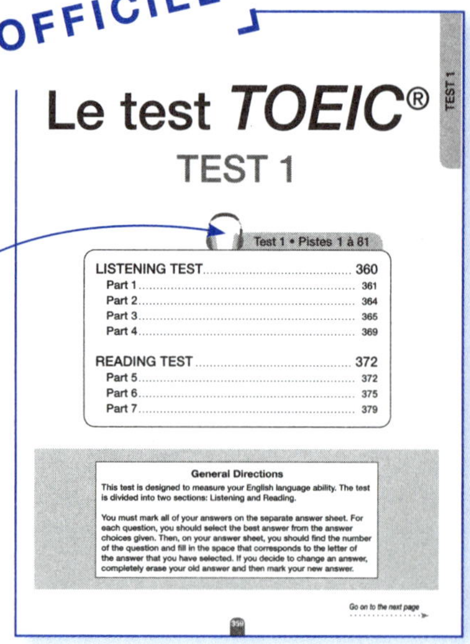

• Les grilles de réponses à remplir

– Les grilles à remplir pour répondre aux tests (1) et (2) sont situées tout à la fin du livre ; détachez-les pour les utiliser.

– Pour répondre, vous devez noircir au crayon de papier la case de la réponse que vous souhaitez donner.

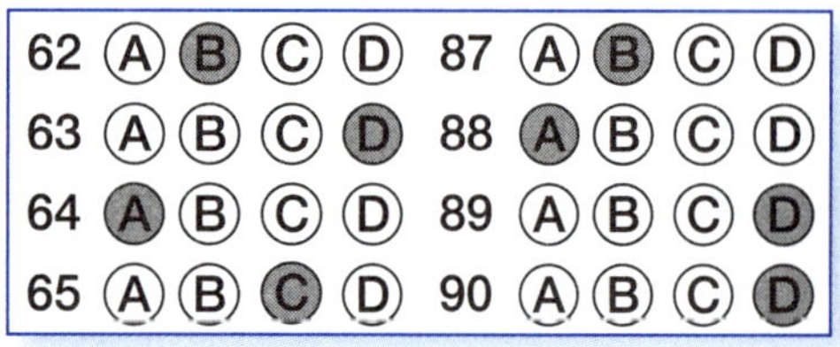

• Les grilles de corrigés et la table de conversion des scores

Vérifiez vos réponses grâce aux grilles de corrigés et calculez séparément le nombre de réponses correctes obtenues aux parties de compréhension orale et de compréhension écrite.

– Grille corrigée du test (1) → *page 448*

– Grille corrigée du test (2) → *page 536*

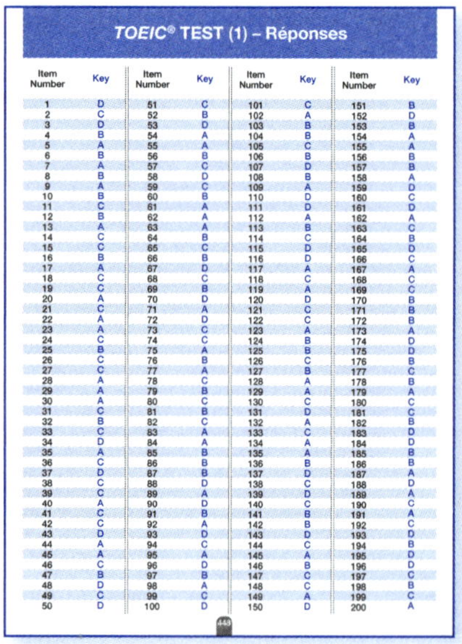

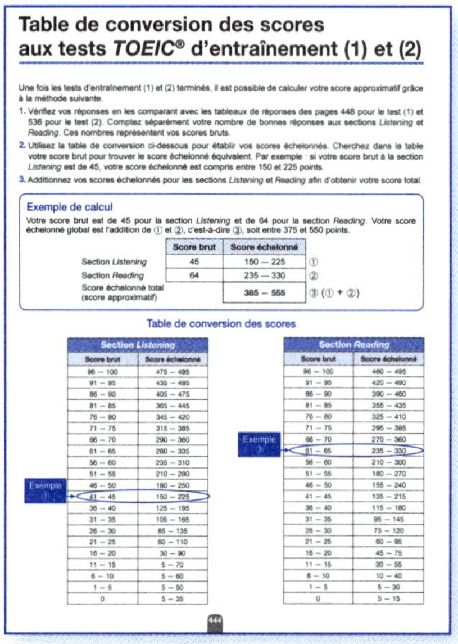

– Lisez la méthode de calcul et utilisez la table de conversion des scores. → *page 444*

– Vous obtenez ainsi votre score !

• Les corrigés des tests

Les réponses sont accompagnées de commentaires détaillés afin de bien comprendre pourquoi une réponse est bonne plutôt qu'une autre.

Transcription des fichiers audio

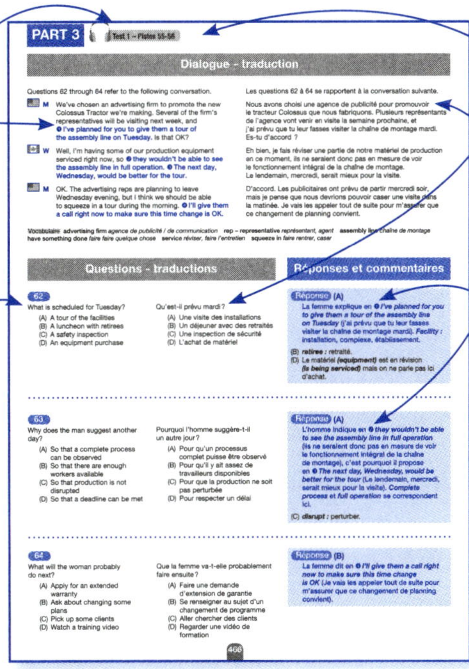

Le numéro de piste audio de la question

Traduction des transcriptions

Les chiffres en bleu signalent les phrases sur lesquelles s'appuient les réponses dans les corrigés

Rappel des questions et des propositions de réponses

Les lettres et drapeaux qui précèdent chaque transcription d'un contenu enregistré correspondent à des abréviations :

- **M** Man, Australian = un homme avec un accent australien
- **M** Man, Canadian = un homme avec un accent canadien
- **W** Woman, American = une femme avec un accent américain
- **W** Woman, British = une femme avec un accent britannique

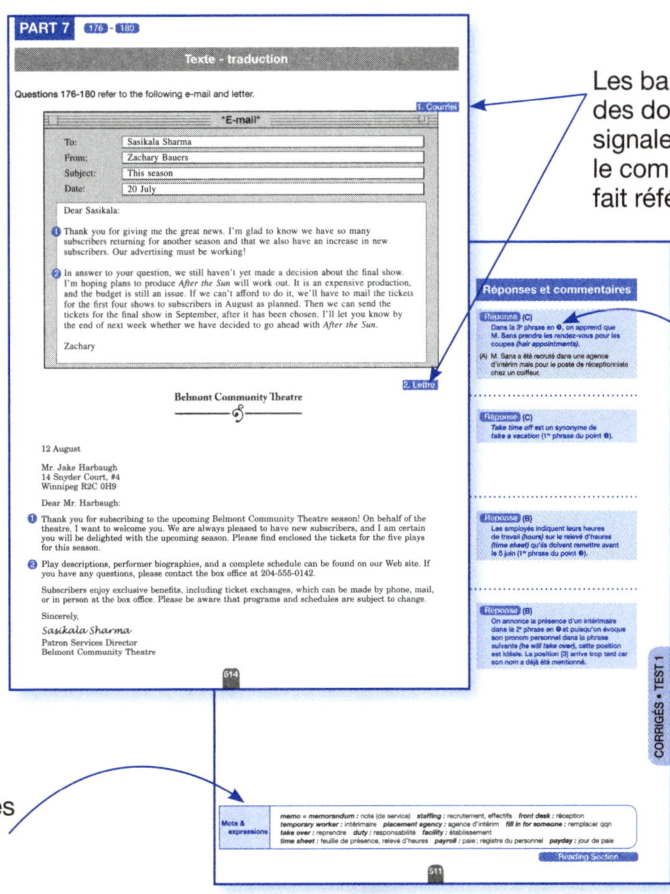

Les bandeaux bleus en haut des documents (Part 7) signalent à quel document le commentaire de la réponse fait référence

Les réponses sont détaillées et renvoient au numéro du document concerné

Les mots et expressions clés de Part 3, Part 4, Part 6 et Part 7

S'inscrire au test

Vous trouverez sur le site officiel www.etsglobal.org les dates de passage des tests, les modalités d'inscription et d'autres informations importantes afin de vous inscrire au bon moment.

Les sessions de test *TOEIC® Listening and Reading* en programme public (inscription individuelle) sont organisées partout en France dans l'un des 100 centres agréés.

- Deux sessions par mois à heure fixe sont planifiées (sauf au mois d'août).
- Le candidat reçoit une attestation de résultats avec sa photo. Cette attestation est reconnue partout dans le monde et ETS Global peut confirmer ce score à la demande d'une entreprise / institution académique / organisation pendant deux ans.
- Inscriptions sur www.etsglobal.org.

Comprendre les résultats

Les résultats du test ne se résument pas à une réussite ou à un échec ; ils donnent un niveau de 5 à 495 points, par tranches de 5 points, pour chaque section *Listening et Reading*, soit **un total de 10 à 990 points**.

Le contenu, les conditions de passage et la méthode de correction du test permettent d'assurer la fiabilité et la validité des résultats ; ainsi, tant que les compétences du candidat ne changent pas, son score ne variera pas de manière significative quels que soient la version et le lieu de passage du test.

Selon l'option de correction choisie lors de votre inscription, l'attestation digitale de résultats est disponible sur votre compte en ligne ETS Global entre 2 et 15 jours ouvrés après la date de la session. Si commandés, les documents papier sont envoyés par courrier dans les mêmes délais.

Official Score Report *(Attestation officielle de résultat)*

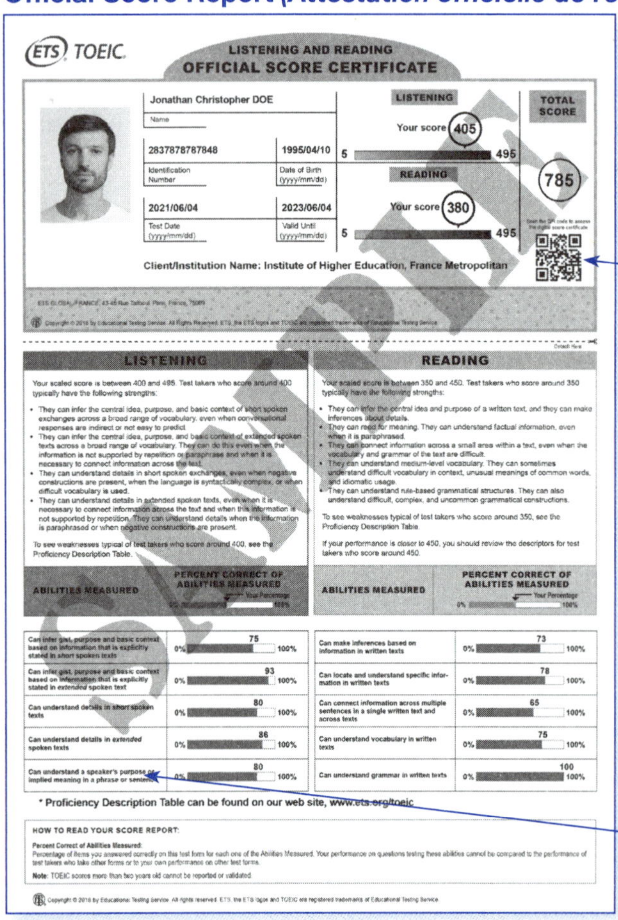

Your Score

Sur la gauche, cette section indique les points obtenus à chacune des deux parties du test et votre score total à droite.

Un QR code permet de garantir l'authenticité de l'attestation.

Score Descriptors

Cette section analyse vos points forts sur la base des scores que vous avez obtenus aux différentes parties.

Abilities Measured

Cette section indique votre pourcentage de bonnes réponses selon cinq critères différents pour chacune des parties *Listening et Reading*.

La nouvelle version du test comprend un critère d'évaluation supplémentaire : « Le candidat est-il capable de déduire l'intention d'un interlocuteur ? »

Entraînement au test
Listening and Reading

Parts 1 à 3 – Pistes 1 à 82

Parts 4 à 7 – Pistes 1 à 80

PART 1 PHOTOGRAPHIES

PRÉSENTATION

- **Nature de l'épreuve :** orale
- **Nombre de questions :** 6 photos avec 4 propositions pour chacune d'elles
- **Durée approximative :** un peu plus de 4 minutes, consignes comprises
- **Déroulement du test :** vous écoutez quatre propositions qui portent sur une photo dans le livret ; vous devez choisir la proposition qui décrit le mieux ce que vous voyez sur la photo.
- **Spécificités :**
  - le livret de test ne présente que les six photos ; les propositions sont enregistrées, elles ne sont pas écrites dans le livret ;
  - vous entendrez les propositions une seule fois. On ne peut pas arrêter l'enregistrement ni faire de pause.

Exemple de question

⚠ ***Rappel : seule la photo apparaît dans le test.***

Ce que vous entendez

(A) Some flowers are in the garden.
(B) The gardener is cutting flowers.
(C) The laptop is shut.
(D) Some flowers are in a basket.

(A) Il y a des fleurs dans le jardin
(B) Le jardinier coupe des fleurs.
(C) L'ordinateur portable est fermé.
(D) Il y a des fleurs dans un panier.

Réponse (D)

On voit bien des fleurs dans un panier.
En (A), les fleurs ne sont pas dans un jardin.
En (B), c'est une fleuriste, pas un jardinier, et elle ne coupe pas de fleurs.
En (C), le portable ***(laptop)*** est ouvert.

DIFFICULTÉS – CONSEILS POUR RÉUSSIR

1. Les éléments attrayants

- Part 1 est assez facile parce qu'on peut s'appuyer sur les photos pour trouver les bonnes réponses. La difficulté principale vient de la présence d'éléments attrayants dans les propositions. Mais si votre niveau d'anglais est suffisamment élevé pour comprendre parfaitement toutes les propositions, vous ne pouvez pas vous tromper !

Ce chapitre va vous entraîner à repérer les différents types d'éléments attrayants utilisés dans Part 1.

- En quoi consistent ces éléments attrayants ?
  - **Il peut s'agir de mots en rapport avec un objet, une personne ou une action que l'on voit sur la photo, mais qui sont placés dans une proposition qui ne décrit pas exactement la situation de la photo. Par exemple, dans les propositions (A) et (C) de l'exemple ci-dessus :**

  Some flowers are in the garden → Oui, il y a des fleurs, mais dans un magasin.

  The laptop is shut. → On voit bien un ordinateur portable, mais il est ouvert.

  - **Un mot dans une des propositions peut faire penser à quelque chose que l'on voit sur la photo en raison de sa prononciation :** *flower / flour ; basket / bucket*

Étudiez les photos avant d'écouter les propositions afin d'avoir déjà repéré les personnes, les lieux, les objets, les actions et les positions.

Parfois les quatre propositions qui décrivent une photo contiennent toutes des mots en rapport avec elle. C'est donc le sens de la proposition tout entière qui permet de sélectionner la bonne réponse.

2. Un problème de compréhension

- Dans une proposition, vous bloquez sur un mot que vous ne connaissez pas et vous ne savez pas si vous devez la choisir.

Dans ce cas, le mieux est de répondre par élimination : essayez de déduire la bonne réponse en fonction du sens des autres propositions, que vous comprendrez sûrement.

3. Le doute

- La proposition qui vous semble la plus juste porte sur un élément secondaire et vous hésitez à la choisir.

La bonne réponse ne porte pas toujours sur l'action principale de la photo ou sur les personnages ; elle peut concerner une action ou un objet secondaires.

Par exemple, la bonne réponse (D) pour la photo ci-dessus ne porte pas sur ce que fait la femme, mais sur le panier de fleurs au second plan.

LES DIFFÉRENTS TYPES DE SITUATIONS DANS LES PHOTOS

1. Les actions

- Part 1 teste en grande partie vos connaissances en vocabulaire. Les photographies montrent très souvent une ou plusieurs personnes en train de faire une action pendant leur activité professionnelle ou leurs loisirs.
- Dans les propositions, les actions peuvent être exprimées par des verbes, la plupart du temps au présent continu :

Ex. : *They**'re cleaning** the flat.* Ils nettoient l'appartement.

*He**'s pulling** a cart.* Il tire un chariot.

*She**'s mending** a net.* Elle répare un filet.

Vocabulaire Express Quelques verbes d'action

cleaning	nettoyer	***tying***	nouer, attacher
putting on	mettre, enfiler	***posting***	poster
hanging	suspendre, accrocher	***wrapping***	emballer (cadeau)
folding	plier	***sweeping***	balayer
putting away	ranger	***cooking***	cuisiner
picking up	ramasser	***carrying***	porter

Exercice 1 Les actions

▶ *Corrigé p. 212*

Complétez la légende de chaque photo avec un verbe du Vocabulaire Express ci-dessus.

1 He's .... a jacket.

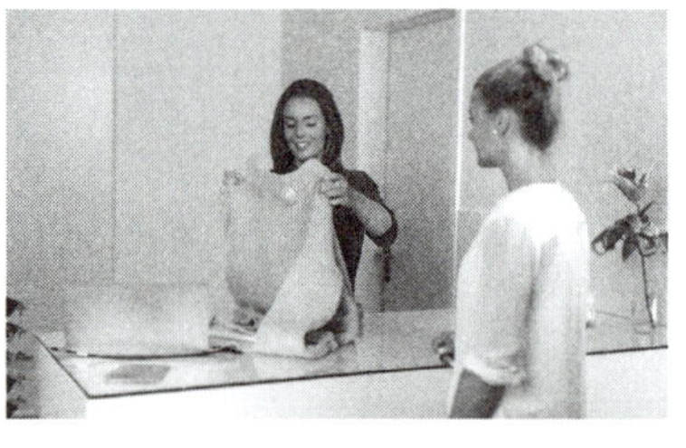

2 She's .... clothes.

3 He's .... rubbish.

4 She's .... a gift.

5 He's .... shoe laces.

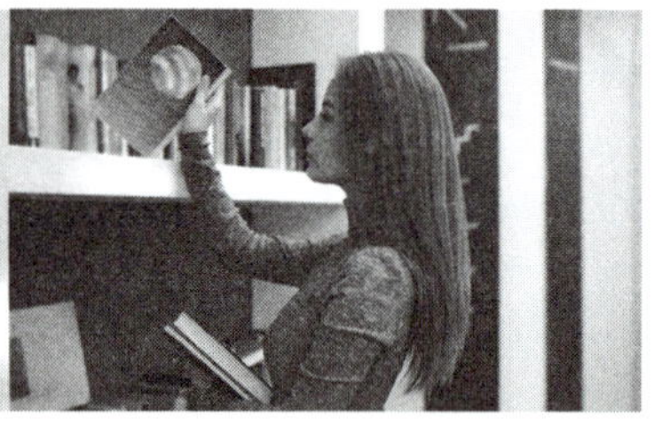

6 She's .... books.

7 She's .... tiles.

8 She's .... a letter.

9 She's .... a picture.

Exercice 2 Les éléments attrayants

▶ Corrigé p. 212

Dans chaque phrase, repérez les mots qui ne décrivent pas correctement ce que l'on voit dans les photos de l'exercice 1.

1 *(photo 1)* The man is looking through the window.
2 *(photo 2)* The shop assistant is sitting down.
3 *(photo 3)* The man is picking flowers.
4 *(photo 4)* The man is using wrapping paper.
5 *(photo 5)* The man is looking for his shoe.
6 *(photo 6)* The woman is putting books in the cupboard.
7 *(photo 7)* The woman is doing DIY work.
8 *(photo 8)* The woman is at the post office.
9 *(photo 9)* The woman is painting a picture.

Exercice 3 Compréhension orale

▶ Corrigé p. 212

Part 1 – Piste 1 **Écoutez les propositions et cochez la lettre de celle qui décrit le mieux la photo.**

Ⓐ Ⓑ Ⓒ Ⓓ

Grammaire Express Les prépositions de mouvement

- Les verbes peuvent aussi être suivis d'une préposition qui donne une indication sur la direction ou sur le type de mouvement.
- Le plus souvent, la préposition modifie le sens du verbe qu'elle suit :

Ex. : *walk* marcher → *walk* ***out*** sortir
go aller → *go* ***through*** traverser

Ex. : *She's* ***walking out*** *of the shop.* Elle sort du magasin.

Tip!
Faites bien attention aux prépositions. Elles peuvent changer complètement le sens de la phrase et c'est souvent grâce à elles que l'on trouve la bonne réponse.

Prépositions	Indication	Exemples	
on	montée	***get on*** *(the plane)*	monter dans
off	sortie, retrait	***get off*** *(the bus)* ***wipe off*** *(the dirt)*	descendre enlever
up	vers le haut	***run up*** *(the stairs)*	monter en courant
down	vers le bas	***walk down*** *(the street)*	descendre à pied
away	éloignement	***put away*** ***walk away***	ranger s'éloigner
to	direction	***go to***	aller vers, à
at	direction	***shout at*** *(someone)* ***throw*** *(something)* ***at***	crier sur jeter sur / vers
along	le long de	***run along*** *(the river)*	courir le long de
beside, next to	à côté de	***sit beside*** *(someone)*	être assis à côté de
into	entrée, vers l'intérieur	***walk into*** *(the room)*	entrer dans
out of, from	sortie, vers l'extérieur	***walk out*** *(of the office)* ***remove from*** *(the shelf)*	sortir de retirer de
across, through	traversée	***swim across*** *(the lake)* ***walk through*** *(the door)*	traverser à la nage franchir
past	dépassement d'un point fixe	***go past*** *(the school)*	passer devant

Exercice 4 Les prépositions de mouvement

▶ Corrigé p. 212

Complétez les légendes des photos avec une préposition de mouvement.

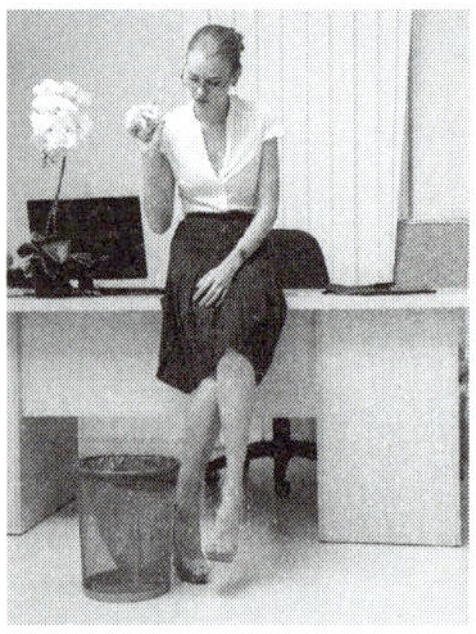

1 The woman is throwing the paper .... the paper basket.

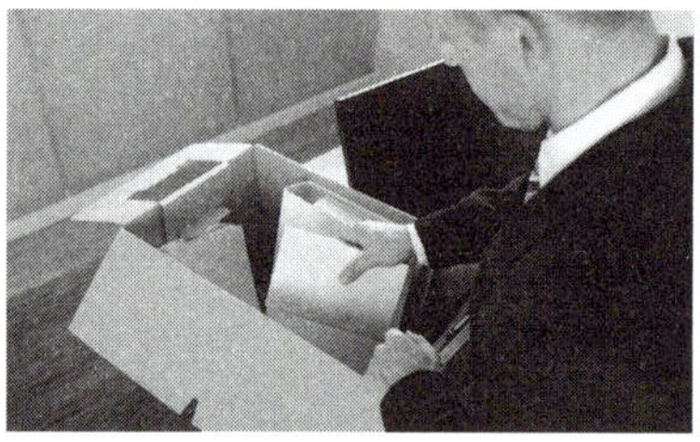

2 He is taking the files .... the box.

3 The dog is running .... the bike.

4 He is removing the suitcase .... the conveyor belt.

Exercice 5 Compréhension orale

▶ Corrigé p. 212

Part 1 – Piste 2 **Écoutez les propositions et cochez la lettre de celle qui décrit le mieux la photo.**

Ⓐ Ⓑ Ⓒ Ⓓ

2. Les mouvements du corps

- Dans les propositions de Part 1, les verbes décrivent souvent les mouvements du corps.

Vocabulaire Express Les mouvements du corps

kneeling	être à genoux	***pointing***	pointer du doigt
shaking hands	serrer la main	***hitting***	taper
running	courir	***balancing***	être en équilibre
waving	faire un signe de la main	***bending***	se pencher
leaning	se pencher, s'appuyer	***reaching for***	tendre la main vers / pour
raising a hand	lever la main	***grabbing***	attraper
kicking	donner des coups de pied	***climbing***	grimper
standing	être debout	***crouching***	être accroupi
clapping (hands)	applaudir	***getting into / out of***	entrer / sortir de
stretching	allonger, étirer, étendre	***sitting***	être assis / s'asseoir

Exercice 6 Les mouvements du corps

▶ Corrigé p. 212

Quels mouvements ces personnes font-elles? Répondez en écrivant un ou plusieurs verbes du Vocabulaire Express p. 16 sous chaque photo.

1 ....

2 ....

3 ....

4 ....

5 ....

6 ....

7 ....

8 ....

9 ....

Exercice 7 Compréhension orale

▶ Corrigé p. 213

Part 1 – Piste 3 **Écoutez les phrases et trouvez à quelle photo de l'exercice 6 chacune correspond.**

1 image ....
2 image ....
3 image ....
4 image ....
5 image ....

Exercice 8 Les éléments attrayants

▶ Corrigé p. 213

Choisissez la proposition qui décrit le mieux la photo.

1

Ⓐ She is reaching for her phone.
Ⓑ She is turning off the TV.
Ⓒ She is stretching her legs.
Ⓓ She is lying in bed.

2

Ⓐ He is stretching out his arm.
Ⓑ He is skiing down the mountain.
Ⓒ He is lying in the snow.
Ⓓ He is walking in the valley.

Exercice 9 Compréhension orale

▶ *Corrigé p. 213*

Part 1 – Piste 4 **Écoutez les propositions et cochez la lettre de celle qui décrit le mieux la photo.**

Ⓐ Ⓑ Ⓒ Ⓓ

3. La position

- Les propositions de Part 1 peuvent indiquer la position d'une personne ou l'emplacement d'un objet dans la photo.

Ex. : *She's standing* ***next to a whiteboard****.* Elle se tient à côté d'un tableau blanc.
A fan has been placed ***on the desk****.* Un ventilateur a été placé sur le bureau.

- Juste avant d'écouter les propositions, essayez de repérer la position des objets ou des personnes, particulièrement par rapport aux autres objets ou personnes.
- Pour indiquer la position, on utilise des prépositions de lieu.

Grammaire Express Les prépositions de lieu

in	dans	**between**	entre
on	sur	**under**	sous
at	à	**below**	sous, en-dessous
around	autour	**above**	au-dessus
near	près de	**over**	au-dessus, par-dessus
next to	à côté de	**opposite**	en face de
by	à, à côté de	**across**	en face
in front of	devant	**inside**	dedans, à l'intérieur
behind	derrière	**outside**	dehors, à l'extérieur

Exercice 10 Les prépositions de lieu

▶ *Corrigé p. 213*

Complétez la description de chaque photo avec une préposition de la liste. Deux prépositions sont en trop.
on – next to – around – between – in front of – opposite – into – behind

1 The whiteboard is .... the people.

2 The cup is .... the laptop and the plant.

3 The laptop is .... the women.

4 The phone is .... the computer screen.

5 The people are working .... a table.

6 The pen is .... the paper.

Exercice 11 Compréhension orale

▶ Corrigé p. 213

Part 1 – Piste 5 **Écoutez les propositions et cochez la lettre de celle qui décrit le mieux la photo.**

Ⓐ Ⓑ Ⓒ Ⓓ

Vocabulaire Express La position

- La position des objets est également importante car c'est l'un des critères qui vous permettra de choisir la bonne proposition.

piled (up)	empilé	***placed on***	placé sur
stacked (up)	empilé	***gathered***	rassemblé
scattered	éparpillé	***lying on***	posé sur
lined up	aligné	***set on top of***	placé au-dessus de
hung	accroché sur / à	***surrounded by***	entouré de
laid out	disposé	***leaning against***	posé contre

Tip!
Le vocabulaire qui décrit la position est à retenir car il revient souvent dans les tests.

Exercice 12 La position

▶ Corrigé p. 213

Complétez la description de chaque photo avec un mot du vocabulaire ci-dessus ; il peut y avoir plusieurs réponses.

1 The documents are .... up around the woman.

2 The papers are .... on the table.

3 The clothes are .... on rails.

4 The boxes are ....

5 The tools are .... on the wall.

6 The papers are .... on the table.

Exercice 13 Compréhension orale

▶ Corrigé p. 214

Part 1 – Piste 6 **Écoutez les propositions et cochez la lettre de celle qui décrit le mieux la photo.**

Ⓐ Ⓑ Ⓒ Ⓓ

4. Les métiers

- Les phrases qui décrivent les photos peuvent porter sur les métiers, les lieux de travail et sur les actions associées aux métiers.

Exercice 14 Les métiers

▶ Corrigé p. 214

À l'aide du vocabulaire des deux encadrés, nommez le métier et le lieu de travail dans chaque photo.

Tip!
Oubliez vos a priori ! La femme dans une photo peut très bien être le chef, autant que l'homme peut-être l'assistant.

Jobs

waitress	pharmacist	receptionist
mechanic	factory worker	cashier
lab worker	fisherman	architect

Places

pharmacy	hotel	restaurant
wharf	construction site	garage
assembly line	laboratory	supermarket

1

2

3

4

5

6

7

8

9

	Métier	Lieu
1	....	....
2	....	....
3	....	....
4	....	....
5	....	....
6	....	....
7	....	....
8	....	....
9	....	....

Exercice 15 Les éléments attrayants

▶ Corrigé p. 214

Choisissez la proposition qui décrit le mieux chaque photo.

1

Ⓐ The customer is waiting in line.
Ⓑ The cashier is taking a break.
Ⓒ The woman is working at the cash register.
Ⓓ The customer is checking in.

2

Ⓐ He is having a checkup.
Ⓑ The driver is looking at the wheel.
Ⓒ The tire is flat.
Ⓓ The mechanic is checking a tire.

Exercice 16 Compréhension orale

▶ Corrigé p. 214

Part 1 – Piste 7 **Écoutez les propositions et cochez la lettre de celle qui décrit le mieux la photo.**

Ⓐ Ⓑ Ⓒ Ⓓ

- Les outils de travail vous aident aussi à identifier le métier des personnes dans les images ou ce qu'elles sont en train de faire.

Exercice 17 Les outils de travail

▶ Corrigé p. 214

Lisez la liste suivante des outils de travail et écrivez sous chaque photo tous ceux que l'on peut y voir.

shovel	hard hat	lab coat	pots and pans
high visibility vest	gloves	utensils	face mask
fork-lift truck	hose	safety goggles	microscope

1 ....

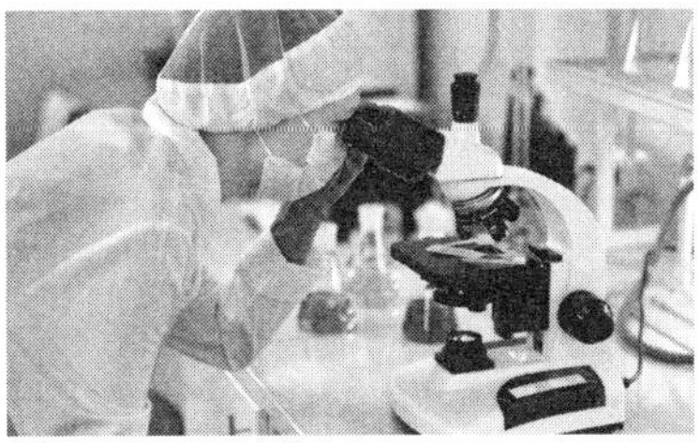

2 ....

3 ....

4 ....

5 ....

6 ....

Exercice 18 Compréhension orale

▶ *Corrigé p. 214*

Part 1 – Piste 8 **Écoutez les propositions et cochez la lettre de celle qui décrit le mieux la photo.**

Ⓐ Ⓑ Ⓒ Ⓓ

5. L'environnement de travail

- Deux thèmes reviennent souvent dans Part 1 et dans le test TOEIC en général : l'**environnement du bureau** (les meubles, l'équipement, les fournitures), et celui des bars ou **restaurants** (dans les cuisines, à table, au moment de la prise de commande).

Ex. : *Some **binders** have been arranged on **shelves**.* Des classeurs ont été placés sur des étagères.
__Food__ is being prepared in the __kitchen__. On prépare de la nourriture dans la cuisine.

Vocabulaire Express Les fournitures de bureau

office	bureau (pièce)	***headphones***	casque audio
desk	bureau (meuble)	***clock***	horloge
drawer	tiroir	***lamp***	lampe
chair	chaise	***photocopier***	photocopieuse
shelves	étagères	***tray***	plateau
filing cabinet	classeur de rangement (meuble)	***binder***	classeur
laptop	ordinateur portable	***notepad***	bloc notes
monitor	moniteur	***tape***	ruban adhésif
screen	écran	***magnet***	aimant
keyboard	clavier	***folder***	dossier
mouse	souris	***pictures***	images, photos

Exercice 19 Les fournitures de bureau

▶ *Corrigé p. 215*

Trouvez les mots qui correspondent aux chiffres sur la photo à l'aide du Vocabulaire Express ci-dessus.

1 ....
2 ....
3 ....
4 ....
5 ....
6 ....
7 ....
8 ....
9 ....
10 ....

Exercice 20 Les éléments attrayants

▶ Corrigé p. 215

Dans chaque phrase, repérez les mots qui ne décrivent pas correctement la photo de l'exercice 19.

1 The camera is on the desk.
2 There is a folder on the side table.
3 There is a laptop on the desk.
4 The wall is bare.
5 A notepad is on the right of the desk.
6 There are several pencils next to the notepad.

Exercice 21 Compréhension orale

▶ Corrigé p. 215

Part 1 – Piste 9 **Écoutez les propositions et cochez la lettre de celle qui décrit le mieux la photo de l'exercice 19.**

Ⓐ Ⓑ Ⓒ Ⓓ

Vocabulaire Express Au restaurant

patron	client	***cutlery***	les couverts (fourchettes, cuillers, couteaux)
diner	dineur, convive	***glass***	verre
server, waiter/waitress	serveur/-euse	***paper napkin***	serviette en papier
apron	tablier	***freezer***	congélateur
plate	assiette	***food***	nourriture
bowl	bol	***beverage***	boisson
tray	plateau	***cutting board***	planche à découper
tablecloth	nappe	***cookware***	ustensiles de cuisine
place setting	couvert	***counter***	comptoir

Exercice 22 Au restaurant

▶ Corrigé p. 215

Trouvez les mots qui correspondent aux chiffres sur la photo à l'aide du Vocabulaire Express ci-dessus.

1 ....
2 ....
3 ....
4 ....
5 ....
6 ....
7 ....
8 ....
9 ....
10 ....

Exercice 23 Les éléments attrayants

▶ Corrigé p. 215

Dans chaque phrase, repérez les mots qui ne décrivent pas correctement la photo de l'exercice 22.

1 The chef is serving the food.
2 The condiments are at the edge of the table.
3 The waitress is holding a black apron.
4 Some people are eating dessert.
5 The server is pouring someone a beverage.
6 The tray is empty.

Exercice 24 Compréhension orale

▶ Corrigé p. 215

Part 1 – Piste 10 **Écoutez les propositions et cochez la lettre de celle qui décrit le mieux la photo.**

Ⓐ Ⓑ Ⓒ Ⓓ

The workplace – *Le lieu de travail*

1. Jobs – *Les postes*

Part 1 – Piste 11

board member	membre du conseil d'administration	***PA (personal assistant)***	assistant de direction
CEO (chief executive officer)	PDG	***clerk, clerical worker***	employé de bureau
CFO (chief financial officer)	directeur financier	***executive***	cadre
Human Resources director	DRH	***temp***	intérimaire
head of department	chef de service	***job seeker***	demandeur d'emploi
office manager	responsable administratif	***contractor***	prestataire
floor manager	chef de magasin	***intern***	stagiaire
account manager	chargé de clientèle	***security guard***	agent de sécurité
maintenance crew	équipe de maintenance	***sales rep, salesperson***	commercial
IT technician	informaticien	***graphic designer***	graphiste

Exercice 1 Les mots à connaître : *Jobs*

▶ *Corrigé p. 216*

Complétez les phrases avec tous les mots de l'encadré en les mettant au pluriel si nécessaire.

1 I'm having trouble with my PC. Could you call the ....?

2 I was a little anxious before my meeting with the ...., but she wanted to promote me to head of Human Resources!

3 A good .... will find a way to sell anything!

É

4 Please show your ID to the .... before entering the site.

5 Because the economy has improved, there are fewer .... than before, so we are having difficulty recruiting.

6 Our .... works 24-7 on the site to fix* and prevent damage to the machinery.

7 The ....'s responsibilities include serving customers, supervising the junior store associates and arranging window displays*.

8 Essential qualities of a .... are creativity and artistic ability.

9 The CEO cannot approve the budget until it has been presented by the .... to the ....

10 The new .... is doing very well. I think we should offer her a job when she graduates*.

11 A typical .... works longer hours than a simple ....

12 Responsibilities of an .... include organizing, scheduling and overseeing* administrative staff.

13 The .... quickly felt at home*, despite not really belonging* to the company.

14 An .... is responsible for building and maintaining relationships with key clients.

15 After years of being a ...., Estelle wanted to do something other than answering the phone and making other people's travel arrangements. She spoke to the .... about her problem and they found her a new position.

16 The .... asked for a meeting of all team members, in order to discuss which .... to choose to carry out* the renovations.

*Mots & expressions	
	fix : réparer ***window display :*** vitrine ***graduate :*** recevoir son diplôme ***oversee :*** superviser ***feel at home :*** se sentir chez soi ***belong :*** appartenir ***carry out :*** faire, effectuer

Exercice 2 Les familles de mots

▶ *Corrigé p. 216*

Complétez chaque phrase avec le mot qui convient.

1 The new furniture for the .... was very expensive.
- Ⓐ board
- Ⓑ board member
- Ⓒ boardroom
- Ⓓ boarding

2 .... our plan will be difficult.
- Ⓐ Execute
- Ⓑ Execution
- Ⓒ Executing
- Ⓓ Executive

3 All .... of department must finish appraisals before the end of the month.
Ⓐ head
Ⓑ heads
Ⓒ headed
Ⓓ header

4 Mr. Van Dam was appointed .... director after the departure of Mrs. Johanssen.
Ⓐ manage
Ⓑ manager
Ⓒ managing
Ⓓ managerial

5 The equipment has been excellently .... since its installation.
Ⓐ maintain
Ⓑ maintained
Ⓒ maintenance
Ⓓ maintainable

6 A .... job may not be very exciting, but it is a good entry-level position.
Ⓐ clerk
Ⓑ cleric
Ⓒ clergy
Ⓓ clerical

7 The .... we hired was very efficient.
Ⓐ temp
Ⓑ tempt
Ⓒ temped
Ⓓ temporary

8 Most people these days start their career with an ....
Ⓐ intern
Ⓑ internal
Ⓒ interred
Ⓓ internship

9 The creative team's .... were very well received.
Ⓐ design
Ⓑ designs
Ⓒ designer
Ⓓ designated

10 Jenny likes working as a .... because she can set her own hours.
Ⓐ contract
Ⓑ contracted
Ⓒ contractor
Ⓓ contraction

Exercice 3 Les abréviations

▶ *Corrigé p. 216*

Les noms abrégés de certains métiers, départements ou documents sont très utilisés en entreprise. Retrouvez les abréviations à partir de ces formes complètes.

temporary worker	....	representative	....
chief executive officer	....	Information Technology	....
personal assistant	....	Public Relations	....
vice president	....	Human Resources	....
memorandum	....	Research and Development	....

Exercice 4 Les postes et leurs fonctions

▶ *Corrigé p. 216*

Associez deux activités de la liste à chaque poste.
programming – creating – advising – troubleshooting – typing
stocktaking – increasing sales – coordinating – supervising – drawing

account manager	....	....
graphic designer	....	....
floor manager	....	....
PA	....	....
IT technician	....	....

2. Human Resources (HR) & Recruitment
Ressources humaines et recrutement

Part 1 – Piste 12

résumé	CV	***assess*** *(vb)*	évaluer
vacancy	poste vacant	***be shortlisted*** *(vb)*	être sur la liste de candidats sélectionnés
temp agency	agence d'intérim		
appraisal	évaluation	***take on*** *(vb)*	embaucher
staff attendance	(taux de) présence du personnel	***appoint*** *(vb)*	nommer
(sick, maternity...) leave	congé (maladie, maternité...)	***clock in/out*** *(vb)*	pointer
manpower	main-d'œuvre, effectifs	***downsize*** *(vb)*	réduire les effectifs
transfer *(n / vb)*	mutation / muter	***lay off*** *(vb)*	licencier pour motif économique
		dismiss *(vb)*	renvoyer
apply *(vb)*	poser sa candidature	***give notice*** *(vb)*	donner son préavis
provide a reference *(vb)*	fournir une référence	***resign*** *(vb)*	démissionner

Exercice 5 Les mots à connaître : *Human Resources & Recruitment*

▶ Corrigé p. 217

Complétez les phrases avec tous les mots de l'encadré en les conjuguant ou en les mettant au pluriel si nécessaire.

1 We have to investigate* why .... is so low at the moment.
2 Before you can leave the company, you have to .... of one month.
3 She applied for a .... to the West Coast.
4 One of the benefits of working for this .... is having four weeks of annual ....
5 If you don't .... on time in the morning, your pay may be docked*.
6 The employee was .... for being late three times in one month.
7 Unfortunately, we had to .... 20 members of our production team, as there is not enough work to justify the .... we had available.
8 Being .... is a very good sign that you will get the job.
9 If you wish* to .... for the position, please send us your .... and be prepared to ....
10 Kurt received a promotion after an excellent annual ....
11 Ms. Newberry didn't find her job fulfilling any longer, so she .... and found a better job.
12 The first action of a company in trouble is to .... – to reduce the overall* number of employees.
13 We hope to .... an excellent candidate to fill the .... in the Advertising department.
14 In 360° evaluations, coworkers* are asked to .... their colleagues.
15 The new staff representative* was .... yesterday. I have high hopes* for her.

*Mots & expressions	
	investigate : chercher à savoir ***docked :*** réduit ***wish :*** souhaiter ***overall :*** total ***coworker :*** collègue ***staff representative :*** délégué du personnel ***high hopes :*** grands espoirs

Exercice 6 Les familles de mots

▶ Corrigé p. 217

Complétez chaque phrase avec le mot qui convient.

1 The vice president's .... happened immediately after the merger.
Ⓐ dismiss
Ⓑ dismissed
Ⓒ dismissal
Ⓓ dismissive

2 The .... of a new Production Manager was very welcome news.
Ⓐ appoint
Ⓑ appointed
Ⓒ appointee
Ⓓ appointment

3 Frida received a lot of .... from her line manager for completing the project ahead of time.
Ⓐ praise
Ⓑ appraise
Ⓒ appraisal
Ⓓ appraising

4 There's an opening in Marketing that I encourage you to .... for.
Ⓐ apply
Ⓑ applied
Ⓒ applicant
Ⓓ application

5 At his annual .... , Gareth was told to be more punctual.
Ⓐ assess
Ⓑ assessed
Ⓒ assessor
Ⓓ assessment

6 I asked for a day of .... leave in order to care for my mother who broke her leg.
Ⓐ annual
Ⓑ maternity
Ⓒ sick
Ⓓ family

7 Hans decided to leave the company on a Wednesday and handed in his .... the next day.
Ⓐ sign
Ⓑ resign
Ⓒ resigned
Ⓓ resignation

8 Ian asked to be .... from the Baker Street site to the downtown site.
Ⓐ transfer
Ⓑ transferred
Ⓒ transferral
Ⓓ transferring

9 From the 25 applicants, we have selected a .... of three.
Ⓐ shortlists
Ⓑ shortlist
Ⓒ shortlisted
Ⓓ shortlisting

10 The applicant's .... history is not complete – there's a big gap of five years.
Ⓐ employ
Ⓑ employee
Ⓒ employer
Ⓓ employment

Exercice 7 Les verbes

▶ *Corrigé p. 217*

Complétez les verbes avec une préposition ou une particule de la liste, puis complétez les phrases avec les verbes obtenus.

out – off – on – on – from – for

apply .... *(a job)*
take .... *(staff)*
clock .... *(before leaving the office)*
resign .... *(a position)*
lay .... *(workers)*
be .... the shortlist

1 At 5 P.M. Yolanda was waiting by the time clock, impatient to .... and leave.
2 Did you .... the vacancy in the Human Resources department?
3 I didn't get the job, but at least I was ....
4 The person we will .... must be flexible and reliable.
5 If we budget carefully, we can avoid .... too many workers.
6 Why did you .... your last position?

Exercice 8 Les synonymes

▶ *Corrigé p. 217*

Remettez les lettres dans l'ordre pour trouver le synonyme de chaque mot.

1 opening : **vyaancc** ....
2 give notice : **rnsegi** ....
3 assessment : **aaarslppi** ....
4 presence : **aaeettnncd** ....
5 hire : **teka no** ....

3. Remuneration and contracts – *La paie et les contrats*

Part 1 – Piste 13

trial period	période d'essai	***freelance***	à son compte
full-time / part-time	à plein temps / à temps partiel	***agreement***	accord
pay slip	bulletin de paie	***amendment***	avenant
salary	salaire	***party***	partie
hourly wage	salaire horaire	***binding***	qui lie
overtime	heures supplémentaires	***hereunder***	ci-dessous
raise *(n / vb)*	augmenter / augmentation	***whereby***	selon lequel, par lequel
incentive	motivation		
benefits	avantages		
perks	avantages (en nature)	***abide by*** *(vb)*	respecter
volunteer	bénévole	***be eligible*** *(vb)*	avoir droit

Exercice 9 Les mots à connaître : *Remuneration and contracts*

▶ *Corrigé p. 218*

Complétez les phrases avec tous les mots de l'encadré en les conjuguant ou en les mettant au pluriel si nécessaire.

1 If your situation changes, we can modify your contract with an ....

2 I asked my boss for a .... and she said yes!

3 I'm not sure I would like to have a .... contract, because there is no guarantee of revenue.

4 It can look good on your résumé if you work as a .... during periods of unemployment*.

5 When you sign the contract, it becomes ....

6 If you are on a monthly .... , then you are not paid extra for working .... However*, if you are paid an .... , then you are paid more for every extra hour you work.

7 Each .... agrees to .... the terms of the contract for its duration*.

8 At the end of your 6-week .... , you will .... for all the advantages the company offers.

9 Sometimes your salary and .... are not enough of an .... to stay in a job you don't like.

10 Mrs. Samantha Drew, ... referred to as the "service provider"...

11 The two parties reached an .... after some negotiating.

12 The contract stipulates* that both .... and .... employees will receive a .... at the end of each pay period (monthly or fortnightly).

13 The grievance* procedure, ... the employee may make a complaint* about the employer, is long and complicated.

14 There are some notable .... to working for a larger company.

*Mots & expressions	***unemployment :*** chômage ***however :*** cependant ***duration :*** durée ***stipulate :*** stipuler ***grievance :*** doléance ***complaint :*** plainte

Exercice 10 Les familles de mots

▶ *Corrigé p. 218*

Complétez chaque phrase avec le mot qui convient.

1 The two parties .... to sign the contract.
- Ⓐ agrees
- Ⓑ agreed
- Ⓒ agreeing
- Ⓓ agreement

2 You are .... by the terms of the contract.
- Ⓐ bind
- Ⓑ binding
- Ⓒ bound
- Ⓓ binder

3 The company is referred to as the “contractor” ....
Ⓐ whereby
Ⓑ whereas
Ⓒ hereby
Ⓓ hereunder

4 Automotive .... have been increased by 0.5%.
Ⓐ salary
Ⓑ salaries
Ⓒ salaried
Ⓓ wage

5 I sat in on an .... meeting on the subject of pay raises.
Ⓐ hour
Ⓑ hours
Ⓒ hourly
Ⓓ hour-long

6 Susan .... regularly at her local soup kitchen.
Ⓐ volunteer
Ⓑ volunteers
Ⓒ voluntary
Ⓓ volunteer work

7 Only .... workers are eligible for all benefits.
Ⓐ full-time
Ⓑ part-time
Ⓒ overtime
Ⓓ half time

8 The government has once again .... taxes.
Ⓐ rise
Ⓑ risen
Ⓒ raise
Ⓓ raised

9 If you are over 18, you are .... to vote in my country.
Ⓐ alleged
Ⓑ legible
Ⓒ eligible
Ⓓ illegible

10 You should choose a family member to be the .... of your insurance policy.
Ⓐ benefit
Ⓑ benefits
Ⓒ beneficial
Ⓓ beneficiary

Exercice 11 Le vocabulaire

▶ *Corrigé p. 218*

Choisissez le mot en gras qui convient le mieux au sens de la phrase.

1 Salaries will **rise / raise** next month.
2 My **salary / wages** were smaller this month.
3 I was very happy to receive my **pink slip / pay slip** today.
4 Sorry, but your handwriting is completely **legible / illegible**!
5 The **freelance / volunteer** billed us by the hour.

Exercice 12 Les synonymes

▶ *Corrigé p. 218*

Trouvez le synonyme des mots entre parenthèses dans la liste *Remuneration and contracts* p. 28.

1 When you sign an .... (contract), you agree to .... (respect) the terms.
2 I get a lot of .... (benefits) in my job – a company car, health insurance and luncheon vouchers.
3 There is a six-week .... (probationary period) built into my contract.
4 Each .... (signatory) must sign at the bottom of every page.

4. Work events – *Les évènements professionnels*

Part 1 – Piste 14

employee of the month	employé du mois	***a charity event***	un événement de bienfaisance
employee appreciation dinner	dîner pour récompenser les employés	***fundraiser***	collecte de fonds
		retirement	retraite
promotion	promotion	***retirement reception***	pot de départ à la retraite
schedule *(n / vb)*	planning / planifier		
agenda	ordre du jour	***hold*** *(vb)*	organiser (une réunion)
(the) minutes	compte-rendu	***take place*** *(vb)*	avoir lieu
flip chart	paper-board	***lead*** *(vb)*	mener
convention	congrès	***resume*** *(vb)*	reprendre
outing	sortie	***postpone*** *(vb)*	reporter
attendee	participant	***chair*** *(vb / n)*	présider / président

Exercice 13 Les mots à connaître : *Work events*

▶ *Corrigé p. 219*

Complétez les phrases avec tous les mots de l'encadré en les conjuguant ou en les mettant au pluriel si nécessaire.

1 Fang was delighted* to see his photo on the wall after being voted .... He hoped this would make him eligible for a ....

2 Every year, the employees look forward to* their end-of-year .... to a restaurant.

3 On Friday we will be holding a .... in honour of the .... of Marcy Dean. Anyone who wishes to contribute to a gift should contact her PA.

4 The meeting will be .... in conference room A.

5 Frank, could you please take the .... during the meeting?

6 Dwayne, could you make sure there is a .... in the room, for the conference .... to write on?

7 A charity event is always a good .... , especially if you invite the clients.

8 I have checked the .... , and the best date to hold the annual .... is October 20th because all employees are present then.

9 My financial advisor told me a .... is partially tax-deductible, if the money is donated to a registered group.

10 If you will all look at the .... , you will see that the first item today is the budget.

11 We will have a quick break* now and .... in 15 minutes.

12 It will be necessary to .... Friday's meeting, as the head of Marketing will be away at a ....

13 Barbara, would you please .... the next IT training workshop*?

14 Despite* having very little experience in the matter, the boss has asked Han to .... the next meeting, which will .... in a fortnight*.

*Mots & expressions	
	delighted : ravi ***look forward to :*** attendre avec impatience ***break :*** pause ***workshop :*** atelier ***despite :*** malgré ***fortnight :*** quinze jours

Exercice 14 Les familles de mots

▶ *Corrigé p. 219*

Complétez chaque phrase avec le mot qui convient.

1 Every year the company's employees go on an .... to a local tourist spot.
- Ⓐ out
- Ⓑ out of
- Ⓒ outed
- Ⓓ outing

2 It can be hard to adapt to being a ....
- Ⓐ retire
- Ⓑ retired
- Ⓒ retiree
- Ⓓ retirement

3 The marketing team has created some fantastic .... material.
- Ⓐ promote
- Ⓑ promoted
- Ⓒ promoting
- Ⓓ promotional

4 The meeting has been .... for first thing on Monday.
Ⓐ schedule
Ⓑ scheduled
Ⓒ scheduler
Ⓓ scheduling

5 After a short break, the .... of negotiations was very fruitful.
Ⓐ resume
Ⓑ résumé
Ⓒ resumed
Ⓓ resumption

6 Although she had never .... a meeting before, Ms. Chan did a good job.
Ⓐ chair
Ⓑ chaired
Ⓒ chairing
Ⓓ chairperson

7 The .... brand on the market has a 38% market share.
Ⓐ led
Ⓑ lead
Ⓒ leader
Ⓓ leading

8 Do you mind if we .... the appointment from Wednesday to Thursday?
Ⓐ bring back
Ⓑ bring forward
Ⓒ cancel
Ⓓ postpone

9 Staff .... at work dropped dramatically due to the flu season.
Ⓐ attend
Ⓑ attended
Ⓒ attendee
Ⓓ attendance

10 Before we start the meeting, did everyone receive a copy of the .... ?
Ⓐ agent
Ⓑ agenda
Ⓒ agency
Ⓓ ageless

Exercice 15 Les expressions

▶ *Corrigé p. 219*

Reliez les mots des deux colonnes pour retrouver des expressions courantes.

chair •	• an outing
hold •	• the lead
go on •	• early retirement
take •	• a meeting
take •	• the minutes
take •	• a meeting

Exercice 16 Les synonymes

▶ *Corrigé p. 219*

Complétez les mots croisés avec les synonymes des mots indiqués.

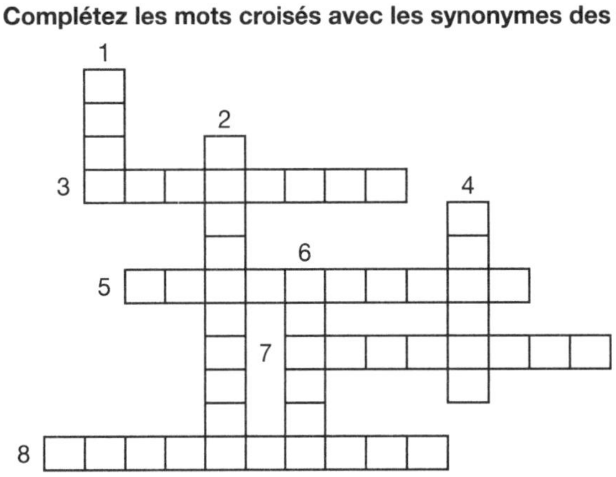

1 outing
2 presence
3 put off
4 program
5 charity event
6 start again
7 calendar
8 convention

LISTENING TEST

The workplace Part 1

Part 1 – Piste 15

▶ Corrigé p. 220

1 Ⓐ Ⓑ Ⓒ Ⓓ

The workplace Part 2

Part 1 – Pistes 16-20

▶ Corrigé p. 220

2 Ⓐ Ⓑ Ⓒ
3 Ⓐ Ⓑ Ⓒ
4 Ⓐ Ⓑ Ⓒ
5 Ⓐ Ⓑ Ⓒ
6 Ⓐ Ⓑ Ⓒ

The workplace Part 3

Part 1 – Pistes 21-22

▶ Corrigé p. 221

7 What time will the meeting start?
(A) 8 A.M.
(B) 9 A.M.
(C) 10 A.M.
(D) At midday

8 Why was the time changed?
(A) Too many employees will be absent.
(B) The meeting would have ended too late.
(C) Some employees may have been late.
(D) Some employees have been out of the office.

9 What does the man mean when he says “don’t skip the meeting”?
(A) Don’t forget the new start time.
(B) Don’t be late for the meeting.
(C) Be ready to meet a new staff member.
(D) Make sure to be present at the meeting.

The workplace Part 4

Part 1 – Pistes 23-24

▶ Corrigé p. 222

10 Who most likely is the speaker?
(A) A new employee
(B) An IT technician
(C) A Human Resources manager
(D) A member of the maintenance crew

11 Which advantage is NOT mentioned?
(A) Vacation time
(B) Meal vouchers
(C) Health insurance
(D) A retirement plan

12 What will happen after four weeks?
(A) There will be a trial period.
(B) The employee will look for a new job.
(C) There will be a penalty.
(D) The contract will become definitive.

Go on to the next page

READING TEST

The workplace Part 5

▶ Corrigé p. 223

Select the best answer to complete each sentence.

13 Management is starting to be concerned about staff .... , which is very low at the moment.
(A) attendance
(B) absenteeism
(C) attendee
(D) absentee

14 The high rate of .... in this area is encouraging partners to invest in our company.
(A) employ
(B) employed
(C) unemployment
(D) unemployed

15 The meeting will be .... in conference room C.
(A) take place
(B) took place
(C) hold
(D) held

16 Have you seen the .... of next week's meeting?
(A) minutes
(B) agenda
(C) outcome
(D) summary

17 After a short break for lunch, the meeting will .... at 1 P.M.
(A) resume
(B) sum up
(C) break up
(D) postpone

The workplace Part 6

▶ Corrigé p. 224

Questions 18-21 refer to the following e-mail.

From : Thania Pank <tpank@pankconsulting.za>
To : Jonathan Duszinski <jonduszinski@hurryup.za>
Date : June 23
Subject : Job application

Dear Mr. Duszinski,

Thank you very much for your recent application for the .... **18** of head of our marketing department. As you have the skills and experience we need, we have placed you on our shortlist and would like to invite you to come for an interview next week, ... **19**.

Please call me at your earliest convenience to arrange an appointment. Would you also .... **20** the contact details of two references?

I look forward .... **21** you in person,

Sincerely,
Thania Pank

18 (A) post
(B) availability
(C) position
(D) appointment

19 (A) unless you are free
(B) whether you are available
(C) when it is convenient for you
(D) even if it suits you

20 (A) issue
(B) distribute
(C) promote
(D) provide

21 (A) meet
(B) meeting
(C) to meet
(D) to meeting

▶ Corrigé p. 225

Questions 22-26 refer to the following minutes, advertisement and e-mail.

1

Minutes of Newport Community Library Committee

October 10th
Members Present – Anna Belto, Carlo Durand, Gerald Bulmer, Jacinda O'Malley
Members Absent – Quentin Rolando

Minutes of last meeting accepted unanimously.

There have been complaints from the general public that the library is not open often enough.
Anna Belto explained that there was not the budget to allow for opening more often.
Carlo Durand proposed that a number of library-studies students be hired as interns, with the intention of extending opening hours and giving the interns some concrete experience in their line of study.
Ms. O'Malley offered to prepare an advertisement to recruit interns, to be published in the local newspaper.

A donation of over 300 books was accepted by Gerald Bulmer on behalf of the library. Any duplicates of existing library books will be donated to our usual charity.

Next meeting is scheduled on November 6th.

2

Library-studies students, we need you!

In order to be able to offer extended opening hours, we would like to take on and help train three undergraduates in Library Studies. If you are a final-year student studying Library Management or Library Science, please send your résumé and a recommendation from your supervisor to Quentin Rolando through the Newport Community Library Web site. Workload will be 10 to 15 hours per week.

3

To: Quentin Rolando <newportlibrarian@ncl.org>
From: Jacinda O'Malley <jomalley@zinger.com>
Date: November 05
Subject: Intern recruitment

Jacinda, there's been a lot of replies to the newspaper ad. Can you help me sort through the résumés and prepare a shortlist of candidates to interview?
I'm behind the desk all day today, but I have some time tomorrow. We'll be able to discuss our impressions in the meeting.

Quentin

Go on to the next page

22 Why does the committee suggest hiring some interns?
(A) To do work for a charity
(B) To give them experience choosing books to purchase
(C) To reduce the book budget
(D) To allow the library to be open longer

23 What information about the internship is NOT stated in the documents?
(A) The number of hours of work
(B) The field of study required
(C) If the internship is paid
(D) The level of studies needed

24 Who most likely put the advertisement in the newspaper?
(A) Carlo Durand
(B) Jacinda O'Malley
(C) Anna Belto
(D) Quentin Rolando

25 Who probably is Quentin Rolando?
(A) A local journalist
(B) A member of the public
(C) The head librarian
(D) A university professor

26 What will happen on the day following the e-mail?
(A) The committee will meet again.
(B) Some books will be sent to a charity.
(C) A list of references will be prepared.
(D) Some applicants will be interviewed.

PART 2 QUESTIONS-RÉPONSES

PRESENTATION

- **Nature de l'épreuve :** orale
- **Nombre de questions :** 25 échanges courts entre 2 personnes
- **Durée approximative :** 8 minutes
- **Déroulement du test :** vous **écoutez** une seule fois un énoncé prononcé par une personne, puis trois propositions de réponse par une deuxième personne.
  Vous devez choisir **une seule réponse**, celle qui répond le mieux à l'énoncé.
- **Spécificités :**
  - il n'y a aucun support écrit, **tout est à l'oral** ;
  - il y a une courte pause entre chaque échange, mais on ne peut pas arrêter l'enregistrement.

Exemple de question

⚠ ***Rien n'est écrit dans le livret de test.***

Have they sent us the bill yet? ← ***9 fois sur 10 l'énoncé est une question.***
(A) I haven't seen Bill today.
(B) The pill was hard to swallow.
(C) It came yesterday.
} ***Trois propositions, une seule bonne réponse.***

Réponse (C)

En (A), ***Bill*** est un prénom sans rapport avec la facture (***bill***) de l'énoncé. — En (B), ***pill*** (pilule) peut être attrayant en raison de sa ressemblance avec ***bill***. — (C) est la bonne réponse : ***it*** renvoie à ***the bill*** dans la question.

DIFFICULTÉS – CONSEILS POUR RÉUSSIR

1. Le manque de contexte

- C'est la difficulté principale de Part 2. Il faut bien comprendre tout l'énoncé afin de pouvoir choisir la bonne réponse.

  Restez concentré à 100 % à chaque échange afin de ne rien louper de l'énoncé.

- Les échanges ne sont pas écrits dans le livret et vous ne les entendez qu'une seule fois !

  Le premier mot d'un énoncé indique souvent l'information à chercher dans la réponse :

  When... → indication de temps | *Whose...* → propriétaire
  How much... → quantité, prix | *Can... / Is... / Does...* → réponse oui-non

> ***Tip!***
> Si vous ratez quelques mots ou si vous ne comprenez pas une question, mettez une réponse au hasard, vous avez une chance sur trois d'avoir juste !

2. Les éléments attrayants

- Le principe de Part 2 est de repérer la bonne réponse parmi des propositions qui contiennent des éléments attrayants.

  Les éléments attrayants sont des mots qui peuvent faire croire qu'il s'agit de la bonne réponse parce qu'ils attirent l'œil ou l'oreille en rappelant des termes de l'énoncé ; il peut s'agir :
  - de mots avec la même prononciation : *right / write* ;
  - du même mot que dans l'énoncé, mais avec un autre sens : *right* = droit / *right* = correct ;
  - de mots qui se ressemblent à l'écoute : *eating / meeting* ou *lift / left*;
  - du même terme que dans l'énoncé, mais qui ne répond pas à la question.

Exemple :
Why are the technicians here?
(A) They should be here soon.
(B) No, at the escalator.
(C) To set up a new computer lab.

Réponse (C)
Car la structure ***to*** + base verbale exprime le but en réponse à ***Why ~?***
Set up : installer ; ***lab*** est l'abréviation de ***laboratory***.
(A) n'est pas logique ; ***they*** renvoie aux techniciens, mais la question montre qu'ils sont déjà sur place.
(B) On ne peut pas répondre à ***Why ~?*** par oui ou par non.

3. Les questions indirectes

Certaines questions indirectes semblent avoir deux réponses possibles, mais vous ne devez en choisir qu'une seule !

Exemple :
Do you know what time the bus leaves?
(A) Yes, I do.
(B) At 3 P.M.
(C) From the bus station.

Réponse (B)
(B) fournit la réponse précise attendue, c'est le meilleur choix.
(A) est grammaticalement correct, mais ne répond pas à la question.
(C) On demande quand (***What time***), pas d'où (***from***) le bus part.

LES DIFFÉRENTS TYPES D'ÉNONCÉS DE PART 2

1. Les questions ouvertes

- Ce sont celles que l'on rencontre le plus souvent dans Part 2.
- Une question ouverte commence par un **mot interrogatif** et a pour objectif de recueillir des renseignements.

Exemple :

Where is Conference Room C?	Où se trouve la salle de conférence C ?
(A) I can see the room.	(A) Je vois la salle.
(B) There isn't enough room.	(B) Il n'y a pas assez de place.
(C) It's at the end of the corridor.	(C) Elle est au bout du couloir.

Réponse (C)

(C) répond à la question en indiquant où se trouve la salle de conférence.

En (A), attention à la ressemblance entre ***see*** et **C** de l'énoncé.

En (B), ***room*** (de la place) a un sens indénombrable, contrairement à ***room*** dans l'énoncé (salle).

Grammaire Express **Les mots interrogatifs**

Mots interrogatifs	Informations recherchées	Exemples	
What	chose, idée, occupation…	***What*** *equipment will you need?*	**De quel** équipement aurez-vous besoin ?
When	moment, temps	***When*** *is the deadline to submit the project?*	**Quelle** est la date limite pour soumettre le projet ?
Where	lieu	***Where*** *are the new headquarters?*	**Où** se trouve le nouveau siège social ?
Which	choix, tri	***Which*** *day is better to travel?*	**Quel** est le meilleur jour pour voyager ?
Who	personne	***Who*** *will pick Ms. Chan up from the airport?*	**Qui** va chercher Mme Chan à l'aéroport?
Whose	propriétaire	***Whose*** *car is parked in the loading bay?*	**À qui** est la voiture garée sur l'aire de chargement ?
Why	raison	***Why*** *are the technicians here?*	**Pourquoi** les techniciens sont-ils là ?
What time	heure	***What*** *time will we arrive in Beijing?*	**À quelle** heure arriverons-nous à Pékin ?
What… like	caractère	***What*** *is the new trainee* ***like****?*	**Comment est** le nouveau stagiaire ?
How	moyen, manière	***How*** *would you like your parcel sent?*	**Quel** mode d'expédition souhaitez-vous pour votre colis ?
How many	quantité dénombrable	***How many*** *photographs should be sent with the form?*	**Combien** faut-il envoyer de photos avec le formulaire ?
How much	quantité indénombrable	***How much*** *money should I take?*	**Combien** d'argent dois-je prendre ?
How long	durée	***How long*** *will it take for the repair?*	**Combien** faudra-t-il de temps pour la réparation ?
How about	réponse à une suggestion	***How about*** *traveling by train?*	**Et si** on voyageait en train ?
How often	fréquence	***How often*** *does the shuttle depart?*	La navette part **tous les combien** ?
How far	distance	***How far*** *is it to the airport?*	**À quelle distance** se trouve l'aéroport ?

Exercice 1 Les mots interrogatifs

▶ Corrigé p. 228

Lisez les réponses et les indices puis complétez les questions avec les mots interrogatifs suivants.

How often	**When**	**Which**
Where	**Why**	**How many**
Who	**What**	**How long**
How	**Whose**	**What time**
How much	**How far**	**What... like**

Questions	Réponses	Indices
1 .... was the first person to arrive today?	It was Sally.	*Une personne*
2 .... can I find some photocopy paper?	We keep it in the cabinet on the left.	*Un endroit*
3 .... / .... is the meeting?	Early tomorrow morning.	*Une heure*
4 .... didn't you call me yesterday?	I forgot!	*Une raison*
5 .... applicant did you prefer?	I liked the first one best.	*Un choix*
6 .... did you eat?	We all had the chicken.	*Un objet*
7 .... is Kim traveling to Cleveland?	He's flying.	*Un moyen*
8 .... is the new boss ....?	She's young and very dynamic.	*Une description*
9 .... is the blue car parked outside?	It's mine!	*Le propriétaire*
10 .... people are attending the meeting?	Five.	*Une quantité*
11 .... time do we have?	Not very much.	*Une quantité*
12 .... is it to the post office?	Only about half a mile.	*Une distance*
13 .... is the mail collected?	Three times a day.	*Une fréquence*
14 .... have you been waiting?	Only a few minutes.	*Une durée*

Grammaire Express Les adverbes de fréquence

Une question peut porter sur la fréquence d'un événement (***How often...***).

- La bonne réponse pourra comporter un **adverbe de fréquence** ; les plus courants sont :

always toujours	***occasionally*** de temps en temps
usually d'habitude	***rarely/seldom*** rarement
often souvent	***hardly ever*** presque jamais
sometimes parfois	***never*** jamais

- Les adverbes de fréquence se placent :

— **avant le verbe principal :**

Ex. : *He **always** arrives on time.* — Il arrive toujours à l'heure.
*He **hardly ever** arrives on time.* — Il n'arrive presque jamais à l'heure.
*Does she **usually** work in this office?* — Est-ce qu'elle travaille dans ce bureau d'habitude ?

— ou **après un auxiliaire :**

Ex. : *They are **sometimes** behind schedule.* — Ils ont parfois du retard sur le planning.
*They have **always** lived in this town.* — Ils ont toujours habité dans cette ville.

- Tous les adverbes de fréquence **s'utilisent avec le présent simple** à l'exception de ***always*** qui peut aussi être employé avec le présent V + ***-ing***, mais cela modifie un peu le sens.

Ex. : *She **always has** coffee at 10 o'clock.* — Elle prend toujours un café à 10h. *(C'est une habitude.)*
*She **is always having** coffee at 10 o'clock!* — Elle est toujours en train de prendre un café à 10h. *(«et ça m'agace !» est sous-entendu).*

Exercice 2 Les questions ouvertes

▶ Corrigé p. 228

Part 2 – Piste 25 **Écoutez l'enregistrement et cochez la bonne réponse à chacune de ces dix questions ouvertes.**

1 Ⓐ Ⓑ Ⓒ
2 Ⓐ Ⓑ Ⓒ
3 Ⓐ Ⓑ Ⓒ
4 Ⓐ Ⓑ Ⓒ
5 Ⓐ Ⓑ Ⓒ
6 Ⓐ Ⓑ Ⓒ
7 Ⓐ Ⓑ Ⓒ
8 Ⓐ Ⓑ Ⓒ
9 Ⓐ Ⓑ Ⓒ
10 Ⓐ Ⓑ Ⓒ

Tip!
Si la voix monte en fin de phrase, l'énoncé est une question ; si elle descend, c'est une phrase déclarative !

2. Les questions fermées

- Une question fermée démarre par un **auxiliaire conjugué** (***be, have, do***) ou par un **auxiliaire modal** (***can, could, will, would...***).

Ex. : ***Are*** *you coming to the book fair?*	Venez-vous au salon du livre ?
Does *she travel a lot?*	Est-ce qu'elle voyage beaucoup ?
Would *you be willing to help me?*	Seriez-vous d'accord pour m'aider ?

- En général, la réponse à une question fermée démarre par ***Yes*** ou ***No*** ou par une expression qui a le même sens : ***That's right..., Of course..., Sure..., I'm sorry but...***

Ex. : *Is this a good time to talk?*	Est-ce le bon moment pour discuter ?
Yes*, let's go over the latest figures.*	Oui, examinons les derniers chiffres.
Sure*, what did you want to know?*	Bien sûr, que vouliez-vous savoir ?
I'm afraid not*, I'll be in a meeting soon.*	Désolé, je vais bientôt entrer en réunion.
I'd love to but *I must phone Tim first.*	J'aimerais bien mais je dois d'abord appeler Tim.

- Parfois, ***Yes***, ***No*** ou une expression qui a le même sens n'apparaissent pas dans les propositions de réponses ; la bonne réponse est **indirecte**, ce qui augmente la difficulté de faire le bon choix.

Ex. : *Is the air conditioning system working again?*	La climatisation fonctionne-t-elle à nouveau ?
It has just been fixed.	Elle vient juste d'être réparée.
The technician is coming tomorrow.	Le technicien viendra demain.

Exercice 3 Les formes conjuguées de *be, have, do*

▶ Corrigé p. 230

Cochez la bonne réponse à chacune de ces questions fermées.

1 Is the office manager available?
Ⓐ No, she's out of the office today.
Ⓑ They are.
Ⓒ The office is free.

2 Were those people the new office workers?
Ⓐ Yes, he was.
Ⓑ All new workers must attend a meeting.
Ⓒ No, they were cleaners.

3 Weren't you going to hire two new workers?
Ⓐ It certainly was.
Ⓑ I decided to hire three.
Ⓒ Prices are higher this year.

4 Does the new assistant live nearby?
Ⓐ I'll need your assistance.
Ⓑ She's leaving in five minutes.
Ⓒ Yes, just five minutes away.

5 Don't you have a green car?
Ⓐ My car is in the garage.
Ⓑ No, mine's blue.
Ⓒ Green cars have more accidents.

6 Did you arrive on time?
Ⓐ Yes, we got there just at the last minute.
Ⓑ A rival company is dangerous.
Ⓒ He always arrives on time.

7 Didn't they send the invoice?
Ⓐ Clients must pay within 60 days.
Ⓑ It arrived this morning.
Ⓒ My voice is tired today.

8 Isn't she going to be late if she leaves now?
Ⓐ You're right, it's getting dark.
Ⓑ The bus is always late.
Ⓒ Not if she takes a taxi.

9 Has the photocopier been fixed?
Ⓐ It's working perfectly now.
Ⓑ I have a lot of photocopies to do.
Ⓒ My copy has disappeared.

10 Haven't you finished the report yet?
Ⓐ The airport isn't finished yet.
Ⓑ I didn't have enough time.
Ⓒ No thank you, not today.

Exercice 4 Les questions fermées

▶ *Corrigé p. 230*

Part 2 – Piste 26 **Écoutez l'enregistrement et cochez la bonne réponse à ces dix questions fermées.**

1	Ⓐ	Ⓑ	Ⓒ	6	Ⓐ	Ⓑ	Ⓒ
2	Ⓐ	Ⓑ	Ⓒ	7	Ⓐ	Ⓑ	Ⓒ
3	Ⓐ	Ⓑ	Ⓒ	8	Ⓐ	Ⓑ	Ⓒ
4	Ⓐ	Ⓑ	Ⓒ	9	Ⓐ	Ⓑ	Ⓒ
5	Ⓐ	Ⓑ	Ⓒ	10	Ⓐ	Ⓑ	Ⓒ

3. Les *tags*

Les questions terminées par un ***tag*** sont très proches des questions fermées : on s'attend à une réponse ***Yes/No*** ou à une confirmation de ce qui a été dit.

Exemple :

That is a big difference, isn't it?
(A) The different people are arriving.
(B) It is significant.
(C) I beg to differ.

Cela fait une grande différence, n'est-ce pas ?
(A) Les différentes personnes arrivent.
(B) Elle est significative.
(C) Je ne suis pas du même avis.

Réponse **(B)**
(B) ***Significant :*** important, significatif ; c'est la bonne réponse.
En (A) et en (C), attention à ne pas rapprocher ***different*** et ***differ*** de ***difference*** dans l'énoncé.

Grammaire Express Les *question tags*

- Un ***tag*** est une question courte formée avec ***be***, ***have***, ***do*** ou un auxiliaire modal (***will***, ***can***, ***could***, ***should***, etc.).
- On ajoute un ***tag*** en fin de phrase pour demander à quelqu'un son accord ou son avis, ou pour obtenir une confirmation.
- Le ***tag*** reprend l'auxiliaire de la phrase **à la forme inversée** :

— **si l'auxiliaire de la phrase est à la forme affirmative, le *tag* est à la forme négative :**

La phrase contient	Le tag est formé avec	Exemples
be	**be**	***We're*** *closing early today,* ***aren't we?*** Nous fermons tôt aujourd'hui, n'est-ce pas ?
have	**have**	***They have received*** *a new offer,* ***haven't they?*** Ils ont reçu une nouvelle offre, non ?
un auxiliaire modal	**le même modal**	• ***(will)*** – ***The two companies will*** *merge,* ***won't they?*** Les deux sociétés vont fusionner, non ? • ***(should)*** – ***You should check*** *with the airline,* ***shouldn't you?*** Vous devriez vérifier auprès de la compagnie aérienne, non ? • ***(could)*** – ***We could*** *arrive the next morning,* ***couldn't we?*** Nous pourrions arriver le lendemain matin, non ?
un verbe	**do**	***You drink*** *tea,* ***don't you?*** Vous buvez bien du thé ?

– si l'auxiliaire de la phrase est à la forme négative, le *tag* est à la forme affirmative :

Exemples

***We're not** closing early today, **are we**?* Nous ne fermons pas tôt aujourd'hui, n'est-ce pas ?

*They **haven't got** a new offer, **have they**?* Ils n'ont pas de nouvelle offre, si ?

*You **don't** drink tea, **do you**?* Vous ne buvez pas de thé, si ?

• (*will*) – *The two companies **won't** merge, **will** they?*
Les deux sociétés ne vont pas fusionner, si ?

• (*could*) – *You **couldn't** come tomorrow instead, **could you**?*
Vous ne pourriez pas venir demain à la place, non ?

• (*can*) – *We **can't** expect to do as well as last year, **can we**?*
On ne peut pas s'attendre à faire aussi bien que l'an dernier, si ?

Exercice 5 Les *tags*

▶ Corrigé p. 231

Ajoutez le *tag* qui convient à chaque phrase.

1 You **can** speak Russian, ... ?
2 There **isn't** any paper left in the machine, ... ?
3 There **were** fifty new employees last year, ... ?
4 Your manager **has** decided to leave, ... ?
5 You **haven't** made your decision yet, ... ?
6 Only Marielle **was** present during the theft, ... ?
7 You **remembered** to turn off the lights, ... ?
8 Our plan is complicated, but it **is** going to work, ...?
9 We **could** ask for a subsidy, ... ?
10 The workers on the first shift **start** at 6 in the morning, ... ?

Tip!
Si la phrase de départ ne contient pas d'auxiliaire, le ***tag*** se forme avec ***do*** ou ***does*** / ***don't*** / ***doesn't*** pour les phrases au présent, ***did*** ou ***didn't*** pour les phrases au prétérit.

Exercice 6 Les *tags*

▶ Corrigé p. 232

Part 2 – Piste 27 **Écoutez l'enregistrement et trouvez la réponse à ces dix questions avec des *tags*.**

1	Ⓐ	Ⓑ	Ⓒ	6	Ⓐ	Ⓑ	Ⓒ
2	Ⓐ	Ⓑ	Ⓒ	7	Ⓐ	Ⓑ	Ⓒ
3	Ⓐ	Ⓑ	Ⓒ	8	Ⓐ	Ⓑ	Ⓒ
4	Ⓐ	Ⓑ	Ⓒ	9	Ⓐ	Ⓑ	Ⓒ
5	Ⓐ	Ⓑ	Ⓒ	10	Ⓐ	Ⓑ	Ⓒ

4. Les questions indirectes

• Une question indirecte est une question cachée dans une autre question.

Ex. : *Do you know* (1re question) ***when the flight arrives?*** (la question cachée).
Savez-vous à quelle heure arrive le vol ?

– La première question respecte l'ordre des mots d'une question normale :

Ex. : *Do you know...* *Could you tell me...* *Do you remember...* *Do you think...*

– Dans la question cachée (celle à laquelle il faut répondre), l'ordre des mots est celui d'une phrase affirmative, malgré la présence d'un mot interrogatif :

(...) *when the best moment to reach him is?* (...) quel est le meilleur moment pour le joindre ?

Questions directes	Questions indirectes
When is my appointment?	*Can you tell me...* ***when my appointment is?***
Why wasn't the invoice paid?	***why the invoice wasn't paid?***
How do I get to the post office?	***how I get to the post office?***
Is the assistant manager available?	***if the assistant manager is available?***

• Attention aux éléments attrayants dans les propositions.

Exemple :
Do you remember where you left the keys?
(A) Yes, I do.
(B) The keys have disappeared.
(C) I left them at reception.

Vous rappelez-vous où vous avez laissé les clés ?
(A) Oui.
(B) Les clés ont disparu.
(C) Je les ai laissées à la réception.

Réponse (C)
(C) donne la réponse attendue.
(A) est techniquement correct, mais ne répond pas à la question.
(B) mentionne bien des clés mais ne répond pas non plus.

Grammaire Express Les prépositions de temps

• L'objectif d'une question indirecte est de recueillir des renseignements, notamment des horaires ou une indication de temps.

• Les trois prépositions de temps les plus courantes sont ***in***, ***at*** et ***on***.

Prépositions	Emplois	Exemples	
on	Devant une date ou un jour précis	***on*** *Monday*	lundi
		on *Christmas Day*	le jour de Noël
		on *June 5th*	le 5 juin
		on *the first day of work*	le premier jour de travail
		on *the weekend*	le/ce week-end
at	Devant une heure, un moment de l'année	***at*** *2.15*	à 2h15
		at *midnight*	à minuit
		at *lunchtime*	à l'heure du déjeuner
		at *night*	la nuit
		at *Christmas*	à Noël
		at *the end of June*	fin juin
in	Devant les mois, années, saisons, les moments de la journée (sauf la nuit), avec une durée, un délai	***in*** *January / August*	en janvier, en août
		in *2018 / 1776*	en 2018, en 1776
		in *spring / summer*	au printemps, en été
		in *the morning*	le matin
		in *the afternoon*	l'après-midi
		in *the evening*	le soir
		in *two minutes*	dans deux minutes
ø (pas de préposition)		*last week*	la semaine dernière
		next spring	au printemps prochain
		yesterday	hier
		tomorrow	demain

• ***Within*** et ***by*** sont aussi deux prépositions de temps souvent utilisées dans le test *TOEIC*®.

Ex. : *You must pay* ***within*** *90 days.* — Vous devez payer dans les 90 jours.
We must be there ***by*** *5 P.M.* — On doit y être pour 17h.

Exercice 7 Les prépositions de temps

▶ Corrigé p. 233

Complétez les phrases avec *at*, *in* ou *on*, ou ø si aucune préposition n'est nécessaire.

1 How about meeting here .... Monday?
2 Actually, I finished working on my slides .... last week.
3 I think we'll go to Brazil .... next summer.
4 I'll see you .... lunchtime!
5 Our company was established .... 1987.
6 Hurry up! They are unveiling our work .... 5 minutes.
7 What are you doing .... Thanksgiving?
8 Our facilities must be operational .... next spring.
9 Jake told me that you saw him at a conference .... yesterday.
10 The company picnic always takes place .... weekends.

Exercice 8 Les questions indirectes

▶ Corrigé p. 233

Part 2 – Piste 28 **Écoutez l'enregistrement et trouvez la réponse à ces dix questions indirectes.**

1	Ⓐ	Ⓑ	Ⓒ	6	Ⓐ	Ⓑ	Ⓒ
2	Ⓐ	Ⓑ	Ⓒ	7	Ⓐ	Ⓑ	Ⓒ
3	Ⓐ	Ⓑ	Ⓒ	8	Ⓐ	Ⓑ	Ⓒ
4	Ⓐ	Ⓑ	Ⓒ	9	Ⓐ	Ⓑ	Ⓒ
5	Ⓐ	Ⓑ	Ⓒ	10	Ⓐ	Ⓑ	Ⓒ

5. Les demandes polies

• Les demandes polies comprennent les propositions, les suggestions, les offres d'aide.

Exemple :
Could you replace Iris while she is on sick leave?
(A) Of course I can.
(B) I feel a little sick.
(C) We leave at six.

Pourriez-vous remplacer Iris pendant son arrêt-maladie ?
(A) Bien sûr.
(B) Je ne me sens pas très bien.
(C) Nous partons à six heures.

Réponse (A)
(A) répond positivement à l'énoncé, c'est la bonne réponse.
(B) reprend le vocabulaire de l'énoncé mais n'y répond pas.
(C) Attention aux confusions possibles entre ***leave*** (partir) et ***leave*** (congé) et ***sick/six***.

• Les demandes polies sont formées avec des **auxiliaires modaux** :

– ***can / could / would*** pour une requête :
Ex. : ***Would*** *you let us use your premises?* Nous laisseriez-vous utiliser vos locaux ?

– ***shall*** pour une suggestion :
Ex. : ***Shall*** *I make them a new offer?* Dois-je leur faire une nouvelle proposition ?

– ***would you like*** pour proposer quelque chose :
Ex. : ***Would you like*** *to see a sample?* Souhaitez-vous voir un échantillon ?

– ***may*** pour demander la permission :
Ex. : ***May*** *I ask you a question?* Puis-je vous poser une question ?

Exercice 9 Les demandes polies

▶ Corrigé p. 235

Cochez la bonne réponse à ces questions.

1 Would you hold the door open for me please?

Ⓐ The doors open at 9 every day.
Ⓑ I'd be pleased to.
Ⓒ We hold a meeting every Monday.

2 Would you like some help?

Ⓐ I can manage, thanks.
Ⓑ I like helping people.
Ⓒ Thank you for helping me.

3 Shall we stop for lunch now?

Ⓐ There's a great new restaurant on 5th Avenue.
Ⓑ I can do the copies after lunch.
Ⓒ I'd rather finish this first.

4 May I contact you by phone again next week?

Ⓐ The phone signal is weak.
Ⓑ In May would be a good time.
Ⓒ That would be fine.

Grammaire Express *Like – Would like – Be like*

- ***Like*** exprime une généralité, ***would like***, un désir ou une préférence dans une situation donnée.

Ex. : ***I like*** *tea.* J'aime le thé.
Do you like *tea?* Aimez-vous le thé ?
I would like *some tea.* Je voudrais du thé.
Would *you* ***like*** *(some) tea?* Voudriez-vous du thé ?

- ***Be like*** s'emploie pour décrire quelque chose.

Ex. : *Your new office* ***is*** *very much* ***like*** *the old one.*
Votre nouveau bureau ressemble beaucoup à l'ancien.
What ***is*** *the new CEO* ***like****?*
Comment est le nouveau PDG ?

> **Tip!**
> ***What … like?*** ne demande pas la description physique de quelqu'un, mais ses traits de caractère.

Exercice 10 *Like – Would like – Be like*

▶ Corrigé p. 235

Choisissez la bonne réponse en faisant attention aux possibles confusions.

1 Would you like something to drink?

Ⓐ I like coffee.
Ⓑ I'll have a coffee.
Ⓒ The coffee is in the pot.

2 What is the new beverage like?

Ⓐ No thank you, I'm not thirsty.
Ⓑ The Marketing Department says it is refreshing.
Ⓒ Yes, I would like a soda.

3 There is a new movie theater in the mall.

Ⓐ I'd like to do that.
Ⓑ What is she like?
Ⓒ Would you like to go?

4 Do you like sleeping on the train?

Ⓐ I like taking the train.
Ⓑ I'd like to sleep tonight.
Ⓒ I find it very relaxing.

5 Why are you leaving early?

Ⓐ I like to get to airports with plenty of time.
Ⓑ That's what I like about you.
Ⓒ I know what she likes.

6. Les questions avec un choix

- Certaines questions avec ***or*** proposent un choix.

Ex. : *Would you prefer fries **or** vegetables?* — Préférez-vous des frites ou des légumes ?
*Are you free on the 1st, 2nd **or** 3rd of June?* — Êtes-vous libre le 1er, le 2 ou le 3 juin ?

- La réponse peut être directe (ex. : ***I'd prefer the vegetables, I'm free on the 2nd***) ou indirecte avec des mots comme ***either, neither, both, any, all*** ou ***none***.

Grammaire Express *Either, neither, both, none...*

Un choix entre deux choses, deux personnes	**Either** *L'un ou l'autre, Les deux*	***Either** is okay.* L'un ou l'autre / Les deux me conviennent.
	Neither *Ni l'un ni l'autre* *Aucun des deux*	***Neither** is okay.* Ni l'un ni l'autre ne me conviennent. Aucun des deux ne me convient.
	Both *Les deux*	*Could I have **both**?* Pourrais-je avoir les deux ?
Un choix plus large (à partir de trois)	**Any** *N'importe quel*	***Any** day in June suits me.* N'importe quel jour de juin me convient.
	All *Tous*	***All** those dates are fine.* Toutes ces dates me vont.
	None *Aucun*	***None** of those dates suit me.* Aucune de ces dates ne me convient.

Tip! ***Either*** et ***neither*** s'emploient toujours avec un verbe au singulier.

Exercice 11 Les questions avec un choix

▶ Corrigé p. 235

Part 2 – Piste 29 **Écoutez l'enregistrement et trouvez la réponse à ces dix questions.**

1	Ⓐ	Ⓑ	Ⓒ	6	Ⓐ	Ⓑ	Ⓒ
2	Ⓐ	Ⓑ	Ⓒ	7	Ⓐ	Ⓑ	Ⓒ
3	Ⓐ	Ⓑ	Ⓒ	8	Ⓐ	Ⓑ	Ⓒ
4	Ⓐ	Ⓑ	Ⓒ	9	Ⓐ	Ⓑ	Ⓒ
5	Ⓐ	Ⓑ	Ⓒ	10	Ⓐ	Ⓑ	Ⓒ

7. Les affirmations

- La plupart des énoncés de Part 2 sont des questions, mais quelques-uns sont des affirmations : des échanges de politesses, quelqu'un qui donne son avis ou qui fait une constatation...
- Souvent la réponse sera une **question** pour obtenir un renseignement ou pour proposer quelque chose en réaction à ce que la personne dit dans l'énoncé.

Exemple :

I'm so hungry! — J'ai tellement faim !
(A) I didn't have breakfast. — (A) Je n'ai pas pris mon petit-déjeuner.
(B) Shall we stop for lunch? — (B) Et si on s'arrêtait pour déjeuner ?
(C) Why are you angry? — (C) Pourquoi es-tu en colère ?

Réponse (B)
(B) réagit à l'énoncé en proposant de s'arrêter pour déjeuner ; c'est la bonne réponse.
(A) porte sur le même sujet, mais la réaction de la 2e personne n'est pas logique.
En (C), attention à ne pas rapprocher ***angry*** de ***hungry*** dans l'énoncé.

- La réponse peut aussi exprimer l'**accord** ou le **désaccord** ou encore une **réaction** à l'énoncé.

Ex. : *I can't access this file.* → *You need a password for that.*
Je n'arrive pas à ouvrir ce fichier. → Il vous faut un mot de passe pour ça.
We're all going out for lunch tomorrow. → *That sounds nice.*
Nous allons tous déjeuner ensemble demain. → C'est une bonne idée.

Exercice 12 Les affirmations

▶ Corrigé p. 237

Reliez chaque affirmation à la réponse la plus logique. Faites attention aux temps employés.

1 Last night's meal was excellent. •	• I'm leaving in a few minutes.
2 Be careful you don't miss your flight. •	• You need a new one.
3 The traffic was dense today. •	• She has a lot of experience.
4 We need to hire a new manager. •	• It may be too costly.
5 My phone has stopped working. •	• There was an accident.
6 Helen is a great manager. •	• Well, it was very expensive.

Exercice 13 Les affirmations

▶ Corrigé p. 237

Part 2 – Piste 30 **Écoutez l'enregistrement et trouvez la réponse à ces dix affirmations.**

1	Ⓐ	Ⓑ	Ⓒ	6	Ⓐ	Ⓑ	Ⓒ
2	Ⓐ	Ⓑ	Ⓒ	7	Ⓐ	Ⓑ	Ⓒ
3	Ⓐ	Ⓑ	Ⓒ	8	Ⓐ	Ⓑ	Ⓒ
4	Ⓐ	Ⓑ	Ⓒ	9	Ⓐ	Ⓑ	Ⓒ
5	Ⓐ	Ⓑ	Ⓒ	10	Ⓐ	Ⓑ	Ⓒ

SALES – *Les ventes*

1. Retail – *La vente au détail*

Part 2 – Piste 31

store, outlet	magasin, point de vente	***coupon***	bon (de réduction)
mall	centre commercial	***markdown***	réduction
store associate	employé de magasin	***sale / sales***	promotion / soldes
cashier	caissier, caissière	***appliance***	appareil électroménager
shelf stocker	employé qui remplit le rayon	***dairy products***	produits laitiers
custom	confiance, fidélité de la clientèle	***produce***	fruits et légumes
aisle	allée	***browsing***	à chercher, à jeter un coup d'œil
cart	chariot		
checkout, cash register	caisse		
receipt	ticket de caisse		
change *(indénombrable)*	monnaie	***display*** *(vb / n)*	exposer / présentoir
		carry *(vb)*	vendre

Exercice 1 Les mots à connaître : *Retail*

▶ *Corrigé p. 238*

Complétez les phrases avec tous les mots de l'encadré en les conjuguant ou en les mettant au pluriel si nécessaire.

1 When you have finished shopping, please pay at the ....
2 You will find the cheese and other .... at the end of .... number 3.
3 Ms. Woods was so embarrassed* when she knocked over the .... with her cart!
4 We pride ourselves on having the freshest .... in town!
5 Mr. Khan asked the .... where to find the refrigerators.
6 "Sorry, Sir, our store does not .... refrigerators or any other ....".
7 Sun Market thanks you very much for your continued .... We hope to see you again soon in our ....
8 Before the store opens, the .... have to make sure they have enough .... in their cash registers.
9 A .... replenishes* the shelves at least once a day.
10 Fiona likes to spend her lunch break .... in the mall. She rarely buys anything, though.
11 One of the hourly tasks of the store associate is to make sure the .... have been returned to their correct place in the parking lot.
12 The high-end boutique is having a .... at the moment. All footwear has a 50% .... !
13 Did you see the plans for the new ....? In addition to the usual stores, it will house* a movie theater, a bowling alley and a restaurant.
14 Collecting .... to get your groceries at a reduced price has almost become a national sport!
15 Refunds will only be issued* upon presentation of the ...., so make sure you keep it.

*Mots & expressions	
	embarrassed : gêné ***replenish :*** remplir ***house :*** accueillir ***issue :*** délivrer

Exercice 2 Les familles de mots

▶ *Corrigé p. 239*

Complétez chaque phrase avec le mot qui convient.

1 Thank you, I don't need any help, as I'm just ....
Ⓐ browse
Ⓑ browser
Ⓒ browsed
Ⓓ browsing

2 We need to hire a part-time .... for the holiday period to take the pressure off the full-timers.
Ⓐ cash
Ⓑ cashed
Ⓒ cashier
Ⓓ cashing

3 If you are lucky, you can find designer clothes on .... at the end of the season.
Ⓐ sale
Ⓑ sell
Ⓒ seller
Ⓓ sales

4 This store trains the cashiers to place the .... on the counter and not in the customer's hand.
Ⓐ change
Ⓑ changed
Ⓒ changeling
Ⓓ changes

5 Most of our kitchen .... come with a 2-year warranty.
Ⓐ apply
Ⓑ appliances
Ⓒ applications
Ⓓ applicants

6 It is important to eat a variety of fresh .... in order to remain healthy.
Ⓐ producer
Ⓑ product
Ⓒ production
Ⓓ produce

7 Mr. Singh was disappointed with the customer service and decided to take his .... elsewhere.
Ⓐ business
Ⓑ businesses
Ⓒ businessman
Ⓓ businesswoman

8 A well- .... supermarket never runs out of milk.
Ⓐ stock
Ⓑ stocked
Ⓒ stocker
Ⓓ stocking

9 Yoko checked her .... carefully to make sure she hadn't paid too much.
Ⓐ receive
Ⓑ recipe
Ⓒ recipient
Ⓓ receipt

10 Please return your shopping .... to the appropriate place before leaving the premises.
Ⓐ cart
Ⓑ carton
Ⓒ carted
Ⓓ carter

Exercice 3 Les verbes à particule

▶ *Corrigé p. 239*

Ajoutez une particule de la liste à chaque verbe pour qu'il corresponde à la définition donnée.

out – down – down – off – on – around

1 close .... : to close definitively
2 mark .... : to reduce a price
3 try .... : see if an item of clothing fits before you buy it
4 shop .... : visit different shops to find the best price for an item
5 sell .... : to sell an item at a reduced price to make shelf space
6 sell .... : to sell all of a product; to have none left

Exercice 4 Les synonymes

▶ *Corrigé p. 239*

Remettez les lettres dans l'ordre pour trouver le synonyme de chaque mot.

1 carry *(vb)* : **skcot** ....
2 mall : **sohginpp crneet** ....
3 appliances : **weith gosdo** .... ← (*indice : pensez à la couleur de ces appareils*)
4 markdown : **rteonucdi** ....
5 store : **oltteu** ....
6 cash register : **touchcek** ....

2. Ordering – *La commande*

Part 2 – Piste 32

goods	marchandise	***rebate***	remise
item	article	***discount***	réduction
stock	inventaire, stock	***defective*** *(adj)*	défectueux
supplier	fournisseur	***complimentary*** *(adj)*	offert
retailer	détaillant	***refund*** *(n / vb)*	remboursement / rembourser
wholesaler	grossiste		
purchaser	acheteur (d'une société)		
quote	devis		
warranty	garantie	***click and collect*** *(vb)*	commander en ligne et retirer au magasin
after-sales service	SAV, service après-vente		
batch	lot	***place an order*** *(vb)*	passer commande
deadline	date butoir, date limite	***return*** *(vb)*	retourner (un article)

Exercice 5 Les mots à connaître : *Ordering*

▶ *Corrigé p. 239*

Complétez les phrases avec tous les mots de l'encadré en les conjuguant ou en les mettant au pluriel si nécessaire.

1 All of our .... are covered by a 5 year .... on parts and labor*.

2 If you are not entirely satisfied with the Ergo desk chair, please .... it and you will receive a complete ....

3 A .... sells to the general public, whereas a .... sells to shops.

4 Our chief .... is retiring next year, so one of the assistant buyers will replace her.

5 All headphones with the .... number W1651 are .... Could you please contact the .... for an exchange?

6 Receive a .... digital radio for every 4 boxes of pens ordered.

7 Send the voucher, along with proof of purchase*, to receive a $50 .... off the cost of our new laptop.

8 .... is a very useful time-saving service. You .... on the Internet and then go to the store to pick up the ....

9 I'm afraid the shipping you charged* me for does not correspond to the amount on the .... I received before ordering.

10 Our .... of spare parts* is getting low, we need to contact our .... to place a new order.

11 To receive a special 5% ...., you must take our survey* before the .... of May 4th.

***Mots & expressions**
labor : main-d'œuvre ***proof of puchase :*** preuve d'achat ***charge :*** facturer
spare part : pièce détachée ***survey :*** sondage

Exercice 6 Les familles de mots

▶ *Corrigé p. 239*

Complétez chaque phrase avec le mot qui convient.

1 One of the most common .... is a failure to turn off automatically.
Ⓐ defect
Ⓑ defective
Ⓒ defected
Ⓓ defects

2 Mr. Delfino is responsible for the .... department.
Ⓐ purchase
Ⓑ purchased
Ⓒ purchaser
Ⓓ purchasing

3 I would like to return the .... because it is faulty.
Ⓐ good
Ⓑ goods
Ⓒ merchandise
Ⓓ merchandising

4 Our latest desk lamp model .... at $29.99.

Ⓐ retail
Ⓑ retails
Ⓒ retailer
Ⓓ retailing

5 The .... is void if the seal is broken.

Ⓐ warrant
Ⓑ warranted
Ⓒ warranty
Ⓓ warrantee

6 Since the new .... opened directly opposite our store, sales have dropped dramatically.

Ⓐ discount
Ⓑ discounter
Ⓒ discounted
Ⓓ discounting

7 During ...., every piece of stock must be counted.

Ⓐ stocking
Ⓑ stockholding
Ⓒ stockbroking
Ⓓ stocktaking

8 The price you .... us is double the estimate we received from the competition!

Ⓐ quote
Ⓑ quoted
Ⓒ quotation
Ⓓ quota

9 When an increase in prices is announced, people have a tendency to .... basic nonperishable goods.

Ⓐ stock
Ⓑ stocking
Ⓒ stocker
Ⓓ stockpile

10 The CEO paid our department a .... by choosing us as the example to follow.

Ⓐ compliment
Ⓑ complimentary
Ⓒ complement
Ⓓ complementary

Exercice 7 Les prépositions

▶ *Corrigé p. 240*

Complétez les phrases avec les prépositions de la liste.

in – on – out of – in

1 Excuse me, I'm looking for the Shredder 3000. Do you have any .... stock?
2 I'm terribly sorry, Madam. The Shredder 3000 is .... stock at the moment. Would you like to preorder one?
3 You can purchase this mattress .... a trial basis. If you don't like it, then return it to us within 30 days and get a full refund.
4 It's generally cheaper to buy things like rice and cereal .... bulk rather than in small packets.

Exercice 8 Les synonymes

▶ *Corrigé p. 240*

Trouvez un synonyme du mot entre parenthèses dans l'encadré *Ordering* p. 50.

1 A rival firm is selling exactly the same product at a massive .... (reduction).
2 Our current electricity .... (provider) is running a promotional campaign.
3 There are 5 .... (articles) in your virtual cart. Go to checkout?
4 It is essential to ask for a shipping .... (estimate) before signing any contract.
5 We undertake to replace or refund any .... (faulty) product, no questions asked.
6 Buy 3 pots of special bathroom paint and get a .... (free) one!

3. Invoicing – *La facturation*

Part 2 – Piste 33

bill *(n / vb)*	addition, facture / facturer	***fine***	amende
invoice *(n / vb)*	facture / facturer	***payable*** *(adj)*	payable
terms of payment	modalités de paiement	***pending*** *(adj)*	en attente
letterhead	en-tête, papier à en-tête	***void*** *(adj / vb)*	nul, caduc
creditor	créancier	***outstanding*** *(adj)*	en retard, impayé
shipping and handling	port et manutention	***within*** *(prep)*	dans les (30 jours...)
units	unités		
amount due	somme due		
fine print	petits caractères	***disregard*** *(vb)*	ne pas tenir compte de
fee	frais	***charge*** *(vb)*	facturer
reminder	rappel	***issue*** *(vb)*	publier, éditer, faire (un chèque)

Exercice 9 Les mots à connaître : *Invoicing*

▶ *Corrigé p. 240*

Complétez les phrases avec tous les mots de l'encadré en les conjuguant ou en les mettant au pluriel si nécessaire.

1 If you use ink* from another manufacturer, the warranty for your printer will be ....

2 I forgot to pay the electricity .... and received a .... from the company. If I don't pay .... 7 days, they will cut off* my power!

3 The reminder letter said to .... it if I had already paid.

4 Make sure you send all our official correspondence using our company ....

5 When you .... a cheque, don't forget to get the manager to sign it.

6 The .... should be easily visible in any invoice, but in this document, they are at the end, in the ....

7 Please make your check .... to ABC Ltd.

8 We have a lot of .... debts that we must pay in order to avoid* problems with our main ....

9 Do you .... a .... in the event of late payment?

10 The .... is $525 including .... using our preferred carrier.

11 Payment is ...., we are just waiting for the bank to clear* the check.

12 There is a .... for ordering below a certain number of ....

13 Could you please give me your .... number?

*Mots & expressions	***ink :*** encre ***cut off :*** couper ***avoid :*** éviter ***clear :*** accepter

Exercice 10 Les familles de mots

▶ *Corrigé p. 240*

Complétez chaque phrase avec le mot qui convient.

1 We will send you the invoice for your .... as soon as you return the form.

Ⓐ subscribe
Ⓑ subscribed
Ⓒ subscriber
Ⓓ subscription

2 .... a client is much more problematic than the opposite, as the store loses money.

Ⓐ Charging
Ⓑ Overcharging
Ⓒ Recharging
Ⓓ Undercharging

3 The building .... me of where I went to college.

Ⓐ remind
Ⓑ reminded
Ⓒ reminder
Ⓓ reminiscent

4 The .... of the check must have sufficient funds to cover its amount.
- Ⓐ issue
- Ⓑ issues
- Ⓒ issuer
- Ⓓ issuing

5 Please contact the .... service if you have any questions regarding your payment.
- Ⓐ bill
- Ⓑ invoice
- Ⓒ invoicing
- Ⓓ billed

6 Your .... was not properly packaged.
- Ⓐ ships
- Ⓑ shipping
- Ⓒ shipment
- Ⓓ shipped

7 Could you please phone us today .... your order?
- Ⓐ regard
- Ⓑ regarding
- Ⓒ disregard
- Ⓓ regardless

8 It is to your .... that you wish to continue your education.
- Ⓐ credit
- Ⓑ credits
- Ⓒ creditor
- Ⓓ credited

9 There is one .... that is malfunctioning.
- Ⓐ unitary
- Ⓑ unity
- Ⓒ unite
- Ⓓ unit

10 .... on the amount due, you will have to pay either in cash or by credit card.
- Ⓐ Append
- Ⓑ Dependent
- Ⓒ Pending
- Ⓓ Depending

Exercice 11 Les mots qui ont plusieurs sens

▶ Corrigé p. 240

Trouvez un mot dans l'encadré *Invoicing* p. 52 qui correspond à tous les sens de chaque ligne.

1 a problem / supply (vb) / a copy of a magazine : ....
2 late, unpaid / excellent : ....
3 ask for payment / replenish a battery / officially accuse someone of a crime : ....
4 canceled or expired / lacking / empty : ....
5 a financial penalty / good (weather) / small : ....

Exercice 12 Les synonymes

▶ Corrigé p. 240

Trouvez les cinq paires de synonymes parmi les mots suivants.

bill	**charge**	**overdue**	**fee**	**outstanding**
invalid	**disregard**	**invoice**	**void**	**ignore**

- .... = ...
- .... = ...
- .... = ...
- .... = ...
- .... = ...

4. Delivery – *La livraison*

Part 2 – Piste 34

carrier	transporteur	***shipment, consignment***	expédition, cargaison
courier	coursier	***freight***	fret, cargaison
recipient	destinataire	***forklift truck***	chariot élévateur
postal worker	employé de la poste	***rush fee***	frais d'envoi en express
warehouse	entrepôt	***overnight*** *(adj)*	en 24 heures
storage	stockage, garde-meuble		
crate *(n / vb)*	caisse en bois / mettre en caisse	***pack*** *(vb)*	emballer
		weigh *(vb)*	peser
package *(n / vb)*	colis / emballer	***dispatch*** *(vb)*	expédier
stack *(n / vb)*	pile / empiler	***drop off*** *(vb)*	déposer
load *(n / vb)*	chargement / charger	***pick up*** *(vb)*	passer prendre

Exercice 13 Les mots à connaître : *Delivery*

▶ *Corrigé p. 241*

Complétez les phrases avec tous les mots de l'encadré en les conjuguant ou en les mettant au pluriel si nécessaire.

1 If you want your urgent parcel to get there ...., you will have to pay a ....
2 A bicycle .... is much more efficient at delivering small packages in a city.
3 Make sure you .... your .... carefully to minimise breakage.
4 The operator used the .... to stack the crates in the ....
5 I'm not satisfied with our current .... , which never .... the shipments when it says it will.
6 Take your parcel to the post office, where a .... will .... it to check that it isn't too heavy.
7 It was easier to put the furniture in .... than to try to sell it.
8 If the truck's .... is too heavy, there can be problems.
9 We shipped the precious statue in a wooden ...., surrounded by packing peanuts.
10 Excuse me, madam, the .... must sign for this registered ....
11 The train company is responsible for all .... trains.
12 Please don't .... things on top of this box, as the contents are fragile.
13 In order for us to .... the delivery on time, it must be .... before midday.

Exercice 14 Les familles de mots

▶ *Corrigé p. 241*

Complétez chaque phrase avec le mot qui convient.

1 Dairy products must be kept in cold .... to stop them from going bad.
Ⓐ store
Ⓑ stored
Ⓒ story
Ⓓ storage

2 When we received the consignment, the .... was damaged.
Ⓐ pack
Ⓑ unpack
Ⓒ packaged
Ⓓ packaging

3 .... costs get higher and higher every year.
Ⓐ Ship
Ⓑ Shipped
Ⓒ Shipment
Ⓓ Shipping

4 We need to calibrate our scales because the post office says the .... is different.
Ⓐ weigh
Ⓑ weight
Ⓒ weighed
Ⓓ weighing

5 The .... bay is behind the warehouse.

Ⓐ load
Ⓑ unload
Ⓒ loading
Ⓓ loaded

6 We bought these special crates which are designed to be ....

Ⓐ stack
Ⓑ stacks
Ⓒ stacking
Ⓓ stackable

7 The .... forgot to pay a rush fee, so it will take longer to arrive.

Ⓐ dispatch
Ⓑ dispatched
Ⓒ dispatcher
Ⓓ dispatching

8 The .... of the award should contact us in order to organize delivery of their trophy.

Ⓐ receipt
Ⓑ receiver
Ⓒ receive
Ⓓ recipient

9 Are you sure you should .... that on your own?

Ⓐ carry
Ⓑ carrier
Ⓒ carried
Ⓓ carry-on

10 The choice of carriers is too big, I can't .... just one!

Ⓐ pick over
Ⓑ pick up
Ⓒ pick out
Ⓓ pick off

Exercice 15 Les prépositions

▶ Corrigé p. 241

Complétez les phrases avec les prépositions de la liste.

by – by – in – in – up

1 Pierre put all his furniture .... storage when he moved to Australia for a one-year contract.
2 Do you think it is possible to pick .... the parcel before 10 o'clock?
3 I sent you the document to sign .... courier. You should have it .... this afternoon.
4 Please stack the pallets .... a tidy pile.

Exercice 16 Les synonymes

▶ Corrigé p. 241

Remettez les lettres dans l'ordre pour trouver le synonyme de chaque mot.

1 wrap – **pkca** ....
2 consignment – **stipnemh** ....
3 parcel – **pcgkaea** ....
4 transporter – **criarer** ....
5 send – **dpachtis** ....

LISTENING TEST

Sales Part 1

Part 2 – Piste 35

▶ Corrigé p. 242

1 Ⓐ Ⓑ Ⓒ Ⓓ

Sales Part 2

Part 2 – Pistes 36-40

▶ Corrigé p. 242

2 Ⓐ Ⓑ Ⓒ
3 Ⓐ Ⓑ Ⓒ
4 Ⓐ Ⓑ Ⓒ
5 Ⓐ Ⓑ Ⓒ
6 Ⓐ Ⓑ Ⓒ

Sales Part 3

Part 2 – Pistes 41-42

▶ Corrigé p. 243

7 What problem does the man have?
(A) An article didn't arrive.
(B) An article was not invoiced.
(C) An article was not ordered.
(D) An article was too expensive.

8 When will the driver come?
(A) Later in the morning
(B) After lunch
(C) After dinner
(D) Tomorrow

9 What does the woman tell the man to do?
(A) Pay an invoice
(B) Send a letter
(C) Ignore the first invoice
(D) Drop off the goods

Sales Part 4

Part 2 – Pistes 43-44

▶ Corrigé p. 244

10 Why did the man leave a message?
(A) He didn't receive his sofa bed.
(B) He was not happy with the delivery.
(C) He didn't receive everything he needed.
(D) He didn't want to assemble the sofa bed.

11 When did the man receive his order?
(A) Last week
(B) Yesterday morning
(C) Yesterday afternoon
(D) This morning

12 What does the man mean when he says "I had to give up in the end"?
(A) He stopped doing something.
(B) He had a lot of issues.
(C) He only finished one end.
(D) He gave it to the delivery person.

Go on to the next page ➤

READING TEST

Sales Part 5

▶ Corrigé p. 245

Select the best answer to complete each sentence.

13 I need to contact the .... to alter our order.
(A) supply
(B) supplies
(C) supplier
(D) supplement

14 The shoes were .... down from $100 to $30.
(A) mark
(B) marked
(C) marking
(D) marks

15 The furniture store thanked its loyal customers for their ....
(A) patron
(B) patronize
(C) patronizing
(D) patronage

16 A driver who parks in an unauthorized parking spot will probably get a ....
(A) fee
(B) fine
(C) payment
(D) cost

17 I left the empty coffee packet on the bench as a .... to buy some more!
(A) remind
(B) reminded
(C) reminder
(D) reminding

Sales Part 6

▶ Corrigé p. 246

Questions 18-21 refer to the following letter.

Dear Mr. Fratelli,

Thank you very much for .... (18) to take care of our .... (19) needs at such short notice.

We particularly appreciate your prompt reply as our business is time sensitive. We must deliver our goods to our clients as soon as possible, ... (20) we risk losing them.

In exchange for your help in this matter, we would like to take this opportunity to offer you a 20% discount on all orders should you yourself have need of office equipment in the next 12 months.

.... (21)

We look forward to working with your company,

Yours sincerely,
Esteban Jones

18 (A) to offer
(B) offered
(C) offer
(D) offering

19 (A) freights
(B) freighted
(C) freighter
(D) freightage

20 (A) either
(B) however
(C) otherwise
(D) or

21 (A) Do you understand the consequences?
(B) When you wish to benefit from this discount, please contact me personally.
(C) We highly recommend you.
(D) Could you please send me your sales catalogue?

Sales Part 7

▶ Corrigé p. 247

Questions 22-23 refer to the following advertisement.

Tina's on Main

Ready to change your wardrobe, but not sure where to start?

Come on down to **Tina's on Main**.
Here at **Tina's on Main** we offer you personal coaching to help you determine what you should or should not be wearing. Our staff are fashion experts who know it all – colours, styles, sizes, and more!

Book an appointment with a coach this week and pay nothing!

Tina's on Main
268 Main Street
Petraville

Open till 9 P.M. every weeknight.

22 What sort of business is Tina's on Main?
(A) A furniture store
(B) A fitness center
(C) A clothing store
(D) A hair salon

23 On what days is the store open until 9 P.M.?
(A) Every day of the week
(B) Monday to Friday
(C) Monday to Saturday
(D) Saturday and Sunday

Go on to the next page

Questions 24-26 refer to the following notice.

▶ *Corrigé p. 248*

DELIVERY FAQ

1 When will I receive my delivery?
When you place your order, you will receive an estimated delivery date. Please note that this is not a guaranteed delivery date for your order. – [1] – Some areas may take longer due to the frequency of deliveries to the delivery zip code. The time it takes you to receive your order includes order processing, packaging, transit time to the delivery provider, and transit time to the delivery address. – [2] –

When the carrier receives your order and is ready to schedule a delivery date, they will attempt to contact you at the telephone number that you provided in your order. – [3] – At that time, they will let you know on what days of the week they are able to deliver to your area. Deliveries will be made between the hours of 8 A.M. and 8 P.M. on the day you select. – [4] – The delivery company will make every effort to deliver within the time window provided.

24 What is NOT a factor in determining delivery times?
(A) The carrier chosen
(B) Order processing
(C) Delivery to the carrier
(D) Packaging

25 When do clients choose a delivery date?
(A) Before they pay
(B) When they validate the order
(C) The morning of the delivery
(D) When the carrier receives the goods

26 In which of the positions marked [1], [2], [3], and [4] does the following sentence best belong?
"The delivery company will call you the morning of the scheduled delivery and will provide you with an approximate time window."
(A) [1]
(B) [2]
(C) [3]
(D) [4]

- **Nature de l'épreuve :** épreuve orale en rapport avec des QCM dans le livret
- **Nombre de questions :** 13 dialogues - 39 questions (3 questions par dialogue)
- **Durée approximative :** 18 minutes
- **Déroulement du test :**
  - Vous écoutez des dialogues entre deux ou trois interlocuteurs; dans le livret, trois questions avec quatre propositions de réponses portent sur chaque dialogue; il faut choisir la proposition A, B, C ou D qui répond le mieux à la question (une seule réponse possible).
  - Vous entendez chaque dialogue une fois. Après le dialogue, les questions sont lues mais pas les propositions de réponse.
- **Spécificités :**
  - il y a douze dialogues entre deux personnes et un dialogue entre trois personnes;
  - les questions sur les deux ou trois derniers dialogues sont accompagnées d'un document visuel simple (bon de réduction, plan, liste de prix...).

Exemple de dialogue et de questions ⚠ ***Le dialogue est enregistré, il n'apparaît pas dans le livret de test.***

(Man) Good afternoon, I'd like to purchase a ticket for the guided tour of the exhibition on ancient Egypt.
(Woman) I'm sorry, sir, but that tour is only given on Saturdays and Sundays.
(Man) Oh, I was looking forward to taking that one. But I'm just in town for a business trip and I'm leaving tomorrow. Do you have guided tours for any other exhibits?
(Woman) Yes, the sculpture exhibit has a wonderful tour, and the next one starts in five minutes.

Seules les questions et les propositions de réponse apparaissent dans le livret.

41 Where does the conversation most likely take place?
(A) At a library
(B) At a concert hall
(C) In a national park
(D) In a museum

42 What does the man want to buy?
(A) A ticket
(B) A souvenir
(C) A book
(D) A meal

43 What does the woman suggest?
(A) Going to a gift store
(B) Taking a different tour
(C) Returning the next day
(D) Having lunch at a café

DIFFICULTÉS - CONSEILS POUR RÉUSSIR

AN-TI-CI-PER est le mot-clé pour réussir Part 3.

1. Écouter et lire

- Le dialogue se déroule à vitesse normale; vous pouvez trouver qu'il est difficile de l'écouter et de lire en même temps les questions et les propositions de réponse.

  Vous devez absolument réussir à lire les questions avant d'écouter le dialogue afin de savoir au préalable sur quoi elles portent.

- On peut avoir oublié ce qui a été dit dans le dialogue.

  N'attendez pas la fin du dialogue pour lire les questions. Si vous les avez lues avant, vous aurez déjà en tête les informations à rechercher pendant l'écoute et vous identifierez rapidement la bonne proposition.

Après le dialogue, le narrateur lit les trois questions avec un long silence entre chacune. Si vous avez réussi à répondre en même temps que l'écoute du dialogue, faites abstraction de sa voix et mettez à profit ce temps précieux pour lire les questions du dialogue suivant.

> **Tip!**
> Connaissez par cœur les consignes de Part 3 pour ne pas avoir à les écouter le jour J; pendant que le narrateur les dira, vous pourrez lire les trois questions du premier dialogue et prendre de l'avance.

2. La perte de concentration

- Vous avez buté sur un mot, mal compris un dialogue, vous ne trouvez pas les informations demandées : vous hésitez dans la réponse à une question, voire aux trois questions!

  Si vous n'êtes pas sûr de la réponse, procédez par élimination. Si vous arrivez à éliminer deux mauvaises réponses, cela vous donne 1 chance sur 2 pour les deux qui restent !

> **Tip!**
> En cas de perte de concentration, n'hésitez pas à sacrifier une série de trois questions. Écrivez néanmoins une réponse pour ces questions manquées et mettez ce temps à profit pour vous reconcentrer sur les questions suivantes.

LES QUESTIONS ET LES THÈMES DE PART 3

1. Les types de questions de Part 3

Tip!
Quand vous voyez les mots ***most likely*** ou ***probably***, vous savez qu'il s'agit d'une question qui porte sur la compréhension globale du texte.

Les questions de déduction

- De nombreuses questions de Part 3 (et de Part 4) demandent au candidat de **déduire une information générale** à partir du dialogue : le métier d'une personne, l'endroit où se déroule la conversation, de quoi parlent les interlocuteurs :

Ex. : *Where most likely are the speakers?* — Où se trouvent probablement les interlocuteurs ?
Who most likely is the man? — Qui pourrait probablement être cet homme ?
Where does the woman work? — Où la femme travaille-t-elle ?

Les questions sur le sens d'une phrase

Ces questions peuvent prendre deux formes :

- soit la question porte sur la compréhension générale du dialogue et demande donc de bien saisir le contexte et l'enchaînement des idées pour répondre;

Ex. : *What does the woman mean when she says "I've been meaning to contact them"?*
Qu'entend la femme par « I've been meaning to contact them » ?

- soit la question porte sur une expression courante à connaître. Alors le contexte ne sera pas d'une grande utilité, mais un vocabulaire très développé le sera !

Ex. : *What does the man mean when he says "If you wouldn't mind"?*
Qu'entend l'homme par « If you wouldn't mind » ?

Les questions sur la suite des actions

- Au moins deux questions de Part 3 demandent ce qui va se passer immédiatement après le dialogue.

Ex. : *What will the woman do next?* — Que va probablement faire la femme ensuite ?
What will most likely happen next? — Que va-t-il probablement se passer ensuite ?

- Pour choisir la bonne réponse à ces questions, il faut à la fois faire preuve de logique et tenir compte de ce que disent les interlocuteurs en fin de dialogue.

Exemple :
Une employée d'un fournisseur d'accès à Internet téléphone à un homme pour lui proposer un nouveau forfait avantageux. Il est très intéressé, car son forfait actuel est bien plus élevé. À la fin du dialogue, il dit :

Oh, that's a good deal, but I haven't heard of your company before. So I'd like to look up some more information about this before signing up for a whole year.	Oh, c'est une offre intéressante, mais je n'ai jamais entendu parler de votre société. J'aimerais donc prendre quelques renseignements avant de m'engager pour une année complète.

What will most likely happen next?

(A) The woman will make a reservation.
(B) The woman will change her contract.
(C) The man will visit a store.
(D) The man will research a company.

Que va-t-il probablement se passer ensuite ?

(A) La femme va faire une réservation.
(B) La femme va changer son propre abonnement.
(C) L'homme va se rendre dans un magasin.
(D) L'homme va se renseigner sur une société.

Tip!
Les propositions présentent souvent les choses de façon générique : ici, ***a company*** renvoie à la société où travaille la femme.

Réponse (D)
Tout le dialogue a porté sur le changement d'offre Internet et on comprend que l'homme a l'intention de changer de forfait, mais ce n'est pas ce qui va se passer **immédiatement**, puisque l'homme indique qu'il va d'abord se renseigner : réponse (D).

Tip!
Si on a le choix entre deux actions imminentes, il faut choisir la première, même si elle vous semble moins importante que l'autre.

Les questions avec un document visuel

- Deux à trois séries de questions de Part 3 sont associées à un document visuel simple : un bon de réduction, un petit tableau, un plan...

Ex. : *Look at the graphic. Why is the coupon rejected?*
Regardez le graphique, pourquoi le bon est-il rejeté ?

- Quand un document visuel est associé à l'une des questions, regardez-le tout de suite ; son contenu ou **son titre** vous aideront à identifier le contexte de la conversation.

Ex. : *Discount coupon*	bon de réduction	*Order form*	bon de commande
Store layout	plan du magasin	*Nutrition information*	apports nutritionnels

- N'oubliez pas que c'est un exercice de compréhension orale !
Ne vous contentez pas de répondre après avoir simplement consulté les données de ce visuel ; il faut aller y chercher des informations tout en tenant compte de ce qui est dit dans le dialogue.

- Les pages qui suivent vous proposent un **entraînement complet pour travailler en détail tous les types de questions de Part 3.**
- Chacune des rubriques **2** (endroits), **3** (métiers), **4** (durée...) propose **un entraînement guidé** avec 5 à 6 exercices (vocabulaire, identification de documents, compréhension orale, synonymes, prépositions...) destinés à enrichir votre vocabulaire et à vous familiariser avec les difficultés de Part 3.

2. Les endroits

Entraînement guidé Où sont-ils ? (1)

- Le choix de la bonne réponse dépend beaucoup de la maîtrise du vocabulaire, car il va vous permettre de faire des associations avec un endroit spécifique proposé dans les réponses (comme un service au sein d'une entreprise, un type de commerce), un métier ou le sujet principal d'une conversation...

Exercice 1 Le vocabulaire

▶ Corrigé p. 250

Écrivez les mots de la liste dans la colonne du tableau qui convient ; certains mots peuvent aller dans plusieurs domaines.

stocktaking	**prescription**	**checkout**	**on an empty stomach**
consultation	**vehicle**	**cashier**	**mechanic**
tire	**hood**	**receipt**	**interaction**
refill	**invoice**	**puncture**	**winterize**
cart	**belt**	**labor**	**tablet**

At the pharmacy	*At the garage*	*At the supermarket*
....	....	....
....	....	....
....	....	....
....	....	....
....	....	....
....	....	....
....	....	....
....	....	....

Exercice 2 Les documents visuels

▶ Corrigé p. 250

À quels domaines du tableau de l'exercice 1 peut-on associer ces deux documents ?

1

Invoice n° 563-04
27/04

4 tires	4 @ $50 per unit	$200
Labor		$50
	TOTAL	**$250**

2

Children over 10:
Take 1 tablet three times a day after meals.
Adults:
Take 2 tablets three times a day after meals.
Warning:
Not to be administered to children whose weight is under 50lb.

Exercice 3 Compréhension orale

Écoutez les dialogues et répondez aux questions.

Part 3 – Pistes 45-46 ▶ *Corrigé p. 250*

1 Where most likely are the speakers?

(A) In a garage
(B) At the man's workplace
(C) At the woman's workplace
(D) In a supermarket

2 When will the man return?

(A) After lunch
(B) In 5 minutes
(C) Tomorrow
(D) In an hour

3 What will the man show when he returns?

(A) Some ID
(B) A prescription
(C) A document from the insurance
(D) His driver's license

Tip!
- Lisez les questions avant d'écouter l'enregistrement, c'est ce que vous devrez réussir à faire pendant le vrai test.
- Ne lisez pas les propositions de réponse, ça prendrait trop de temps et vous risquez de les oublier.

Part 3 – Pistes 47-48 ▶ *Corrigé p. 251*

4 Where does the man probably work?

(A) In a service station
(B) In a supermarket
(C) In a garage
(D) In a pharmacy

5 What is going to happen tomorrow?

(A) A special offer will start.
(B) The store will be closed.
(C) A special offer will end.
(D) The store will open early.

6 What will the woman probably do next?

(A) Return her items to the shelves
(B) Pay by card
(C) Pay by check
(D) Add an item to her cart

Part 3 – Pistes 49-50 ▶ *Corrigé p. 251*

Invoice n° 563-04		
27/04		
4 tires	4 @ $50 per unit	$200
Labor		$50
	TOTAL	$250

7 Where most likely are the speakers?

(A) In a car park
(B) At the woman's work
(C) At a garage
(D) In the woman's house

8 What does the man suggest the woman might like to do?

(A) Buy four tires
(B) Check the work done on the car
(C) Pay her invoice in instalments
(D) Get a refund

9 How much will the woman pay?

(A) $50
(B) $100
(C) $150
(D) $250

Tip!
Ne vous contentez pas de répondre après avoir simplement consulté les données du visuel ; n'oubliez pas que c'est un test de compréhension orale...

- **Il est essentiel de développer son vocabulaire**, car la bonne réponse vient souvent sous la forme d'une **paraphrase** qui contient des synonymes d'une phrase du dialogue.
- Par exemple, les verbes à particule ont souvent un verbe « standard » comme synonyme ; c'est parfois ce verbe normal qui sera proposé parmi les réponses.

Exercice 4 Les synonymes

▶ Corrigé p. 252

Lisez le texte ci-dessous pour y trouver les synonymes des mots suivants.

without eating ....
appointment ....
dinner ....
suggest ....
successful ....

M Hello. I've been suffering a little from heartburn lately. What can you recommend?
W These tablets are very effective. Just make sure you don't take them on an empty stomach. It's best to take them in the middle of your evening meal, in fact.
M Do I need a prescription for them?
W They'll be cheaper with a prescription, but it's not absolutely necessary.
M Well, I have a consultation with my doctor later this morning, so I'll ask him for one then. I'll come back this afternoon.

Exercice 5 Les prépositions

▶ Corrigé p. 252

Complétez le texte en ajoutant des prépositions.

M Good afternoon Madam. Please take your articles .... the cart and place them .... the belt.
W Yes, of course. This special offer cheese is a really good deal. I think I'll come back tomorrow and get some more. What time do you open tomorrow?
M Tomorrow is stocktaking. We'll be closed all day.
W Oh, in that case, I'd better add some more .... my purchases now! Can I run and get some?
M Certainly, there's no one else waiting .... line .... my checkout.

Exercice 6 Les verbes

▶ Corrigé p. 252

Trouvez dans le texte ci-dessous les verbes suivis d'une préposition ou d'une particule qui correspondent aux verbes suivants.

collect ....
perform ....
inspect ....
remove ....
cost ....

W Hi, I've come to pick up my car and to pay. Is it ready?
M Absolutely. The work was carried out earlier this morning. Would you like to look your vehicle over before paying?
W I'm sure that won't be necessary, thank you.
M Here is the invoice ... Just a minute, I'm not sure it is correct. I saw that your rear tires were still in pretty good condition, so we only took off the two front tires. So the total comes to a hundred and fifty dollars, in fact. Would you like to pay by check or credit card?

Entraînement guidé | Où sont-ils ? (2)

Exercice 7 Le vocabulaire

▶ *Corrigé p. 252*

Écrivez les mots de la liste dans la colonne du tableau qui convient. Certains mots peuvent aller dans plusieurs domaines.

how can I get to...	on the house	label	straight ahead	hail *(vb)*	order *(vb)*	check *(n)*
check *(vb)*	board *(vb)*	opposite	dish	customs	gate	booking
on the corner	tip	starter	stopover	business	bus stop	you can't miss it

In the street	*In a restaurant*	*At the airport*
....	....	....
....	....	....
....	....	....
....	....	....
....	....	....
....	....	....
....	....	....
....	....	....

Exercice 8 Les documents visuels

▶ *Corrigé p. 252*

À quels domaines du tableau de l'exercice 7 peut-on associer ces deux documents ?

BAGGAGE RESTRICTIONS

1

X Liquids	X Sharps

No liquids, gels or creams over 100 ml.	No blades over 6 cm allowed in carry-on luggage.

2

Gino's Pizza

1 medium cheese pizza	$ 9.90
1 sm tossed salad	$ 3.40
2 Sodas @ $1 each	$ 2.00
Subtotal	$15.30
Tax	$ 1.20
Total	$16.50

Exercice 9 Compréhension orale

Écoutez les dialogues et répondez aux questions.

Part 3 – Pistes 51-52 ▶ *Corrigé p. 253*

1 Where most likely are the speakers?

(A) On a plane
(B) In an airport
(C) On a train
(D) At a train station

2 How many bags does the man have?

(A) None
(B) One suitcase
(C) One carry-on bag
(D) One suitcase and one carry-on bag

3 What is the man concerned about?

(A) Arriving late
(B) Having too much luggage
(C) Missing a train
(D) Drinking too much water

Part 3 – Pistes 53-54 ▶ *Corrigé p. 253*

4 Where are the speakers?

(A) At the train station
(B) In the street
(C) At the bus stop
(D) At a taxi rank

5 What is NOT true?

(A) The man has no baggage.
(B) A taxi will be slower than the bus.
(C) The man can take the number 3 bus.
(D) The bus stop is next to the taxi rank.

6 How will the man most likely get to the train station?

(A) By subway
(B) On foot
(C) By bus
(D) By taxi

Part 3 – Pistes 55-56 ▶ *Corrigé p. 254*

Gino's Pizza

1 medium cheese pizza	$ 9.90
1 sm tossed salad	$ 3.40
2 Sodas @ $1 each	$ 2.00
Subtotal	$15.30
Tax	$ 1.20
Total	$16.50

7 How much did the woman's dessert cost?

(A) She didn't have a dessert.
(B) $1.20
(C) $3.00
(D) It was free.

8 What does the man mean when he says "your dessert is on the house"?

(A) The woman's dessert is upstairs.
(B) The woman received a complimentary dessert.
(C) The woman's dessert is an experimental dessert.
(D) The woman received a dessert by accident.

9 What will the woman probably do next?

(A) Order a meal
(B) Eat a dessert
(C) Pay for a meal
(D) Book a table

Exercice 10 Les prépositions

▶ Corrigé p. 255

Complétez le texte en ajoutant des prépositions.

M Hello, am I too late to check .... for flight AF209?
W Not at all, sir. You're just .... time. Do you have any luggage to check?
M No, I just have this one carry-on bag.
W Then please fill .... this label with your name and phone number and fix it .... your bag.
M Sure. I saw the sign about forbidden items and was wondering if I can keep my bottle of water?
W Well, it's bigger than is normally allowed, but because you have already drunk some of it, that brings you .... the limit. You can keep it.

Exercice 11 Texte à compléter

▶ Corrigé p. 255

Complétez le dialogue avec les mots et expressions de la liste. Il y a un mot de trop !
hail – lanes – traffic – foot – bus – taxi – takes

M Excuse me, I'm trying to get to the train station. Can you help me?
W Well, it's quite far if you're on .... , and I see you have a suitcase.
The best thing to do would be to walk to the bus stop on the corner and either
take the number 3 bus or .... a taxi.
The .... rank is there too.
M Okay, thank you very much. One more thing, do you know how long a taxi .... to get there?
W Hmm, in this ....? Around 20 minutes, but I would say the bus will be quicker,
because there are special bus ....

Exercice 12 Le vocabulaire

▶ Corrigé p. 255

Choisissez le mot ou l'expression en gras qui convient le mieux au sens de la phrase.

W **Please / Excuse me**, I think there's a problem with my check.
M Yes, Madam, what **appears / looks** to be the problem? Were you overcharged?
W No, **indeed / quite** the opposite. You forgot to include the dessert. I should have been charged $3.50 more.
M **Actually / Currently**, I didn't forget, your dessert is on the **takeaway** / **house** because you told us it was your birthday.
W Well, that's very kind of you. I'll be sure to leave a big **check / tip**!

3. Les métiers

Entraînement guidé **Les métiers**

- Deux questions reviennent très souvent dans Part 3 à propos du métier des interlocuteurs, de l'endroit où ils travaillent ou des objets qu'ils utilisent dans leur profession.

Ex. : *Where most likely does the man work?* — Où est-il probable que l'homme travaille ?
Where are the speakers? — Où se trouvent les interlocuteurs ?

- La plupart du temps, la réponse ne se trouve pas mot pour mot dans la conversation. Il faut la déduire à partir des indices fournis dans le dialogue, qui servent à identifier le contexte. Ces indices peuvent être l'activité dont on parle, un outil, un vêtement de travail, une expression typique associée au métier en question.

Exercice 13 Le vocabulaire des métiers

▶ *Corrigé p. 255*

Avec quel métier associez-vous ces mots ? Écrivez le nom du métier à la suite des mots qui lui correspondent.

real estate agent **cab driver** **flight attendant** **truck driver**
cashier **construction worker** **gardener** **office worker**
dentist **hotel receptionist**

Indices	Métier
• fare, tip, meter, driver, passenger, heading to, change	....
• load, unload, loading bay, delivery, package, shipment, pallet	....
• dig, spade, weed, prune, lawn, mower, hedge, flower bed, hosepipe	....
• checkout, cash register, line, charge, return, discount, customer	....
• drill, spit, cavity, whiten, filling, hygienist, checkup	....
• desk, office, cubicle, computer, telephone, printer	....
• overhead locker, baggage, carry-on, boarding pass, gate, beverage	....
• lease, tenant, homeowner, landlord, deposit, property	....
• check in, check out, wake-up call, room service, porter, keycard	....
• blueprints, building, hard hat, building site, concrete, safety footwear	....

Exercice 14 Les documents visuels

▶ *Corrigé p. 256*

À quels domaines du tableau de l'exercice précédent peut-on associer ces deux documents ?

1

Notice

Low clearance

12 ft. 6 in

Please check with Warehouse Manager if unsure

2

Gavin's Gardening Service

Price list

Lawn mowing	$45
Pruning (per fruit tree)	$15
Weeding (per sq yard)	$ 5
Hedge trimming (per yard)	$ 5

Garden maintenance weekly flat fee $30

Exercice 15 Compréhension orale

Écoutez les dialogues et répondez aux questions.

Part 3 – Pistes 57-58 ▶ *Corrigé p. 256*

1 Where most likely does the conversation take place?

(A) At a truck stop
(B) On a ship
(C) On the freeway
(D) At a warehouse

2 What does the man ask the woman to do?

(A) Drive on
(B) Park the vehicle
(C) Turn left
(D) Reverse

3 What is implied about Bay 3?

(A) Some trucks are too long for it.
(B) Some trucks are too heavy for it.
(C) Some trucks are too high for it.
(D) Some trucks are too wide for it.

Part 3 – Pistes 59-60 ▶ *Corrigé p. 257*

4 Where does this conversation take place?

(A) On a plane
(B) In a car park
(C) On a train
(D) At a ticket office

5 What is the problem?

(A) The man is sitting in the wrong seat.
(B) The woman has the wrong seat number.
(C) The woman has the wrong ticket.
(D) The woman is in the wrong car.

6 What is the man's seat number?

(A) 10
(B) 11
(C) 12
(D) 13

Part 3 – Pistes 61-62 ▶ *Corrigé p. 257*

Gavin's Gardening Service

Price list

Lawn mowing	$45
Pruning (per fruit tree)	$15
Weeding (per sq yard)	$ 5
Hedge trimming (per yard)	$ 5
Garden maintenance weekly flat fee	$30

7 Where most likely are the speakers?

(A) In the street
(B) In the man's office
(C) In the woman's garden
(D) In the man's garden

8 What will the man do tomorrow?

(A) Mow the lawn
(B) Prune the trees
(C) Weed the flower beds
(D) Weekly maintenance

9 How much will Ms. Liu pay if she opts for the weekly maintenance of her garden?

(A) $15
(B) $30
(C) $45
(D) $70

Exercice 16 Le vocabulaire

▶ Corrigé p. 258

Choisissez le mot ou l'expression en gras qui convient le mieux au sens de la phrase.

W Hi, I have a **shipment / parcel** for you from Nordic Paper. Five pallets.

M Sure, let me just check the shipping documents. Right, you can pull into loading bay 3.
How high is your **car / vehicle**?

W It's 12 feet high **precise / exactly**.

M In that case, there will be no problem with **clarity / clearance**.
I asked because we had a minor incident in Bay 3 this morning with a truck that was too **high / height**!
If you **drive / roll** on a bit further, you'll see it on the right.

W No problem, I've been here before.

Exercice 17 Texte à compléter

▶ Corrigé p. 258

Complétez le dialogue avec les mots et expressions de la liste. Il y a un mot en trop.
commuter – so – terribly – seat – reservation – as well as

W Excuse me, but I think you are sitting in my ....

M I don't think so. My ticket says car number 11, seat 10 – see?

W I don't understand! My seat number is 10. It says .... on my ticket – look!
We are on the .... express to Pasadena, right?

M This is the 13:50 express to Pasadena alright.
You know, your ticket should have a car number on it .... a seat number.
Can I see your ticket? Look here. It says car 12. You just need to go to the next car, and you'll find your seat.

W Oh, I'm .... sorry! Thank you for your help.

Exercice 18 Les formes verbales

▶ Corrigé p. 258

Infinitif, base verbale ou forme V *-ing*? Choisissez la forme verbale qui convient le mieux au sens de la phrase.

M Right, Ms. Liu, where would you like me **starting / to start**?

W Well, the lawn needs **mowing / mow**, and I have two flower beds which need **weeding / weed**.
There's also the two apple trees **pruning / to prune**.

M I'm not sure I'll be able **covering / to cover** all of that in one afternoon.
Let's say I start by **pruning / to prune** the two trees and mowing the lawn. I can **coming / come** back tomorrow to do the rest.

W That sounds fine. And then, if you do good work, I may **moving / move** to a weekly maintenance plan.

4. La durée, la fréquence, la quantité

Entraînement guidé Les paraphrases

- Dans Part 3, la bonne réponse reprend parfois le texte du dialogue mot pour mot ; elle peut aussi être donnée sous forme de paraphrase, de reformulation. Parfois, la réponse la plus proche est moins précise que ce qui est dit dans le dialogue.
- Voici quelques exemples de paraphrases pour des expressions avec des chiffres, des dates, des durées, la fréquence ou des quantités.

Ce que dit le dialogue	Questions	Réponses (paraphrases)
*We visit the factory **every other month**.* Nous visitons l'usine un mois sur deux.	***How often** do they visit the factory?* À quelle fréquence se rendent-ils à l'usine ?	***Once every two months*** Tous les deux mois
*We have **half a dozen** stores in this state.* Nous possédons une demi-douzaine de magasins dans cet État.	***How many** stores does the company have?* Combien de magasins la société possède-t-elle ?	***Six***
*The CEO will be present **for a week**.* Le PDG sera présent pendant une semaine.	***How long** will the CEO be present?* Pendant combien de temps le PDG sera-t-il présent ?	***Seven days*** Sept jours
*The deadline is **the first day of July**.* La date butoir est le premier juillet.	***When** is the deadline?* Quand est la date butoir ?	***In two months*** Dans deux mois

Exercice 19 Les paraphrases

▶ *Corrigé p. 259*

Reliez les mots et expressions de la première colonne à leur paraphrase dans la deuxième.

1 once a year •	• a quarter
2 every other day •	• twelve
3 fifty percent •	• 12 o'clock
4 a dozen •	• Monday, Wednesday and Friday
5 25% •	• quarterly
6 every 3 months •	• this afternoon
7 noon •	• annually
8 two weeks •	• a fortnight
9 after lunch •	• half

Vocabulaire Express Les mesures américaines

- Les Américains utilisent les mesures de longueur, de masse, de volume dites « impériales » ***(inches, gallons, miles, yards...)***.
- Une réponse au test *TOEIC*® ne dépendra jamais de votre connaissance des mesures impériales. Vous n'avez pas besoin de savoir convertir ces mesures, mais vous devez au moins savoir les reconnaître, car vous les entendrez peut-être dans le test.

Mesures	Unité	Conversion
de longueur	**inch** **yard** **mile**	*1 inch* = 2,54 centimètres *1 yard* = 92,4 centimètres *1 mile* = 1,6 kilomètre
de volume	**gallon**	*1 gallon* = 3,785 litres
de masse	**ounce** **pound**	*1 ounce* = 28,35 grammes *1 pound* = 0,454 kilogramme
de température	**degrees Fahrenheit**	*32° Fahrenheit* = 0° Celsius *86° Fahrenheit* = 30° Celsius

Exercice 20 Compréhension orale

Écoutez les dialogues et répondez aux questions.

Part 3 – Pistes 63-64 ▶ *Corrigé p. 259*

1 How long does Jim want to take off this summer?

(A) One day
(B) One week
(C) Two weeks
(D) Three weeks

2 When does the woman suggest Jim start his vacation?

(A) The beginning of June
(B) The middle of June
(C) The end of June
(D) The beginning of July

3 What will Jim do next?

(A) Send an e-mail
(B) Ask for an opinion
(C) Book a hotel
(D) Take a vacation

Part 3 – Pistes 65-66 ▶ *Corrigé p. 259*

4 Why did the man go to the concert?

(A) He plays in the orchestra.
(B) He had free tickets.
(C) His child was involved.
(D) His child asked him to go.

5 How often does the Music School give a concert?

(A) Once a year
(B) Twice a year
(C) Three times a year
(D) Four times a year

6 What does the woman mean when she says "I, on the other hand"?

(A) She had a nice time.
(B) She didn't enjoy herself.
(C) She enjoyed the music.
(D) She hurt her hand.

Part 3 – Pistes 67-68 ▶ *Corrigé p. 260*

Wash at 30°
Dark colors to be washed separately
Turn inside out before washing
Do not bleach
Do not tumble dry
Iron low heat

Made in Taiwan

7 Where most likely are the speakers?

(A) At the laundromat
(B) At a dry-cleaner's
(C) In a grocery store
(D) In a boutique

8 Why does the woman think the temperature is in Celsius?

(A) Most temperatures are given in Celsius these days.
(B) If it were Fahrenheit, the water would be too cold.
(C) If it were Fahrenheit, the water would be too hot.
(D) Because the jacket was made in Taiwan.

9 What is most likely the color of the jacket?

(A) Dark red
(B) Beige
(C) Black
(D) Navy blue

Exercice 21 Les synonymes

▶ Corrigé p. 261

Trouvez un synonyme dans le texte pour les mots et expressions suivants.

vacation ....
contact ....
two weeks ....
is that convenient ....
would like ....

W Jim, can you remind me when you wish to take your annual leave this year?
M I was hoping to take a fortnight sometime in June. I don't really mind if it's the beginning, middle or end.
W What about the last week of June and the first of July? Does that suit you?
M It should be okay, but let me check with my family tonight and I'll get back to you by e-mail tomorrow.

Exercice 22 Les prépositions

▶ Corrigé p. 261

Complétez le texte avec les prépositions de la liste.
in – in – off – on – to

M1 Hi Amir, how are you this morning?
M2 Fine thanks, but a little tired. We went .... the Music School end of year concert last night.
M1 Really? Did you have a nice time?
M2 Well, my son plays .... the orchestra, so of course I enjoyed it!
W I, ... the other hand... I nodded ....
M1 You fell asleep?
M2 Yes, I don't know how she did it, the music was so loud!
W To be honest, I didn't really like the music they played.
M1 Well, next time they give a concert, I'd be interested .... coming too. Will you let me know?
M2 I'll be sure to do that. They give concerts every three months.

Exercice 23 Les synonymes

▶ Corrigé p. 261

Trouvez un synonyme dans le texte pour les mots suivants.

certainly ....
apart ....
spilled ....
launder ....
mark permanently ....

M Excuse me, can I have your opinion on something?
W Sure, how can I help you?
M I bought this new jacket here yesterday and I dripped coffee down it the first time I wore it. It won't stain, but I have to wash it and I'm not sure of the instructions. Do you think the washing temperature is in Celsius or Fahrenheit?
W Let me see? Hmm, if it were Fahrenheit, 30 degrees would be extremely cold! I think it must be in Celsius.
M Oh yes, of course! And do I have to wash it separately?
W No, it's not necessary with this color.

Travel – *Voyager*

1. Travel for work – *Les déplacements professionnels*

Part 3 – Piste 69

journey	trajet, voyage	***lane***	voie (sur route)
one way / single ticket	aller simple	***toll***	péage
round trip / return ticket	aller-retour	***trade show***	salon professionnel
public transportation	transports en commun	***suburb / the suburbs***	banlieue / la banlieue
platform	quai		
track	voie (de chemin de fer)		
announcement	annonce	***catch*** *(vb)*	prendre, attraper
board	tableau d'affichage	***miss*** *(vb)*	manquer
cab, taxi	taxi	***hail*** *(vb)*	héler
traffic jam	bouchon, embouteillage	***carpool*** *(vb / n)*	pratiquer le covoiturage / covoiturage
rush hour	heure de pointe	***commute*** *(vb / n)*	(faire) le trajet maison-travail

Exercice 1 Les mots à connaître : *Travel for work*

▶ *Corrigé p. 262*

Complétez les phrases avec tous les mots de l'encadré en les conjuguant ou en les mettant au pluriel si nécessaire.

1 When you arrive at the train station, look at the arrivals*/departures* .... to see if your train is on time. While waiting for your train, always listen to .... in case you have to go to a different platform.

2 Due to maintenance on the .... , the train from Savannah will be somewhat* delayed.

3 During the rush hour the traffic tends* to be heavy and it is common* to get stuck* in a ....

4 You must leave on time if you want to .... your bus.

5 More and more workers are cycling between their homes in the .... and the office.

6 Mr. Toni is going to Washington this morning and returning to Boston tonight, so he needs a .... ticket. It's also cheaper than buying two .... tickets.

7 Many people .... to work nowadays*, meaning they often drive to work with their colleagues.

8 Yushimi hates driving and that is why she always uses ....

9 If you drive over this bridge, you will have to pay a .... , but it will cut your .... in half.

10 I work in the sales department and I often have to attend* .... to present my company products to our customers.

11 I took a .... from the station, as it's the fastest way of getting downtown. I had pre-booked one, as it's more efficient than trying to .... a cab in the middle of all the other commuters*.

12 It was the morning .... and the cars in front of me were moving very slowly, so I decided to move into the other .... but it was slow too.

13 I work downtown, but I live in the suburbs*, so I have to .... to work every day.

14 The train to Kyoto will leave from .... 8.

15 My alarm clock didn't ring this morning, so I .... my train.

*Mots & expressions	***arrivals :*** arrivées ***departures :*** départs ***somewhat :*** quelque peu ***tend :*** avoir tendance ***common :*** courant ***get stuck :*** être bloqué ***nowadays :*** de nos jours ***attend :*** assister à ***commuters :*** voyageurs, navetteurs

Exercice 2 Les familles de mots

▶ *Corrigé p. 262*

Complétez chaque phrase avec le mot qui convient.

1 .... time has been delayed by 15 minutes.

Ⓐ Boarding
Ⓑ Boards
Ⓒ Board
Ⓓ Boarder

2 My morning train is packed full of .... going to work.

Ⓐ commute
Ⓑ commutes
Ⓒ commuters
Ⓓ commuting

3 We apologize for the cancellation, which is due to ice on the ....
Ⓐ tracking
Ⓑ tracker
Ⓒ tracks
Ⓓ tracked

4 If you hurry, you might still .... the 7:30 train.
Ⓐ catcher
Ⓑ catches
Ⓒ catching
Ⓓ catch

5 They .... track numbers ten minutes before the train leaves.
Ⓐ announce
Ⓑ announces
Ⓒ announcing
Ⓓ announcement

6 There's no need to .... , you won't be late.
Ⓐ rush
Ⓑ rushes
Ⓒ rushed
Ⓓ rushing

7 Our head office is located in a quiet .... of the capital.
Ⓐ suburb
Ⓑ suburbs
Ⓒ suburban
Ⓓ suburbanite

8 Simon and Mick enjoy .... to the office.
Ⓐ carpool
Ⓑ carpooler
Ⓒ carpools
Ⓓ carpooling

9 I don't know how many cabs I .... last night before I finally managed to get one to pick me up.
Ⓐ hail
Ⓑ hails
Ⓒ hailed
Ⓓ hailing

10 Kate really enjoyed her business .... to Korea.
Ⓐ trip
Ⓑ commute
Ⓒ travel
Ⓓ journey

Exercice 3 Les prépositions

▶ *Corrigé p. 262*

Complétez ces expressions avec une préposition de la liste, puis complétez les phrases avec les verbes obtenus.
to – in – in – in(to) – by - out of – on – on – off

get .... / .... the bus/train/plane *(monter/descendre)*

get .... / .... the car *(monter/descendre)*

be .... the car

be .... the train/bus/plane

travel .... car/train/plane

go .... New York

be .... New York

1 I went to Chicago this year, but next year I will .... New York.
2 You should .... the train before it leaves.
3 Flying is really expensive, so we've decided to .... train.
4 Jim has already left, he must .... his train by now.
5 I'm sorry, I can't speak to you right now, as I .... the car.

2. Air travel – *Les voyages en avion*

Part 3 – Piste 70

airline	compagnie aérienne	***delayed***	retardé
boarding pass	carte d'embarquement	***cancelled***	annulé
ID	pièce d'identité	***baggage claim***	arrivée des bagages
customs	douane		
gate	porte d'embarquement		
carry-on	(bagage) à main	***pick up*** *(vb)*	passer prendre
flight attendant	hôtesse de l'air, steward	***fasten*** *(vb)*	attacher
overhead bin	compartiment supérieur	***remove*** *(vb)*	retirer
aisle	couloir	***exceed*** *(vb)*	dépasser
tray table	tablette	***take off*** *(vb)* **/** ***takeoff*** *(n)*	décoller / décollage
runway	piste	***check in*** *(vb)* **/** ***check-in*** *(n)*	enregistrer / enregistrement

Exercice 4 Les mots à connaître : *Air travel*

▶ *Corrigé p. 263*

Complétez les phrases avec tous les mots de l'encadré en les conjuguant ou en les mettant au pluriel si nécessaire.

1 Our flight* was .... two hours, so we stayed at the airport and waited.
2 You should leave now if you want to be on time* to .... Mr. Brigham from the airport.
3 Please .... your seat belt*, we are preparing to ....
4 Madam, you must .... your shoes and belt.
5 I'm afraid you'll have to pay extra, as your baggage weight appears to .... the limit.
6 You cannot board* the plane without your .... and ....
7 Could I sit near the .... this time?
8 Once you collect your suitcase* from the .... area, you need to go through ....
9 Thank you for choosing our .... , we wish you a pleasant* flight.
10 Mr. Hahn is kindly requested to proceed to* .... 31.
11 Make sure that your .... luggage can be stowed* in the ....
12 The plane arriving from Washington is already on the ....
13 I heard all flights from London Heathrow airport have been ....
14 The .... is giving the safety instructions just now.
15 Your .... must be in the locked position during landing*.
16 It is recommended that you arrive for .... at least two hours before takeoff.

***Mots & expressions**	***flight :*** vol ***on time :*** à l'heure ***seat belt :*** ceinture de sécurité ***board :*** embarquer ***suitcase :*** valise ***pleasant :*** agréable ***proceed to :*** se rendre à ***stow :*** ranger ***landing :*** atterrissage

Exercice 5 Les familles de mots

▶ *Corrigé p. 263*

Complétez chaque phrase avec le mot qui convient.

1 Please do not .... your seat belt during the turbulence.
Ⓐ fast
Ⓑ fasten
Ⓒ unfasten
Ⓓ fastening

2 You must .... at least one hour before the flight.
Ⓐ check through
Ⓑ check over
Ⓒ check out
Ⓓ check in

3 The .... policy of the airline means that you will be refunded 70% of your air ticket.
Ⓐ cancel
Ⓑ cancelling
Ⓒ cancelled
Ⓓ cancellation

4 The last people who .... the plane had no choice but to sit where they could.
Ⓐ boarded
Ⓑ boarding
Ⓒ boardwalk
Ⓓ boardroom

5 Could you help me lift my bag into the overhead .... please?
- Ⓐ aisle
- Ⓑ bin
- Ⓒ carry-on
- Ⓓ tray

6 I'm afraid your baggage .... our weight limit.
- Ⓐ excess
- Ⓑ excessive
- Ⓒ exceeds
- Ⓓ exceedingly

7 You should have told me that your flight had been .... !
- Ⓐ delay
- Ⓑ delays
- Ⓒ delayed
- Ⓓ delaying

8 The .... of all the objects from your pockets will facilitate the security process.
- Ⓐ remove
- Ⓑ removal
- Ⓒ removed
- Ⓓ removing

9 Please fill out this .... form before we land.
- Ⓐ customer
- Ⓑ customize
- Ⓒ accustomed
- Ⓓ customs

10 We sat in the plane on the .... for over an hour.
- Ⓐ run away
- Ⓑ runway
- Ⓒ running way
- Ⓓ ran away

Exercice 6 Les contraires

▶ Corrigé p. 263

Reliez les mots de la première colonne à leur contraire dans la deuxième, puis utilisez les contraires pour compléter les phrases.

pick up •	• on time
takeoff •	• drop off
fasten •	• checked
carry-on •	• landing
delayed •	• unfasten

1 Excuse me, how do I .... my seatbelt? I need to go to the lavatory.

2 My wife will .... me .... at the airport, so I don't have to book a taxi.

3 Ladies and gentlemen, please return to your seats in preparation for ....

4 I'm sorry sir, but only one .... item is included in the price of your ticket.

5 What can I say? I'm very lucky, my flights are always ....

Exercice 7 Phrases à compléter

▶ Corrigé p. 263

Complétez les phrases avec les mots et expressions de la liste.
life – conveyor – desk – cruising – cabin – exit – inclement – window – call

1 Flight FR607 has been delayed due to ....weather.

2 Isn't that your suitcase on the .... belt?

3 I've checked in online, so I don't need to go to the check-in ....

4 Is there any chance I could have a .... seat?

5 The .... crew will present the safety instructions.

6 Take a minute to identify the emergency .... nearest to you.

7 Ladies and gentlemen, we have just reached .... altitude.

8 This is the final .... for passengers on flight SA789.

9 The .... vest is located under your seat.

3. Hotels – *Les hôtels*

Part 3 – Piste 71

guest	client	***blanket***	couverture
lobby	hall d'entrée	***pillow***	oreiller
front desk	réception	***amenities***	aménagements, équipements
rate *(n / vb)*	tarif / évaluer	***convenient***	bien situé, pratique
included	compris	***view***	vue
porter	bagagiste	***shuttle***	navette
elevator	ascenseur		
keycard	clé magnétique		
room service	service de chambre	***book*** *(vb)*	réserver
housekeeper	femme de chambre, gouvernante	***vacate*** *(vb)*	quitter
towel	serviette	***check out*** *(vb)*	régler sa note

Exercice 8 Les mots à connaître : *Hotels*

▶ *Corrigé p. 264*

Complétez les phrases avec tous les mots de l'encadré en les conjuguant ou en les mettant au pluriel si nécessaire.

1 I'd like to .... a double room for three nights. I'd prefer a room with a ....
2 You can check in* at the .... from 6 A.M. to 11 P.M.
3 I asked the front desk clerk to call a .... to help me with my luggage*.
4 As our .... you are entitled to Wi-Fi access, which is .... in the price.
5 Could we have an extra .... and a .... for our bed please?
6 This hotel has amazing .... : a spa, an indoor swimming pool and a restaurant.
7 John is waiting for you in the .... of his hotel.
8 My .... isn't working, the door is still locked*. It also means the .... is not accessible.
9 There isn't a single .... in my bathroom! Could you inform the .... ?
10 What is the room .... for a double room with breakfast?
11 Our location* is very .... : only a 10-minute walk to the city center.
12 What time do we have to .... the room at the latest*?
13 I'd like to .... of room 505 please.
14 Is this .... ? I'd like to order lunch in my room.
15 Our airport .... leaves in 20 minutes.

*Mots & expressions	***check in :*** s'enregistrer ***luggage :*** bagages ***locked :*** fermé à clé ***location :*** emplacement ***at the latest :*** au plus tard

Exercice 9 Les familles de mots

▶ *Corrigé p. 264*

Complétez chaque phrase avec le mot qui convient.

1 Do you have any rooms with a .... , please?
Ⓐ interview
Ⓑ viewing
Ⓒ review
Ⓓ view

2 Is your hotel .... located?
Ⓐ convenient
Ⓑ inconvenient
Ⓒ convenience
Ⓓ conveniently

3 The .... in this hotel is impeccable!
Ⓐ house keeper
Ⓑ housekeeper
Ⓒ housekeeping
Ⓓ housekeepers

4 We were surprised to see how highly your rooms are .... on the Internet.
Ⓐ rate
Ⓑ rates
Ⓒ rating
Ⓓ rated

5 I can't see your name on the list. Are you sure you have a .... ?
Ⓐ book
Ⓑ books
Ⓒ booked
Ⓓ booking

6 The cost of your stay is all .... , covering all food and beverages.
Ⓐ include
Ⓑ includes
Ⓒ inclusive
Ⓓ included

7 Do you have any .... rooms?
Ⓐ vacant
Ⓑ vacancy
Ⓒ vacated
Ⓓ vacation

8 Good evening, I am your .... this evening. How may I help you?
Ⓐ guest
Ⓑ host
Ⓒ guestroom
Ⓓ hosting

9 We were .... to the train station in a limousine.
Ⓐ shuttle
Ⓑ shuttled
Ⓒ shuttle bus
Ⓓ shuttlecock

10 The .... is located at the end of this hall, on your right.
Ⓐ elevate
Ⓑ elevated
Ⓒ elevation
Ⓓ elevator

Exercice 10 Les synonymes

▶ Corrigé p. 264

Mettez les lettres dans l'ordre pour trouver le synonyme.

1 reception : **fotnr sked** ....
2 entrance : **lybob** ....
3 reservation : **bigknoo** ....
4 facilities : **aitenmise** ....
5 practical : **coeiennnvt** ....

Exercice 11 Les expressions courantes

▶ Corrigé p. 264

Reliez les mots des deux colonnes pour former des expressions courantes; vous les utiliserez ensuite pour compléter les phrases.

have •	• complimentary Wi-Fi
can •	• of the sea
make •	• a pleasant stay
offer •	• manage
a view •	• a reservation

1 Can I .... on your website?
2 No need to pay for the Internet access, as our hotel ....
3 Here is your keycard, Madam, ...
4 Shall I carry your bags to your room? - No thanks, I ....
5 Do any of your rooms have .... ?

4. Car rental – *La location d'une voiture*

Part 3 – Piste 72

rental agency	agence de location	***trunk***	coffre
fleet of vehicles	parc de véhicules	***tire***	pneu
driver's license	permis de conduire	***car seat***	siège auto
policy	politique ; police (d'assurance)	***economy*** *(adj)*	économique
automatic	automatique		
four-wheel drive	4 x 4		
fuel	carburant	***brake*** *(vb / n)*	freiner / frein
tank	réservoir	***reverse*** *(vb)*	faire marche arrière
windshield	pare-brise	***fill*** *(vb)*	remplir, faire le plein
steering wheel	volant	***break down*** *(vb)*	tomber en panne
dashboard	tableau de bord	***winterize*** *(vb)*	préparer pour l'hiver

Exercice 12 Les mots à connaître : *Car rental*

▶ *Corrigé p. 265*

Complétez les phrases avec tous les mots de l'encadré en les conjuguant ou en les mettant au pluriel si nécessaire.

1 I can't drive a manual, don't you have any .... cars?
2 You need an international .... to rent a car abroad*.
3 What type of .... should I put in the tank? Diesel or gasoline?
4 Which .... do you usually rent your car from? What is their insurance .... like?
5 I love these leather* .... , they are so comfortable and warm in winter.
6 They have an impressive .... , which means you get a lot of choice.
7 Which vehicle do you prefer to drive in town? A .... or an .... ?
8 Of course, you can find the spare* .... in the bottom of your ....
9 Keep both hands on the ....
10 Thanks for washing my car, I've never seen my .... this clean!
11 We need to stop at the gas station, because our .... is almost empty.
12 The car got damaged when I .... into a wall. I didn't .... in time!
13 We systematically .... our fleet of vehicles at the end of fall*.
14 It's unbelievable* that you never learned to .... a tank.
15 Just before we .... , I noticed a flashing* red light on the ....

*Mots & expressions	***abroad :*** à l'étranger ***leather :*** cuir ***spare :*** de rechange ***fall :*** automne ***unbelievable :*** incroyable ***flashing :*** qui clignote

Exercice 13 Les familles de mots

▶ *Corrigé p. 265*

Complétez chaque phrase avec le mot qui convient.

1 When we arrived at the filling station, a .... was replenishing the fuel.
Ⓐ tanker
Ⓑ tanks
Ⓒ tank
Ⓓ tankage

2 I don't want to waste my money on gas, so I always rent .... cars.
Ⓐ economy
Ⓑ economics
Ⓒ economist
Ⓓ economical

3 The rental agreement stipulates that he .... the tank before returning the car.
Ⓐ filling
Ⓑ filled
Ⓒ filler
Ⓓ fill

4 He told me he's been .... since he was 16!
Ⓐ drive
Ⓑ driver
Ⓒ driving
Ⓓ driveway

5 She braked as soon as the .... turned yellow.
Ⓐ lights
Ⓑ lighter
Ⓒ lighting
Ⓓ headlights

6 The gears change .... on my new car.
Ⓐ auto
Ⓑ automatic
Ⓒ automated
Ⓓ automatically

7 City cars are generally more .... than SUVs.
Ⓐ fuel-efficient
Ⓑ fueled
Ⓒ refueling
Ⓓ refuel

8 .... a car will be cheaper than flying.
Ⓐ Rent
Ⓑ Rented
Ⓒ Rental
Ⓓ Renting

9 When .... , drivers should always use the vehicle's mirrors and turn their body.
Ⓐ reversed
Ⓑ reverse
Ⓒ reversing
Ⓓ reversal

10 Their .... states that you have to return your vehicle to the location you rented it from.
Ⓐ police
Ⓑ policing
Ⓒ policy
Ⓓ policies

Exercice 14 Les expressions courantes

▶ Corrigé p. 265

Reliez les mots des deux colonnes pour former des expressions courantes, que vous utiliserez ensuite pour compléter les phrases.

valid •	• driver
flat •	• rate
windshield •	• policy
insurance •	• driver's license
authorized •	• wipers

1 You need a .... to rent one of our vehicles.
2 We have a .... of $20 per day.
3 I had to have my .... changed, as they were pretty old.
4 Our .... covers car damage and road accidents.
5 Unfortunately, there is only one .... and you will have to pay extra for additional ones.

Exercice 15 Les verbes

▶ Corrigé p. 265

Reliez un verbe à une préposition ou à une particule pour correspondre aux verbes français, puis utilisez-les pour compléter les phrases.

(avancer)	drive •	• out
(remplir)	fill •	• over
(se ranger)	pull •	• up
(inspecter)	look •	• over
(déboîter)	pull •	• on

1 The police officer told us to .... and get out of our car.
2 Just as we were ...., the tire burst.
3 When I saw the gas station I wanted to stop, but Zach insisted that I ....
4 Always .... the rental car .... before signing anything.
5 I ran out of gas in the middle of the highway, because you forgot to .... the tank!

LISTENING TEST

Travel Part 1

Part 3 – Piste 73

▶ Corrigé p. 266

1 Ⓐ Ⓑ Ⓒ Ⓓ

Travel Part 2

Part 3 – Pistes 74-78

▶ Corrigé p. 266

2 Ⓐ Ⓑ Ⓒ
3 Ⓐ Ⓑ Ⓒ
4 Ⓐ Ⓑ Ⓒ
5 Ⓐ Ⓑ Ⓒ
6 Ⓐ Ⓑ Ⓒ

Travel Part 3

Part 3 – Pistes 79-80

▶ Corrigé p. 267

7 What is the purpose of the call?
(A) To book a flight
(B) To buy trip insurance
(C) To ask for news
(D) To make a complaint

8 When can the woman submit a request for compensation?
(A) Today
(B) In one week
(C) In two weeks
(D) In 21 days

9 What does the second man mean when he says "there is a flat rate of $100 per bag"?
(A) The airline will pay $100 for each bag lost.
(B) The compensation is $100 maximum.
(C) The woman must pay $100 to recover her bags.
(D) It costs $100 to send each bag.

Travel Part 4

Part 3 – Pistes 81-82

▶ Corrigé p. 268

Airport Shuttle Timetable
7 A.M.
9 A.M.
11 A.M.
1 P.M.
Please be in the lobby 5 minutes before the departure of the shuttle.

10 How long does it take to get to the airport?
(A) 5 minutes
(B) 30 minutes
(C) 45 minutes
(D) 55 minutes

11 Which shuttle will not normally be affected by traffic?
(A) 7 A.M.
(B) 9 A.M.
(C) 11 A.M.
(D) 1 P.M.

12 What is NOT true?
(A) The shuttle is slower in the morning.
(B) To take the shuttle, you should inform reception 5 minutes before it leaves.
(C) The service is free.
(D) You need two hours to check in for an international flight.

Go on to the next page

READING TEST

Travel Part 5

▶ Corrigé p. 269

Select the best answer to complete each sentence.

13 If there is a dedicated cycle .... , cyclists must use it.

(A) alley
(B) line
(C) road
(D) lane

14 The plane sat on the .... for what seemed like hours.

(A) airport
(B) runway
(C) gate
(D) aisle

15 What time do we have to .... the room by?

(A) vacation
(B) vacant
(C) vacate
(D) vacancy

16 You must fill the tank before .... the car.

(A) return
(B) to return
(C) returning
(D) having returned

17 The police car signaled at us to .... onto the side of the road.

(A) pull over
(B) pull out
(C) pull through
(D) pull into

Travel Part 6

▶ Corrigé p. 270

Questions 18-21 refer to the following message.

Attention transit users!

.... (18) May 3rd you may be eligible for a .... (19) refund on your monthly transit pass.

If your daily commute is under 100 km and you make at least 8 one-way journeys per week, ask at the sales counter for a form to have your employer fill out. .... (20)

Your refund .... (21) credited automatically to your bank account each month.

18 (A) Unless
(B) As of
(C) Before
(D) Hereafter

19 (A) partly
(B) partial
(C) impartial
(D) partially

20 (A) The deadline was last week.
(B) Your transit time will be doubled.
(C) Then bring it back to the sales counter to have it validated.
(D) The local transit authority is currently hiring.

21 (A) has been
(B) was
(C) are
(D) will be

Travel Part 7

▶ Corrigé p. 271

Questions 22-24 refer to the following vehicle rental form.

ZIPPY'S AUTO RENTAL

Name of principal driver: *Catherine Banks*
Pick-up: *November 03, 8 A.M.*
Drop-off: *November 05, 12 P.M.*
Vehicle:

- Car – Driver + one passenger ☐
- Car – Driver + up to 3 passengers ☐
- Minivan - Driver + up to 7 passengers ☒
- Utility vehicle – $3m^3$ ☐
- Utility vehicle – $9m^3$ ☐
- Utility vehicle – $20m^3$ ☐

Multiple drivers:
How many people will drive the vehicle? [2]
Insurance must be purchased for every additional driver.

Special requests:
Could I book two child car seats: one for a child of 2 and one for a child of 6.

SUBMIT REQUEST

22 Who will probably be travelling in the vehicle?
(A) One driver and 7 passengers
(B) One driver and at least two children
(C) Two drivers and at least two children
(D) More than two drivers and 5 passengers

23 What is implied on the Web page?
(A) It is not possible to drive with young people.
(B) It is more expensive to share the driving.
(C) Animals are forbidden in the vehicles.
(D) You cannot hire a vehicle to move furniture.

24 Which word is closest in meaning to "drop-off" in line 3?
(A) take
(B) delay
(C) collect
(D) return

Go on to the next page

Questions 25-28 refer to the following advertisement.

▶ *Corrigé p. 272*

Other Horizons Travel

Are you sick of sitting at home, looking at the same four walls all the time? Maybe it's time for you to get away! Here at Other Horizons Travel, we specialize in finding active homestays for our active clientele. No more sitting around on the beach getting bored for you! [1]

How does it work?
You tell us your interests and we take care of finding the perfect homestay for you. Our hosts provide food and accommodation. [2]

- Interested in horses? Help out at a ranch!
- Oenology is your thing? Pick grapes at a winery for a few days.
- Love the great outdoors? Tag along with a forest ranger while they carry out their duties.

Our hosts are hand-picked for their friendliness and knowledge of their activity and region. Choose from our extensive catalogue or make a request. [3] We will do our best to find the right host for you.

[4]
Call us on 523-4872-515 for more information.

25 What sort of service does the company provide?
(A) Working vacations
(B) Sports activities
(C) Visits to tourist hot-spots
(D) Cultural visits

26 Which word is closest in meaning to "tag along with" in line 9?
(A) Analyse
(B) Converse
(C) Accompany
(D) Volunteer

27 What is NOT mentioned about the hosts?
(A) Their knowledge of their activity
(B) Their friendliness
(C) Their cooking skills
(D) Their knowledge of the area

28 In which of the positions marked [1], [2], [3], and [4] does the following sentence best belong?
"In exchange, you will be asked to participate in the active life of your hosts, as they go about their daily tasks."
(A) [1]
(B) [2]
(C) [3]
(D) [4]

PRÉSENTATION

- **Nature de l'épreuve :** épreuve orale en rapport avec des QCM dans le livret
- **Nombre de questions :** 10 annonces – 30 questions (3 questions par annonce)
- **Durée approximative :** 15 minutes
- **Déroulement du test :**

– vous écoutez une courte annonce (monologue), puis vous lisez trois questions avec quatre propositions de réponse chacune ; vous devez choisir celle qui répond le mieux à la question ;

– vous entendez chaque annonce une fois ; vous ne pouvez pas arrêter l'enregistrement ni faire de pause.

- **Spécificités :**

– il y a dix courtes annonces, chacune suivie de trois QCM. Après l'annonce, les questions sont lues mais pas les propositions de réponse ;

– les questions sur les trois dernières annonces de Part 4 sont accompagnées d'un document visuel simple (ticket de caisse, bon de commande...).

Exemple d'annonce et de questions

Questions 71 through 73 refer to the following advertisement.
(M-Au)

Having trouble reading small print? Finding road signs difficult to see? Then visit Maynard's Optical Shop for a free eye test! We have great prices on the latest styles in glasses. And what's more, from now until March 20th, we're offering a twenty percent discount on all of our frames and lenses. Maynard's Optical has three convenient locations, including our recently opened shop in the Birchwood Shopping Center. Come and see us soon!

⚠ *L'annonce est enregistrée, elle n'apparaît pas dans le livret de test.*

Seules les questions et les propositions apparaissent dans le livret.

71 What does the business sell?
(A) Artwork
(B) Cameras
(C) Eyeglasses
(D) Books

72 What is available until March 20?
(A) A product discount
(B) A credit card offer
(C) An extended warranty
(D) A trial item

73 What is indicated about the store located in the Shopping Center?
(A) It has a large sign outside.
(B) It is the newest of three stores.
(C) It offers free parking.
(D) It has recently been expanded.

DIFFICULTÉS – CONSEILS POUR RÉUSSIR

1. Comment écouter et lire à la fois ?

- Les annonces sont dites à vitesse normale ; vous pouvez trouver qu'il est difficile d'écouter et de lire en même temps les questions et les propositions de réponse.

Vous devez absolument réussir à lire les questions avant d'écouter chaque annonce afin de savoir au préalable sur quoi elle porte.

- Après avoir lu les questions, on peut avoir oublié ce qui a été dit dans l'annonce.

Anticipez ! N'attendez pas la fin de l'annonce pour lire les questions. Si vous les avez lues avant l'écoute, vous aurez déjà en tête les informations à rechercher pendant l'écoute et vous identifierez rapidement la bonne proposition.

Après l'annonce, le narrateur lit les trois questions avec un long silence entre chacune. Si vous avez réussi à répondre avant (au fur et à mesure de l'écoute), faites abstraction de sa voix et mettez à profit ce temps précieux pour préparer les questions de l'annonce suivante.

Tip!
Apprenez par cœur les consignes de Part 4 pour ne pas avoir à les écouter le jour du test ; pendant que le narrateur les dira, vous lirez les trois questions de la première annonce et prendrez de l'avance.

2. Les difficultés spécifiques de Part 4

- Le fait de n'avoir qu'un seul interlocuteur peut rendre le contexte plus difficile à cerner.

Essayez de repérer les mots-clés de l'annonce pour situer le contexte et répondre aux questions.

- Vous risquez de ressentir les effets de la fatigue à ce moment du test (c'est la fin de 45 minutes de compréhension orale).

Pensez à profiter du temps entre les parties pour vous hydrater, et surtout faites l'effort de vous reconcentrer sur l'annonce dès que le locuteur démarre !

ENTRAÎNEMENT

LES ANNONCES ET LES THÈMES DE PART 4

Chacune de ces parties propose un **entraînement guidé** avec 5 à 6 exercices destinés à enrichir votre vocabulaire et à vous familiariser avec les difficultés de Part 4.

1. Les différents contextes de Part 4

Entraînement guidé Les différents contextes

On peut entendre toutes sortes de courts exposés dans Part 4. Comme pour Part 3, il faut repérer très rapidement le contexte en identifiant les mots ou expressions-clés. Le narrateur du test vous précise de quel genre d'exposé il s'agit.

Ex. : *Questions 71 through 73 refer to the following **recorded message**.* (message enregistré)

Exercice 1 Le vocabulaire

▶ *Corrigé p. 274*

Associez chaque phrase (A, B, C...) avec le lieu ou l'occasion (1, 2, 3...) où elle a pu être prononcée.

(A) I'm calling to tell you about our latest special offer.
(B) And if you mention this advertisement, you'll receive an extra 5% off!
(C) Don't miss today's special offer and thank you for shopping at Lundgren's.
(D) I would like to thank Mr. Buren for his many years of loyal service.
(E) Please leave your message after the tone.
(F) Make sure you turn off the electricity before unplugging the machine.
(G) I am pleased to welcome Ms. Martina Freeman to the studio today.
(H) Now, if you'll turn to page 4 in the initiation manual, you will see the contents page.
(I) Please make your way to gate 4 immediately.
(J) Can I bring you anything to drink?
(K) On behalf of tonight's cast, we hope you enjoy tonight's performance.
(L) We are currently cruising at an altitude of 38 000 feet.

Tip!
Cet exercice vise à anticiper le vocabulaire que vous pourrez rencontrer.

1	***At the airport***	phrase	7	***In a radio advertisement***	phrase ....
2	***At a retirement celebration***	phrase	8	***On a plane***	phrase ....
3	***In a store***	phrase	9	***In instructions***	phrase ....
4	***In a company***	phrase	10	***In a restaurant***	phrase ....
5	***On the air***	phrase	11	***In an incoming telephone message***	phrase ....
6	***In a theater***	phrase	12	***In an outgoing telephone message***	phrase ....

Exercice 2 Les documents visuels

▶ *Corrigé p. 274*

Dans quel contexte pourrait-on avoir connaissance des documents suivants ?

1

Specials
- *Teriyaki Chicken – glazed grilled chicken served with rice*
- *Summer noodle dish – stir fried vegetables and noodles served cold*
- *Sukiyaki – beef cooked at the table in broth*
- *Tempura – deep-fried battered prawns and vegetables*

2

Contents

CEO's statement	p. 6
Dress code	p. 8
Vacation time	p. 10
Security rules	p. 15
Grievance procedure	p. 26

Exercice 3 Compréhension orale

Écoutez les dialogues et répondez aux questions.

Part 4 – Pistes 1-2 ▶ *Corrigé p. 274*

1 How did Gary Diaz become famous?
(A) He had his own radio program.
(B) He wrote recipes for a newspaper.
(C) He had a very popular restaurant.
(D) He hosted a TV show.

2 What will the listener hear next?
(A) An interview
(B) A news bulletin
(C) A weather bulletin
(D) A program on martial arts

3 What does the woman mean when she says: "the hottest restaurant of the moment"?
(A) The temperatures are unusually high for the season.
(B) The restaurant doesn't have air conditioning.
(C) It's currently the most popular restaurant.
(D) The food served in the restaurant is extremely spicy.

Part 4 – Pistes 3-4 ▶ *Corrigé p. 275*

4 Where most likely is the speaker?
(A) In an emergency room
(B) In a warehouse
(C) In front of a safety hazard
(D) In a production unit

5 What is the main difference between the old and the new equipment?
(A) The keys used
(B) The security characteristics
(C) The security codes
(D) The buttons

6 What was necessary to shut down the old equipment?
(A) A key
(B) A code
(C) A manual
(D) A button

Part 4 – Pistes 5-6 ▶ *Corrigé p. 275*

Specials
- *Teriyaki Chicken – glazed grilled chicken served with rice*
- *Summer noodle dish – stir fried vegetables and noodles served cold*
- *Sukiyaki – beef cooked at the table in broth*
- *Tempura – deep-fried battered prawns and vegetables*

Tip!
Dans les trois dernières séries de questions, un petit document est proposé. Il vous fournit des renseignements et donc des indices. Avant d'écouter l'exposé, vous devez le regarder rapidement et lire les trois questions.

7 Who is the speaker?
(A) A restaurant manager
(B) A patron
(C) A head chef
(D) A waitress

8 Which special has sold out?
(A) Teriyaki Chicken
(B) Summer noodle dish
(C) Sukiyaki
(D) Tempura

9 What will happen next?
(A) The patrons will order.
(B) The patrons will leave.
(C) The patrons will receive the menus.
(D) The patrons will eat.

Exercice 4 Texte à compléter

▶ Corrigé p. 276

Complétez le texte en utilisant les mots proposés.
tuned – through – over – tracking – head – famous

W Good morning and welcome back. This is Anouschka King for 'Live Food Today' and this morning I'll be interviewing Gary Diaz, ... chef at MagaZinZin, the hottest restaurant of the moment. Mr. Diaz has become .... as a world-class vegetarian chef .... his own primetime TV cooking show. We'll get his views on the latest developments in vegetarian cooking, and his adventures in the Australian desert and the jungles of Papua New Guinea, ... down rare and unique ingredients. So stay .... to this station for Gary Diaz. But first, it's over to the newsroom for the latest bulletin and a weather report with Jackie Crane. .... to you, Jackie.

> *Tip!*
> Parfois, il nous arrive de manquer un mot lors de l'écoute. Cela ne devrait pas empêcher la compréhension globale, car on peut souvent déduire quel est le mot manquant.

Exercice 5 Le vocabulaire

▶ Corrigé p. 276

Choisissez la bonne proposition en gras pour compléter les phrases.

M As you all know, this equipment was designed **specially / speciality** for our facility. For those of you who learned the process on our old machinery, there are a certain number of things that you are going to have to relearn in order to **act / operate** this equipment. The main difference lies in the various security features. Before, in order to perform an emergency shutdown, you had to **key / enter** in a special code, whereas now all you need to do is **touch / push** this button three times in quick **succession / chain**. That way, there'll be no more problems with operators forgetting the code.

> *Tip!*
> Les collocations sont des mots qui vont automatiquement ensemble. Votre connaissance de ces expressions vous permettra de reconstituer le texte.

Exercice 6 Les synonymes

▶ Corrigé p. 276

Lisez le texte pour y trouver des synonymes des mots suivants.

informed ....
begin ....
bought ....
suggest ....
see ....

W Good evening, and welcome to Machiko's. It is a pleasure to have you dining with us tonight. My name is Aiko and I will be serving you. To start off your evening, I can recommend a selection of sushi prepared for you at your table by our chef. All of our fish is purchased the same day from the local fish market. You can see tonight's specials on the chalkboard, but be aware that the first one has sold out. I will bring you the menu and leave you to look over our other dishes before I take your order.

> *Tip!*
> Comme dans Part 3, la bonne réponse peut constituer en une paraphrase ou un synonyme.

2. Les annonces enregistrées

Entraînement guidé Les annonces enregistrées

Part 4 comprend des annonces enregistrées. Il peut s'agir d'une annonce à la gare ou dans un magasin, d'un message téléphonique qu'on laisse à quelqu'un ou qu'on enregistre, d'une publicité à la radio. Certaines expressions typiques vous guideront pour déduire le type d'annonce que vous entendez. Cela vous aidera à répondre aux questions.

Exercice 7 Les expressions typiques

▶ Corrigé p. 276

Écrivez les expressions de la liste dans la colonne du tableau qui convient.

gift shop	Attention passengers	exhibition	ticket inspector	late opening
This is...	pound key	hold *(nom)*	Please hold	will be closing
coach	Push 3	wing	bus	after the beep/tone
terminus	You can reach me at...	make your way	Thank you for calling	

In a bus station	*Telephone message*	*In a museum*
....	....	....
....	....	....
....	....	....
....	....	....
....	....	....
....	....	....
....	....	....
....	....	....

Exercice 8 Les documents visuels

▶ Corrigé p. 276

À quels domaines du tableau de l'exercice 7 peut-on associer ces deux documents ?

1

Blue Dog Coaches
The cheapest luxury ride in town!

SANTA ANA - SAN DIEGO
dep 12.55 P.M. – arr 3.14 P.M.
One way – 22.99
Luxury Coach Service

2

LOST PROPERTY LOG
Date: *Sept 10*
Item found: *Ladies diamond earring*
Where: *Found at entrance to ladies' bathroom, West wing exhibition gallery*
By whom: *Maria Smith, 5 Upton Cres*
Signature:

Tip!
Entraînez-vous à reconnaître la sorte d'information présentée dans le document, mais n'essayez pas de le mémoriser.

PART 4

Exercice 9 Compréhension orale

Écoutez les dialogues et répondez aux questions.

Part 4 – Pistes 7-8 ▶ *Corrigé p. 277*

1 Why is the woman calling?
(A) To make an appointment
(B) To discuss a project
(C) To discuss the environment
(D) To get an e-mail address

2 What does the woman mean when she says "Could you get in touch with me"?
(A) Please leave me a message.
(B) Please send me an estimate.
(C) Please visit my store.
(D) Please contact me.

3 What is the woman's e-mail?
(A) Gloriasgadgets@zippy.com
(B) GloriasGadgets@zippy.com
(C) gloriasgadgets@zippy.com
(D) glorias.gadgets@zippy.com

> *Tip!*
> Les questions de Part 4 ressemblent à celles de Part 3 ; ce sont principalement des questions de compréhension, des questions de déduction et sur la suite des actions.

Part 4 – Pistes 9-10 ▶ *Corrigé p. 277*

4 Where most likely would you hear this announcement?
(A) At a train station
(B) At a bus station
(C) At a port
(D) At an airport

5 Where should a passenger called Mr. Harris go?
(A) To bay 5
(B) To the front of the vehicle
(C) To the ticket office
(D) To the rear of the vehicle

6 Who should contact a crew member?
(A) A passenger whose phone battery has died
(B) A passenger with questions
(C) A passenger in a wheelchair
(D) A passenger with a lot of luggage

Part 4 – Pistes 11-12 ▶ *Corrigé p. 278*

LOST PROPERTY LOG
Date: *Sept 10*
Item found: *Ladies diamond earring*
Where: *Found at entrance to ladies' bathroom, West wing exhibition gallery*
By whom: *Maria Smith, 5 Upton Cres*
Signature:

7 Who most likely is the audience for this message?
(A) Passengers on a train
(B) Customers in a store
(C) Tour guides
(D) Museum visitors

8 What is open until 7.30 P.M.?
(A) A museum
(B) A gift shop
(C) The West Wing
(D) The Lost and Found office

9 What has been found?
(A) A coat
(B) An audio guide
(C) A piece of jewelry
(D) A purse

> *Tip!*
> Une seule question fait appel au document visuel.

Exercice 10 Texte à compléter

▶ Corrigé p. 278

Complétez le texte avec les mots de la liste.
all – this – something – was – can – get

W Hello Mr. Lanson, ... is Gloria calling from Gloria's Gadgets. I .... advised to contact you about installing a new central heating system in my boutique downtown. It's a small store, about 300 square feet on two levels. I'm looking for .... efficient and respectful of the environment. Could you .... in touch with me rapidly to discuss my needs? You .... reach me at 555 020202 .... morning, or send me an e-mail at gloriasgadgets (all lowercase) at zippy dot com.

Exercice 11 Les prépositions

▶ Corrigé p. 279

Complétez le texte avec les prépositions de la liste.
with – for – at – at – to – in

W Attention passengers to San Diego, this is your final call. The 12.55 Santa Ana – San Diego Express coach will be leaving .... 5 minutes. Passengers bound .... San Diego are requested to present themselves .... coach bay 7 for immediate boarding. Passengers whose names start .... letters A through K may board .... coach rear, passengers whose names start with letters L through Z, please go to the front of the vehicle. Passengers with mobility problems or other special needs, please make yourself known .... a Blue Dog Bus crew member, who will inform the driver. This bus will not be making any stops.

Exercice 12 Le vocabulaire

▶ Corrigé p. 279

Choisissez la bonne proposition.

W Good evening visitors. This message is to **remember / remind** you that the West Coast Museum will be closing in thirty minutes. Please start to make your way towards the **exhibition / display** exits, where you can return your audio guides, **retrieve / return** your coats and other **affairs / belongings** and visit the gift shop, which will remain open until 7.30 P.M. We hope you enjoyed your visit today.
I am informed that a small object of **cost / value** has been found in the West Wing. If you have lost something and can identify this object, please come to the Lost and Found office opposite the escalators.

3. Les situations professionnelles

Entraînement guidé Les situations professionnelles

Les annonces de Part 4 sont souvent liées au monde du travail, à l'entreprise. Repérer et maîtriser le vocabulaire correspondant vous permettra de situer plus rapidement le contexte de l'annonce et ainsi de répondre plus facilement aux questions.

Exercice 13 Le vocabulaire

▶ *Corrigé p. 279*

Écrivez ces mots et expressions dans la colonne qui convient ; certains peuvent aller dans plusieurs domaines.

gift	**show of hands**	**career**	
kick off	**emergency shutdown**	**award**	**interrupt**
protective clothing	**Make sure you...**	**a token of gratitude**	**procedure**
agenda	**May I say something?**	**chair**	
safety	**We will miss you**	**manual**	

Thanks speech	*Instructions*	*In a meeting*
....	....	....
....	....	....
....	....	....
....	....	....
....	....	....
....	....	....
....	....	....
....	....	....

Exercice 14 Les documents visuels

▶ *Corrigé p. 279*

À quels domaines du tableau de l'exercice 13 peut-on associer ces deux documents ?

1

2

AGENDA

– Roll call
– Approval of minutes from last meeting
– Budgetary restrictions
– Staff training
– AOB

Exercice 15 Compréhension orale

Écoutez les dialogues et répondez aux questions.

Part 4 – Pistes 13-14 ▶ *Corrigé p. 279*

1 What is the occasion?
(A) Someone has been promoted.
(B) Someone is retiring.
(C) Someone has resigned.
(D) Someone has been transferred.

2 What most likely was Jon's job?
(A) Caterer
(B) Doctor
(C) Receptionist
(D) Accountant

3 Which quality of Jon's is mentioned?
(A) Positivity
(B) Calm
(C) Efficiency
(D) Friendliness

Part 4 – Pistes 15-16 ▶ *Corrigé p. 280*

4 Who will continue the meeting?
(A) The Head of Finance
(B) Juanita
(C) All the participants
(D) The caterer

5 Which sandwich is NOT available?
(A) Vegetarian
(B) Ham
(C) Steak
(D) Cheese

6 What does the man mean when he says:
"Could I start with a show of hands for chicken"?
(A) He will eat a chicken sandwich.
(B) He would like some people to raise their hands.
(C) He will show the participants some chickens.
(D) He would like some people to perform in a show.

Part 4 – Pistes 17-18 ▶ *Corrigé p. 280*

7 Who is probably listening to this speech?
(A) The Human Resources director
(B) All the company's employees
(C) The new hires
(D) The administrative personnel

8 Which item is not permitted in Production?
(A) A safety vest
(B) A silver bracelet
(C) Jeans
(D) A suit

9 What happens if you don't have a hard hat?
(A) You cannot work in production.
(B) You must go home.
(C) You will receive special instructions.
(D) You must speak to a supervisor.

Exercice 16 Les prépositions

▶ Corrigé p. 281

Complétez le texte avec les prépositions de la liste.
from – at – of – among – for – for – to

W There aren't many .... us who do not remember his friendly face .... their first day at Telty. Jon has always been outstanding .... his job; made lives easier for us and our clients; who always had a taxi waiting .... them when leaving our premises and booked the best hotels for us. Never a day off sick, nothing but positive feedback. On behalf .... all the staff, I'd like to thank you .... all these years of service and to present you with a small token of our gratitude. What else can I say? You will be dearly missed! .... Jon Bronson, may your free time be profitable!

Exercice 17 La grammaire

▶ Corrigé p. 281

Choisissez la bonne proposition en gras pour compléter les phrases.

M Good morning everybody, nice to see you all here. I hope you didn't have too **much / many** problems with the traffic on the way in. Ah, I see the Head of Finance has not arrived **already / yet**. Well, before I hand the meeting over to Juanita, I'd like to know who will be **eat / eating** here at lunchtime. I have organized a wonderful caterer to deliver **fresh / freshly** made sandwiches, but I need to let them know how many, and of **which / whose** type. There is the usual choice of chicken, ham, cheese **either / or** vegetarian. Could I start with a show of hands for chicken?

Exercice 18 Les synonymes

▶ Corrigé p. 281

Lisez le texte pour y trouver les synonymes des mots suivants.

refused ....
acceptable ....
access ....
issue ....
hires ....
ripped ....

W The Human Resources manager has asked me to talk to all you new recruits about our company's dress code. For those of you who work in administration, it shouldn't be a problem. We encourage business casual, so jeans are fine, but no torn jeans please. You are free to wear a suit or not. For those of you who have to enter the production facility, may I draw your attention to the following slide. If you are not wearing all of the items shown on the slide, you will be denied access. Staff members with long hair must tie it back and please avoid jewelry which could catch on something and cause damage to you or the machinery.

4. Le temps qu'il fait (la météo)

Entraînement guidé Le temps

Exercice 19 Le vocabulaire de la météo

▶ Corrigé p. 282

Choisissez pour chaque mot la traduction qui convient.

routes glissantes, prévision/prévoir, sécheresse, gelée, souffler, fortes pluies, inondation, orage, averse, geler, couvert, nuageux, éclaircie, ensoleillé, anticyclone, brouillard, venteux, précipitation, tremblement de terre, brise, foudre, pluvieux, doux, tempête de neige, chute de neige, canicule, verglas, dangereux

black ice (n)		heavy rain (n)	
blow (vb)		high pressure (n)	
breeze (n)		lightning (n)	
bright (adj)		mild (adj)	
cloudy (adj)		overcast (adj)	
drought (n)		rainfall (n)	
earthquake (n)		shower (n)	
flood, flooding (n)		slippery roads (n)	
fog (n)		snowfall (n)	
freeze (vb)		snowstorm (n)	
frost (n)		sunny interval/spell (n)	
forecast (n/vb)		thunderstorm (n)	
hazardous (adj)		wet (n)	
heatwave (n)		windy (adj)	

Exercice 20 Les collocations

▶ Corrigé p. 282

Reliez les mots des deux colonnes pour reconstituer des expressions courantes.

1 a clap •	• gales
2 dense •	• weather conditions
3 flash •	• of thunder
4 freak •	• temperatures
5 high •	• storms
6 severe •	• rain
7 torrential •	• floods
8 violent •	• fog

Exercice 21 Compréhension orale

Écoutez les dialogues et répondez aux questions.

Part 4 – Pistes 19-20 ▶ *Corrigé p. 282*

1 What is the weather like this morning?

(A) Wet
(B) Good
(C) Cold
(D) Windy

2 What should drivers do?

(A) Avoid the center
(B) Bring extra gas
(C) Expect delays
(D) Drive slowly

3 When can you hear the next traffic report?

(A) This afternoon, just after lunch
(B) In half an hour
(C) In an hour, just before the news
(D) In an hour, just after the news

Part 4 – Pistes 21-22 ▶ *Corrigé p. 283*

4 What day might you hear this forecast?

(A) Thursday
(B) Friday
(C) Saturday
(D) Sunday

5 When will the weather become cooler?

(A) Saturday morning
(B) Saturday evening
(C) Sunday morning
(D) Sunday evening

6 What does the man mean when he says "I don't have to tell you that it was hot"?

(A) I shouldn't say it was hot.
(B) I'm not sure of the temperature.
(C) I'm sure you noticed it was hot.
(D) I think the temperature was a record.

Part 4 – Pistes 23-24 ▶ *Corrigé p. 283*

Important Information
The 9.15 and 10.15 trains to Portland
Due to delays, these two trains will be consolidated and will leave after 10.15.
Departure time to be announced.

7 Where most likely would you hear this announcement?

(A) In a store
(B) At the airport
(C) At the train station
(D) At the bus station

8 What sort of weather are they experiencing?

(A) Cold
(B) Rainy
(C) Hot
(D) Windy

9 According to the notice, when will the 9.15 train leave?

(A) Around 9.30
(B) Before 10.15
(C) 10.15
(D) Not before 10.15

Exercice 22 Le vocabulaire

▶ *Corrigé p. 284*

Choisissez la bonne proposition en gras pour compléter les phrases.

W Good morning and welcome to the first traffic report of the day here on WK901. Traffic is **lethargic / sluggish** this morning despite the bright, dry conditions. The water from last week's **flash / lightning** flooding has completely **removed / disappeared**, leaving 90% of roads **bright / clear**, but certain access roads are still closed off, notably exit 4 leading into the city center. Drivers are **ordered / advised** to be prepared to add around half an hour to the morning **commute / travel** if they are heading into the center.
We'll keep you updated with traffic conditions every hour, just after the news.

Exercice 23 Les synonymes

▶ *Corrigé p. 284*

Lisez le texte pour y trouver des synonymes des mots suivants.

grateful ....
diminish ....
disappear ....
rain ....
went ....

> **Tip!**
> Voir la page 73 pour une explication des températures en Fahrenheit !

W Well, if you ventured outside today, I don't have to tell you that it was hot. I'm certainly thankful for the air-conditioning here at the office!
For those of you planning outdoor activities tomorrow, you can expect fair skies for most of Saturday with temperatures in the high nineties. However, things will start to change by Saturday evening. We can expect light showers over the northern part of the state bringing cooler temperatures in the seventies, but this rain should taper off by mid Sunday morning.
It will be partly cloudy for most of Sunday but these clouds should move out by the evening.
And that's all for today's weather.

Exercice 24 Le vocabulaire

▶ *Corrigé p. 284*

Insérez les trois adjectifs et l'adverbe de la liste aux endroits qui conviennent dans le texte.
hard – inclement – complimentary – indefinitely

W Attention passengers to Portland. Due to the weather conditions currently being experienced further along the tracks, we regret to inform you that the 9.15 train will be delayed. Our maintenance crews are working to clear the tracks of ice.
We invite you to present your ticket at the Station Coffee Shop to receive a hot drink to help you pass the time.
We will inform you of the new departure time as soon as possible.
For further information, please refer to the signs which have been posted around the station.

Entertainment – *Les divertissements*

1. Visits – *Les visites*

Part 4 – Piste 25

matinee	matinée	***opening***	ouverture, vernissage
movie theater	cinéma	***work of art***	œuvre d'art
cast *(n / vb)*	acteurs / choisir un acteur	***painting***	tableau
director	réalisateur	***sculptor***	sculpteur
plot	intrigue	***review*** *(n / vb)*	critique / faire la critique
character	personnage	***critic***	critique (la personne)
theater	théâtre	***sequel***	suite
play	pièce de théâtre		
intermission	entracte		
showing	projection	***star*** *(vb)*	être à l'affiche
exhibition	exposition	***shoot*** *(vb)*	tourner

Exercice 1 Les mots à connaître : *Visits*

▶ *Corrigé p. 285*

Complétez les phrases avec tous les mots de l'encadré en les conjuguant ou en les mettant au pluriel si nécessaire.

1 Actually, this movie is a .... , have you not seen the first one?
2 The gallery .... will be tomorrow night. Would to like to come?
3 I've heard that your favorite .... will have an exhibition here soon, you must be very excited to see her work.
4 I rarely go to the ...., so I haven't seen this .... yet.
5 The .... of this movie is banal and the main .... is boring, with no personality at all.
6 Would you like to get something to drink during the ....?
7 We are going to see a modern art .... tomorrow afternoon.
8 I read a terrible .... of Safir's latest movie, the .... was simply brutal.
9 This movie was banned* from all .... as it contains shocking images.
10 Have you heard the news story about a .... which was stolen from our local museum?
11 Look at the .... I bought at an auction* this weekend!
12 Do you think you can make it to the 8 P.M. ....?
13 Isn't it exciting that they are going to .... this movie in our hometown?
14 Do you have any tickets left for a .... performance of "Noises"?
15 You mean he is a movie .... and he decided to .... in his own film? How did the rest of the .... feel about it?

*Mots & expressions	***banned :*** interdit ***auction :*** vente aux enchères

Exercice 2 Les familles de mots

▶ *Corrigé p. 285*

Complétez chaque phrase avec le mot qui convient.

1 What's .... at the local movie theater this weekend?
Ⓐ play
Ⓑ player
Ⓒ playing
Ⓓ playlist

2 The band they chose for the .... was unknown but very talented.
Ⓐ open
Ⓑ opens
Ⓒ opening
Ⓓ opener

3 We saw that movie .... Jeff Roberts and it was fantastic!
Ⓐ star
Ⓑ starry
Ⓒ starring
Ⓓ starless

4 Take a look at this .... ; it's a perfect example of this artist's style.
Ⓐ exhibit
Ⓑ exhibition
Ⓒ exhibiting
Ⓓ exhibited

5 Last night I went to another audition, but I wasn't .... in the play.
Ⓐ cast
Ⓑ casting
Ⓒ forecast
Ⓓ casts

6 Henry Raskin is .... this movie, so it will be good.
Ⓐ direct
Ⓑ director
Ⓒ directive
Ⓓ directing

7 The .... of her latest novel is completely predictable.
Ⓐ plot
Ⓑ character
Ⓒ cast
Ⓓ critic

8 Delmarle's latest offering has been universally praised by the ....
Ⓐ critic
Ⓑ critics
Ⓒ criticize
Ⓓ criticism

9 How many .... of "The Box" are there daily?
Ⓐ show
Ⓑ shows
Ⓒ showing
Ⓓ showings

10 I found the .... to be the weakest point.
Ⓐ characteristic
Ⓑ character
Ⓒ characterize
Ⓓ characterization

Exercice 3 Les synonymes

▶ *Corrigé p. 285*

Remettez les lettres dans l'ordre pour trouver les synonymes.

1	actors	**ctas**	....
2	storyline	**potl**	....
3	interlude	**isinnotesrim**	....
4	screening	**snowhig**	....
5	cinema	**mivoe tteehar**	....

Exercice 4 Les expressions courantes

▶ *Corrigé p. 285*

Reliez les mots des deux colonnes afin de reconstituer des expressions courantes, puis choisissez la bonne expression pour compléter chaque phrase, en conjuguant les verbes si besoin.

award •	• to the movies
be •	• on
leading •	• screen
the big •	• effects
special •	• role
go •	• -winning

1 Sorry, I can't join you at the restaurant, as I'm .... tonight.
2 This director has made many .... movies.
3 They are finally bringing my favorite book to ....
4 You can never appreciate all the .... if you watch it on a small screen.
5 I have got to see this play – my favorite actor is playing the ....
6 I'm staying home, because my favorite TV series .... tonight.

2. Restaurants – *Au restaurant*

Part 4 – Piste 26

waiter	serveur	***main course***	plat principal
tablecloth	nappe	***patron, diner***	client
napkin	serviette de table	***seafood***	fruits de mer
dish	plat (nourriture et récipient)	***wholesome***	sain
cutlery	couverts	***take-out***	à emporter
tip *(n / vb)*	pourboire / donner un pourboire	***still***	plat
check	addition	***sparkling***	pétillant, gazeux
self-service	libre-service	***tasty***	savoureux
caterer	traiteur		
beverage	boisson		
starter, appetizer	entrée	***recommend*** *(vb)*	recommander

Exercice 5 Les mots à connaître : *Restaurants*

▶ *Corrigé p. 286*

Complétez les phrases avec tous les mots de l'encadré en les conjuguant ou en les mettant au pluriel si nécessaire.

1 Oh no! I've spilled* my coffee on your white ....
2 Would you rather have .... or .... water?
3 Remember to put your .... on your lap* before you start eating.
4 Could you ask the .... for some extra bread?
5 You've added $50 to your ....? That is a very generous .... !
6 Our office hired a .... to provide* lunch at the conference.
7 Which .... do you .... : spaghetti carbonara or pizza?
8 There aren't many .... here for a Saturday night.
9 We need more spoons. Where do you keep your .... ?
10 The new company restaurant's food is not only .... , but .... , too.
11 Some people with allergies need to be careful about eating ....
12 How about* we get some .... pizza for dinner tonight?
13 I recommend the sea salad as a .... and then steak as the ....
14 If you are thirsty, a large selection of .... is available.
15 Don't you just love .... restaurants? You can choose whatever you like!

*Mots & expressions	***spill :*** renverser ***lap :*** les genoux ***provide :*** fournir ***how about :*** et si on...

Exercice 6 Les familles de mots

▶ *Corrigé p. 286*

Complétez chaque phrase avec le mot qui convient.

1 This soup .... too salty.
Ⓐ taste
Ⓑ tasty
Ⓒ tastes
Ⓓ is tasting

2 Good evening, my name is Jack and I will be .... on you tonight.
Ⓐ wait
Ⓑ waiter
Ⓒ waitstaff
Ⓓ waiting

3 The service here is terrible, so I doubt they get many ....
Ⓐ tip
Ⓑ tips
Ⓒ tipping
Ⓓ tipped

4 How about I pay the .... this time?
Ⓐ check
Ⓑ checked
Ⓒ checking
Ⓓ checker

5 We typically have thirty .... here around lunchtime.
- Ⓐ patron
- Ⓑ patrons
- Ⓒ patronize
- Ⓓ patronizing

6 This restaurant mainly .... to a business clientele.
- Ⓐ caters
- Ⓑ caterer
- Ⓒ caterers
- Ⓓ catering

7 I really don't know what to choose, do you have any .... ?
- Ⓐ recommends
- Ⓑ recommending
- Ⓒ recommendations
- Ⓓ recommendable

8 How many .... are you going to have?
- Ⓐ course
- Ⓑ coursing
- Ⓒ courses
- Ⓓ recourse

9 We had to leave our .... a generous tip.
- Ⓐ servicing
- Ⓑ serviced
- Ⓒ service
- Ⓓ server

10 Let's .... some sushi for lunch – it's wholesome and light.
- Ⓐ take in
- Ⓑ take out
- Ⓒ take up
- Ⓓ take on

Exercice 7 Les expressions courantes

▶ Corrigé p. 286

Reliez les mots des deux colonnes afin de reconstituer des expressions courantes, puis complétez les phrases.

a table •	• a raincheck
pick up •	• me
on the •	• like
feel •	• for four
on •	• house
take •	• the check

1 I'd like to book a .... for four for lunch tomorrow.
2 You paid last time, so this time the dinner is .... me.
3 This presentation has to be ready for tomorrow morning, so I have to .... a raincheck *(reporter)*.
4 To make up for the mistake with your order, your dessert is on the ....
5 You always .... the check, it's my turn to pay.
6 I .... like having pasta this evening.

Exercice 8 Les synonymes

▶ Corrigé p. 286

Complétez la grille de mots croisés avec le synonyme de chaque proposition.

1 Waiter
2 Not sparkling
3 Generous
4 Patron
5 Beverages
6 Starter
7 Knives and forks

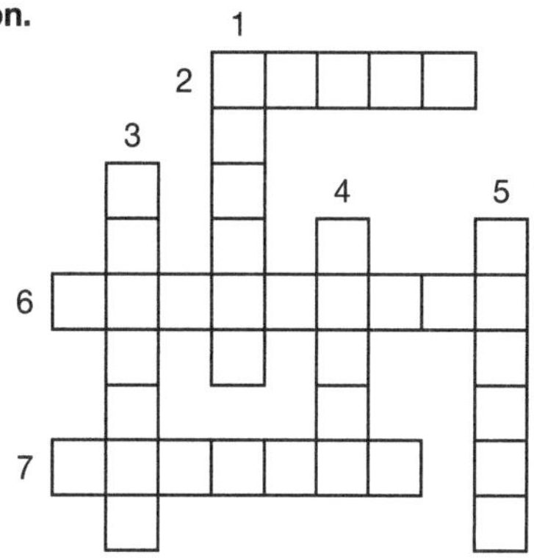

3. Vacations – *Les vacances*

Part 4 – Piste 27

sunscreen	crème solaire	***accommodation***	logement
couch surfing	dormir chez quelqu'un sur son canapé	***vacationer***	vacancier
beach towel	serviette de plage	***local***	personne du coin, habitant
resort	station (balnéaire, de ski)	***camping trip***	vacances sous la tente
sunglasses	lunettes de soleil	***all-inclusive***	tout compris
travel agent	agent de voyage		
itinerary	itinéraire		
sightseeing	tourisme	***pack*** *(vb)*	faire les bagages
cruise	croisière	***sunbathe*** *(vb)*	bronzer
beach	plage	***get away*** *(vb)*	s'échapper
suitcase	valise	***cater to*** *(vb)*	s'adresser à, pourvoir aux besoins de

Exercice 9 Les mots à connaître : *Vacations*

▶ *Corrigé p. 287*

Complétez les phrases avec tous les mots de l'encadré en les conjuguant ou en les mettant au pluriel si nécessaire.

1 My .... is almost ready. Do you think I should .... my rain coat?
2 I'm going .... in Paris and I can't wait* to see the Eiffel Tower.
3 Our company is offering an exciting river .... to all its employees.
4 We booked an .... vacation, so everything will be provided for us.
5 Has the .... sent you the .... of our trip to Tokyo?
6 I plan to .... a lot at the beach, so I've got my ...., ... and a .... all ready* in my bag.
7 It's really hard to find affordable* .... in Paris.
8 You've been working so hard lately. How about we .... for a weekend?
9 In this travel agency they .... very exclusive* customers who aren't easy to satisfy.
10 When I'm on vacation and looking for a good restaurant, I simply ask a ....
11 .... is the latest vacation trend*, but you have to be willing to also let strangers* into your home.
12 We really wanted to be closer to nature this summer, so we went on a ....
13 I'd rather spend my summer vacation in the mountains than at the seaside* – there are too many .... there and I don't like going to the ....
14 Next weekend we're off to our favorite ski .... !

*Mots & expressions	***I can't wait :*** j'ai hâte ***all ready :*** tout prêt ***affordable :*** abordable ***exclusive :*** sélect, huppé ***trend :*** tendance ***stranger :*** inconnu ***seaside :*** bord de mer

Exercice 10 Les familles de mots

▶ *Corrigé p. 287*

Complétez chaque phrase avec le mot qui convient.

1 I hate .... , I never know what to take.
Ⓐ package
Ⓑ packing
Ⓒ packed
Ⓓ pack

2 My husband and I never .... , as I don't like tents.
Ⓐ camp
Ⓑ camper
Ⓒ camps
Ⓓ camping

3 How about a romantic .... for Valentine's Day?
Ⓐ gets away
Ⓑ getaway
Ⓒ getting away
Ⓓ got away

4 Is it true that your agency caters .... adventure-seeking travelers?
Ⓐ in
Ⓑ at
Ⓒ to
Ⓓ with

5 Could you phone the hotel to see if they have any ....?
Ⓐ vacations
Ⓑ vacate
Ⓒ vacationer
Ⓓ vacancies

6 How about .... the Caribbean for our anniversary?
Ⓐ cruise
Ⓑ cruiser
Ⓒ cruising
Ⓓ cruised

7 Make sure you book your .... in Mexico well in advance.
Ⓐ accommodating
Ⓑ accommodate
Ⓒ accommodation
Ⓓ accommodated

8 Whenever I'm abroad, I like to talk to the .... and see what their everyday life looks like.
Ⓐ location
Ⓑ locals
Ⓒ located
Ⓓ localized

9 We have just received the .... for both of our trips this summer.
Ⓐ itinerant
Ⓑ iterating
Ⓒ itineraries
Ⓓ itinerary

10 Your .... is limited to 20 kilograms and 2 pieces.
Ⓐ handbag
Ⓑ suitcases
Ⓒ luggage
Ⓓ carry-on bags

Exercice 11 Les verbes

▶ *Corrigé p. 287*

Reliez les mots des deux colonnes afin de reconstituer des verbes qui correspondent aux verbes français.

1 *explorer :*	look •	• off
2 *dire au revoir :*	see •	• out
3 *sortir :*	go •	• around
4 *quitter l'hôtel :*	check •	• up
5 *remballer :*	pack •	• out
6 *se mettre en route :*	set •	• out

Exercice 12 Les expressions courantes

▶ *Corrigé p. 287*

Reliez les mots des deux colonnes afin de reconstituer des expressions courantes, puis complétez les phrases.

recharge •	• fun
make •	• (your) batteries
buy •	• a suntan
get •	• souvenirs
have •	• the most of

1 The winter has been cold and wet. Let's go away for a weekend and .... our batteries.
2 Enjoy your holidays. I'm sure you'll have .... in Mexico!
3 It's our last day in New York City, let's buy some .... for our friends.
4 You look radiant! Where did you .... that amazing suntan?
5 We only have three days left here, we should try to .... the most of our time.

4. Leisure activities – *Les loisirs*

Part 4 – Piste 28

board game	jeu de société	***season ticket***	abonnement
crafts	travaux manuels	***outing***	sortie
jogging	course à pied	***attraction***	attraction touristique
chess	échecs	***sewing***	couture
cycling	cyclisme	***indoor*** *(adj)*	à l'intérieur
gardening	jardinage		
DIY (do it yourself)	bricolage		
amusement park	parc d'attractions	***collect*** *(vb)*	collectionner
hike *(n / vb)*	randonnée / randonner	***enroll in*** *(vb)*	s'inscrire à
sailing *(n / vb)*	voile / faire de la voile	***eat out*** *(vb)*	manger au restaurant
relaxing *(adj / n)*	reposant / détente	***work out*** *(vb)*	faire de l'exercice

Exercice 13 Les mots à connaître : *Leisure activities*

▶ *Corrigé p. 288*

Complétez les phrases avec tous les mots de l'encadré en les conjuguant ou en les mettant au pluriel si nécessaire.

1 My colleagues and I like to go .... during our lunch break. We usually run for about 45 minutes.
2 Every summer our neighbors .... in the mountains.
3 My friend likes to .... snow globes* from every .... she visits.
4 I love .... projects! I built my garden shed* on my own.
5 They like to go out after work to .... or to go dancing.
6 Jake takes his children for an .... every Sunday afternoon.
7 It's a luxury to take a .... bath after a stressful day.
8 Let's get a .... to the stadium this year – it will save us money.
9 Is it true that you have signed up for* a .... class to learn how to make your own clothes?
10 In summer my boss often does outdoor sports such as .... or ....
11 When it rains I do .... activities, like reading or ....
12 My friend invited me to .... in her .... class, to learn how to plant rose bushes.
13 We have tickets to an .... next weekend.
14 I'm not very fit*, but then again I never ....
15 Backgammon is by far my favorite .... , but I also like to play ....

*Mots & expressions	***snow globe :*** boule à neige ***garden shed :*** abri de jardin ***sign up for :*** s'inscrire à ***fit :*** en forme

Exercice 14 Les familles de mots

▶ *Corrigé p. 288*

Complétez chaque phrase avec le mot qui convient.

1 Our town is very .... to foreign tourists.
Ⓐ attract
Ⓑ attracting
Ⓒ attractive
Ⓓ attraction

2 The company doctor recommends .... every morning, even on vacation.
Ⓐ work-out
Ⓑ workers
Ⓒ worked out
Ⓓ working out

3 .... activities are good for rainy weekends.
Ⓐ Indoor
Ⓑ Indoors
Ⓒ Interior
Ⓓ Interiors

4 Let's begin organizing monthly .... for all our employees.
Ⓐ outbreaks
Ⓑ outcomes
Ⓒ outputs
Ⓓ outings

5 I'd like to speed up but there's a .... in my way.
Ⓐ cycle
Ⓑ cyclone
Ⓒ cycling
Ⓓ cyclist

6 Eating .... every night soon becomes expensive.
Ⓐ in
Ⓑ out
Ⓒ up
Ⓓ lunch

7 I wanted to join a salsa class, but the .... fee was too expensive.
Ⓐ enroll
Ⓑ enroll in
Ⓒ enrollment
Ⓓ enrolling

8 I don't feel like going out, let's just stay at home and ....
Ⓐ relaxed
Ⓑ relaxation
Ⓒ relax
Ⓓ relaxing

9 Cecilia is a keen .... and produces most of her vegetables herself.
Ⓐ garden
Ⓑ gardener
Ⓒ gardening
Ⓓ gardenia

10 This stamp is a very rare .... item.
Ⓐ collecting
Ⓑ collector's
Ⓒ collection
Ⓓ collected

Exercice 15 Les expressions courantes

▶ *Corrigé p. 288*

Reliez les mots des deux colonnes afin de reconstituer des expressions courantes, puis complétez les phrases.

go •	• a walk
take •	• for a run
play •	• a photo
enroll •	• an instrument
take •	• sport
do •	• in a course

1 Zach wanted to visit the town so he took a ....
2 Do you play any musical .... in your free time?
3 On vacation I enjoy doing .... as it allows me to stay fit.
4 How about .... for a run in the park after lunch?
5 I'm going to .... in a photography course to learn to .... better photos.

Exercice 16 Les synonymes

▶ *Corrigé p. 288*

Trouvez un synonyme du mot entre parenthèses parmi les mots de l'encadré *Leisure activities* en le conjuguant ou en le mettant au pluriel si nécessaire.

1 The employees went on an .... (excursion) to an amusement park.
2 .... (Running) is a cheap sport that almost everyone can do.
3 A lot more women are taking up .... (home improvement) as a hobby.
4 I prefer to spend my vacation time .... (resting) on the beach, not .... (exercising).
5 .... (Walking) in the mountains is great for clearing your head.

PART 4

LISTENING TEST

Entertainment Part 1

Part 4 – Piste 29

▶ Corrigé p. 289

1 Ⓐ Ⓑ Ⓒ Ⓓ

Entertainment Part 2

Part 4 – Pistes 30-34

▶ Corrigé p. 289

2 Ⓐ Ⓑ Ⓒ
3 Ⓐ Ⓑ Ⓒ
4 Ⓐ Ⓑ Ⓒ
5 Ⓐ Ⓑ Ⓒ
6 Ⓐ Ⓑ Ⓒ

Entertainment Part 3

Part 4 – Pistes 35-36

▶ Corrigé p. 290

7 Where does the woman probably work?
(A) In a bar
(B) In a restaurant
(C) In a theater
(D) In a hotel

8 What time did the man ask to make a reservation?
(A) 4 P.M.
(B) 6 P.M.
(C) 8:30 P.M.
(D) 9 P.M.

9 What does the man mean when he says "You're a lifesaver"?
(A) The woman is very helpful.
(B) The woman is in danger.
(C) The woman should change jobs.
(D) The woman is very hardworking.

Entertainment Part 4

Part 4 – Pistes 37-38

▶ Corrigé p. 291

Hudson Bay Cruise

Menu

Starter
Freshly grilled scallops

◇◇◇◇◇◇◇◇◇◇

Main course
Rib eye steak with vegetables

◇◇◇◇◇◇◇◇◇◇

Dessert
Fruit salad

◇◇◇◇◇◇◇◇◇◇

10 Where most likely are the listeners?
(A) On a plane
(B) In the cinema
(C) On a boat
(D) At a restaurant

11 Which item on the menu has been modified?
(A) The beverages
(B) The starter
(C) The main course
(D) The dessert

12 What will most likely happen next?
(A) People will order a meal.
(B) People will see a monument.
(C) People will admire the chef.
(D) People will leave immediately.

Go on to the next page

READING TEST

Entertainment Part 5

▶ Corrigé p. 292

Select the best answer to complete each sentence.

13 I have to run to a .... store to buy some paints and brushes.
(A) crafty
(B) crafted
(C) craft
(D) craftsman

14 Would you like to come with me to the theatre tomorrow night to see a .... ?
(A) player
(B) played
(C) playing
(D) play

15 This movie is a .... I think it is not as good as the first one.
(A) sequence
(B) sequel
(C) sequential
(D) sequencing

16 Would you rather have still or .... water?
(A) bumpy
(B) sparkly
(C) rough
(D) sparkling

17 Excuse me, could you bring me some fresh .... as mine fell on the floor.
(A) beverage
(B) cutlery
(C) napkin
(D) caterer

Entertainment Part 6

▶ Corrigé p. 293

Questions 18-21 refer to the following e-mail.

Dear Mr. Kowalski,

I am happy to inform you that all the details of your trip to New York City to see the Broadway .... (18) of "Lion's Den" have been arranged.

Your flight departs from London at six tomorrow morning and you will land at Newark airport at noon.

As agreed, your accommodation has been booked for the night at the hotel you requested.

A limousine will pick you up from the hotel at 6 P.M. and will drive you to Broadway Theater for the performance.

After the .... (19) your driver will take you to the B-way restaurant, where we have a table for two .... (20) for you at 9 P.M.

Your return flight is scheduled the following day at noon.

The details of your itinerary as well as the hotel reservation have been attached to this e-mail.

.... (21).

Kind regards,

Jane McAllister

18 (A) premiere
(B) first
(C) blockbuster
(D) season

19 (A) concert
(B) show
(C) dinner
(D) visit

20 (A) books
(B) booking
(C) has been booked
(D) booked

21 (A) You can stay at the hotel as long as you like.
(B) Wishing you a very pleasant stay in New York City.
(C) I would love to attend the meeting.
(D) The invoice has already been sent.

Entertainment Part 7

▶ *Corrigé p. 294*

Questions 22-23 refer to the following text message chain.

Mike 07:30 A.M.
Hi Sean! Did you get my message last night?

Sean 08:00 A.M.
Hi! Yes, thanks for the invitation. I'd like to go with you all this weekend, but I've never been on a camping trip before. I don't think I have the right equipment.

Mike 09:00 A.M.
No worries, I have a spare sleeping bag and a tent.

Sean 10:15 A.M.
Are you sure? I don't want to impose…

Mike 10:17 A.M.
Nonsense! So, are you coming?

Sean 10:20 A.M.
I guess so.

Mike 10:30 A.M.
Great! I'll stop by your office after lunch to give you all the details.

22 At 09:00 A.M., what does Mike mean when he writes "No worries"?
(A) He has a solution to the problem.
(B) He doesn't have equipment either.
(C) There is no need for equipment.
(D) He isn't invited.

23 Who most likely is Sean?
(A) Mike's father
(B) Mike's neighbor
(C) Mike's colleague
(D) Mike's doctor

Go on to the next page

Questions 24-28 refer to the following brochure and e-mail. ▶ *Corrigé p. 295*

1

Arts and Crafts Center		
Class	**Time**	**Price**
Painting	Mondays 6 – 8 P.M.	$300
Sculpture	Wednesdays 5 – 7 P.M.	$250
Sewing	Fridays 4:30 – 6:30 P.M.	$350
Enroll before the end of September to obtain a 10% discount. For more information e-mail Kevin Woolf at KW@acc.org.		

2

From: Leena Panali ‹lanapi@tomail.com›
To: Kevin Woolf ‹KW@acc.org›
Subject: Enrollment
Date: 20 September

Dear Mr. Woolf,

I'm writing because I am interested in taking up a sewing class at your arts and crafts center.

I saw your brochure at my school and saw that you offer this class on Friday afternoons which suits me very well. Could you confirm that there are places available in the class?

If that is the case, will I need to fill in any forms in order to enroll officially? Also, will I need to bring any sewing materials with me to class? I participated in a sewing workshop two years ago, but at the time all the necessary materials were provided for us.

I am looking forward to hearing from you.

Kind regards,
Leena Panali

24 How often do classes take place at the arts and crafts center?
(A) Every day
(B) Three times a week
(C) Every weekend
(D) Every three days

25 How much will Ms. Panali most likely pay for the class?
(A) $250
(B) $300
(C) $315
(D) $350

26 Why did Ms. Panali send this e-mail?
(A) To get more information about a class
(B) To provide more information about materials
(C) To inform Mr. Woolf of her availability
(D) To reply to Mr. Woolf

27 How did Ms. Panali find out about the class?
(A) From a friend
(B) From the arts and crafts center
(C) From Mr. Woolf
(D) From a brochure

28 What is suggested about Ms. Panali?
(A) She has some sewing experience.
(B) She has some sewing equipment.
(C) She works on Friday afternoons.
(D) She works at the community center.

PART 5 PHRASES À COMPLÉTER

PRÉSENTATION

- **Nature de l'épreuve :** écrite seulement, sous forme de QCM
- **Nombre de questions :** 30
- **Durée approximative :** 10 à 15 minutes (vous disposez de 75 minutes pour répondre à toute la partie de compréhension écrite : Parts 5, 6, 7)
- **Déroulement du test :** il manque un mot ou une expression dans chaque énoncé. Vous devez choisir la meilleure réponse parmi quatre propositions pour compléter la phrase.
- **Spécificités :** Part 5 teste vos connaissances en grammaire et en vocabulaire.

Tip!
Répondez rapidement aux questions de Part 5 afin de garder le plus de temps possible ensuite pour Part 7, qui est longue et plus difficile.

Exemple de question

Have you finished that report .... ? ← ***L'énoncé peut tester un point de grammaire ou de vocabulaire***
(A) already
(B) still
(C) yet
(D) yesterday

Quatre propositions, une seule bonne réponse

Réponse (C)
En fin de question, on emploie ***yet*** (déjà) pour demander si quelque chose a été accompli à l'instant où l'on parle.

PART 5

DIFFICULTÉS – CONSEILS POUR RÉUSSIR

1. La grammaire

Pour réussir Part 5, vous devez maîtriser tous les aspects essentiels de la grammaire de l'anglais : les temps, les conjonctions, les prépositions, l'emploi des modaux…

Part 5 ne teste pas de points de grammaire subjectifs : vous n'aurez pas à décider selon la nuance de sens entre *must* et *have to*, mais vous devrez choisir celui qui donne une phrase juste sur le plan grammatical.

Exemple :
All employees .... to wear appropriate clothing to work.
(A) will
(B) have
(C) must
(D) expected

Réponse (B)
Must et ***have to*** expriment idée d'obligation ; comme ***to*** est déjà présent dans l'énoncé et que ***must*** n'est jamais suivi de ***to***, c'est donc (B) ***have*** qui convient.

- Parfois, les quatre propositions conviennent toutes sur le plan grammatical (4 noms, 4 adverbes...).

Laissez-vous guider par le sens général de la phrase ; la réponse est parfois facile, car certaines propositions fantaisistes ne conviennent pas du tout au contexte.

Exemple :
There is a coffee machine .... located in the hall.
(A) accordingly
(B) conveniently
(C) highly
(D) totally

Réponse (B)
Aucune autre solution que (B) n'a de sens dans cette phrase.

2. Le vocabulaire

- Le vocabulaire et l'orthographe sont plus américains ***(elevator, behavior)*** que britanniques ***(lift, behaviour)***.

C'est un test élaboré aux États-Unis : nous en tenons compte dans ce livre *(fall, store, mall, traveled...)*.

Vous devez vous familiariser avec l'univers du *TOEIC*® : le monde de l'entreprise, les relations professionnelles, le bureau et son équipement... Vous n'aurez jamais trop de vocabulaire pour le *TOEIC*® !

3. Les familles de mots

Parfois, toutes les réponses proposées sont des mots de la même famille déclinés en verbe, nom, adverbe, adjectif.

Pour répondre, il peut suffire d'identifier la catégorie grammaticale du mot qui doit compléter la phrase.

Exemple :
Her ... with the software was of great benefit to the company.
(A) family
(B) familiar
(C) familiarize
(D) familiarity

Réponse (D)
Après ***her***, il faut un nom.
(A) Avec ***family***, la phrase ne voudrait rien dire.
(B) est un adjectif (familier).
(C) est un verbe (familiariser).

LES POINTS DE GRAMMAIRE À MAÎTRISER POUR PART 5

1. Les catégories grammaticales

Identifier la catégorie grammaticale du mot qui manque dans l'énoncé est parfois suffisant pour choisir la bonne réponse.

Grammaire Express Les catégories grammaticales

Catégorie	Définition	Pour le repérer	Exemples
nom	Mot variable en nombre, il désigne une chose, un être, un concept...	Il est souvent précédé par : – un article, – un quantifieur, – un pronom possessif, – un adjectif.	*the / a **laptop**, some **cars*** *much **sugar**, many **people*** *his, my, their **friends*** *large **offices**, expensive **meals***
verbe	Élément central d'une phrase, il décrit une action, un état ou un événement ; sa conjugaison précise le temps de l'action.	Il se trouve : – après un nom/pronom, – devant un (adjectif +) nom, – devant une préposition + nom. Un verbe en sujet de phrase est à la forme ***-ing*** et il y aura un 2e verbe dans la phrase.	*She / Helen **works** abroad.* *They **cook** great meals.* *I never **run** behind schedule.* ***Cleaning** the machinery **is** a weekly task.*
préposition	Mot invariable, souvent court, la préposition introduit un complément : **in**, **on**, **for**, **behind**...	Elle est souvent suivie d'un nom (avec ou sans article) ou d'un pronom.	***on** time, **for** breakfast, **in front of** your desk, **behind** the screen*
conjonction	Mot invariable, elle lie deux propositions : **and**, **because**, **after**, **if**, **when**, **although**...	Elle peut apparaître en début de phrase ou relier deux phrases.	***Before** he could answer, she had left.* *Would you like some coffee **while** you're waiting?*
adjectif	Mot invariable en anglais, il décrit un nom.	Il est placé en général avant le nom en question, souvent après un article.	***big**, **exciting**, **better**, **blue**...* *the **wooden** table*
pronom	Il remplace un nom (un sujet, un COD ou COI, un endroit...) : **I**, **you**, **they**, **it**, **him**, **us**, **who**, **there**...	Le pronom possessif se place devant le nom pour indiquer l'appartenance.	***my** employer, **your** suitcase...* *Give **it** to **her**.*
adverbe	Il décrit l'action du verbe, ou un adjectif.	La plupart des adverbes se terminent en ***-ly***.	***carefully**, **quickly**...* *It must be cleaned **regularly**.* *This is **highly** important!*

Exercice 1 Reconnaître la catégorie grammaticale

▶ Corrigé p. 297

Analysez la phrase pour trouver la catégorie grammaticale du mot manquant. Choisissez entre : nom – verbe – préposition – conjonction – adjectif – pronom – adverbe

1 He's an overly careful ....
2 You should think about this very ....
3 The merger of the two companies will go down .... history. ....
4 Your main responsibility is to .... appointments. ....
5 Selecting a .... candidate is our next priority. ....
6 Mrs. Parathi would be able to help you if .... were here. ....
7 We made an offer .... it was refused. ....

Exercice 2 Les catégories grammaticales

▶ Corrigé p. 297

D'après vos réponses à l'exercice 1, complétez ces phrases avec le mot qui convient.

1 He's an overly careful ....
Ⓐ drive
Ⓑ drives
Ⓒ driver
Ⓓ driven

2 You should think about this very ....
Ⓐ careful
Ⓑ care
Ⓒ caring
Ⓓ carefully

3 The merger of the two companies will go down .... history.
Ⓐ because
Ⓑ in
Ⓒ after
Ⓓ yet

4 Your main responsibility is to .... appointments.
Ⓐ schedule
Ⓑ scheduling
Ⓒ schedules
Ⓓ scheduled

5 Selecting a .... candidate is our next priority.
Ⓐ suitably
Ⓑ suitable
Ⓒ suiting
Ⓓ suit

6 Mrs. Parathi would be able to help you if .... were here.
Ⓐ her
Ⓑ its
Ⓒ she
Ⓓ they

7 We made an offer .... it was refused.
Ⓐ by
Ⓑ which
Ⓒ that
Ⓓ but

Tip!
• Si vous n'êtes pas sûr de la réponse, essayez d'éliminer au moins deux propositions.
• Mettez toujours une réponse, car vous ne perdez pas de points pour une réponse incorrecte.

Grammaire Express Les suffixes

- Vous savez désormais identifier le type de mot qui manque dans la phrase. Mais comment faire quand on ne connaît pas la catégorie grammaticale de toutes les propositions ?
- Certains **suffixes** vous aideront à les identifier : un suffixe est un groupe de lettres que l'on accole à la fin d'un mot pour former un autre mot (qui a souvent une catégorie grammaticale différente du mot de départ).

Ex. : *quick* rapide → *quick**ly*** rapidement *happy* heureux → *happi**ness*** bonheur

- Le tableau présente la plupart des suffixes en anglais et la catégorie grammaticale des mots composés avec eux.

Le suffixe	Il forme des ...	Exemples	
-ly*	adverbes	*high**ly**, careful**ly**, neutral**ly***	hautement, prudemment, de façon neutre
-ize -fy -ate -en	verbes	*priorit**ize**, organ**ize*** *identi**fy**, clari**fy*** *termin**ate**, abbrevi**ate*** *wid**en**, short**en**, length**en***	donner la priorité, organiser identifier, clarifier terminer, abréger élargir, raccourcir, allonger
-ous -ful -less -y -able/ible -ive -ant/ent -ic -ical	adjectifs	*marvell**ous**, cauti**ous*** *care**ful**, mind**ful*** *care**less**, mind**less*** *eas**y**, hungr**y*** *enjoy**able**, convert**ible*** *act**ive**, imaginat**ive*** *absorb**ant**, perman**ent*** *econom**ic*** *econom**ical***	merveilleux, prudent prudent, attentif négligent, irréfléchi facile, affamé agréable, convertible actif, imaginatif absorbant, permanent économique *(réforme, croissance)* économique *(voiture)*, économe *(personne)*
-er/or -ee -ment -ity -ness -ship -ance/ence -tion/sion	noms	*employ**er**, train**er**, act**or*** *employ**ee**, train**ee*** *employ**ment**, embezzle**ment*** *clar**ity**, toxic**ity*** *open**ness**, readi**ness*** *partner**ship**, member**ship*** *toler**ance**, perman**ence*** *condi**tion**, suspen**sion***	employeur, entraîneur, acteur employé, stagiaire emploi, détournement de fonds clarté, toxicité ouverture, empressement partenariat, adhésion tolérance, permanence condition, suspension

Tip !
* Attention, il y a toujours des exceptions : *lovely* se termine par *-ly*, mais c'est un adjectif.

2. Noms dénombrables et noms indénombrables

Certaines questions de Part 5 vérifient si vous savez différencier les noms dénombrables des noms indénombrables.

Exemple :

Our office ... is going to be replaced progressively as of January.

(A) desks (A) bureaux
(B) furniture (B) meubles
(C) supplies (C) fournitures
(D) procedures (D) procédures

Le mobilier de bureau va progressivement être remplacé à partir de janvier.

Réponse (B)
Les propositions (A), (C) et (D) sont des noms dénombrables au pluriel, ils devraient être suivis par un verbe accordé au pluriel. Bien que ***desks*** et ***furniture*** désignent des meubles, c'est (B) ***furniture*** qui convient, car le verbe qui suit ***(is)*** est au singulier.

- **Un nom dénombrable** (la grande majorité des noms) désigne une chose que l'on peut compter.

Ex. : *one **office**, two **offices*** *one **person**, two **people**...*

- **Un nom indénombrable :**

— désigne une entité que l'on ne peut pas compter un par un.

Ex. : ***rice*** le riz ***sugar*** le sucre ***money*** l'argent

— représente souvent un concept abstrait, des noms de masse ou de matières.

Ex. : ***water*** l'eau ***air*** l'air ***wood*** le bois
beauty la beauté ***happiness*** le bonheur ***time*** le temps

Tip !
Méfiez-vous des pluriels irréguliers ***(people)*** ; ce sont bien des pluriels même en l'absence du « s » final. C'est aussi le cas de ***mouse/mice, man/men, sheep/sheep, fish/fish...***

— n'a généralement pas de forme au pluriel et le verbe qui s'y rapporte est au singulier.

Ex. : *That **is** extremely good **news**!* Quelle bonne nouvelle!
*This **is** my **luggage**. **It is** heavy. Could you help me with **it**?*
Ce sont mes bagages. Ils sont lourds. Pourriez-vous m'aider à les porter?

— ne peut pas s'employer avec l'article indéfini ***a / an*** (un / une), mais avec ***some*** (ou ***any*** dans une question ou une négation).

Ex. : *I have **some advice** for you.* J'ai des conseils à vous donner.
*I don't have **any advice** for you.* Je n'ai pas de conseils à vous donner.

• Certains noms indénombrables anglais se traduisent par un nom dénombrable en français.

Ex. : ***advice*** les conseils ***furniture*** les meubles ***information*** les renseignements

• Certains noms sont dénombrables ou indénombrables selon leur sens.

Ex. : *Would you like **a coffee**?* ... un café *(dénombrable = une tasse de café)*
*There is **some coffee** in the pot.* ... du café *(indénombrable = le liquide)*

• Pour rendre dénombrable un mot indénombrable, on emploie le plus souvent ***a piece of*** (ou ***item*** pour le mot ***news***).

Ex. : *I have **a piece / three pieces of advice** for you.* J'ai un conseil / trois conseils à vous donner.
*I saw **an** interesting **news item** on TV.* J'ai vu une information intéressante à la télévision.

Tip!
An advice est impossible, ainsi que ***advices***.

Exercice 3 Dénombrables ou indénombrables ?

▶ *Corrigé p. 297*

Classez les mots dans le tableau en dénombrables, indénombrables, ou les deux selon le sens.
work – research – time – chocolate – furniture – hair – advice – desk – news
experience – information – luggage – tea – cake – paper – dollar – money – currency
television – evidence – safety – rice – traffic – job – progress – suitcase

Dénombrable	Indénombrable	Les deux selon le sens
....	....	....
....	....	....
....	....	....
....	....	....
....	....	....
....	....	....
....	....	....
....	....	....
....	....	....

3. *Some*, *any* et *no*

• ***Some*** est employé :

— **dans des phrases affirmatives**, avec un nom indénombrable ou un nom dénombrable, pour indiquer une quantité indéfinie.

Ex. : *I have **some** bags / luggage.* J'ai des bagages.

— dans des **offres** ou des **demandes polies**.

Ex. : *Would you like **some** help?* Voulez-vous de l'aide?

• ***Any*** est employé :

— **dans les questions**, avec des noms indénombrables ou dénombrables, pour savoir si quelque chose est disponible ou possible, ou **dans les négations** pour dire qu'une quantité est nulle.

Ex. : *Do you have **any** bags / luggage?* Avez-vous des bagages?
*I don't have **any** bags / luggage.* Je n'ai pas de bagages.

— Employé dans une affirmation, ***any*** signifie «n'importe quel» ou bien «tout».

Ex. : *You can visit the center **any** time you wish.* Vous pouvez visiter le centre à n'importe quel moment.
***Any** help would be appreciated!* Toute aide sera appréciée!

• ***No*** s'emploie **dans une phrase affirmative** avec un nom dénombrable ou un nom indénombrable.

Ex. : *I have **no** bags* (dénombrable). Je n'ai pas de bagages.
*I have **no** luggage* (indénombrable). Je n'ai pas de bagages.

Grammaire Express | Les mots composés avec *some*, *any* et *no*

somebody / ***someone*** quelqu'un	***somewhere*** quelque part	***something*** quelque chose
anybody / ***anyone*** personne *(dans une négation)* quelqu'un *(dans une question)*	***anywhere*** nulle part *(négation)* quelque part *(question)*	***anything*** rien *(négation)* quelque chose *(question)*
nobody / ***no one*** personne	***nowhere*** nulle part	***nothing*** rien

Exercice 4 *Some ou any ?*

▶ *Corrigé p. 297*

Choisissez le mot en gras qui convient pour compléter la phrase.

1 There are **any / some** documents which need to be signed before you leave.
2 When I arrived, there wasn't **anybody / somebody** at reception.
3 Do you think you could give me **any / some** advice on this subject?
4 The mechanic says he has never seen **anything / something** quite like my car!
5 The CEO wants to know if there are **any / some** potential new partners.

Tip!
Il n'y a pas de double négation en anglais.
I don't ever ~~never~~ go.

4. Les quantifieurs

- Un **quantifieur** est un mot qui indique la quantité plus ou moins grande du nom auquel il se rapporte : ***some***, ***a lot***, ***none***, ***every***...
- Des questions vérifient que vous savez employer les quantifieurs avec les noms dénombrables ou indénombrables.

Exemple :

I'm afraid I can't give you ... advice on negotiating as I'm a novice myself.

(A) an
(B) many
(C) some
(D) much

Réponse (D)
Puisque ***advice*** est indénombrable, on peut éliminer ***an*** et ***many*** qui ne s'utilisent qu'avec des noms dénombrables. ***Some*** s'emploie avec une phrase affirmative.

Je crains de ne pas pouvoir vous donner beaucoup de conseils sur la négociation car je suis moi-même novice en la matière.

- Certains quantifieurs s'emploient avec des noms indénombrables, d'autres avec des dénombrables, et d'autres avec les deux.

Grammaire Express | Les quantifieurs

Quantifieur	+ dénombrable	+ indénombrable
all* *tout*	***All employees*** *have an annual assessment.*	–
a lot of** / **lots of** *beaucoup de*	***A lot of people*** *came.*	***A lot of food*** *was served.*
much** *beaucoup*	–	*Do you have* ***much time****?* *How* ***much (money)*** *does it cost?*
many** *beaucoup*	*There are* ***many options****!* *How* ***many options*** *are there?*	–
several *plusieurs*	***Several candidates*** *applied.*	–
more *plus*	***More stores*** *opened.*	***More information*** *is available.*
some *du, de, de la, des*	***Some questions*** *were asked.*	***Some equipment*** *is missing.*
any *du, de, de la, des*	*Were* ***any questions*** *asked?*	*Is* ***any equipment*** *missing?*
enough *assez*	*Are there* ***enough chairs****?*	*Is there* ***enough coffee****?*
both *les deux*	***Both applicants*** (ou ***both of the applicants***) *were equally qualified.*	–
a little *un peu de*	–	*I have* ***a little time*** *to help you.*
a few *un peu de, quelques*	***A few people*** *came.*	–
either *l'un ou l'autre*	***Either applicant*** (ou ***either of the applicants***) *is acceptable.*	–
each *chaque*	***Each passenger*** *is allowed one piece of luggage.*	–

little *peu de*	–	*We have very* ***little time****.*
few *peu de*	*There are very* ***few options****.* ***Few people*** *came.*	–
neither *ni l'un ni l'autre, aucun des*	***Neither applicant*** (ou ***neither of the applicants***) *was qualified enough.*	–
no *pas de*	*There are* ***no seats****.*	*There is* ***no coffee****.*
none of *aucun des*	***None of the applicants*** *arrived late.*	–
most* *la plupart*	***Most engineers*** *have studied for many years.*	–

* Il faut faire la différence entre ***all*** et ***all of the***, et entre ***most*** et ***most of the***.

Ex. : ***All employees*** *must have an annual assessment.*
(généralité) Tous les employés doivent être évalués chaque année.
All of the employees *in R&D must have an annual assessment.*
Tous les employés du département R&D doivent être évalués... *(ceux-là précisément)*
Most engineers *have studied for many years.*
(généralité) La plupart des ingénieurs ont fait de longues études.
Most of the engineers *who work here studied at the same college.*
(La plupart du groupe spécifié) La plupart des ingénieurs qui travaillent ici ont étudié dans la même université.

> **Tip!**
> **Enough** se place avant un nom ***(enough money)*** et après un adjectif ***(it is large enough)*** !

** ***Much*** et ***many*** s'emploient surtout dans les phrases négatives ou dans les questions.
Dans les phrases affirmatives, on utilise plutôt ***a lot of*** ou ***lots of***.

PART 5

Exercice 5 Dénombrables, indénombrables et quantifieurs

▶ *Corrigé p. 298*

Choisissez la bonne réponse pour compléter la phrase.

1 Are there restrictions on .... money you can exchange per day?
Ⓐ each
Ⓑ some
Ⓒ how much
Ⓓ how many

2 There are not .... coworkers who don't merit a bonus this year!
Ⓐ lot
Ⓑ lots
Ⓒ a lot
Ⓓ a lot of

3 .... people are applying for IT positions today than ten years ago.
Ⓐ A little
Ⓑ Lesser
Ⓒ Few
Ⓓ Fewer

4 Our firm's extensive .... in marketing has led us to create innovative products.
Ⓐ research
Ⓑ researches
Ⓒ researched
Ⓓ researchers

5 I don't know if .... of the parcels were delivered on time.
Ⓐ any
Ⓑ little
Ⓒ none
Ⓓ much

6 .... full-time and part-time employees should attempt to negotiate new terms each year.
Ⓐ Together
Ⓑ Same
Ⓒ Alike
Ⓓ Both

7 Do you think there is .... room for everybody to stay at the same hotel?
Ⓐ no
Ⓑ enough
Ⓒ several
Ⓓ many

8 Would you mind handing me .... sheets of paper?
Ⓐ little
Ⓑ a little
Ⓒ few
Ⓓ a few

9 .... proposal was approved by the board of directors.
Ⓐ Either
Ⓑ Neither
Ⓒ Nor
Ⓓ None

10 If you have .... reason for not attending the meeting, please inform me by e-mail.
Ⓐ much
Ⓑ many
Ⓒ any
Ⓓ an

5. Les prépositions

- Une préposition est un mot **invariable** (***on***, ***at***, ***in***, ***by***, ***under***, ***toward***...) qui sert à introduire un autre mot ou un groupe de mots avec une fonction de complément.

- La préposition marque un lien de dépendance (lieu, temps, manière, but, matière...) entre le mot qu'elle introduit et le complément rattaché à ce mot.

Ex. : *They left* ***for*** *the conference* ***at*** *8.30* ***on*** *foot.* Ils sont partis pour la conférence à 8h30 à pied.

Grammaire Express **Les prépositions de temps et de lieu les plus fréquentes**

Préposition	Temps	Lieu
at	avant une heure	devant une adresse ou un bâtiment, un lieu public
on	avant une date ou un jour précis	devant un nom de rue
in	avant une année, un mois, une saison	avant un pays, une ville, ou à l'intérieur d'un bâtiment

Ex. : *The concept was born* ***at*** *3AM* ***on*** *a Monday* ***in*** *April* ***in*** *2014.*
Le concept a vu le jour à 3h du matin un lundi d'avril en 2014.

It was ***on*** *April Fool's Day, so* ***in*** *spring!*
C'était le 1er avril, donc au printemps !

I'll meet you ***at*** *the train station* ***in*** *Paris,* ***in*** *France!*
On se voit à la gare à Paris, en France !

Don't you live ***on*** *Queen Street? – Actually, I live* ***at*** *23 King Street!*
Tu n'habites pas dans Queen Street ? – En fait, j'habite au 23 King Street !

▶ *Voir p. 18 pour d'autres prépositions de lieu.*

- ***To*** est une préposition de mouvement.

Ex. : *Could you please deliver this box* ***to*** *my office?*
Pourriez-vous livrer ce carton à mon bureau ?
Shall I come ***to*** *your office, or shall we meet* ***in*** *mine?*
Est-ce que je viens dans votre bureau, ou allons-nous nous réunir dans le mien ?

> **Tip!**
> ***Come*** est un verbe de mouvement, on utilise donc ***to*** ; ***meet*** n'en est pas un et on doit donc opter pour ***in***.

- On peut **être à la maison**, ***at home*** (position) ou on peut **aller à la maison**, ***go home*** (direction, sans ***to*** ; c'est une exception à la règle de mouvement ci-dessus.)

Ex. : *He* ***went ø home*** *early in order to work* ***at*** *home because his child was ill.*
Il est rentré tôt pour travailler à la maison car son enfant était malade.

- Des expressions sans préposition peuvent traduire une idée de direction ou de lieu.

downtown	dans le centre-ville	***uptown***	dans les quartiers résidentiels
inside	à l'intérieur	***outside***	à l'extérieur
downstairs	en bas	***upstairs***	en haut

Ex. : *Minh is working* ***upstairs****.* (position)
Minh travaille à l'étage.

Would you help me carry these boxes ***outside****?* (déplacement)
Pourriez-vous m'aider à porter ces cartons dehors ?

Exercice 6 Les prépositions de temps, de lieu et de mouvement

▶ *Corrigé p. 298*

Choisissez la bonne réponse pour compléter la phrase.

1 We need a courier to deliver this package .... an address downtown.
Ⓐ at
Ⓑ in
Ⓒ to
Ⓓ on

2 Could we bring our appointment forward to Monday .... noon?
Ⓐ on
Ⓑ at
Ⓒ to
Ⓓ by

3 Ms. Kim has decided to .... home early today because of the inclement weather conditions.
Ⓐ drive
Ⓑ drive to
Ⓒ drive at
Ⓓ drive around

4 What time will the flight arrive .... Rome?
Ⓐ at
Ⓑ on
Ⓒ in
Ⓓ to

5 Our premises are located .... the Public Library.
Ⓐ in front
Ⓑ near
Ⓒ to
Ⓓ on

Grammaire Express Les adjectifs et les verbes avec préposition

- Certains **adjectifs** sont associés à une préposition. Il n'y a pas de règles particulières pour dicter le choix de la préposition, il faut les retenir.

afraid of	qui a peur de	***made of***	en *(bois, verre...)*
angry at	fâché de/avec	***married to***	marié avec
aware of	conscient de	***opposed to***	contre, opposé à
capable of	capable de	***proud of***	fier de
careless about	peu soucieux de	***responsible for***	responsable de
familiar with	qui connaît bien	***similar to***	similaire à
fond of	attaché à, qui aime bien	***sorry for / about***	désolé de/pour
happy about / with	content de	***sure of / about***	certain de
interested in	intéressé par	***tired of***	qui en a assez de
jealous of	jaloux de	***worried about***	inquiet au sujet de

• Certains **verbes** sont suivis par une préposition pour introduire le complément ; il faut les retenir aussi...

accuse somebody of	accuser quelqu'un de	***laugh at / about***	rire de
apologize for	s'excuser de	***listen to***	écouter
apply for	poser sa candidature à	***look forward to***	attendre avec impatience
ask about	se renseigner sur	***pay for***	payer
ask for	demander	***rely on***	compter sur
belong to / belong with	appartenir à / aller avec	***remind somebody of***	rappeler quelque chose à quelqu'un
care for	tenir à	***succeed in***	réussir
deal with	s'occuper de	***talk about***	parler de
depend on	dépendre de	***talk to***	parler à
insist on	s'évertuer à	***wait for***	attendre

• Les verbes qui suivent une préposition sont à la forme ***-ing***.

*He is afraid **of** los**ing** his job.* — Il a peur de perdre son travail.
*She is responsible **for** recruit**ing** new employees.* — Elle est responsable du recrutement des nouveaux employés.
*They were accused **of** embezzl**ing** the company's money.* — On les a accusés de détourner les fonds de la société.
*I look forward **to** hear**ing** from you.* — Dans l'attente d'avoir de vos nouvelles.

> **Tip!**
> ***Responsible*** n'est pas un nom ; c'est un adjectif suivi de la préposition ***for***.

Grammaire Express *Used to* et *be used to*

Contrairement aux apparences, ces deux expressions ne sont pas liées.

• ***Be used to*** + verbe en ***-ing*** **indique une habitude** et sous-entend que ce n'est pas le cas pour la plupart des gens.

Ex. : *Mr. Lee **is used to flying** between Hong Kong and Boston several times a month.*
M. Lee a l'habitude de faire des allers-retours en avion entre Hong Kong et Boston plusieurs fois par mois.

– **Forme négative :**

Ex. : *Mr. Lee **isn't used to flying**.*
M. Lee n'a pas l'habitude de prendre l'avion.

– **Dans une question :**

***Is** Mr. Lee **used to flying**?*
M. Lee a-t-il l'habitude de prendre l'avion ?

– Cette formulation peut exister au passé, au futur, au présent, au conditionnel...

Ex. : *He **wasn't used to flying** but now he is.* — Il n'avait pas l'habitude de prendre l'avion mais maintenant si.
*He **will be used to flying** very quickly.* — Il s'habituera rapidement à prendre l'avion.

> **Tip!**
> ***Get*** peut remplacer ***be***, pour donner le sens de « s'habituer ».
> Ex. : ***I got used to getting up*** *at 5 am very slowly.* J'ai mis du temps pour m'habituer à me lever à 5h du matin.

• ***Used to*** + base verbale **indique un passé révolu**.

Ex. : *Mr. Lee used to manage our accounts in Hong Kong.* — M. Lee s'occupait autrefois de nos clients à Hong Kong.

– Le mot « autrefois » (ou « avant », « auparavant »...) n'apparaît pas dans la phrase en anglais ; c'est ***used to*** + **base verbale** qui exprime l'idée d'une habitude dans le passé.

– **Forme négative :**

Ex. : *I **didn't use to like** coffee, but now I do!*
Avant, je n'aimais pas le café, mais maintenant si !

– **Dans une question :**

***Did you use to work** for an IT company?*
Tu travaillais pour une société d'informatique avant ?

Exercice 7 *Used to* et *be used to*

▶ *Corrigé p. 298*

Choisissez la bonne proposition en gras pour compléter chaque phrase.

1 Jack Chen is used to **change / changing** cities every 4 years when he is transferred to a new job.
2 Our company used to **be / being** located in Delhi.
3 Our local florist used to **do / doing** very well on public holidays until a big chain moved into the same street.
4 Have you got used to **eat / eating** the local cuisine yet?
5 He says he never got used to **work / working** in air conditioning.
6 The new receptionist is not yet used to **be / being** in the public eye.
7 **I used to take / I'm used to taking** the train to work every day when I lived in London.

> **Tips!**
> • Après ***be used to***, on met un verbe en ***-ing***.
> Ex. : ***I am used to working alone.*** J'ai l'habitude de travailler seul.
> • Après ***used to***, on met une base verbale.
> Ex. : ***I used to work alone.*** Avant, je travaillais seul.

Exercice 8 Les prépositions

▶ Corrigé p. 298

Choisissez la bonne réponse pour compléter la phrase.

1 Who does the blue Ford, registration number KF167C, belong ....?
(A) with
(B) to
(C) for
(D) of

2 This place reminds me .... the town where I grew up.
(A) of
(B) at
(C) to
(D) on

3 Whether I'll come or not depends .... the day.
(A) off
(B) in
(C) of
(D) on

4 The person I met on the Internet paid .... my dinner.
(A) off
(B) for
(C) me
(D) himself

5 We are used to .... from the same supplier each time.
(A) purchase
(B) purchased
(C) purchasing
(D) purchaser

6 I'm tired .... waiting for the answer to my request.
(A) of
(B) about
(C) in
(D) by

7 Mr. Yamamoto used .... assistant purchaser but he has been promoted to Head of the department.
(A) be
(B) to be
(C) being
(D) to being

8 The CEO is not at all opposed .... the merger.
(A) by
(B) of
(C) against
(D) to

9 Since the beginning of the year, we have noticed a real .... of good applicants.
(A) request
(B) shortage
(C) demand
(D) call

10 We look forward .... you to our company.
(A) welcome
(B) welcoming
(C) to welcome
(D) to welcoming

ENTRAÎNEMENT

6. Les verbes à particule – *Phrasal verbs*

La question ci-dessous montre l'importance de connaître les verbes à particule.

Sheila was advised to __________ a small percentage of her pay each month for emergencies.

(A) put off
(B) put away
(C) put aside
(D) put on

Réponse (C)
(A) ***put off :*** reporter
(B) ***put away :*** ranger
(D) ***put on*** : mettre (un vêtement)

On a conseillé à Sheila de mettre de côté une petite partie de son salaire chaque mois en cas d'urgence.

- **On peut ajouter une particule à certains verbes; celle-ci modifie le sens du verbe de départ.** Il faut apprendre par cœur les traductions des verbes à particule, car elles ne sont pas toujours faciles à deviner.

Ex. : *blow* souffler *blow* ***up*** (faire) exploser, gonfler (un ballon).

- Les verbes à particule peuvent être transitifs (suivis d'un objet) ou intransitifs (pas d'objet direct).

Ex. : *The caterer* ***turned up*** *late, so the food is not ready yet.* (intransitif)
Le traiteur est arrivé en retard, alors les plats ne sont pas encore prêts.
I couldn't ***turn down*** *this great job offer.* (transitif)
Je ne pouvais pas refuser cette excellente offre d'emploi.

- Pour les verbes transitifs, on peut généralement séparer la particule du verbe.

Ex. : *Could you please* ***pick*** *the fork* ***up****?* ou *Could you please* ***pick up*** *the fork?*
Pouvez-vous ramasser la fourchette ?

- Quand on emploie un pronom, il se place entre le verbe et la particule.

Ex. : *Could you please* ***pick it up****?* Pouvez-vous la ramasser ?

- Certains verbes ont deux particules.

Ex. : *We* ***broke down*** *the budget* ***into*** *three sections.* Nous avons divisé le budget en trois parties.
We ***look forward to*** *meeting you.* Nous sommes impatients de vous rencontrer.

Grammaire Express **Quelques verbes à particule**

break down (intr)	tomber en panne	***make up for*** (intr)	compenser
call off	annuler	***narrow down***	limiter (ses choix)
drop in (intr)	passer à l'improviste	***own up to***	avouer
fall through (intr)	tomber à l'eau	***put up with***	tolérer, supporter
get up (intr)	se lever	***run into***	tomber sur (quelqu'un)
hear from	avoir des nouvelles de	***step down*** (intr)	démissionner
keep up with	se maintenir au niveau de	***turn on/off***	allumer/éteindre
look up	chercher (dans une liste)	***wake up*** (tr/intr)	(se) réveiller

▶ *Vous trouverez des exercices sur les verbes pp. 49, 83, 107, 141, 147 et 205.*

7. Les adjectifs et les pronoms possessifs

- **Les adjectifs possessifs** indiquent à qui appartient quelque chose. Ils s'emploient devant un nom.

Ex. : ***My*** *desk is too big for* ***my*** *office!* Mon bureau est trop grand pour mon bureau !
We have decided to renovate ***our*** *premises.* Nous avons décidé de rénover nos locaux.

- **Les pronoms possessifs** remplacent un adjectif possessif suivi d'un nom.

Ex. : *Their facilities are modern and new.* ***Ours*** *are older.* (*ours* reprend *their facilities*)
Leurs installations sont modernes et neuves. Les nôtres sont plus anciennes.
Whose stapler is this? It's ***mine****!* À qui est cette agrafeuse ? C'est la mienne !

Tip!
La plupart des pronoms possessifs se terminent par un **-s**.

Grammaire Express Les adjectifs possessifs et les pronoms possessifs

Pronoms personnels sujet		Adjectifs possessifs		Pronoms possessifs	
I	je	**my**	mon, ma, mes	**mine**	le mien, la mienne, les mien(ne)s
you	tu, vous	**your**	ton, ta, tes votre, vos	**yours**	le tien, la tienne, les tien(ne)s le vôtre, la vôtre, les vôtres
he	il	**his**	son, sa, ses	**his**	le sien, la sienne, les sien(ne)s
she	elle	**her**		**hers**	
it	il, elle (neutre)	**its**		**-**	
we	nous	**our**	notre, nos	**ours**	le nôtre, la nôtre, les nôtres
they	ils, elles	**their**	leur, leurs	**theirs**	le leur, la leur, les leurs

- ***Whose*** peut aussi être un pronom possessif :

— s'il se rapporte à quelqu'un, il se traduit par « à qui » ;

Ex. : ***Whose** car is parked in front of the entrance?*
À qui est la voiture garée devant l'entrée ?

— s'il se rapporte à quelque chose, il se traduit par « dont ».

Ex. : *The plant, **whose** employees are on strike, will re-open next week.*
L'usine, dont les employés font grève, rouvrira la semaine prochaine.

> **Tip!**
> Attention à ne pas confondre ***whose*** et la forme contractée ***who's*** (***who is*** ou ***who has***).

PART 5

Exercice 9 Les adjectifs possessifs et les pronoms possessifs

▶ Corrigé p. 299

Choisissez la bonne réponse pour compléter la phrase.

1 Ms. Tien would like to get .... newspaper back as soon as possible.
(A) his
(B) her
(C) hers
(D) ours

2 Their product is expensive, unlike ....
(A) ours
(B) our
(C) theirs
(D) their product

3 Would the people .... names start with the letters A to H please start boarding now.
(A) which
(B) who's
(C) that
(D) whose

4 In order to get the desk through the door, we had to remove .... legs.
(A) it's
(B) their
(C) theirs
(D) its

5 While Mrs. Taylor is absent, she can be contacted on .... cellphone.
(A) she
(B) her
(C) hers
(D) herself

8. Les comparaisons

- **On emploie le comparatif** pour comparer deux choses ou deux personnes.

Ex. : *This crate is **heavier than** you think.* Cette caisse est plus lourde que tu ne penses.

— Avec les **adjectifs longs**, on emploie ***more*** **+ adjectif *(than)*** ou ***less*** **+ adjectif *(than)***.

comfortable → ***more comfortable / less comfortable***
confortable → plus confortable / moins confortable

Ex. : *Our sponsor has been **less generous than** previous years.*
Notre sponsor a été moins généreux que les années précédentes.

— Avec les **adjectifs courts**, on emploie **adjectif + *-er (than)***.

cold → ***colder*** plus froid
fat → ***fatter*** (on double la consonne finale si elle est précédée d'une seule voyelle)
happy → ***happier*** (quand le ***-y*** suit une consonne, il est remplacé par ***-ier***).

Ex. : *Business this quarter is **easier than** at the same time last year.*
Ce trimestre, les affaires vont mieux qu'à la même époque l'année dernière.

- Pour dire «aussi ... que» ou «autant ... que», on emploie ***as*** + **adjectif** + ***as***.

Ex. : *Our sales are **as high as** last year's.*
Nos ventes sont aussi élevées que celles de l'an dernier.

> ***Tip!***
> La formule «plus ..., plus ...» ou «plus..., moins ...» se traduit par «*the* + comparatif, *the* + comparatif».
> Ex. : ***The bigger, the better.*** Plus c'est grand, mieux c'est.
> ***The more** people save, **the less** they have to worry about.*
> Plus les gens épargnent, moins ils ont à se faire de souci.

- **On emploie le superlatif** pour dire «le plus ...» ou «le moins ...».

— Avec les **adjectifs longs**, on emploie ***the most*** **+ adjectif** ou ***the least*** **+ adjectif**.

comfortable → ***the most comfortable / the least comfortable***
confortable → le plus confortable / le moins confortable

Ex. : *Conference calls are **the most convenient** way to contact our overseas staff.*
Les téléconférences sont la façon la plus pratique de joindre notre personnel à l'étranger.

— Avec les **adjectifs courts**, on emploie ***the*** **+ adjectif + *-est***.

cold → ***the coldest*** le plus froid *fat* → ***the fattest*** le plus gros
happy → ***the happiest*** le plus heureux

Ex. : *It's **the cheapest** way to stay in touch.* C'est la façon la moins chère de garder le contact.

> ***Tip!***
> Comment savoir si le mot manquant est un comparatif ou un superlatif ?
> • Si *than* est présent dans la phrase, il faut un comparatif.
> • Si *the* se trouve devant l'adjectif, il faut un superlatif.

- **Quelques exceptions**

	Au comparatif	Au superlatif
good	***better***	***the best***
bad	***worse***	***the worst***
little	***less***	***the least***
many	***more***	***the most***
far	***further / farther***	***the furthest / the farthest***

- Un adverbe peut se transformer en comparatif en lui ajoutant ***more / less*** ou en superlatif avec ***the most / the least***.

Ex. : *Today, ergonomics recommendations are followed **more closely than** before.*
Aujourd'hui, on suit les recommandations sur l'ergonomie de plus près qu'avant.

Exercice 10 Comparatif ou superlatif ?

▶ *Corrigé p. 299*

Choisissez la bonne réponse pour compléter la phrase.

1 According to a recent survey, the Unik 8.0 was rated the .... smartphone on the market.
Ⓐ user-friendly
Ⓑ more user-friendly
Ⓒ most user-friendly
Ⓓ user-friendlier

2 Customers think more .... of white electronic goods than grey ones.
Ⓐ high
Ⓑ higher
Ⓒ highly
Ⓓ highest

3 Third position is the .... we have ever been to winning the award.
- Ⓐ close
- Ⓑ closed
- Ⓒ closer
- Ⓓ closest

4 Business this year just keeps getting better and ....
- Ⓐ good
- Ⓑ better
- Ⓒ best
- Ⓓ the best

5 In our experience, the .... the rates, the more borrowers there are.
- Ⓐ low
- Ⓑ lower
- Ⓒ lowest
- Ⓓ lowly

9. Les auxiliaires modaux

- Ce sont les mots qui s'utilisent en association avec un verbe principal : ***can***, ***could***, ***shall***, ***should***, ***will***, ***would***, ***may***, ***might***, ***must***.
- **Au présent,** chaque modal représente une fonction décrite dans le tableau.

Tip!
Can, could, shall, should, will, would, may, might et ***must*** ne sont jamais suivis de ***to***, au contraire de ***ought to, have to*** et ***don't need to***.

Modal	Fonction	Exemple	
can	capacité	***Can*** *you drive?*	Savez-vous conduire ?
may / can	permission	*You* ***may*** *not water your garden during a drought.*	Vous n'avez pas le droit d'arroser votre jardin lors d'une sécheresse.
mustn't / can't	interdiction	*You* ***mustn't*** *leave the house in the event of a hurricane.*	Vous ne devez pas quitter la maison pendant un ouragan.
must / have to	obligation	*You* ***have to*** *take vitamin C if you want to recover quickly.*	Vous devez prendre de la vitamine C si vous voulez vous rétablir rapidement.
don't have to / don't need to / needn't	absence d'obligation	*You* ***don't have to*** *have a smartphone, but it's useful.*	Vous n'êtes pas obligé d'avoir un smartphone, mais c'est utile.
shall	suggestion	***Shall*** *I go and see if the mail has arrived?*	Et si j'allais voir si le courrier est arrivé ?
should, shouldn't / ought to, ought not to	conseil	*If you have asthma, you* ***ought not to*** *go outside when there is a high level of pollution.* *You* ***should have told*** *me you were ill.*	Si vous faites de l'asthme, vous ne devriez pas sortir pendant un pic de pollution. Vous auriez dû me dire que vous étiez malade.
can / could	demande	***Could*** *you tell me more about this project?*	Pourriez-vous m'en dire plus long sur ce projet ?
must	forte probabilité	*Someone's at the door, it* ***must*** *be Bill.*	Il y a quelqu'un à la porte, c'est sûrement Bill.
can't	incrédulité	*It* ***can't*** *be snow, we're in summer!*	Ça ne peut pas être de la neige, nous sommes en été !
might / may / could	possibilité	*There* ***might*** *be a merger soon.*	Il se peut qu'il y ait bientôt une fusion.

- ***Must*** et ***have to*** expriment tous les deux une idée d'obligation ; par contre, ***mustn't*** et ***don't have to*** n'ont pas du tout le même sens !

Ex. : *You* ***mustn't wear*** *a suit to work.* Il est interdit de porter un costume au travail.
You ***don't have to wear*** *a suit to work.* Vous n'êtes pas obligé de porter un costume au travail.

Exercice 11 Les modaux au présent ▶ *Corrigé p. 299*

Choisissez le modal en gras qui convient pour compléter chaque phrase.

1 The weather report says it **can / might** rain later today.
2 I'm on vacation at last! I **don't have to / mustn't** get up before 10 if I don't want to!
3 We **ought / should** to reorganize the office this week.
4 There **can't / mustn't** be a new CEO already, I don't believe it!
5 I don't think you **must / should** drink coffee so late at night.

• **Au passé :**

— ***can*** devient ***could***.

Ex. : *Tran* ***couldn't*** *drive when he was 16 years old.* Tran ne savait pas conduire à l'âge de 16 ans.

— ***must*** devient ***had to***.

Ex. : *We* ***had to*** *take the dog to the vet.* On a dû emmener le chien chez le vétérinaire.

— ***need to → needed / didn't need to***.

Ex. : *We* ***didn't need to*** *take any money.*
Nous n'avions pas besoin de prendre de l'argent.

— ***was able to*** décrit une capacité dans le passé (et sous-entend « réussir à faire quelque chose »).

Tobey ***was able to*** *swim when he was five.* Tobey savait nager à l'âge de cinq ans.
He ***was able to*** *fix the printer without any help.* Il a réussi à réparer l'imprimante tout seul.

> **Tip!**
> • ***Could*** exprime une **généralité** au passé.
> • ***Was able to*** s'emploie pour une **action isolée**.
> Ex. : ***I was able to get a table by the window.***

— On peut utiliser **un modal** + ***have*** + **le participe passé** pour faire une **hypothèse sur le passé**.

Ex. : *Sven* ***can't have stolen*** *the keys, he wasn't present.* Sven n'a pas pu voler les clés, car il n'était pas là.
Rosina ***might have done*** *it, but I'm not sure.* Rosina aurait pu le faire, mais je n'en suis pas certain.
Rosario ***must have done*** *it, as he is the only one with a motive.* Rosario a dû le faire, car il est le seul à avoir un mobile.

Exercice 12 Les modaux au passé ▶ *Corrigé p. 299*

Choisissez le modal en gras qui convient pour compléter chaque phrase.

1 You **should / shouldn't** have put down the hot pan on the bench, it's got a mark now.
2 The secretary **can't / might** have finished typing the newsletter because we haven't decided on the contents yet.
3 Shoshanna **was able to / could** book a table at the most expensive restaurant in town.
4 We **can / might** have won the tender, but it's not sure yet.
5 You **may / must** have been delighted when you got that promotion.

10. Le conditionnel

Il existe quatre façons de faire une phrase au conditionnel en anglais.

• Le conditionnel zéro, **pour un fait établi :**

if **+ présent simple / présent simple**

Ex. : ***If*** *you* ***eat*** *less, you* ***lose*** *weight.* Si vous mangez moins, vous perdez du poids.

• Le 1er conditionnel, **pour une situation qui va se réaliser si on remplit la condition** :

if **+ présent simple /** ***will*** **+ base verbale**

Ex. : ***If*** *you* ***eat*** *healthily, you* ***will live*** *longer.* Si vous mangez correctement, vous vivrez plus vieux.

• Le 2e conditionnel, **pour un présent irréel** (la condition n'est pas remplie) :

if **+ prétérit /** ***would*** **+ base verbale**

Ex. : ***If*** *you* ***went*** *to the gym more often, you* ***would be*** *fitter than you are.*
Si tu allais plus souvent à la gym, tu serais plus en forme.

> **Tip!**
> On ne trouve jamais deux fois ***will*** ni deux fois ***would*** dans la même phrase.
> ~~I will say hello when I will see her.~~ *I* ***will*** *say hello when I* ***see*** *her.* Je lui dirai bonjour quand je la verrai.

• Le 3e conditionnel, **pour un passé irréel** (ça ne s'est pas passé comme ça) :

if **+** ***had*** **+ participe passé /** ***would have*** **+ participe passé**

Ex. : ***If*** *I* ***had bought*** *some vegetables, we* ***would have had*** *a healthy lunch, instead of this pizza.*
Si j'avais acheté des légumes, on aurait eu un déjeuner plus sain, au lieu de cette pizza.

• ***If*** peut être remplacé dans les deux premiers conditionnels par ***when*** (quand), ***as soon as*** (dès que), ***the moment*** (l'instant), ***before*** (avant), ***after*** (après), ***until*** (jusqu'à), ***unless*** (à moins que).

Ex. : ***The moment*** *you* ***give up*** *smoking you* ***will*** *notice an improvement in your health.*
Dès que vous arrêterez de fumer, vous remarquerez une amélioration de votre santé.

> **Tip!**
> Ne mélangez pas les éléments des différentes formes du conditionnel.
> Ex. : *If I go to the gym,* ~~*I would*~~ */ I* ***will*** *be fitter.*
> Si je vais à la gym, je serai plus en forme.

Exercice 13 Le conditionnel

▶ Corrigé p. 299

Complétez chaque phrase avec un mot de la liste. Il y a deux possibilités pour la phrase 4.
unless – would – will – if – have – until

1 The contract .... be signed tomorrow if all goes well.
2 They would .... noticed if anything was wrong.
3 You .... have known that if you had attended the meeting.
4 I won't pay the contractor .... he presents me with an invoice.
5 .... you hadn't left before me, I would have given you a lift home.

• ***If*** ou ***whether*** ?

— ***Whether*** peut remplacer ***if*** seulement si un choix se présente.

Ex. : *He can't decide* ***whether/if*** *he wants to stay or not.* Il n'arrive pas à décider s'il veut rester ou non.

— ***Whether*** ne peut pas remplacer ***if*** dans un conditionnel (car il n'y a pas de choix à faire).

Ex. : *We will go to the beach* ***if*** / ~~*whether*~~ *it doesn't rain.* Nous irons à la plage s'il ne pleut pas.

Exercice 14 Les modaux et le conditionnel

▶ Corrigé p. 300

Choisissez la bonne réponse pour compléter la phrase.

1 If you keep working so hard, you .... sick.
Ⓐ will get
Ⓑ would get
Ⓒ getting
Ⓓ were

2 Prices go up when demand .... high.
Ⓐ be
Ⓑ is
Ⓒ was
Ⓓ would be

3 Please be aware that you .... to push the red button to make the machine start.
Ⓐ have
Ⓑ haven't
Ⓒ must
Ⓓ mustn't

4 If you .... your laptop, we could have finished the presentation.
Ⓐ don't lose
Ⓑ haven't lost
Ⓒ won't lose
Ⓓ hadn't lost

5 I'm sure you would have gotten that job .... you had sent in an application.
Ⓐ if
Ⓑ when
Ⓒ whether
Ⓓ as soon as

6 You will receive a discount if you .... in bulk.
Ⓐ will purchase
Ⓑ would purchase
Ⓒ purchase
Ⓓ purchased

11. Les pronoms relatifs

Les pronoms relatifs servent à relier deux phrases.

Ex. : *My boss is Indian. He has lived here for 15 years.*
→ *My boss,* ***who*** *is Indian, has lived here for 15 years.* Mon patron, qui est Indien, vit ici depuis 15 ans.

- On choisit le pronom relatif à employer en fonction de son antécédent (personne, chose) et de sa fonction dans la phrase (sujet, complément).

fonction / antécédent	Sujet	Objet	Possessif	Endroit
Personne	*who*	*who / whom*	*whose*	-
Neutre	*which*	*which*	*whose*	*where*
Les deux	*that*	*that*	-	-

- Dans les tests *TOEIC*®, ***whom*** s'emploie surtout après une préposition.

Ex. : *The person* ***to whom*** *you spoke...* La personne à qui vous avez parlé...
The researcher ***with whom*** *she is conducting a study...* Le chercheur avec qui elle mène une étude...

- ***Whose*** (dont)

Ex. : *The truck* ***whose*** *wheel blew out on the highway has finally arrived.*
Le camion dont la roue a crevé sur l'autoroute est enfin arrivé.

- ***Where*** (où)

Ex. : *Put the paper in the cupboard* ***where*** *we keep the other office supplies.*
Mettez le papier dans l'armoire où l'on garde les autres fournitures de bureau.

- Proposition restrictive ou non-restrictive ?

— Une proposition **non restrictive** est entourée de virgules ; on peut la supprimer sans nuire au sens premier de la phrase.

Ex. : *My boss,* ***who is Indian****, has lived here for 15 years.*

— Une proposition **restrictive** contient des éléments qui sont **indispensables** au sens de la phrase.

Ex. : *My boss* ***who is Indian*** *has lived here for 15 years. My other boss was born here.*
Mon patron, celui qui est Indien, vit ici depuis 15 ans. Mon autre patron est né ici.

> **Tip!**
> Si on enlevait ***who is Indian***, on ne pourrait plus distinguer entre les deux patrons.

Grammaire Express *That*

- Dans une proposition restrictive, on peut remplacer le pronom relatif par ***that***.

Ex. : *My boss* ***who / that*** *is Indian has lived here for 15 years.*

On ne peut pas le faire dans une proposition non-restrictive.

Ex. : *My boss, who ~~/ that~~ is Indian, has lived here for 15 years.*

- ***That*** est obligatoire après :

— **les superlatifs :**

Ex. : *It is* ***the tallest*** *tower* ***that*** *~~/ which~~ I have ever seen.* C'est la plus haute tour que j'aie jamais vue.

— ***everything, anything, nothing :***

Ex. : ***Nothing that*** *~~/ which~~ you say makes sense.* Je ne comprends rien à ce que vous dites.

— ***only, all :***

Ex. : ***All*** *the people* ***that*** *I work with are foreign.* Toutes les personnes avec qui je travaille sont étrangères.
Only *the people* ***that*** *I work with are foreign.* Ce ne sont que les personnes avec qui je travaille qui sont étrangères.

- On peut omettre ***that*** quand il est suivi par un sujet :

Ex. : *All the people* ***(that) I*** *work with are foreign.*
The opera ***(that) we*** *saw was very long.* L'opéra que nous avons vu était très long.

> **Tip!**
> Si ***that*** n'est pas suivi par un sujet, on ne peut pas l'enlever.
> *The company* ***that*** *built the tower was founded by my uncle.*
> La société qui a construit la tour a été fondée par mon oncle.

Exercice 15 Les pronoms relatifs

▶ *Corrigé p. 300*

Choisissez le pronom relatif qui convient dans la phrase ; les deux sont parfois possibles.

1 This is the article **which / that** was published on Monday.
2 That is the best restaurant **that / which** I have ever eaten in.
3 **Whom / Who** wrote the letter?
4 The small company **where / which** I started my career has since gone bankrupt.
5 Our company, **which / whose** headquarters has recently relocated, is doing well.
6 I'm afraid that is the only piece of information **that / which** is still lacking.
7 I've completely forgotten the name of the hotel in **where / which** I stayed.
8 The woman **whom / who** I spoke to about enrolling in a night class told me to do it online.
9 I would like to return this item, **which / that** I bought last Thursday.
10 The client, with **whom / who** we have a huge contract, wants to renew.

12. Gérondif ou infinitif ?

Certains verbes anglais sont toujours suivis de l'infinitif (***to* + base verbale : *I want to eat***), d'autres du gérondif (**base verbale + verbe en *-ing*** : ***I enjoy swimming***).

• **Le gérondif** s'emploie :

— en sujet de phrase :

Ex. : ***Relaxing*** *beside the swimming pool is a good way to spend your vacation.*
Se détendre au bord d'une piscine est une bonne façon de passer ses vacances.

— après une préposition :

Ex. : *I'm really keen* ***on learning*** *new dance steps.*
J'aime beaucoup apprendre de nouveaux pas de danse.

— après les verbes de préférence (***like***, ***love***, ***dislike***, ***hate***, ***enjoy***, ***mind***, ***adore***…)

Ex. : *I* ***enjoy gardening*** *in my spare time.*
J'aime jardiner pendant mes loisirs.

• **L'infinitif** s'emploie :

— après un verbe suivi d'un objet :

Ex. : *The travel agent* ***advised us to choose*** *half board instead of full board.*
L'agent de voyage nous a conseillé de choisir la demi-pension au lieu de la pension complète.
(MAIS *The travel agent* ***advised choosing*** *half board.* → Pas d'objet après ***advised***)

He ***wants his new assistant to wash*** *the car!*
Il veut que son nouvel assistant lave la voiture !

> *Tip!*
> ***Like***, ***love*** et ***hate*** peuvent aussi être suivis par un infinitif, mais dans le test *TOEIC*, on ne vous demandera pas de choisir entre les deux formes qui suivent ces verbes.

• La signification de certains verbes change selon qu'ils sont suivis d'un verbe en ***-ing*** ou d'un verbe à l'infinitif.

— *to* ***stop to smoke***	s'arrêter *(de faire quelque chose)* pour fumer
et *to* ***stop smoking***	s'arrêter de fumer
– *to* ***remember to do*** *it*	ne pas oublier de le faire
et *to* ***remember doing*** *it*	avoir le souvenir de l'avoir fait
– *to* ***forget to do*** *it*	oublier de le faire
et *to* ***forget doing*** *it*	avoir oublié si on l'a fait *(même si c'est le cas)*

Quelques verbes suivis d'un verbe en *-ing*		Quelques verbes suivis d'un infinitif	
avoid	éviter	***agree***	accepter
can't help	ne pas pouvoir s'empêcher de	***expect***	s'attendre
can't face	ne pas avoir le courage de	***hope***	espérer
give up	arrêter	***offer***	proposer
miss	manquer	***promise***	promettre
risk	risquer	***dare***	oser
suggest	suggérer	***fail***	ne pas réussir à faire, ne pas faire
feel like	avoir envie	***manage***	réussir
imagine	imaginer	***prepare***	se préparer
postpone	reporter	***refuse***	refuser
spend time	passer du temps	***decide***	se décider
deny	nier	***happen****	se trouver, par hasard
finish	finir	***mean***	avoir l'intention
mind	déranger	***pretend***	faire semblant
practice	s'entraîner	***seem***	sembler
(can't) stand	(ne pas) supporter	***wish***	souhaiter
involve	comprendre	***(can't) wait***	attendre, (s'impatienter)

*Do you **happen to know** the time?* Est-ce que vous avez l'heure par hasard ?

Exercice 16 Gérondif ou infinitif ?

▶ *Corrigé p. 300*

Choisissez le verbe en gras qui convient pour compléter chaque phrase.

1 I'm afraid we'll have to put off **to discuss / discussing** your idea until the next meeting.
2 Did you manage **to catch / catching** the train?
3 It is imperative that you avoid **to take / taking** the elevator in the event of a fire.
4 I promised **to help / helping** the intern to understand our quality system.
5 There's no point **to deny / denying** you broke the door, I saw you do it!
6 I'll never forget **to drive / driving** from Boston to Florida last fall!
7 There is a possibility the employees will refuse **to work / working** overtime, but it's rare.
8 You may not want **to do / doing** that as it could be risky.
9 The physician advised me to stop **to eat / eating** so much salt.
10 We spent ages **to proofread / proofreading** the article before it was published.

• On peut utiliser l'infinitif pour donner des **consignes** : ***You are to... You are expected to... You are required to...***

Ex. : *You **are required to check in** two hours before the flight.* Vous devez vous enregistrer deux heures avant le vol.
*You **are to leave** your keycard at reception.* Vous devez laisser votre clé magnétique à l'accueil.
*Employees **are expected to be** punctual.* Les employés doivent être ponctuels.

• **Le subjonctif américain**
Les Américains utilisent le subjonctif avec certains verbes.
Ex. : *The doctor **insisted that she lose** weight.* Le médecin a insisté pour qu'elle perde du poids.
— Il manque le **-s** de la 3e personne dans l'exemple : **le subjonctif se présente comme une base verbale, il n'est pas conjugué.**
— Les verbes suivants sont suivis du subjonctif : ***that* + sujet + base verbale**.

advise	conseiller	***insist***	insister	***recommend***	recommander
ask	demander	***intend***	avoir l'intention de	***request***	demander
demand	exiger	***prefer***	préférer	***require***	demander
desire	désirer	***propose***	proposer	***suggest***	suggérer

Ex. : *The store manager **has proposed that we start** stocktaking early tomorrow.*
Le gérant a proposé que nous commencions l'inventaire tôt demain.
*She **insisted that he pay** for his own meal.* Elle a insisté pour qu'il paie son repas.
*We **suggested that he be** promoted.* Nous avons suggéré qu'il soit promu.

On utilise aussi le subjonctif avec le conditionnel. Cette forme ne se remarque qu'avec le verbe ***be***.
Ex. : *If it **were** possible, I **would take** a direct flight to Oslo.*
Si c'était possible, je prendrais un vol direct pour Oslo.

> ***Tip!***
> On emploie ***were*** à toutes les personnes : ***if it were possible.***

Exercice 17 Consignes et subjonctif américain

▶ Corrigé p. 300

Choisissez la bonne réponse pour compléter la phrase.

1 All conference attendees are .... a flat fee which will cover hot beverages.

Ⓐ choose
Ⓑ chose
Ⓒ to choose
Ⓓ chosen

2 She suggested that he .... a cheaper lawyer.

Ⓐ find
Ⓑ finds
Ⓒ finding
Ⓓ to find

3 If the weather .... so bad, we would eat outside.

Ⓐ was
Ⓑ were
Ⓒ weren't
Ⓓ isn't

4 Visitors are kindly asked .... on the grass.

Ⓐ walk
Ⓑ walking
Ⓒ not walking
Ⓓ not to walk

5 Don't you wish your office .... bigger?

Ⓐ is
Ⓑ were
Ⓒ weren't
Ⓓ are

13. Le passif

- On emploie le passif pour s'intéresser davantage à l'action qu'à l'agent qui effectue l'action.

– **Forme active :**

Ex. : *The workers* ***make the candy*** *from fruit juice.*
Les ouvriers fabriquent les bonbons à partir de jus de fruits. *(ici, l'agent est les ouvriers)*

– **Forme passive :**

Ex. : ***The candy is made*** *from fruit juice.*
Les bonbons sont fabriqués à partir de jus de fruits. *(On ne s'intéresse pas aux ouvriers.)*

- On emploie aussi le passif pour décrire un processus.

Ex. : *First, the juice* ***is heated****.* D'abord, on fait chauffer le jus de fruit. *[Qui le fait ? Cela n'a pas d'importance.]*
Then other ingredients ***are added****.* Puis on ajoute d'autres ingrédients.
Finally, the candy ***is tested*** *for quality.* Enfin, on teste les bonbons pour leur qualité.

> **Tip!**
> Après le verbe auxiliaire ***be***, il n'y a que deux formes possibles :
> ***be*** + verbe en ***-ing*** (forme active) et
> ***be*** + participe passé (forme passive).

Grammaire Express Former le passif

Formons le passif à partir de la phrase à la forme active suivante :
The realtor ***sold*** *my house in under a week.* L'agent immobilier a vendu ma maison en moins d'une semaine.

1	Pour former le passif, on regarde en premier **le temps** du verbe à l'actif : ***sold*** = prétérit.
2	On **inverse** le sujet et l'objet en y ajoutant ***by*** : *The realtor ... my house... → My house....* ***by*** *the realtor.*
3	On conjugue le verbe ***be*** au même temps que celui de la phrase de départ (= prétérit, donc ***was***) et on ajoute le participe passé du verbe de départ : ***sold*** (actif) devient ***was sold*** (passif). *My house* ***was sold by*** *the realtor in under a week.* Ma maison a été vendue par l'agent immobilier en moins d'une semaine.
4	• On peut ensuite se demander si l'agent (ici, *the realtor*) est nécessaire. On a tendance à ne pas le mettre s'il est évident : *The police have arrested the burglar. → The burglar* ***has been arrested****.* La police a arrêté le cambrioleur. → Le cambrioleur a été arrêté. *(Seule la police peut arrêter quelqu'un.)* • Le responsable de l'action peut être ajouté à la phrase avec **by** quand c'est nécessaire. *Our guest-cottage* ***was leased by my neighbor's aunt****.* Notre gîte nous a été loué par la tante de mon voisin. *(Ici, l'agent est un élément important.)*

Exercice 18 Actif ou passif ?

▶ *Corrigé p. 301*

Ces phrases doivent-elles être complétées avec une forme active ou une forme passive ?

1 Hundreds of houses **build / are built** every year.
2 The police **arrested / was arrested** the thief.
3 The meeting **will hold / will be held** on Wednesday evening.
4 Minh's motorbike **was stealing / was stolen** during the weekend.
5 The taxes **include / are included** in the price.

Exercice 19 Le passif

▶ *Corrigé p. 301*

Choisissez la bonne réponse pour compléter la phrase.

1 The contractors .... a non-compete clause.
Ⓐ will have to sign
Ⓑ will be signed
Ⓒ are signed
Ⓓ are being signed

2 I was so .... during the conference.
Ⓐ bore
Ⓑ bored
Ⓒ boring
Ⓓ boredom

3 The hotel .... when I was last there.
Ⓐ renovated
Ⓑ was renovating
Ⓒ will be renovated
Ⓓ was being renovated

4 The committee .... several new proposals.
Ⓐ is considered
Ⓑ is considering
Ⓒ was considered
Ⓓ is being considered

5 The three-day subway breakdown was very .... for the commuters.
Ⓐ annoy
Ⓑ annoyed
Ⓒ annoyance
Ⓓ annoying

6 The equipment .... if it was too old.
Ⓐ would have been replaced
Ⓑ would have replaced
Ⓒ would replace
Ⓓ would have been replacing

14. Les façons de dire «faire faire quelque chose»

En anglais, on peut dire «faire faire quelque chose» de plusieurs façons, principalement par des expressions formées avec ***make***, ***have*** et ***let***. Il faut faire attention à la forme du verbe qui suit.

Ex. : J'ai fait repeindre ma maison. *I **had** my house **painted**.*

- **Si on NE précise PAS qui exécute l'action,** on emploie ***have* + objet + participe passé** que l'on peut conjuguer à presque tous les temps.

Ex. : *I **had** my house **painted**.*	J'ai fait repeindre ma maison.
*I **will have** my house **painted**.*	Je ferai repeindre ma maison.
*I **am having** my house **painted**.*	Je fais repeindre ma maison.

— La structure de base ne change pas même si on ajoute «par qui».
Ex. : *I had my house painted **by a professional**.*

— ***Get***, ***need*** ou ***want*** peuvent remplacer ***have***.

Ex. : *I **got** my house **painted** last year.*	J'ai fait repeindre ma maison l'an dernier.
*I **want** my house **painted** next week!*	Je veux qu'on repeigne ma maison la semaine prochaine!
*She **needs** her car **repaired** before the summer.*	Elle a besoin de faire réparer sa voiture avant l'été.

- **Si ON PRÉCISE qui exécute l'action :**

— soit on emploie ***have / make / let* + l'exécutant + base verbale**;

Ex. : *I **had a professional paint** my house.*	J'ai fait repeindre ma maison par un professionnel.
*I **made my children paint** my house.*	J'ai obligé mes enfants à repeindre ma maison.
*I **let a local artist paint** my house.*	J'ai permis à un artiste du coin de repeindre ma maison.

Tip! Retenez la structure ***Have someone do something.***

— soit on emploie tout **autre verbe** + **exécutant** + ***to*** + **infinitif**.

Ex. : *I **asked a professional to paint** my house.*	J'ai demandé à un professionnel...
*I **got a professional to paint** my house.*	J'ai fait repeindre... par un professionnel
*I **obliged my children to paint** my house.*	J'ai obligé mes enfants...
*I **paid a professional to paint** my house.*	J'ai payé un professionnel pour...
*I **allowed a local artist to paint** my house.*	J'ai permis à un artiste du coin de...

PART 5

Exercice 20 Faire faire quelque chose

▶ *Corrigé p. 301*

Choisissez la bonne réponse pour compléter la phrase.

1 Mr. Wang can't have the package .... until Monday.
Ⓐ deliver
Ⓑ to deliver
Ⓒ delivered
Ⓓ delivering

2 The manager made the applicants .... half an hour before interviewing them.
Ⓐ wait
Ⓑ to wait
Ⓒ waited
Ⓓ waiting

3 Did you ask Robert .... off all of the lights before he leaves?
Ⓐ turn
Ⓑ to turn
Ⓒ turned
Ⓓ turning

4 The boss allowed me .... home early because I was ill.
Ⓐ go
Ⓑ to go
Ⓒ gone
Ⓓ going

5 You really should get your hair .... before the interview.
Ⓐ style
Ⓑ to style
Ⓒ styled
Ⓓ styling

6 The company has never permitted employees .... public statements.
Ⓐ make
Ⓑ to make
Ⓒ made
Ⓓ making

7 I'll have my assistant contact you .... an appointment.
Ⓐ schedule
Ⓑ to schedule
Ⓒ scheduled
Ⓓ scheduling

8 The police ordered the driver .... so they could check his license.
Ⓐ pull over
Ⓑ to pull over
Ⓒ to be pulled over
Ⓓ pulled over

9 I think we should let the new trainees .... a longer lunch.
Ⓐ have
Ⓑ to have
Ⓒ had
Ⓓ having

10 The journalists encouraged the CEO .... something about the merger.
Ⓐ say
Ⓑ to say
Ⓒ said
Ⓓ saying

15. *Make* ou *do*?

• Observez ces exemples avant de répondre aux questions de l'exercice 21.

Ex. : *I **made a cake** yesterday.*	J'ai fait un gâteau hier.
***Make a copy** of your contract.*	Faites une copie de votre contrat.
*Who **made the mess** in the boardroom?*	Qui a mis le bazar dans la salle de réunion ?
*Can you **do the dishes**?*	Tu peux faire la vaisselle ?
*I want to **do some reading**.*	Je veux faire un peu de lecture.
*In my free time, I love **doing nothing**!*	Pendant mon temps libre, j'aime bien ne rien faire.
*We **did a lot of cycling** during our vacation.*	Nous avons fait beaucoup de vélo pendant nos vacances.

*I love **doing things** with my hands but I **have made nothing** this weekend.*
J'adore faire des choses manuelles, mais je n'ai rien fabriqué ce week-end.

Exercice 21 *Make ou do?* ▶ *Corrigé p. 301*

Aidez-vous des exemples ci-dessus pour décider si on emploie *make* ou *do* dans les activités suivantes.

1 On emploie **make / do** pour parler du travail ou de corvées.
2 On emploie **make / do** pour créer ou fabriquer quelque chose de concret.
3 On emploie **make / do** pour parler d'une activité non précisée.
4 On emploie **make / do** pour parler d'activités plus longues ou répétées telles qu'un passe-temps.

• On emploie ***make*** dans la traduction de « rendre heureux / triste *(ou autre sentiment)* ».

Ex. : *The long weekend **made** all the employees very **happy**.*
Le long week-end a fait très plaisir aux employés.

• On emploie ***make*** + **base verbale** dans l'expression « faire + verbe » (faire rire, faire tomber...).

Ex. : *Try not to **make** that vase **fall**!* Essayez de ne pas faire tomber ce vase !
*Uncle Thomas' stories always **made** us **laugh**.* Les histoires de l'oncle Thomas nous ont toujours fait rire.

- Voici une liste non-exhaustive d'expressions avec ***make*** et ***do*** qui méritent d'être retenues.

MAKE		DO	
make a decision	prendre une décision	***do your best***	faire de son mieux
make a phone call	passer un coup de fil	***do the dishes***	faire la vaisselle
make money	gagner de l'argent	***do business***	faire affaire/des affaires
make progress	faire des progrès	***do someone a favor***	rendre service à
make an effort	faire un effort	***do good***	faire le bien
make a profit	faire des bénéfices	***do someone good***	faire du bien à quelqu'un
make an exception	faire une exception	***do the ironing***	repasser
make a mess	mettre le bazar	***do your hair***	se coiffer
make a fuss	faire toute une histoire	***do your duty***	faire son devoir
make an attempt	essayer	***do well/badly***	bien/mal se débrouiller
make a mistake	se tromper	***do the shopping***	faire les courses
make enquiries	se renseigner	***do the washing***	faire la lessive
make an appointment	prendre rendez-vous	***do damage***	faire des dégâts
make arrangements	s'organiser	***do work***	faire du travail
make war/peace	faire la guerre/la paix	***do the rest***	faire le reste
make amends	se faire pardonner		
make do	faire avec		

Exercice 22 *Make ou do?*

▶ *Corrigé p. 301*

Complétez la conversation avec une forme conjuguée de *make* ou *do*. Essayez de repérer les expressions qui se rapprochent de celles du tableau ci-dessus.

– Have you .... any plans for this weekend yet?

– No, but I think a trip to the countryside will .... me good. I'd like to .... some hiking if the weather is good. What about you?

– Oh, I've .... arrangements to visit my in-laws. I .... business with my father-in-law and we have to .... a decision about a new employee. We're not .... a lot of money at the moment and I think we .... an error when we hired this person.

– So, will you have to fire him?

– In general, I don't like firing people, but I'll have to .... an exception this time. He's such a terrible worker! His mistakes .... me roll my eyes!

– Oh well, good luck. And .... your best to keep calm!

VOCABULAIRE

TECHNOLOGY – *La technologie*

1. Equipment – *Le matériel*

Part 5 – Piste 39

device	appareil, dispositif	***monitor***	moniteur
software	logiciel	***voicemail***	messagerie vocale
hardware	matériel informatique		
printer	imprimante		
copier	photocopieuse	***swipe*** *(vb)*	faire défiler
function *(n / vb)*	fonction / fonctionner	***click*** *(vb)*	cliquer
feature	caractéristique	***drag and drop*** *(vb)*	glisser-déposer
keyboard	clavier	***plug in*** *(vb)*	brancher
laptop	ordinateur portable	***unplug*** *(vb)*	débrancher
mouse	souris	***crash*** *(vb)*	tomber en panne (PC)
screen	écran	***share*** *(vb)*	partager

Exercice 1 Les mots à connaître : *Equipment*

▶ *Corrigé p. 302*

Complétez les phrases avec tous les mots de l'encadré en les conjuguant ou en les mettant au pluriel si nécessaire.

1 What are the main* .... and .... of this new smartphone?
2 Ethan always has to buy the latest hand-held* .... before everyone else!
3 I tried to call you last night, but the call went directly to your ....
4 I can't type or .... on anything, but I don't know if the problem comes from the wireless .... or the wireless ....
5 This tablet is very user-friendly*, first you .... left or right to select a photo or document, then you can .... it with someone in just one click.
6 Does the office .... have a printer option?
7 Oh no, my computer has .... again, now I'll never finish this presentation in time.
8 Vincent .... the printer last night to save on electricity. If you need to use it, just .... it .... again.
9 To add the image to your slide*, ... it where you want it to go.
10 Millicent travels a lot in her new position, so we need to provide* her with a .... so she can work outside the office.
11 The manufacturing department is getting some new .... to run the machinery.
12 For people who spend a lot of time in front of a ...., there is a new ergonomic .... which reduces eye-strain*.
13 When buying a new IT system, don't forget to take into account the cost of replacing old, obsolete .... in addition to purchasing software.
14 I love the quality of this new laser ....

*Mots & expressions	***main :*** principal ***hand-held :*** portatif ***user-friendly :*** intuitif ***slide :*** diapositive ***provide someone with something :*** fournir quelque chose à quelqu'un ***eye-strain :*** fatigue visuelle

Exercice 2 Les familles de mots

▶ *Corrigé p. 302*

Complétez chaque phrase avec le mot qui convient.

1 We need .... new word-processing software.
Ⓐ a
Ⓑ also
Ⓒ some
Ⓓ any

2 I have always found it hard to read on ....
Ⓐ screener
Ⓑ screening
Ⓒ screens
Ⓓ screened

3 Last time the IT technician checked, this scanner was .... just fine.
Ⓐ function
Ⓑ functioned
Ⓒ functioning
Ⓓ functional

4 Did you know it was illegal to .... banknotes?
Ⓐ copier
Ⓑ copy
Ⓒ copyright
Ⓓ copying

5 Both of the .... we ordered last month are defective.
Ⓐ devise
Ⓑ devises
Ⓒ device
Ⓓ devices

6 Ken was disappointed with the quality of the .... in the new brochure.
Ⓐ prints
Ⓑ printing
Ⓒ printer
Ⓓ printed

7 I keep .... but the picture doesn't move.
Ⓐ swiping
Ⓑ swipe
Ⓒ swiped
Ⓓ swiping at

8 Do you have a license for the .... installed on your computers?
Ⓐ malware
Ⓑ hardware
Ⓒ spyware
Ⓓ software

9 I completely forgot that they have different .... here in the US.
Ⓐ plugged
Ⓑ plug in
Ⓒ unplug
Ⓓ plugs

10 The maintenance department has been .... electricity usage.
Ⓐ monitor
Ⓑ monitors
Ⓒ monitored
Ⓓ monitoring

Exercice 3 Les expressions courantes

▶ Corrigé p. 302

Reliez un mot de chaque colonne pour trouver une expression courante.

a laptop •	• pad
a slide •	• click
swipe *(vb)* •	• show
double *(vb)* •	• computer
a mouse •	• your finger

Exercice 4 Les verbes

▶ Corrigé p. 302

Reliez un verbe à une préposition ou à une particule pour correspondre aux verbes français, puis complétez les phrases avec les verbes obtenus.

(cliquer sur)	click •	• down
(tomber en panne)	go •	• in
(brancher)	plug •	• on
(se connecter à)	connect •	• on
(allumer)	turn •	• to

1 You have to .... our network to see the latest news about our company.
2 Do not .... this icon, otherwise your computer will shut down.
3 Make sure you .... your screen next time, before calling the IT department.
4 Could you .... the jacks for the speakers for me?
5 How many times did the system .... last month?

2. The Internet – *Internet*

Part 5 – Piste 40

online	en ligne	***post***	post, message
networking	réseautage	***banner***	bannière
key	touche		
comment	commentaire		
username	identifiant, nom d'utilisateur	***update*** *(vb)*	mettre à jour
font	police de caractères	***upload*** *(vb)*	mettre en ligne
at	arobase	***download*** *(vb)*	télécharger
slash	barre oblique	***sign in*** *(vb)*	se connecter
underscore	tiret bas	***enter*** *(vb)*	entrer
hyphen	trait d'union	***chat*** *(vb)*	bavarder
internet service provider (ISP)	fournisseur d'accès Internet	***tweet*** *(vb)*	tweeter

Exercice 5 Les mots à connaître : *The Internet*

▶ *Corrigé p. 303*

Complétez les phrases avec tous les mots de l'encadré en les conjuguant ou en les mettant au pluriel si nécessaire.

1 The applicant's e-mail address is jane .... cowry .... gleem dot com (jane_cowry@gleem.com).

2 Your password must contain a mix of numbers and capital* and lowercase* letters, but not punctuation marks such as the .... or .... , with the exception of the underscore.

3 Perhaps your Internet is down* because you have a problem with your ....

4 The new website .... advertisement is very eye-catching*.

5 Have you read the latest .... on my blog? It's about how to .... images from the Internet.

6 If you wish to apply for the vacancy*, please fill in the .... application and .... your resume in pdf format.

7 The latest trend* is for politicians to .... about everything, so they can stay in the public eye.

8 I'm having difficulty with my enter .... Is there a way to clean it?

9 I haven't met the journalist in person yet, but we .... a lot online.

10 .... is very useful in finding business contacts.

11 A satisfied customer left a very positive .... on our company site last week.

12 If you want to .... , you have to .... your .... and password first.

13 It's high time* for you to .... the software on your computer.

14 Which .... is easier to read on screen?

*Mots & expressions	
	capital : majuscule ***lowercase :*** minuscule ***down :*** en panne ***eye-catching :*** qui attire l'œil ***vacancy :*** poste vacant ***trend :*** tendance ***high time :*** grand temps

Exercice 6 Les familles de mots

▶ *Corrigé p. 303*

Complétez chaque phrase avec le mot qui convient.

1 Have you read what the consultant .... about how to build your network?
- Ⓐ posted
- Ⓑ poster
- Ⓒ post
- Ⓓ posting

2 You can't order these shoes without .... in first. What is your username?
- Ⓐ to sign
- Ⓑ signing
- Ⓒ sign
- Ⓓ signs

3 I wanted to chat with you last night, but you were ....
- Ⓐ online
- Ⓑ outline
- Ⓒ inline
- Ⓓ offline

4 Rodrigo had to .... a code to validate his online purchase.
Ⓐ key
Ⓑ keys
Ⓒ keyed
Ⓓ key in

5 I need to read the report you sent me, but .... it is taking a long time.
Ⓐ load
Ⓑ upload
Ⓒ downloading
Ⓓ download

6 Many customers have been .... on our newest product.
Ⓐ commentator
Ⓑ commenting
Ⓒ comment
Ⓓ commentary

7 We have just come up with a revolutionary .... which will help people with color-blindness recognize colors.
Ⓐ police
Ⓑ policy
Ⓒ fount
Ⓓ font

8 .... to the site is blocked due to suspicious activity in your account.
Ⓐ Entries
Ⓑ Entrance
Ⓒ Entering
Ⓓ Enter

9 Having a large .... of business contacts is essential in my line of work.
Ⓐ net
Ⓑ network
Ⓒ networking
Ⓓ netting

10 Has our software been .... recently?
Ⓐ update
Ⓑ up-to-date
Ⓒ updated
Ⓓ updating

Exercice 7 La ponctuation

▶ *Corrigé p. 303*

Reliez les signes de ponctuation à leur signification.

@ •	• dot
- •	• capital m / uppercase m
/ •	• hyphen
_ •	• underscore
. •	• at
M •	• lowercase m
m •	• slash

Exercice 8 Les expressions courantes

▶ *Corrigé p. 303*

Reliez un mot de chaque colonne pour former une expression courante, puis complétez les phrases avec les expressions obtenues.

social •	• shopping
post *(vb)* •	• an app
online •	• networking sites
download *(vb)* •	• about
tweet *(vb)* •	• a comment

1 Using .... at work is often forbidden.
2 Do you like to .... politics?
3 Before you .... , check you have enough memory available.
4 Trini follows a lot of blogs and often .... on them.
5 The problem with .... is that you cannot try the clothing on.

3. Correspondence – *La correspondance*

Part 5 – Piste 41

correspondence	courrier, correspondance	***weight***	poids
postcard	carte postale	***attachment***	fichier joint
postage	affranchissement	***file***	dossier, fichier
inbox	boîte de réception	***memo***	note de service
junk mail	courrier indésirable	***folder***	classeur
envelope	enveloppe	***zip code***	code postal
stationery	papeterie, fournitures de bureau	***sender***	expéditeur
bulletin board	panneau d'affichage	***recipient***	destinataire
stamp	timbre		
mail carrier	facteur		
mailbox	boîte à lettres	***submit*** *(vb)*	soumettre

Exercice 9 Les mots à connaître : *Correspondence*

▶ *Corrigé p. 303*

Complétez les phrases avec tous les mots de l'encadré en les conjuguant ou en les mettant au pluriel si nécessaire.

1 If you receive mail for a previous tenant*, write "Return to ...." in red and put it in the mailbox. You don't have to pay .... for this service.
2 Is there a .... limit for a standard letter?
3 You'll find the information you need in a password-protected .... in the HR folder.
4 The .... must get a signature from the .... for a registered letter.
5 Do you know what the .... for Greenville is?
6 It says this e-mail contains an .... , but I can't see it.
7 Has anyone seen my "Delco" .... ? I need the files it contains for my lunch meeting.
8 I can't see your e-mail in my .... , but it's possible that it's in my spam folder.
9 Could you stick* a .... on this envelope and then post it for me, please?
10 Ask the office manager to order more .... , as there are no more pens or .... and there is hardly any paper left.
11 We received a .... from Helen in Paris in our .... today. It's on the .... if you want to read it.
12 The CEO sent a .... yesterday about the upcoming* merger*.
13 The deadline to .... our report is next Monday.
14 How much .... do you get every day?
15 According to a recent survey*, 79% of all respondents* throw .... directly in the trash* without even looking at it.

*Mots & expressions	***tenant :*** locataire ***stick :*** coller ***upcoming :*** imminent ***merger :*** fusion ***survey :*** sondage ***respondent :*** sondé ***trash :*** poubelle

Exercice 10 Les familles de mots

▶ *Corrigé p. 304*

Complétez chaque phrase avec le mot qui convient.

1 Please .... these letters and put the stamps on.
Ⓐ weigh
Ⓑ weight
Ⓒ weightless
Ⓓ weighted

2 I've heard that you are .... with our direct competitor.
Ⓐ correspond
Ⓑ correspondent
Ⓒ correspondence
Ⓓ corresponding

3 You will find my resumé .... to this e-mail.
Ⓐ attach
Ⓑ attached
Ⓒ attaching
Ⓓ attachment

4 Please take this .... to the post office.
Ⓐ mail
Ⓑ e-mail
Ⓒ mailbox
Ⓓ junk mail

5 We have to send this .... to all the company employees.
Ⓐ memorize
Ⓑ memorable
Ⓒ memorized
Ⓓ memorandum

6 Let's get some .... with the company logo on it.
Ⓐ station
Ⓑ stationer
Ⓒ stationery
Ⓓ stationed

7 Is it true that they haven't .... their project on time?
Ⓐ submit
Ⓑ submission
Ⓒ submitted
Ⓓ submissively

8 My application was .... yesterday afternoon.
Ⓐ send
Ⓑ sent
Ⓒ sending
Ⓓ sender

9 I keep my .... in the filing cabinet.
Ⓐ files
Ⓑ filing
Ⓒ filed
Ⓓ filings

10 .... workers have requested a pay rise.
Ⓐ Postal
Ⓑ Poster
Ⓒ Posted
Ⓓ Postage

Exercice 11 Le vocabulaire

▶ Corrigé p. 304

Choisissez le mot en gras qui convient pour compléter chaque phrase.

1 The **sender / recipient** did not pay for tracking.
2 Please find **attached / enclosed** the packing slip, along with the goods ordered.
3 I left your assistant a **memo / note** about ordering some red pens.
4 How much does the parcel **weigh / weight**?
5 Would you send me **a mail / an e-mail** to confirm?
6 A mail carrier got out of the **stationery / stationary** van.

Exercice 12 Les expressions courantes

▶ Corrigé p. 304

Reliez un mot de chaque colonne pour former une expression courante, puis complétez les phrases avec un mot des expressions obtenues.

please •	• regards
look •	• forward to
further •	• find attached
to whom •	• it may concern
kind •	• to your request

1 Further to your .... a pricelist has been attached to this letter.
2 Kind .... , Jim Tanner.
3 To .... it may concern.
4 Please find .... my résumé and cover letter.
5 I look .... to meeting you in person on Friday.

4. Calling the helpdesk – *Appeler le service d'assistance*

Part 5 – Piste 42

emergency	urgence		
engaged	occupé	***switch on*** *(vb)*	allumer
helpdesk	service d'assistance	***switch off*** *(vb)*	éteindre
IT (Information Technology)	informatique	***reboot*** *(vb)*	redémarrer
administrator	administrateur	***scan*** *(vb)*	scanner
bug	bogue	***upgrade*** *(vb)*	actualiser, optimiser
assistance	assistance	***reach*** *(vb)*	joindre
call center	centre d'appels	***put through*** *(vb)*	passer (au téléphone)
database	base de données	***be cut off*** *(vb)*	être coupé
outsourcing	externalisation	***call back*** *(vb)*	rappeler
antivirus software	logiciel antivirus		

Exercice 13 Les mots à connaître : *Calling the helpdesk*

▶ *Corrigé p. 305*

Complétez les phrases avec tous les mots de l'encadré en les conjuguant ou en les mettant au pluriel si nécessaire.

1 Hello, could you .... me .... to the after-sales service please? *(1 expression)*
2 We need an .... specialist to work out* what is wrong with our website.
3 There was a .... in our system and I couldn't e-mail you before now.
4 .... helpdesks to an overseas* .... can be a way for a company to save money.
5 The first time Fran tried calling the helpdesk, the line was .... The second time, she managed to* .... a customer service agent, but the call was .... after only a minute.
6 If you require .... in setting up* your new PC, call 555 899 099.
7 We need full details to complete our customer ....
8 Do you think this .... will protect our system completely?
9 You will need to .... your computer to finish removing the virus.
10 I'll have to call the .... again, as I cannot remember my password.
11 In the event of an .... , leave a message and we will .... immediately.
12 I am so happy our company decided to .... our equipment.
13 If nothing is working, maybe you should .... your computer for malware.
14 I .... my computer as soon as I get to work and I .... it .... before leaving.
15 Mr. Brownleigh was unable to update the software because he didn't have .... rights on his work laptop.

*Mots & expressions	
	work out : trouver, comprendre ***overseas :*** à l'étranger ***manage to :*** réussir à ***set up :*** installer

Exercice 14 Les familles de mots

▶ *Corrigé p. 305*

Complétez chaque phrase avec le mot qui convient.

1 Why did they decide to .... our IT department?
Ⓐ sourcing
Ⓑ outsource
Ⓒ outsourcing
Ⓓ resource

2 .... is the most interesting part of my job.
Ⓐ Data
Ⓑ Database
Ⓒ Databank
Ⓓ Data-gathering

3 The .... of the situation requires prompt action.
Ⓐ urgent
Ⓑ urgency
Ⓒ emergency
Ⓓ urgently

4 .... our hardware has made the software obsolete.
Ⓐ Updating
Ⓑ Upcycling
Ⓒ Upgrading
Ⓓ Uploading

5 Have you tried .... it off and on again?
Ⓐ switch
Ⓑ switched
Ⓒ switches
Ⓓ switching

6 All lines are currently engaged, please .... later.
Ⓐ call out
Ⓑ call up
Ⓒ call on
Ⓓ call back

7 Who .... this website?
Ⓐ administers
Ⓑ administrator
Ⓒ administration
Ⓓ administrative

8 I tried to .... to the helpdesk but I couldn't.
Ⓐ join
Ⓑ get through
Ⓒ cut off
Ⓓ reach

9 Our antivirus software will now .... your computer to see if there are any viruses.
Ⓐ scan
Ⓑ scanner
Ⓒ scanning
Ⓓ scanned

10 I'd be happy to .... you.
Ⓐ assist
Ⓑ assistant
Ⓒ assisting
Ⓓ assistance

Exercice 15 Les verbes à particule

▶ Corrigé p. 305

Complétez les phrases suivantes avec les particules de la liste.
up – down – on – off – in

1 Have you tried turning it off and .... again?
2 We always shut the machinery .... before a weekend.
3 If you don't back your data .... you could lose it all one day.
4 I think I forgot to turn the equipment .... before leaving last night.
5 There are no sockets in this office, so you can't plug .... your charger.

Exercice 16 Les abréviations

▶ Corrigé p. 305

Mettez les lettres dans l'ordre pour trouver les mots à l'origine des abréviations.

IT → MOFINNRATIO GLHTYECNOO ....
AI → AACRTIFILI NTELIILEGENC ....
ISP → TTERNNIE EERSVIC IVOPRRDE ....
CD → CAMPCOT SKID ....
GPS → BOALLG NNSIITOOPG TSSEMY ....

LISTENING TEST

Technology Part 1

Part 5 – Piste 43

▶ Corrigé p. 306

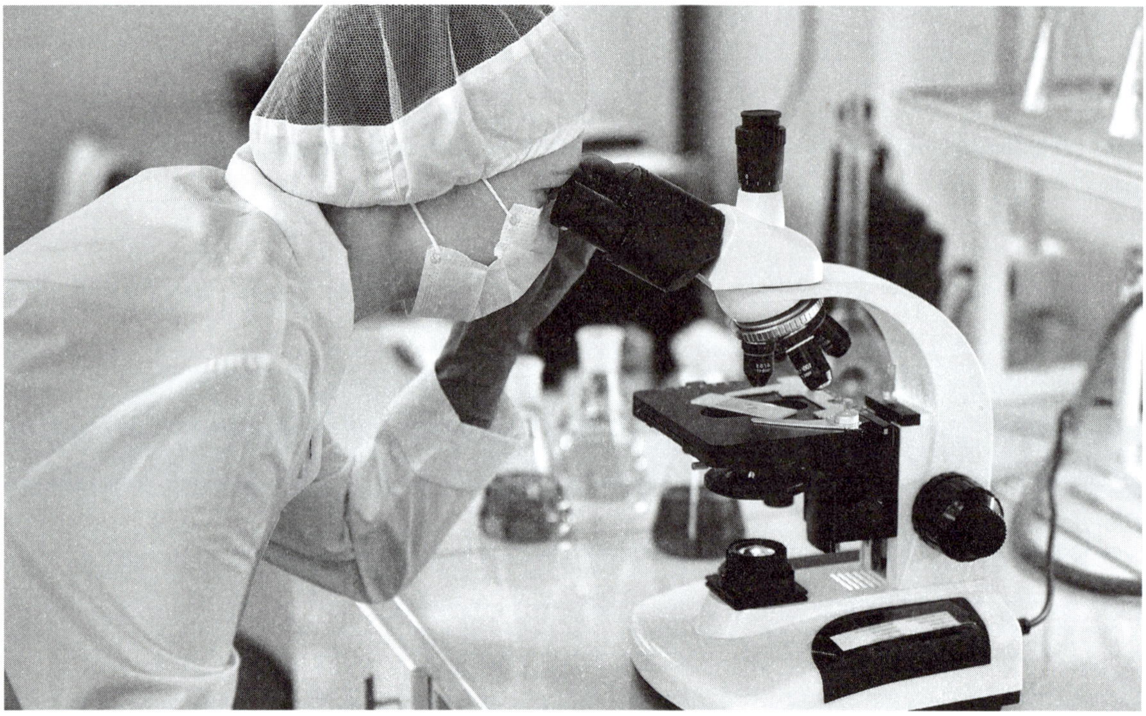

1 Ⓐ Ⓑ Ⓒ Ⓓ

Technology Part 2

Part 5 – Pistes 44-48

▶ Corrigé p. 306

2 Ⓐ Ⓑ Ⓒ

3 Ⓐ Ⓑ Ⓒ

4 Ⓐ Ⓑ Ⓒ

5 Ⓐ Ⓑ Ⓒ

6 Ⓐ Ⓑ Ⓒ

Technology Part 3

Part 5 – Pistes 49-50

▶ Corrigé p. 307

7 What is being sent?
(A) Packages
(B) Registrations
(C) Submissions for projects
(D) Proofs

8 When will the man go to the post office?
(A) Before lunch
(B) After lunch
(C) Immediately
(D) Tomorrow

9 Why can the documents NOT be e-mailed?
(A) There will be no proof of mailing.
(B) They will arrive before the deadline.
(C) They will arrive late.
(D) They are going to different destinations.

Technology Part 4

Part 5 – Pistes 51-52

▶ Corrigé p. 308

10 Where would you hear this announcement?
(A) At a mall
(B) At a supermarket
(C) At a gas station
(D) In an electronics store

11 How much will you pay for the NYMZ8 smartphone in the store tomorrow?
(A) $200
(B) $300
(C) $400
(D) $500

12 Where is the electronics store located?
(A) On the second floor
(B) On the first floor
(C) Opposite CC's coffee
(D) Next to CC's coffee

Go on to the next page

READING TEST

Technology Part 5

▶ Corrigé p. 309

Select the best answer to complete each sentence.

13 This .... will do much more than steam your vegetables.
(A) application
(B) appliance
(C) applicant
(D) apply

14 To complete the installation you will need to .... your computer.
(A) redo
(B) remake
(C) rework
(D) reboot

15 Apparently the entire system .... down yesterday afternoon.
(A) goes
(B) went
(C) has gone
(D) will go

16 If you .... too many games on your tablet, you'll run out of space on your memory card.
(A) unload
(B) load
(C) download
(D) reload

17 Do you know where the hyphen .... is on this keyboard?
(A) key
(B) lock
(C) touch
(D) button

Technology Part 6

▶ Corrigé p. 310

Questions 18-21 refer to the following e-mail.

Memo - IT Troubleshooting

Here are some easy steps all employees are to follow when experiencing problems with their personal computers:

1. Make sure that your computer as well as other hardware elements are correctly .... (18) in.
2. Try .... (19) your computer off and on again.
3. Check that you are connected to our internal network.
4. Run a system check.

Only once all four steps have been correctly executed and your PC still doesn't function correctly can you contact our helpdesk.

.... (20) This ensures that our helpdesk employees have time available to handle real emergencies when those occur, ... (21) than remind you to switch on your monitor.

18 (A) turned
(B) connected
(C) plugged
(D) switched

19 (A) switch
(B) switching
(C) switched
(D) switches

20 (A) You can also contact your supervisor and request an upgrade to your equipment.
(B) All employees working in the IT department will be away on vacation next month.
(C) It is crucial to report every single IT problem which occurs in our company to our IT department immediately.
(D) We'd like to remind everyone how important it is not to contact our IT department unless you have done everything you could on your side.

21 (A) so
(B) also
(C) rather
(D) more

Technology **Part 7**

▶ Corrigé p. 311

Questions 22-23 refer to the following advertisement.

NZ 505 Tablet

- State of the art device – functions and features no other tablet on the market has.
- Take photos and film like a professional, play games and work on your presentations while the solar battery ensures you will never have to worry about recharging your ultra-portable device.
- You can try our tablet today; call our toll-free number 0 800 777 555 909 or visit our website: www.NZdevices.com and order one you can use free of charge for one week. We will send you the invoice within seven days. We guarantee you will want to keep it!

22 What is NOT suggested about the device?

(A) It has a camera.
(B) It is free.
(C) It is light.
(D) It can recharge itself.

23 According to the advertisement you have to pay:

(A) To call a number
(B) To use the tablet
(C) To visit a website
(D) To use it for longer than a week

Questions 24-28 refer to the following e-mails and questionnaire.

▶ Corrigé p. 311

1

From: Jennifer Bleir <j.bleir@kaiwei.no>
To: helpdesk@kaiwei.no
Date: Tuesday 22 January
Subject: IT problem

Dear colleagues,

I'm writing to report a problem I've been experiencing since yesterday afternoon.

My personal computer functioned normally in the morning, but after my lunch break I was unable to connect to the intranet.

I tried, unsuccessfully, to find a solution on my own yesterday, but gave up at the end of the day.
I shut down my computer hoping that in the morning the connection could be reestablished. Unfortunately, this morning the problem appears to continue.
Could you please look into it as soon as possible? The lack of connection makes it impossible for me to collaborate with my team to complete a project which is due this Friday.

Looking forward to hearing from you.
Kind regards,

Jennifer Bleir

Marketing assistant
Kaiwei

Go on to the next page

2

From: Jack Quik <jqhelpdesk@kaiwei.no>
To: Jennifer Bleir<j.bleir@kaiwei.no>
Date: Friday 25 January
Subject: Intranet connection
Attachment: Questionnaire

Dear Jennifer,

I am pleased to inform you that your intranet connection problem has been solved.

My colleagues and I were able to connect your PC to our internal network in no time at all this morning.

Should you experience any further difficulties, please do not hesitate to contact us.

Regards,

Jack Quik
IT technician
Kaiwei helpdesk

Ps. We kindly ask you to take a few minutes to fill in a satisfaction survey attached.

3

Department: Marketing
Position: Marketing assistant
IT problem: lack of intranet connection
Report date: 22 Jan.

1) Was it easy to get in touch with our helpdesk?	YES	(NO)
2) Was our response fast?	YES	(NO)
3) Did we find a satisfactory solution?	(YES)	NO
4) Are you satisfied with our services?	YES	(NO)

5) Comments:
My problem occurred on Monday and I reported it on Tuesday asking for help, but received no response until Friday. I tried calling your number on several occasions but the line was always engaged. I am glad that you were able to fix my problem, but I find the delay and the impossibility to contact you unacceptable. A very important project on which my team and I are working is behind schedule because of this.

24 Which problem was reported by Ms. Bleir?
(A) Impossibility to turn on a computer
(B) Impossibility to connect to a network
(C) Impossibility to complete a project
(D) Impossibility to meet a deadline

25 When most likely did Ms. Bleir send her e-mail?
(A) Monday morning
(B) Monday afternoon
(C) Tuesday morning
(D) Tuesday afternoon

26 What was the main reason for Mr. Quik's e-mail?
(A) To inform Ms. Bleir that her problem had been solved
(B) To ask Ms. Bleir to fill out a questionnaire
(C) To apologize for the delay
(D) To inquire about the progress of the project

27 How did Ms. Bleir attempt to contact the helpdesk?
(A) By e-mail
(B) By phone
(C) By phone and e-mail
(D) In person

28 How does Ms. Bleir feel about the service she received?
(A) relieved
(B) frustrated
(C) anxious
(D) thrilled

PART 6 TEXTES À COMPLÉTER

- **Nature de l'épreuve :** épreuve écrite, sous forme de QCM
- **Nombre de questions :** 4 textes à compléter, 16 questions (4 questions par texte)
- **Durée approximative :** 8 minutes
- **Déroulement du test :** vous complétez le texte avec les propositions présentées dessous.
- **Spécificités :**

– les textes sont de longueur moyenne (courriel, note de service…) avec quatre blancs à remplir;
– les réponses sont proposées sous forme de QCM à la suite du texte;
– trois questions par texte portent sur du vocabulaire ou un point de grammaire. Une quatrième présente quatre phrases complètes ; il faut choisir celle qui convient à l'emplacement prévu.

Exemple de question et de réponse

(...) I am pleased to inform you that the Komplet Industries' Web site is to have a new look and improved functionality. The site .... (139) several upgraded features such as mobile-device readability and an interactive tour of Komplet facilities.

139 (A) included
(B) had included
(C) will include
(D) to include

Réponse (C)
La 1re phrase annonce un évènement futur ***(is to have)***. La phrase avec le blanc apporte des précisions à la 1re phrase; son verbe doit donc être au futur aussi.
(A) et (B) sont grammaticalement possibles si l'on ne regarde que la phrase avec le blanc ; mais si l'on tient compte du contexte global, on constate qu'il faut un verbe au futur!

DIFFICULTÉS – CONSEILS POUR RÉUSSIR

- On retrouve dans Part 6 la même exigence de connaissance de vocabulaire et de grammaire que dans Part 5. La difficulté majeure réside dans le choix de la phrase à insérer dans le texte.
- Dans Part 6, la première chose à faire est de déterminer si le mot manquant relève d'un point de grammaire, de vocabulaire ou si c'est un mot de liaison.
- Ne lisez pas forcément tout le texte d'abord; commencez par prendre connaissance des emplacements à trous, des phrases concernées et des réponses proposées.

Tip!
Part 6 est l'avant-dernière partie du test. Restez concentré, hydratez-vous et essayez d'aller vite.

1. Les questions de grammaire

- Pour répondre, il suffit **parfois** de lire la phrase qui entoure le blanc, à l'exception des questions sur les temps; il peut être nécessaire de lire les phrases voisines afin de situer le temps requis.

Étudiez bien l'exemple dans l'encadré ci-dessus, qui illustre parfaitement ce point.

- Le contexte permet aussi de choisir entre une structure active ou passive.

Ex. : *You **will pay** / **will be paid** each month.* Vous paierez / serez payé chaque mois.

S'agit-il d'un salaire ou d'un loyer? Si le texte parle d'un salaire, la 2e option est la bonne; s'il s'agit d'un loyer, c'est la 1re option qu'il faut choisir.

2. Les questions de vocabulaire

Pour une question de vocabulaire, vous lirez la phrase qui l'entoure.

Si deux réponses restent possibles, il faut lire un peu plus loin pour situer le contexte.

3. Les questions concernant une phrase entière

Quand il s'agit d'un choix de phrase, qui comporte souvent des mots de liaison, il faut comprendre la structure du texte pour choisir la réponse qui s'insère bien avec les phrases qui précèdent et celles qui suivent.

Commencez par les trois questions simples. Peut-être aurez-vous assez d'indices pour choisir la bonne phrase sans forcément lire le texte entier. Vous gagnerez un peu de temps, que vous pourrez consacrer à Part 7.

Tip!
Si vous n'êtes pas sûr, procédez par élimination. Si vous arrivez à éliminer deux mauvaises réponses, cela vous donne 1 chance sur 2 pour les deux qui restent!

LES QUESTIONS ET LES THÈMES DE PART 6

1. Les mots de liaison

Les mots et expressions de liaison sont bien utiles pour relier des idées dans une phrase ou dans un texte. On les regroupe selon leur utilisation : ordonner des idées ou des étapes, développer un point, indiquer une opposition ou une restriction, etc.

Ex. : ***Although*** *I left home early this morning, I arrived late for the meeting.* (contraste)
Bien que je sois parti tôt ce matin, je suis arrivé en retard pour la réunion.

Mots de liaison | Ordonner – Donner une information supplémentaire

Ex. : ***First****, let us address the issue of punctuality,* ***then*** *we will talk about our sales figures.*
D'abord, traitons le problème de la ponctualité, ensuite on parlera de nos chiffres de vente.

Ordonner		Information supplémentaire	
first	d'abord	***and***	et
then	après	***also***	aussi
after that	après ça	***additionally***	en outre, de plus
finally	enfin	***in addition (to)***	de plus (en plus de)
next	puis, ensuite	***moreover, what is more***	de plus
		furthermore	en outre, de plus
		besides	en plus, encore
		not only… but also	non seulement… mais aussi
		as well as	aussi bien que

Exercice 1 Ordonner, développer

▶ *Corrigé p. 314*

Choisissez la bonne proposition en gras pour compléter chaque phrase.

1 Stir until it boils, **furthermore** / **next** add the vanilla pods.
2 After all these years collaborating over the phone, we **finally** / **besides** meet in person.
3 You have to apologize to your manager if you want to keep this post. **And** / **Besides**, no one will hire you if he gives you a bad reference.
4 **Also** / **First** he tells me he's interested in our product and then he signs a contract with our competitor.
5 **In addition to** / **Also** ten years' experience in marketing, I have many other professional skills.

Exercice 2 Phrases à compléter

▶ *Corrigé p. 314*

Complétez les phrases en utilisant les mots proposés.
first – besides – next – moreover – and

1 The entire team has been given a written warning. .... , their company benefits have been suspended.
2 .... planting additional trees in that part of the garden, you should also put a bench there.
3 You had me order new office furniture, ... you'll be asking for a new office!
4 When collecting your car from our parking lot, ... check that there is no damage to it.
5 I've been to both Japan .... China.

> **Tip!** Lisez bien les phrases à compléter pour comprendre le lien logique qui unit les différentes propositions, et ainsi choisir le mot de liaison adéquat.

Exercice 3 Insérer une phrase manquante

▶ *Corrigé p. 314*

Trouvez le meilleur endroit [1], [2] ou [3] dans le texte pour insérer la phrase suivante :
It's been a while since a movie left me speechless, but "The Chip" did.

[1] If you haven't made any plans for the weekend yet, I strongly recommend going to the movies. "The Chip" premieres today and it's a must-see! **[2]** We are all used to the amazing quality of John Stanton's work and right now he is at the top of his game. At first it isn't easy to wrap your head around the plot, but once you do there is no denying that this is the best original screenplay of the decade.
[3] Besides, even if you aren't familiar with Stanton's previous work, you know the cast all too well and you cannot expect these people to perform badly or to star in a mediocre film.

> **Tip!** Lisez la phrase à insérer, puis regardez chaque emplacement proposé et les phrases qui précèdent et qui suivent ; cela suffit souvent à déterminer le bon emplacement.

Mots de liaison Marquer le contraste – Développer un argument

- Certains mots de liaison permettent d'introduire un contraste dans une phrase ou de prolonger une idée. En les reconnaissant, vous dégagerez mieux le sens de la phrase.
- Inversement, si vous comprenez déjà le contexte et le sens de la phrase, vous trouverez plus facilement le mot de liaison qui manque dans la phrase à compléter.

Contraste		Développement	
but	mais	***in fact, actually***	en fait
though	bien que, pourtant	***indeed***	en effet, en fait
although	bien que	***above all***	surtout
even though	bien que	***obviously***	évidemment
even if	même si	***evidently***	apparemment, à l'évidence
whereas	tandis que	***clearly***	clairement
while	alors que, quoique	***apparently***	apparemment
in spite of, despite	malgré, en dépit de	***according to***	selon
however	cependant, pourtant	***personally***	personnellement
in contrast	au contraire, par contraste	***in my opinion***	à mon avis
nevertheless	cependant, néanmoins	***fortunately***	heureusement
on the other hand	par contre	***unfortunately***	malheureusement
unlike, in contrast to	contrairement à	***surprisingly***	étonnamment
instead of	au lieu de		

- Parfois, **la position de l'espace à compléter limite le nombre de réponses** possibles.

– ***Though*** peut être utilisé en fin de phrase.

Ex. : *He received an immediate promotion. He wasn't expecting it,* ***though.***
Il a eu une promotion immédiate. Il ne s'y attendait pas, cependant.

Tip!
« Malgré » se traduit par 1 mot, ***despite***, ou par 3 mots, ***in spite of***, jamais par 2 mots !

– ***Although, even though, even if, while*** et ***whereas*** se placent au début d'une phrase, ou entre deux propositions afin de relier deux idées contrastées.

– ***In spite of*** et ***despite*** peuvent être utilisés au début ou au milieu d'une phrase. Ils sont suivis d'un nom ou d'un verbe en ***-ing***.

– ***However*** s'utilise habituellement en début de phrase et se réfère à la phrase précédente. Il est également suivi d'une virgule.
Quand ***however*** débute une phrase sans se référer à celle d'avant, c'est dans le sens de « peu importe comment... ». Dans ce cas, il n'est pas suivi d'une virgule.

Ex. : ***However*** *you look at it, it's wrong!* Peu importe comment on le regarde, c'est faux !

Exercice 4 Le contraste

▶ *Corrigé p. 314*

Choisissez la bonne proposition en gras pour compléter chaque phrase.

1 **Unlike** / **However** our competitors, we do not pressure our customers to make a purchase every month.
2 The board of directors voted against the merger. **Personally** / **Certainly**, I think it was a mistake.
3 **Actually** / **According** to this manual, you have to wear protective clothing while using the product.
4 We managed to book a holiday **despite** / **in contrast** having very busy schedules.
5 I still don't know which laptop to choose, but what I do know is that Led17 is light, **unlike** / **whereas** Comp4 is heavy.

Exercice 5 Phrases à compléter

▶ *Corrigé p. 314*

Complétez les phrases en utilisant les mots proposés.
on the other hand – in spite of – clearly – unfortunately – actually

1 .... the slump on the world markets my portfolio gained ground.
2 .... the lift is out of order, so you will have to take the stairs.
3 .... , I'd rather walk than drive with you.
4 .... , you didn't listen to a word she said, or you wouldn't be asking these questions.
5 Moving our production to China will save us a lot of money. We will .... spend a lot more on transport.

Exercice 6 Texte à compléter

▶ Corrigé p. 314

Complétez le texte en utilisant les mots proposés.
as a result – consequently – unfortunately – in fact

Dear Mr. Ali,

I am writing this letter to complain about an order delivered to my house three days ago.
.... , I had ordered three pairs of shoes, a dress and two handbags from your website, but was clearly delivered the wrong order, as what I received were two tee-shirts and two pairs of sneakers. .... , I called your customer service and tried to inform them of the error. .... , I was told that the order number matched the items I received and that there couldn't have been any mistake on the part of your company. .... , I was denied the right to return the order free of charge.
I am very disappointed with your company's service and hope this misunderstanding can be cleared up and the items I did not order returned to you.

Sincerely yours,

Rita Kaahn

Tip!
N'oubliez pas que *since* a deux sens : « depuis » ou « puisque ».

Mots de liaison Indiquer un résultat, la cause, le but

Ces mots amènent les liens de cause à effet ou introduisent les conséquences.

Résultat		Cause		But	
so	donc, par conséquent	***as***	comme, puisque	***so that***	pour que
thus	donc, ainsi	***since***	puisque	***so as (not) to***	de façon à (ne pas)
as a result	en conséquence	***because***	parce que	***in order (not) to***	afin de (ne pas)
therefore, consequently	donc, par conséquent	***because of* + nom**	à cause de, en raison de		
		***due to* + nom**	à cause de		

Exercice 7 Le résultat, la cause, le but

▶ Corrigé p. 315

Choisissez la bonne proposition en gras pour compléter chaque phrase.

1. We couldn't possibly buy this house, **so** / **as** we cannot afford it.
2. Make sure you wait for the ink to dry before lifting the poster, **so as not to** / **as a result** create any smudges on the surface.
3. Human Resources ensures that our employees work in the best conditions possible **consequently** / **in order** to boost their creativity.
4. The company provided language training to all its employees last year, **thus** / **since** they were able to expand abroad this year.
5. **As** / **Thus** the company provided language training for all its employees last year, they were able to expand abroad this year.
6. **Because** / **Due to** inclement weather, the flight has been delayed 30 minutes.

Exercice 8 Phrases à compléter

▶ Corrigé p. 315

Complétez les phrases en utilisant les mots proposés.

so – because – so as not to – as a result – as

1. Chen left the office an hour ago .... be late for her presentation.
2. I'm vegetarian, ... I never eat meat.
3. It's not .... this park was designed by a very famous architect that it is popular with tourists.
4. The scandal shook the entire government. .... , the prime minister was forced to resign.
5. When exchanging business cards in China, make sure you hold your card using both hands .... you do not want to offend anybody.

Exercice 9 Insérer une phrase manquante

▶ Corrigé p. 315

Trouvez le meilleur endroit [1], [2], [3] ou [4] dans le texte pour insérer la phrase suivante :

Non-compliance with these safety regulations can result in serious injury.

Warning! **[1]** This device is to be used in dry and well-ventilated spaces only. Do not handle it unless your hands are dry and you are wearing protective goggles. Always keep away from inflammable substances. Switch off the device as soon as you complete the process. **[2]** Allow for cooling time before storing. Remember, the device is to be kept inside the protective case provided by the manufacturer. **[3]** Kaplings declines any responsibility. Should you have any questions contact us through our website: www.kaplings.com. **[4]**

2. Les temps et les auxiliaires

- Dans Part 6, il arrive souvent qu'une question porte sur le choix d'un temps. Il faut donc savoir identifier les temps rapidement afin de pouvoir éliminer les propositions qui ont des temps incompatibles avec la phrase à compléter.

Ex. : *Yesterday I **worked** / ~~have worked~~ in the morning.* (*Yesterday* + *present perfect* n'est pas possible).

*We ~~have went~~ / **went** to a conference.* (*Have* + prétérit n'est pas possible).

Tip!
Pour éviter de nombreuses erreurs, vous devez connaître les verbes irréguliers par cœur.

Grammaire Express Les auxiliaires

Voici un rappel des auxiliaires utilisés pour conjuguer chaque temps.
Nous avons choisi de privilégier les contractions. Seule la forme active des différents temps est indiquée.
Nous employons les abréviations **BV** pour base verbale (ex. : ***go***), **PP** pour participe passé (ex. : ***gone***) et **V** pour verbe.

- **Au présent**

	Phrase affirmative	Question	Phrase négative
Présent simple	**pas d'auxiliaire, -s à la 3e pers. du sing.** *Mr. Jones **arrives** early every day.* M. Jones arrive tôt chaque jour.	**do / does + BV** ***Does** Mr. Jones **arrive** early every day?*	**don't / doesn't + BV** *Mr. Jones **doesn't arrive** early every day.*
Présent continu	**am / is / are + V-ing** *We **are studying** the feasibility of the project.* Nous étudions la faisabilité du projet.	**am / is / are + V-ing** ***Are** you **studying** the feasibility of the project?*	**am not / isn't / aren't + V-ing** *We **aren't studying** the feasibility of the project.*

- **Au passé**

	Phrase affirmative	Question	Phrase négative
Prétérit	**pas d'auxiliaire, -ed ou verbe irrégulier** *They **ate** at 6.30 P.M.* Ils ont mangé à 18h30.	**did + BV** ***Did** they **eat** at 6.30 P.M.?*	**didn't + BV** *They **didn't eat** at 6.30 P.M.*
Passé continu	**was / were + V-ing** *Jennifer **was working** this morning.* Jennifer travaillait ce matin.	**was / were + V-ing** ***Was** Jennifer **working** this morning?*	**wasn't / weren't + V-ing** *Jennifer **wasn't working** this morning.*
Present perfect*	**has / have + PP** *Cho **has finished** the report.* Cho a terminé le rapport.	**has / have + PP** ***Has** Cho **finished** the report?*	**hasn't / haven't + PP** *Cho **hasn't finished** the report.*
***Present perfect* continu**	**has / have + been + V-ing** *He **has been checking** it all day.* Il a passé toute la journée à le vérifier.	**has / have + been + V-ing** ***Has** he **been checking** it all day?*	**hasn't / haven't + been + V-ing** *He **hasn't been checking** it all day.*
Past perfect	**had + PP** *He **had gone** by the time I arrived.* Il était parti quand je suis arrivé.	**had + PP** ***Had** he **gone** by the time I arrived?*	**hadn't + PP** *He **hadn't gone** by the time I arrived.*
***Past perfect* continu**	**had + been + V-ing** *She **had been working** for months when they cancelled the project.* Cela faisait des mois qu'elle travaillait quand on a annulé le projet.	**had + been + V-ing** ***Had** she **been working** for months when they cancelled the project?*	**hadn't + been + V-ing** *She **hadn't been working** for months when they cancelled the project.*

* Le ***present perfect*** sert aussi à exprimer le présent.

Ex. : *I **have lived** here for two years.* Cela fait deux ans que j'habite ici.

PART 6

• **Au futur**

	Phrase affirmative	Question	Phrase négative
Futur simple	**will + BV** *The concert* ***will start*** *at 8 on the dot.* Le concert commencera à 8h pile.	**will + BV** ***Will*** *the concert* ***start*** *at 8 on the dot?*	**won't + BV** *The concert* ***won't start*** *at 8 on the dot.*
Futur continu	**will + be + V-ing** *They* ***will be listening*** *to the performance at 8.30 this evening.* À 20h30, ils seront en train d'écouter la représentation.	**will + be + V-ing** ***Will*** *they* ***be listening*** *to the performance at 8.30 this evening?*	**won't + be + V-ing** *They* ***won't be listening*** *to the performance at 8.30 this evening.*
Futur antérieur	**will + have + PP** *The play* ***will have finished*** *by 11.* La pièce sera terminée à/d'ici 23h.	**will + have + PP** ***Will*** *the play* ***have finished*** *by 11?*	**won't + have + PP** *The play* ***won't have finished*** *by 11.*
Futur antérieur continu	**will + have + been + V-ing** *At the end of today, I* ***will have been working*** *here for a week.* À la fin de la journée, ça fera une semaine que je travaille ici.	**will + have + been + V-ing** ***Will*** *I* ***have been working*** *here for a week at the end of today?*	**won't + have + been + V-ing** *I* ***won't have been working*** *here for a week at the end of today.*

Exercice 10 Les auxiliaires

▶ *Corrigé p. 315*

Complétez les phrases en utilisant les auxiliaires proposés ou leur forme négative.

are – was – has – did – will

1 The order .... arrived yet.
2 When the delegates arrived, there .... nobody to greet them.
3 Next year, I .... have worked for this company for ten years.
4 We forgot to check *(cocher)* the express delivery box and the parcel .... arrive on time.
5 .... you coming to the conference next month?

Grammaire Express Les autres utilisations des auxiliaires

• Les auxiliaires servent également à **remplacer le verbe** quand on ne veut pas le répéter.

Ex. : *As temperatures rise, so* ***do*** *ice cream sales.* Quand les températures grimpent, les ventes de glaces aussi.
(ici, le verbe ***rise*** est au présent simple, il faut donc le reprendre avec l'auxiliaire ***do/does*** ; puis on accorde l'auxiliaire avec l'objet : ici ***ice cream sales*** est au pluriel, il faut donc **do**).

Ex. : *I asked my boss to give me a raise, but he* ***won't / can't*** *(give me a raise).*
J'ai demandé à mon patron de m'accorder une augmentation, mais il ne le fera pas / ne peux pas le faire.

• Les auxiliaires sont employés **dans les *question tags***, l'équivalent de « n'est-ce pas » en français *(Voir Part 2 page 41)*.
On les conjugue au même temps que la phrase ; si le début de la phrase est affirmatif, on met un ***tag*** négatif. Si le début est négatif, on utilise un ***tag*** affirmatif.

Ex. : *He* ***can't*** *speak Spanish,* ***can*** *he?* Il ne parle pas espagnol, n'est-ce pas ?
You ***don't work*** *on Mondays,* ***do*** *you?* *Vous ne travaillez pas le lundi, n'est-ce pas ?*
They ***will*** *arrive on time,* ***won't*** *they?* Ils arriveront à l'heure, n'est-ce pas ?

• Au présent simple et au prétérit, on peut utiliser un auxiliaire pour **insister sur un fait** ou **contredire ce qui a été dit**.

Ex. : *You didn't go to the conference, did you? – I* ***did*** *go!* Tu n'es pas allé à la conférence, n'est-ce pas ? – Mais si, j'y suis allé !

• On peut aussi employer un auxiliaire pour **exprimer un accord** :

– avec ***so... I*** (moi aussi)...

Ex. : *I work in Human Resources. –* ***So do I.*** Je travaille dans les ressources humaines. – Moi aussi.
He can use the new photocopy machine. – ***So can we.*** Il sait se servir de la nouvelle photocopieuse. – Nous aussi.

– ou ***neither ... I*** (moi non plus). On reprend l'auxiliaire de la phrase de départ, mais on change de « polarité » affirmatif/négatif.

Ex. : *Frederika* ***didn't*** *take a vacation last year. –* ***Neither did I.*** Frederika n'a pas pris de vacances l'année dernière. – Moi non plus.
He ***won't*** *do any overtime this week. –* ***Neither will they.*** Il ne fera pas d'heures supplémentaires cette semaine. – Eux non plus.

Exercice 11 Les autres utilisations des auxiliaires

▶ Corrigé p. 315

Choisissez le bon auxiliaire pour compléter chaque phrase.

1 You've visited our new building, ... you?
2 They won't negotiate, ... they?
3 We .... attend the trade fair, even though we said we wouldn't.
4 I don't like country music. – Neither .... I!
5 You're wrong, she .... participate in decision-making meetings, quite often in fact.
6 I don't think they are fabulous! – Neither .... she.

3. Les mots associés aux temps

• Certains temps anglais semblent avoir un temps équivalent en français, mais en réalité ils ne se correspondent pas dans leur utilisation. C'est le cas du ***present perfect*** et du **passé composé**.
Pour identifier sans hésitation le temps à sélectionner dans la réponse, vous devez avoir une bonne connaissance de l'emploi des temps, et savoir quels sont les **mots associés aux différents temps**.

Temps	Utilisation	Mots associés
Présent simple	C'est un présent permanent, la situation ne va probablement pas changer. On parle souvent de généralité. *I **live** in a condo.* J'habite dans un appartement.	Les expressions qui signalent une généralité. ***usually, always, never, sometimes...*** ***normally*** ***now and then*** ***every day / week*** ***on Thursdays...***
Présent continu	• Il s'agit d'un présent qui est temporaire. L'action ou l'état risque de changer. C'est souvent une action en cours. *I'**m living** with my sister at the moment.* J'habite avec ma sœur en ce moment. • Le présent continu permet aussi de parler du futur.	Les expressions qui indiquent que l'action se passe maintenant. ***currently*** ***at the moment*** ***this year / week*** ***today*** ***still*** ***always = constantly***
Prétérit	L'action ou l'état sont bien finis. *I **lived** here for 10 years.* J'ai vécu ici pendant 10 ans.	Les expressions qui fixent un moment dans le passé. ***ago, yesterday, last year, at three o'clock,*** ***in 2015, for*** (pendant), ***when...***
Passé continu	Il décrit une situation ou action « toile de fond » dans le passé. Cette action a tendance à être temporaire. *All the phones **were ringing** at the same time.* Tous les téléphones sonnaient en même temps. *I **was working** when the boss walked in.* Je travaillais quand le patron est entré.	***while***
Present perfect	Il décrit une situation ou un état commencé dans le passé qui continue dans le présent. *I **have lived** here since May.* Je vis ici depuis le mois de mai. *We **have gone** to that trade fair ten times.* Nous sommes allés à ce salon dix fois.	Les expressions qui relient le passé au présent. ***ever/never, already, yet,*** ***since, for*** (depuis), ***so far,*** ***up to now, recently, lately,*** ***just, still + not***
***Present perfect* continu**	Il insiste plus sur l'action et sa durée. *We **have been going** to that trade fair for ten years.* Cela fait 10 ans que nous allons à ce salon. (On insiste sur la durée de l'action.)	***for, since***
Plus-que-parfait	Le plus-que-parfait décrit le passé d'une autre action passée. *When we arrived, the plane **had** already **taken off**.* Quand nous sommes arrivés, l'avion avait déjà décollé.	***already*** ***yet***
Plus-que-parfait continu	Il décrit une action de fond dans le passé d'une autre action passée. *When the CEO arrived, the managers **had** already **been discussing** for three hours.* Quand le PDG est arrivé, cela faisait déjà 3 heures que les cadres étaient en réunion.	***for*** ***since*** ***the whole day***

Grammaire Express Le cas de *always*

L'adverbe de fréquence ***always*** s'emploie généralement avec le présent simple, mais il peut aussi s'employer avec un présent continu pour exprimer une émotion négative (le plus souvent, l'exaspération). Comparez :

Ex. : *Mr. Klein **always loses** his keys.* M. Klein perd toujours ses clés. *(présent simple, c'est habituel)*
*Mr. Klein **is always losing** his keys!* M. Klein est toujours en train de perdre ses clés ! *(sous entendu : et ça m'énerve !)*

Exercice 12 Le choix du temps ▶ *Corrigé p. 315*

Choisissez la bonne proposition en gras pour compléter chaque phrase.

1 The cashiers **always have / are always having** a meal break in the middle of their shift.
2 What sort of suit **do you look for / are you looking for**?
3 The two companies **are currently negotiating / currently negotiate** their merger.
4 Mr. Tanako seldom **takes / is taking** a vacation.
5 **Are you working / Do you work** in the office on Fridays?
6 **Are you working / Do you work** in the office on Friday?
7 The ballet company **is appearing / appears** every evening this week at the Civic Theater.
8 It is **appearing / appears** that the Mayor is running for a second term.
9 Mrs. Hayden **is seeing / sees** a lawyer about buying a house at the moment.
10 I **am not understanding / don't understand** what you **are meaning / mean.**

4. Choisir entre deux temps

Vous hésiterez parfois à choisir entre deux temps : présent simple ou continu, prétérit ou ***present perfect***, prétérit ou passé continu, etc. Voici quelques conseils pour vous aider.

Grammaire Express Présent simple / Présent continu

• Le **présent simple** décrit une action ou un état qui ne risque pas de changer, alors que le **présent continu** décrit une action qui a une durée, mais qui va prendre fin et changer, que ce soit après 5 minutes ou 5 mois.

Ex. : *We **keep** the office supplies in this cabinet.* Nous stockons les fournitures de bureau dans cette armoire. *(situation permanente)*
*We **are keeping** the supplies in this box because the cabinet is full.* Nous stockons les fournitures dans cette boîte parce que l'armoire est pleine. *(situation temporaire)*

• **Les verbes d'état** ne prennent presque jamais la forme continue ; ils n'expriment ni une action, ni une durée, mais plutôt un état, un processus mental ou une émotion.
Voici la liste des principaux verbes d'état.

agree être d'accord	***appear*** sembler	***be*** être	***believe*** croire	***belong*** appartenir	***deny*** nier
depend dépendre	***disagree*** ne pas être d'accord	***dislike*** ne pas aimer	***doubt*** douter	***feel*** se sentir	***fit*** aller à qqn / rentrer
hate détester	***have*** avoir	***hear*** entendre	***imagine*** imaginer	***involve*** impliquer	***know*** savoir
lack manquer de	***like*** aimer	***look*** avoir l'air	***love*** adorer	***matter*** avoir de l'importance	***mean*** signifier
need avoir besoin	***owe*** devoir	***own*** posséder	***please*** plaire	***possess*** posséder	***prefer*** préférer
promise promettre	***realize*** se rendre compte	***recognize*** reconnaître	***remember*** se souvenir	***see*** voir	***seem*** sembler
smell sentir	***sound*** sembler	***suit*** aller à qqn	***suppose*** supposer	***taste*** avoir un goût de	***think*** penser
trust avoir confiance	***understand*** comprendre	***want*** vouloir	***weigh*** peser	***wish*** souhaiter	

• Mais, il y a toujours des **exceptions** : par exemple, quand un verbe a un autre sens que son sens le plus fréquent.

Ex. : *He **has** a bath.* Il a une baignoire / Son logement possède une baignoire. (sens le plus courant de ***have***)
*He **is having** a bath.* Il prend un bain. (***have*** a ici le sens de prendre)

• Quand un verbe a un sens passif et un sens actif, la forme continue est permise quand il s'agit d'une action.

Ex. : ***taste*** – avoir un goût de / goûter
*The soup **tastes** salty.* La soupe a un goût salé.
*The chef **is tasting** the soup.* Le chef goûte la soupe.

weigh – peser
*The parcel **weighs** 2 kilos.* Le colis pèse 2 kilos.
*The postal worker **is weighing** the parcel.* L'employé de la poste pèse le colis.

Grammaire Express Prétérit / *Present perfect*

• Il peut être difficile pour un francophone de choisir entre le **prétérit** et le ***present perfect***. En général, il faut repérer les mots associés à chaque temps.

— ***Ago*** ne s'emploie qu'avec le prétérit, ***since*** qu'avec le ***present perfect***.

— ***For*** peut s'employer avec les deux : avec le prétérit, ***for*** veut dire «**pendant**» ; avec le ***present perfect***, ***for*** veut dire «**depuis**».

Ex. : *She **worked** at a publisher's **for** 5 years.* Elle a travaillé chez un éditeur pendant 5 ans.
(elle n'y travaille plus : prétérit)
*She **has worked** at a publisher's **for** 5 years.* Elle travaille chez un éditeur depuis 5 ans.
(elle y travaille toujours : present perfect)

• Une phrase avec un **prétérit** et un ***present perfect*** est rare, mais possible.
*He **has worked** for us since he **moved** to Atlanta.* Il travaille chez nous depuis qu'il a déménagé à Atlanta.

> **Tip!**
> « Je travaille ici depuis un mois » se traduit avec un ***present perfect*** : ***I have worked*** *here for one month.* On ne peut pas utiliser le présent *I **work** here for one month*, qui voudrait dire « Je travaille ici pendant un mois ».

Grammaire Express Prétérit / Passé continu

On trouve souvent diverses combinaisons de ces deux temps dans une même phrase.

• **Prétérit et passé continu :** une action ponctuelle interrompt une autre action déjà en cours.

Ex. : *She **was explaining** the procedure when the fire alarm **rang**.* Elle expliquait la procédure quand l'alarme incendie a sonné.

• **Prétérit et prétérit :** deux actions ponctuelles qui se suivent.

Ex. : *When the boss **arrived**, everyone **concentrated** on their work.* Quand le patron est arrivé, tout le monde s'est concentré sur son travail.

• **Passé continu + passé continu** indiquent deux actions «toile de fond» qui se déroulent en même temps. Notez l'utilisation de ***while*** dans ce cas.

Ex. : *He **was eating** lunch while he **was finishing** the report.* Il déjeunait pendant qu'il finissait le rapport.

Grammaire Express Prétérit / Plus-que-parfait

• Le plus-que-parfait s'utilise très souvent en conjonction avec un prétérit.

Ex. : *When I **found** the mistake in the document, it **had** already **been printed**.* Quand j'ai repéré l'erreur dans le document, il avait déjà été imprimé.

(***I found*** se situe dans le passé, et ***it had been printed*** se situe encore avant ce moment.)

• On peut associer ***for*** et ***since*** au plus-que-parfait. Si on veut insister sur la durée de l'activité avant cette action au passé, on utilise le plus-que-parfait continu et une expression de durée.

Ex. : *They **had** only **been renovating** the building **for** three months when it received a design award.*
Ils rénovaient l'immeuble depuis seulement trois mois quand on lui a décerné une récompense pour son design.

Exercice 13 Choisir entre trois temps

▶ *Corrigé p. 315*

Choisissez la bonne proposition en gras pour compléter chaque phrase.

1 All our branches **have achieved / had been achieving / achieved** excellent sales results last year.
2 The sales reps **had been traveling / had traveled / have traveled** constantly during the first quarter of this year.
3 Even if it rained a lot during my vacation last summer, I really **was enjoying / have enjoyed / enjoyed** it.
4 They had turned around and **walked / have been walking / were walking** back along the street when they saw me.
5 I **finished / have finished / was finishing** discussing the project when my phone **has rung / rang / was ringing**.
6 When you phoned me last night I **worked / had worked / was working** hard.
7 While Hideo **wrote / was writing / has written** an e-mail, there was a power cut.
8 Who **was driving / drove / had driven** the car at the time of the accident?
9 The reception **has already finished / already finished / had already finished** when we finally found the venue.
10 Jan missed the meeting yesterday because nobody **was telling / had told / has told** him about it.

Exercice 14 Le choix du temps

▶ Corrigé p. 316

Choisissez la bonne réponse pour compléter chaque phrase.

1 We must stay in touch while we .... this project.
- Ⓐ coordinate
- Ⓑ coordinates
- Ⓒ coordinating
- Ⓓ will coordinate

2 Mr. Yung .... for this company for the past 3 years.
- Ⓐ worked
- Ⓑ has worked
- Ⓒ is working
- Ⓓ works

3 My sister has lived here since she .... her job.
- Ⓐ lost
- Ⓑ has lost
- Ⓒ loses
- Ⓓ will lose

4 By the time we got the order we .... a letter of complaint.
- Ⓐ write
- Ⓑ wrote
- Ⓒ have written
- Ⓓ had written

5 I really hope my boss .... me when I tell him why I'm behind schedule.
- Ⓐ believe
- Ⓑ believed
- Ⓒ is believing
- Ⓓ believes

6 Last week our plane .... delayed for two hours.
- Ⓐ is
- Ⓑ has been
- Ⓒ was
- Ⓓ will be

5. Les temps du futur

• Il y a quatre façons courantes d'exprimer un **futur simple**.

– ***will*** **+ base verbale**	*The meeting **will start** at 8.30.*	La réunion commencera à 8h30.
– ***be*** **+** ***going to*** **+ base verbale**	*The meeting **is going to start** at 8.30.*	
– ***be*** **+ verbe +** ***-ing***	*The meeting **is starting** at 8.30.*	
– **le présent simple**	*The meeting **starts** at 8.30.*	

• Les quatre phrases ont la même traduction, mais on les utilise dans des contextes différents. Il n'y aura pas de question dans le test sur le choix entre deux formes au futur simple, sauf s'il s'agit d'une question de conjugaison.

Exemple :
The courier .... to pick up the parcel at 10 o'clock today.
(A) will
(B) will be
(C) going
(D) is coming

Le coursier passera prendre le colis à 10 heures aujourd'hui.

Réponse **(D)**
Car il y a ***to*** avant le verbe ***pick up***.
En (C), il manque l'auxiliaire ***is***.
(A) et (B) ne peuvent pas être suivis de ***to***.

• On peut répondre à la question de l'exercice précédent avec la structure ***be*** **+** ***to*** **+ base verbale** qui a le sens de « être prévu ».
Ex. : *The courier is **to pick up** the parcel at 10 o'clock.* Le coursier doit passer prendre le colis à 10 heures.

Grammaire Express Les différents futurs

Phrase	Utilisation	Mots associés
Futur simple	*Voir les exemples p. 162.*	***next week, at 6 P.M.*** ***in 5 minutes***
Futur continu	Action non-permanente avec une durée. *This time tomorrow I **will be soaking** up the sun.* Demain à la même heure, je serai en train de me prélasser au soleil.	***this time next week, this time tomorrow***
Futur antérieur	Pour parler d'une action qui prendra fin avant un moment dans le futur. *The mechanic says he **will have fixed** the car by Monday.* Le garagiste dit qu'il aura réparé la voiture d'ici lundi.	***by the time..., by Friday***
Futur antérieur continu	Pour souligner la durée d'une action jusqu'à un point fixe dans le futur. *By the time you get to work tomorrow morning, we **will have been driving** for seven hours already!* Quand vous arriverez au travail demain matin, cela fera déjà sept heures qu'on sera au volant !	***by the time, by 10 o'clock for / since***

Exercice 15 Les temps du futur

▶ *Corrigé p. 316*

Choisissez la bonne réponse pour compléter chaque phrase.

1 We .... have more information by the end of the month.
Ⓐ are going
Ⓑ will be
Ⓒ will
Ⓓ is going to

2 This time next year Mrs. Weiden .... retired.
Ⓐ is
Ⓑ will have
Ⓒ will have been
Ⓓ will

3 We are going .... three temporary workers for the busy period.
Ⓐ hire
Ⓑ to hire
Ⓒ hiring
Ⓓ to be hired

4 The cashiers .... for 4 hours before they get their break.
Ⓐ works
Ⓑ is working
Ⓒ have been working
Ⓓ will have been working

5 The CEO .... to announce the acquisition on Friday.
Ⓐ will
Ⓑ is
Ⓒ will go
Ⓓ will have been

6 Will you .... the report in time for next Friday?
Ⓐ be finished
Ⓑ finishing
Ⓒ have finished
Ⓓ have been finishing

6. Le discours indirect

Quand on rapporte ce qui a été dit par une autre personne, on parle au **discours indirect**. En général, on est obligé de changer de sujet et il faut faire attention à la concordance des temps.

Grammaire Express La concordance des temps

Progression des temps du discours direct au discours indirect	Ce que la personne dit :	Au discours indirect :
présent → prétérit	*"Jonah **works** in marketing."*	*I was told that Jonah **worked** in marketing.*
am - is - are → was - were	*"I **am** fascinated."*	*She said **she was** fascinated.*
has - have → had	*"We **have** a new contract."*	*The CEO said we **had** a new contract.*
prétérit → participe passé	*"We **left** at midnight"*	*They said **they had left** at midnight.*
was - were → had been	*"There **were** 8 participants."*	*He said there **had been** 8 participants.*
will → would	*"**Will** you help me?"*	*He asked if **we would** help him.*
can → could	*"**Can** you tell me the way to the station?"*	*She asked if I **could** tell **her** the way to the station.*

- Un ordre peut s'exprimer par ***to*** + base verbale.

Ex. : *You **must leave** the building now! → We **were ordered to leave** the building immediately.*
Vous devez quitter le bâtiment maintenant ! → On nous a ordonné de quitter le bâtiment immédiatement.

- Une **question fermée *(yes/no)*** emploie ***if / whether*** si on la met au discours indirect.

Ex. : ***Do you have** any children? → **The interviewer asked if / whether** I had any children.*
Avez-vous des enfants ? → L'interviewer a demandé si j'avais des enfants.

- Notez que l'**ordre des mots** de la question de départ **change** quand on rapporte les paroles.

Ex. : ***Where is** the bus stop? → He asked **where the bus stop was**.*
Où se trouve l'arrêt de bus ? → Il a demandé où se trouvait l'arrêt de bus.

- Les **expressions de temps et les directions** changent également entre le discours direct et le discours indirect.

Discours direct	Discours indirect
tomorrow →	**the next day / the following day / the day after**
today →	**that day**
yesterday →	**the day before**
ago →	**before**
here →	**there**
this →	**that**

Ex. : *I'll see you **tomorrow morning**! → She said she would see us **the following morning**.*
On se voit demain matin ! → Elle a dit qu'elle nous verrait le lendemain matin.

*We arrived **3 days ago**. → They said they had arrived **3 days before**.*
Nous sommes arrivés il y a 3 jours. → Ils ont dit qu'ils étaient arrivés trois jours auparavant.

*Do you like it **here**? → She asked if I liked it **there**.*
Vous aimez cet endroit ? → Elle m'a demandé si j'aimais cet endroit.

*Shall I carry **this** big bag for you? → He offered to carry **that** big bag for me.*
Voulez-vous que je porte ce gros sac ? → Il m'a proposé de porter ce gros sac.

Grammaire Express *Say* ou *tell* ?

Tip!
Retenez bien :
say something - tell someone.

- En règle générale, on utilise ***say*** + ce qu'on dit, et ***tell*** + la personne à qui on le dit.

Ex. : *She **said goodbye** very quietly.* Elle a dit au revoir très doucement.
*She **told the waiter to come back** in a few minutes.* Elle a dit au serveur de revenir dans quelques minutes.

- Comme toujours, il y a des exceptions...

tell the truth dire la vérité
tell a story raconter une histoire
tell a joke raconter une blague
tell the time donner l'heure
tell a lie dire un mensonge
tell the future prédire l'avenir

Exercice 16 Les verbes au discours indirect

▶ Corrigé p. 316

Complétez le texte en utilisant les verbes proposés.

informed – enquired – said – promised – replied – asked – ordered – was – would – wanted

1 What is your final destination?"	She .... what my final destination was.
2 "I'm flying to Cuba."	I .... that I was flying to Cuba.
3 "Where did you board the plane?"	She .... where I had boarded the plane.
4 "When will you leave the country?"	She asked me when I .... leave.
5 "Open your suitcase, please."	She .... me to open my suitcase.
6 "It was already inspected by customs!"	I .... that it had already been inspected.
7 "Oh, look! I have found 5 bottles of perfume in your luggage!"	She .... me that she had found some perfume in my luggage.
8 "Did you declare this perfume?"	She .... to know if I had declared the perfume.
9 "Where is the receipt for the perfume?"	She asked where the receipt for the perfume ....
10 "I'm sorry, I won't do it again!"	I .... not to do it again.

Exercice 17 *Say* ou *tell* ?

▶ Corrigé p. 316

Choisissez la bonne proposition en gras pour compléter chaque phrase.

1 Your aunt asked me to **say / tell** hello.
2 She **said to me / told me** to give you this card.
3 The card **says / tells** the time when you open it.

Exercice 18 Le discours indirect

▶ Corrigé p. 316

Choisissez la bonne réponse pour compléter chaque phrase.

1 Kumiko said she __________ to the theatre last night.
Ⓐ goes
Ⓑ is going
Ⓒ has been
Ⓓ had been

2 The customs officer .... me whether I had anything to declare.
Ⓐ enquired
Ⓑ demanded
Ⓒ asked
Ⓓ requested

3 My landlord .... not to unplug the air conditioning unit.
Ⓐ say
Ⓑ said
Ⓒ tell
Ⓓ told

4 Last night we were asked if we .... work late.
Ⓐ will
Ⓑ can
Ⓒ would
Ⓓ wanted

5 The librarian enquired .... we wanted to pay our fines.
Ⓐ whether
Ⓑ that
Ⓒ so
Ⓓ what

Health – *La santé*

1. At the doctor's – *Chez le médecin*

Part 6 – Piste 53

physician	médecin	***injury***	blessure
nurse	infirmier(-ère)	***headache***	mal de tête
health insurance	mutuelle de santé	***blood pressure***	tension artérielle
co-pay	partie des frais médicaux à la charge du patient	***practice***	cabinet
medication	médicaments	***sibling***	frère ou sœur
tablet	comprimé	***sick leave***	arrêt maladie
prescription	ordonnance	***ward***	salle, service (d'un hôpital)
outbreak	épidémie		
appointment	rendez-vous		
checkup	bilan de santé	***consult*** *(vb)*	consulter
illness	maladie	***relapse*** *(vb / n)*	rechuter / rechute

Exercice 1 Les mots à connaître : *At the doctor's*

▶ *Corrigé p. 317*

Complétez les phrases avec tous les mots de l'encadré en les conjuguant ou en les mettant au pluriel si nécessaire.

1 In bigger .... , there are several doctors and sometimes even a .... who is there to weigh* you and take your .... before you see the doctor.
2 Joe discovered a benign* health problem during a routine ....
3 The .... wrote a .... for some new ....
4 Is it necessary to .... a doctor for a simple ....?
5 What are the visiting hours* for the maternity ....?
6 Doctors will often ask if you have any .... or other family members with the same ....
7 Unfortunately, the .... for this drug is almost $100. Your .... will not cover all of the cost.
8 There has been an .... of the flu* in our office.
9 Do you prefer to take medication in syrup* or .... form?
10 Due to an .... sustained while doing sport, our Human Resources manager is currently on ....
11 Will you make an .... for Monday with my usual doctor?
12 Malika seemed to be better, but then she .... and had to go to the doctor again.

*Mots & expressions	***weigh :*** peser ***benign :*** bénin ***visiting hours :*** heures de visite ***flu :*** grippe ***syrup :*** sirop

Exercice 2 Les familles de mots

▶ *Corrigé p. 317*

Complétez chaque phrase avec le mot qui convient.

1 The doctor will call you through to the .... room when it is your turn.
Ⓐ consult
Ⓑ consulting
Ⓒ consultant
Ⓓ consultation

2 You will need to consult a .... to get a prescription.
Ⓐ physics
Ⓑ physicist
Ⓒ physical
Ⓓ physician

3 Dr. Stevenson recommended a good-quality .... shampoo.
Ⓐ medical
Ⓑ medicate
Ⓒ medicated
Ⓓ medication

4 .... came naturally to Maurice, who had always loved to look after people.
Ⓐ Nurse
Ⓑ Nursery
Ⓒ Nursing
Ⓓ Nursed

5 Leah's .... a cold over the weekend.
Ⓐ develop
Ⓑ developed
Ⓒ developing
Ⓓ development

6 The doctor's practice is .... to deal with large numbers of patients at the same time.
Ⓐ ill
Ⓑ illness
Ⓒ ill-treated
Ⓓ ill-equipped

7 In order to be a .... doctor, you must have a valid license.
Ⓐ practice
Ⓑ practical
Ⓒ practiced
Ⓓ practicing

8 Maternity .... around the country are closing due to underfunding.
Ⓐ ward
Ⓑ wards
Ⓒ warden
Ⓓ award

9 Be careful you don't .... yourself on the broken glass.
Ⓐ injure
Ⓑ injury
Ⓒ injurious
Ⓓ injured

10 Ask your pharmacist for a refill of this ....
Ⓐ prescribe
Ⓑ prescriber
Ⓒ prescription
Ⓓ prescribing

Exercice 3 Les expressions courantes

▶ Corrigé p. 317

Reliez les mots des deux colonnes afin de reconstituer des expressions courantes, puis choisissez la bonne expression pour compléter chaque phrase.

under •	• a prescription
on •	• injury
write •	• an appointment
have •	• medication
make •	• a relapse
work-related •	• a headache
have •	• pressure

1 Could you please turn down the radio, I ....
2 Our employees say they are .... a lot of .... at work at the moment.
3 This is a .... - it happened in the warehouse.
4 You should .... to see someone about your headaches.
5 Check carefully for interactions if you are already ....
6 Even though he returned to work last Friday, Stuart .... and needs another week off work.
7 The doctor didn't want to .... for such a minor problem.

Exercice 4 Les synonymes

▶ Corrigé p. 317

Remettez les lettres dans l'ordre pour trouver le synonyme.

1 sickness : **isslnel** ....
2 epidemic : **okbutera** ....
3 surgery : **perictac** ....
4 wound : **iyjurn** ....
5 treatment : **mencaidiot** ....
6 doctor : **pyniciash** ....

2. Other health professionals
Les autres professionnels de la santé

Part 6 – Piste 54

optician	opticien	***whiten*** *(vb)*	blanchir
eyesight	vue	***medical practitioner***	praticien
eyestrain	fatigue visuelle	***physical therapy***	kinésithérapie
frame	monture	***surgeon***	chirurgien
lenses	verres, lentilles	***operating theater***	bloc opératoire
eyeglasses	lunettes	***emergency services***	services d'urgence
dentist	dentiste	***dietician***	diététicien(ne)
drill	fraise	***researcher***	chercheur(-euse)
cavity	carie		
tooth decay *(indénombrable)*	carie		
dental hygienist	assistant dentaire	***refer to*** *(vb)*	envoyer vers un spécialiste

Exercice 5 Les mots à connaître : *Other health professionals*

▶ *Corrigé p. 318*

Complétez les phrases avec tous les mots de l'encadré en les conjuguant ou en les mettant au pluriel si nécessaire.

1 .... have made an incredible discovery concerning .... caused by too much blue light emitted* by screens.
2 Frank went to the .... to buy new spectacles*.
3 After surgery, many patients can be helped by ....
4 The .... arrived late because of peak-hour* traffic.
5 If you can't find a .... that suits* the shape of your face, maybe you could try contact ....
6 Ms. Moon was anxious about her upcoming* visit to the .... because she knew she had developed .... and she didn't like the sound* of the .... In the end, the .... was only very small and didn't hurt.
7 .... often operate to background* music in the .... to help them focus.
8 Indira saw a .... in order to learn to eat more healthily.
9 The dentist .... Mr. Lewis .... a surgeon to take out his wisdom teeth*.
10 I think I am going to need to change my .... My .... seems to be changing again.
11 Before .... your teeth, the .... will first clean them thoroughly*.
12 The term .... covers all sorts of doctors working in a hospital or a private practice.

*Mots & expressions	***emitted :*** émis ***spectacles :*** lunettes ***peak-hour :*** heure de pointe ***suit :*** aller à ***upcoming :*** imminent ***sound :*** bruit ***background :*** de fond ***wisdom teeth :*** dents de sagesse ***thoroughly :*** minutieusement

Exercice 6 Les familles de mots

▶ *Corrigé p. 318*

Complétez chaque phrase avec le mot qui convient.

1 .... is currently the number one choice for medical students looking to specialize.
Ⓐ Dentist
Ⓑ Dental
Ⓒ Dentistry
Ⓓ Dentures

2 I asked my family doctor for a .... to a good dietician.
Ⓐ refer
Ⓑ referred
Ⓒ referral
Ⓓ reference

3 The dentist .... Mr. McIntosh to return in six months' time.
Ⓐ advice
Ⓑ advise
Ⓒ advised
Ⓓ advisor

4 It is .... to eat without washing your hands first.
Ⓐ hygiene
Ⓑ hygienic
Ⓒ unhygienic
Ⓓ hygienist

5 Do you have any special .... requirements such as lactose- or gluten-free food?
Ⓐ diet
Ⓑ dietary
Ⓒ dietician
Ⓓ dieting

6 According to the latest ...., dietary supplements could have some health benefits.
Ⓐ research
Ⓑ researcher
Ⓒ researches
Ⓓ researching

7 A .... massage can aid in healing.
Ⓐ Therapy
Ⓑ Therapist
Ⓒ Therapeutic
Ⓓ Therapeutics

8 Mr. Parsons had to have the piece of glass .... removed.
Ⓐ surgery
Ⓑ surgeon
Ⓒ surgical
Ⓓ surgically

9 The job of a dental hygienist is not to fill a ...., but simply to clean the teeth.
Ⓐ cavity
Ⓑ tooth decay
Ⓒ holes
Ⓓ rot

10 Those new eyeglass .... really suit you.
Ⓐ frame
Ⓑ frames
Ⓒ framing
Ⓓ framework

Exercice 7 Le vocabulaire

▶ Corrigé p. 318

Choisissez la bonne proposition en gras pour compléter chaque phrase.

1 The physical **therapist / therapy** I was told to do really helped.
2 The dental **surgeon / hygienist** applied a tooth-whitening compound to my teeth.
3 The **optician / optometrist** gave me a prescription to take to the **optician / optometrist**.
4 The **searcher / researcher** was investigating a new therapy.
5 The doctor gave him a **reference / referral** to the best surgeon in town.

Exercice 8 Les définitions

▶ Corrigé p. 318

Indiquez le mot de l'encadré *Other health professionals* qui correspond à chaque définition.

1 A hole in a tooth AND an empty space in a solid object : ....
2 A room for operating AND a place to see a play : ....
3 A structure that surrounds a picture AND part of your eyeglasses : ....
4 A piece of equipment to make a hole in a tooth AND a repetitive exercise : ....
5 Something to place on your eye to help you see better AND a part of a camera : ....

3. At the pharmacy – *À la pharmacie*

Part 6 – Piste 55

drugstore	pharmacie	***harmful***	nuisible
over-the-counter (OTC)	en vente libre	***potent***	puissant
side effects	effets secondaires	***convenient***	pratique
leaflet	notice	***swollen***	enflé (du verbe *swell*)
dosage	posologie	***closely***	de près
shelf / shelves	étagère(s)		
interaction	interaction		
breakthrough	découverte capitale	***fill a prescription*** *(vb)*	aller chercher, délivrer une ordonnance
empty stomach	le ventre vide	***relieve*** *(vb)*	soulager
warning	avertissement	***treat*** *(vb)*	soigner
treatment	traitement	***apply*** *(vb)*	appliquer

Exercice 9 Les mots à connaître : *At the pharmacy*

▶ *Corrigé p. 318*

Complétez les phrases avec tous les mots de l'encadré en les conjuguant ou en les mettant au pluriel si nécessaire.

1 Victoria went to her local* pharmacy to .... She was having some problems with her arm and the doctor prescribed a new .... to .... the pain*.
2 She informed the pharmacist of all the drugs she was taking in order to avoid* .... Mixing different drugs could be ....
3 She didn't have a prescription for it, but the pharmacist also sold her some .... heartburn* medication.
4 When she read the .... , it gave the .... : take two tablets* in the morning on an ....
5 There was also a .... to stop taking the medication if there were any serious ....
6 Please read the leaflet .... before starting the treatment.
7 Your ankle* is very .... ! Did you have an accident?
8 The .... on the corner opposite the bank is very .... , as I work on the same street.
9 Since the beginning of modern medicine, scientists have been waiting for a .... to help .... the common cold*.
10 .... this cream to your elbow* three times daily. Wash your hands afterwards, as it is very ....
11 You will find the toothpaste on the middle .... just behind you.

*Mots & expressions	
	local : de quartier ***pain :*** douleur ***avoid :*** éviter ***heartburn :*** brûlures d'estomac ***tablet :*** comprimé ***ankle :*** cheville ***common cold :*** rhume ***elbow*** : coude

Exercice10 Les familles de mots

▶ *Corrigé p. 319*

Complétez chaque phrase avec le mot qui convient.

1 When my neighbor had that problem, he .... it with natural remedies.
- Ⓐ treat
- Ⓑ treatment
- Ⓒ treated
- Ⓓ treating

2 The .... seems to be disappearing.
- Ⓐ swell
- Ⓑ swelled
- Ⓒ swollen
- Ⓓ swelling

3 The correct .... will depend upon your weight.
- Ⓐ dose
- Ⓑ dosage
- Ⓒ overdose
- Ⓓ overdosed

4 The drugstore is .... located next door to the doctor's office.
Ⓐ convenient
Ⓑ convenience
Ⓒ conveniences
Ⓓ conveniently

5 It's very difficult to get effective .... for a cold.
Ⓐ relief
Ⓑ relieve
Ⓒ relieved
Ⓓ whiteness

6 A single .... should clear up the problem.
Ⓐ apply
Ⓑ applied
Ⓒ applicant
Ⓓ application

7 Leonard discovered he had been taking a .... placebo.
Ⓐ harm
Ⓑ harmed
Ⓒ harmful
Ⓓ harmless

8 Do not take this treatment on an empty ....
Ⓐ wallet
Ⓑ drugstore
Ⓒ stomach
Ⓓ leaflet

9 It is necessary to pay .... attention to what you eat.
Ⓐ close
Ⓑ closed
Ⓒ closet
Ⓓ closely

10 The pharmacist will .... a valid prescription.
Ⓐ fill
Ⓑ fill in
Ⓒ fill up
Ⓓ fill out

Exercice 11 Les prépositions

▶ Corrigé p. 319

Complétez les phrases avec les prépositions suivantes.

between – on – to – in – of – on

1 It is quite possible to overdose .... vitamin C.
2 There has been a major breakthrough .... the treatment of obesity.
3 Do not apply the gel .... broken skin.
4 It's not a good idea to go running .... an empty stomach.
5 This massage should relieve you .... joint pain.
6 Be vigilant about interactions .... prescription and OTC drugs.

Exercice 12 Les synonymes

▶ Corrigé p. 319

Identifiez l'intrus dans chaque liste.

1 dangerous / detrimental / harmful / harmless
2 complete / empty / full / whole
3 awkward / convenient / handy / practical
4 ineffective / mild / potent / weak
5 cause / cure / heal / treat

4. Healthy living – *Le bien-être*

Part 6 – Piste 56

stamina	endurance	***occupational health doctor***	médecin du travail
well-being	bien-être	***counseling***	psychothérapie
daily *(adj)*	quotidien	***resilient***	résistant, résilient
ramp	rampe	***-impaired***	dégradé, mal-(entendant/voyant)
accommodations	aménagements, adaptations	***healthful***	sain (bon pour la santé)
junk food	malbouffe	***healthy***	en bonne santé, bon pour la santé
balanced diet	alimentation équilibrée		
team sport	sport d'équipe	***nutritious***	nutritif
special diet	régime spécifique	***ergonomic***	ergonomique
absenteeism	absentéisme		
health hazard	risque pour la santé	***keep fit*** *(vb)*	garder la forme

Exercice 13 Les mots à connaître : *Healthy living*

▶ *Corrigé p. 319*

Complétez les phrases avec tous les mots de l'encadré en les conjuguant ou en les mettant au pluriel si nécessaire.

1 When the bank employees witnessed* a robbery*, the .... suggested they all undergo* ....

2 The company provided incentives for their staff to get fit and .... through a friendly .... competition.

3 Special .... office chairs contribute to an employee's ....

4 The store had a .... installed for wheelchair* users.

5 When employees have special needs, they are entitled to* special .... in the workplace.

6 A .... is one that includes all the food groups. On the other hand, ... is neither .... nor ....

7 Flying can often be a challenge for people who require a ....

8 Employees who make an effort to .... have more .... and are often more mentally .... In other words, they cope* better when things go wrong.

9 Legally, accommodations must be made for a hearing-.................................. staff member.

10 Our .... statistics show that when employee health improves overall, ... tends to decrease.

11 The management views smoking in the workplace as a ....

*Mots & expressions	
	witness : être le témoin de ***robbery :*** cambriolage ***undergo :*** subir ***wheelchair :*** fauteuil roulant ***entitled to :*** qui a droit à ***cope :*** s'en sortir

Exercice14 Les familles de mots

▶ *Corrigé p. 319*

Complétez chaque phrase avec le mot qui convient.

1 The trainer praised Sophia's stamina and ....

Ⓐ resist
Ⓑ resilient
Ⓒ resilience
Ⓓ resiliently

2 Experts recommend at least thirty minutes of physical activity ....

Ⓐ day
Ⓑ day by day
Ⓒ daily
Ⓓ daytime

3 The referee has decided to .... the goal, despite the protestations.

Ⓐ allows
Ⓑ disallow
Ⓒ disallows
Ⓓ allowed

4 Bill wants to live a less .... lifestyle by eating better food and being more active.

Ⓐ health
Ⓑ healthy
Ⓒ healthful
Ⓓ unhealthy

5 Blocking the door with a piece of furniture is a fire ....

Ⓐ hazard
Ⓑ hazardous
Ⓒ hazarded
Ⓓ hazarding

6 Last week we had only one ...., which is a new record.

Ⓐ absent
Ⓑ absented
Ⓒ absentee
Ⓓ absenteeism

7 The dietician will concentrate on how patients can improve their ....

Ⓐ nutriment
Ⓑ nutrition
Ⓒ nutritious
Ⓓ nutritionist

8 The new health insurance covers up to a total of 100 hours of ....

Ⓐ counsel
Ⓑ counselor
Ⓒ counseling
Ⓓ counseled

9 An employee's well-being is often related to their ....

Ⓐ occupy
Ⓑ occupation
Ⓒ occupational
Ⓓ occupant

10 We really suffered from the .... of Jenny as captain of our sports team when she moved to a new department.

Ⓐ lose
Ⓑ loss
Ⓒ loose
Ⓓ lost

Exercice 15 Les synonymes

▶ *Corrigé p. 320*

Complétez la grille de mots croisés par un mot qui correspond à chaque définition.

1 healthful (food, meal)
2 running at a slow pace to keep fit
3 giving advice
4 a medicated cream
5 the state of being happy, healthy or prosperous (*nom composé*)
6 well designed for good posture and easy use
7 a choice of food which is healthy (*2 mots*)
8 able to recover quickly from shock or misfortune

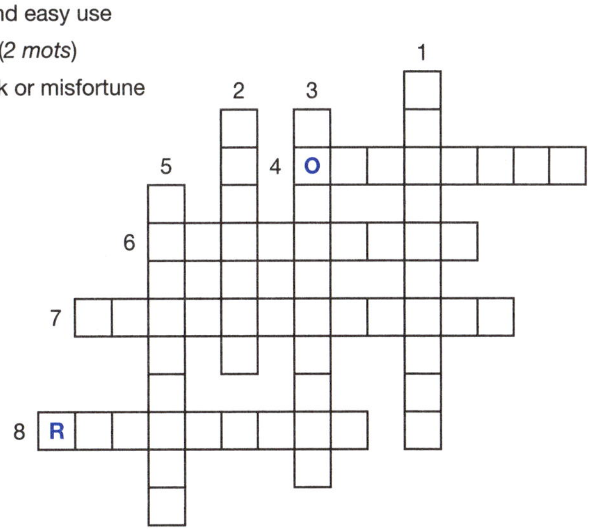

LISTENING TEST

Health Part 1

Part 6 – Piste 57

▶ Corrigé p. 321

1 Ⓐ Ⓑ Ⓒ Ⓓ

Health Part 2

Part 6 – Pistes 58-62

▶ Corrigé p. 321

2 Ⓐ Ⓑ Ⓒ
3 Ⓐ Ⓑ Ⓒ
4 Ⓐ Ⓑ Ⓒ
5 Ⓐ Ⓑ Ⓒ
6 Ⓐ Ⓑ Ⓒ

Health Part 3

Part 6 – Pistes 63-64

▶ Corrigé p. 322

7 Where was the man this morning?
(A) With a doctor
(B) With the Human Resources manager
(C) In a staff meeting
(D) At a furniture store

8 What will be changed for the man?
(A) His work schedule
(B) His office
(C) His furniture
(D) His salary

9 What will the woman probably do?
(A) Go to a staff meeting
(B) Try to see the doctor
(C) Buy a new mouse
(D) Ask for a promotion

Health Part 4

Part 6 – Pistes 65-66

▶ Corrigé p. 323

10 Who most likely is speaking?
(A) A pharmacist
(B) A physical therapist
(C) An optician
(D) A physician

11 Look at the graphic. Which item will be more expensive than announced in the estimate?
(A) The eye test
(B) The frames
(C) The lenses
(D) The cost of labor

12 When will the order be ready to be picked up?
(A) In a month
(B) In two weeks
(C) In a week
(D) In less than a week

Price list	
– Eye test	$ 30
– Frame	$100
– 2 lenses @ $80/lens	$160
– Labor	$ 40

Go on to the next page

READING TEST

Health Part 5

▶ Corrigé p. 324

Select the best answer to complete each sentence.

13 Easy .... for employees with disabilities can be found at the side of the building.
(A) access
(B) accessible
(C) accessed
(D) accessibility

14 Make sure you read the .... carefully before starting the treatment.
(A) leaf
(B) leafed
(C) leaves
(D) leaflet

15 Not getting enough sleep can be .... to your health.
(A) risk
(B) danger
(C) hazard
(D) hazardous

16 Time must be set aside this month for employees to .... eyesight tests.
(A) carry out
(B) undergo
(C) obtain
(D) participate

17 The researchers are studying the .... effects of too much caffeine.
(A) detrimental
(B) beneficial
(C) unhealthily
(D) harmed

Health Part 6

▶ Corrigé p. 325

Questions 18-21 refer to the following article.

Be a healthy traveler!

You are on a plane almost every week and then you spend your time .... (18) in unknown hotel beds and eating in restaurants. How can you stay healthy when traveling on business?

Dr. Ross of the Healthy Lifestyle Clinic here in Philadelphia gives the following recommendations:

- On the plane, be sure to stay hydrated. Drink lots of water and avoid drinking coffee or tea, ... (19) it's green tea.
- Look for the vegetarian alternative. The problem with eating restaurant food constantly is that it results .... (20) a very meat-heavy diet. Try to cut down on the meat by choosing a vegetarian dish, or at the very least make sure you order vegetables instead of the inevitable fries.
- Take your pillow. Sleeping in a bed that is not your own can lead to disrupted sleep patterns and can leave the business traveler exhausted the following day. .... (21). So keep a little space in your luggage for your own pillow. You won't regret it!

18 (A) sleep
(B) to sleep
(C) sleeping
(D) slept

19 (A) until
(B) whereas
(C) since
(D) unless

20 (A) to
(B) on
(C) in
(D) with

21 (A) Traveling with your family is difficult.
(B) This is particularly true when traveling in different time zones.
(C) Meetings are getting longer and longer.
(D) People often ask him how to combat fatigue.

Health Part 7

▶ Corrigé p. 326

Questions 22-26 refer to the following article and letter.

1

A growing number of U.S. businesses are implementing well-being initiatives at work. These more comprehensive health and productivity programs tackle elements such as the workforce's emotional and mental health, social connectivity, financial education, sense of fulfillment on the job, and many other aspects.

Workplace health and well-being programs not only impact employees' wellness, they can also lead to a significant increase in team engagement, cohesiveness and overall productivity. According to research, a healthy and happy workforce can reduce costs by more than $16 000 per employee, with reduced leave days caused by disability or unplanned sickness. And these measures only cost the employer an average of $600 per staff member per year.

2

To the Editor:

Having read the article on well-being initiatives in the workplace, I would like to comment on new practices where I work. First of all, my employer offers an on-site fitness program. Employees who wish to participate in the professional gym classes are given the opportunity to do so during normal working hours without being penalized time-wise. Around 200 employees attend these sessions regularly. Our company also offers flexible work arrangements. Employees can start and finish their working day when they need to, as long as they fulfill their quota of hours over the period of a month. Our company has also dedicated a room where people can go to relax or meditate at any time of the day. Finally, there are important accommodations for new parents, be they a mother or a father. Extra time off is given for new parents to bond with their baby, and the company is extremely tolerant of days taken off to look after sick children.

All of these things have completely changed the corporate culture here, making it easy to stay healthy both mentally and physically.

By the way, there is an error in your article. I was part of a think-tank on this subject and we found that the cost reduction due to healthier staff is not $16 000, as you state, but $1 600. That is without taking into account the $600 invested by the employer in each employee's well-being.

Sincerely,
Kath Redmayne

22 Which of the following would be the best title for the article?

(A) Illness Costs Money
(B) The Benefits of a Healthy Staff
(C) Accommodations for Clients with Disabilities
(D) Workplace Sports Programs Triumph

23 Why did Ms. Redmayne mainly write the letter?

(A) To support the article by giving examples
(B) To complain about her company
(C) To contradict the article
(D) To correct an error

24 In the article, the word "cohesiveness" in paragraph 2, line 4, is closest in meaning to:

(A) efficiency
(B) interaction
(C) solidarity
(D) dissolution

25 How much can employers save by having healthy employees?

(A) $200 per person per year
(B) $600 per person per year
(C) $1 600 per person per year
(D) $16 000 per person per year

26 What well-being practice is NOT mentioned in the letter?

(A) Doing sports
(B) Working flexible hours
(C) Working from home
(D) Meditating

PRÉSENTATION

- **Nature de l'épreuve :** épreuve écrite, sous forme de QCM
- **Nombre de questions :** 15 séries de 2 à 5 questions, 54 questions en tout
- **Durée approximative :** entre 45 et 50 minutes
- **Déroulement du test :** vous lisez un ou plusieurs textes et répondez aux QCM associés.
- **Spécificités :** les textes sont variés : lettres, courriels, SMS, publicités, articles de presse, tarifs... Le nombre de textes et de questions est progressif : **dix textes uniques** avec 2 à 4 questions chacun ; puis deux séries de **deux textes** et trois séries de **trois textes** sur un même sujet (5 questions par série).

Exemple de texte et de question

MEMO

As you know, we have recently had several regrettable incidents involving the staff parking lot.
May I remind you all that we have two parking lots at the disposition of our company personnel?
However, only the closest parking lot is equipped with visitor parking places.
We have recently received complaints that these spaces are often occupied by unauthorized persons.
I would therefore like to take this opportunity to ask you all to be more vigilant in this matter and to adhere to company regulations and policies from now on.
Thank you for your cooperation.

155 What should staff members do?
(A) Park in the closest parking lot
(B) Apply for parking authorization
(C) Leave the visitor spaces free
(D) Complain about parking spaces

Qu'est-ce que le personnel est censé faire ?
(A) Se garer dans le parking le plus proche
(B) Demander une autorisation pour se garer
(C) Ne pas utiliser les places réservées aux visiteurs
(D) Se plaindre au sujet des places de parking

DIFFICULTÉS – CONSEILS POUR RÉUSSIR

1. La gestion du temps

- Il faut avoir répondu le plus vite possible aux questions des Parts 5 et 6 car Part 7 est longue ; vous devez lire les textes, les comparer quand il y en a plusieurs, et y chercher des informations précises pour répondre.
- La difficulté principale réside dans le volume de documents à lire.

Il est souvent inutile de lire tout le texte. Lisez en premier le titre du document, la date, l'expéditeur et le destinataire des mails, lettres et factures. Lisez ensuite la 1re phrase de chaque paragraphe pour voir de quoi il s'agit.

Une autre méthode consiste à lire la 1re question, puis lire le texte à partir du début jusqu'à trouver la réponse. Ensuite, reprenez la lecture là où vous vous êtes arrêté la première fois, etc. En général, les questions suivent l'ordre où l'on trouve les réponses dans le texte.

Tip!
En fin de Part 7, les questions sont plus difficiles : vous serez obligé de lire les documents en entier et les comparer entre eux pour choisir la bonne réponse.

2. Les types de questions

- Pour les questions de **compréhension d'une situation**, on peut parfois prédire où se trouve la réponse dans le texte.

Ex. : *Why did Ms. Kim write the e-mail?*

Il est fort possible que la réponse se trouve dans la première phrase.

- Des questions comportent le mot **NOT**. Ex. : *Where can the staff NOT park?*

Le *NOT* est signalé en majuscules pour qu'on le remarque ! Si vous lisez trop vite en faisant abstraction du *not*, vous perdrez du temps à chercher une information sans la trouver et risquez de mal répondre.

- Des questions demandent de **placer une phrase** dans un des quatre endroits indiqués (textes uniques seulement). D'autres portent sur la **compréhension d'une expression** ou demandent de choisir le **synonyme** d'un mot du texte.

Ex. : *What did Mrs. Kram mean when she said "in the long run" in paragraph 2?*
Which word is closest in meaning to "adhere" in line 5?

3. Les documents multiples

- Dans les documents doubles ou triples certaines données peuvent évoluer d'un document à l'autre (une date de voyage modifiée, un tarif revu à la hausse ou à la baisse).

Pour trouver le renseignement le plus actuel, il faut établir la relation entre les différents textes. Qui les a écrits ? Quand ? Le 2e document apporte-t-il un correctif au premier ? Si vous pensez trouver la réponse à une question dans un document, vérifiez que les autres ne le contredisent pas.

LA PROGRESSION DE LA DIFFICULTÉ DANS PART 7

1. Les documents uniques

- Les documents proposés dans ce chapitre sont conçus pour vous aider à améliorer votre compréhension globale, et surtout votre **capacité à lire en diagonale** afin de trouver rapidement les réponses dans le document et ainsi **gagner du temps**.
- Avant de répondre au premier exercice intitulé « Le vocabulaire » après chaque texte, essayez de prédire quels mots pourraient compléter le texte présenté.

Un document *Answer the questions which refer to the following voucher*

- Il faut comprendre le document en détail pour ce type de texte (un bon) car les questions porteront sur une donnée précise (un chiffre, une date, un produit).

Tip!
Nous présentons les consignes en anglais pour vous familiariser avec les noms des divers types de documents.

Come on down to S-Mart Grocery Store this Sunday and BUY ONE GET ONE .... !

.... this voucher at your local S-Mart and get two identical items for the .... of one.

Offer .... to foodstuffs only.

Offer does not apply to beverages.

Expires February 15

Exercice 1 Le vocabulaire

▶ Corrigé p. 328

Complétez le texte du bon en utilisant les mots suivants.
applies – free – price – present

Exercice 2 La compréhension

▶ Corrigé p. 328

Choisissez la bonne réponse à ces questions sur le document précédent.

1 What can you NOT buy using this voucher?
(A) Frozen meals
(B) Snacks
(C) Fresh produce
(D) Bottles of soda

2 What will happen on February 16?
(A) You can get two cans of tuna for the price of one.
(B) The voucher will no longer be valid.
(C) The special offer will start.
(D) You cannot go shopping at S-Mart.

Tip!
Les réponses à ces deux questions se situent dans les deux dernières phrases du document !

Un document *Answer the questions which refer to the following advertisement*

> **Eazy Chairs is pleased to announce their annual sale!**
>
> - Three weeks of demented deals, insane incentives to buy and super savings!!!
> - Markdowns **30%** or more.
> - Buy all your office furniture needs before prices go back up.
>
> **RUN**, don't walk to **Eazy Chairs**.
>
> Sale ends May 1st.

Tip!
Il est facile de repérer les dates, chiffres et pourcentages dans un texte sans le lire en entier.

Exercice 3 Les synonymes

▶ *Corrigé p. 328*

Trouvez le synonyme des mots suivants dans la publicité.

requirements ....
happy ....
purchase ....
motivations ....

Exercice 4 La compréhension

▶ *Corrigé p. 328*

Choisissez la bonne réponse à ces questions sur la publicité.

1 Which reduction will you NOT find in the sale?
(A) 20% off
(B) 30% off
(C) 40% off
(D) 50% off

2 What period does the sale cover?
(A) The first three weeks of May
(B) The last three weeks of April
(C) The last 2 weeks of April and the first week of May
(D) The last 2 weeks of April and the first 2 weeks of May

3 Which word is closest in meaning to 'go back up' in line 8?
(A) decrease
(B) change
(C) skyrocket
(D) increase

Tip!
Les habitudes sont parfois différentes aux États-Unis. Par exemple, n'écartez pas « dimanche » pour répondre à une question telle que *When is the shop having a special sale?* car les magasins sont souvent ouverts le dimanche aux USA.

Un document *Answer the questions which refer to the following article*

MORE PRICE INCREASES

Zapp Electricity has announced that the price of electricity will .... again next month.

The company said that it was leaving gas prices .... but that its standard electricity tariff will rise by 12.5% from 15 September.

For a typical household on dual fuel, the .... annual bill will therefore increase by 7.3% or $76, affecting over two million customers.

Zapp last .... prices two years ago and chief executive Marty Guzman said on Tuesday that some costs had risen .... since then, including "government policies to subsidize renewable energy, and the nationwide installation of smart meters".

"We held off increasing prices for as long as we could in order to protect our customers from rising costs, so it is a difficult decision to have to announce an increase in electricity prices," he said.

Exercice 5 Le vocabulaire

▶ *Corrigé p. 329*

Complétez l'article de journal avec les mots suivants.
steadily – average – raised – go up – unchanged

Exercice 6 La compréhension

▶ *Corrigé p. 329*

Choisissez la bonne réponse à ces questions sur l'article de journal.

1 What will happen next month?
(A) Gas prices will increase.
(B) Electricity prices will increase.
(C) Gas and electricity prices will increase.
(D) An increase in fuel prices will be announced.

2 When was the previous price rise?
(A) On Tuesday
(B) In September
(C) Last year
(D) Two years before

3 By how much will electricity increase?
(A) 7.3%
(B) 12.5%
(C) 15%
(D) 76%

4 What does Mr. Guzman mean when he says "We held off increasing prices for as long as possible" in the last paragraph?
(A) They tried to decrease the price.
(B) They will certainly increase the price of fuel.
(C) They delayed the increase.
(D) They don't want to announce the price increase.

Un document *Answer the questions which refer to the following invitation*

Dear Friends,

[1] You are cordially invited to attend a celebration dinner on Tuesday, April 7 at the Birmingham Graduate Club.

[2] Golden Voices, the award-winning a capella singing group is celebrating their 10th anniversary. **[3]** In addition, we would like to present our new sponsor, whose identity we have been keeping for this special event.

Reception at 6:00 P.M. on the garden patio.

Followed by dinner at 7:00 P.M. in the Platinum Lounge.

Golden Voices will give a mini concert between the main and dessert courses. **[4]**

If you wish to attend, please RSVP on or before April 1.
Call Morgane at 555-753-5357
or e-mail goldenvoices@birmingham.edu.
Seating is limited!

Exercice 7 Le vocabulaire

▶ Corrigé p. 330

Trouvez la traduction des mots suivants dans l'invitation.

assister à ....
récompensé ....
mécène ....
terrasse ....
plats ....

Exercice 8 La compréhension

▶ Corrigé p. 330

Choisissez la bonne réponse à ces questions sur l'invitation.

1 What should you do if you wish to attend the dinner?
(A) Arrive at 6 P.M.
(B) Book a restaurant
(C) Inform the organizer
(D) Be prepared to sing

2 What surprise is planned?
(A) A prize will be awarded.
(B) A vocal group will sing.
(C) A name will be announced.
(D) A special guest will speak.

3 In which of the positions marked [1], [2], [3] and [4] does the following sentence best belong?
"What's to celebrate?"
(A) [1]
(B) [2]
(C) [3]
(D) [4]

Tip!
Pour cette question, il faut lire tout le document afin de placer la phrase en fonction de ce qui précède ou ce qui suit.

Un document Answer the questions which refer to the following e-mail

From:	Human Resources director
To:	Managers
Re:	Team Building Activity

Dear all,
Our annual team building weekend is fast approaching. After last year's .... , you will be pleased to learn that this year we will be spending the weekend at the coast!
We have a fun variety of activities planned, some running about in the dunes, some baking, some more sport to burn off the calories after eating what you baked! I'm sure that everybody will enjoy themselves this year.
Please bring formal .... for the Saturday evening dinner, which will be hosted at the very exclusive Atlantic City Carrington Resort. Also note that some light sporting activities are planned, so bring .... clothing for the rest of the weekend.
Please find attached the .... for the weekend.
If you have any .... restrictions or any questions, please feel free to drop by my office.
Helen

Exercice 9 Le vocabulaire

▶ Corrigé p. 331

Complétez le courriel avec les mots suivants.
dietary – attire – fiasco – appropriate – schedule

Exercice 10 La compréhension

▶ Corrigé p. 331

Choisissez la bonne réponse à ces questions sur le courriel.

1 Who probably received this e-mail?
(A) Only Helen's department
(B) All the employees in the company
(C) All the managers of the company
(D) Only the team members of one department

2 What is implied about last year's event?
(A) Everybody enjoyed it.
(B) It was held on the coast.
(C) It was the first time they had a team-building event.
(D) It was a disaster.

3 What will participants need to bring?
(A) Formal clothing
(B) The schedule
(C) Baking ingredients
(D) Sports equipment

4 What does Helen mean when she says "feel free to drop by" at the end of the e-mail?
(A) Come to see me when you like.
(B) Please make an appointment to see me.
(C) Please bring me a document.
(D) Stop all work when you like.

Tip!
Si vous ne connaissez pas le sens d'une expression, vous pouvez souvent le déduire en observant le contexte : le texte exprime-t-il un sentiment positif ou négatif ? un ordre ou une interdiction ?

2. Les documents doubles

Deux documents *Answer the questions which refer to the following receipt and questionnaire*

Exercice 11 Lire en diagonale

▶ Corrigé p. 332

Lisez les deux questions, puis essayez de repérer rapidement les réponses dans les documents qui suivent.

1 La livraison est-elle offerte ?

2 Globalement, la cliente est-elle satisfaite ?

> **Tip!**
> Pensez-vous trouver le prix de la livraison dans le 1er ou dans le 2e document ? En haut ou en bas ? « Scannez » les documents pour trouver le mot-clé.

1

Buy Better Supermarket	
Milk, 1 gallon	$ 2.32
Soft cheese	$ 1.25
Frozen pizza, 3@$4.20	$12.60
Gala apples, 1 lb	$ 0.60
Eggplant	$ 1.99
Zucchini	$ 0.99
Shower cleaner	$ 3.55
Subtotal	$23.30
Delivery	$ 5.00
Total	**$28.30**
(Total includes $2.11 taxes)	

2

Buy Better Supermarket Delivery Service

- Thank you for taking the time to complete this survey. Your feedback is invaluable and will help us improve our service.

1. Was it your first order?	(Yes)	No
2. How much did you spend?	$28.30	
3. Were you happy with the quality of the produce?	(Yes)	No
4. Were you happy with the quality of the meat?	Yes	No
5. Were you happy with the quality of the dairy products?	(Yes)	No
6. Did you think there were enough delivery times?	(Yes)	No
7. Which time did you choose?	5 - 6	

8. Was the delivery... Early? On time? (A little late?) Very late?

Overall rating: Very satisfied Satisfied (Somewhat unsatisfied) Very unsatisfied

- Comments: *My order included some temperature-sensitive items. When the delivery arrived (late), they were defrosting already so I could not put them into my freezer. Luckily, they were for this evening's dinner, so I was able to use them immediately. The delivery person explained that she was late due to traffic problems, which happens, but I think the packaging was inadequate. Also, the apples were missing from my order. Otherwise, the products were of high quality.*

- Optional

Name: Anita Kerkhoven
E-mail: anita.kerkhoven@wspc.com
Customers who leave us their name and e-mail address will receive a $5 coupon for their next delivery.

Exercice 12 Le vocabulaire

▶ Corrigé p. 332

Trouvez la traduction des mots suivants dans les deux documents qui précèdent.

courgette ....
décongeler ....
fruits et légumes (1 mot) ....
laitier ....
aubergine ....
un peu ....

Exercice 13 La compréhension

▶ Corrigé p. 332

Choisissez la bonne réponse à ces questions sur les deux documents qui précèdent.

1 What is the purpose of the first document?
(A) To give a recipe
(B) To ask for payment
(C) To give proof of purchase
(D) To confirm receipt of goods

2 How much did Anita spend on frozen food?
(A) $4.20
(B) $12.60
(C) $16.80
(D) $23.30

3 Why didn't Anita answer question 4?
(A) She was not happy with the meat.
(B) She hasn't eaten the meat yet.
(C) She didn't buy any meat.
(D) She didn't receive the meat she ordered.

4 What was NOT a problem?
(A) The amount of fruit delivered
(B) The punctuality of the delivery
(C) The state of the pizzas
(D) The quality of the dairy products

5 What does Anita suggest about the delivery service?
(A) The delivery should not have been late.
(B) The products were not protected well enough.
(C) There were not enough delivery times.
(D) The delivery cost is too high.

Tip!
Pour répondre à cette question fréquente, il suffit souvent de lire la première ou les deux premières phrases d'un document.

Deux documents *Answer the questions which refer to the following schedule and e-mail*

Exercice 14 Lire en diagonale

▶ Corrigé p. 333

Lisez les deux questions, puis essayez de repérer rapidement les réponses dans les documents.

1 Trouvez deux modifications apportées au planning original.

2 Combien de pauses sont prévues pendant la journée ?

> **Tip!**
> Cherchez les mots-clés *recently, just, lately...*

1

IT DEPARTMENT TRAINING DAY

Thursday 17th April

8.30 – 9	Welcome coffee and program for the day with IT department head	
9 – 10.45	Choosing the right software for your client	Jack Staub
Coffee break		
11 – 12.30	Workshop – Understanding the client's specifications	Alison Mumraz
Lunch in staff canteen		
2 – 4	Workshop – practical programming	Romano Vargas
4 – 5	Feedback and questions	Meg Cherwell

2

From: Meg Cherwell
To: IT department staff

Dear all,

As you know, our quarterly training day takes place tomorrow. There have however been a few modifications made to the schedule that was circulated recently.

The start-of-day coffee will still be hosted by myself, as planned. It will however start fifteen minutes later and the whole morning will be affected by this delay. Afternoon events will be back on schedule again after the end of lunch.

As Romano Vargas's wife has just given birth to their first child (congratulations, Romano!), Jack Staub will take on his workshop, in addition to his own presentation.

Have a good evening and see you all tomorrow, bright and early!
Meg

Exercice 15 La compréhension

▶ Corrigé p. 334

Choisissez la bonne réponse à ces questions sur les deux documents qui précèdent.

1 Who is head of the IT department?
(A) Jack Staub
(B) Alison Mumraz
(C) Romano Vargas
(D) Meg Cherwell

2 How many training days per year does the company provide?
(A) 1
(B) 2
(C) 3
(D) 4

3 Which activity will be shorter than planned?
(A) Jack Staub's presentation
(B) Lunch
(C) The programming workshop
(D) The feedback session

4 Who will give the afternoon workshop?
(A) Jack Staub
(B) Alison Mumraz
(C) Romano Vargas
(D) Meg Cherwell

5 In document 2, second paragraph, the expression "on schedule" is closest in meaning to:
(A) delayed
(B) scheduled
(C) as planned
(D) estimated

Deux documents *Answer the questions which refer to the following article and brochure*

Exercice 16 Lire en diagonale

▶ *Corrigé p. 335*

Lisez les deux questions, puis essayez de repérer rapidement les réponses dans les documents qui suivent.

1 Regardez le document 2. De quoi s'agit-il ?

2 Qui est Gina Hidalgo ?

> **Tip!**
> Essayez de trouver la réponse à la question 2 simplement en survolant les documents.

1

GRYPHON CONDOMINIUM GROUP TO INAUGURATE NEW APARTMENT COMPLEX

By Dawne Cooley

The Gryphon Condominium Group, one of the largest property development consortiums in the downtown Miami area, has announced the grand opening of its newest apartment complex. The Orange Grove Apartments complex will be unveiled to the public this Friday with the Mayor of Miami in attendance. Already major players in the market for building primarily for young urban professionals and the first-time homeowner sector, Gryphon announced that, with their newest apartment complex, they are aiming for new concept altogether.

"Low-energy housing is the future," said Gina Hidalgo, chief architect for the Gryphon Group.
"We tried to build somewhere that is user-friendly and yet still a fun place to live in, with all those lifestyle options that the buyer would associate with a Gryphon property. So we still have the marina and the clubhouse, sure, but we have totally re-thought how to provide power for all our facilities without compromising our low-energy ideal. Solar panels, wind turbines and geothermal energy exchange are our solutions."

Certainly, with the downtown commercial and residential real estate market in Miami in full expansion at this time, there is an increasing demand for housing which requires a minimum of energy usage in order to air-condition them in Miami's rigorous climate. Gryphon stands to become the biggest player in a lucrative sector that shows no signs of slowing down.

2

ORANGE GROVE APARTMENTS – Prime Real Estate in Miami's Downtown Area
The Gryphon Group Invites You to Come See Their New Look!

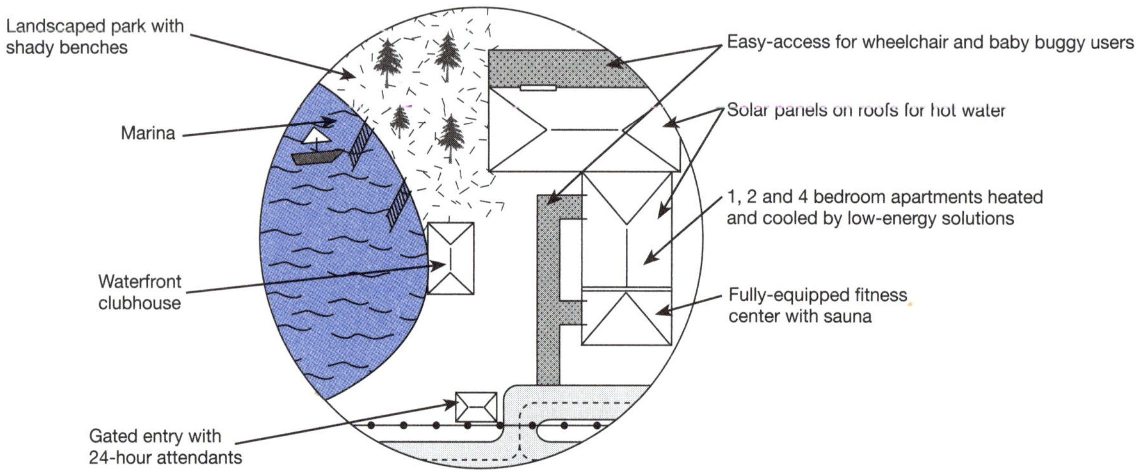

Call for information: 555-554-5454
5863 Orange Grove Boulevard, MIAMI 09800

Exercice 17 Le vocabulaire

▶ Corrigé p. 335

Trouvez un synonyme des mots suivants dans les deux documents qui précèdent.

revealed ....
mainly ....
completely ....
accommodation ....
harsh ....
renter ....

Exercice 18 La compréhension

▶ Corrigé p. 335

Choisissez la bonne réponse à ces questions sur les deux documents qui précèdent.

1 What sort of company is Gryphon Condominium Group?
(A) A real estate agency
(B) A property developer
(C) An architecture consultancy
(D) A homeowner association

2 How is water heated for the apartments?
(A) By burning wood
(B) By the wind
(C) By the sauna
(D) By the sun

3 What is NOT true according to the article?
(A) The Mayor will be present at the opening.
(B) Gryphon is a new company.
(C) The complex aims at using a minimum of energy.
(D) The complex is in the center of Miami.

4 According to the brochure, where is the clubhouse?
(A) Next to the fitness center
(B) In the middle of the park
(C) Opposite the entrance
(D) By the marina

5 In document 1, last paragraph, the word "lucrative" is closest in meaning to:
(A) declining
(B) profitable
(C) sensitive
(D) renewable

Tip!
Il y a plusieurs niveaux de difficulté dans ces questions ; dans le test ***TOEIC®***, il est rare que toutes les questions d'une série soient difficiles.

Deux documents *Answer the questions which refer to the following letter and invoice*

Exercice 19 Lire en diagonale

▶ *Corrigé p. 337*

Lisez les trois questions, puis essayez de repérer rapidement les réponses dans les documents qui suivent.

1 Quel est le rapport entre Mme Micelli et M. Hendricks ?
2 Qu'est-ce qui s'est passé ? Quand ?
3 Quel est le problème avec la société de M. Hendricks ?

1

Policy Number: 256 B O392
Name of Insured: ABD Services Ltd
Address of Insured Property: 2 Geese St, Miami
Date: February 9

Dear Mr. Hendricks,

The purpose of this letter is to request full reimbursement for our company premises which were destroyed on August 10th by fire. The total value of repairs and items that were deemed a total loss is $380,000. As you know, we have answered every request for information. We have made the premises available for inspection multiple times and cooperated fully in providing documentation of our losses.

We understand that Florida Union's policy is to hold back full payment until after we replace each item and submit receipts.
However, we are anxious to put this painful experience behind us, get back on our feet and start doing business again. Having to continually submit receipts to your company and wait for reimbursement seems unfairly time-consuming and complex in our current situation.

We are therefore asking Florida Union to pay a lump sum upfront instead of reimbursing each new item purchased.

I look forward to Florida Union's timely response. Thank you for your anticipated cooperation in this matter.
Sincerely,

Michelle Micelli, CEO
ABD Services Ltd

2

Florida Union
St Petersburg
Policy number: 256 B O392
Policy period: From 03/15/20-- to 03/14/20--
Insured: ABD Services Ltd, 2 Geese St, Miami

Premises covered by insurance: as above
Coverage is provided if payment is received on or before policy renewal date.
Flood coverage is not provided as a part of this policy.

- SECTION ONE COVERAGE:

A. Building	$ 250,000
B. Other structures	nil
C. Contents	$ 125,000
D. Loss of use	$ 56,000

- SECTION TWO COVERAGE:

A. Personal liability (coverage for bodily injury and property damage sustained by others on your property.)	$ 100,000
B. Medical payments (see annex)	$ 10,000
- LOSS ASSESSMENT:	$ 1000
- ANNUAL PREMIUM:	**$ 1,680**
Coverage has been increased in order to keep up with rising replacement costs. Your premium change is:	+$ 230

Exercice 20 Le vocabulaire

▶ Corrigé p. 337

Trouvez la traduction des mots suivants dans le premier document p. 190.

chronophage, très long ....
retenir *(verbe à particule)* ....
jugé, estimé ....
à l'avance ....
dans les meilleurs délais ....
versement unique *(2 mots)* ....

Exercice 21 La compréhension

▶ Corrigé p. 337

Choisissez la bonne réponse à ces questions sur les deux documents qui précèdent.

1 What type of business is Florida Union?
(A) A medical center
(B) A consultancy firm
(C) An insurance company
(D) A real estate company

2 How long has Ms. Micelli been waiting for payment?
(A) About 2 months
(B) About 6 months
(C) About 9 months
(D) About one year

3 How does Ms. Micelli probably feel?
(A) relieved
(B) angry
(C) reassured
(D) sincere

4 How much did Ms. Micelli pay for the insurance?
(A) $230
(B) $1000
(C) $1680
(D) $2680

5 What is NOT covered by the insurance policy?
(A) Flood damage
(B) A garage
(C) Damage to the building
(D) Damage to contents

3. Les documents triples

Trois documents *Answer the questions which refer to the following online chat, instruction manual and review*

Exercice 22 Lire en diagonale

▶ *Corrigé p. 338*

Lisez les questions, puis essayez de repérer rapidement les réponses dans les documents qui suivent.

1 Quel est le thème des documents ?

2 Qui sont les interlocuteurs ?

Tip!
La difficulté réside dans le nombre de documents à consulter. Il faut vite établir le rapport entre eux afin de savoir dans lequel vous allez trouver le renseignement nécessaire pour chaque réponse.

1

– Hi. I'm Anita. How can I help you today?
– *Hi, I was using my Brewster coffee machine and it stopped working.*
– Can you tell me exactly what happened?
– *I put the coffee in, then poured in the water. When I tried to turn it on, the light didn't come on.*
– Did you check if the machine is plugged in?
– *Yes it is.*
– And you put the coffee in before the water?
– *Yes.*
– Did you clean the filter? It needs clearing out periodically.
– *No, I didn't know you were supposed to do that. It doesn't say so in the manual.*
– I'm sorry, we had a batch which had the wrong instructions included. You must have bought one of those.
If you can scan and send us a copy of your warranty by e-mail, we will issue a full refund of your money.
– *I'd prefer a replacement.*
– If you send us a registered letter requesting a replacement, it is possible.
– *OK, thanks for your help.*
– My pleasure.

2

Brewster Coffee Maker Manual
How to make a great cup of coffee:
1) Place the correct amount of coffee in the ....
2) Add the appropriate quantity of water. Do not .... the red line.
3) Push the button.
4) Wait four minutes and enjoy your great cup of Brewster coffee!

Safety Instructions
To clean, ... gently with a soft cloth.
Do not submerge in water.
Do not use if cord is damaged.
Do not .... to open base.
Use in well-ventilated area.
2-year warranty will automatically become .... if these safety instructions are not followed.

3

****** stars**

I gave the Brewster after-sales service 4 stars out of five. The after-sales staff member who helped me was polite and efficient. She found a solution almost immediately. I took one star off simply because I found it strange that the company proposes a refund rather than a replacement. If you want a replacement for a faulty article, you have to specify that in a registered letter, which of course costs money. But I chose that option because I was very satisfied with the product. Still waiting for it to arrive.

Exercice 23 Le vocabulaire

▶ Corrigé p. 338

Complétez le deuxième document à l'aide des mots suivants.
void – recipient – wipe – exceed – attempt

Exercice 24 La compréhension

▶ Corrigé p. 339

Choisissez la bonne réponse à ces questions sur les trois documents qui précèdent.

1 What caused the problem?
(A) The client put the water in first.
(B) The client put too much water in.
(C) The client didn't clean part of the machine.
(D) The client didn't plug in the machine.

2 Which of the following actions will NOT cancel the warranty?
(A) Trying to open the machine.
(B) Using the machine when it is damaged.
(C) Using the machine in an enclosed space.
(D) Wiping the machine.

3 Why did the client give a less than perfect score?
(A) The helpdesk staff member was rude.
(B) He didn't want to spend money.
(C) He was not happy with the coffee maker.
(D) He found the process too long.

4 What will probably happen next?
(A) The client will receive a package.
(B) The client will receive a refund.
(C) The client will receive a registered letter.
(D) The client will scan a warranty card.

5 In the review, the word "faulty" is closest in meaning to:
(A) guilty
(B) expensive
(C) defective
(D) undelivered

Tip!
Pour répondre aux questions qui demandent ce qui va probablement se passer ensuite, cherchez les phrases qui commencent par *I'll* ou autre forme future, ou les demandes polies *(can you..., may I...)*.

Trois documents *Answer the questions which refer to the following entry form, e-mail and attachment*

Exercice 25 Lire en diagonale

▶ Corrigé p. 340

Lisez les trois questions, puis essayez de repérer rapidement les réponses dans les trois documents qui suivent.

1 Quel est le thème des documents ?
2 Qui a écrit le troisième document ?
3 Quand aura lieu le prochain festival ?

1

23rd Hamelin International Children's Film Festival

PLEASE TYPE OR PRINT CLEARLY. FILL OUT ALL SECTIONS COMPLETELY.

Entry form may be downloaded online at www.hicff.org.

DESCRIPTION

Film title in English: ....*The Secret Bear*...

Original title [if different] ...... *L'ours secret*.. Title language: ....*French* ...

Country ....*France*.. Running time ...... *73 mins*..................... Year completed ......*2018* ....

Primary language of dialogue or narration ....

If not English, check one: ☐ subtitled in English ☒ no dialogue or narration

Check one: ☒ animated ☐ live-action fiction ☐ documentary

Check one: ☐ feature film (>60 mins) ☐ mid-length film (30-60 mins)

☐ short film (<30 mins)

☐ micro film (<3 minutes)

Intended age range for the audience of this film is: ☐ 0-5 ☒ 6-12 ☐ 13-17 ☐ 18 and older

Brief synopsis: *Alex, aged 12, still keeps his teddy bear close to his bed every night. Thinking his friends will find him childish for doing this, he hides the bear every morning in the closet. This is the story of what Boris the Bear gets up to in the closet.*

Director's contact information: *Marjorie Stark*
9 rue Verte, Avignon, France

By signing below, the person submitting the enclosed entry to HICFF indicates that he/she holds permission for the submission and that he/she has read, understands and agrees with the HICFF Guidelines and Regulations.

x.................. *(signature)*	.... *20/12/2018*	.... *Marjorie Stark* ....
ENTRANT	Date	Printed Name

2

From: HICFF
To: Marjorie Stark
Subject: Festival participation

Dear Ms. Stark,

We thank you for your participation in this year's Hamelin International Children's Film Festival. The standards were extremely high this year and we regret to inform you that your entry was not placed.

Please find attached the Main Judge's comments on your film. These comments will be published in the next issue of the German journal *International Film Review* unless you express your opposition.

We encourage you to enter again in two years' time during the next festival. And please make sure you fill out the form completely next time!

Sincerely,

Enid Walonka,

Festival Curator

3

Title: The Secret Bear
Director: Marjorie Stark
Comments: A truly delightful animated film about the nostalgia and guilt of childhood toys.
The stop-motion animation is more than competent, the story sweet. My main criticism of the piece is that it would have worked better as a short film.
Apart from this misjudgment of timing, the story-telling is magical and even believable.
Having seen previous animation and live-action films by the same director, I think we can expect brilliant work in the future.

Exercice 26 Le vocabulaire

▶ Corrigé p. 341

Trouvez la traduction des mots suivants dans les 2e et 3e documents.

ci-joint ....
charmant ....
culpabilité ....
précédent ....
erreur de jugement ....
numéro (d'un magazine) ....
à moins que ....

Exercice 27 La compréhension

▶ Corrigé p. 341

Choisissez la bonne réponse à ces questions sur les trois documents qui précèdent.

1 What language is the film in?
(A) No language
(B) English
(C) French
(D) German

2 What category of film is Ms. Stark presenting?
(A) A micro film
(B) A short film
(C) A mid-length film
(D) A feature film

3 What does Ms. Walonka suggest Ms. Stark do?
(A) Publish the judge's comments
(B) Contact the judge for more information
(C) Enter the competition again
(D) Refuse the publication of the judge's comments

4 What is implied about Ms. Stark?
(A) That she has a good future as a film-maker
(B) That she does not know how to tell a story
(C) That she won a place in the competition
(D) That she should change animation technique

5 What did the judge say about the film?
(A) The animation was acceptable at best.
(B) The film was too long.
(C) It was a live-action film.
(D) It was the director's first film.

Trois documents *Answer the questions which refer to the following menu, review and e-mail*

Exercice 28 Lire en diagonale

▶ Corrigé p. 342

Lisez les trois questions, puis essayez de repérer rapidement les réponses dans les documents qui suivent.

1 Qui sont Theresa Tran et Sihoon Jeong ?
2 Quelle est la nature du deuxième document ?
3 Quel est le sentiment du propriétaire du restaurant ?

Tip!
Lisez toutes les questions, car on peut y trouver des indices : ici, la 3e question sous-entend que l'une des personnes est propriétaire du restaurant, ce qui aide à répondre à la 1re question.

1

Seoul Food Korean Restaurant

Kalbi	Choice beef short ribs marinated in Korean BBQ sauce. Served with rice and vegetables.	9.95
Bilgogi	Choice beef rib-eye steak sliced thin, marinated in Korean BBQ sauce. Served with rice and vegetables.	8.95
Taktoritang	Spicy braised chicken and potatoes served over rice.	8.95
Jap chae	Stir-fry glass noodles served with mushrooms.	6.95
Fried Mandoo	Fried dumplings accompanied by spicy dipping sauce.	5.95
Mandoo soup	Spicy dumpling soup with prawns and chives.	7.95
BiBimBap	Traditional Korean rice dish. Served with ten different toppings including sautéed vegetables and a fried egg.	7.95
All dishes served with kimchee.		
• Special discovery offer (evening only): Choose any 3 dishes to sample.		11.95

2

Seoul Food: Comfort food Seoul style

Theresa Tran, June 6

The new Korean restaurant in the center of town, Seoul Food, has been open now for 6 months and this was my first visit. Why?, you may ask. New restaurants often take some time to find their groove, ... a clientele and make their menu definitive. In this case, I need not have waited, as all I have heard about Seoul Food since the .... was how good it was. I was not .... Specializing in comfort food that every Korean child is brought up on, Seoul Food offers simple dishes with ultra-fresh ingredients prepared with care.

For those who are not .... with Korean cuisine, go ahead and try the special offer. You won't regret it. It is very good value for money – indeed, you get almost double the quantity of food you get when you order a single dish for only a little more money. For the record, I had the special offer with Mandoo Soup, BiBimBap and Kalbi and my dining partner ordered the chicken.

If I had to find one criticism, it would be the kimchee. A restaurant of this .... really should be offering home-made kimchee, as time-consuming as it is to make it.

3

From:	Sihoon Jeong
To:	Theresa Tran
Date :	June 7, 6.24 P.M.
Subject:	Your review

Dear Ms. Tran,

As the owner and chef of Seoul Food, I am writing to thank you for your review which appeared in last night's Melbourne Herald. Already, our bookings have tripled as if by magic. As a new restaurant, we are very reliant on word-of-mouth to establish our reputation, and your review will contribute to that.

There is however just one point that I would like to correct. We do normally offer artisanal kimchee, but due to the high cost of cabbage this winter, we were temporarily out of stock. Your visit to our restaurant coincided with the one day we had to serve inferior kimchee. But as a meal without kimchee is not a meal for a Korean, it was necessary.

Again, thank you for your positive comments. I hope to see you again soon at Seoul Food.

Regards,

Sihoon Jeong

Exercice 29 Le vocabulaire

▶ Corrigé p. 342

Complétez le deuxième document avec les mots suivants.
familiar – establish – opening – caliber – disappointed

Exercice 30 La compréhension

▶ Corrigé p. 343

Choisissez la bonne réponse à ces questions sur les trois documents qui précèdent.

1 What is suggested about the restaurant?
(A) It is inexpensive.
(B) The ingredients are sourced in Korea.
(C) The service is of high quality.
(D) It specializes in sophisticated food.

2 Why did Mr. Jeong write the e-mail?
(A) To order some kimchee
(B) To complain about a mistake in the review
(C) To justify a decision
(D) To offer a free meal

3 How much did Ms. Tran probably pay for her meal?
(A) 8.95
(B) 11.95
(C) Around 20.00
(D) Around 35.00

4 What does Ms. Tran mean when she says "I need not have waited" in document 2?
(A) She is happy she didn't go before now.
(B) It was a mistake to wait so long.
(C) She could have gone later.
(D) She needed to wait a little longer.

5 In text 3, the word "artisanal" in the second paragraph is closest in meaning to:
(A) traditional
(B) mass-produced
(C) authentic
(D) hand-made

Finance – *La finance*

1. At the bank – *À la banque*

Part 7 – Piste 67

bank clerk	guichetier, employé de banque	***overdraft***	découvert
statement	relevé de compte	***savings***	épargne
balance	solde	***ATM***	distributeur
deposit *(n / vb)*	versement / verser	***extra charges***	frais annexes
mortgage	crédit immobilier, hypothèque	***branch***	agence
money transfer	virement		
approval	accord		
currency	devise	***borrow*** *(vb)*	emprunter
funds	fonds	***lend*** *(vb)*	prêter
installment	mensualité	***withdraw*** *(vb)*	retirer
loan	emprunt	***incur*** *(vb)**	entraîner (des coûts)

* souvent à la forme passive, ex. : ***fees will be incurred***.

Exercice 1 Les mots à connaître : *At the bank*

▶ *Corrigé p. 344*

Complétez les phrases avec tous les mots de l'encadré en les conjuguant ou en les mettant au pluriel si nécessaire.

1 Money from another country (e.g. yen, rupees, the pound) is called ....
2 A .... is money you .... from the bank specifically in order to buy a house.
3 When you put money into your account*, you make a ....
4 The bank may refuse to honor an automatic payment if there are not sufficient .... in the account.
5 Before you choose a new bank, make sure you check when .... are incurred.
6 I don't have any money on me. Could you .... me some until tomorrow? Or we can drop by* an .... to .... some cash.
7 The easiest way to move money from one account to another is by ....
8 When you borrow money to buy a car or a house, you pay back* the loan progressively with an .... each month.
9 A business will .... penalties for being overdrawn*.
10 I received my monthly .... from the bank this morning and it indicates that I have put aside* more .... than I thought!
11 The account .... is the amount of money in the account, either in the red* or in the black.
12 We received .... from the bank today to take out a .... for some renovations.
13 The employee who works at a bank's front of house* is a ....
14 When you move to a new city, we make it easy for you to transfer your bank account to a new ....
15 Students are often authorized to withdraw more money than they have in their account for free. This is known as an ....

***Mots & expressions**
account : compte ***drop by :*** faire un saut ***pay back :*** rembourser ***overdrawn :*** à découvert ***put aside :*** mettre de côté ***in the red :*** dans le rouge ***front of house :*** accueil, guichet

Exercice 2 Les familles de mots

▶ *Corrigé p. 344*

Complétez chaque phrase avec le mot qui convient.

1 When he saw how huge the overdraft was, he gave his son .... look.
Ⓐ an approval
Ⓑ an approving
Ⓒ an approved
Ⓓ a disapproving

2 We are holding our annual .... next month to raise money for new hospital equipment.
Ⓐ fund
Ⓑ funds
Ⓒ fundraiser
Ⓓ funding

3 My bank offers free banking, as long as you don't go ....
Ⓐ overdraft
Ⓑ overdrew
Ⓒ overdrawn
Ⓓ drawn over

4 Banks constitute the majority of mortgage .... , although it is possible to go through a private firm.
- Ⓐ lend
- Ⓑ lenders
- Ⓒ lending
- Ⓓ loan

5 I need to find an ATM to make a ....
- Ⓐ withdraw
- Ⓑ withdrawn
- Ⓒ withdrawal
- Ⓓ overdrawn

6 We are .... experiencing a slowdown in check processing.
- Ⓐ current
- Ⓑ currently
- Ⓒ currency
- Ⓓ concurrently

7 For this type of account, you can act as a .... , but you may not withdraw money.
- Ⓐ deposit
- Ⓑ depositor
- Ⓒ deposited
- Ⓓ depository

8 The first .... is due on the tenth of the month, to be paid by direct deposit.
- Ⓐ install
- Ⓑ installer
- Ⓒ installation
- Ⓓ installment

9 Every withdrawal carried out at a rival bank's ATM .... an extra charge of $2.
- Ⓐ incur
- Ⓑ incurs
- Ⓒ incurred
- Ⓓ incurring

10 Mrs. Lee spent hours .... the company checkbook, only to see that she had forgotten one check.
- Ⓐ balance
- Ⓑ balances
- Ⓒ balanced
- Ⓓ balancing

PART 7

Exercice 3 Les synonymes

▶ Corrigé p. 344

Reliez les mots des deux colonnes pour trouver les synonymes.

overdrawn •	• save
fees •	• teller
bank clerk •	• charges
put aside •	• take out
withdraw •	• in the red

Exercice 4 Les expressions courantes

▶ Corrigé p. 344

Reliez les mots des deux colonnes pour former des expressions courantes, puis complétez les phrases avec les verbes de la colonne de gauche.

cash •	• a friend
earn •	• a check
run up •	• some money
pay off •	• on very little
pay back •	• a loan
put aside •	• interest
get by •	• a debt

1 Finally .... a loan makes you feel great!

2 Every month I .... a small amount of money into a savings account where it can .... a high rate of interest.

3 If you borrow money from a friend, try to .... all of the money as soon as you can.

4 Is it possible for a family of four to .... on the minimum wage?

5 We .... a huge debt last year when we were on holiday in Switzerland.

6 The bank was not able to .... my pay check immediately because they didn't have enough cash available in the cash register, so I deposited it instead.

2. Investments – *Les investissements*

Part 7 – Piste 68

shareholder	actionnaire	***real estate***	immobilier
stock market	bourse	***yield*** *(n / vb)*	rendement / rapporter
broker	courtier	***boom*** *(n / vb)*	boom / être en plein essor
speculator	spéculateur	***slump*** *(n / vb)*	creux / décliner
commodity	produit de base, marchandise	***dramatic***	spectaculaire
portfolio	portefeuille (d'actions)		
assets	actifs		
liabilities	passif	***diversify*** *(vb)*	(se) diversifier
equity	fonds propres	***plummet*** *(vb)*	chuter
bankruptcy	faillite	***skyrocket*** *(vb)*	flamber
interest rate	taux d'intérêt	***level off*** *(vb)*	se stabiliser

Exercice 5 Les mots à connaître : *Investments*

▶ *Corrigé p. 345*

Complétez les phrases avec tous les mots de l'encadré en les conjuguant ou en les mettant au pluriel si nécessaire.

1 When a company can no longer pay their debts, they must legally file for* ....
2 A .... is a person who buys and sells shares* and foreign currencies on the .... for their client.
3 A company's .... are the resources it has which have an economic value. On the other hand, the .... are the money the company owes*.
4 There has been a .... increase in salaries since the economy picked up*.
5 A .... is a substance or product which can be traded in large quantities, such as coffee and iron*.
6 Now is the time to invest in property*, before the .... increases. .... is a good alternative to other investments, as housing prices rarely go down*.
7 A new investor should .... their portfolio early on* and never invest all their money in one place.
8 Ms. Chang investigated the .... of the various financial products before incorporating them into her ....
9 The goal of a .... is to make a quick profit by anticipating price changes and buying or selling rapidly.
10 The cost of petrol will .... as the world's reserves run low*.
11 They got full control of the firm when they purchased 59% of the .... , thus becoming the biggest ....
12 February usually sees an improvement* in toy sales after the typical post-holiday ....
13 The price of copper is now predicted to .... , exactly the opposite of the recent .... , when it rose from $2.57 per pound to $3.19. Analysts expect the price to .... at around $2.85.

***Mots & expressions**	***file for :*** déposer une demande ***shares :*** actions ***owe :*** devoir ***pick up :*** reprendre, s'améliorer ***iron :*** fer ***property :*** immobilier ***go down :*** baisser ***early on :*** tôt ***run low :*** commencer à manquer ***improvement :*** amélioration

Exercice 6 Les familles de mots

▶ *Corrigé p. 345*

Complétez chaque phrase avec le mot qui convient.

1 You should contact your .... before making any investment decisions.
Ⓐ broken
Ⓑ broker
Ⓒ broke
Ⓓ break

2 One of our biggest .... is the money we owe the bank.
Ⓐ liable
Ⓑ liability
Ⓒ liabilities
Ⓓ reliable

3 We bought our house when .... rates were at an all-time low.
Ⓐ interest
Ⓑ interests
Ⓒ interested
Ⓓ interesting

4 The price of oil has plummeted .... since the beginning of the year.
Ⓐ drama
Ⓑ dramatic
Ⓒ dramatist
Ⓓ dramatically

5 My broker recommends .... of your portfolio to avoid losing a lot of money in one go.
Ⓐ divert
Ⓑ diverse
Ⓒ diversify
Ⓓ diversification

6 .... is a risky practice but it can bring large gains.
Ⓐ Speculate
Ⓑ Speculating
Ⓒ Speculator
Ⓓ Speculated

7 The .... that Acmon Ltd issued yesterday have all been purchased by a single mystery buyer.
Ⓐ share
Ⓑ shares
Ⓒ shared
Ⓓ sharing

8 That lawsuit nearly .... us, but we had made a deal with a partner, which protected our assets.
Ⓐ bankrupt
Ⓑ bankrupted
Ⓒ bankruptcy
Ⓓ bankrupts

9 Credit card holders are .... for any charge made to their card with their authorization.
Ⓐ liable
Ⓑ liability
Ⓒ liabilities
Ⓓ reliable

10 When acquiring real estate, examine all documents .... to avoid any future problems.
Ⓐ proper
Ⓑ property
Ⓒ properly
Ⓓ propriety

Exercice 7 Les expressions courantes

▶ Corrigé p. 345

Reliez les mots des deux colonnes pour former des expressions courantes qui vous serviront ensuite à compléter les phrases.

file for •	• bankrupt
make a •	• bankruptcy
go •	• down
close •	• loan
take out a •	• bid

1 We're going to need to .... in order to cover our start-up costs.
2 Our main competitor has .... because they .... after making a bad investment.
3 .... is a legal option when you are no longer able to honor your debts.
4 I saw that Acme Products Inc is up for sale. Shall we .... to buy it?

Exercice 8 Les synonymes

▶ Corrigé p. 345

Mettez les lettres dans l'ordre pour trouver les synonymes.

insolvent – **bpkntrua** : ....
property – **rlae teatse** : ....
fall – **pmleutm** : ....
sharp – **dartcaim** : ....
settle down – **llvee fof** : ....

3. Budgeting – *Préparer un budget*

Part 7 – Piste 69

income	revenu	***scarcity***	pénurie
disposable income	revenu disponible	***emergency fund***	fonds d'urgence
outcome	résultat	***petty cash***	fonds de caisse
financial statement	compte annuel	***discretionary***	disponible
quarter	trimestre	***sound***	sain
expenditure	dépense		
expenses	frais		
subsidy	subvention	***project*** *(vb)*	prévoir
forecast *(n / vb)*	prévisions / prévoir (un budget)	***fail*** *(vb)*	échouer
pension plan	plan de retraite	***meet expenses*** *(vb)*	couvrir les dépenses
back-up plan	plan B	***turn a profit*** *(vb)*	entraîner des bénéfices, rapporter

Exercice 9 Les mots à connaître : *Budgeting*

▶ *Corrigé p. 346*

Complétez les phrases avec tous les mots de l'encadré en les conjuguant ou en les mettant au pluriel si nécessaire.

1 Before finalizing the year's budget, try to .... what your annual sales will be. This .... should be a realistic projection, not just wishful thinking*.

2 Don't forget to budget for .... , a small fund of cash to pay for small-value purchases.

3 It is very common for new businesses to .... within the first two years, and unfortunately the owners rarely have a .... to fall back on*.

4 .... represents the amount of income remaining after a person pays for personal necessities and taxes which can be used for .... spending.

5 If your business cannot .... , you may have to dip into* your ....

6 The CFO* approved the .... , proving that the company was .... , before it was released to the press.

7 Mrs. Hutton's travel .... were higher than usual this month because she attended* a lot of conferences.

8 We will need to increase the budget for production this .... , due to the .... of our raw materials.

9 We are still waiting to discover the .... of cutting our training* budget.

10 It doesn't matter if our flagship product* doesn't .... , as long as we gain brand recognition*.

11 Contributions to the company .... are expected to boost every employee's retirement ....

12 We applied for a .... from the local government, but probably won't receive it as they are reducing their .... on this type of action.

*Mots & expressions	***not just wishful thinking :*** pas quelque chose d'irréalisable ***fall back on :*** avoir recours à ***dip into :*** entamer ***CFO (chief financial officer) :*** directeur financier ***attend :*** assister à ***training :*** formation ***flagship product :*** produit phare ***brand recognition :*** notoriété

Exercice 10 Les familles de mots

▶ *Corrigé p. 346*

Complétez chaque phrase avec le mot qui convient.

1 Our monthly .... is exceeding our expenses for the first time in five years.

Ⓐ income
Ⓑ incoming
Ⓒ come in
Ⓓ incomes

2 Farmers should stop expecting the government to .... their activity.

Ⓐ subside
Ⓑ subsidy
Ⓒ subsidize
Ⓓ subsidiary

3 We are planning cuts in .... spending to get our budget under control.

Ⓐ discreet
Ⓑ discretion
Ⓒ discretionary
Ⓓ discreetly

4 Sun Ying's .... to predict the rising price of raw materials has led to a sharp increase in production costs.
- Ⓐ fail
- Ⓑ failed
- Ⓒ failing
- Ⓓ failure

5 Spending for the last quarter has been .... at double that of the previous quarter.
- Ⓐ project
- Ⓑ projects
- Ⓒ projected
- Ⓓ projector

6 This year's budget has increased taxes, to the detriment of high income ....
- Ⓐ earns
- Ⓑ earning
- Ⓒ earners
- Ⓓ earnings

7 A .... budget allows more flexibility than a monthly one.
- Ⓐ Quart
- Ⓑ Quarter
- Ⓒ Quartered
- Ⓓ Quarterly

8 It is too early to predict the .... of our change in budget strategy.
- Ⓐ come in
- Ⓑ come out
- Ⓒ income
- Ⓓ outcome

9 Our budget did not take those .... into account.
- Ⓐ expense
- Ⓑ expensive
- Ⓒ expenditure
- Ⓓ expenses

10 When you reach the age of 67, the government considers you .... and you can collect full retirement.
- Ⓐ pension
- Ⓑ pensioner
- Ⓒ pensioned
- Ⓓ pensionable

Exercice 11 Les synonymes

▶ Corrigé p. 346

Trouvez les paires de synonymes, puis complétez chaque phrase avec l'un des mots de chaque paire (les deux mots d'une paire conviennent à chaque fois).

scarcity	**earnings**	**expenditure**	**go bankrupt**	**pension**	**shortage**
income	**forecast**	**retirement**	**fail**	**predict**	**expenses**

1 The price of flour is set to increase owing to a short-term ....
2 Economists .... an end to the recession by the end of the year.
3 Many companies .... because they neglect to establish a realistic budget.
4 You only make a profit when the total of your .... is less than your ....
5 All through his working life, Jim paid into a .... fund so he would be comfortable when he finally stopped working.

Exercice 12 Les contraires

▶ Corrigé p. 346

Reliez les mots des deux colonnes pour trouver les contraires, puis complétez les phrases avec les mots de la deuxième colonne.

discretionary •	• make a loss
turn a profit •	• unstable
income •	• succeed
sound •	• abundance
scarcity •	• mandatory
fail •	• expenses

1 Thanks to the .... of fruit this year, Granny Smith's Home-Made Jams will make a tidy profit.
2 I don't think it is wise to invest in that company. It is very ....
3 If we do not reduce our .... , we will go over budget.
4 .... spending is projected to double this year, leaving households only a small amount of money to spend on luxuries.
5 If at first you don't .... , try again!
6 Sales are up, the company will not .... this year!

4. Accounts and taxes – *La comptabilité et les impôts*

Part 7 – Piste 70

accountant	comptable	***adverse***	négatif, défavorable
bookkeeping	comptabilité, tenue des comptes	***enclosed****	ci-joint
audit *(n / vb)*	audit, contrôle / auditer, contrôler		
figures	chiffres		
cash flow	trésorerie		
tax deductions	abattements, exonérations	***owe*** *(vb)*	devoir
tax return	déclaration de revenus	***keep track*** *(vb)*	suivre, garder une trace
balance sheet	bilan	***accrue*** *(vb)*	s'accumuler
disposal	disposition	***go over*** *(vb)*	passer en revue
late fee	frais de retard	***run into*** *(vb)*	rencontrer (une situation)
payroll	masse salariale, la paie (de tous les employés)	***set aside*** *(vb)*	mettre de côté
		break down *(vb)*	décomposer (analyser)

* On utilise ***enclosed*** pour un courrier, ***attached*** pour un courriel.

Exercice 13 Les mots à connaître : *Accounts and taxes*

▶ *Corrigé p. 347*

Complétez les phrases avec tous les mots de l'encadré en les conjuguant ou en les mettant au pluriel si nécessaire.

1 Have you seen the sales .... for this month yet? – I saw them briefly, but I need some time to .... them in detail.
2 The .... clerk is responsible for making sure each employee is paid correctly at the end of the work period.
3 Being on the receiving end* of an audit often has an .... impact on company morale.
4 An ....'s job is to .... of all movement of money in a company.
5 Soo Yi helped corporations to take advantage of* U.S. .... by donating to charity.
6 A company's annual report will typically .... the year's activity into smaller parts, such as the .... statement and profit and loss statement.
7 The accounting department is responsible for classifying, analyzing and reporting financial data. .... is similar but it only records financial transactions.
8 Please find .... a check for the sum of $132.
9 You will be charged a .... if you miss the deadline for filing your ....
10 To be sure to have enough money to pay my taxes at the end of the financial year, my accountant advised me to .... 20 % of my take-home pay*.
11 Bookkeepers have to be ready at all times for an ....
12 If you .... taxes to the Internal Revenue Service*, you have several means* of payment at your .... You can pay by Internet, send a check, or even pay over the phone.
13 Late fees will .... if you don't file your taxes on time.
14 A .... is like a snapshot* of a company's financial situation. It summarizes assets, liabilities and equity at the moment of publishing.
15 Nesbit Enterprises will .... difficulty if they don't start making a profit this quarter.

Mots & expressions** ***be on the receiving end : subir ***take advantage of :*** profiter de ***Internal Revenue Service :*** service des impôts aux États-Unis ***means :*** moyen ***snapshot :*** arrêt sur image ***take-home pay :*** salaire net

Exercice14 Les familles de mots

▶ *Corrigé p. 347*

Complétez chaque phrase avec le mot qui convient.

1 We met with the .... at the end of the day to receive her feedback.
Ⓐ audit
Ⓑ audited
Ⓒ auditor
Ⓓ audition

2 Please find .... a copy of our annual report.
Ⓐ enclose
Ⓑ enclosed
Ⓒ enclosure
Ⓓ enclosing

3 You can train to become a certified .... in 6 months to one year.
Ⓐ bookkeeper
Ⓑ books keeper
Ⓒ bookkeeping
Ⓓ books keeping

4 Who is .... if the audit identifies a discrepancy?
- Ⓐ account
- Ⓑ accounting
- Ⓒ accountant
- Ⓓ accountable

5 The accountants have several powerful software tools at their ....
- Ⓐ dispose
- Ⓑ disposal
- Ⓒ disposed
- Ⓓ disposition

6 To calculate your net income, first .... your contributions from your gross income.
- Ⓐ deduce
- Ⓑ deduct
- Ⓒ deduction
- Ⓓ deductible

7 The .... of late fines now exceeds $500 and must be resolved before you order again.
- Ⓐ accrue
- Ⓑ accrual
- Ⓒ accrued
- Ⓓ accruing

8 Please make your check .... to the Internal Revenue Service.
- Ⓐ payer
- Ⓑ payee
- Ⓒ payable
- Ⓓ payroll

9 If our accountant receives the amount .... by Friday, no penalty will be incurred.
- Ⓐ owe
- Ⓑ owned
- Ⓒ owner
- Ⓓ owing

10 Our profits were .... affected by a new competitor which opened in January.
- Ⓐ adverse
- Ⓑ adversary
- Ⓒ adversely
- Ⓓ adversarial

Exercice 15 Les prépositions

▶ *Corrigé p. 347*

Complétez les phrases avec les expressions suivantes.

on the payroll – at your disposal – keep track of – over the phone – the sum of – break down into

1 How many employees does Zeelo Ltd have .... ?

2 I would rather not give you my credit card number .... I'll send it by e-mail.

3 Could you .... your monthly expenses .... weekly amounts? *(1 expression)*

4 The company will put a helicopter .... in case you have to go to Washington quickly.

5 Please send us a check by return post for .... $1200.

6 The new software will help Mr. Wilsen to .... income and expenses.

Exercice 16 Les verbes

▶ *Corrigé p. 347*

Reliez les mots des deux colonnes pour trouver les synonymes, puis remplacez les verbes en gras dans les phrases par leur synonyme.

keep track (of) •	• earmark
go over •	• separate
run into •	• encounter
set aside •	• examine
break down •	• monitor

1 In order to prepare for the audit, I would like you to **examine** the books one more time.

2 Ms. King said she had never **encountered** a problem like that before.

3 When you **separate** the budget into daily, weekly and monthly expenses, it is easier to see where the money goes.

4 That money has been **earmarked** for the office's annual outing.

5 It's no problem to **monitor** spending with the new software.

LISTENING TEST

Finance Part 1

Part 7 – Piste 71

▶ Corrigé p. 348

1 Ⓐ Ⓑ Ⓒ Ⓓ

Finance Part 2

Part 7 – Pistes 72-76

▶ Corrigé p. 348

2 Ⓐ Ⓑ Ⓒ
3 Ⓐ Ⓑ Ⓒ
4 Ⓐ Ⓑ Ⓒ
5 Ⓐ Ⓑ Ⓒ
6 Ⓐ Ⓑ Ⓒ

Finance Part 3

Part 7 – Pistes 77-78

▶ Corrigé p. 349

7 Where most likely is the conversation taking place?
(A) In a Human Resources department
(B) In a post office
(C) In a bank
(D) In an estate agent's office

8 Why are the people meeting?
(A) To discuss an employment opportunity
(B) To make a complaint about a service
(C) To find a better interest rate
(D) To discuss the purchase of a house

9 What does the man suggest they do?
(A) Find a different offer
(B) Borrow money to renovate a house
(C) Borrow money to pay for a move
(D) Make a decision later

Finance Part 4

Part 7 – Pistes 79-80

▶ Corrigé p. 350

10 What will listeners hear first?
(A) An interview with a famous economist
(B) Questions for a famous economist
(C) The business news
(D) A word from the sponsor

11 How will listeners be able to put their question to Neela?
(A) By e-mail
(B) By text message
(C) Over the phone
(D) In person

12 What does the woman mean when she says "There's no time like the present"?
(A) It's too late to do it.
(B) It's the best moment to do it.
(C) It is the moment to give a gift.
(D) She appreciates getting presents.

Go on to the next page ▶

READING TEST

Finance Part 5

▶ Corrigé p. 351

Select the best answer to complete each sentence.

13 It is a good idea to start contributing to a retirement .... when you are still young.

(A) fund
(B) funds
(C) fundraiser
(D) funding

14 Make sure you have two pieces of ID on you if you want to .... of over $1500.

(A) withdraw
(B) withdrawal
(C) make a withdrawal
(D) withdrew

15 It's very easy to .... a big bill if you are not careful.

(A) file for
(B) keep track of
(C) break down
(D) run up

16 Most banks will need to know exactly what .... you have before lending you money.

(A) assets
(B) liability
(C) investment
(D) commodity

17 There has been a minor .... in the price of coal, but it is expected to rise again before the end of the day.

(A) slump
(B) raise
(C) skyrocket
(D) plummet

Finance Part 6

▶ Corrigé p. 352

Questions 18-21 refer to the following advertisement.

> Have you heard the news? Abacus Auditing has changed its name to Altruizm Accounting. .... (**18**) . It's also a new way of thinking about accounting, one that's focused on .... (**19**) people first. What's in it for you, the customer? All of our helplines are now .... (**20**) in this country, thus eliminating .... (**21**) time-zone problems.
> We hope to see you, personally, in our offices soon.

18 (A) This is our old name.
(B) But it's more than just a new brand name.
(C) It was time to change our name.
(D) However, the name was important.

19 (A) put
(B) puts
(C) to put
(D) putting

20 (A) base
(B) bases
(C) basses
(D) based

21 (A) potentially
(B) potent
(C) potential
(D) patent

Finance **Part 7**

▶ Corrigé p. 353

Questions 22-23 refer to the following text message chain.

Thursday August 24	15:36
Callum 15.20	What did you think of the new policy meeting earlier today?
Michela 15.25	It was mainly clear...
Callum 15.26	Just one thing I didn't understand.
Michela 15.27	What's that?
Callum 15.29	Do we put in our expenses bi-monthly or weekly?
Michela 15.31	The latter. Anything else?
Callum 15.32	Yes. When does it take effect?
Michela 15.36	End of the month, I heard.

22 How often will employees need to submit their expenses?

(A) Every week

(B) Every month

(C) Twice a month

(D) Every quarter

23 When will the new rule be effective?

(A) At the end of the week

(B) In a week

(C) In two weeks

(D) In one month

Go on to the next page

Questions 24-28 refer to the following visiting card, price list and e-mail.

▶ *Corrigé p. 354*

1

Abacus Auditing
For all your accountancy needs
Henry Bellafonti
Consultant
Ph 555 555 555
henry.bellafonti@abacus.com

2

Abacus Auditing Rates

• **Basic tax package** – includes initial audit and tax return for private individual	$120
• **Advanced tax package** – includes initial audit and tax return for your business	$250
• **Yearly accounting service** – year-round access to a qualified accountant	$475

Special tax season offer (expires end of January): First-time clients get a 10% discount
Permanent offer: recommend me to a friend and get a $10 discount.

3

From: henry.bellafonti@abacus.com
To: lisalloyd@quercus.com
Date: January 5
Subject: Your enquiry

Dear Ms. Lloyd,

First of all, thank you for your letter.

I am terribly sorry you had such difficulty contacting me. I didn't realize that my phone and Internet had been disconnected. Rest assured, the problem is fixed now!

Following your enquiry, I am pleased to send you my list of rates. They will be applicable only until the end of the year.

You requested information on the Basic tax package, which includes the audit of your accounts and preparation of your tax return.

As you can see, you are eligible for a 10% discount if you confirm your interest in the Basic tax package by the end of the month.

I look forward to hearing from you in the near future,

H. Bellafonti

24 Why did Mr. Bellafonti send the e-mail?
(A) To apologize for a lack of communication
(B) To request further information
(C) To correct some information
(D) To respond to an enquiry

25 How did Ms. Lloyd finally contact Mr. Bellafonti?
(A) By phone
(B) By e-mail
(C) By letter
(D) In person

26 What does Mr. Bellafonti mean in the third document, line 4, when he says "Rest assured, the problem is fixed now!"?
(A) Wait a moment before fixing the problem.
(B) Take a rest, because the problem has been solved.
(C) Don't worry, because the problem has disappeared.
(D) Please check if the e-mail works.

27 The word 'rates' in the second document, line 1 is closest in meaning to:
(A) costs
(B) expenses
(C) fees
(D) taxes

28 When will Ms. Lloyd need to take her decision to get the discount?
(A) In January
(B) Within the next three weeks
(C) Before the end of the year
(D) Today

Corrigés des exercices

CORRIGÉS

PART 1 PHOTOGRAPHIES

LES DIFFÉRENTS TYPES DE SITUATIONS DANS LES PHOTOS

Exercice 1 Les actions

▶ *Énoncé p. 14*

1 He's **putting on** a jacket.
2 She's **folding** clothes.
3 He's **picking up** rubbish.
4 She's **wrapping** a gift.
5 He's **tying** shoe laces.
6 She's **putting away** books.
7 She's **cleaning** tiles.
8 She's **posting** a letter.
9 She's **hanging** a picture.

Exercice 2 Les éléments attrayants

▶ *Énoncé p. 15*

Tout ce qui est incorrect est rayé puis corrigé en bleu.

1 The man ~~is looking through the window~~ **is looking at himself in the mirror**. (look through : *regarder par* / look at himself : *se regarder*)
2 The shop assistant is ~~sitting down~~ **standing up**. (standing up : *debout* / sitting down : *assis*)
3 The man is ~~picking flowers~~ **picking up trash**. (pick : *cueillir* / pick up : *ramasser*)
4 The ~~man~~ **woman** is using wrapping paper. (wrapping paper : *papier cadeau*)
5 The man is ~~looking for his shoe~~ **tying his shoe laces**. (look for : *chercher* / tie : *attacher, nouer*)
6 The woman is putting books ~~in the cupboard~~ **on the shelf**. (cupboard : *placard* / shelf : *étagère*)
7 The woman is doing ~~DIY work~~ **housework**. (DIY : *bricolage* / housework : *ménage*)
8 The woman is at ~~the post office~~ **a post box**. (post office : *bureau de poste* / post box : *boîte à lettres*)
9 The woman is ~~painting~~ **hanging** a picture. (paint : *peindre* / hang : *suspendre*)

Exercice 3 Compréhension orale

Part 1 – Piste 1

▶ *Énoncé p. 15*

(A) The woman is putting a book on the table.
(B) The woman is entering the library.
(C) The woman is reading a book.
(D) The woman is holding some books.

Réponse (D)

(D) est la bonne réponse car la femme tient des livres.
(A) La femme n'est pas en train de poser un livre sur une table.
(B) Elle n'entre pas dans une bibliothèque.
(C) La femme n'est pas en train de lire.

Exercice 4 Les prépositions de mouvement

▶ *Énoncé p. 16*

1 The woman is throwing the paper **into** the paper basket.
2 He is taking the files **out of** the box.
3 The dog is running **beside** the bike.
4 He is removing the suitcase **from** the conveyor belt.

Exercice 5 Compréhension orale

Part 1 – Piste 2

▶ *Énoncé p. 16*

(A) The man is riding his bike through a park.
(B) The dog is sleeping.
(C) The park is crowded.
(D) They are in a forest.

Réponse (A)

En (A), l'homme est bien en train de rouler à vélo dans un parc.
(B) Le chien ne dort pas puisqu'il court.
(C) Le parc n'est pas bondé.
(D) Ils ne sont pas dans une forêt.

Exercice 6 Les mouvements du corps

▶ *Énoncé p. 17*

1 Shaking hands / Clapping
2 Crouching
3 Reaching
4 Kneeling / Stretching / Raising a hand
5 Leaning
6 Pointing
7 Clapping / Standing
8 Bending
9 Balancing

Exercice 7 Compréhension orale

Part 1 – Piste 3

▶ *Énoncé p. 17*

1 The woman is trying to turn off her alarm clock. — **image 3**
La femme essaie d'éteindre son réveil.
2 Everybody is applauding. — **image 7**
Tout le monde applaudit.
3 Two men are greeting each other. — **image 1**
Deux hommes se saluent.
4 Some people are working outdoors. — **image 8**
Des personnes travaillent dehors.
5 The woman is showing the man something. — **image 6**
La femme montre quelque chose à l'homme.

Exercice 8 Les éléments attrayants

▶ *Énoncé p. 17*

1 (A) She is reaching for her phone.
(B) She is turning off the TV.
(C) She is stretching her legs.
(D) She is lying in bed.

Réponse (D)
La femme est bien allongée sur son lit.
(A) Elle n'essaie pas d'atteindre son téléphone.
(B) Elle n'est pas en train d'éteindre la télévision.
(C) Elle n'étire pas ses jambes.

2 **(A) He is stretching out his arm.**
(B) He is skiing down the mountain.
(C) He is lying in the snow.
(D) He is walking in the valley.

Réponse (A)
L'homme tend le bras.
(B) Il n'est pas en train de descendre la montagne à ski.
(C) Il n'est pas allongé dans la neige, il est à genoux.
(D) Il n'est pas en train de marcher dans une vallée.

Exercice 9 Compréhension orale

Part 1 – Piste 4

▶ *Énoncé p. 18*

(A) They are sitting in an office.
(B) The women are clapping their hands.
(C) Everyone is shaking hands.
(D) The men are bowing.

Réponse (B)
Les femmes sont en train d'applaudir.
(A) Ils ne sont pas tous assis.
(C) Tout le monde ne se serre pas la main.
(D) Les hommes ne s'inclinent pas.

Exercice 10 Les prépositions de lieu

▶ *Énoncé p. 18*

1 The whiteboard is **behind** the people.
2 The cup is **between** the laptop and the plant.
3 The laptop is **in front of** the women.
4 The phone is **next to** the computer screen.
5 The people are working **around** a table.
6 The pen is **on** the paper.

Les prépositions en trop sont *opposite* et *into*.

Exercice 11 Compréhension orale

Part 1 – Piste 5

▶ *Énoncé p. 19*

(A) There is a phone between some people.
(B) There is a computer on the shelves.
(C) The men are wearing suits.
(D) The shelves are empty.

Réponse (A)
Il y a un téléphone placé entre des personnes.
(B) L'ordinateur portable est le bureau.
(C) Les hommes ne portent pas de costumes.
(D) Les étagères ne sont pas vides.

Exercice 12 La position

▶ *Énoncé p. 19*

1 The documents are **piled up** / **stacked up** around the woman.
2 The papers are **laid out** on the table.
3 The clothes are **lined up** / **hung** on rails.
4 The boxes are **stacked.**
5 The tools are **hung** on the wall.
6 The papers are **scattered** on the table.

Exercice 13 Compréhension orale

Part 1 – Piste 6

▶ Énoncé p. 19

(A) The woman is listening to music.
(B) The office is well organized.
(C) She is using a phone booth.
(D) She is surrounded by piles of documents.

Réponse (D)
La femme est entourée par des piles de documents.
(A) La femme n'est pas en train d'écouter de la musique.
(B) Le bureau n'est pas bien rangé.
(C) Elle n'est pas dans une cabine téléphonique.

Exercice 14 Les métiers

▶ Énoncé p. 20

1 Mechanic / Garage
2 Factory worker / Assembly line
3 Lab worker / Laboratory
4 Cashier / Supermarket
5 Fisherman / Wharf
6 Pharmacist / Pharmacy
7 Architect / Construction site
8 Receptionist / Hotel
9 Waitress / Restaurant

Exercice 15 Les éléments attrayants

▶ Énoncé p. 21

1 (A) The customer is waiting in line.
(B) The cashier is taking a break.
(C) The woman is working at the cash register.
(D) The customer is checking in.

Réponse (C)
La femme travaille à la caisse.
(A) Personne ne fait la queue.
(B) La caissière n'est pas en pause.
(D) Personne ne s'enregistre.

2 (A) He is having a checkup.
(B) The driver is looking at the wheel.
(C) The tire is flat.
(D) The mechanic is checking a tire.

Réponse (D)
Le mécanicien vérifie un pneu.
(A) Il n'est pas en train de faire un bilan de santé.
(B) Il ne s'agit pas d'un conducteur, il n'est pas au volant.
(C) On ne sait pas si le pneu est crevé.

Exercice 16 Compréhension orale

Part 1 – Piste 7

▶ Énoncé p. 21

(A) He is cleaning a window.
(B) He is wearing a lab coat.
(C) He is raising a toast.
(D) He is changing a light bulb.

Réponse (B)
Il porte une blouse blanche.
(A) Il n'est pas en train de nettoyer une vitre.
(C) Il ne porte pas de toast.
(D) Il ne change pas d'ampoule.

Exercice 17 Les outils de travail

▶ Énoncé p. 21

1 hard hat, safety goggles
2 lab coat, face mask, microscope
3 fork-lift truck
4 shovel, high visibility vest
5 hose, gloves
6 pots and pans, utensils

Exercice 18 Compréhension orale

Part 1 – Piste 8

▶ Énoncé p. 22

(A) They are sitting in an office.
(B) The men are wearing protective clothing.
(C) They are looking at the pipeline.
(D) The men are looking up.

Réponse (B)
Les hommes portent des vêtements de protection.
(A) Ils ne sont pas assis dans un bureau.
(C) Ils ne regardent pas le tuyau.
(D) Ils ne regardent pas vers le haut.

Exercice 19 Les fournitures de bureau

▶ *Énoncé p. 22*

1 clock
2 pictures
3 monitor
4 folders
5 keyboard
6 lamp
7 notepad
8 desk
9 drawer
10 chair

Exercice 20 Les éléments attrayants

▶ *Énoncé p. 23*

1 The camera is ~~on the desk~~ **on the side table.**
2 There ~~is a folder~~ **are some folders** on the side table.
3 There is a ~~laptop~~ **desktop computer** on the desk.
4 ~~The wall is bare~~ **There are pictures on the wall.**
5 A notepad is on the ~~right~~ **left** of the desk.
6 There ~~are several pencils~~ **is one pencil** next to the notepad.

Exercice 21 Compréhension orale

Part 1 – Piste 9

▶ *Énoncé p. 23*

(A) Someone is working at the desk.
(B) There are many photos on the wall.
(C) The desk is very neat.
(D) It's two o'clock.

Réponse **(C)**
Le bureau est bien rangé.
(A) Il n'y a personne dans l'image.
(B) On voit des images mais pas de « photos » sur le mur.
(D) On voit sur l'horloge qu'il n'est pas deux heures.

Exercice 22 Au restaurant

▶ *Énoncé p. 23*

1 server / waitress
2 patrons / diners
3 tray
4 glass
5 plate
6 cutlery
7 apron
8 place setting
9 paper napkin
10 tablecloth

Exercice 23 Les éléments attrayants

▶ *Énoncé p. 23*

1 The ~~chef~~ **waitress/server** is serving the food.
2 The condiments are ~~at the edge~~ **in the middle** of the table.
3 The waitress is ~~holding~~ **wearing** a black apron.
4 Some people ~~are eating dessert~~ **are being served the main course.** (main course : *plat principal*)
5 The server is ~~pouring~~ **handing** someone a beverage. (pour : *verser*)
6 The tray is ~~empty~~ **full**. (empty : *vide*)

Exercice 24 Compréhension orale

Part 1 – Piste 10

▶ *Énoncé p. 23*

(A) Some people are eating in the kitchen.
(B) The chef is tasting the dish.
(C) Some people are working side by side.
(D) The kitchen is full of activity.

Réponse **(C)**
L'homme et la femme travaillent côte à côte.
(A) Personne ne mange dans la cuisine.
(B) Le chef ne goûte pas le plat.
(D) La cuisine semble être calme.

PART 1 – VOCABULAIRE

Exercice 1 Les mots à connaître : *Jobs*

▶ *Énoncé p. 24*

1 I'm having trouble with my PC. Could you call the **IT technician**?
2 I was a little anxious before my meeting with the **CEO**, but she wanted to promote me to Head of Human Resources!
3 A good **sales rep** will find a way to sell anything!
4 Please show your ID to the **security guard** before entering the site.
5 Because the economy has improved, there are fewer **job seekers** than before, so we are having difficulty recruiting.
6 Our **maintenance crew** works 24-7 on the site to fix and prevent damage to the machinery.
7 The **floor manager**'s responsibilities include serving customers, supervising the junior store associates and arranging window displays.
8 Essential qualities of a **graphic designer** are creativity and artistic ability.
9 The CEO cannot approve the budget until it has been presented by the **CFO** to the **board members**.
10 The new **intern** is doing very well. I think we should offer her a job when she graduates.
11 A typical **executive** works longer hours than a simple **clerk**.
12 Responsibilities of an **office manager** include organizing, scheduling and overseeing administrative staff.

Tip! C'est la réponse idéale, mais d'autres sont possibles.

13 The **temp** quickly felt at home, despite not really belonging to the company.
14 An **account manager** is responsible for building and maintaining relationships with key clients.
15 After years of being a **PA**, Estelle wanted to do something other than answering the phone and making other people's travel arrangements. She spoke to the **Human Resources director** about her problem and they found her a new position.
16 The **head of department** asked for a meeting of all team members, in order to discuss which **contractor** to choose to carry out the renovations.

Exercice 2 Les familles de mots

▶ *Énoncé p. 24*

1 The new furniture for the **(C) boardroom** was very expensive.
Le nouveau mobilier pour la salle du conseil d'administration a coûté très cher.
2 **(C) Executing** our plan will be difficult.
Il sera délicat de mettre notre plan à exécution.

Tip! Un verbe en position de sujet doit être à la forme ***-ing***.

3 All **(B) heads** of department must finish appraisals before the end of the month.
Tous les chefs de service doivent terminer les évaluations avant la fin du mois.

Tip! Il faut un pluriel après ***all***.

4 Mr. Van Dam was appointed **(C) managing** director after the departure of Mrs. Johanssen.
M. Van Dam a été nommé Directeur Général suite au départ de Mme Johanssen.
5 The equipment has been excellently **(B) maintained** since its installation.
Le matériel a été parfaitement entretenu depuis son installation.
6 A **(D) clerical** job may not be very exciting, but it is a good entry-level position.
Un travail de bureau n'est peut-être pas très excitant, mais c'est un bon poste pour débuter.
7 The **(A) temp** we hired was very efficient.
L'intérimaire que nous avons embauché a été très efficace.
8 Most people these days start their career with an **(D) internship**.
Aujourd'hui, la plupart des gens commencent leur carrière par un stage.
9 The creative team's **(B) designs** were very well received.
Les dessins de l'équipe de création ont été très bien accueillis.

Tip! Le verbe ***were*** indique qu'il manque un mot au pluriel.

10 Jenny likes working as a **(C) contractor** because she can set her own hours.
Jenny aime travailler comme prestataire car elle peut gérer ses horaires elle-même.

Exercice 3 Les abréviations

▶ *Énoncé p. 25*

temporary worker	**temp**	representative	**rep**
chief executive officer	**CEO**	Information Technology	**IT**
personal assistant	**PA**	Public Relations	**PR**
vice president	**VP**	Human Resources	**HR**
memorandum	**memo**	Research and Development	**R&D**

Exercice 4 Les postes et leurs fonctions

▶ *Énoncé p. 25*

account manager	→	**increasing sales**	**advising**
graphic designer	→	**creating**	**drawing**
floor manager	→	**supervising**	**stocktaking**
PA	→	**coordinating**	**typing**
IT technician	→	**programming**	**troubleshooting**

Exercice 5 Les mots à connaître : *Human resources & Recruitment*

▶ *Énoncé p. 26*

1 We have to investigate why **staff attendance** is so low at the moment.
2 Before you can leave the company, you have to **give notice** of one month.
3 She applied for a **transfer** to the West Coast.
4 One of the benefits of working for this **temp agency** is having four weeks of annual **leave**.
5 If you don't **clock in** on time in the morning, your pay may be docked.
6 The employee was **dismissed** for being late three times in one month.
7 Unfortunately, we had to **lay off** 20 members of our production team, as there is not enough work to justify the **manpower** we had available.
8 Being **shortlisted** is a very good sign that you will get the job.
9 If you wish to **apply** for the position, please send us your **résumé** and be prepared to **provide a reference**.
10 Kurt received a promotion after an excellent annual **appraisal**.
11 Ms. Newberry didn't find her job fulfilling any longer, so she resigned and found a better job.
12 The first action of a company in trouble is to **downsize** – to reduce the overall number of employees.
13 We hope to **take on** an excellent candidate to fill the **vacancy** in the Advertising department.
14 In 360° evaluations, coworkers are asked to **assess** their colleagues.
15 The new staff representative was **appointed** yesterday. I have high hopes for her.

Exercice 6 Les familles de mots

▶ *Énoncé p. 26*

1 The vice president's **(C) dismissal** happened immediately after the merger.
Le renvoi du vice président a eu lieu juste après la fusion.
2 The **(D) appointment** of a new Production Manager was very welcome news.
L'annonce de la nomination d'un nouveau chef de production a été très bien accueillie.
3 Frida received a lot of **(A) praise** from her line manager for completing the project ahead of time.
Frida a reçu beaucoup d'éloges de la part de son responsable pour avoir terminé le projet en avance.
4 There's an opening in Marketing that I encourage you to **(A) apply** for.
Il y a un poste vacant au service Marketing auquel je vous encourage à postuler.
5 At his annual **(D) assessment**, Gareth was told to be more punctual.
Lors de son évaluation annuelle, on a demandé à Gareth d'être plus ponctuel.
6 I asked for a day of **(D) family** leave in order to care for my mother who broke her leg.
J'ai demandé une journée de congé exceptionnel afin de m'occuper de ma mère qui s'est cassé la jambe.
7 Hans decided to leave the company on a Wednesday and handed in his **(D) resignation** the next day.
Hans a décidé de quitter l'entreprise un mercredi et il a donné son préavis le lendemain.
8 Ian asked to be **(B) transferred** from the Baker Street site to the downtown site.
Ian a demandé à être muté du site de Baker Street à celui du centre-ville.
9 From the 25 applicants, we have selected a **(B) shortlist** of three.
Sur les 25 candidats, nous en avons sélectionné trois.
10 The applicant's **(D) employment** history is not complete – there's a big gap of five years.
Le déroulé de carrière du candidat n'est pas complet ; il y a un gros espace de cinq ans.

Exercice 7 Les verbes

▶ *Énoncé p. 27*

apply **for**
take **on**
clock **out**
resign **from**
lay **off**
be **on** the shortlist

1 At 5 P.M. Yolanda was waiting by the time clock, impatient to **clock out** and leave.
2 Did you **apply for** the vacancy in the Human Resources department?
3 I didn't get the job, but at least I was **on the shortlist**.
4 The person we will **take on** must be flexible and reliable.
5 If we budget carefully, we can avoid **laying off** too many workers.
6 Why did you **resign from** your last position?

Exercice 8 Les synonymes

▶ *Énoncé p. 27*

1 opening : **vacancy**
2 give notice : **resign**
3 assessment : **appraisal**
4 presence : **attendance**
5 hire : **take on**

Exercice 9 Les mots à connaître : *Remuneration and contracts*

▶ *Énoncé p. 28*

1 If your situation changes, we can modify your contract with an **amendment**.
2 I asked my boss for a **raise** and she said yes!
3 I'm not sure I would like to have a **freelance** contract, because there is no guarantee of revenue.
4 It can look good on your résumé if you work as a **volunteer** during periods of unemployment.
5 When you sign the contract, it becomes **binding**.
6 If you are on a monthly **salary**, then you are not paid extra for working **overtime**. However, if you are paid an **hourly wage**, then you are paid more for every extra hour you work.
7 Each **party** agrees to **abide by** the terms of the contract for its duration.
8 At the end of your 6-week **trial period**, you will **be eligible** for all the advantages the company offers.
9 Sometimes your salary and **perks** / **benefits** are not enough of an **incentive** to stay in a job you don't like.
10 Mrs. Samantha Drew, **hereunder** referred to as the "service provider"...
11 The two parties reached an **agreement** after some negotiating.
12 The contract stipulates that both **part-time** and **full-time** employees will receive a **pay-slip** at the end of each pay period (monthly or fortnightly).
13 The grievance procedure, **whereby** the employee may make a complaint about the employer, is long and complicated.
14 There are some notable **perks** / **benefits** to working for a larger company.

Exercice 10 Les familles de mots

▶ *Énoncé p. 28*

1 The two parties **(B) agreed** to sign the contract.
Les deux parties ont accepté de signer le contrat.
2 You are **(C) bound** by the terms of the contract.
Vous êtes lié par les termes du contrat.

Tip! Il faut un participe passé pour compléter la forme passive.

3 The company is referred to as the "contractor" **(D) hereunder**.
La société sera nommée "prestataire" ci-après.
4 Automotive **(B) salaries** have been increased by 0.5%.
Les salaires de l'industrie automobile ont été augmentés de 0,5 %.

Tip! Le verbe est au pluriel, ce qui exclut les réponses (A) et (D).

5 I sat in on an **(D) hour-long** meeting on the subject of pay raises.
J'ai assisté à une réunion d'une heure sur les augmentations.
6 Susan **(B) volunteers** regularly at her local soup kitchen.
Susan fait régulièrement du bénévolat à la soupe populaire de son quartier.
7 Only **(A) full-time** workers are eligible for all benefits.
Seulement les employés à temps plein ont droit à tous les avantages.
8 The government has once again **(D) raised** taxes.
Le gouvernement a de nouveau augmenté les impôts.
9 If you are over 18, you are **(C) eligible** to vote in my country.
Si vous avez 18 ans ou plus, vous avez le droit de voter dans mon pays.
10 You should choose a family member to be the **(D) beneficiary** of your insurance policy.
Vous devriez choisir un membre de la famille comme bénéficiaire de votre police d'assurance.

Exercice 11 Le vocabulaire

▶ *Énoncé p. 29*

1 Salaries will **rise** next month. (rise *est intransitif*, raise *a un complément d'objet, et donc un 'agent' qui effectue l'augmentation*)
2 My **wages were** smaller this month. *(le verbe est au pluriel ; de plus, un salaire reste le même chaque mois, alors que* wages *dépend du nombre d'heures travaillées)*
3 I was very happy to receive my **pay slip** today. (pink slip *est une feuille qui vous annonce que vous êtes renvoyé*)
4 Sorry, but your handwriting is completely **illegible**!
5 The **freelance** billed us by the hour. *(un bénévole ne facture pas son temps de travail)*

Exercice 12 Les synonymes

▶ *Énoncé p. 29*

1 When you sign an **agreement**, you agree to **abide by** the terms.
2 I get a lot of **perks** in my job – a company car, health insurance and luncheon vouchers.
3 There is a six-week **trial period** built into my contract.
4 Each **party** must sign at the bottom of every page.

Exercice 13 Les mots à connaître : *Work events*

▶ *Énoncé p. 30*

1 Fang was delighted to see his photo on the wall after being voted **employee of the month**. He hoped this would make him eligible for a **promotion**.
2 Every year, the employees look forward to their end-of-year **outing** to a restaurant.
3 On Friday we will be holding a **retirement reception** in honour of the **retirement** of Marcy Dean. Anyone who would like to contribute to a gift should contact her PA.
4 The meeting will be **held** in conference room A.
5 Frank, could you please take the **minutes** during the meeting?
6 Dwayne, could you make sure there is a **flip-chart** in the room, for the conference **attendees** to write on?
7 A charity event is always a good **fundraiser**, especially if you invite the clients.
8 I have checked the **schedule**, and the best date to hold the annual **employee appreciation dinner** is October 20th because all employees are present then.
9 My financial advisor told me a **charity event** is partially tax-deductible, if the money is donated to a registered group.
10 If you will all look at the **agenda**, you will see that the first item today is the budget.
11 We will have a quick break now and **resume** in 15 minutes.
12 It will be necessary to **postpone** Friday's meeting, as the head of Marketing will be away at a **convention**.
13 Barbara, would you please **lead** / **chair** / **schedule** the next IT training workshop?
14 Despite having very little experience in the matter, the boss has asked Han to **lead** / **chair** the next meeting, which will **take place** in a fortnight.

Exercice 14 Les familles de mots

▶ *Énoncé p. 30*

1 Every year the company's employees go on an **(D) outing** to a local tourist spot.
Chaque année, les employés de l'entreprise font une sortie dans un site touristique de la région.
2 It can be hard to adapt to being a **(C) retiree**.
Il peut être difficile de s'habituer à être retraité.
3 The marketing team has created some fantastic **(D) promotional** material.
L'équipe de marketing a créé des supports publicitaires fabuleux.
4 The meeting has been **(B) scheduled** for first thing on Monday.
La réunion a été programmée lundi à la première heure.
5 After a short break, the **(D) resumption** of negotiations was very fruitful.
La reprise des négociations après la pause a été très productive.
6 Although she had never **(B) chaired** a meeting before, Ms. Chan did a good job.
Bien qu'elle n'ait jamais présidé de réunions auparavant, Mme Chan s'est bien débrouillée.
7 The **(D) leading** brand on the market has a 38% market share.
La marque de référence a une part du marché de 38 %.
8 Do you mind if we **(D) postpone** the appointment from Wednesday to Thursday?
Cela vous dérangerait-il de reporter le rendez-vous de mercredi à jeudi ?
9 Staff **(D) attendance** at work dropped dramatically due to the flu season.
La présence du personnel au travail a chuté en raison de la grippe saisonnière.
10 Before we start the meeting, did everyone receive a copy of the **(B) agenda**?
Avant de commencer la réunion, est-ce que tout le monde a reçu l'ordre du jour ?

Tip! Attention aux faux-amis !
En anglais, ***agenda*** = ordre du jour.
Le mot français « agenda » se traduit par ***diary***.

Exercice 15 Les expressions

▶ *Énoncé p. 31*

chair a meeting *présider une réunion*
hold a meeting *organiser une réunion*
go on an outing *faire une sortie*
take early retirement *prendre une retraite anticipée*
take the minutes *rédiger le compte-rendu*
take the lead *prendre l'initiative*

Exercice 16 Les synonymes

▶ *Énoncé p. 31*

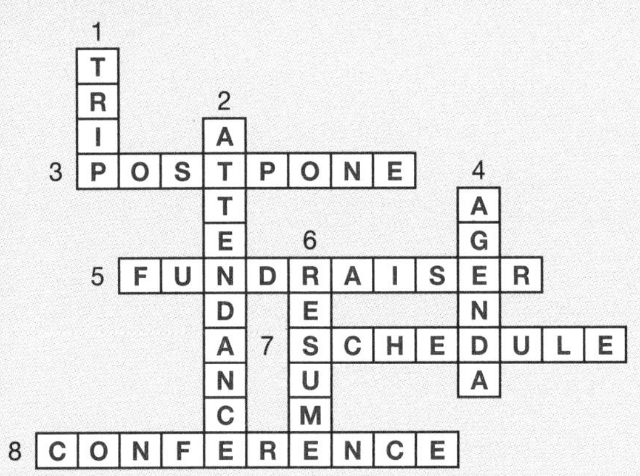

PART 1 – MINI TEST

The workplace Part 1

Part 1 – Piste 15

▶ Énoncé p. 32

1 (A) The people are drinking water.
(B) The people are looking at a monitor.
(C) A woman is presenting a project.
(D) The people are having a meeting.

(A) Les personnes boivent de l'eau.
(B) Les personnes regardent un écran.
(C) Une femme présente un projet.
(D) Les personnes sont en réunion.

Réponse (D)

En (A), il y a de l'eau sur la table mais personne n'en boit.
En (B), ***monitor*** est un faux ami qui se traduit par « écran » (d'ordinateur).
En (C), c'est un homme qui présente le projet.

The workplace Part 2

Part 1 – Pistes 16-20

▶ Énoncé p. 32

2 We need to hire a new clerk.
(A) Will it work?
(B) Costs are higher.
(C) Only one?

Nous devons embaucher un nouvel employé.
(A) Est-ce que ça marchera ?
(B) Les coûts sont plus élevés.
(C) Un seul ?

Réponse (C)

En (B), attention à la ressemblance entre ***higher*** et ***hire*** dans l'énoncé.

3 Do you work full time or part time?
(A) Yes, I do.
(B) Neither; I'm looking for a job.
(C) The room is not full.

Travaillez-vous à plein temps ou à temps partiel ?
(A) Oui, c'est cela.
(B) Ni l'un ni l'autre, je cherche du travail.
(C) La pièce n'est pas pleine.

Réponse (B)

(A) L'énoncé de départ est une question ouverte à laquelle on ne peut pas répondre par oui ou par non.
(C) Attention à ne pas rapprocher ***full*** de ***full time*** dans l'énoncé.

4 What time will the reception start?
(A) We left before lunch.
(B) Not until the office closes.
(C) It didn't start at 5 P.M.

À quelle heure débute la réception ?
(A) Nous sommes partis avant le déjeuner.
(B) Pas avant la fermeture du bureau.
(C) Elle n'a pas commencé à 17h.

Réponse (B)

(A) et (C) sont au prétérit et indiquent des événements qui ont eu lieu, alors que la question porte sur un événement qui ne s'est pas encore déroulé.

5 Is there a flip chart available?
(A) There is one in every room.
(B) You should take the stairs.
(C) The clerk made an error.

Est-ce qu'un paper-board est disponible ?
(A) Il y en a un dans chaque salle.
(B) Vous devriez prendre l'escalier.
(C) L'employé s'est trompé

Réponse (A)

(A) est une réponse indirecte où le « oui » est sous-entendu : « (oui,) il y en a un dans chaque salle ».

6 Did you get a promotion?
(A) There was too much motion.
(B) I don't know yet.
(C) Our product is on sale.

As-tu été promu ?
(A) Il y avait trop de mouvement.
(B) Je ne sais pas encore.
(C) Notre produit est en promotion.

Réponse (B)

Attention à ne rapprocher ***motion*** en (A) de ***promotion*** dans l'énoncé.
En (C), on ne peut pas rapprocher ***on sale*** de ***promotion*** qui est un faux ami et a seulement en anglais le sens d'une promotion dans un poste.

The workplace Part 3

Part 1 – Pistes 21-22

▶ *Énoncé p. 33*

Questions 7-9 refer to the following conversation.

M Do you know what time tomorrow's staff meeting starts? I heard the time was changed.

W It was supposed to start at 8, but they postponed it to one hour later because traffic conditions have been making it difficult for staff members to arrive early lately. It should end around midday. Weren't you asked to take the minutes?

M That's right, but I have been out of the office for a few days, so I wasn't informed of the change in the schedule. By the way, management has asked me to note the names of all the attendees, so don't skip the meeting!

Les questions 7 à 9 se rapportent à la conversation suivante.

Savez-vous à quelle heure commence la réunion du personnel demain ? J'ai entendu dire que l'heure avait changé.

Elle était censée commencer à 8h, mais on l'a reportée une heure plus tard parce qu'avec les conditions de circulation actuelles le personnel a du mal à arriver tôt. Elle devrait se terminer vers midi. Vous ne deviez pas en faire le compte-rendu ?

Si, mais j'ai été en déplacement pendant quelques jours, alors je n'ai pas été informé du changement de planning. Au fait, la direction m'a demandé de noter le nom des personnes présentes, donc ne loupez pas la réunion !

7 What time will the meeting start?
(A) 8 A.M.
(B) 9 A.M.
(C) 10 A.M.
(D) At midday

À quelle heure commencera la réunion ?
(A) À 8h
(B) À 9h
(C) À 10h
(D) À midi

Réponse (B)

La réunion devait commencer à 8h, mais elle a été reportée d'une heure.
(D) Midi est l'heure à laquelle la réunion prendra fin.

8 Why was the time changed?
(A) Too many employees will be absent.
(B) The meeting would have ended too late.
(C) Some employees may have been late.
(D) Some employees have been out of the office.

Pourquoi l'horaire a-t-il été changé ?
(A) Il y aura trop d'employés absents.
(B) La réunion se serait terminée trop tard.
(C) Des employés auraient pu être en retard.
(D) Des employés ont été en déplacement.

Réponse (C)

En (A), les employés ne seront pas absents, mais en retard ; de plus le temps (futur) ne convient pas en réponse à la question au prétérit.
En (D), l'homme a été en déplacement, mais ce n'est pas la raison du changement.

9 What does the man mean when he says "don't skip the meeting"?
(A) Don't forget the new start time.
(B) Don't be late for the meeting.
(C) Be ready to meet a new staff member.
(D) Make sure to be present at the meeting.

Que veut dire l'homme par « don't skip the meeting » ?
(A) N'oubliez pas le nouvel horaire de début.
(B) Ne soyez pas en retard à la réunion.
(C) Soyez prête à faire la connaissance d'un nouvel employé.
(D) Soyez bien présente à la réunion.

Réponse (D)

Skip est un synonyme de ***miss*** (manquer).

Part 1 – Pistes 23-24

▶ Énoncé p. 33

Questions 10-12 refer to the following talk.

M I'm very pleased you have decided to accept our offer to come to work for us, Ms. Burke. You will have a trial period of four weeks, at the end of which you can leave without penalty, or we can terminate your contract if we feel you are not a good fit for the position. But I'm sure that will not be the case. At the end of those four weeks, you will be eligible for all the full-time employee perks, in other words, an excellent health insurance policy, a retirement plan and meal vouchers for each day worked. Do you have any questions for me before we sign the contract?

Les questions 10 à 12 se rapportent à la conversation suivante.

Je suis très heureux que vous ayez décidé d'accepter notre proposition de travailler chez nous, Mme Burke. Vous aurez une période d'essai de quatre semaines, au bout de laquelle vous pourrez nous quitter sans pénalités, ou bien nous pourrons mettre fin à votre contrat si nous pensons que vous n'êtes pas la personne qui convient pour ce travail. Mais je suis sûr que cela ne sera pas le cas. Au bout de ces quatre semaines, vous aurez droit à tous les avantages des employés à plein temps, c'est-à-dire une excellente mutuelle, un plan de retraite et des tickets restaurant pour chaque jour travaillé. Avez-vous des questions à me poser avant qu'on ne signe le contrat ?

10 Who most likely is the speaker?
(A) A new employee
(B) An IT technician
(C) A Human Resources manager
(D) A member of the maintenance crew

Qui est probablement le locuteur ?
(A) Un nouvel employé
(B) Un informaticien
(C) Un directeur des ressources humaines
(D) Un membre de l'équipe de maintenance

Réponse (C)

Car la personne évoque la période d'essai et décrit les conditions de travail avant de faire signer un contrat.

11 Which advantage is NOT mentioned?
(A) Vacation time
(B) Meal vouchers
(C) Health insurance
(D) A retirement plan

De quel avantage ne parle-t-on pas ?
(A) La durée des congés
(B) Les tickets restaurant
(C) La mutuelle
(D) Le plan de retraite

Réponse (A)

Tous les autres avantages sont cités par l'homme.

12 What will happen after four weeks?
(A) There will be a trial period.
(B) The employee will look for a new job.
(C) There will be a penalty.
(D) The contract will become definitive.

Que se passera-t-il au bout de quatre semaines ?
(A) Il y aura une période d'essai.
(B) L'employé cherchera un nouveau poste.
(C) Il y aura une pénalité.
(D) Le contrat deviendra définitif.

Réponse (D)

En (A), c'est la période d'essai qui dure 4 semaines.
En (B), ce n'est qu'une possibilité selon la décision prise à la fin de la période d'essai.

The workplace Part 5

▶ Énoncé p. 34

13 Management is starting to be concerned about staff .... ,
which is very low at the moment.
(A) attendance
(B) absenteeism
(C) attendee
(D) absentee

Réponse (A)

On peut immédiatement éliminer les réponses (C) et (D) qui se rapportent à des personnes et donc incompatibles avec ***which***, qui s'emploie avec un objet.

(A) présence
(B) absentéisme
(C) présent
(D) absent

La direction commence à s'inquiéter du temps de présence du personnel, qui est actuellement très bas.

---

14 The high rate of .... in this area is encouraging partners to invest in our company.
(A) employ
(B) employed
(C) unemployment
(D) unemployed

Réponse (C)

(A) base verbale : employer
(B) prétérit ou participe passé
(C) chômage
(D) au chômage

Le taux élevé de chômage dans cette région encourage les partenaires à investir dans notre entreprise.

---

15 The meeting will be .... in conference room C.
(A) take place
(B) took place
(C) hold
(D) held

Réponse (D)

Il faut un participe passé pour compléter la forme au passé. Il y a deux façons en anglais de dire la même chose : ***The meeting will take place...*** (forme active) ou ***The meeting will be held...*** (forme passive).

(A) La base verbale ***take place*** ne peut pas suivre ***will be***.

(A) base verbale : avoir lieu
(B) prétérit ou participe passé
(C) base verbale : *hold a meeting* = organiser une réunion
(D) prétérit ou participe passé

La réunion aura lieu dans la salle de conférence C.

---

16 Have you seen the .... of next week's meeting?
(A) minutes
(B) agenda
(C) outcome
(D) summary

Réponse (B)

On ne peut pas voir le compte-rendu, le sommaire ou le résultat d'une réunion avant que celle-ci ait eu lieu.

(A) compte-rendu
(B) ordre du jour
(C) résultat
(D) sommaire

Avez-vous vu l'ordre du jour de la réunion de la semaine prochaine ?

---

17 After a short break for lunch, the meeting will .... at 1 P.M.
(A) resume
(B) sum up
(C) break up
(D) postpone

Réponse (A)

Resume est un faux ami qui ne signifie pas « résumer », mais « reprendre ».

(A) reprendre
(B) résumer
(C) prendre fin
(D) reporter

Après une courte pause-déjeuner, la réunion reprendra à 13 heures.

CORRIGÉS

The workplace Part 6

▶ Énoncé p. 34

Questions 18-21 refer to the following e-mail.

From : Thania Pank <tpank@pankconsulting.za>
To : Jonathan Duszinski <jonduszinski@hurryup.za>
Date : June 23
Subject : Job application

Dear Mr. Duszinski,

Thank you very much for your recent application for the .... (**18**) of head of our marketing department. As you have the skills and experience we need, we have placed you on our shortlist and would like to invite you to come for an interview next week, ... (**19**).

Please call me at your earliest convenience to arrange an appointment. Would you also .... (**20**) the contact details of two references?

I look forward .... (**21**) you in person,

Sincerely,
Thania Pank

Les questions 18 à 21 se rapportent au courriel suivant.

De : Thania Pank <tpank@pankconsulting.za>
À : Jonathan Duszinski <jonduszinski@hurryup.za>
Date : 23 juin
Objet : Candidature

Cher M. Duszinski,
Merci beaucoup pour votre récente candidature au poste de chef de notre service marketing. Étant donné que vous avez les compétences et l'expérience que nous cherchons, nous vous avons placé sur la liste des candidats présélectionnés et nous souhaiterions vous faire venir pour un entretien la semaine prochaine, au moment qui vous conviendra.
Veuillez m'appeler au plus tôt pour convenir d'un rendez-vous. Pourriez-vous également me fournir les coordonnées de deux référents ?

Dans l'attente de vous rencontrer,
Cordialement,
Thania Pank

18 (A) post
(B) availability
(C) position
(D) appointment

(A) courrier, poteau
(B) disponibilité
(C) poste
(D) nomination

Réponse (C)
Position a le sens de « poste » (emploi)
En (A), ***post*** est un faux-ami qui signifie « courrier » ou « poteau ».

---

19 (A) unless you are free
(B) whether you are available
(C) when it is convenient for you
(D) even if it suits you

(A) à moins que vous soyez disponible
(B) si vous êtes disponible
(C) quand cela vous conviendra
(D) même si cela vous convient

Réponse (C)
La réponse (B) est à exclure car ***whether*** ne peut pas remplacer ***if*** dans cette phrase. ***Whether*** donne toujours un choix ; ici, on s'attend à ***or not*** en fin de phrase, ce qui n'est pas logique.

20 (A) issue
(B) distribute
(C) promote
(D) provide

(A) émettre
(B) distribuer
(C) promouvoir
(D) fournir

Réponse (D)
Fournir quelque chose à quelqu'un se dit ***provide someone with something***.

21 (A) meet
(B) meeting
(C) to meet
(D) to meeting

(A) base verbale : (ici) faire la connaissance de
(B) verbe en *-ing* ou nom : réunion
(C) infinitif
(D) ***to*** + verbe en ***-ing***

Réponse (D)
C'est une des rares fois où ***to*** est suivi de la forme en ***-ing*** : « attendre avec impatience », « avoir hâte de » se traduit par l'expression ***look forward to*** + verbe en ***-ing***.

The workplace Part 7

▶ *Énoncé p. 35*

Questions 22-26 refer to the following advertisement, notice and e-mail.

1. Compte-rendu

Minutes of Newport Community Library Committee

October 10th
Members Present – Anna Belto, Carlo Durand, Gerald Bulmer, Jacinda O'Malley
Members Absent – Quentin Rolando

Minutes of last meeting accepted unanimously.

There have been complaints from the general public that the library is not open often enough.
Anna Belto explained that there was not the budget to allow for opening more often.
Carlo Durand proposed that a number of library-studies students be hired as interns, with the intention of extending opening hours and giving the interns some concrete experience in their line of study.
Ms. O'Malley offered to prepare an advertisement to recruit interns, to be published in the local newspaper.

A donation of over 300 books was accepted by Gerald Bulmer on behalf of the library. Any duplicates of existing library books will be donated to our usual charity.

Next meeting is scheduled on November 6th.

2. Annonce

Library-studies students, we need you!

In order to be able to offer extended opening hours, we would like to take on and help train three undergraduates in Library Studies. If you are a final-year student studying Library Management or Library Science, please send your résumé and a recommendation from your supervisor to Quentin Rolando through the Newport Community Library Web site. Workload will be 10 to 15 hours per week.

CORRIGÉS

3. Courriel

To: Quentin Rolando <newportlibrarian@ncl.org>
From: Jacinda O'Malley <jomalley@zinger.com>
Date: November 05
Subject: Intern recruitment

Jacinda, there's been a lot of replies to the newspaper ad. Can you help me sort through the résumés and prepare a shortlist of candidates to interview?
I'm behind the desk all day today, but I have some time tomorrow. We'll be able to discuss our impressions in the meeting.

Quentin

Les questions 22 à 26 se rapportent aux minutes, à l'annonce et au courriel suivants.

Compte-rendu du comité de la Bibliothèque municipale de Newport
10 octobre
Présents : Anna Belto, Carlo Durand, Gerald Bulmer, Jacinda O'Malley
Excusé : Quentin Rolando

Le compte-rendu de la dernière réunion a été approuvé à l'unanimité.

Il y a eu des plaintes de la part du public pour dire que la bibliothèque n'était pas ouverte assez souvent.
Anna Belto a expliqué que le budget ne permettait pas d'ouvrir plus souvent.
Carlo Durand a proposé que l'on embauche quelques étudiants documentalistes en tant que stagiaires, avec pour objectifs d'élargir les horaires d'ouverture et de leur donner une expérience concrète dans leur domaine d'études.
Mme O'Malley s'est proposée pour préparer une annonce de recrutement pour les stagiaires, à paraître dans le journal municipal.

Au nom de la bibliothèque, Gerald Bulmer a accepté une donation de plus de 300 livres. Les doublons de livres existants seront envoyés à notre association caritative habituelle.

La prochaine réunion est prévue le 6 novembre.

Étudiants documentalistes, nous avons besoin de vous !
Afin de pouvoir proposer des horaires d'ouverture élargis, nous voulons embaucher et aider à la formation de trois étudiants bibliothécaires-documentalistes en premier cycle. Si vous êtes en dernière année de gestion de bibliothèque ou de bibliothéconomie, envoyez votre CV et une recommandation de votre tuteur à Quentin Rolando via le site Web de la Bibliothèque municipale de Newport. La charge de travail sera de 10 à 15 heures hebdomadaires.

De : Quentin Rolando <newportlibrarian@ncl.org>
À : Jacinda O'Malley <jomalley@zinger.com>
Date : 5 Novembre
Objet : Recrutement de stagiaires

Jacinda, nous avons reçu beaucoup de réponses à l'annonce dans le journal. Pouvez-vous m'aider à faire le tri dans les CV et à préparer une liste de candidats présélectionnés pour un entretien ? Je passe la journée au comptoir de prêt aujourd'hui, mais j'aurai du temps demain. Nous pourrons échanger nos impressions pendant la réunion.

Quentin

22 Why does the committee suggest hiring some interns?
(A) To do work for a charity
(B) To give them experience choosing books to purchase
(C) To reduce the book budget
(D) To allow the library to be open longer

Pourquoi le comité suggère-t-il d'embaucher des stagiaires ?
(A) Pour travailler avec une association caritative
(B) Pour leur donner de l'expérience dans le choix des livres à acheter
(C) Pour réduire le budget livres
(D) Pour permettre à la bibliothèque d'ouvrir plus longtemps

Réponse (D)
Le public se plaint des horaires limités ; l'embauche des stagiaires doit régler ce problème.

23 What information about the internship is NOT stated in the documents?
(A) The number of hours of work
(B) The field of study required
(C) If the internship is paid
(D) The level of studies needed

Quelle information sur le stage ne trouve-t-on PAS dans les documents ?
(A) Le nombre d'heures de travail
(B) Le domaine d'études exigé
(C) Si le stage est rémunéré
(D) Le niveau d'études requis

Réponse (C)
L'annonce propose de former les personnes mais la rémunération n'est pas abordée.

24 Who most likely put the advertisement in the newspaper?
(A) Carlo Durand
(B) Jacinda O'Malley
(C) Anna Belto
(D) Quentin Rolando

Qui a probablement fait passer l'annonce dans le journal ?
(A) Carlo Durand
(B) Jacinda O'Malley
(C) Anna Belto
(D) Quentin Rolando

Réponse (B)
Dans le compte-rendu, il est indiqué : ***Ms. O'Malley offered to prepare an advertisement***.

25 Who probably is Quentin Rolando?
(A) A local journalist
(B) A member of the public
(C) The head librarian
(D) A university professor

Qui est probablement Quentin Rolando ?
(A) Un journaliste de la région
(B) Un membre du public
(C) Le directeur de la bibliothèque
(D) Un professeur d'université

Réponse (C)
Dans l'annonce de recrutement, on constate que l'adresse mail de M. Rolando est ***newportlibrarian*** et que c'est lui qui va choisir les stagiaires.

26 What will happen on the day following the e-mail?
(A) The committee will meet again.
(B) Some books will be sent to a charity.
(C) A list of references will be prepared.
(D) Some applicants will be interviewed.

Que se passera-t-il le lendemain du courriel ?
(A) Le comité se réunira à nouveau.
(B) On va envoyer des livres à une organisation caritative.
(C) On va préparer une liste de références.
(D) Des candidats passeront un entretien.

Réponse (A)
Le compte-rendu précise que la réunion suivante aura lieu le 6 novembre, or le courriel date du 5 novembre et on peut y lire que Quentin et Jacinda vont regarder les CV le lendemain.
(D) Ce n'est pas encore le moment des entretiens, les deux personnes doivent d'abord faire une présélection.

PART 2 QUESTIONS-RÉPONSES

LES DIFFÉRENTS TYPES D'ÉNONCÉS DE PART 2

Exercice 1 Les mots interrogatifs

▶ *Énoncé p. 39*

1 **Who** was the first person to arrive today?
2 **Where** can I find some photocopy paper?
3 **When / What time** is the meeting?
4 **Why** didn't you call me yesterday?
5 **Which** applicant did you prefer?
6 **What** did you eat?
7 **How** is Kim traveling to Cleveland?
8 **What** is the new boss **like**?
9 **Whose** is the blue car parked outside?
10 **How many** people are attending the meeting?
11 **How much** time do we have?
12 **How far** is it to the post office?
13 **How often** is the mail collected?
14 **How long** have you been waiting?

Exercice 2 Les questions ouvertes

Part 2 – Piste 25

▶ *Énoncé p. 40*

1 Where is the nearest bathroom?
(A) Yes, there are two.
(B) On your right, opposite the water fountain.
(C) They weren't there.

Où se trouvent les toilettes les plus proches ?
(A) Oui, il y en a deux.
(B) Sur votre droite, en face de la fontaine à eau.
(C) Elles n'étaient pas là.

Réponse (B)
(A) n'est pas possible, car on demande ***where*** (où), pas ***how many*** (combien).
(C) est au passé et ne répond pas à la question.

2 How often do you exercise?
(A) Twice a week.
(B) I'm afraid I forgot my homework.
(C) I usually have just one or two.

À quelle fréquence vous entraînez-vous ?
(A) Deux fois par semaine.
(B) Je crains d'avoir oublié mes devoirs.
(C) D'habitude, j'en prends un ou deux.

Réponse (A)
Car (A) indique une fréquence.
En (B), attention à la confusion possible entre l'exercice physique et l'exercice scolaire.
(C) ne répond pas à la question.

3 Who is that man over there?
(A) Yes, that's right.
(B) It's my new car.
(C) Actually, he's my new manager.

Qui est cet homme là-bas ?
(A) Oui, c'est cela.
(B) C'est ma nouvelle voiture.
(C) En fait, il s'agit de mon nouveau directeur.

Réponse (C)
(C) ***actually*** = en fait.
(A) et (B) ne répondent pas à la question.

4 When are you going on vacation?
(A) To Jamaica.
(B) Last week.
(C) On Monday.

Quand partez-vous en vacances ?
(A) En Jamaïque.
(B) La semaine dernière.
(C) Lundi.

Réponse (C)
(A) ne convient pas ; on demande ***when*** (quand), pas ***where*** (où).
(B) indique une date dans le passé, alors que la question ***are you going*** entraîne une réponse dans le futur.

5 How are you going to San Francisco?
(A) Fine, thanks.
(B) I think I'll drive.
(C) Yes, I have no other choice.

Comment allez-vous à San Francisco ?
(A) Très bien, merci.
(B) Je pense que je vais y aller en voiture.
(C) Oui, je n'ai pas d'autre choix.

Réponse (B)
Car (B) précise le moyen de déplacement.
En (A), attention à ne pas confondre ***How are you going?*** et ***How are you?***
(C) ne convient pas, car ***Yes*** répond à une question fermée.

6 How many slides have you prepared for your presentation?
(A) Half a dozen, I think.
(B) As soon as possible.
(C) Not much.

Combien de diapositives avez-vous prévu pour votre présentation ?
(A) Une demi-douzaine, je crois.
(B) Dès que possible.
(C) Pas beaucoup.

Réponse (A)
Car (A) indique une quantité : half a dozen = 6.
(B) ***As soon as possible*** est une expression de temps, pas de quantité.
(C) ne convient pas car ***not much*** est indénombrable, alors que ***slides*** est dénombrable.

7 Which shirt did you finally buy?
(A) It was a present.
(B) No, I decided to borrow it.
(C) The blue one.

Quelle chemise as-tu fini par acheter ?
(A) C'était un cadeau.
(B) Non, j'ai décidé de l'emprunter.
(C) La bleue.

Réponse (C)
Car (C) décrit l'article acheté.
(A) ne répond pas à la question et ***no*** dans (B) répond à une question fermée.

8 How much longer will it take to complete the project?
(A) I think it's shorter.
(B) You can give it to me if you want.
(C) About a week.

Combien de temps supplémentaire va-t-il falloir pour terminer le projet ?
(A) Je pense que c'est plus court.
(B) Tu peux me le donner si tu veux.
(C) Environ une semaine.

Réponse (C)
Car (C) répond à *How much longer* par une indication de durée.
En (A), attention à la confusion possible entre ***longer*** et ***shorter***.
(B) ne répond pas à la question.

9 How far is your house from here?
(A) Only two streets away.
(B) It's not mine.
(C) So far, not bad.

Votre maison est-elle loin d'ici ?
(A) Juste à deux rues d'ici.
(B) Elle n'est pas à moi.
(C) Pour l'instant, ce n'est pas mal.

Réponse (A)
Car *Only two streets away* donne une indication de distance.
En (B), attention à ne pas faire le rapprochement entre ***your*** et ***mine***.
(C) ***So far*** fait penser à how far mais ne répond pas à la question.

10 What is your new boss like?
(A) She's very friendly.
(B) I like it very much.
(C) I'd like two, please.

Comment est votre nouvelle directrice ?
(A) Elle est très sympathique.
(B) Je l'aime beaucoup.
(C) J'en voudrais deux, s'il vous plait.

Réponse (A)
Car (A) décrit la personne.
(B) Le pronom ***it*** ne désigne pas une personne.
(C) ***Would like*** ne répond pas à ***is like***.

Exercice 3 Les formes conjuguées de *be*, *have*, *do*

▶ *Énoncé p. 40*

1 Is the office manager available?	(A) No, she's out of the office today.
2 Were those people the new office workers?	(C) No, they were cleaners.
3 Weren't you going to hire two new workers?	(B) I decided to hire three.
4 Does the new assistant live nearby?	(C) Yes, just five minutes away.
5 Don't you have a green car?	(B) No, mine's blue.
6 Did you arrive on time?	(A) Yes, we got there just at the last minute.
7 Didn't they send the invoice?	(B) It arrived this morning.
8 Isn't she going to be late if she leaves now?	(C) Not if she takes a taxi.
9 Has the photocopier been fixed?	(A) It's working perfectly now.
10 Haven't you finished the report yet?	(B) I didn't have enough time.

Exercice 4 Les questions fermées

Part 2 – Piste 26

▶ *Énoncé p. 41*

1 Are those your keys?
(A) I think they're Janet's.
(B) Please pass me the peas.
(C) Yes, it is.

Ces clés sont-elles les tiennes ?
(A) Je pense que ce sont celles de Janet.
(B) Passez-moi les petits pois, s'il vous plait.
(C) Oui.

Réponse (A)
Car (A) précise le propriétaire.
En (B), attention à la confusion possible due à la rime ***keys / peas.***
En (C), ***it is*** renvoie à un objet au singulier, alors que la question porte sur un pluriel : ***those*** et ***keys***.

2 Have you attended this class for long?
(A) It's very short.
(B) No, I only started last week.
(C) No, I don't.

Est-ce que vous suivez ce cours depuis longtemps ?
(A) C'est très court.
(B) Non, j'ai seulement commencé la semaine dernière.
(C) Non.

Réponse (B)
Car (B) précise le début de l'activité.
En (A), attention à ne pas rapprocher ***short*** de ***long*** dans l'énoncé.
Le temps de (C) ne correspond pas à celui de l'énoncé.

3 Did you enjoy your trip?
(A) Actually, it was a disaster.
(B) Yes, it was.
(C) With my boss.

Avez-vous aimé votre voyage ?
(A) En fait, c'était une catastrophe.
(B) Oui.
(C) Avec mon patron.

Réponse (A)
Car (A) donne une précision sur le séjour.
En (B), le pronom ***it*** ne reprend pas le ***you*** de l'énoncé.
(C) ne répond pas à la question.

4 Will you join us for dinner?
(A) With pleasure!
(B) Let's have lunch!
(C) I've enjoyed it very much.

Vous joindrez-vous à nous pour le dîner ?
(A) Avec plaisir !
(B) Allons déjeuner !
(C) Je l'ai beaucoup apprécié.

Réponse (A)
Car (A) est une autre façon de dire oui.
(B) ne parle pas du même repas.
(C) est une réponse au passé alors que l'énoncé indique une action à venir.

5 Is Mr. Tanaka going to join us?
(A) He's going there tomorrow.
(B) Yes, he is.
(C) She's with us.

M. Tanaka va-t-il nous rejoindre ?
(A) Il y va demain.
(B) Oui.
(C) Elle est avec nous.

Réponse (B)
Car (B) reprend l'auxiliaire pour ne pas répéter le verbe.
(A) ne répond pas à la question.
(C) évoque une femme alors qu'il s'agit d'un homme, M. Tanaka, dans l'énoncé.

6 Can I take your order?
(A) I'm sorry, but I need more time.
(B) Of course he can.
(C) Yes, we can.

Êtes-vous prêt à commander ?
(A) Excusez-moi, mais il me faut plus de temps.
(B) Bien sûr qu'il peut le faire.
(C) Oui.

Réponse (A)
Car (A) est une autre façon de dire non.
(B) et (C) contiennent les pronoms ***he*** et ***we***, alors que l'énoncé entraîne une réponse avec ***you***.

7 Weren't you going to resign?
(A) Certainly not!
(B) You can sign here.
(C) Yes, we are.

Ne vouliez-vous pas démissionner ?
(A) Sûrement pas !
(B) Vous pouvez signer à cet endroit.
(C) Oui.

Réponse (A)
Car (A) est une autre façon de dire non.
En (B), attention à ne pas rapprocher ***sign*** (signer) de ***resign*** (démissionner).
En (C), plusieurs personnes pourraient démissionner en même temps, mais le présent ne répond pas au prétérit de l'énoncé.

8 Doesn't John work in the New York office?
(A) Next year.
(B) He's on vacation.
(C) I don't think so.

John ne travaille-t-il pas dans le bureau de New York ?
(A) L'an prochain.
(B) Il est en vacances.
(C) Je ne crois pas.

Réponse (C)
(A) et (B) ne répondent pas à la question.

9 Do we need to check every shipment?
(A) That's the rule.
(B) You have to sign every check.
(C) Yes, by boat?

Avons-nous besoin de vérifier toutes les cargaisons ?
(A) C'est la procédure.
(B) Vous devez signer tous les chèques.
(C) Oui, par bateau ?

Réponse (A)
Car (A) vient confirmer que c'est la règle.
En (B), attention à ne pas rapprocher le nom ***check*** (chèque) du verbe ***check*** (vérifier).
(C) ne répond pas à la question.

10 Didn't you say that the printer was out of order?
(A) We can order it.
(B) I said no such thing.
(C) You can print it in my office.

N'aviez-vous pas dit que l'imprimante était en panne ?
(A) On peut le commander.
(B) Je n'ai jamais dit ça.
(C) Vous pouvez l'imprimer dans mon bureau

Réponse (B)
En (A), attention à ne pas rapprocher le verbe ***order*** (commander) et l'expression ***out of order*** (en panne).
En (C), ***print*** se rapproche de ***printer*** mais ne répond pas à la question.

Exercice 5 Les *tags*

▶ *Énoncé p. 42*

1 You **can** speak Russian, **can't you?**
2 There **isn't** any paper left in the machine, **is there?**
3 There **were** fifty new employees last year, **weren't there?**
4 Your manager **has** decided to leave, **hasn't he/she?**
5 You **haven't** made your decision yet, **have you?**
6 Only Marielle **was** present during the theft, **wasn't she?**
7 You **remembered** to turn off the lights, **didn't you?**
8 Our plan is complicated, but it **is** going to work, **isn't it?**
9 We **could** ask for a subsidy, **couldn't we?**
10 The workers on the first shift **start** at 6 in the morning, **don't they?**

Exercice 6 Les *tags*

Part 2 – Piste 27

▶ *Énoncé p. 42*

1 He didn't get the promotion, did he?
(A) She gets motion sick.
(B) It's 20% off.
(C) Of course not!

Il n'a pas été promu, n'est-ce pas?
(A) Elle a le mal des transports.
(B) C'est une réduction de 20 %.
(C) Bien sûr que non.

Réponse (C)
Car (C) est une autre façon de répondre par la négative.
En (A), ne pas confondre ***motion*** et ***promotion***.
(B) indique une offre spéciale qui renvoie au faux ami ***promotion***.

2 The chairman likes to get here early, doesn't he?
(A) It's his chair.
(B) Yes, he does.
(C) He's late again.

Le président aime bien arriver tôt, n'est-ce pas?
(A) C'est sa chaise.
(B) Oui.
(C) Il est encore en retard.

Réponse (B)
Car (B) reprend l'auxiliaire pour ne pas répéter le verbe.
La réponse (C) indique le contraire de la question.

3 These cookies are gluten free, aren't they?
(A) Of course they are.
(B) I have allergies.
(C) Don't they?

Ces biscuits sont bien sans gluten?
(A) Bien sûr.
(B) J'ai des allergies.
(C) Ne le sont-ils pas?

Réponse (A)
Car (A) est une paraphrase de oui.
(B) fait le lien entre gluten et allergies mais ne répond pas à la question.
(C) ne contient pas le bon auxiliaire.

4 These files don't belong here, do they?
(A) I'm sorry, I left them here by accident.
(B) It's mine.
(C) It was a very dangerous accident.

Ces fichiers ne vont pas ici, n'est-ce pas?
(A) Je suis désolé, je les ai laissés ici par erreur.
(B) C'est à moi.
(C) C'était un accident grave.

Réponse (A)
(B) est au singulier, alors que l'énoncé renvoie à un pluriel.
(C) ne répond pas à la question.

5 Our competitors weren't expecting that, were they?
(A) We've managed to surprise them.
(B) It's a serious competition.
(C) Yes, I accepted.

Nos concurrents ne s'attendaient pas à ça, n'est-ce pas?
(A) Nous avons réussi à les surprendre.
(B) C'est une compétition sérieuse.
(C) Oui, j'ai accepté.

Réponse (A)
En (B), attention à la confusion possible entre ***competition*** et ***competitors***.

6 You didn't forget to invite Jake, did you?
(A) I'm afraid I don't.
(B) I'm afraid I did.
(C) I invited you.

Tu n'as pas oublié d'inviter Jake, hein?
(A) J'ai bien peur que non.
(B) Je crains que si.
(C) Je vous ai invité.

Réponse (B)
Car (B) est une façon de répondre oui.
En (A), le temps de la réponse ne correspond pas à celui de l'énoncé.

7 It's going to rain tomorrow, isn't it?
(A) I believe so.
(B) I went there yesterday.
(C) Yes, the rain is heavy.

Il va pleuvoir demain, non?
(A) Oui, je crois.
(B) J'y suis allé hier.
(C) Oui, il pleut beaucoup.

Réponse (A)
Car (A) est une paraphrase de oui.
(B) ne correspond ni au temps ni au verbe de l'énoncé.
(C) reprend le mot ***rain*** mais ne répond pas à la question.

8 You knew about the merger, didn't you?
(A) You did.
(B) I know him very well.
(C) I'd heard some rumours.

Vous étiez au courant de la fusion, n'est-ce pas ?
(A) Vous l'étiez.
(B) Je le connais très bien.
(C) J'avais entendu des rumeurs.

Réponse (C)
Car (C) laisse supposer que oui.
Le pronom ***you*** en (A) ne répond pas à l'énoncé (qui demande un ***I*** ou un ***we***).
En (B), il y a erreur dans l'objet : ***him*** renvoie à une personne, pas à une fusion (***it***).

9 Sarah didn't get the job, did she?
(A) I don't know.
(B) She worked last night.
(C) She's got a great sense of humor.

Sarah n'a pas décroché le poste, si ?
(A) Je ne sais pas.
(B) Elle travaillait hier soir.
(C) Elle a beaucoup d'humour.

Réponse (A)
(B) et (C) ne répondent pas du tout à la question.

10 The order hasn't arrived yet, has it?
(A) I had it.
(B) I'll have a coke, please.
(C) Not that I know of.

La commande n'est pas arrivée, si ?
(A) Je l'ai eue.
(B) Je vais prendre un Coca, s'il vous plait.
(C) Pas que je sache.

Réponse (C)
Car (C) est une autre façon de dire non.
(A) reprend l'auxiliaire mais ne répond pas à la question
(B) répond à côté, la commande est déjà passée.

Exercice 7 Les prépositions de temps

▶ *Énoncé p. 44*

1 How about meeting here **on** Monday?
2 Actually, I finished working on my slides ø last week.
3 I think we'll go to Brazil ø next summer.
4 I'll see you **at** lunchtime!
5 Our company was established **in** 1987.
6 Hurry up! They are unveiling our work **in** 5 minutes.
7 What are you doing **at** Thanksgiving?
8 Our facilities must be operational ø next spring.
9 Jake told me that you saw him at a conference ø yesterday.
10 The company picnic always takes place **on** weekends.

Exercice 8 Les questions indirectes

Part 2 – Piste 28

▶ *Énoncé p. 44*

1 Do you know who the new sales director is?
(A) I've known you for a long time.
(B) I think he's called Wilson.
(C) Sales begin next week.

Savez-vous qui est le nouveau directeur des ventes ?
(A) Cela fait longtemps que je vous connais.
(B) Je crois qu'il s'appelle Wilson.
(C) Les soldes commencent la semaine prochaine.

Réponse (B)
(A) ne répond pas à la question.
En (C), ***sales*** a le sens de soldes.

2 Could you tell me what time the next train to London leaves?
(A) It's fall after all.
(B) Let me look that up for you.
(C) Yes, he could.

Pourriez-vous me dire à quelle heure part le prochain train pour Londres ?
(A) Nous sommes en automne après tout.
(B) Permettez-moi de vérifier.
(C) Oui, il pourrait.

Réponse (B)
En (A), la confusion est possible entre ***fall*** (automne) et ***leaves*** dans l'énoncé (en tant que verbe ici, « part », mais qui peut aussi être un nom au pluriel, « feuilles »).
(C) ne répond pas l'énoncé.

CORRIGÉS

3 Do you remember how many copies we ordered?
(A) I don't remember much.
(B) A dozen.
(C) Let's order ten.

Vous rappelez-vous du nombre d'exemplaires que nous avons commandés ?
(A) Je ne me souviens pas de grand-chose.
(B) Une douzaine.
(C) Commandons-en dix.

Réponse (B)
(A) ne répond pas à la question.
(C) ne répond pas à la question, la commande est déjà passée.

4 Do you know where they are organising this year's seminar?
(A) I know him very well.
(B) In Florida.
(C) Last year.

Savez-vous où est organisé le séminaire de cette année ?
(A) Je le connais très bien.
(B) En Floride.
(C) L'année dernière.

Réponse (B)
(A) et (C) ne répondent pas à la question, qui demande ***where*** (où), pas ***who*** (qui) ni ***when*** (quand).

5 Would you happen to know where my keys are?
(A) I saw them on your desk this morning.
(B) What happened?
(C) Why not tomorrow?

Avez-vous une idée de l'endroit où pourraient se trouver mes clés ?
(A) Je les ai vues sur votre bureau ce matin.
(B) Que s'est-il passé ?
(C) Pourquoi pas demain ?

Réponse (A)
Car (A) répond à la question indirecte en donnant une indication.
(B) et (C) ne répondent pas à la question.

6 Do you think you can give me the time?
(A) It's mine, actually.
(B) I think it's a lovely clock.
(C) It's 10:30

Pourriez-vous me donner l'heure ?
(A) C'est à moi, en fait.
(B) Je trouve que c'est une très belle horloge.
(C) Il est 10h30.

Réponse (C)
(A) et (B) répondent à côté.

7 Do you know if the application needs to be sent by post?
(A) Apparently e-mail is fine.
(B) I'll go to the post office.
(C) You can always apply.

Savez-vous s'il faut envoyer la candidature par courrier ?
(A) Apparemment, on peut l'envoyer par courriel.
(B) Je vais aller à la poste.
(C) Vous pouvez toujours postuler.

Réponse (A)
(B) ne répond pas à la question.
En (C), ***apply*** fait penser à ***application*** mais cette réponse est sans rapport avec l'énoncé.

8 Will you tell me who gave you this binder?
(A) Jake did.
(B) Yes, I will.
(C) I was the finder.

Pouvez-vous me dire qui vous a donné ce classeur ?
(A) C'est Jake.
(B) Oui.
(C) C'est moi qui l'ai trouvé.

Réponse (A)
Car (A) répond à la question indirecte en donnant une indication.
(B) ne répond pas à la question.
En (C), attention à ne rapprocher ***binder*** et ***finder*** en raison de la rime.

9 Could you tell me where the printer is?
(A) Sure, I could.
(B) Those documents were mine.
(C) It's in Jane's office.

Pourriez-vous me dire où se trouve l'imprimante ?
(A) Bien sûr.
(B) Ces documents étaient à moi.
(C) Elle est dans le bureau de Jane.

Réponse (C)
(A) ne répond pas à la question indirecte.
(B) ne répond pas à la question.

10 Would you happen to know where the nearest bakery is?
(A) It's just around the corner.
(B) Nothing happened.
(C) It would be best.

Savez-vous où se trouve la boulangerie la plus proche ?
(A) Juste au coin de la rue.
(B) Il ne s'est rien passé.
(C) Ce serait mieux.

Réponse (A)
En (B), la confusion est possible entre ***happen*** (arriver) et ***would you happen to know***.
(C) ne répond pas à la question.

Exercice 9 Les demandes polies

▶ *Énoncé p. 45*

1 Would you hold the door open for me please? (B) I'd be pleased to.
2 Would you like some help? (A) I can manage, thanks.
3 Shall we stop for lunch now? (C) I'd rather finish this first.
4 May I contact you by phone again next week? (C) That would be fine

Exercice 10 *Like – Would like – Be like*

▶ *Énoncé p. 45*

1 Would you like something to drink? (B) I'll have a coffee.
2 What is the new beverage like? (B) The Marketing Department says it is refreshing.
3 There is a new movie theater in the mall. (C) Would you like to go?
4 Do you like sleeping on the train? (C) I find it very relaxing.
5 Why are you leaving early? (A) I like to get to airports with plenty of time.

Exercice 11 Les questions avec un choix

Part 2 – Piste 29

▶ *Énoncé p. 46*

1 Would you like me to step in for you?
(A) Mind the step.
(B) Yes, please.
(C) No, it's for John.

Voulez-vous que j'intervienne pour vous ?
(A) Attention à la marche.
(B) Oui, je vous en prie.
(C) Non, c'est pour John.

Réponse (B)
En (A), attention à ne pas confondre ***step*** (la marche) du verbe ***step in*** (intervenir).
(C) ne répond pas à la question.

2 Shall I take your coat?
(A) That's very kind of you, thanks.
(B) It's very cold.
(C) It took me ten minutes.

Puis-je prendre votre manteau ?
(A) C'est très gentil à vous, merci.
(B) Il fait très froid.
(C) Cela m'a pris dix minutes.

Réponse (A)
Car (A) indique l'acceptation en réponse à la proposition.
(B) et (C) ne répondent pas à la question.

3 Who is joining us for dinner?
(A) At lunchtime.
(B) Both of us are.
(C) With pleasure.

Qui se joint à nous pour dîner ?
(A) À midi.
(B) Nous deux.
(C) Avec plaisir.

Réponse (B)
(A) ne répond pas à la question car il ne s'agit pas de l'heure.
(C) « avec plaisir » ne répond pas à la question « qui ».

4 Could I try this on?
(A) Of course, the fitting room is over there.
(B) You can always try.
(C) The tray is very heavy.

Puis-je essayer ceci ?
(A) Bien sûr, la cabine d'essayage est par là.
(B) Vous pouvez toujours essayer.
(C) Le plateau est très lourd.

Réponse (A)
En (B), la confusion est possible entre ***try on*** (essayer des vêtements) et ***try*** (essayer).
En (C), attention à ne pas confondre ***try*** (essayer) et ***tray*** (plateau).

5 Would you like to take a seat?
(A) I will take two, please.
(B) I'm fine thanks.
(C) I like it very much.

Voulez-vous vous asseoir ?
(A) Je vais en prendre deux, s'il vous plait.
(B) Ça va, merci.
(C) Je l'aime beaucoup.

Réponse (B)
(A) l'énoncé propose de s'asseoir, pas d'emporter un siège. En (C), attention à la confusion possible entre ***like*** et ***would like.***

6 Shall we take my car or yours?
(A) Either is fine.
(B) Yes, by bus.
(C) I love shellfish.

Nous prenons ma voiture ou la vôtre ?
(A) N'importe laquelle.
(B) Oui, en bus.
(C) J'adore les crustacés.

Réponse (A)
(B) ne répond pas à la question
En (C), attention aux mots similaires ***shall*** et ***shellfish***.

7 Could you call me after your meeting?
(A) Yes, you can call me.
(B) I'll do that.
(C) We meet twice a week.

Pourriez-vous m'appeler après votre réunion ?
(A) Oui, vous pouvez m'appeler.
(B) D'accord.
(C) Nous nous rencontrons deux fois par semaine.

Réponse (B)
En (A), « vous pouvez m'appeler » ne répond pas à la question. En (C), attention à ne pas rapprocher ***meet*** (se rencontrer) et ***meeting*** (réunion).

8 Would you mind carrying this case for me?
(A) I'm always careful.
(B) Okay, just in case.
(C) Of course not.

Auriez-vous la gentillesse de me porter cette mallette ?
(A) Je fais toujours attention.
(B) D'accord, au cas où.
(C) Bien sûr.

Réponse (C)
(A) ne répond pas à la question.
En (B) attention à la confusion possible entre ***case*** (mallette) et ***just in case*** (au cas où).

9 Shall I call you a cab?
(A) No thank you, I'll walk.
(B) No, you can call me Sam.
(C) We're about to taxi out.

Voulez-vous que je vous appelle un taxi ?
(A) Non, merci, je vais marcher.
(B) Non, vous pouvez m'appeler Sam.
(C) Nous sommes sur le point de quitter le terminal.

Réponse (A)
(B) ne répond pas à la question.
En (C), attention à la confusion entre un taxi et ***taxi out*** (quitter le terminal).

10 Should we take a look at the production line now or later?
(A) Sure, you can take it anytime.
(B) Neither, let's do it tomorrow.
(C) I think the line is visible.

Devrions-nous visiter la chaîne de fabrication maintenant ou plus tard ?
(A) Bien sûr, vous pouvez prendre n'importe quelle heure.
(B) Ni l'un ni l'autre, visitons-la demain.
(C) Je pense que l'on voit la ligne.

Réponse (B)
En (A), attention à la confusion possible entre ***take a look*** (jeter un coup d'œil, visiter) et ***take*** (prendre).
(C) ne répond pas à la question.

Exercice 12 Les affirmations

▶ Énoncé p. 47

1 Last night's meal was excellent. – Well, it was very expensive.
2 Be careful you don't miss your flight. – I'm leaving in a few minutes.
3 The traffic was dense today. – There was an accident.
4 We need to hire a new manager. – It may be too costly.
5 My phone has stopped working. – You need a new one.
6 Helen is a great manager. – She has a lot of experience.

Exercice 13 Les affirmations

Part 2 – Piste 30 ▶ Énoncé p. 47

1 I really like your new top!
(A) No, it's at the bottom.
(B) Thanks, I got it in the mall.
(C) No, not really.

J'aime beaucoup votre nouveau haut.
(A) Non, c'est en bas.
(B) Merci, je l'ai acheté au centre commercial.
(C) Non, pas vraiment.

Réponse (B)
En (A), la confusion est possible entre ***top*** (un haut) et ***bottom*** (en bas).
(C) ne répond pas à la question.

---

2 Don't touch that pan, it's still hot!
(A) But I like it cold.
(B) I didn't move it.
(C) Thanks for the warning.

Ne touchez pas à cette casserole, elle est toujours chaude!
(A) Mais je l'aime bien froid.
(B) Je ne l'ai pas déplacée.
(C) Merci de m'avoir prévenu.

Réponse (C)
Car (C) réagit à l'avertissement, c'est la bonne réponse.
(A) joue sur la confusion ***hot / cold***, mais ne répond pas à la question.
(B) ne répond pas à la question.

---

3 The boss wants to see you.
(A) Am I in trouble?
(B) One is enough.
(C) I saw it last week.

Le chef veut vous voir.
(A) Est-ce que je vais avoir des problèmes?
(B) Un seul suffit.
(C) Je l'ai vu la semaine dernière.

Réponse (A)
Car (A) demande pourquoi le chef veut voir la personne.
(B) ne répond pas à la question.
(C) ***It*** n'est pas le bon pronom pour répondre à l'énoncé (qui demande ***him*** ou ***her***).

---

4 I can't believe I've lost my badge again.
(A) I told you to host it.
(B) No, you haven't, I can see it in your pocket.
(C) Just leave it.

Je n'arrive pas à croire que j'ai encore perdu mon badge.
(A) Je vous avais dit de le présenter.
(B) Mais non, je le vois dans votre poche.
(C) Vous n'avez qu'à le laisser.

Réponse (B)
En (A), attention à la confusion possible entre ***lost*** (perdu) et ***host*** (accueillir, présenter).
(C) ne répond pas à la question.

---

5 You should hurry, or you'll be late for work.
(A) But I love Indian food.
(B) There is no homework.
(C) We're starting later than usual today.

Tu devrais te dépêcher, sinon tu vas arriver en retard au travail.
(A) Mais j'adore la cuisine indienne.
(B) Il n'y a pas de devoirs.
(C) Aujourd'hui, nous commençons plus tard que d'habitude.

Réponse (C)
En (A), attention au rapprochement possible entre ***hurry*** et ***Indian food*** qui peut faire penser à ***curry***.
En (B), ne pas rapprocher ***work*** (travail) et ***homework*** (devoirs)

---

6 I'm starving!
(A) So am I!
(B) Why is she angry?
(C) Don't start just yet.

Je meurs de faim!
(A) Moi aussi!
(B) Pourquoi est-elle en colère ?
(C) Ne commence pas tout de suite

Réponse (A)
Car (A) réagit en partageant la même opinion : «moi aussi».
En (B) attention à ne pas confondre ***angry*** (en colère) et ***hungry*** (qui a faim).
(C) ne répond pas à la question.

7 Jane should be here any minute.
(A) In an hour or so.
(B) I heard you loud and clear.
(C) Good, then we can get started.

Jane devrait arriver d'un instant à l'autre.
(A) Dans une heure environ.
(B) Je vous reçois cinq sur cinq.
(C) Bon, alors nous pouvons commencer.

Réponse (C)
(A) et (B) ne répondent pas à la question.

8 We really need to rethink our marketing strategy.
(A) There is no such thing.
(B) It's a niche market.
(C) I've been saying so for months.

Nous devons vraiment revoir notre stratégie marketing.
(A) Nous n'avons rien de tel.
(B) C'est un marché de niche.
(C) Cela fait des mois que je le dis.

Réponse (C)
En (A), attention aux mots similaires ***rethink*** et ***thing***.
(B) ne répond pas à la question.

9 Let's go to the cinema tonight!
(A) Great idea!
(B) I have already seen it.
(C) Leslie is busy.

Allons au cinéma ce soir!
(A) Bonne idée!
(B) Je l'ai déjà vu.
(C) Leslie ne peut pas venir.

Réponse (A)
Car (A) répond avec enthousiasme à la proposition.
(B) renvoie à un film déjà vu, mais l'énoncé ne mentionne pas de film spécifique.

10 I got the promotion!
(A) Let's buy three!
(B) That's terrible.
(C) I'm happy for you.

J'ai été promu!
(A) Achetons-en trois!
(B) C'est une catastrophe.
(C) Tu m'en vois ravi.

Réponse (C)
(A) fait référence à une promotion dans un magasin, pas au travail.
En (B), ***terrible*** est un faux-ami. Le sens positif de «c'est terrible» (= c'est super) se rend en anglais par ***it's terrific***, et non pas ***it's terrible***.

PART 2 – VOCABULAIRE

Exercice 1 Les mots à connaître : *Retail*

▶ *Énoncé p. 48*

1 When you have finished shopping, please pay at the **checkout** / **cash register**.
2 You will find the cheese and other **dairy products** at the end of **aisle** number 3.
3 Ms. Woods was so embarrassed when she knocked over the **display** with her cart!
4 We pride ourselves on having the freshest **produce** in town!
5 Mr. Khan asked the **store associate** where to find the refrigerators.
6 "Sorry, Sir, our store does not **carry** refrigerators or any other **appliances**".
7 Sun Market thanks you very much for your continued **custom**. We hope to see you again soon in our **store**.
8 Before the store opens, the **cashiers** have to make sure they have enough **change** in their cash registers.
9 A **shelf stocker** replenishes the shelves at least once a day.
10 Fiona likes to spend her lunch break **browsing** in the mall. (...)
11 One of the hourly tasks of the store associate is to make sure the **carts** have been returned to their correct place in the parking lot.
12 The high-end boutique is having a **sale** at the moment. All footwear has a 50% **markdown**!
13 Did you see the plans for the new **mall**? In addition to the usual stores, it will house a movie theater, a bowling alley and a restaurant.
14 Collecting **coupons** to get your groceries at a reduced price has almost become a national sport!
15 Refunds will only be issued upon presentation of the **receipt**, so make sure you keep it.

Exercice 2 Les familles de mots

▶ *Énoncé p. 48*

1 Thank you, I don't need any help, as I'm just **(D) browsing**.
Merci, je n'ai pas besoin d'aide, je ne fais que regarder.
2 We need to hire a part-time **(C) cashier** for the holiday period to take the pressure off the full-timers.
Nous devons engager un caissier à temps partiel pour la période des fêtes afin de soulager les temps pleins.
3 If you are lucky, you can find designer clothes on **(A) sale** at the end of the season.
Si on a de la chance, on peut trouver des vêtements de marque en soldes en fin de saison.
4 This store trains the cashiers to place the **(A) change** on the counter and not in the customer's hand.
Ce magasin entraîne les caissières à placer la monnaie sur le comptoir et non dans la main du client.
5 Most of our kitchen **(B) appliances** come with a 2-year warranty.
La plupart de notre électroménager pour la cuisine est vendu avec une garantie de 2 ans.
6 It is important to eat a variety of fresh **(D) produce** in order to remain healthy.
Il est important de manger des fruits et légumes frais variés afin de rester en bonne santé.
7 Mr. Singh was disappointed with the customer service and decided to take his **(A) business** elsewhere.
M. Singh était déçu du SAV et a décidé de changer de magasin.
8 A well- **(B) stocked** supermarket never runs out of milk.
Un supermarché bien approvisionné n'est jamais à court de lait.
9 Yoko checked her **(D) receipt** carefully to make sure she hadn't paid too much.
Yoko a bien vérifié son ticket de caisse pour être sûre de ne pas avoir trop payé.
10 Please return your shopping **(A) cart** to the appropriate place before leaving the premises.
Veuillez retourner votre chariot à l'endroit indiqué avant de quitter les lieux.

Exercice 3 Les verbes à particule

▶ *Énoncé p. 49*

1 **close down** : close definitively
2 **mark down** : reduce a price
3 **try on** : see if an item of clothing fits before you buy it
4 **shop around** : visit different shops to find the best price for an item
5 **sell off** : sell an item at a reduced price to make shelf space
6 **sell out** : sell all of a product; to have none left

Exercice 4 Les synonymes

▶ *Énoncé p. 49*

1 carry *(vb)* : **stock**
2 mall : **shopping center**
3 appliances : **white goods**
4 markdown : **reduction**
5 store : **outlet**
6 cash register : **checkout**

Exercice 5 Les mots à connaître : *Ordering*

▶ *Énoncé p. 50*

1 All of our **goods** are covered by a 5 year **warranty** on parts and labor.
2 If you are not entirely satisfied with the Ergo desk chair, please **return** it and you will receive a complete **refund**.
3 A **retailer** sells to the general public, whereas a **wholesaler** sells to shops.
4 Our chief **purchaser** is retiring next year, so one of the assistant buyers will replace her.
5 All headphones with the **batch** number W1651 are **defective**. Could you please contact the **after-sales service** for an exchange?
6 Receive a **complimentary** digital radio for every 4 boxes of pens ordered.
7 Send the voucher, along with proof of purchase, to receive a $50 **discount** off the cost of our new laptop.
8 **Click and collect** is a very useful time-saving service. You **place an order** on the Internet and then go to the store to pick up the **item**.
9 I'm afraid the shipping you charged me for does not correspond to the amount on the **quote** I received before ordering.
10 Our **stock** of spare parts is getting low, we need to contact our **supplier** to place a new order.
11 To receive a special 5% **rebate**, you must take our survey before the **deadline** of May 4th.

Exercice 6 Les familles de mots

▶ *Énoncé p. 50*

1 One of the most common **(D) defects** is a failure to turn off automatically.
L'un des défauts les plus courants est une panne de la déconnection automatique.
2 Mr. Delfino is responsible for the **(D) purchasing** department.
M. Delfino est responsable du service des achats.
3 I would like to return the **(C) merchandise** because it is faulty.
Je voudrais retourner la marchandise car elle est défectueuse.
4 Our latest desk lamp model **(B) retails** at $29.99.
Notre nouvelle lampe de bureau se vend 29,99 $.
5 The **(C) warranty** is void if the seal is broken.
La garantie est caduque si le sceau est rompu.
6 Since the new **(B) discounter** opened directly opposite our store, sales have dropped dramatically.
Depuis l'ouverture du nouveau magasin discount juste en face de notre magasin, les ventes ont baissé de façon spectaculaire.
7 During **(D) stocktaking**, every piece of stock must be counted.
Pendant un inventaire, chaque article en stock doit être listé.
8 The price you **(B) quoted** us is double the estimate we received from the competition!
Le montant donné dans votre devis est deux fois plus élevé que le devis de votre concurrent !
9 When an increase in prices is announced, people have a tendency to **(D) stockpile** basic nonperishable goods.
Quand on annonce une hausse des prix, les gens ont tendance à faire des réserves de produits de base non-périssables.
10 The CEO paid our department a **(A) compliment** by choosing us as the example to follow.
Le PDG a fait un compliment à notre service en nous désignant comme l'exemple à suivre.

Exercice 7 Les prépositions

▶ Énoncé p. 51

1 Excuse me, I'm looking for the Shredder 3000. Do you have any **in** stock?
2 I'm terribly sorry, Madam. The Shredder 3000 is **out of** stock at the moment. Would you like to preorder one?
3 You can purchase this mattress **on** a trial basis. If you don't like it, then return it to us within 30 days and get a full refund.
4 It's generally cheaper to buy things like rice and cereal **in** bulk rather than in small packets.

Exercice 8 Les synonymes

▶ Énoncé p. 51

1 A rival firm is selling exactly the same product at a massive **discount**.
2 Our current electricity **supplier** is running a promotional campaign.
3 There are 5 **items** in your virtual cart. Go to checkout?
4 It is essential to ask for a shipping **quote** before signing any contract.
5 We undertake to replace or refund any **defective** product, no questions asked.
6 Buy 3 pots of special bathroom paint and get a **complimentary** one!

Exercice 9 Les mots à connaître : *Invoicing*

▶ Énoncé p. 52

1 If you use ink from another manufacturer, the warranty for your printer will be **void**.
2 I forgot to pay the electricity **bill** and received a **reminder** from the company. If I don't pay **within** 7 days, they will cut off my power!
3 The reminder letter said to **disregard** it if I had already paid.
4 Make sure you send all our official correspondence using our company **letterhead**.
5 When you **issue** a cheque, don't forget to get the manager to sign it.
6 The **terms of payment** should be easily visible in any invoice, but in this document, they are at the end, in the **fine print**.
7 Please make your check **payable** to ABC Ltd.
8 We have a lot of **outstanding** debts that we must pay in order to avoid problems with our main **creditor**.
9 Do you **charge** a **fine** in the event of late payment?
10 The **amount due** is $525 including **shipping and handling** using our preferred carrier.
11 Payment is **pending**, we are just waiting for the bank to clear the check.
12 There is a **fee** for ordering below a certain number of **units**.
13 Could you please give me your **invoice** number?

Exercice 10 Les familles de mots

▶ Énoncé p. 52

1 We will send you the invoice for your **(D) subscription** as soon as you return the form.
Nous vous enverrons la facture pour votre abonnement dès que vous aurez retourné le formulaire.
2 **(D) Undercharging** a client is much more problematic than the opposite, as the store loses money.
Sous-facturer un client est bien plus problématique que le contraire, car le magasin perd de l'argent.
3 The building **(B) reminded** me of where I went to college.
Le bâtiment m'a rappelé l'endroit où je suis allé à l'université.
4 The **(C) issuer** of the check must have sufficient funds to cover its amount.
L'émetteur du chèque doit disposer de suffisamment d'argent pour couvrir son montant.
5 Please contact the **(C) invoicing** service if you have any questions regarding your payment.
Veuillez contacter le service facturation si vous avez des questions concernant votre paiement.
6 Your **(C) shipment** was not properly packaged.
Votre envoi n'a pas été conditionné comme il faut.
7 Could you please phone us today **(B) regarding** your order?
Pourriez-vous nous appeler aujourd'hui au sujet de votre commande ?
8 It is to your **(A) credit** that you wish to continue your education.
Le fait que vous souhaitiez continuer votre éducation est tout à votre honneur.
9 There is one **(D) unit** that is malfunctioning.
Il y a un élément qui fonctionne mal.
10 **(D) Depending** on the amount due, you will have to pay either in cash or by credit card.
En fonction de la somme due, vous aurez à payer soit en espèces, soit par carte de crédit.

Exercice 11 Les mots qui ont plusieurs sens

▶ Énoncé p. 53

1 a problem / supply *(vb)* / a copy of a magazine : **issue**
2 late, unpaid / excellent : **outstanding**
3 ask for payment / replenish a battery / officially accuse someone of a crime : **charge**
4 canceled or expired / lacking / empty : **void**
5 a financial penalty / good (weather) / small : **fine**

Exercice 12 Les synonymes

▶ Énoncé p. 53

bill – invoice
charge – fee
overdue – outstanding
invalid – void
disregard – ignore

Exercice 13 Les mots à connaître : *Delivery*

▶ *Énoncé p. 54*

1 If you want your urgent parcel to get there **overnight**, you will have to pay a **rush fee**.
2 A bicycle **courier** is much more efficient at delivering small packages in a city.
3 Make sure you **pack** your **shipment** carefully to minimise breakage.
4 The operator used the **forklift truck** to stack the crates in the **warehouse**.
5 I'm not satisfied with our current **carrier**, which never **picks up** the shipments when it says it will.
6 Take your parcel to the post office, where a **postal worker** will **weigh** it to check that it isn't too heavy.
7 It was easier to put the furniture in **storage** than to try to sell it.
8 If the truck's **load** is too heavy, there can be problems.
9 We shipped the precious statue in a wooden **crate**, surrounded by packing peanuts.
10 Excuse me, madam, the **recipient** must sign for this registered **package**.
11 The train company is responsible for all **freight** trains.
12 Please don't **stack** things on top of this box, as the contents are fragile.
13 In order for us to **drop off** the delivery on time, it must be **dispatched** before midday.

Exercice 14 Les familles de mots

▶ *Énoncé p. 54*

1 Dairy products must be kept in cold **(D) storage** to stop them from going bad.
Les produits laitiers doivent être gardés au frais pour les empêcher de tourner.
2 When we received the consignment, the **(D) packaging** was damaged.
Quand nous avons reçu l'envoi, l'emballage était endommagé.
3 **(D) Shipping** costs get higher and higher every year.
Les coûts d'expédition augmentent d'année en année.
4 We need to calibrate our scales because the post office says the **(B) weight** is different.
Nous devons calibrer notre balance car le bureau de poste dit que le poids est différent.
5 The **(C) loading** bay is behind the warehouse.
L'aire de chargement se trouve derrière l'entrepôt.
6 We bought these special crates which are designed to be **(D) stackable**.
Nous avons acheté ces caisses spéciales qui sont conçues pour être empilables.
7 The **(C) dispatcher** forgot to pay a rush fee, so it will take longer to arrive.
Le distributeur a oublié de payer des frais d'envoi en express, donc il faudra plus longtemps pour que cela arrive.
8 The **(D) recipient** of the award should contact us in order to organize delivery of their trophy.
La personne récompensée doit nous contacter pour organiser la livraison de son trophée.
9 Are you sure you should **(A) carry** that on your own?
Êtes-vous sûr que vous devriez porter cela tout seul ?
10 The choice of carriers is too big, I can't **(C) pick out** just one!
Le choix de transporteurs est trop grand, je ne peux pas en sélectionner un seul !

Exercice 15 Les prépositions

▶ *Énoncé p. 55*

1 Pierre put all his furniture **in** storage when he moved to Australia for a one-year contract.
2 Do you think it is possible to pick **up** the parcel before 10 o'clock?
3 I sent you the document to sign **by** courier. You should have it **by** this afternoon.
4 Please stack the pallets **in** a tidy pile.

Exercice 16 Les synonymes

▶ *Énoncé p. 55*

1 wrap – **pack**
2 consignment – **shipment**
3 parcel – **package**
4 transporter – **carrier**
5 send – **dispatch**

PART 2 - MINI TEST

Sales Part 1

Part 2 – Piste 35

▶ Énoncé p. 56

1 (A) The woman is preparing a bouquet.
(B) The woman is filling a basket.
(C) The woman is taking a phone order.
(D) The woman is picking flowers.

(A) La femme prépare un bouquet.
(B) La femme remplit un panier.
(C) La femme prend une commande par téléphone.
(D) La femme cueille des fleurs.

Réponse (C)
On voit que la femme est au téléphone.

Sales Part 2

Part 2 – Pistes 36-40

▶ Énoncé p. 56

2 There is an express fee.
(A) Fees keep going up.
(B) How much is it?
(C) The express is much faster.

Il y a des frais pour envoi en express.
(A) Les frais ne cessent d'augmenter.
(B) C'est combien?
(C) L'express est beaucoup plus rapide.

Réponse (B)
En réaction à l'énoncé, (B) demande logiquement à combien s'élèvent les frais.

---

3 The display is almost empty.
(A) Yes, it was.
(B) I'll fill it up.
(C) The play was very good.

Le présentoir est presque vide.
(A) Oui, ça l'était.
(B) Je vais le remplir.
(C) La pièce de théâtre était très bien.

Réponse (B)
(A) répond à une question fermée et est formulé au passé alors que l'énoncé est au présent.

---

4 Would you like an exchange or your money back?
(A) The first one.
(B) Yes, let's change it.
(C) My back hurts today.

Voulez-vous un échange ou un remboursement?
(A) La première solution.
(B) Oui, changeons-le.
(C) J'ai mal au dos aujourd'hui.

Réponse (A)
The first one sous-entend « la première des deux options ».

---

5 Do you carry Chinese silk?
(A) I'm afraid it's too heavy.
(B) Would you like some help?
(C) Yes, but it's out of stock.

Vendez-vous de la soie chinoise?
(A) J'ai peur que ce soit trop lourd.
(B) Voulez-vous de l'aide ?
(C) Oui, mais nous sommes en rupture de stock.

Réponse (C)
Carry a ici le sens de « vendre, avoir en stock ».

6 I have to load the truck.
(A) It's a wide load.
(B) No, it won't take long.
(C) Shall I help you?

Je dois charger le camion.
(A) C'est un gros chargement.
(B) Non, ça ne prendra pas longtemps.
(C) Je peux vous aider?

Réponse (C)
(C) vient en réaction à l'énoncé en proposant de l'aide.

Sales Part 3

Part 2 – Pistes 41-42

▶ *Énoncé p. 57*

Questions 7-9 refer to the following conversation.

M Hello, this is Tom Dane from Hi-Tronix. I have a query about my invoice.

W Yes, Mr. Dane, what appears to be the problem?

M There's an item on it I don't recall ordering. We certainly have no need of it here. It's reference L201. I'd like to return it please.

W Yes, I see. I'll send our driver over to pick it up. She should be there in the afternoon, if you are free. I'll also send an updated invoice with her. You can disregard the one you received.

Les questions 7 à 9 se rapportent à la conversation suivante.

Bonjour, c'est Tom Dane de Hi-Tronix à l'appareil. J'ai une question à propos de ma facture.

Oui, M. Dane. Quel est le problème?

Je ne me souviens pas d'avoir commandé un des articles qui figure dessus. Nous n'en avons pas besoin en tout cas. Le numéro de référence est L201. Je voudrais vous le retourner, s'il vous plaît.

Oui, je vois. Je vais envoyer notre livreuse pour le récupérer. Elle devrait arriver dans le courant de l'après-midi, si vous êtes disponible. Je lui donnerai également une facture rééditée. Vous pouvez ignorer celle que vous avez reçue.

7 What problem does the man have?
(A) An article didn't arrive.
(B) An article was not invoiced.
(C) An article was not ordered.
(D) An article was too expensive.

Quel est le problème de l'homme?
(A) Un article n'est pas arrivé.
(B) Un article n'a pas été facturé.
(C) Un article n'a pas été commandé.
(D) Un article était trop cher.

Réponse (C)
Il dit ***an item I don't recall ordering***.

8 When will the driver come?
(A) Later in the morning
(B) After lunch
(C) After dinner
(D) Tomorrow

Quand la livreuse va-t-elle arriver?
(A) Plus tard dans la matinée
(B) Après le déjeuner
(C) Après le dîner
(D) Demain

Réponse (B)
La femme dit ***in the afternoon***.

9 What does the woman tell the man to do?
(A) Pay an invoice
(B) Send a letter
(C) Ignore the first invoice
(D) Drop off the goods

Que la femme dit-elle à l'homme de faire?
(A) Payer une facture
(B) Envoyer une lettre
(C) Ignorer la première facture
(D) Déposer la marchandise

Réponse (C)
Disregard signifie «ignorer».

Sales **Part 4**

Part 2 – Pistes 43-44

▶ *Énoncé p. 57*

Questions 10-12 refer to the following message.

M Hello, this is a message for the after-sales service. Last week I purchased a convertible sofa bed on your Internet site, and it was delivered yesterday morning. I tried to assemble it yesterday afternoon, but there would appear to be several screws and such missing. I had to give up in the end. Out of curiosity, I checked the reviews on your Web site and several customers have complained about the same issue. I would like you to overnight me the missing parts and if this is not possible, to refund my purchase. I don't want to keep an unusable sofa bed.

Les questions 10 à 12 se rapportent au message suivant.

Bonjour, ceci est un message pour le service après-vente. La semaine dernière, j'ai commandé un canapé convertible sur votre site Internet et on me l'a livré hier matin. Hier après-midi, j'ai essayé de le monter, mais il manque apparemment plusieurs vis et d'autres pièces. J'ai fini par renoncer.
Par curiosité, j'ai vérifié les commentaires sur votre site Web, et plusieurs clients se sont plaints du même problème.
Je voudrais que l'on m'envoie par express pour demain les pièces manquantes, et si ce n'est pas possible, que l'on me rembourse mon achat. Je ne veux pas garder un canapé convertible inutilisable.

10 Why did the man leave a message?
(A) He didn't receive his sofa bed.
(B) He was not happy with the delivery.
(C) He didn't receive everything he needed.
(D) He didn't want to assemble the sofa bed.

Pourquoi l'homme a-t-il laissé un message ?
(A) Il n'a pas reçu son canapé convertible.
(B) Il n'est pas content de la livraison.
(C) Il n'a pas reçu tout ce dont il avait besoin.
(D) Il ne voulait pas monter le canapé convertible.

Réponse (C)
Il manquait une partie de la visserie et d'autres pièces.

11 When did the man receive his order?
(A) Last week
(B) Yesterday morning
(C) Yesterday afternoon
(D) This morning

Quand l'homme a-t-il reçu sa commande ?
(A) La semaine dernière
(B) Hier matin
(C) Hier après-midi
(D) Ce matin

Réponse (B)
Il dit ***it was delivered yesterday morning***.

12 What does the man mean when he says "I had to give up in the end"?
(A) He stopped doing something.
(B) He had a lot of issues.
(C) He only finished one end.
(D) He gave it to the delivery person.

Que veut dire l'homme par « I had to give up in the end » ?
(A) Il a arrêté de faire quelque chose.
(B) Il a eu beaucoup de problèmes.
(C) Il n'a terminé qu'une partie.
(D) Il l'a donné au livreur.

Réponse (A)
Give up a ici le sens de « renoncer, arrêter ».

▶ Énoncé p. 58

13 I need to contact the .... to alter our order.
(A) supply
(B) supplies
(C) supplier
(D) supplement

(A) fournir
(B) fournitures
(C) fournisseur
(D) supplément

Je dois contacter le fournisseur pour modifier notre commande.

Réponse (C)

14 The shoes were .... down from $100 to $30.
(A) mark
(B) marked
(C) marking
(D) marks

(A) base verbale : marquer
(B) prétérit ou participe passé
(C) verbe + *-ing*
(D) 3e personne du singulier du présent simple

Les chaussures étaient démarquées de 100 $ à 30 $.

Réponse (B)

Il s'agit d'une forme passive : ***were*** + participe passé.

15 The furniture store thanked its customers for their ....
(A) patron
(B) patronize
(C) patronizing
(D) patronage

(A) client
(B) prendre de haut / être client de
(C) condescendant
(D) fidélité

Le magasin de mobilier a remercié ses clients pour leur fidélité.

Réponse (D)

16 A driver who parks in an unauthorized parking spot will probably get a ....
(A) fee
(B) fine
(C) payment
(D) cost

(A) frais
(B) amende
(C) paiement
(D) coût

Un conducteur qui se gare sur une place de parking non autorisée recevra probablement une amende.

Réponse (B)

17 I left the empty coffee packet on the bench as a .... to buy some more!
(A) remind
(B) reminded
(C) reminder
(D) reminding

(A) base verbale : rappeler
(B) prétérit ou participe passé : rappelé
(C) nom : rappel
(D) verbe + *-ing* : rappelant

J'ai laissé le paquet de café vide sur le plan de travail pour me rappeler de racheter du café !

Réponse (C)

Il manque un nom pour compléter la phrase.

Sales **Part 6**

▶ *Énoncé p. 58*

Questions 18-21 refer to the following letter.

Dear Mr. Fratelli,

Thank you very much for ………… (18) to take care of our ………… (19) needs at such short notice.

We particularly appreciate your prompt reply as our business is time sensitive. We must deliver our goods to our clients as soon as possible, ………… (20) we risk losing them.

In exchange for your help in this matter, we would like to take this opportunity to offer you a 20% discount on all orders should you yourself have need of office equipment in the next 12 months.

………… (21) .

We look forward to working with your company,

Yours sincerely,
Esteban Jones

Les questions 18 à 21 se rapportent au courrier suivant.

Cher M. Fratelli,

Merci beaucoup pour votre proposition de vous occuper de nos besoins en fret aussi rapidement.

Nous apprécions particulièrement votre réponse rapide, car pour notre entreprise le temps est un facteur critique. Nous devons livrer nos clients dès que possible, sinon nous risquons de les perdre.

En échange de votre aide dans ce domaine, nous aimerions profiter de l'occasion pour vous proposer une remise de 20 % sur toutes vos commandes, si jamais vous aviez vous-même besoin de fournitures de bureau dans les 12 mois à venir.

Veuillez me contacter directement lorsque vous souhaiterez bénéficier de cette remise.*

Au plaisir de travailler avec votre entreprise,

Cordialement
Esteban Jones

* Traduction de la réponse à la question 21.

18 (A) to offer
(B) offered
(C) offer
(D) offering

(A) infinitif : offrir
(B) prétérit ou participe passé
(C) base verbale
(D) verbe + *-ing*

Réponse (D)
Il faut la forme ***-ing*** après une préposition.

---

19 (A) freights
(B) freighted
(C) freighter
(D) freightage

(A) frets
(B) affrété
(C) fréteur
(D) fret

Réponse (D)
Le nom ***freight*** est indénombrable ; de plus, un nom qui agit en tant qu'adjectif ne peut pas être au pluriel (A).

20 (A) either
(B) however
(C) otherwise
(D) or

(A) soit
(B) cependant
(C) sinon
(D) ou

Réponse (C)

Otherwise se réfère à la condition posée dans la phrase précédente.

21 (A) Do you understand the consequences?
(B) When you wish to benefit from this discount, please contact me personally.
(C) We highly recommend you.
(D) Could you please send me your sales catalogue?

(A) Comprenez-vous les conséquences ?
(B) Veuillez me contacter directement lorsque vous souhaiterez bénéficier de cette remise.
(C) Nous vous recommandons vivement.
(D) Pourriez-vous m'envoyer votre catalogue ?

Réponse (B)

Sales Part 7

▶ *Énoncé p. 59*

Questions 22-23 refer to the following advertisement.

Tina's on Main

Ready to change your wardrobe, but not sure where to start?

Come on down to **Tina's on Main**.
Here at **Tina's on Main** we offer you a personal coach to help you determine what you should or should not be wearing. Our staff are fashion experts who know it all – colours, styles, sizes, and more!

Book an appointment with a coach this week and pay nothing!

Tina's on Main
268 Main Street
Petraville

Open till 9 P.M. every weeknight.

Les questions 22 à 23 se rapportent à la publicité suivante.

Tina's on Main

Vous êtes décidé à changer de garde-robe, mais vous ne savez pas par où commencer ?
Venez chez Tina's on Main.
Chez Tina's on Main, nous vous proposons un coach individuel qui vous aidera à déterminer ce que vous devriez et ce que vous ne devriez pas porter. Notre personnel est composé d'experts qui savent tout de la mode – les couleurs, les styles, les tailles et bien davantage !

Prenez rendez-vous avec un coach cette semaine et ne payez rien !

Tina's on Main
268 Main Street
Petraville

Ouvert jusqu'à 21h tous les soirs de semaine.

22 What sort of business is Tina's on Main?
(A) A furniture store
(B) A fitness center
(C) A clothing store
(D) A hair salon

Quel genre d'entreprise est Tina's on Main?
(A) Un magasin de meubles
(B) Une salle de sport
(C) Un magasin de vêtements
(D) Un salon de coiffure

Réponse (C)
Wardrobe **peut désigner la penderie, mais également ce que l'on met dedans.**

23 On what days is the store open until 9 P.M.?
(A) Seven days a week
(B) Monday to Friday
(C) Monday to Saturday
(D) Saturday and Sunday

Quels jours le magasin est-il ouvert jusqu'à 21h?
(A) Tous les jours de la semaine
(B) Du lundi au vendredi
(C) Du lundi au samedi
(D) Samedi et dimanche

Réponse (B)
Weeknight = a weekday night.

▶ *Énoncé p. 60*

Questions 24-26 refer to the following notice.

DELIVERY FAQ

1 When will I receive my delivery?
When you place your order, you will receive an estimated delivery date. Please note that this is not a guaranteed delivery date for your order. – [1] – Some areas may take longer due to the frequency of deliveries to the delivery zip code. The time it takes you to receive your order includes order processing, packaging, transit time to the delivery provider, and transit time to the delivery address. – [2] –

When the carrier receives your order and is ready to schedule a delivery date, they will attempt to contact you at the telephone number that you provided in your order. – [3] – At that time, they will let you know on what days of the week they are able to deliver to your area. Deliveries will be made between the hours of 8 A.M. and 8 P.M. on the day you select. – [4] – The delivery company will make every effort to deliver within the time window provided.

Les questions 24 à 26 se rapportent à la notice suivante.

FAQ Livraison

1. Quand recevrai-je ma livraison?
Quand vous passerez une commande, vous recevrez une date de livraison estimée. Veuillez noter qu'il ne s'agit pas d'une date de livraison garantie pour votre commande. Certains secteurs peuvent mettre plus de temps à être livrés selon la fréquence des livraisons à ces codes postaux. Le délai pour recevoir votre commande comprend le traitement de la commande, l'emballage, le temps de transit vers le transporteur, et le temps de transit vers l'adresse de livraison.

Quand le transporteur recevra votre commande et qu'il sera prêt à planifier une date de livraison, il essaiera de vous joindre au numéro de téléphone que vous avez fourni lors de la commande. Il vous dira alors quels sont les jours de la semaine où il livre dans votre secteur. Les livraisons se font de 8h à 20h le jour que vous avez choisi. **Le transporteur vous appellera le matin de la livraison pour vous donner un créneau approximatif.*** Le transporteur fera son possible pour vous livrer dans le créneau choisi.

* Réponse à la question 26

24 What is NOT a factor in determining delivery times?

(A) The carrier chosen
(B) Order processing
(C) Delivery to the carrier
(D) Packaging

Qu'est-ce qui n'entre PAS en compte dans le calcul du délai de livraison ?

(A) Le choix du transporteur
(B) Le traitement de la commande
(C) La livraison au transporteur
(D) L'emballage

Réponse (A)

(B) ***order processing***, (C) ***delivery to the carrier = transit time to the delivery provider*** et (D) ***packaging*** sont tous cités à la fin du premier paragraphe.

---

25 When do clients choose a delivery date?

(A) Before they pay
(B) When they validate the order
(C) The morning of the delivery
(D) When the carrier receives the goods

Quand les clients choisissent-ils une date de livraison ?

(A) Avant de payer
(B) Quand la commande est validée
(C) Le matin de la livraison
(D) Quand le transporteur reçoit la marchandise

Réponse (D)

Cette procédure est précisée à la 1re phrase du 2e paragraphe.

---

26 In which of the positions marked [1], [2], [3], and [4] does the following sentence best belong?

"The delivery company will call you the morning of the scheduled delivery and will provide you with an approximate time window."

(A) [1]
(B) [2]
(C) [3]
(D) [4]

Dans quelle position, [1], [2], [3], ou [4], la phrase suivante s'insère-t-elle le mieux ?

« The delivery company will call you the morning of the scheduled delivery and will provide you with an approximate time window. »

(A) [1]
(B) [2]
(C) [3]
(D) [4]

Réponse (D)

C'est l'emplacement le plus logique, car la phrase suivante fait référence à un créneau *(time window)* que le livreur s'efforcera de respecter.

PART 3 DIALOGUES

LES QUESTIONS ET LES THÈMES DE PART 3

Exercice 1 Le vocabulaire

▶ Énoncé p. 64

At the pharmacy	At the garage	At the supermarket
prescription – consultation – on an empty stomach – interaction – refill – tablet – receipt	vehicle – mechanic – tire – hood – invoice – puncture – winterize – labor – belt	stocktaking – checkout – cashier – receipt – cart – belt

Exercice 2 Les documents visuels

▶ Énoncé p. 64

1 At the garage

2 At the pharmacy

Mots & expressions

stocktaking : inventaire ***prescription :*** ordonnance ***checkout :*** caisse ***on an empty stomach :*** le ventre vide ***consultation :*** rendez-vous médical ***vehicle :*** véhicule ***cashier :*** caissier ***mechanic :*** mécanicien ***tire :*** pneu ***hood :*** capot ***receipt :*** ticket de caisse ***refill :*** renouvellement ***invoice :*** facture ***puncture :*** crevaison, crever ***winterize :*** préparer pour l'hiver ***cart :*** chariot ***belt :*** tapis roulant, ceinture, courroie ***labor :*** main-d'œuvre ***tablet :*** comprimé ***weight :*** poids

Exercice 3 Compréhension orale

Part 3 – Pistes 45-46 ▶ Énoncé p. 65

Les questions 1 à 3 se rapportent à la conversation suivante.

M Hello. I've been suffering a little from heartburn lately. What can you recommend?

Bonjour. Je souffre un peu de reflux ces temps-ci. Que pouvez-vous me recommander ?

W These tablets are very effective. Just make sure you don't take them on an empty stomach. It's best to take them in the middle of your evening meal, in fact.

Ces comprimés sont très efficaces. Faites juste attention de ne pas les prendre le ventre vide. En fait, le mieux, c'est de les prendre pendant votre dîner.

M Do I need a prescription for them?

Est-ce qu'il faut une ordonnance ?

W They'll be cheaper with a prescription, but it's not absolutely necessary.

Ça sera moins cher avec une ordonnance, mais elle n'est pas obligatoire.

M Well, I have a consultation with my doctor later this morning, so I'll ask him for one then. I'll come back this afternoon.

Bien, j'ai une consultation avec mon médecin plus tard ce matin, je lui en demanderai une. Je reviendrai cet après-midi.

1 Where most likely are the speakers?

(A) In a garage
(B) At the man's workplace
(C) At the woman's workplace
(D) In a supermarket

Où se trouvent probablement les interlocuteurs ?

(A) Dans un garage
(B) Sur le lieu de travail de l'homme
(C) Sur le lieu de travail de la femme
(D) Dans un supermarché

Réponse (C)
Le contexte ***(tablets, prescription)*** indique que la femme est pharmacienne.

2 When will the man return?

(A) After lunch
(B) In 5 minutes
(C) Tomorrow
(D) In an hour

Quand l'homme reviendra-t-il ?

(A) Après le déjeuner
(B) Dans 5 minutes
(C) Demain
(D) Dans une heure

Réponse (A)
L'homme dit qu'il reviendra cet après-midi.

3 What will the man show when he returns?

(A) Some ID
(B) A prescription
(C) A document from the insurance
(D) His driver's license

Que montrera l'homme à son retour ?

(A) Une pièce d'identité
(B) Une ordonnance
(C) Un document de son assurance
(D) Son permis de conduire

Réponse (B)
Il dit en fin de conversation qu'il doit voir son médecin et qu'il lui en demandera une.

Les questions 4 à 6 se rapportent à la conversation suivante.

Part 3 – Pistes 47-48 ▶ *Énoncé p. 65*

M	Good afternoon Madam. Please take your articles out of the cart and place them on the belt.	Bonjour Madame. Merci de retirer vos articles du chariot et de les mettre sur le tapis.
W	Yes, of course. This special offer cheese is a really good deal. I think I'll come back tomorrow and get some more. What time do you open tomorrow?	Oui, bien sûr. Ce fromage en promotion est vraiment une affaire. Je crois que je vais revenir en chercher demain. À quelle heure ouvrez-vous demain ?
M	Tomorrow is stocktaking. We'll be closed all day.	Demain nous faisons l'inventaire. Nous serons fermés toute la journée.
W	Oh, in that case, I'd better add some more to my purchases now! Can I run and get some?	Oh, alors je ferais mieux d'en acheter davantage maintenant ! Est-ce que je peux aller en chercher rapidement ?
M	Certainly, there's no one else waiting in line at my checkout.	Bien sûr, il n'y a personne d'autre qui attend à ma caisse.

4 Where does the man probably work?
(A) In a service station
(B) In a supermarket
(C) In a garage
(D) In a pharmacy

Où l'homme travaille-t-il probablement ?
(A) Dans une station-service
(B) Dans un supermarché
(C) Dans un garage
(D) Dans une pharmacie

Réponse (B)
Il semble être caissier.

5 What is going to happen tomorrow?
(A) A special offer will start.
(B) The store will be closed.
(C) A special offer will end.
(D) The store will open early.

Que se passera-t-il demain ?
(A) Une promotion va commencer.
(B) Le magasin sera fermé.
(C) Une promotion prendra fin.
(D) Le magasin ouvrira tôt.

Réponse (B)
Le magasin sera fermé pour cause d'inventaire ***(stocktaking)***.

6 What will the woman probably do next?
(A) Return her items to the shelves
(B) Pay by card
(C) Pay by check
(D) Add an item to her cart

Que fera probablement la femme ensuite ?
(A) Remettre ses articles en rayon
(B) Payer par carte
(C) Payer par chèque
(D) Ajouter un article dans son chariot

Réponse (D)
En apprenant que le magasin sera fermé le lendemain, la femme décide d'aller chercher davantage de fromage en promotion.

Les questions 7 à 9 se rapportent à la conversation et à la facture suivantes.

Part 3 – Pistes 49-50 ▶ *Énoncé p. 65*

W	Hi, I've come to pick up my car and to pay. Is it ready?	Bonjour, je viens récupérer ma voiture et vous régler. Est-elle prête ?
M	Absolutely. The work was carried out earlier this morning. Would you like to look your vehicle over before paying?	Absolument. On a effectué le travail dans la matinée. Voulez-vous inspecter votre véhicule avant de payer ?
W	I'm sure that won't be necessary, thank you.	Merci, mais ce ne sera pas nécessaire.
M	Here is the invoice ... Just a minute, I'm not sure it is correct. I saw that your rear tires were still in pretty good condition, so we only took off the two front tires. So the total comes to a hundred and fifty dollars, in fact. Would you like to pay by check or credit card?	Tenez, voici la facture... un instant, je ne suis pas sûr qu'elle soit exacte. J'ai vu que vos pneus arrière étaient encore en assez bon état, alors nous n'avons changé que les deux pneus avant. Cela vous fait donc un total de 150 dollars en réalité. Voulez-vous payer par chèque ou par carte ?

7 Where most likely are the speakers?
(A) In a car park
(B) At the woman's workplace
(C) At a garage
(D) In the woman's house

Où se trouvent probablement les interlocuteurs ?
(A) Dans un parking
(B) Sur le lieu de travail de la femme
(C) Dans un garage
(D) Chez la femme

Réponse (C)
Les mots ***tires***, ***my car***, ***vehicle***, ***invoice*** permettent de s'en rendre compte.
En (A), on ne changerait pas les pneus d'un véhicule dans un parking.
En (D), la femme vient récupérer son véhicule, elle n'est pas chez elle.

8 What does the man suggest the woman might like to do?
(A) Buy four tires
(B) Check the work done on the car
(C) Pay her invoice in instalments
(D) Get a refund

Que suggère l'homme à la femme ?
(A) D'acheter quatre pneus
(B) De contrôler le travail effectué sur la voiture
(C) De payer sa facture en plusieurs fois
(D) D'obtenir un remboursement

Réponse (B)
Il lui propose d'inspecter son véhicule ***(look over)***.
La réponse (D) n'est pas correcte car la femme n'a encore rien payé.

CORRIGÉS

Invoice n° 563-04		
27/04/20–		
4 tires	4 @ $50 per unit	$200
Labor		$50
	TOTAL	$250

Facture n° 563-04

4 pneus	4 × 50 $ l'unité	200 $
Main-d'œuvre		50 $
TOTAL		250 $

9 How much will the woman pay?
(A) $50
(B) $100
(C) $150
(D) $250

Combien payera la femme ?
(A) 50 $
(B) 100 $
(C) 150 $
(D) 250 $

Réponse (C)
La facture s'élève à 250 $, mais puisque seulement 2 pneus ont été changés au lieu de 4, le garagiste rectifie et annonce une facture de 150 $.

Exercice 4 Les synonymes

▶ *Énoncé p. 66*

without eating – **on an empty stomach**
appointment – **consultation**
dinner – **evening meal**
suggest – **recommend**
successful – **effective**

Exercice 5 Les prépositions

▶ *Énoncé p. 66*

M Good afternoon Madam. Please take your articles **out of** the cart and place them **on** the belt. (...)

W Oh, in that case, I'd better add some more **to** my purchases now! Can I run and get some?

M Certainly, there's no one else waiting **in** line **at** my checkout.

Exercice 6 Les verbes

▶ *Énoncé p. 66*

collect – **pick up**
perform – **carry out**
inspect – **look over**
remove – **take off**
cost – **come to**

Exercice 7 Le vocabulaire

▶ *Énoncé p. 67*

In the street	*In a restaurant*	*At the airport*
How can I get to... – straight ahead – hail – opposite – on the corner – bus stop – You can't miss it.	on the house – order – check – dish – booking – tip – starter	label – check – board – gate – stopover – business – customs – booking

Mots & expressions

how can I get to... : comment puis-je me rendre à ***on the house :*** offert ***label :*** étiqueter *(vb)* / étiquette *(n)*
straight ahead : tout droit ***hail :*** héler ***order :*** commander ***check :*** faire enregistrer *(vb)* / addition *(n)*
board : embarquer ***opposite :*** en face ***dish :*** plat ***customs :*** douane ***gate :*** porte ***booking :*** réservation
on the corner : à l'angle ***tip :*** pourboire *(n)* / laisser un pourboire *(vb)* ***starter :*** entrée ***stopover :*** escale
business : classe affaires ***bus stop :*** arrêt de bus ***you can't miss it :*** vous ne pouvez pas le rater
sharps : objets tranchants ou piquants ***blade :*** lame ***tossed salad :*** salade verte

Exercice 8 Les documents visuels

▶ *Énoncé p. 67*

1 At the airport
2 In a restaurant

Exercice 9 Compréhension orale

Part 3 – Pistes 51-52 ▶ Énoncé p. 68

Les questions 1 à 3 se rapportent à la conversation suivante.

M Hello, am I too late to check in for flight AF209?
Bonjour, est-ce qu'il est trop tard pour m'enregistrer sur le vol AF209 ?

W Not at all, sir. You're just in time. Do you have any luggage to check?
Pas du tout monsieur. Vous arrivez juste à temps. Avez-vous des bagages à enregistrer ?

M No, I just have this one carry-on bag.
Non, je n'ai que ce bagage à main.

W Then please fill out this label with your name and phone number and fix it to your bag.
Alors, veuillez remplir cette étiquette avec votre nom et votre numéro de téléphone et attachez-la à votre sac.

M Sure. I saw the sign about forbidden items and was wondering if I can keep my bottle of water?
Bien sûr. J'ai vu le panneau sur les articles interdits et je me demandais si je pouvais garder ma bouteille d'eau ?

W Well, it's bigger than is normally allowed, but because you have already drunk some of it, that brings you under the limit. You can keep it.
Eh bien, elle est plus grande que ce qui est autorisé normalement, mais puisque vous en avez bu un peu, cela vous met sous la limite. Vous pouvez la garder.

1 Where most likely are the speakers?
(A) On a plane
(B) In an airport
(C) On a train
(D) At a train station

Où se trouvent probablement les interlocuteurs ?
(A) Dans un avion
(B) À l'aéroport
(C) Dans un train
(D) À la gare

Réponse (B)
L'homme parle de vol ***(flight)***.
(A) Ils ne sont pas dans l'avion puisqu'ils parlent de bagages à enregistrer (any luggage to check).

2 How many bags does the man have?
(A) None
(B) One suitcase
(C) One carry-on bag
(D) One suitcase and one carry-on bag

Combien de sacs l'homme a-t-il ?
(A) Aucun
(B) Une valise
(C) Un bagage à main
(D) Une valise et un bagage à main

Réponse (C)
L'homme dit ***I just have this one carry-on bag***.

3 What is the man concerned about?
(A) Arriving late
(B) Having too much luggage
(C) Missing a train
(D) Drinking too much water

De quoi l'homme s'inquiète-t-il ?
(A) D'arriver en retard
(B) D'avoir trop de bagages
(C) De rater un train
(D) De boire trop d'eau

Réponse (A)
La première chose qu'il demande est ***Am I too late?***

Part 3 – Pistes 53-54 ▶ Énoncé p. 68

Les questions 4 à 6 se rapportent à la conversation suivante.

M Excuse me, I'm trying to get to the train station. Can you help me?
Excusez-moi, je voudrais me rendre à la gare. Pouvez-vous m'aider ?

W Well, it's quite far if you're on foot, and I see you have a suitcase. The best thing to do would be to walk to the bus stop on the corner and either take the number 3 bus or hail a taxi. The taxi rank is there too.
Eh bien, c'est assez loin à pied et je vois que vous avez une valise. Le mieux, ce serait de marcher jusqu'à l'arrêt de bus à l'angle de la rue, puis de prendre le bus numéro 3 ou de héler un taxi. La station de taxis se trouve là aussi.

M Okay, thank you very much. One more thing, do you know how long a taxi takes to get there?
Entendu, merci beaucoup. Une dernière chose, savez-vous combien de temps on met pour y aller en taxi ?

W Hmm, in this traffic? Around 20 minutes, but I would say the bus will be quicker, because there are special bus lanes.
Hum, avec cette circulation ? Environ 20 minutes, mais je crois que le bus mettra moins de temps, car les bus ont des couloirs spéciaux.

4 Where are the speakers?
(A) At the train station
(B) In the street
(C) At the bus stop
(D) At a taxi rank

Où les interlocuteurs se trouvent-ils ?
(A) À la gare
(B) Dans la rue
(C) À l'arrêt de bus
(D) À la station de taxis

Réponse (B)
L'homme veut se rendre à la gare et demande de l'aide à quelqu'un dans la rue.

5 What is NOT true?

(A) The man has no baggage.
(B) A taxi will be slower than the bus.
(C) The man can take the number 3 bus.
(D) The bus stop is next to the taxi rank.

Qu'est-ce qui n'est PAS vrai ?

(A) L'homme n'a pas de bagages.
(B) Un taxi mettra plus de temps que le bus.
(C) L'homme peut prendre le bus numéro 3.
(D) L'arrêt de bus se trouve à côté de la station de taxis.

Réponse (A)
La femme constate qu'il a une valise *(I see you have a suitcase)*.

6 How will the man most likely get to the train station?

(A) By subway
(B) On foot
(C) By bus
(D) By taxi

Comment l'homme va-t-il probablement se rendre à la gare?

(A) En métro
(B) À pied
(C) En bus
(D) En taxi

Réponse (C)
Car le bus mettra moins de temps avec la circulation.
Notez les prépositions : on dit ***BY bus / taxi / plane / car...*** mais ***ON foot***.

Les questions 7 à 9 se rapportent à la conversation et à l'addition suivantes.

Part 3 – Pistes 55-56 ▶ *Énoncé p. 68*

W Excuse me, I think there's a problem with my check.
Excusez-moi, je crois qu'il y a un problème avec mon addition.

M Yes, Madam, what appears to be the problem? Were you overcharged?
Oui Madame, quel est le problème? Est-ce qu'on vous a fait payer trop cher?

W No, quite the opposite. You forgot to include the dessert. I should have been charged $3.50 more.
Non, c'est le contraire. Vous avez oublié de compter le dessert. J'aurais dû payer 3,50 $ de plus.

M Actually, I didn't forget, your dessert is on the house because you told us it was your birthday.
En fait, je n'ai rien oublié. Votre dessert est offert par la maison car vous nous avez dit que c'était votre anniversaire aujourd'hui.

W Well, that's very kind of you. I'll be sure to leave a big tip!
Eh bien, c'est très gentil à vous. Je ferai en sorte de laisser un bon pourboire!

7 How much did the woman's dessert cost?

(A) She didn't have a dessert.
(B) $1.20
(C) $3.00
(D) It was free.

Combien le dessert de la femme a-t-il coûté?

(A) Elle n'a pas pris de dessert.
(B) 1,20 $
(C) 3,00 $
(D) Il était gratuit.

Réponse (D)
Il aurait dû coûter 3,50 $, mais il lui a été offert pour son anniversaire.

8 What does the man mean when he says "your dessert is on the house"?

(A) The woman's dessert is upstairs.
(B) The woman received a complimentary dessert.
(C) The woman's dessert is an experimental dessert.
(D) The woman received a dessert by accident.

Que veut dire l'homme par «your dessert is on the house»?

(A) Le dessert de la femme est à l'étage.
(B) La femme a reçu un dessert gratuit.
(C) Le dessert de la femme est un dessert expérimental.
(D) La femme a reçu un dessert par erreur.

Réponse (B)
Complimentary est un synonyme de ***free*** (offert, gratuit) mais peut aussi signifier «flatteur».

Gino's Pizza

1 medium cheese pizza	$ 9.90
1 sm tossed salad	$ 3.40
2 Sodas @ $1 each	$ 2.00
Subtotal	$15.30
Tax	$ 1.20
Total	$16.50

1 pizza au fromage moyenne	9,90 $
1 petite salade verte	3,40 $
2 boissons gazeuses à 1 $ pièce	2,00 $
Sous-total	15,30 $
Taxes	1,20 $
Total	16,50 $

9 What will the woman probably do next?

(A) Order a meal
(B) Eat a dessert
(C) Pay for a meal
(D) Book a table

Que va probablement faire la femme ensuite?

(A) Commander un repas
(B) Manger un dessert
(C) Payer un repas
(D) Réserver une table

Réponse (C)
On constate dès la première réplique que la conversation porte sur le montant de l'addition.

Exercice 10 Les prépositions

▶ *Énoncé p. 69*

Hello, am I too late to check **in** for flight AF209?
Not at all, sir. You're just **in** / **on** time. (...) (in time : *à temps* ; on time : *à l'heure*)
Then please fill **out*** this label with your name and phone number and fix it **to** your bag. (...)
that brings you **under** the limit.
*(Out *et* in *sont tous les deux possibles, mais* out *est plus courant aux États Unis.*)

Exercice 11 Texte à compléter

▶ *Énoncé p. 69*

(Le mot bus *est en trop.)*
Well, it's quite far if you're on **foot**, and I see you have a suitcase. (...) either take the number 3 bus or **hail** a taxi. The **taxi** rank is there too.
(...) how long a taxi **takes** to get there?
Hmm, in this **traffic**? (...) because there are special bus **lanes**.

Exercice 12 Le vocabulaire

▶ *Énoncé p. 69*

Excuse me, I think there's a problem with my check.
Yes, Madam, what **appears** to be the problem? (...)
No, **quite** the opposite. (...)
Actually, I didn't forget, your dessert is on the **house** because (...).
(...) I'll be sure to leave a big **tip**!

Exercice 13 Le vocabulaire des métiers

▶ *Énoncé p. 70*

Indices	Métier
fare, tip, meter, driver, passenger, heading to, change	**cab driver**
load, unload, loading bay, delivery, package, shipment, pallet	**truck driver**
dig, spade, weed, prune, lawn, mower, hedge, flower bed, hosepipe	**gardener**
checkout, cash register, line, charge, return, discount, customer	**cashier**
drill, spit, cavity, whiten, filling, hygienist, checkup	**dentist**
desk, office, cubicle, computer, telephone, printer	**office worker**
overhead locker, baggage, carry-on, boarding pass, gate, beverage	**flight attendant**
lease, tenant, homeowner, landlord, deposit, property	**real estate agent**
check in, check out, wake-up call, room service, porter, keycard	**hotel receptionist**
blueprints, building, hard hat, building site, concrete, safety footwear	**construction worker**

Exercice 14 Les documents visuels

▶ Énoncé p. 70

1 Truck driver

2 Gardener

Mots & expressions

- ***fare :*** course, ***tip :*** pourboire, ***meter :*** compteur, ***driver :*** chauffeur, ***passenger :*** passager, ***heading to :*** en direction de, ***change :*** monnaie
- ***load :*** charger, ***unload :*** décharger, ***loading bay :*** aire de chargement, ***delivery :*** livraison, ***package :*** colis, ***shipment :*** chargement / expédition / envoi, ***pallet :*** palette
- ***dig :*** creuser, ***spade :*** pelle, ***weed :*** mauvaise herbe, ***prune :*** tailler, ***lawn :*** pelouse, ***mower :*** tondeuse, ***hedge :*** haie, ***flower bed :*** parterre, ***hosepipe :*** tuyau d'arrosage
- ***checkout :*** caisse, ***cash register :*** caisse (machine), ***line :*** queue, ***charge :*** facturer, ***return :*** retourner, ***discount :*** remise, ***customer :*** client
- ***drill :*** fraise (de dentiste), ***spit :*** cracher, ***cavity :*** carie, ***whiten :*** blanchir, ***filling :*** plombage, ***hygienist :*** assistant dentaire, ***checkup :*** contrôle
- ***desk :*** bureau (meuble), ***office :*** bureau (pièce), ***cubicle :*** box, ***computer :*** ordinateur, ***printer :*** imprimante
- ***overhead locker :*** coffre à bagages, ***baggage :*** bagage(s), ***carry-on :*** bagage à main, ***boarding pass :*** carte d'embarquement, ***gate :*** porte (d'un terminal), ***beverage :*** boisson
- ***lease :*** bail, ***tenant :*** locataire, ***homeowner :*** propriétaire, ***landlord :*** propriétaire bailleur, ***deposit :*** caution, ***property :*** bien immobilier
- ***check in :*** s'enregistrer, ***check out :*** partir, ***wake-up call :*** réveil téléphonique, ***room service :*** service de chambre, ***porter :*** bagagiste, ***keycard :*** clé magnétique
- ***blueprints :*** projets, ***building :*** construction, ***hard hat :*** casque de chantier, ***building site :*** chantier, ***concrete :*** béton, ***safety footwear :*** chaussures de sécurité
- ***clearance :*** dégagement, ***flat fee :*** forfait

Exercice 15 Compréhension orale

Part 3 – Pistes 57-58 ▶ Énoncé p. 71

Les questions 1 à 3 se rapportent à la conversation suivante.

W Hi, I have a shipment for you from Nordic Paper. Five pallets.	Bonjour, j'ai un chargement de Nordic Paper pour vous. Cinq palettes.
M Sure, let me just check the shipping documents. Right, you can pull into loading bay 3. How high is your vehicle?	Bien sûr, laissez-moi vérifier les papiers d'expédition. Bien, vous pouvez vous garer à l'aire de chargement numéro 3. Quelle est la hauteur de votre véhicule ?
W It's 12 feet high exactly.	Il fait 3 m 65 exactement.
M In that case, there will be no problem with clearance. I asked because we had a minor incident in Bay 3 this morning with a truck that was too high! If you drive on a bit further, you'll see it on the right.	Alors, il n'y aura pas de problème de dégagement. Je pose la question parce que nous avons eu un petit incident ce matin à l'aire numéro 3 avec un camion qui était trop haut ! Si vous avancez un peu, vous la verrez sur la droite.
W No problem, I've been here before.	Ne vous inquiétez pas, je suis déjà venue ici.

1 Where most likely does the conversation take place?
(A) At a truck stop
(B) On a ship
(C) On the freeway
(D) At a warehouse

Où cette conversation a-t-elle probablement lieu ?
(A) Dans un relais routier
(B) Sur un bateau
(C) Sur l'autoroute
(D) Dans un entrepôt

Réponse (D)
(B) Attention à ne pas assimiler shipping (expédition) / shipment (chargement) et ship (bateau).

---

2 What does the man ask the woman to do?
(A) Drive on
(B) Park the vehicle
(C) Turn left
(D) Reverse

Que demande l'homme à la femme ?
(A) De rouler plus loin
(B) De garer son véhicule
(C) De tourner à gauche
(D) De faire marche arrière

Réponse (A)
À propos de l'aire de chargement, l'homme dit ***If you drive on a bit further, you'll see it on the right.***
(B) L'homme dit you can pull into loading bay 3 (vous pouvez vous garer à l'aire de chargement n° 3), mais demande plus loin à la femme d'avancer un peu pour s'y rendre, ce qu'elle doit faire avant de pouvoir se garer.

3 What is implied about Bay 3?

(A) Some trucks are too long for it.
(B) Some trucks are too heavy for it.
(C) Some trucks are too high for it.
(D) Some trucks are too wide for it.

Que suggère-t-on à propos du quai numéro 3 ?

(A) Certains camions sont trop longs pour y aller.
(B) Certains camions sont trop lourds pour y aller.
(C) Certains camions sont trop hauts pour y aller.
(D) Certains camions sont trop larges pour y aller.

Réponse **(C)**
L'homme demande la hauteur du camion et parle d'un petit incident qui a eu lieu le matin-même avec un camion trop haut.

Les questions 4 à 6 se rapportent à la conversation suivante.

Part 3 – Pistes 59-60 ▶ *Énoncé p. 71*

W Excuse me, but I think you are sitting in my seat.	Excusez-moi, mais je crois que vous êtes assis à ma place.
M I don't think so. My ticket says car number 11, seat 10 – see?	Je ne crois pas. Mon billet dit voiture 11, place 10 – vous voyez ?
W I don't understand! My seat number is 10. It says so on my ticket – look! We are on the commuter express to Pasadena, right?	Je ne comprends pas ! Ma place est la 10. C'est marqué sur mon billet, regardez ! On est bien dans l'express pour Pasadena, non ?
M This is the 13:50 express to Pasadena alright. You know, your ticket should have a car number on it as well as a seat number. Can I see your ticket? Look here. It says car 12. You just need to go to the next car, and you'll find your seat.	C'est bien l'express de 13h50 pour Pasadena. Vous savez, votre billet devrait avoir un numéro de voiture ainsi qu'un numéro de place. Je peux voir votre billet ? Regardez. Il dit voiture 12. Vous devez juste aller dans la voiture suivante et vous trouverez votre place.
W Oh, I'm terribly sorry! Thank you for your help.	Oh, je suis navrée ! Merci de votre aide.

4 Where does this conversation take place?

(A) On a plane.
(B) In a car park
(C) On a train
(D) At a ticket office

Où cette conversation a-t-elle probablement lieu ?

(A) Dans un avion
(B) Dans un parking
(C) Dans un train
(D) À un guichet

Réponse **(C)**
Cela se déroule dans un train, car les avions n'ont pas de « voitures ».

5 What is the problem?

(A) The man is sitting in the wrong seat.
(B) The woman has the wrong seat number.
(C) The woman has the wrong ticket.
(D) The woman is in the wrong car.

Quel est le problème ?

(A) L'homme est assis à la mauvaise place.
(B) La femme a le mauvais numéro de siège.
(C) La femme a le mauvais billet.
(D) La femme ne se trouve pas dans la bonne voiture.

Réponse **(D)**
La femme à le bon numéro de siège, mais dans la voiture suivante.

6 What is the man's seat number?

(A) 10
(B) 11
(C) 12
(D) 13

Quel est le numéro de siège de l'homme ?

(A) 10
(B) 11
(C) 12
(D) 13

Réponse **(A)**
L'homme dit ***My ticket says car number 11, seat 10.*** L'homme et la femme ont le même numéro de siège, mais dans deux voitures différentes.

Les questions 7 à 9 se rapportent à la conversation et à la liste de tarifs suivantes.

Part 3 – Pistes 61-62 ▶ *Énoncé p. 71*

M Right, Ms. Liu, where would you like me to start?	Bien, Mme Liu, par quoi voulez-vous que je commence ?
W Well, the lawn needs mowing, and I have two flower beds which need weeding. There's also the two apple trees to prune.	Eh bien, la pelouse doit être tondue, et deux parterres sont à désherber. Il y a également deux pommiers à tailler.
M I'm not sure I'll be able to cover all of that in one afternoon. Let's say I start by pruning the two trees and mowing the lawn. I can come back tomorrow to do the rest.	Je ne suis pas sûr de pouvoir faire tout cela en un après-midi. Et si je commençais par tailler les deux arbres, puis tondre la pelouse ? Je peux revenir demain pour faire le reste.
W That sounds fine. And then, if you do good work, I may move to a weekly maintenance plan.	Ça me convient. Et si vous travaillez bien, je prendrai peut-être un forfait pour un entretien hebdomadaire.

CORRIGÉS

7 Where most likely are the speakers?

(A) In the street
(B) In the man's office
(C) In the woman's garden
(D) In the man's garden

Où se trouvent probablement les interlocuteurs ?

(A) Dans la rue
(B) Dans le bureau de l'homme
(C) Dans le jardin de la femme
(D) Dans le jardin de l'homme

Réponse (C)
(B) L'homme précise qu'il reviendra demain. Ils ne peuvent donc pas être dans son bureau.

8 What will the man do tomorrow?

(A) Mow the lawn
(B) Prune the trees
(C) Weed the flower beds
(D) Weekly maintenance

Que fera l'homme demain ?

(A) Tondre la pelouse
(B) Tailler les arbres
(C) Désherber les parterres
(D) Un entretien hebdomadaire

Réponse (C)
L'homme dit qu'il va commencer par tailler les arbres et tondre la pelouse, et il propose de revenir le lendemain pour faire le reste.

Gavin's Gardening Service	
Price list	
Lawn mowing	$45
Pruning (per fruit tree)	$15
Weeding (per sq yard)	$ 5
Hedge trimming (per yard)	$ 5
Garden maintenance weekly flat fee	$30

Tarifs	
Tonte de pelouse	45 $
Taille (par arbre fruitier)	15 $
Désherbage (par mètre carré)	5 $
Taille de haie (par mètre linéaire)	5 $
Forfait d'entretien hebdomadaire	30 $

9 How much will Ms. Liu pay if she opts for the weekly maintenance of her garden?

(A) $15
(B) $30
(C) $45
(D) $70

Combien Mme Liu paiera-t-elle si elle opte pour l'entretien hebdomadaire de son jardin ?

(A) 15 $
(B) 30 $
(C) 45 $
(D) 70 $

Réponse (B)
Ceci est indiqué à la fin de la liste de tarifs.

Exercice 16 Le vocabulaire

▶ *Énoncé p. 72*

Hi, I have a **shipment** for you from Nordic Paper. (...)
(...) Right, you can pull into loading bay 3. How high is your **vehicle**?
It's 12 feet high **exactly**.
In that case, there will be no problem with **clearance**. (...) a truck that was too **high**! If you **drive** on a bit further, you'll see it on the right.

Exercice 17 Texte à compléter

▶ *Énoncé p. 72*

(*Reservation* est le mot en trop.)
Excuse me, but I think you are sitting in my **seat**. (...)
(...) It says **so** on my ticket – look! We are on the **commuter** express to Pasadena, right?
(...) should have a car number on it **as well as** a seat number. (...)
Oh, I'm **terribly** sorry! (...)

Exercice 18 Les formes verbales

▶ *Énoncé p. 72*

Right, Ms. Liu, where would you like me **to start**?
Well, the lawn needs **mowing**, and I have two flower beds which need **weeding**. There's also the two apple trees **to prune**.
I'm not sure I'll be able **to cover** all of that in one afternoon. Let's say I start by **pruning** the two trees and mowing the lawn.
I can **come** back tomorrow to do the rest.
(...) And then, if you do good work, I may **move** to a weekly maintenance plan.

Exercice 19 Les paraphrases

▶ Énoncé p. 73

1 once a year : **annually**
2 every other day : **Monday, Wednesday and Friday**
3 fifty percent : **half**
4 a dozen : **twelve**
5 25% : **a quarter**
6 every 3 months : **quarterly**
7 noon : **12 o'clock**
8 two weeks : **a fortnight**
9 after lunch : **this afternoon**

Exercice 20 Compréhension orale

Part 3 – Pistes 63-64 ▶ Énoncé p. 74

Les questions 1 à 3 se rapportent à la conversation suivante.

W Jim, can you remind me when you wish to take your annual leave this year?
Jim, pouvez-vous me rappeler quand vous souhaitez prendre vos congés annuels cette année ?

M I was hoping to take a fortnight sometime in June. I don't really mind if it's the beginning, middle or end.
J'espérais prendre quinze jours au mois de juin. Ça ne me dérange pas si c'est le début, le milieu ou la fin.

W What about the last week of June and the first of July? Does that suit you?
Et si c'était la dernière semaine de juin et la première de juillet ? Est-ce que cela vous convient ?

M It should be okay, but let me check with my family tonight and I'll get back to you by e-mail tomorrow.
Ça devrait aller, mais laissez-moi vérifier auprès de ma famille ce soir et je reviendrai vers vous demain par courriel.

1 How long does Jim want to take off this summer?
(A) One day
(B) One week
(C) Two weeks
(D) Three weeks

Combien de congés Jim veut-il prendre cet été ?
(A) Un jour
(B) Une semaine
(C) Deux semaines
(D) Trois semaines

Réponse (C)
Il veut prendre un ***fortnight***.
Notez qu'on ne dit jamais « huit jours » ***(8 days)***, ni « quinze jours » ***(fifteen days)*** en anglais, à moins de parler d'une semaine plus un jour ou deux semaines plus un jour.

2 When does the woman suggest Jim start his vacation?
(A) The beginning of June
(B) The middle of June
(C) The end of June
(D) The beginning of July

Quand la femme suggère-t-elle à Jim de commencer ses congés ?
(A) Début juin
(B) Mi-juin
(C) Fin juin
(D) Début juillet

Réponse (C)
Elle suggère qu'il prenne ses deux semaines à cheval sur fin juin et début juillet.

3 What will Jim do next?
(A) Send an e-mail
(B) Ask for an opinion
(C) Book a hotel
(D) Take a vacation

Que Jim fera-t-il ensuite ?
(A) Envoyer un courriel
(B) Demander un avis
(C) Réserver un hôtel
(D) Prendre des vacances

Réponse (B)
Il va vérifier auprès de sa famille ***(let me check with my family)*** que les dates conviennent avant d'envoyer un courriel de confirmation.

Les questions 4 à 6 se rapportent à la conversation suivante entre trois personnes.

Part 3 – Pistes 65-66 ▶ Énoncé p. 74

M1 Hi Amir, how are you this morning?
Bonjour Amir, comment allez-vous ce matin ?

M2 Fine thanks, but a little tired. We went to the Music School end of year concert last night.
Bien, merci, mais un peu fatigué. Nous sommes allés au concert de fin d'année de l'école de musique hier soir.

M1 Really? Did you have a nice time?
Ah bon ? Vous vous êtes amusés ?

M2 Well, my son plays in the orchestra, so of course I enjoyed it!
Eh bien, mon fils joue dans l'orchestre, alors bien sûr que j'ai trouvé ça bien !

W I, on the other hand... I nodded off.
Moi, par contre... Je me suis endormie.

M1 You fell asleep?
Endormie ?

M2 Yes, I don't know how she did it, the music was so loud!
Oui, je ne sais pas comment elle a fait, la musique était si forte !

W To be honest, I didn't really like the music they played.
À vrai dire, je n'aimais pas vraiment la musique qu'ils jouaient.

M1 Well, next time they give a concert, I'd be interested in coming too. Will you let me know?
Eh bien, la prochaine fois qu'ils donnent un concert, ça m'intéresserait de venir aussi. Vous me tiendrez au courant ?

M2 I'll be sure to do that. They give concerts every three months.
Je n'y manquerai pas. Ils donnent des concerts tous les trois mois.

CORRIGÉS

4 Why did the man go to the concert?

(A) He plays in the orchestra.
(B) He had free tickets.
(C) His child was involved.
(D) His child asked him to go.

Pourquoi l'homme a-t-il assisté au concert?

(A) Il joue dans l'orchestre.
(B) Il avait des places gratuites.
(C) Son enfant était concerné.
(D) Son enfant lui a demandé d'y aller.

Réponse (C)

Son fils joue dans l'orchestre.
(B) Rien ne précise si l'entrée était payante ou non.

---

5 How often does the Music School give a concert?

(A) Once a year
(B) Twice a year
(C) Three times a year
(D) Four times a year

À quelle fréquence ont lieu les concerts de l'école de musique?

(A) Une fois par an
(B) Deux fois par an
(C) Trois fois par an
(D) Quatre fois par an

Réponse (D)

Tous les trois mois ***(every three months)***, soit quatre fois par an.

---

6 What does the woman mean when she says "I, on the other hand"?

(A) She had a nice time.
(B) She didn't enjoy herself.
(C) She enjoyed the music.
(D) She hurt her hand.

Que veut dire la femme par «I, on the other hand»?

(A) Elle s'est amusée.
(B) Elle ne s'est pas amusée.
(C) Elle a apprécié la musique.
(D) Elle s'est blessée à la main.

Réponse (B)

L'expression ***on the other hand*** (par contre) indique que son ressenti sur la soirée est le contraire de celui de son collègue.

Les questions 7 à 9 se rapportent à la conversation et à l'étiquette suivantes.

Part 3 – Pistes 67-68 ▶ *Énoncé p. 74*

M Excuse me, can I have your opinion on something?
Excusez-moi, vous pourriez me donner votre avis?

W Sure, how can I help you?
Certainement. Comment puis-je vous aider?

M I bought this new jacket here yesterday and I dripped coffee down it the first time I wore it. It won't stain, but I have to wash it and I'm not sure of the instructions. Do you think the washing temperature is in Celsius or Fahrenheit?
J'ai acheté cette nouvelle veste ici hier et j'ai fait tomber du café dessus la première fois que je l'ai portée. Ça ne tachera pas, mais je dois la laver et je ne suis pas sûr des instructions. Pensez-vous que la température de lavage est en Fahrenheit ou en Celsius?

W Let me see? Hmm, if it were Fahrenheit, 30 degrees would be extremely cold! I think it must be in Celsius.
Faites voir? Hum, si c'était en degrés Fahrenheit, 30 degrés serait très froid ! Je pense que ça doit être en degrés Celsius.

M Oh yes, of course! And do I have to wash it separately?
Ah oui, bien sûr! Et est-ce que je dois la laver à part?

W No, it's not necessary with this color.
Non, ce n'est pas nécessaire pour cette couleur.

Wash at 30°	Laver à 30°
Dark colors to be washed separately	Laver les couleurs foncées à part
Turn inside out before washing	Retourner avant de laver
Do not bleach	Ne pas utiliser d'eau de javel
Do not tumble dry	Ne pas sécher en machine
Iron low heat	Repasser à basse température
Made in Taiwan	*Fabriqué à Taiwan*

7 Where most likely are the speakers?

(A) At the laundromat
(B) At a dry-cleaner's
(C) In a grocery store
(D) In a boutique

Où se trouvent probablement les interlocuteurs?

(A) À la laverie automatique
(B) Au pressing
(C) Dans une épicerie
(D) Dans une boutique

Réponse (D)

L'homme dit qu'il a acheté la veste ***here yesterday***. Il n'aurait pas pu l'acheter ailleurs que dans la boutique.

---

8 Why does the woman think the temperature is in Celsius?

(A) Most temperatures are given in Celsius these days.
(B) If it were Fahrenheit, the water would be too cold.
(C) If it were Fahrenheit, the water would be too hot.
(D) Because the jacket was made in Taiwan.

Pourquoi la femme pense-t-elle que la température est en degrés Celsius?

(A) De nos jours, la plupart des températures sont indiquées en degrés Celsius.
(B) Si c'était en degrés Fahrenheit, l'eau serait trop froide.
(C) Si c'était en degrés Fahrenheit, l'eau serait trop chaude.
(D) Parce que la veste a été fabriquée à Taiwan.

Réponse (B)

La femme dit que l'eau serait trop froide si la température de lavage était indiquée en degrés Fahrenheit.

9 What is most likely the color of the jacket?
(A) Dark red
(B) Beige
(C) Black
(D) Navy blue

Quelle est probablement la couleur de la veste ?
(A) Rouge foncé
(B) Beige
(C) Noire
(D) Bleu marine

Réponse (B)
L'étiquette indique ***wash dark colors separately***. Puisque la femme dit qu'il n'est pas nécessaire de laver cette couleur à part, c'est qu'elle n'est pas foncée ; ***beige*** est donc la seule possibilité de réponse.

Exercice 21 Les synonymes

▶ *Énoncé p. 75*

vacation – **annual leave**
contact – **get back to**
two weeks – **fortnight**
is that convenient – **does that suit**
would like – **wish**

Exercice 22 Les prépositions

▶ *Énoncé p. 75*

(...) We went **to** the Music School end of year concert last night.
(...) Well, my son plays **in** the orchestra, so of course I enjoyed it!
I, **on** the other hand... I nodded **off**.
(...) Well, next time they give a concert, I'd be interested **in** coming too.

Exercice 23 Les synonymes

▶ *Énoncé p. 75*

certainly – **sure**
apart – **separately**
spilled – **dripped**
launder – **wash**
mark permanently – **stain**

PART 3 – VOCABULAIRE

Exercice 1 Les mots à connaître : *Travel for work*

▶ *Énoncé p. 76*

1 When you arrive at the train station, you should always look at the arrivals / departures **board** to see if your train is on time. Additionally, while waiting for your train to arrive, always listen to **announcements** in case you have to go to a different platform.
2 Due to maintenance on the **track**, the train from Savannah will be somewhat delayed.
3 During the rush hour the traffic tends to be heavy and it is common to get stuck in a **traffic jam**.
4 You must leave on time if you want to **catch** your bus.
5 More and more workers are cycling between their homes in the **suburbs** and the office.
6 Mr. Toni is going to Washington this morning and returning to Boston tonight, so he needs a **round trip** / **return ticket**. It's also cheaper than buying two **one way** / **single** tickets.
7 Many people **carpool** to work nowadays, meaning they often drive to work with their colleagues.
8 Yushimi hates driving and that is why she always uses **public transportation**.
9 If you drive over this bridge, you will have to pay a **toll**, but it will cut your **journey** / **commute** in half.
10 I work in the sales department and I often have to attend **trade shows** to present my company products to our customers.
11 I took a **cab** / **taxi** from the station, as it's the fastest way of getting downtown. I had pre-booked one, as it's more efficient than trying to **hail** a cab in the middle of all the other commuters.
12 It was the morning **rush hour** and the cars in front of me were moving very slowly, so I decided to move into the other **lane** but it was slow too.
13 I work downtown, but I live in the suburbs, so I have to **commute** to work every day.
14 The train to Kyoto will leave from **platform** 8.
15 My alarm clock didn't ring this morning, so I **missed** my train.

Exercice 2 Les familles de mots

▶ *Énoncé p. 76*

1 **(A) Boarding** time has been delayed by 15 minutes.
L'heure d'embarquement a été retardée de 15 minutes.
2 My morning train is packed full of **(C) commuters** going to work.
Mon train du matin est rempli de voyageurs qui se rendent au travail.
Tip! Il faut un nom au pluriel.
3 We apologize for the cancellation, which is due to ice on the **(C) tracks**.
Veuillez nous excuser pour cette annulation due à du verglas sur les voies.
4 If you hurry, you might still **(D) catch** the 7:30 train.
Si tu te dépêches, tu réussiras peut-être à prendre le train de 7h30.
Tip! Un modal tel que ***might*** est suivi d'une base verbale.
5 They **(A) announce** track numbers ten minutes before the train leaves.
Ils annoncent les numéros de voie dix minutes avant le départ du train.
Tip! ***They*** indique un verbe au pluriel.
6 There's no need to **(A) rush** you won't be late.
Tu n'as pas besoin de te dépêcher, tu ne seras pas en retard.
7 Our head office is located in a quiet **(A) suburb** of the capital.
Notre siège social se situe dans une banlieue tranquille de la capitale.
8 Simon and Mick enjoy **(D) carpooling** to the office.
Simon et Mick aiment faire du covoiturage pour se rendre au travail.
Tip! Après le verbe ***enjoy***, il faut la forme en ***-ing***.
9 I don't know how many cabs I **(C) hailed** last night before I finally managed to get one to pick me up.
Je ne sais pas combien de taxis j'ai hélé hier soir avant qu'un ne s'arrête pour me prendre.
Tip! ***Last night*** indique qu'il faut un passé.
10 Kate really enjoyed her business **(A) trip** to Korea.
Kate a vraiment apprécié son déplacement professionnel en Corée.

Exercice 3 Les prépositions

▶ *Énoncé p. 77*

get **on** / **off** the bus/train/plane
get **in(to)** / **out of** the car
be **in** the car
be **on** the train/bus/plane

travel **by** car/train/plane
go **to** New York
be **in** New York

1 I went to Chicago this year, but next year I will **go to** New York.
2 You should **get on** the train before it leaves.
3 Flying is really expensive, so we've decided to **travel by** train.
4 Jim has already left, he must **be on** his train by now.
5 I'm sorry, I can't speak to you right now, as I **am in** the car.

Exercice 4 Les mots à connaître : *Air travel*

▶ *Énoncé p. 78*

1 Our flight was **delayed** two hours, so we stayed at the airport and waited.
2 You should leave now if you want to be on time to **pick up** Mr. Brigham from the airport.
3 Please **fasten** your seat belt, we are preparing to **take off**.
4 Madam, you must **remove** your shoes and belt.
5 I'm afraid you'll have to pay extra, as your baggage weight appears to **exceed** the limit.
6 You cannot board the plane without your **boarding pass** and **ID**.
7 Could I sit near the **aisle** this time?
8 Once you collect your suitcase from the **baggage claim** area, you need to go through **customs**.
9 Thank you for choosing our **airline**, we wish you a pleasant flight.
10 Mr. Hahn is kindly requested to proceed to **gate** 31.
11 Make sure that your **carry-on** luggage can be stowed in the **overhead bin**.
12 The plane arriving from Washington is already on the **runway**.
13 I heard all flights from London Heathrow airport have been **cancelled**.
14 The **flight attendant** is giving the safety instructions just now.
15 Your **tray table** must be in the locked position during landing.
16 It is recommended that you arrive for **check-in** at least two hours before take-off.

Tip! ***Take off*** a aussi le sens de « retirer, enlever ».

Exercice 5 Les familles de mots

▶ *Énoncé p. 78*

1 Please do not **(C) unfasten** your seat belt during the turbulence.
Veuillez ne pas détacher votre ceinture pendant les turbulences.
2 You must **(D) check in** at least one hour before the flight.
Il faut s'enregistrer au moins une heure avant le vol.
3 The **(D) cancellation** policy of the airline means that you will be refunded 70% of your air ticket.
La politique d'annulation de la compagnie aérienne accorde un remboursement de 70 % du prix de votre billet.
4 The last people who **(A) boarded** the plane had no choice but to sit where they could.
Les dernières personnes à embarquer n'ont pas eu d'autre choix que de s'asseoir là où elles pouvaient.
5 Could you help me lift my bag into the overhead **(B) bin** please?
Pourriez-vous m'aider à monter mon sac dans le compartiment à bagages ?
6 I'm afraid your baggage **(C) exceeds** our weight limit.
J'ai bien peur que vos bagages dépassent la limite de poids autorisée.
7 You should have told me that your flight had been **(C) delayed**!
Vous auriez dû me dire que votre vol avait été retardé !
8 The **(B) removal** of all the objects from your pockets will facilitate the security process.
Le retrait de tous les objets de vos poches facilitera la procédure de sécurité.
9 Please fill out this **(D) customs** form before we land.
Veuillez remplir ce formulaire de douane avant l'atterrissage.
10 We sat in the plane on the **(B) runway** for over an hour.
Nous sommes restés dans l'avion sur la piste pendant plus d'une heure.

Exercice 6 Les contraires

▶ *Énoncé p. 79*

pick up : **drop off**
takeoff : **landing**
fasten : **unfasten**
carry-on : **checked**
delayed : **on time**

1 Excuse me, how do I **unfasten** my seatbelt? (...)
2 My wife will **drop** me **off** at the airport, so I don't have to book a taxi.
3 Ladies and gentlemen, please return to your seats in preparation for **landing**.
4 I'm sorry sir, but only one **checked** item is included in the price of your ticket.
5 What can I say? I'm very lucky, my flights are always **on time**.

Exercice 7 Phrases à compléter

▶ *Énoncé p. 79*

1 Flight FR607 has been delayed due to **inclement** weather.
2 Isn't that your suitcase on the **conveyor** belt?
3 I've checked in online, so I don't need to go to the check-in **desk**.
4 Is there any chance I could have a **window** seat?
5 The **cabin** crew will present the safety instructions.
6 Take a minute to identify the emergency **exit** nearest to you.
7 Ladies and gentlemen, we have just reached **cruising** altitude.
8 This is the final **call** for passengers on flight SA789.
9 The **life** vest is located under your seat.

Exercice 8 Les mots à connaître : *Hotels*

▶ *Énoncé p. 80*

1 I'd like to **book** a double room for three nights. I'd prefer a room with a **view**.
2 You can check in at the **front desk** from 6 A.M. to 11 P.M.
3 I asked the front desk clerk to call a **porter** to help me with my luggage.
4 As our **guest** you are entitled to Wi-Fi access, which is **included** in the price.
5 Could we have an extra **pillow** and a **blanket** for our bed please?
6 This hotel has amazing **amenities**: a spa, an indoor swimming pool and a restaurant.
7 John is waiting for you in the **lobby** of his hotel.
8 My **keycard** isn't working, the door is still locked. It also means the **elevator** is not accessible.
9 There isn't a single **towel** in my bathroom! Could you inform the **housekeeper**?
10 What is the room **rate** for a double room with breakfast?
11 Our location is very **convenient**: only a 10-minute walk to the city center.
12 What time do we have to **vacate** the room at the latest?
13 I'd like to **check out** of room 505 please.
14 Is this **room service**? I'd like to order lunch in my room.
15 Our airport **shuttle** leaves in 20 minutes.

Exercice 9 Les familles de mots

▶ *Énoncé p. 80*

1 Do you have any rooms with a **(D) view**, please?
Avez-vous des chambres avec vue, s'il vous plaît ?
2 Is your hotel **(D) conveniently** located?
Votre hôtel est-il bien placé ?
3 The **(C) housekeeping** in this hotel is impeccable!
Le ménage dans cet hôtel est impeccable !

Tip! Il est peu probable d'entendre dire que la gouvernante (B) de cet hôtel est impeccable !

4 We were surprised to see how highly your rooms are **(D) rated** on the Internet.
Nous avons été surpris de voir à quel point vos chambres étaient bien évaluées sur Internet.
5 I can't see your name on the list. Are you sure you have a **(D) booking**?
Je ne vois pas votre nom sur la liste. Êtes-vous sûr d'avoir une réservation ?
6 The cost of your stay is all **(C) inclusive**, covering all food and beverages.
Le prix de votre séjour est tout compris, avec la nourriture et les boissons.

Tip! ***All inclusive*** est une expression courante.

7 Do you have any **(A) vacant** rooms?
Avez-vous des chambres libres ?
8 Good evening, I am your **(B) host** this evening. How may I help you?
Bonsoir. C'est moi votre hôte ce soir. Comment puis-je vous aider ?
9 We were **(B) shuttled** to the train station in a limousine.
Nous avons été conduits à la gare en limousine.
10 The **(D) elevator** is located at the end of this hall, on your right.
L'ascenseur se trouve au bout du couloir sur votre droite.

Exercice 10 Les synonymes

▶ *Énoncé p. 81*

reception : **front desk**
entrance : **lobby**
reservation : **booking**
facilities : **amenities**
practical : **convenient**

Exercice 11 Les expressions courantes

▶ *Énoncé p. 81*

have **a pleasant stay**
can **manage**
make **a reservation**
offer **complimentary Wi-Fi**
a view **of the sea**

1 Can I **make a reservation** on your website?
2 No need to pay for the Internet access, as our hotel **offers complimentary Wi-Fi**.
3 Here is your keycard, Madam, **have a pleasant stay**.
4 Shall I carry your bags to your room? – No thanks, I **can manage**.
5 Do any of your rooms have **a view of the sea**?

Exercice 12 Les mots à connaître : *Car rental*

▶ *Énoncé p. 82*

1 I can't drive a manual, don't you have any **automatic** cars?
2 You need an international **driver's license** to rent a car abroad.
3 What type of **fuel** should I put in the tank? Diesel or gasoline?
4 Which **rental agency** do you usually rent your car from? What is their insurance **policy** like?
5 I love these leather **car seats**, they are so comfortable and warm in winter.
6 They have an impressive **fleet of vehicles**, which means you get a lot of choice.
7 Which vehicle do you prefer to drive in town? A **four-wheel drive** or an **economy**?
8 Of course, you can find the spare **tire** in the bottom of your **trunk**.
9 Keep both hands on the **steering wheel**.
10 Thanks for washing my car, I've never seen my **windshield** this clean!
11 We need to stop at the gas station, because our **tank** is almost empty.
12 The car got damaged when I **reversed** into a wall. I didn't **brake** in time!
13 We systematically **winterize** our fleet of vehicles at the end of fall.
14 It's unbelievable that you never learned to **fill** a tank.
15 Just before we **broke down**, I noticed a flashing red light on the **dashboard**.

Exercice 13 Les familles de mots

▶ *Énoncé p. 82*

1 When we arrived at the filling station, a **(A) tanker** was replenishing the fuel.
Quand nous sommes arrivés à la station-service, un camion-citerne la réapprovisionnait en carburant.
2 I don't want to waste my money on gas, so I always rent **(A) economy** cars.
Je ne veux pas gaspiller mon argent en essence, alors je loue toujours des voitures économiques.

Tip! La collocation impose le mot ***economy***, même si ***economical*** semble convenir.

3 The rental agreement stipulates that he **(D) fill** the tank before returning the car.
Le contrat de location exige qu'il fasse le plein avant de rendre la voiture.

Tip! Il s'agit d'un exemple de subjonctif américain. Le verbe ne prend pas de **-s**.

4 He told me he's been **(C) driving** since he was 16!
Il m'a dit qu'il conduisait depuis l'âge de 16 ans!
5 She braked as soon as the **(A) lights** turned red.
Elle était tellement distraite qu'elle n'a pas vu le feu passer au rouge.
6 The gears change **(D) automatically** on my new car.
Les vitesses passent automatiquement dans ma nouvelle voiture.
7 City cars are generally more **(A) fuel-efficient** than SUVs.
Les citadines sont en général plus économes en carburant que les SUV.
8 **(D) Renting** a car will be cheaper than flying.
Louer une voiture coûtera moins cher que prendre l'avion.

Tip! Un verbe en sujet de phrase est à la forme ***-ing***.

9 When **(C) reversing**, drivers should always use the vehicle's mirrors and turn their body.
Pour faire marche arrière, les conducteurs devraient toujours utiliser leurs rétroviseurs et se retourner.

Tip! Il faut la forme en ***-ing*** pour former le passé continu.

10 Their **(C) policy** states that you have to return your vehicle to the location you rented it from.
Leurs conditions stipulent qu'il faut rendre le véhicule à l'endroit où il a été loué.

Exercice 14 Les expressions courantes

▶ *Énoncé p. 83*

valid **driver's license**
flat **rate**
windshield **wipers**
insurance **policy**
authorized **driver**

1 You need a **valid driver's license** to rent one of our vehicles.
2 We have a **flat rate** of $20 per day.
3 I had to have my **windshield wipers** changed, as they were pretty old.
4 Our **insurance policy** covers car damage and road accidents.
5 Unfortunately, there is only one **authorized driver** and you will have to pay extra for additional ones.

Exercice 15 Les verbes

▶ *Énoncé p. 83*

avancer : **drive on / up**
remplir : **fill up**
se ranger : **pull over**
inspecter : **look over**
déboiter : **pull out**

1 The police officer told us to **pull over** and get out of our car.
2 Just as we were **pulling out**, the tire burst.
3 When I saw the gas station I wanted to stop, but Zach insisted that I **drive on / up**.
4 Always **look** the rental car **over** before signing anything.
5 I ran out of gas in the middle of the highway, because you forgot to **fill up** the tank!

PART 3 – MINI TEST

Travel Part 1

Part 3 – Piste 73

▶ Énoncé p. 84

1 (A) He is checking in for a flight.
(B) He's collecting his luggage.
(C) He's packing his bag.
(D) He's travelling with two suitcases.

(A) Il s'enregistre sur un vol.
(B) Il récupère ses bagages.
(C) Il fait son sac.
(D) Il voyage avec deux valises.

Réponse (B)
On voit qu'il récupère un bagage.
En (D), on voit qu'il a deux bagages, mais il s'agit d'un sac à dos et d'une valise, plutôt que de deux valises.

Travel Part 2

Part 3 – Pistes 74-78

▶ Énoncé p. 84

2 What is the purpose of your trip, Sir?
(A) My family and I are here on vacation.
(B) I tripped over that cable over there!
(C) She didn't do it on purpose.

Quelle est la raison de votre voyage, Monsieur ?
(A) Ma famille et moi-même venons ici en vacances.
(B) J'ai trébuché sur le câble là-bas !
(C) Elle ne l'a pas fait exprès.

Réponse (A)
(B) Attention à ne pas rapprocher le verbe ***trip over*** (trébucher sur) du nom ***trip*** (voyage) dans l'énoncé.
(C) Attention aussi à ne pas rapprocher l'expression do it on ***purpose*** (le faire exprès) du nom ***purpose*** (but) dans l'énoncé.

3 How do you commute to work?
(A) It's a nice community.
(B) By bus.
(C) I work Monday through Friday.

Comment vous rendez-vous au travail ?
(A) C'est une communauté sympathique.
(B) En bus.
(C) Je travaille du lundi au vendredi.

Réponse (B)
En (A), ne pas confondre ***community*** et ***commute*** de l'énoncé.

4 Could I have a one-way ticket to Lineville?
(A) Yes, it's a one-way street.
(B) Two might be better.
(C) That will be $15.

Puis-je avoir un aller simple pour Lineville ?
(A) Oui, c'est une rue à sens unique.
(B) Deux pourraient être mieux.
(C) Ça vous fera 15 $.

Réponse (C)
En (A), ***one-way street*** peut être attrayant si on le rapproche de ***one-way ticket***, mais les deux expressions sont sans rapport.

5 What time does rush hour start round here?
(A) I'm afraid I don't have the time.
(B) Any time from 4 onwards.
(C) There's no need to rush.

À quelle heure commence l'heure de pointe par ici ?
(A) J'ai bien peur de ne pas avoir le temps.
(B) À partir de 16 heures.
(C) Ce n'est pas nécessaire de se dépêcher

Réponse (B)
En (C), il ne fallait pas rapprocher le verbe ***rush*** (se dépêcher) de la locution ***rush hour*** (heure de pointe).

6 The elevator is out of order.

(A) You should elevate your leg.
(B) Is that an order?
(C) Then I'll take the stairs.

L'ascenseur est en panne.

(A) Vous devriez mettre votre jambe en hauteur.
(B) C'est un ordre ?
(C) Alors, je prendrai l'escalier.

Réponse (C)
Attention aux éléments attrayants en (A) ***elevate/elevator*** et en (B) ***order*** (ordre) et ***out of order*** (en panne).

Travel Part 3

Part 3 – Pistes 79-80

▶ Énoncé p. 85

Questions 7-9 refer to the following conversation with three speakers.

M1 Hello, ISA Airlines, how may I be of assistance?

W Yes, this is Monica Tan speaking. I traveled with your airline two weeks ago and my checked luggage went missing in transit. I'm calling to see if you have any news of it.

M1 One moment please, Ms. Tan, I'll put you through to the claims department.

M2 Hello, Ms. Tan? I'm afraid I don't have good news for you. Despite our best efforts, we have been unable to locate your luggage. Before you can claim for compensation, though, we have to wait 21 days. So next week, if you call us back, we will be able to start the compensation process.

W I see. And how much will compensation be?

M2 Well, if you have receipts for the contents of your bag, those items will be refunded in full. Otherwise, there is a flat rate of $100 per bag.

Les questions 7 à 9 se rapportent à la conversation suivante entre trois personnes.

ISA Airlines, bonjour, que puis-je faire pour vous aider ?

Oui, Monica Tan à l'appareil. Il y a deux semaines j'ai voyagé avec votre compagnie et mes bagages enregistrés ont été égarés pendant le transit. Je vous appelle pour savoir si vous avez des nouvelles.

Un instant Mme Tan, je vous passe le service des réclamations.

Allô, Mme Tan ? J'ai bien peur de ne pas avoir de bonne nouvelle à vous annoncer. Malgré tous nos efforts, nous n'avons pas pu localiser vos bagages. Mais avant de pouvoir faire une demande de compensation, il faudra attendre 21 jours. Alors, si vous nous rappelez la semaine prochaine, nous pourrons démarrer le processus de compensation.

Je vois. Et à combien s'élèvera la compensation ?

Eh bien, si vous avez des reçus pour le contenu de votre valise, ces objets-là seront remboursés intégralement. Sinon, il y a un forfait de 100 $ par bagage.

7 What is the purpose of the call?

(A) To book a flight
(B) To buy trip insurance
(C) To ask for news
(D) To make a complaint

Quel est l'objectif de l'appel ?

(A) Réserver un vol
(B) Acheter une assurance voyage
(C) Demander des nouvelles
(D) Faire une réclamation

Réponse (C)
La femme demande des nouvelles de ses bagages à son premier interlocuteur ***(I'm calling to see if you have any news of it)***.

8 When can the woman submit a request for compensation?

(A) Today
(B) In one week
(C) In two weeks
(D) In 21 days

Quand la femme pourra-t-elle soumettre une demande de compensation ?

(A) Aujourd'hui
(B) Dans une semaine
(C) Dans deux semaines
(D) Dans 21 jours

Réponse (B)
L'agent du service de réclamations lui dit qu'il faut attendre 21 jours ; étant donné qu'elle a pris l'avion deux semaines plus tôt, il lui demande de rappeler la semaine suivante.

9 What does the second man mean when he says "there is a flat rate of $100 per bag"?
(A) The airline will pay $100 for each bag lost.
(B) The compensation is $100 maximum.
(C) The woman must pay $100 to recover her bags.
(D) It costs $100 to send each bag.

Qu'entend l'homme par "there is a flat rate of 100 $ per bag" ?
(A) La compagnie aérienne payera 100 $ par bagage perdu.
(B) La compensation maximale est de 100 $.
(C) La femme doit payer 100 $ pour récupérer ses bagages.
(D) L'envoi de chaque bagage coûte 100 $ pièce.

Réponse (A)
Flat rate signifie « forfait ». L'homme précise bien ***per bag***, ce qui signifie 100 $ pour chaque bagage.

Travel Part 4

Part 3 – Pistes 81-82

▶ *Énoncé p. 85*

Questions 10-12 refer to the following telephone message and timetable.

M Thank you for calling the Excelsior Hotel Airport Shuttle hotline. All of our agents are currently busy. To take advantage of our complimentary shuttle service, please inform reception no less than thirty minutes before the departure time. It takes 55 minutes on average to reach the airport, but please be aware that this time will be a little longer in the morning due to traffic. Please remember to allow sufficient time to check in, 45 minutes for a domestic flight and 2 hours for an international flight.

Les questions 10 à 12 se rapportent au message téléphonique et à l'horaire suivants.

Merci d'avoir appelé l'assistance téléphonique du service de navettes pour l'aéroport de l'hôtel Excelsior. Tous nos agents sont actuellement occupés. Pour bénéficier de notre service de navettes gratuites, veuillez en informer l'accueil au moins trente minutes avant l'heure de départ. Il faut en moyenne 55 minutes pour aller à l'aéroport, mais sachez qu'il faudra un peu plus longtemps si vous circulez le matin en raison de la circulation. N'oubliez pas de prévoir suffisamment de temps pour l'enregistrement, 45 minutes pour un vol intérieur et 2 heures pour un vol international.

Airport Shuttle Timetable	Horaires navette aéroport
7 A.M.	7h
9 A.M.	9h
11 A.M.	11h
1 P.M.	13h
Please be in the lobby 5 minutes before the departure of the shuttle.	Veuillez être présent à l'accueil 5 minutes avant le départ de la navette.

10 How long does it take to get to the airport?
(A) 5 minutes
(B) 30 minutes
(C) 45 minutes
(D) 55 minutes

Combien faut-il de temps pour se rendre à l'aéroport ?
(A) 5 minutes
(B) 30 minutes
(C) 45 minutes
(D) 55 minutes

Réponse (D)

11 Which shuttle will not normally be affected by traffic?
(A) 7 A.M.
(B) 9 A.M.
(C) 11 A.M.
(D) 1 P.M.

Quelle navette ne sera normalement pas impactée par la circulation?
(A) 7h
(B) 9h
(C) 11h
(D) 13h

Réponse (D)
Puisqu'il faut un peu plus de temps pour circuler le matin, c'est la navette de 13h qui ne sera pas impactée par la circulation.

12 What is NOT true?
(A) The shuttle is slower in the morning.
(B) To take the shuttle, you should inform reception 5 minutes before it leaves.
(C) The service is free.
(D) You need two hours to check in for an international flight.

Qu'est-ce qui n'est PAS vrai?
(A) La navette est plus lente le matin.
(B) Pour prendre la navette, il faut en informer l'accueil 5 minutes avant le départ.
(C) Le service est gratuit.
(D) Il faut deux heures pour s'enregistrer sur un vol international.

Réponse (B)
Il faut être à l'entrée ***(in the lobby)*** cinq minutes avant le départ, mais il faut informer l'accueil au moins 30 minutes avant.

Travel Part 5

▶ Énoncé p. 86

13 If there is a dedicated cycle ...., cyclists must use it.

(A) alley
(B) line
(C) road
(D) lane

(A) allée
(B) ligne
(C) rue
(D) piste

S'il y a une piste dédiée aux vélos, les cyclistes doivent l'utiliser.

Réponse **(D)**
Cycle lane = piste cyclable.

---

14 The plane sat on the .... for what seemed like hours.

(A) airport
(B) runway
(C) gate
(D) aisle

(A) aéroport
(B) piste
(C) porte
(D) couloir

L'avion est resté sur la piste pendant ce qui a semblé une éternité.

Réponse **(B)**
Runway a également ***tarmac*** pour synonyme.

---

15 What time do we have to .... the room by?

(A) vacation
(B) vacant
(C) vacate
(D) vacancy

(A) vacance
(B) libre
(C) libérer
(D) chambre libre

Pour quelle heure faut-il libérer la chambre ?

Réponse **(C)**
Il manque un verbe ; ***vacate*** est le seul disponible.

---

16 You must fill the tank before .... the car.

(A) return
(B) to return
(C) returning
(D) having returned

(A) base verbale : rendre
(B) infinitif
(C) verbe + *-ing*
(D) ayant retourné

Il faut faire le plein avant de rendre la voiture.

Réponse **(C)**
Après une préposition, le verbe est à la forme ***-ing***.

---

17 The police car signaled at us to .... onto the side of the road.

(A) pull over
(B) pull out
(C) pull through
(D) pull off

(A) se ranger
(B) déboîter
(C) s'en sortir
(D) enlever

La voiture de police nous a fait signe de nous ranger sur le bas-côté de la route.

Réponse **(A)**
D'où l'importance de connaître les verbes à particules !

Travel **Part 6**

▶ *Énoncé p. 86*

Questions 18-21 refer to the following message.

Attention transit users!

………… (18) May 3rd you may be eligible for a ………… (19) refund on your monthly transit pass.

If your daily commute is under 100 km and you make at least 8 one-way journeys per week, ask at the sales counter for a form to have your employer fill out. ………… (20)

Your refund ………… (21) credited automatically to your bank account each month.

Les questions 18 à 21 se rapportent au message suivant.

Ceci est un message à l'attention des usagers des transports en commun !
À partir du 3 mai, vous serez peut-être éligible à un remboursement partiel de votre abonnement mensuel de transports en commun.
Si votre trajet journalier fait moins de 100 km et que vous faites au moins 8 trajets aller par semaine, demandez un formulaire au guichet des ventes et faites-le remplir par votre employeur. Ensuite, rapportez-le au guichet pour le faire valider.*
Votre remboursement sera automatiquement versé sur votre compte en banque chaque mois.

* Traduction de la réponse à la question 20.

18 (A) Unless
(B) As of
(C) Before
(D) Hereafter

(A) À moins que
(B) À partir de
(C) Avant
(D) Ci-dessous

Réponse (B)

19 (A) partly
(B) partial
(C) impartial
(D) partially

(A) en partie
(B) partiel
(C) impartial
(D) partiellement

Réponse (B)
Il faut un adjectif pour qualifier le nom *refund*.

20 (A) The deadline was last week.
(B) Your transit time will be doubled.
(C) Then bring it back to the sales counter to have it validated.
(D) The local transit authority is currently hiring.

(A) La date butoir était la semaine dernière.
(B) Votre durée de voyage sera doublée.
(C) Ensuite, rapportez-le au guichet pour le faire valider.
(D) La société de transports en commun embauche en ce moment.

Réponse (C)

21 (A) has been
(B) was
(C) are
(D) will be

(A) a été
(B) était
(C) sont
(D) sera

Réponse (D)
Il faut un futur puisque le formulaire n'est pas encore rempli ni validé.

Travel **Part 7**

▶ Énoncé p. 87

Questions 22-24 refer to the following vehicle rental form.

ZIPPY'S AUTO RENTAL

Name of principal driver: *Catherine Banks*
Pick-up: *November 03, 8 A.M.*
Drop-off: *November 05, 12 P.M.*
Vehicle:

- Car – Driver + one passenger ☐
- Car – Driver + up to 3 passengers ☐
- Minivan - Driver + up to 7 passengers ☒
- Utility vehicle – $3m^3$ ☐
- Utility vehicle – $9m^3$ ☐
- Utility vehicle – $20m^3$ ☐

Multiple drivers:
How many people will drive the vehicle? *2*
Insurance must be purchased for every additional driver.

Special requests:
Could I book two child car seats: one for a child of 2 and one for a child of 6.

SUBMIT REQUEST

Les questions 22 à 24 se rapportent au formulaire de location de véhicule suivant.

Zippy's Auto Rental

Nom du conducteur principal : *Catherine Banks*
Départ : 03 novembre 08h
Retour : 05 novembre 12h
Véhicule :
Voiture – Conducteur + 1 passager
Voiture – Conducteur + jusqu'à 3 passagers
Monospace - Conducteur + jusqu'à 7 passagers : *X*
Utilitaire – $3m^3$
Utilitaire – $9m^3$
Utilitaire – $20m^3$
Conducteurs multiples : combien de personnes vont conduire le véhicule ? 2
Il faut assurer chaque conducteur.
Demandes particulières :
Puis-je réserver deux sièges-auto pour enfants : un pour un enfant de 2 ans, un autre pour un enfant de 6 ans.

Soumettre la demande

22 Who will probably be travelling in the vehicle?
(A) One driver and 7 passengers
(B) One driver and at least two children
(C) Two drivers and at least two children
(D) More than two drivers and 5 passengers

Qui va probablement voyager dans le véhicule ?
(A) Un conducteur et 7 passagers
(B) Un conducteur et au moins deux enfants
(C) Deux conducteurs et au moins deux enfants
(D) Plus de deux conducteurs et 5 passagers.

Réponse (C)
Le véhicule peut contenir jusqu'à 7 passagers, mais cela ne veut pas dire qu'ils seront 7 ; le formulaire pemet seulement de constater qu'il y aura deux chauffeurs et que deux sièges enfants ont été demandés.

CORRIGÉS

23 What is implied on the Web page?
(A) It is not possible to drive with young people.
(B) It is more expensive to share the driving.
(C) Animals are forbidden in the vehicles.
(D) You cannot hire a vehicle to move furniture.

Réponse (B)
Car il faut payer une assurance pour chaque conducteur.

Qu'est-ce qui est suggéré sur la page Web ?
(A) On ne peut pas conduire avec des jeunes gens à bord.
(B) Cela coûte plus cher de partager la conduite.
(C) Les animaux sont interdits à bord des véhicules.
(D) On ne peut pas louer un véhicule pour déménager des meubles.

24 Which word is closest in meaning to "drop-off" in line 3?
(A) take
(B) delay
(C) collect
(D) return

Réponse (D)
Même si on ne connait pas ce mot, on peut le deviner à l'aide de la date et en opposition à ***pick up*** ligne précédente.

Quel mot s'approche le plus du sens de « drop-off » à la 3e ligne ?
(A) prendre
(B) retarder
(C) passer prendre
(D) rendre

Questions 25-28 refer to the following advertisement. ▶ *Énoncé p. 88*

Other Horizons Travel

Are you sick of sitting at home, looking at the same four walls all the time? Maybe it's time for you to get away!
Here at Other Horizons Travel, we specialize in finding active homestays for our active clientele. No more sitting around on the beach getting bored for you! [1]

How does it work?
You tell us your interests and we take care of finding the perfect homestay for you. Our hosts provide food and accommodation. [2]

- Interested in horses? Help out at a ranch!
- Oenology is your thing? Pick grapes at a winery for a few days.
- Love the great outdoors? Tag along with a forest ranger while they carry out their duties.

Our hosts are hand-picked for their friendliness and knowledge of their activity and region. Choose from our extensive catalogue or make a request. [3] We will do our best to find the right host for you.

[4]
Call us on 523-4872-515 for more information.

Les questions 25 à 28 se rapportent à la publicité suivante.

Other Horizons Travel

En avez-vous assez de rester assis chez vous, à regarder les mêmes quatre murs tout le temps ? Il est peut-être temps de vous évader !
Chez Other Horizons Travel, nous nous spécialisons dans la recherche de séjours actifs chez l'habitant pour notre clientèle active. C'est fini, les journées à s'ennuyer à la plage !
Comment ça marche ?
Vous nous faites part de vos centres d'intérêt et nous nous occupons de vous trouver le séjour idéal chez l'habitant. Nos hôtes fournissent le gîte et le couvert. En échange, on vous demandera de participer à la vie active de vos hôtes, dans leurs occupations quotidiennes.*

(...)

Vous vous intéressez aux chevaux ? Donnez un coup de main dans un ranch !
Vous aimez l'œnologie ? Allez vendanger dans un domaine viticole pendant quelques jours.
Vous adorez le grand air ? Accompagnez un garde forestier dans les activités de sa tournée.

Nos hôtes sont triés sur le volet pour leur gentillesse, leur connaissance de leur activité et de leur région. Faites un choix dans notre vaste catalogue, ou adressez-nous une demande précise. Nous ferons tout notre possible pour trouver l'hôte qui vous correspond.

Appelez-nous au 523-4872-515 pour plus de renseignements.

* Traduction de la réponse à la question 28.

25 What sort of service does the company provide?
(A) Working vacations
(B) Sports activities
(C) Visits to tourist hot-spots
(D) Cultural visits

Quel genre de service fournit la société ?
(A) Des séjours vacances-travail
(B) Des activités sportives
(C) Des visites de sites touristiques
(D) Des visites culturelles

Réponse (A)
Dans la publicité, la société parle de ***active homestays*** : les vacanciers sont logés et nourris en échange d'un peu de travail.

26 Which word is closest in meaning to "tag along with" in line 9?
(A) Analyse
(B) Converse
(C) Accompany
(D) Volunteer

Quel mot correspond le plus à « tag along with » ligne 9 ?
(A) Analyser
(B) Faire la conversation
(C) Accompagner
(D) Se porter volontaire

Réponse (C)
Si on ne connaît pas ce mot, on peut procéder par élimination : on « n'analyserait » pas (A) un garde forestier ; il est peu probable qu'on lui fasse la conversation (B) parce qu'il est occupé ***(carry out their duties)***. Il reste un doute avec ***volunteer*** (D), mais on fait déjà le choix du volontariat avec ce type de vacances. ***Accompany*** est donc la meilleure proposition ici.

27 What is NOT mentioned about the hosts?
(A) Their knowledge of their activity
(B) Their friendliness
(C) Their cooking skills
(D) Their knowledge of the area

Qu'est-ce qui n'est PAS mentionné à propos des hôtes ?
(A) La connaissance de leur activité
(B) Leur gentillesse
(C) Leurs compétences culinaires
(D) Leur connaissance de la région

Réponse (C)

28 In which of the positions marked [1], [2], [3], and [4] does the following sentence best belong?
"In exchange, you will be asked to participate in the active life of your hosts, as they go about their daily tasks."
(A) [1]
(B) [2]
(C) [3]
(D) [4]

À quel endroit signalé par [1], [2], [3] et [4] la phrase suivante s'insère-t-elle le mieux ?
« In exchange, you will be asked to participate in the active life of your hosts, as they go about their daily tasks. »
(A) [1]
(B) [2]
(C) [3]
(D) [4]

Réponse (B)
C'est un échange de gîte et couvert contre du travail. Le début de la phrase « En échange » suggère qu'il faut chercher une contrepartie dans le texte.

CORRIGÉS

PART 4 COURTS EXPOSÉS

LES DIFFÉRENTS CONTEXTES DE PART 4

Exercice 1 Le vocabulaire

▶ *Énoncé p. 90*

1 At the airport	(I) Please make your way to gate 4 immediately.
2 At a retirement celebration	(D) I would like to thank Mr. Buren for his many years of loyal service.
3 In a store	(C) Don't miss today's special offer and thank you for shopping at Lundgren's.
4 In a company	(H) Now, if you'll turn to page 4 in the initiation manual, you will see the contents page.
5 On the air	(G) I am pleased to welcome Ms. Martina Freeman to the studio today.
6 In a theater	(K) On behalf of tonight's cast, we hope you enjoy tonight's performance.
7 In a radio advertisement	(B) And if you mention this advertisement, you'll receive an extra 5% off!
8 On a plane	(L) We are currently cruising at an altitude of 38 000 feet.
9 In instructions	(F) Make sure you turn off the electricity before unplugging the machine.
10 In a restaurant	(J) Can I bring you anything to drink?
11 In an incoming telephone message	(A) I'm calling to tell you about our latest special offer.
12 In an outgoing telephone message	(E) Please leave your message after the tone.

Mots & expressions
retirement : retraite ***on the air :*** à l'antenne ***tone :*** bip ***unplug :*** débrancher ***initiation :*** intégration
manual : notice ***gate :*** porte ***on behalf of :*** de la part de ***cruising :*** vitesse de croisière ***glazed :*** glacé

Exercice 2 Les documents visuels

▶ *Énoncé p. 90*

1 Un menu ***(In a restaurant)***.

2 La table des matières du règlement d'une société ***(In a company)***.

broth : bouillon ***prawns :*** gambas ***dress code :*** code vestimentaire ***grievance :*** doléance

Exercice 3 Compréhension orale

Part 4 – Pistes 1-2 ▶ *Énoncé p. 91*

Les questions 1 à 3 se rapportent à l'annonce suivante à la radio.

W Good morning and welcome back. This is Anouschka King for 'Live Food Today' and this morning I'll be interviewing Gary Diaz, head chef at MagaZinZin, <u>the hottest restaurant of the moment.</u> Mr. Diaz has become famous as a world-class vegetarian chef through his own primetime TV cooking show. We'll get his views on the latest developments in vegetarian cooking, and his adventures in the Australian desert and the jungles of Papua New Guinea, tracking down rare and unique ingredients. So stay tuned to this station for Gary Diaz. But first, it's over to the newsroom for the latest bulletin and a weather report with Jackie Crane. Over to you, Jackie.

Bonjour et bienvenue. Je suis Anouschka King pour l'émission « Live Food Today » et ce matin je vais interroger Gary Diaz, le grand chef de MagaZinZin, le restaurant le plus tendance du moment. M. Diaz est un chef végétarien de renommée internationale qui est devenu célèbre grâce à sa propre émission culinaire à la télévision en première partie de soirée. Nous allons savoir ce qu'il pense des dernières nouveautés en matière de cuisine végétarienne, et nous parlerons de ses aventures dans le désert australien et dans la jungle de Papouasie-Nouvelle Guinée à la recherche d'ingrédients rares et uniques. Restez donc à l'écoute de cette station pour écouter Gary Diaz. Mais d'abord, allons en salle de rédaction pour les dernières actualités et la météo avec Jackie Crane. À vous, Jackie.

1 How did Gary Diaz become famous?

(A) He had his own radio program.
(B) He wrote recipes for a newspaper.
(C) He had a very popular restaurant.
(D) He hosted a TV show.

Comment Gary Diaz est-il devenu célèbre ?

(A) Il avait sa propre émission à la radio.
(B) Il a écrit des recettes pour un journal.
(C) Il avait un restaurant très couru.
(D) Il présentait une émission télévisée.

Réponse (D)
La femme dit ***he has become famous […] through his own primetime TV cooking show*** (il est devenu célèbre […] grâce à sa propre émission culinaire à la télévision).

2 What will the listener hear next?

(A) An interview
(B) A news bulletin
(C) A weather bulletin
(D) A program on martial arts

Qu'est-ce que l'auditeur entendra ensuite ?

(A) Un entretien
(B) Les actualités
(C) La météo
(D) Une émission sur les arts martiaux

Réponse (B)
La femme termine en disant ***it's over to the newsroom for the latest bulletin*** (allons en salle de rédaction pour les dernières actualités).

3 What does the woman mean when she says: "the hottest restaurant of the moment"?
(A) The temperatures are unusually high for the season.
(B) The restaurant doesn't have air conditioning.
(C) It's currently the most popular restaurant.
(D) The food served in the restaurant is extremely spicy.

Que veut dire la femme par « the hottest restaurant of the moment » ?
(A) Il fait inhabituellement chaud pour la saison.
(B) Le restaurant n'a pas de climatisation.
(C) C'est actuellement le restaurant le plus en vogue.
(D) Les plats servis dans le restaurant sont très relevés.

Réponse (C)
On comprend que M. Diaz est devenu célèbre grâce à son émission de télévision, et la journaliste va parler de son restaurant car il est à la mode.

Les questions 4 à 6 se rapportent à l'annonce suivante.

Part 4 – Pistes 3-4 ▶ *Énoncé p. 91*

M As you all know, this equipment was designed specially for our facility. For those of you who learned the process on our old machinery, there are a certain number of things that you are going to have to relearn in order to operate this equipment. The main difference lies in the various security features. Before, in order to perform an emergency shutdown, you had to key in a special code, whereas now all you need to do is push this button three times in quick succession. That way, there'll be no more problems with operators forgetting the code.

Comme vous le savez tous, ces installations ont été conçues spécialement pour notre usine. Pour ceux parmi vous qui avaient appris le processus sur nos anciennes machines, il va falloir réapprendre un certain nombre de choses pour utiliser cet équipement. La plus grande différence réside dans les caractéristiques de sécurité. Auparavant, pour faire un arrêt d'urgence, il fallait entrer un code spécial, alors qu'il suffit maintenant d'appuyer sur ce bouton trois fois de suite rapidement. Comme ça, il n'y aura plus de problèmes d'opérateurs qui oublient le code.

4 Where most likely is the speaker?
(A) In an emergency room
(B) In a warehouse
(C) In front of a safety hazard
(D) In a production unit

Où l'homme se trouve-t-il probablement ?
(A) Aux urgences
(B) Dans un entrepôt
(C) Confronté à un risque de sécurité
(D) Dans une unité de production

Réponse (D)
On parle de ***operators*** (opérateurs), ***equipment, machinery*** et ***emergency shutdown*** (arrêt d'urgence).

5 What is the main difference between the old and the new equipment?
(A) The keys used
(B) The security characteristics
(C) The security codes
(D) The buttons

Quelle est la plus grande différence entre les anciennes et les nouvelles machines ?
(A) Les touches utilisées
(B) Les caractéristiques de sécurité
(C) Les codes de sécurité
(D) Les boutons

Réponse (B)
L'homme explique que la procédure de sécurité est simplifiée avec la disparition du code.

6 What was necessary to shut down the old equipment?
(A) A key
(B) A code
(C) A manual
(D) A button

Qu'est-ce qui était nécessaire pour éteindre les anciennes machines ?
(A) Une clé
(B) Un code
(C) Une notice d'utilisation
(D) Un bouton

Réponse (B)
L'homme explique ***Before, [...] you had to key in a special code*** (auparavant, [...] il fallait saisir un code spécial).

Les questions 7 à 9 se rapportent au message et au menu suivants.

Part 4 – Pistes 5-6 ▶ *Énoncé p. 91*

W Good evening, and welcome to Machiko's. It is a pleasure to have you dining with us tonight. My name is Aiko and I will be serving you. To start off your evening, I can recommend a selection of sushi prepared for you at your table by our chef. All of our fish is purchased the same day from the local fish market. You can see tonight's specials on the chalkboard, but be aware that the first one has sold out. I will bring you the menu and leave you to look over our other dishes before I take your order.

Bonsoir et bienvenue chez Machiko. C'est un plaisir de vous accueillir ce soir. Je m'appelle Aiko et c'est moi qui vous servirai. Pour commencer votre soirée, je vous suggère une sélection de sushis préparés pour vous à votre table par notre chef. Tous nos poissons sont achetés le jour-même au marché de poissons de la ville. Vous voyez les plats du jour sur le tableau noir, mais sachez que le premier plat n'est plus disponible. Je vais vous apporter le menu et vous laisser regarder les autres plats avant de prendre votre commande.

Specials
- *Teriyaki Chicken – glazed grilled chicken served with rice*
- *Summer noodle dish – stir fried vegetables and noodles served cold*
- *Sukiyaki – beef cooked at the table in broth*
- *Tempura – deep-fried battered prawns and vegetables*

Plats du jour
Poulet Teriyaki – poulet glacé et grillé, servi avec du riz
Plat de nouilles d'été – sauté de légumes et nouilles, servi froid
Sukiyaki – bœuf cuit à la table dans du bouillon
Tempura – assortiment frit de légumes et gambas en beignets

CORRIGÉS

7 Who is the speaker?
(A) A restaurant manager
(B) A patron
(C) A head chef
(D) A waitress

Qui est la femme qui parle ?
(A) Une gérante de restaurant
(B) Une cliente
(C) Un grand chef
(D) Une serveuse

Réponse (D)
On comprend que la scène se passe dans un restaurant.
(B) Notez que ***patron*** (client) est tout le contraire du sens français du mot !

8 Which special has sold out?
(A) Teriyaki Chicken
(B) Summer noodle dish
(C) Sukiyaki
(D) Tempura

Quel plat du jour n'est plus disponible ?
(A) Le poulet Teriyaki
(B) Le plat de nouilles d'été
(C) Sukiyaki
(D) Tempura

Réponse (A)
La serveuse indique ***the first one has sold out***, or le premier sur l'ardoise (document) est le poulet Teriyaki.

9 What will happen next?
(A) The patrons will order.
(B) The patrons will leave.
(C) The patrons will receive the menus.
(D) The patrons will eat.

Que va-t-il se passer ensuite ?
(A) Les clients vont commander.
(B) Les clients vont partir.
(C) Les clients recevront les menus.
(D) Les clients vont manger.

Réponse (C)
La femme indique ***I will bring you the menu*** (je vais vous apporter le menu).

Exercice 4 Texte à compléter

▶ *Énoncé p. 92*

W Good morning and welcome back. This is Anouschka King for 'Live Food Today' and this morning I'll be interviewing Gary Diaz, **head** chef at MagaZinZin, the hottest restaurant of the moment. Mr. Diaz has become **famous** as a world-class vegetarian chef **through** his own primetime TV cooking show. We'll get his views on the latest developments in vegetarian cooking, and his adventures in the Australian desert and the jungles of Papua New Guinea, **tracking** down rare and unique ingredients. So stay **tuned** to this station for Gary Diaz. But first, it's over to the news room for the latest bulletin and a weather report with Jackie Crane. **Over** to you, Jackie.

Exercice 5 Le vocabulaire

▶ *Énoncé p. 92*

M As you all know, this equipment was designed **specially** for our facility. For those of you who learned the process on our old machinery, there are a certain number of things that you are going to have to relearn in order to **operate** this equipment. The main difference lies in the various security features. Before, in order to perform an emergency shutdown, you had to **key** in a special code, whereas now all you need to do is **push** this button three times in quick **succession**. That way, there'll be no more problems with operators forgetting the code.

Exercice 6 Les synonymes

▶ *Énoncé p. 92*

Informed – **aware**
begin – **start off**
bought – **purchased**
suggest – **recommend**
see – **look over**

Exercice 7 Les expressions typiques

▶ *Énoncé p. 93*

In a bus station **À la gare routière**	***Telephone message*** **Message téléphonique**	***In a museum*** ***Dans un musée***
Attention passengers – *À l'attention des voyageurs*	This is... – *Ici...*	exhibition – *exposition*
coach – *car*	Thank you for calling – *Merci d'avoir appelé*	will be closing – *fermera ses portes*
bus – *bus*	Push 3 – *Appuyez sur la touche 3*	make your way – *dirigez-vous*
ticket inspector – *contrôleur*	pound key – *touche dièse*	wing – *aile*
hold – *soute*	after the beep/tone – *après le bip*	gift shop – *boutique*
terminus – *terminus*	You can reach me at... – *Vous pouvez me joindre au...*	late opening – *ouverture en soirée*
	Please hold – *Veuillez patienter*	

Exercice 8 Les documents visuels

▶ *Énoncé p. 93*

1 Un ticket d'autocar.

2 Un formulaire rempli aux objets trouvés, ici, d'un musée.

Exercice 9 Compréhension orale

Les questions 1 à 3 se rapportent au message téléphonique suivant.

Part 4 – Pistes 7-8 ▶ *Énoncé p. 94*

W Hello Mr. Lanson, this is Gloria calling from Gloria's Gadgets. I was advised to contact you about installing a new central heating system in my boutique downtown. It's a small store, about 300 square feet on two levels. I'm looking for something efficient and respectful of the environment. Could you get in touch with me rapidly to discuss my needs? You can reach me at 555 020202 all morning, or send me an e-mail at gloriasgadgets (all lowercase) at zippy dot com.

Bonjour M. Lanson, ici Gloria de Gloria's Gadgets. On m'a conseillé de vous contacter au sujet de l'installation d'un nouveau chauffage central dans ma boutique du centre-ville. C'est un petit magasin, d'environ 28 mètres carrés sur deux niveaux. Je suis à la recherche de quelque chose d'efficace et respectueux de l'environnement. Pouvez-vous me contacter rapidement afin de discuter de ma demande? Vous pouvez me joindre au 555-020202 toute la matinée ou m'envoyer un courriel à gloriasgadgets (tout en minuscules) arobase zippy point com.

1 Why is the woman calling?
(A) To make an appointment
(B) To discuss a project
(C) To discuss the environment
(D) To get an e-mail address

Pourquoi la femme appelle-t-elle?
(A) Pour prendre rendez-vous
(B) Pour discuter d'un projet
(C) Pour parler de l'environnement
(D) Pour obtenir une adresse électronique

Réponse (B)
Elle veut d'abord joindre l'artisan pour discuter de sa demande.
(A) Elle prendra rendez-vous après, peut-être.

2 What does the woman mean when she says "Could you get in touch with me"?
(A) Please leave me a message.
(B) Please send me an estimate.
(C) Please visit my store.
(D) Please contact me.

Que veut dire la femme par «Could you get in touch with me»?
(A) Veuillez me laisser un message.
(B) Veuillez m'envoyer un devis.
(C) Veuillez vous rendre à ma boutique.
(D) Veuillez me contacter.

Réponse (D)
Elle demande à l'artisan de la contacter lorsqu'il aura le message.

3 What is the woman's e-mail?
(A) Gloriasgadgets@zippy.com
(B) GloriasGadgets@zippy.com
(C) gloriasgadgets@zippy.com
(D) glorias.gadgets@zippy.com

Quelle est l'adresse électronique de la femme ?
(A) Gloriasgadgets@zippy.com
(B) GloriasGadgets@zippy.com
(C) gloriasgadgets@zippy.com
(D) glorias.gadgets@zippy.com

Réponse (C)
Elle précise que la première partie est tout en minuscules *(lowercase)*.

Les questions 4 à 6 se rapportent à l'annonce suivante.

Part 4 – Pistes 9-10 ▶ *Énoncé p. 94*

W Attention passengers to San Diego, this is your final call. The 12.55 Santa Ana – San Diego Express coach will be leaving in 10 minutes. Passengers bound for San Diego are requested to present themselves at coach bay 7 for immediate boarding. Passengers whose names start with letters A through K may board at coach rear, passengers whose names start with letters L through Z, please go to the front of the vehicle. Passengers with mobility problems or other special needs, please make yourself known to a Blue Dog coaches crew member, who will inform the driver. This bus will not be making any stops.

Votre attention, ceci est le dernier appel pour les voyageurs à destination de San Diego. L'autocar express Santa Ana – San Diego de 12h55 partira dans dix minutes. Les passagers à destination de San Diego doivent se présenter à l'aire numéro 7 pour un embarquement immédiat. Les passagers dont le nom commence par les lettres A à K peuvent embarquer par l'arrière du car, les passagers dont le nom commence par les lettres L à Z, veuillez aller à l'avant du véhicule. Pour les passagers à mobilité réduite ou qui ont d'autres besoins spécifiques, merci de vous faire connaître auprès d'un membre du personnel de la société Blue Dog coaches, qui en informera le conducteur. Ce bus ne marquera pas d'arrêts.

4 Where most likely would you hear this announcement?
(A) At a train station
(B) At a bus station
(C) At a port
(D) At an airport

Où pourrait-on entendre cette annonce?
(A) À la gare
(B) À la gare routière
(C) Au port
(D) À l'aéroport

Réponse (B)
On parle bien de ***coach*** (autocar) et ***bus***.

5 Where should a passenger called Mr. Harris go?
(A) To bay 5
(B) To the front of the vehicle
(C) To the ticket office
(D) To the rear of the vehicle

Où un passager nommé M. Harris devrait-il se diriger?
(A) Vers l'aire d'embarquement n° 5
(B) Vers l'avant du véhicule
(C) Vers la billeterie
(D) Vers l'arrière du véhicule

Réponse (D)
La personne indique ***Passengers whose names start with letters A through K may board at coach rear*** (Les passagers dont le nom commence par les lettres A à K peuvent embarquer par l'arrière du car).

CORRIGÉS

6 Who should contact a crew member?

(A) A passenger whose phone battery has died
(B) A passenger with questions
(C) A passenger in a wheelchair
(D) A passenger with a lot of luggage

Qui devrait contacter un membre du personnel ?
(A) Un passager dont le portable est déchargé
(B) Un passager qui a des questions
(C) Un passager en fauteuil roulant
(D) Un passager avec beaucoup de bagages

Réponse (C)
On parle de personnes à mobilité réduite ***(mobility problems).***

Les questions 7 à 9 se rapportent à l'annonce et au document suivants.

Part 4 – Pistes 11-12 ▶ *Énoncé p. 94*

W Good evening visitors. This message is to remind you that the West Coast Museum will be closing in thirty minutes. Please start to make your way towards the exhibition exits, where you can return your audio guides, retrieve your coats and other belongings and visit the gift shop, which will remain open until 7.30 P.M. We hope you enjoyed your visit today.
I am informed that a small object of value has been found in the West Wing. If you have lost something and can identify this object, please come to the Lost and Found office opposite the escalators.

Bonsoir à tous nos visiteurs. Nous vous rappelons que le Musée West Coast fermera ses portes dans trente minutes. Veuillez commencer à vous rapprocher des sorties de l'exposition où vous pourrez rendre vos audioguides, récupérer vos manteaux et vos autres affaires, et vous rendre à la boutique du musée qui restera ouverte jusqu'à 19h30. Nous espérons que votre visite a été agréable.

On m'informe qu'un petit objet de valeur a été trouvé dans l'aile ouest. Si vous avez perdu quelque chose et que vous êtes en mesure de l'identifier, veuillez vous rendre au bureau des objets trouvés en face des escalators.

LOST PROPERTY LOG
Date: *Sept 10*
Item found: *Ladies diamond earring*
Where: *Found at entrance to ladies' bathroom, West wing exhibition gallery*
By whom: *Maria Smith, 5 Upton Cres*
Signature:

Registre des objets trouvés
Date : 10 sept
Objet trouvé : Boucle d'oreille de femme en diamant
Où : Trouvé à l'entrée des toilettes femmes, galerie d'exposition de l'aile ouest
Par : Maria Smith, 5 Upton Cres
Signature :

7 Who most likely is the audience for this message?
(A) Passengers on a train
(B) Customers in a store
(C) Tour guides
(D) Museum visitors

Qui est le plus susceptible d'écouter ce message ?
(A) Des passagers dans un train
(B) Des clients dans un magasin
(C) Des guides touristiques
(D) Des visiteurs dans un musée

Réponse (D)
La personne démarre par ***Good evening visitors***, puis parle du musée.

8 What is open until 7.30 P.M.?

(A) A museum
(B) A gift shop
(C) The West Wing
(D) The Lost and Found office

Qu'est-ce qui reste ouvert jusqu'à 19h30 ?
(A) Un musée
(B) Une boutique de souvenirs
(C) L'aile ouest
(D) Le bureau des objets trouvés

Réponse (B)
La personne dit ***visit the gift shop, which will remain open until 7.30 P.M.*** (vous rendre à la boutique du musée, qui restera ouverte jusqu'à 19h30).

9 What has been found?
(A) A coat
(B) An audio guide
(C) A piece of jewelry
(D) A purse

Qu'a-t-on trouvé ?
(A) Un manteau
(B) Un audioguide
(C) Un bijou
(D) Un sac à main

Réponse (C)
Le formulaire des objets trouvés indique ***ladies diamond earring*** (boucle d'oreille de femme en diamant).
(D) Notez que ***purse*** désigne un porte-monnaie en Grande-Bretagne mais un sac à main aux États-Unis.

Exercice 10 Texte à compléter

▶ *Énoncé p. 95*

W Hello Mr. Lanson, **this** is Gloria calling from Gloria's Gadgets. I **was** advised to contact you about installing a new central heating system in my boutique downtown. It's a small store, about 300 square feet on two levels. I'm looking for **something** efficient and respectful of the environment. Could you **get** in touch with me rapidly to discuss my needs? You **can** reach me at 555 020202 **all** morning, or send me an e-mail at gloriasgadgets (all lowercase) at zippy dot com.

Exercice 11 Les prépositions

▶ *Énoncé p. 95*

W Attention passengers to San Diego, this is your final call. The 12.55 Santa Ana – San Diego Express coach will be leaving **in** 5 minutes. Passengers bound **for** San Diego are requested to present themselves **at** coach bay 7 for immediate boarding. Passengers whose names start **with** letters A through K may board **at** coach rear, passengers whose names start with letters L through Z, please go to the front of the vehicle. Passengers with mobility problems or other special needs, please make yourself known **to** a Blue Dog Bus crew member, who will inform the driver. (...)

Exercice 12 Le vocabulaire

▶ *Énoncé p. 95*

W Good evening visitors. This message is to **remind** you that the West Coast Museum will be closing in thirty minutes. Please start to make your way towards the **exhibition** exits, where you can return your audio guides, **retrieve** your coats and other **belongings** and visit the gift shop, which will remain open until 7.30 P.M. We hope you enjoyed your visit today.
I am informed that a small object of **value** has been found in the West Wing. (...).

Exercice 13 Le vocabulaire

▶ *Énoncé p. 96*

Thanks speech	***Instructions***	***In a meeting***
a token of gratitude	Make sure you…	May I say something?
We will miss you	protective clothing	agenda
gift	safety	interrupt
award	procedure	kick off
career	manual	show of hands
	emergency shutdown	chair

Exercice 14 Les documents visuels

▶ *Énoncé p. 96*

1 Le document concerne l'accès à un secteur d'une entreprise ***(Instructions)***.

2 Un ordre du jour ***(In a meeting)***.

Mots & expressions

show of hands : vote à main levée ***We will miss you :*** Vous allez nous manquer ***career :*** carrière
kick off : donner le coup d'envoi ***emergency shutdown :*** arrêt d'urgence ***award :*** récompense
interrupt : interrompre ***protective clothing :*** vêtements de sécurité ***a token :*** un témoignage
agenda : ordre du jour ***Make sure you... :*** faites en sorte de... ***chair :*** présidence ***safety :*** sécurité
May I say something? : puis-je dire quelque chose ? ***manual :*** guide, mode d'emploi ***roll call :*** appel
approval : approbation ***AOB (Any other business) :*** questions diverses

Exercice 15 Compréhension orale

Les questions 1 à 3 se rapportent au discours suivant.

Part 4 – Pistes 13-14 ▶ *Énoncé p. 97*

W There aren't many among us who do not remember his friendly face from their first day at Telty. Jon has always been outstanding at his job; made lives easier for us and our clients; who always had a taxi waiting for them when leaving our premises and booked the best hotels for us. Never a day off sick, nothing but positive feedback. On behalf of all the staff, I'd like to thank you for all these years of service and to present you with a small token of our gratitude. What else can I say? You will be dearly missed! To Jon Bronson, may your free time be profitable!

Rares sont ceux parmi nous qui ne se souviennent pas de son visage souriant, le jour où ils ont commencé à travailler chez Telty. Jon a toujours été excellent dans son travail, il a facilité les choses pour nous et pour nos clients, il s'assurait toujours qu'un taxi les attendait quand ils quittaient nos locaux et il nous réservait les meilleurs hôtels. Jamais un jour de maladie, rien que des retours positifs. De la part du personnel, je voudrais vous remercier pour toutes ces années de service et vous donner un petit témoignage de notre gratitude. Que puis-je dire encore ? Vous nous manquerez beaucoup ! À Jon Bronson, profitez bien de votre temps libre !

1 What is the occasion?
(A) Someone has been promoted.
(B) Someone is retiring.
(C) Someone has resigned.
(D) Someone has been transferred.

Quel est l'évènement en cours ?
(A) Quelqu'un a été promu.
(B) Quelqu'un prend sa retraite.
(C) Quelqu'un a démissionné.
(D) Quelqu'un a été muté.

Réponse **(B)**
La femme parle au passé et termine par ***may your free time be profitable*** (profitez bien de votre temps libre).

2 What most likely was Jon's job?
(A) Caterer
(B) Doctor
(C) Receptionist
(D) Accountant

Quel travail exercait probablement Jon ?
(A) Traiteur
(B) Médecin
(C) Réceptionniste
(D) Comptable

Réponse (C)
Il est dit qu'il commandait les taxis et qu'il réservait les hôtels.

3 Which quality of Jon's is mentioned?
(A) Positivity
(B) Calm
(C) Efficiency
(D) Friendliness

De quelle qualité parle-t-on à propos de Jon ?
(A) Positivité
(B) Calme
(C) Efficacité
(D) Convivialité

Réponse (D)
On parle de *friendly face*, « visage sympathique ».

Les questions 4 à 6 se rapportent au discours suivant.

Part 4 – Pistes 15-16 ▶ *Énoncé p. 97*

M Good morning everybody, nice to see you all here. I hope you didn't have too many problems with the traffic on the way in. Ah, I see the Head of Finance has not arrived yet. Well, before I hand the meeting over to Juanita, I'd like to know who will be eating here at lunchtime. I have organized a wonderful caterer to deliver freshly made sandwiches, but I need to let them know how many, and of which type. There is the usual choice of chicken, ham, cheese or vegetarian. Could I start with a show of hands for chicken?

Bonjour à tous, je suis ravi de vous voir tous rassemblés ici. J'espère que vous n'avez pas eu trop de problèmes de circulation pour venir. Ah, je vois que le chef du service finance n'est pas encore arrivé. Bien, avant de passer la main à Juanita pour la suite de la réunion, j'aimerais savoir qui va manger ici ce midi. J'ai contacté un traiteur génial qui va nous livrer des sandwichs fraichement préparés, mais je dois lui dire combien et de quelle sorte. Il y a le choix habituel de poulet, jambon, fromage ou végétarien. Puis-je commencer par demander à ceux qui veulent du poulet de lever la main ?

4 Who will continue the meeting?
(A) The Head of Finance
(B) Juanita
(C) All the participants
(D) The caterer

Qui va continuer la réunion ?
(A) Le chef du service finance
(B) Juanita
(C) Tous les participants
(D) Le traiteur

Réponse (B)
L'homme dit *before I hand the meeting over to Juanita* (avant de passer la main à Juanita).

5 Which sandwich is NOT available?
(A) Vegetarian
(B) Ham
(C) Steak
(D) Cheese

Quel sandwich n'est PAS disponible ?
(A) Végétarien
(B) Jambon
(C) Steak
(D) Fromage

Réponse (C)
Dans la liste proposée, le sandwich au steak n'est pas évoqué.

6 What does the man mean when he says: "Could I start with a show of hands for chicken"?
(A) He will eat a chicken sandwich.
(B) He would like some people to raise their hands.
(C) He will show the participants some chickens.
(D) He would like some people to perform in a show.

Que veut dire l'homme par « Could I start with a show of hands for chicken » ?
(A) Il mangera un sandwich au poulet.
(B) Il voudrait que des personnes lèvent la main.
(C) Il va montrer des poulets aux participants.
(D) Il voudrait que des personnes fassent un spectacle.

Réponse (B)
***A show of hands :* un vote à main levée. L'homme doit prendre les commandes pour le traiteur.**

Les questions 7 à 9 se rapportent au discours et au panneau suivants.

Part 4 – Pistes 17-18 ▶ *Énoncé p. 97*

W The Human Resources manager has asked me to talk to all you new recruits about our company's dress code. For those of you who work in administration, it shouldn't be a problem. We encourage business casual, so jeans are fine, but no torn jeans please. You are free to wear a suit or not. For those of you who have to enter the production facility, may I draw your attention to the following slide. If you are not wearing all of the items shown on the slide, you will be denied access. Staff members with long hair must tie it back and please avoid jewelry which could catch on something and cause damage to you or the machinery.

Le directeur des ressources humaines m'a demandé de parler aux nouvelles recrues du code vestimentaire de notre entreprise. Pour ceux d'entre vous qui travaillent à l'administration, ça ne devrait pas poser de problème. Nous encourageons une tenue professionnelle décontractée, le jean est donc permis, mais pas de jean déchiré s'il vous plaît. Vous pouvez porter un costume, mais ce n'est pas obligatoire. Pour ceux qui doivent accéder à la production, puis-je attirer votre attention sur cette diapositive. Si vous ne portez pas tous les articles présentés sur la diapositive, on vous en refusera l'accès. Les membres du personnel qui ont les cheveux longs doivent les attacher, et évitez les bijoux qui pourraient s'accrocher à quelque chose et causer des dommages à vous-mêmes ou aux machines.

⚠ CAUTION

Safety norms require protective clothing beyond this point.

No hard hat
No safety glasses
No safety harness
No steel-toe boots
=
No work!

Attention

Les normes de sécurité exigent des vêtements de protection au-delà de cette limite.

Pas de casque
Pas de lunettes de sécurité
Pas de harnais de sécurité
Pas de bottes coquées
=
Pas de travail !

7 Who is probably listening to this speech?
(A) The Human Resources director
(B) All the company's employees
(C) The new hires
(D) The administrative personnel

Qui écoute probablement cette annonce ?
(A) Le directeur des ressources humaines
(B) Tous les employés de l'entreprise
(C) Les nouvelles recrues
(D) Le personnel administratif

Réponse (C)
La femme s'adresse à ***all you new recruits*** (toutes les nouvelles recrues).

8 Which item is not permitted in Production?
(A) A safety vest
(B) A silver bracelet
(C) Jeans
(D) A suit

Quel élément n'est pas autorisé à la production ?
(A) Une veste de sécurité
(B) Un bracelet en argent
(C) Un jean
(D) Un costume

Réponse (B)
La femme explique qu'il faut éviter les bijoux qui pourraient s'accrocher.

9 What happens if you don't have a hard hat?
(A) You cannot work in production.
(B) You must go home.
(C) You will receive special instructions.
(D) You must speak to a supervisor.

Que se passe-t-il si on n'a pas de casque ?
(A) On ne peut pas travailler à la production.
(B) On doit rentrer chez soi.
(C) Vous recevrez des consignes particulières.
(D) On doit parler à un responsable.

Réponse (A)
Selon l'affiche, ***No hard hat = No work !***, ce qui est également souligné par la locutrice quand elle dit ***you will be denied access***.

CORRIGÉS

Exercice 16 Les prépositions

▶ *Énoncé p. 98*

W There aren't many **among** us who do not remember his friendly face **from** their first day at Telty. Jon has always been outstanding **at** his job; made lives easier for us and our clients; who always had a taxi waiting **for** them when leaving our premises and booked the best hotels for us. Never a day off sick, nothing but positive feedback. On behalf **of** all the staff, I'd like to thank you **for** all these years of service and to present you with a small token of our gratitude. What else can I say? You will be dearly missed! **To** Jon Bronson, may your free time be profitable!

Exercice 17 La grammaire

▶ *Énoncé p. 98*

M Good morning everybody, nice to see you all here. I hope you didn't have too **many** problems with the traffic on the way in. Ah, I see the Head of Finance has not arrived **yet**. Well, before I hand the meeting over to Juanita, I'd like to know who will be **eating** here at lunchtime. I have organized a wonderful caterer to deliver **freshly** made sandwiches, but I need to let them know how many, and of **which** type. There is the usual choice of chicken, ham, cheese **or** vegetarian. (...)

Exercice 18 Les synonymes

▶ *Énoncé p. 98*

refused – **denied**
acceptable – **fine**
access – **enter**
issue – **problem**
hires – **recruits**
ripped – **torn**

Exercice 19 Le vocabulaire de la météo

▶ Énoncé p. 99

black ice (n)	verglas	heavy rain (n)	fortes pluies
blow (vb)	souffler	high pressure (n)	anticyclone
breeze (n)	brise	lightning (n)	foudre
bright (adj)	ensoleillé	mild (adj)	doux
cloudy (adj)	nuageux	overcast (adj)	couvert
drought (n)	sécheresse	rainfall (n)	précipitation
earthquake (n)	tremblement de terre	shower (n)	averse
flood, flooding (n)	inondation	slippery roads (n)	routes glissantes
fog (n)	brouillard	snowfall (n)	chute de neige
freeze (vb)	geler	snowstorm (n)	tempête de neige
frost (n)	gelée	sunny interval/spell (n)	éclaircie
forecast (n/vb)	prévision / prévoir	thunderstorm (n)	orage
hazardous (adj)	dangereux	wet (n)	pluvieux
heatwave (n)	canicule	windy (adj)	venteux

Exercice 20 Les collocations

▶ Énoncé p. 99

1 **a clap of thunder :** coup de tonnerre
2 **dense fog :** brouillard épais
3 **flash flood :** inondation subite
4 **freak weather conditions :** intempéries
5 **high temperatures :** températures élevées
6 **severe storms :** violents orages
7 **torrential rain :** pluies torrentielles
8 **violent gales :** vents violents

Exercice 21 Compréhension orale

Part 4 – Pistes 19-20 ▶ Énoncé p. 100

Les questions 1 à 3 se rapportent au programme suivant à la radio.

M Good morning and welcome to the first traffic report of the day here on WK901. Traffic is sluggish this morning despite the bright, dry conditions. The water from last week's flash flooding has completely disappeared, leaving 90% of roads clear, but certain access roads are still closed off, notably exit 4 leading into the city center. Drivers are advised to be prepared to add around half an hour to the morning commute if they are heading into the center.
We'll keep you updated with traffic conditions every hour, just after the news.

Bonjour et bienvenue sur WK901 pour le premier bulletin circulation de la journée. La circulation ce matin est ralentie malgré le temps ensoleillé et sec. L'eau des inondations subites de la semaine dernière est complètement partie, laissant les routes dégagées à 90 %, mais certains accès sont encore fermés, notamment la sortie 4 qui mène au centre-ville. Les conducteurs qui se dirigent vers le centre doivent se préparer à ajouter environ une demi-heure à leur temps de trajet habituel du matin.
Nous vous tiendrons au courant des conditions de circulation toutes les heures, juste après les infos.

1 What is the weather like this morning?
(A) Wet
(B) Good
(C) Cold
(D) Windy

Quel temps fait-il ce matin ?
(A) Pluvieux
(B) Beau
(C) Froid
(D) Venteux

Réponse (B)
L'annonceur nous prévient que le temps est ***bright***, ***dry*** (ensoleillé et sec).

---

2 What should drivers do?
(A) Avoid the center
(B) Bring extra gas
(C) Expect delays
(D) Drive slowly

Qu'est-ce que les chauffeurs doivent faire ?
(A) Éviter le centre
(B) Prévoir du carburant supplémentaire
(C) S'attendre à des retards
(D) Conduire lentement

Réponse (C)
L'annonceur indique ***Be prepared to add around half an hour***.
En (A), c'est certainement une bonne idée, mais il ne faut pas trop extrapoler à partir de ce qui est dit.

3 When can you hear the next traffic report?
(A) This afternoon, just after lunch
(B) In half an hour
(C) In an hour, just before the news
(D) In an hour, just after the news

Quand aura lieu le prochain bulletin de circulation ?
(A) Cet après-midi, juste après le déjeuner
(B) Dans une demi-heure
(C) Dans une heure, juste avant les infos
(D) Dans une heure, juste après les infos

Réponse (D)
On apprend qu'il y a un bulletin toutes les heures après les infos ***(every hour, just after the news)***.

Les questions 4 à 6 se rapportent au bulletin météo suivant.

Part 4 – Pistes 21-22 ▶ *Énoncé p. 100*

M Well, if you ventured outside today, I don't have to tell you that it was hot. I'm certainly thankful for the air-conditioning here at the office!
For those of you planning outdoor activities tomorrow, you can expect fair skies for most of Saturday with temperatures in the high nineties. However, things will start to change by Saturday evening. We can expect light showers over the northern part of the state bringing cooler temperatures in the seventies, but this rain should taper off by mid Sunday morning. It will be partly cloudy for most of Sunday but these clouds should move out by the evening.
And that's all for today's weather.

Bon, si vous êtes sortis aujourd'hui, je n'ai pas besoin de vous dire qu'il a fait très chaud. Je suis vraiment heureux que nos locaux soient climatisés !
Pour ceux d'entre vous qui ont prévu des activités à l'extérieur demain, vous pouvez vous attendre à un ciel dégagé samedi durant la plus grande partie de la journée, avec des températures maximales de 35° C. La situation va en revanche changer d'ici samedi soir. Nous pouvons nous attendre à des ondées légères sur le nord de l'État, ce qui va entraîner une baisse des températures, autour de 20°, mais cette pluie devrait s'estomper dimanche en milieu de matinée. Pour le reste du dimanche, le temps sera partiellement couvert, mais ces nuages se dégageront avant la soirée.
Et c'est tout pour le bulletin météo de la journée.

4 What day might you hear this forecast?
(A) Thursday
(B) Friday
(C) Saturday
(D) Sunday

Quel jour pourrait-on entendre ce bulletin météo ?
(A) Jeudi
(B) Vendredi
(C) Samedi
(D) Dimanche

Réponse (B)
L'homme parle de « demain » et de « samedi » dans la même phrase, il s'agit donc de la veille du samedi.

5 When will the weather become cooler?
(A) Saturday morning
(B) Saturday evening
(C) Sunday morning
(D) Sunday evening

Quand la température va-t-elle baisser ?
(A) Samedi matin
(B) Samedi soir
(C) Dimanche matin
(D) Dimanche soir

Réponse (B)
L'homme indique ***things will start to change by Saturday evening*** (la situation va changer d'ici samedi soir).

6 What does the man mean when he says "I don't have to tell you that it was hot"?
(A) I shouldn't say it was hot.
(B) I'm not sure of the temperature.
(C) I'm sure you noticed it was hot.
(D) I think the temperature was a record.

Que veut dire l'homme par « I don't have to tell you that it was hot » ?
(A) Je ne devrais pas dire qu'il a fait chaud.
(B) Je ne suis pas sûr de la température.
(C) Je suis sûr que vous avez remarqué qu'il a fait chaud.
(D) Je crois qu'un record de température a été battu.

Réponse (C)
I don't have to tell you veut dire « je n'ai pas à vous le dire » (puisque vous le savez déjà).

Les questions 7 à 9 se rapportent à l'annonce et à la notice suivantes.

Part 4 – Pistes 23-24 ▶ *Énoncé p. 100*

W Attention passengers to Portland. Due to the inclement weather conditions currently being experienced further along the tracks, we regret to inform you that the 9.15 train will be delayed indefinitely. Our maintenance crews are working hard to clear the tracks of ice. We invite you to present your ticket at the Station Coffee Shop to receive a complimentary hot drink to help you pass the time. We will inform you of the new departure time as soon as possible.
For further information, please refer to the signs which have been posted around the station.

Ceci est un message pour les voyageurs à destination de Portland. En raison des intempéries qui touchent actuellement les voies un peu plus loin, nous sommes au regret de vous informer que le train de 9h15 sera retardé jusqu'à nouvel ordre. Nos équipes d'entretien travaillent pour dégager le verglas sur les voies.
Nous vous invitons à présenter vos billets au café de la gare afin de recevoir une boisson chaude pour vous aider à patienter.
Nous vous informerons de la nouvelle heure de départ dès que possible.
Pour plus de renseignements, veuillez consulter les panneaux d'informations affichés dans la gare.

Important Information
The 9.15 and 10.15 trains to Portland
Due to delays, these two trains will be consolidated
and will leave after 10.15.
Departure time to be announced.

Attention
Les trains de 9h15 et 10h15 en direction de Portland
En raison des retards, ces deux trains seront fusionnés
et partiront après 10h15.
Nous vous tiendrons informés de l'heure de départ.

7 Where most likely would you hear this announcement?
(A) In a store
(B) At the airport
(C) At the train station
(D) At the bus station

Où entendrait-on probablement ce message ?
(A) Dans un magasin
(B) À l'aéroport
(C) À la gare
(D) À la gare routière

Réponse (C)
On parle bien de ***train*** et de ***tracks***, « les voies ».

8 What sort of weather are they experiencing?
(A) Cold
(B) Rainy
(C) Hot
(D) Windy

Quel genre de temps ont-ils ?
(A) Froid
(B) Pluvieux
(C) Chaud
(D) Venteux

Réponse (A)
On apprend que le train est retardé par du verglas sur les voies.

9 According to the notice, when will the 9.15 train leave?
(A) Around 9.30
(B) Before 10.15
(C) 10.15
(D) Not before 10.15

Selon le panneau, à quelle heure le train de 9h15 va-t-il partir ?
(A) Vers 9h30
(B) Avant 10h15
(C) À 10h15
(D) Pas avant 10h15

Réponse (D)
Puisque les deux trains sont fusionnés, ils partiront après 10h15 ; il est précisé que l'heure de départ sera annoncée plus tard, il ne faut donc pas considérer 10h15 comme l'heure exacte du départ.

Exercice 22 Le vocabulaire

▶ *Énoncé p. 101*

W Good morning and welcome to the first traffic report of the day here on WK901. Traffic is **sluggish** this morning despite the bright, dry conditions. The water from last week's **flash** flooding has completely **disappeared**, leaving 90% of roads **clear**, but certain access roads are still closed off, notably exit 4 leading into the city center. Drivers are **advised** to be prepared to add around half an hour to the morning **commute** if they are heading into the center.
We'll keep you updated with traffic conditions every hour, just after the news.

Exercice 23 Les synonymes

▶ *Énoncé p. 101*

grateful – **thankful**
diminish – **taper off**
disappear – **move out**
rain – **showers**
went – **ventured**

Exercice 24 Le vocabulaire

▶ *Énoncé p. 101*

W Attention passengers to Portland. Due to the **inclement** weather conditions currently being experienced further along the tracks, we regret to inform you that the 9.15 train will be delayed **indefinitely**. Our maintenance crews are working **hard** to clear the tracks of ice. We invite you to present your ticket at the Station Coffee Shop to receive a **complimentary** hot drink to help you pass the time. We will inform you of the new departure time as soon as possible.
For further information, please refer to the signs which have been posted around the station.

PART 4 – VOCABULAIRE

Exercice 1 Les mots à connaître : *Visits*

▶ *Énoncé p. 102*

1 Actually, this movie is a **sequel**, have you not seen the first one?
2 The gallery **opening** will be tomorrow night. Would to like to come?
3 I've heard that your favorite **sculptor** will have an exhibition here soon, you must be very excited to see her work.
4 I rarely go to the **theater** so I haven't seen this **play** yet.
5 The **plot** of this movie is banal and the main **character** is boring, with no personality at all.
6 Would you like to get something to drink during the **intermission**?
7 We are going to see a modern art **exhibition** tomorrow afternoon.
8 I read a terrible **review** of Safir's latest movie, the **critic** was simply brutal.
9 This movie was banned from all **movie theatres** as it contains shocking images.
10 Have you heard the news story about a **work of art** which was stolen from our local museum?
11 Look at the **painting** I bought at an auction this weekend!
12 Do you think you can make it to the 8 P.M. **showing**?
13 Isn't it exciting that they are going to **shoot** this movie in our hometown?
14 Do you have any tickets left for a **matinee** performance of "Noises"?
15 You mean he is a movie **director** and he decided to **star** in his own film? How did the rest of the **cast** feel about it?

Exercice 2 Les familles de mots

▶ *Énoncé p. 102*

1 What's **(C) playing** at the local movie theater this weekend?
Qu'est-ce qui passe au cinéma du quartier ce week-end ?

Tip! Il s'agit d'un présent continu : ***is + -ing***

2 The band they chose for the **(D) opener** was unknown but very talented.
Le groupe choisi pour jouer en première partie n'était pas connu mais il avait beaucoup de talent.
3 We saw that movie **(C) starring** Jeff Roberts and it was fantastic!
Nous avons vu ce film avec Jeff Roberts dans le rôle principal et c'était fabuleux.
4 Take a look at this **(A) exhibit**; it's a perfect example of this artist's style.
Regardez cette pièce, c'est un exemple parfait du style de cet artiste.

Tip! Puisqu'il s'agit d'un exemple, on ne parle pas de toute l'exposition ***(exhibition)***.

5 Last night I went to another audition, but I wasn't **(A) cast** in the play.
Hier soir je suis allé à un nouveau casting, mais je n'ai pas été retenu pour la pièce.

Tip! Il s'agit d'une forme passive : ***be*** + participe passé.

6 Henry Raskin is **(D) directing** this movie, so it will be good.
C'est Henry Raskin qui réalise le film, il sera forcément bien.
7 The **(A) plot** of her latest novel is completely predictable.
L'intrigue de son dernier roman est complètement prévisible.
8 Delmarle's latest offering has been universally praised by the **(B) critics**.
La toute dernière production de Delmarle a été unanimement appréciée par la critique.

Tip! L'utilisation de ***universally*** suggère un pluriel en anglais, contrairement au français ou le singulier dans ce cas peut désigner l'ensemble des critiques.

9 How many **(D) showings** of "The Box" are there daily?
Combien de projections de « The Box » y a-t-il par jour ?
10 I found the **(D) characterization** to be the weakest point.
J'ai trouvé que la caractérisation des personnages était le point le plus faible.

Exercice 3 Les synonymes

▶ *Énoncé p. 103*

actors – **cast**
storyline – **plot**
interlude – **intermission**
screening – **showing**
cinema – **movie theater**

Exercice 4 Les expressions courantes

▶ *Énoncé p. 103*

award-winning
be on
leading role
the big screen
special effects
go to the movies

1 Sorry, I can't join you at the restaurant, as I'm **going to the movies** tonight.
2 This director has made many **award-winning** movies.
3 They are finally bringing my favorite book to **the big screen**.
4 You can never appreciate all the **special effects** if you watch it on a small screen.
5 I have got to see this play – my favorite actor is playing the **leading role**.
6 I'm staying home, because my favorite TV series **is on** tonight.

Exercice 5 Les mots à connaître : *Restaurants*

▶ *Énoncé p. 104*

1 Oh no! I've spilled my coffee on your white **tablecloth**.
2 Would you rather have **still** or **sparkling** water?
3 Remember to put your **napkin** on your lap before you start eating.
4 Could you ask the **waiter** for some extra bread?
5 You've added $50 to your **check**? That is a very generous **tip**!
6 Our office hired a **caterer** to provide lunch at the conference.
7 Which **dish** do you **recommend**: spaghetti carbonara or pizza?
8 There aren't many **patrons** here for a Saturday night.
9 We need more spoons. Where do you keep your **cutlery**?
10 The new company restaurant's food is not only **tasty**, but **wholesome**, too.
11 Some people with allergies need to be careful about eating **seafood**.
12 How about we get some **take-out** pizza for dinner tonight?
13 I recommend the sea salad as a **starter** and then steak as the **main course**.
14 If you are thirsty, a large selection of **beverages** is available.
15 Don't you just love **self-service** restaurants? You can choose whatever you like!

Exercice 6 Les familles de mots

▶ *Énoncé p. 104*

Tip! La forme progressive du verbe ***taste*** est transitive, la forme simple est intransitive.

1 This soup **(C) tastes** too salty.
Cette soupe est trop salée.
2 Good evening, my name is Jack and I will be **(D) waiting** on you tonight.
Bonsoir, je m'appelle Jack et c'est moi qui vous servirai ce soir.
3 The service here is terrible, so I doubt they get many **(B) tips**.
Le service laisse vraiment à désirer ici, je ne crois pas qu'ils aient beaucoup de pourboires.
4 How about I pay the **(A) check** this time?
Et si je payais l'addition cette fois-ci ?
5 We typically have thirty **(B) patrons** here around lunchtime.
En général, nous accueillons une trentaine de clients le midi.
6 This restaurant mainly **(A) caters** to a business clientele.
Ce restaurant accueille surtout des hommes d'affaires.
7 I really don't know what to choose, do you have any **(C) recommendations**?
Je ne sais vraiment pas quoi choisir. Pourriez-vous recommander quelque chose ?
8 How many **(C) courses** are you going to have?
Combien de plats allez-vous prendre ?
9 We had to leave our **(D) server** a generous tip.
Nous n'avons pas pu faire autrement que de laisser un gros pourboire à notre serveur.
10 Let's **(B) take out** some sushi for lunch – it's wholesome and light.
Achetons des sushis à emporter ce midi – c'est sain et léger.

Exercice 7 Les expressions courantes

▶ *Énoncé p. 105*

a table for four
pick up the check
on the house
feel like
on me
take a raincheck

1 I'd like to book a **table** for four for lunch tomorrow.
2 You paid last time, so this time the dinner is **on** me.
3 This presentation has to be ready for tomorrow morning, so I have to **take** a raincheck.
4 To make up for the mistake with your order, your dessert is on the **house**.
5 You always **pick up** the check, it's my turn to pay.
6 I **feel** like having pasta this evening

Exercice 8 Les synonymes

▶ *Énoncé p. 105*

				1					
			2	S	T	I	L	L	
		3		E					
		C		R		4			5
		O		V		D			D
6	A	P	P	E	T	I	Z	E	R
		I		R		N			I
		O				E			N
7	C	U	T	L	E	R	Y		K
		S							S

Exercice 9 Les mots à connaître : *Vacations*

▶ *Énoncé p. 106*

1 My **suitcase** is almost ready. Do you think I should **pack** my raincoat?
2 I'm going **sightseeing** in Paris and I can't wait to see the Eiffel Tower.
3 Our company is offering an exciting river **cruise** to all its employees.
4 We booked an **all-inclusive** vacation, so everything will be provided for us.
5 Has the **travel agent** sent you the **itinerary** of our trip to Tokyo?
6 I plan to **sunbathe** a lot at the beach, so I've got my **sunglasses**, **sunscreen** and a **beach towel** all ready in my bag.
7 It's really hard to find affordable **accommodation** in Paris.
8 You've been working so hard lately. How about we **get away** for a weekend?
9 In this travel agency they **cater to** very exclusive customers who aren't easy to satisfy.
10 When I'm on vacation and looking for a good restaurant, I simply ask a **local**.
11 **Couch surfing** is the latest vacation trend, but you have to be willing to also let strangers into your home.
12 We really wanted to be closer to nature this summer, so we went on a **camping trip**.
13 I'd rather spend my summer vacation in the mountains than at the seaside – there are too many **vacationers** there and I don't like going to the **beach**.
14 Next weekend we're off to our favorite ski **resort**!

Exercice 10 Les familles de mots

▶ *Énoncé p. 106*

1 I hate **(B) packing**, I never know what to take.
Je déteste faire les valises, je ne sais jamais quoi prendre.

Tip! Après le verbe ***hate***, il faut la forme ***-ing*** du verbe.

2 My husband and I never **(A) camp**, as I don't like tents.
Mon mari et moi ne faisons jamais de camping, car je n'aime pas les tentes.

Tip! C'est un verbe à la troisième personne du pluriel, pas de **-s**.

3 How about a romantic **(B) getaway** for Valentine's Day?
Et si on faisait un break romantique pour la Saint-Valentin ?
4 Is it true that your agency caters **(C) to** adventure-seeking travelers?
Est-il vrai que votre agence s'adresse aux voyageurs en quête d'aventure ?
5 Could you phone the hotel to see if they have any **(D) vacancies**?
Pouvez-vous appeler l'hôtel pour savoir s'il y a des chambres libres ?
6 How about **(C) cruising** the Caribbean for our anniversary?
Et si on allait faire une croisière dans les Caraïbes pour notre anniversaire de mariage ?
7 Make sure you book your **(C) accommodation** in Mexico well in advance.
Faites en sorte de réserver votre hébergement au Mexique bien à l'avance.
8 Whenever I'm abroad, I like to talk to the **(B) locals** and see what their everyday life looks like.
Quand je suis à l'étranger, j'aime parler aux gens du coin pour voir à quoi ressemble leur vie quotidienne.
9 We have just received the **(C) itineraries** for both of our trips this summer.
Nous venons de recevoir les itinéraires de nos deux séjours de cet été.
10 Your **(C) luggage** is limited to 20 kilograms and 2 pieces.
Vos bagages sont limités à 20 kilos et deux articles.

Tip! La grammaire exige un nom indénombrable.

CORRIGÉS

Exercice 11 Les verbes

▶ *Énoncé p. 107*

1 *explorer :* **look around**
2 *dire au revoir :* **see off**
3 *sortir :* **go out**
4 quitter l'hôtel : **check out**
5 *remballer :* **pack up**
6 *se mettre en route :* **set out**

Exercice 12 Les expressions courantes

▶ *Énoncé p. 107*

recharge (your) batteries
make the most of
buy souvenirs
get a suntan
have fun

1 The winter has been cold and wet. Let's go away for a weekend and **recharge** our batteries.
2 Enjoy your holidays. I'm sure you'll have **fun** in Mexico!
3 It's our last day in New York City, let's buy some **souvenirs** for our friends.
4 You look radiant! Where did you **get** that amazing suntan?
5 We only have three days left here, we should try to **make** the most of our time.

Exercice 13 Les mots à connaître : *Leisure activities*

▶ *Énoncé p. 108*

1 My colleagues and I like to go **jogging** during our lunch break. (...)
2 Every summer our neighbors **hike** in the mountains.
3 My friend likes to **collect** snow globes from every **attraction** she visits.
4 I love **DIY** projects! (...)
5 They like to go out after work to **eat out** or to go dancing.
6 Jake takes his children for an **outing** every Sunday afternoon.
7 It's a luxury to take a **relaxing** bath after a stressful day.
8 Let's get a **season ticket** to the stadium this year – it will save us money.
9 Is it true that you have signed up for a **sewing** class to learn how to make your own clothes?
10 In summer my boss often does outdoor sports such as **cycling** or **sailing**.
11 When it rains I do **indoor** activities, like reading or **crafts**.
12 My friend invited me to **enroll** in her **gardening** class, to learn how to plant rose bushes.
13 We have tickets to an **amusement park** next weekend.
14 I'm not very fit, but then again I never **work out**.
15 Backgammon is by far my favorite **board game**, but I also like to play **chess**.

Exercice 14 Les familles de mots

▶ *Énoncé p. 108*

1 Our town is very **(C) attractive** to foreign tourists.
Notre ville attire beaucoup les touristes étrangers.
2 The company doctor recommends **(D) working out** every morning, even on vacation.
Le médecin de l'entreprise recommande de faire de l'exercice tous les matins, même en vacances.

Tip! ***Recommend*** + verbe en ***-ing***

3 **(A) Indoor** activities are good for rainy weekends.
Les activités à l'intérieur sont une bonne idée pour un week-end pluvieux.

Tip! Un adjectif ne prend pas la marque du pluriel.

4 Let's begin organizing monthly **(D) outings** for all our employees.
Commençons à organiser des sorties mensuelles pour tous les employés.
5 I'd like to speed up but there's a **(D) cyclist** in my way.
J'aimerais bien accélérer, mais il y a un cycliste qui me bloque la route.
6 Eating **(B) out** every night soon becomes expensive.
Cela finit vite par coûter cher de manger au restaurant tous les soirs.
7 I wanted to join a salsa class, but the **(C) enrollment** fee was too expensive.
Je voulais faire un cours de salsa, mais l'inscription était trop chère.
8 I don't feel like going out, let's just stay at home and **(C) relax**.
Je n'ai pas très envie de sortir, restons à la maison pour nous détendre.

Tip! Il faut un deuxième verbe après ***stay at home and***.

9 Cecilia is a keen **(B) gardener** and produces most of her vegetables herself.
Cecilia adore jardiner et c'est elle qui fait pousser la plupart de ses légumes.
10 This stamp is a very rare **(B) collector's** item.
Ce timbre-poste est une rare pièce de collection.

Exercice 15 Les expressions courantes

▶ *Énoncé p. 109*

go for a run
take a walk
play an instrument
enroll in a course
take a photo
do sport

1 Zach wanted to visit the town so he took a **walk**.
2 Do you play any musical **instruments** in your free time?
3 On vacation I enjoy doing **sport** as it allows me to stay fit.
4 How about **going** for a run in the park after lunch?
5 I'm going to **enroll** in a photography course to learn to **take** better photos.

Exercice 16 Les synonymes

▶ *Énoncé p. 109*

1 The employees went on an **outing** to an amusement park.
2 **Jogging** is a cheap sport that almost everyone can do.
3 A lot more women are taking up **DIY** as a hobby.
4 I prefer to spend my vacation time **relaxing** on the beach, not **working out**.
5 **Hiking** in the mountains is great for clearing your head.

PART 4 – MINI TEST

Entertainment Part 1

Part 4 – Piste 29

▶ Énoncé p. 110

1 (A) They are resting.
(B) She's taking a picture.
(C) They are eating.
(D) She's taking their order.

(A) Ils se reposent.
(B) Elle prend une photo.
(C) Ils mangent.
(D) Elle prend leur commande.

Réponse (D)
Les deux personnes assises ont un menu à la main et sont tournées vers la serveuse qui prend des notes.

Entertainment Part 2

Part 4 – Pistes 30-34

▶ Énoncé p. 110

2 Excuse me, could you tell me what time the show begins?
(A) I could certainly do it tomorrow.
(B) Unfortunately, I don't know myself.
(C) Of course I'll show you.

Excusez-moi, pouvez-vous me dire à quelle heure commence le spectacle ?
(A) Je pourrais certainement le faire demain.
(B) Malheureusement, je ne le sais pas moi-même.
(C) Bien sûr que je vous montrerai.

Réponse (B)
La réponse (A) est grammaticalement correcte, mais ne répond pas à la question.

3 How was your weekend, Junitchi?
(A) I'm fine thanks.
(B) I'm free on Friday afternoon.
(C) Great, we went to the seaside.

Comment s'est passé ton week-end, Junitchi ?
(A) Je vais bien, merci.
(B) Je suis libre vendredi après-midi.
(C) Super, nous sommes allés à la plage.

Réponse (C)
La réponse (A) parle de l'état de bien-être et non du week-end.

4 Would you and Jane like to join us for dinner on Saturday?
(A) I'll have to ask her first.
(B) I'm sorry, we already ate.
(C) Absolutely, here is some glue.

Jane et toi aimeriez-vous venir dîner avec nous samedi ?
(A) Je dois lui demander son avis d'abord.
(B) Je suis désolé, nous avons déjà mangé.
(C) Bien sûr, voici de la colle.

Réponse (A)
En (C), attention à ne pas rapprocher ***glue*** (colle) de ***join*** (joindre) !

5 How long have you been taking this class?
(A) It's very long.
(B) For two years now.
(C) Maybe he took it.

Depuis quand suivez-vous ce cours ?
(A) C'est très long.
(B) Ça fait deux ans maintenant.
(C) Peut-être qu'il l'a pris.

Réponse (B)
La réponse (A) parle d'un objet ***(it)*** et non d'une durée.

CORRIGÉS

6 Did you enjoy your hiking trip?
(A) I tripped over it this morning.
(B) I enjoy reading books.
(C) Actually, we had to cancel it.

Avez-vous aimé votre séjour de randonnée ?
(A) J'ai trébuché dessus ce matin.
(B) J'aime lire des livres.
(C) En fait, on a dû l'annuler.

Réponse (C)
(C) est une réponse indirecte à une question fermée (oui/non).

Entertainment Part 3

Part 4 – Pistes 35-36

▶ *Énoncé p. 111*

Questions 7-9 refer to the following conversation.	Les questions 7 à 9 se rapportent à la conversation suivante.
W "Over The Moon Dining", Sarah speaking, how can I help you?	"Over the moon dining", Sarah à l'appareil. Comment puis-je vous aider ?
M I'd like to book a table for six at 8:30 tonight.	J'aimerais réserver une table pour six personnes pour 20h30 ce soir.
W Please hold while I check. I'm very sorry, Sir, there are no tables available at that time tonight. We have a table free at 9 if that isn't too late for you.	Veuillez patienter pendant que je vérifie. Je suis navrée, monsieur, il n'y a pas de table disponible à cette heure-là ce soir. Une table est disponible à 21h, si ce n'est pas trop tard pour vous.
M Well, 9 does seem a little late as we were going to celebrate first with a couple of drinks.	Eh bien, 21h semble un peu tard en effet, étant donné que nous voulions d'abord prendre quelques verres avant.
W That will not be a problem, Sir. We have a separate bar area, where you can arrive anytime and then move to the table as soon as it becomes available.	Cela ne posera pas de problème, monsieur. Nous avons un espace bar séparé où vous pouvez arriver à l'heure que vous voulez, puis vous vous installez à la table dès qu'elle se libère.
M That would be perfect. You're a lifesaver. Thank you.	Ce serait parfait. Vous sauvez notre soirée. Merci.

7 Where does the woman probably work?
(A) In a bar
(B) In a restaurant
(C) In a theater
(D) In a hotel

Où la femme travaille-t-elle probablement ?
(A) Dans un bar
(B) Dans un restaurant
(C) Dans un théâtre
(D) Dans un hôtel

Réponse (B)
Le client souhaite réserver une table pour 6 personnes.

---

8 What time did the man ask to make a reservation?
(A) 4 P.M.
(B) 6 P.M
(C) 8:30 P.M.
(D) 9 P.M.

À quelle heure l'homme voulait-il faire une réservation ?
(A) 16h
(B) 18h
(C) 20h30
(D) 21h

Réponse (C)
L'homme a fini par accepter 21h, mais au départ il souhaitait réserver pour 20h30.

9 What does the man mean when he says "You're a lifesaver"?
(A) The woman is very helpful.
(B) The woman is in danger.
(C) The woman should change jobs.
(D) The woman is very hardworking.

Qu'entend l'homme par « You're a lifesaver » ?
(A) **La femme est très serviable.**
(B) La femme est en danger.
(C) La femme devrait changer de métier.
(D) La femme travaille dur.

Réponse (A)
Elle est serviable car elle essaie de lui proposer une solution pour que la soirée qu'il avait prévue puisse avoir lieu.

Entertainment Part 4

Part 4 – Pistes 37-38

▶ *Énoncé p. 111*

Questions 10-12 refer to the following announcement and menu.

M Welcome aboard! Allow me to wish you a pleasant cruise, on behalf of the captain and the crew. Over the course of the next two hours you will be able to admire the view of the Hudson Bay while enjoying a succulent dinner prepared by our chef Antonio. You will certainly notice that there has been a slight change in tonight's menu. Our chef has prepared for you some freshly grilled scallops, rib eye steak and blueberry cheesecake. Now if you'll look to the left, you will have the chance to see a unique view of the Statue of Liberty.

Les questions 10 à 12 se rapportent à l'annonce et au menu suivants.

Bienvenue à bord ! Permettez-moi de vous souhaiter une agréable croisière, au nom du capitaine et de l'équipage. Au cours des deux heures à venir, vous pourrez admirez la vue de la Baie de Hudson tout en dégustant le succulent dîner préparé par Antonio, notre chef. Vous aurez certainement remarqué que le menu de ce soir a été légèrement modifié. Notre chef vous a préparé des noix de saint-jacques fraîchement grillées, un faux-filet de bœuf et un cheesecake à la myrtille. Maintenant, si vous regardez à gauche, vous profiterez d'une vue unique sur la Statue de la Liberté.

Hudson Bay Cruise

Menu

Starter
Freshly grilled scallops

◊◊◊◊◊◊◊◊◊◊

Main course
Rib eye steak with vegetables

◊◊◊◊◊◊◊◊◊◊

Dessert
Fruit salad

◊◊◊◊◊◊◊◊◊◊

Entrée
Noix de saint-jacques grillées

Plat principal
Faux filet avec légumes

Dessert
Salade de fruits

10 Where most likely are the listeners?
(A) On a plane
(B) In a cinema
(C) On a boat
(D) At a restaurant

Où se trouvent probablement les auditeurs ?
(A) Dans un avion
(B) Au cinéma
(C) **Sur un bateau**
(D) Dans un restaurant

Réponse (C)
Il s'agit d'une croisière ***(cruise)***.

11 Which item on the menu has been modified?
(A) The beverages
(B) The starter
(C) The main course
(D) The dessert

Quel élément du menu a été modifié ?
(A) Les boissons
(B) L'entrée
(C) Le plat principal
(D) **Le dessert**

Réponse (D)
La salade de fruits a été remplacée par un cheesecake.

12 What will most likely happen next?
(A) People will order a meal.
(B) People will see a monument.
(C) People will admire the chef.
(D) People will leave immediately.

Que va-t-il probablement se passer ensuite ?
(A) Des gens vont commander un repas.
(B) Des gens vont voir un monument.
(C) Des gens vont admirer le chef.
(D) Des gens vont partir tout de suite.

Réponse (B)
Ils verront la Statue de la Liberté :
Now if you'll look to the left, you will have the chance to see a unique view of the Statue of Liberty.

Entertainment Part 5

▶ *Énoncé p. 112*

13 I have to run to a .... store to buy some paints and brushes.
(A) crafty
(B) crafted
(C) craft
(D) craftsman

(A) habile de ses mains
(B) ouvragé
(C) artisanat
(D) artisan

Il faut que je passe dans un magasin de loisirs créatifs pour acheter de la peinture et des pinceaux.

Réponse (C)
Craft a le sens de « art, artisanat, travaux manuels ».

14 Would you like to come with me to the theatre tomorrow night to see a .... ?
(A) player
(B) played
(C) playing
(D) play

(A) joueur (sport)
(B) prétérit / participe passé de *play*
(C) à l'affiche
(D) pièce de théâtre

Voulez-vous m'accompagner demain soir pour voir une pièce de théâtre ?

Réponse (D)
Le déterminant ***a*** doit être suivi par un nom ; dans ce contexte, seul ***play*** est possible.

15 This movie is a .... I think it is not as good as the first one.
(A) sequence
(B) sequel
(C) sequential
(D) sequencing

(A) séquence
(B) suite
(C) séquentiel
(D) ordonnancement

Ce film est une suite. Je trouve qu'il n'est pas aussi bien que le premier.

Réponse (B)

16 Would you rather have still or .... water?
(A) bumpy
(B) sparkly
(C) rough
(D) sparkling

(A) bosselé
(B) étincelant
(C) rugueux
(D) gazeux

Préférez-vous de l'eau plate ou de l'eau gazeuse ?

Réponse (D)
Still ≠ sparkling (plat ≠ gazeux).

17 Excuse me, could you bring me some fresh .... as mine fell on the floor.
(A) beverage
(B) cutlery
(C) napkin
(D) caterer

(A) boisson
(B) couverts
(C) serviette
(D) traiteur

Excusez-moi, pourriez-vous m'apporter d'autres couverts, car les miens sont tombés par terre.

Réponse (B)

Après *some*, il faut soit un nom au pluriel, soit un nom indénombrable comme ***cutlery***.

Entertainment Part 6

▶ *Énoncé p. 112*

Les questions 18 à 21 se rapportent au courriel suivant.

Cher M. Kowalski,

J'ai le plaisir de vous informer que tous les détails de votre voyage à New York pour voir la première de "Lion's Den" à Broadway ont été finalisés.
Votre vol part de Londres à six heures demain matin et vous atterrirez à l'aéroport de Newark à midi.
Comme convenu, votre nuitée a été réservée dans l'hôtel que vous avez demandé.
Une limousine passera vous prendre à l'hôtel à 18h et vous conduira au Broadway Theater pour la représentation.
Après le spectacle votre chauffeur vous emmènera au restaurant B-Way, où nous avons réservé une table pour deux personnes pour 21h.
Votre vol pour le retour est prévu le lendemain à midi.
Vous trouverez en pièce jointe les détails de votre itinéraire ainsi que la réservation pour l'hôtel.
En vous souhaitant un agréable séjour à New York City,*

Cordialement,
Jane McAllister

* Traduction de la phrase de la question 21.

18 (A) premiere
(B) first
(C) blockbuster
(D) season

(A) première
(B) premier
(C) superproduction
(D) saison

Réponse (A)

19 (A) concert
(B) show
(C) dinner
(D) visit

(A) concert
(B) spectacle
(C) dîner
(D) visite

Réponse (B)

Premiere indique qu'il s'agit d'un spectacle. Plus loin, il est aussi question de ***theater*** et de ***performance***.

20 (A) books
(B) booking
(C) has been booked
(D) booked

(A) livres
(B) réservation
(C) a été réservé
(D) réservé

Réponse (D)

(C) ***Has been booked*** aurait pu convenir si la phrase avait été ***a table has been booked for two...***

CORRIGÉS

21 (A) You can stay at the hotel as long as you like.
(B) Wishing you a very pleasant stay in New York City.
(C) I would love to attend the meeting.
(D) The invoice has already been sent.

(A) Vous pouvez rester à l'hôtel aussi longtemps que vous le souhaitez.
(B) En vous souhaitant un agréable séjour à New York City.
(C) J'adorerais assister à la réunion.
(D) La facture a déjà été envoyée.

Réponse (B)
En (D), il est peu probable qu'une facture soit mentionnée en dernier sans autres précisions (à qui ? où ? combien ?) ; on peut donc supposer que la personne a déjà payé et que ce message vient seulement récapituler les détails du voyage.

Entertainment Part 7

▶ *Énoncé p. 113*

Les questions 22 et 23 se rapportent à l'échange de SMS suivant.

Mike 07h30
Salut Sean ! As-tu reçu mon message hier soir ?

Sean 08h00
Salut ! Oui, merci pour l'invitation. J'aimerais bien vous accompagner ce week-end, mais je ne suis jamais parti faire de camping avant. Je crois que je n'ai pas l'équipement nécessaire.

Mike 09h00
Pas de soucis, j'ai un sac de couchage et une tente en double.

Sean 10h15
Tu es sûr ? Je ne voudrais pas m'imposer...

Mike 10h17
N'importe quoi ! Alors, tu viens ?

Sean 10h20
Je suppose que oui.

Mike 10h30
Super ! Je passe à ton bureau après le déjeuner pour te donner tous les renseignements.

22 At 09:00 A.M., what does Mike mean when he writes "No worries"?
(A) He has a solution to the problem.
(B) He doesn't have equipment either.
(C) There is no need for equipment.
(D) He isn't invited.

À 9h, que veut dire Mike quand il écrit « No worries » ?
(A) Il a une solution au problème.
(B) Il n'a pas de matériel non plus.
(C) Il n'y a pas besoin de matériel.
(D) Il n'est pas invité.

Réponse (A)
Mike écrit ceci après que Sean a dit qu'il n'a pas le bon équipement ; ***no worries*** est une variante familière de ***don't worry***.

23 Who most likely is Sean?
(A) Mike's father
(B) Mike's neighbor
(C) Mike's colleague
(D) Mike's doctor

Qui est probablement Sean ?
(A) Le père de Mike
(B) Le voisin de Mike
(C) Le collègue de Mike
(D) Le médecin de Mike

Réponse (C)
Mike dit qu'il va passer au bureau de Sean pour lui donner les renseignements.

Les questions 24 à 28 se rapportent à la brochure et au courriel suivants.

▶ *Énoncé p. 114*

1. Brochure

Centre de loisirs créatifs

Cours	**Horaires**	**Tarifs**
Peinture	Lundi 18h-20h	300 $
Sculpture	Mercredi 17h-19h	250 $
Couture	Vendredi 16h30-18h30	350 $

Inscrivez-vous avant fin septembre pour obtenir une remise de 10 %.
Pour plus de renseignements envoyez un courriel à Kevin Woolf à KW@acc.org.

2. Courriel

De : Leena Panali ‹lanapi@tomail.com›
À : Kevin Woolf ‹KW@acc.org›
Objet : Inscription
Date : 20 septembre

Cher M. Woolf,

Je vous écris parce que je suis intéressée par le cours de couture au centre de loisirs créatifs.

J'ai vu votre brochure à mon école et j'ai vu que vous proposiez ce cours le vendredi après-midi, ce qui me convient tout à fait. Pouvez-vous me confirmer qu'il reste des places disponibles dans ce cours ?

Si c'est le cas, dois-je remplir des formulaires pour m'inscrire officiellement ? Et dois-je apporter du matériel de couture pour le cours ? J'ai participé à un atelier de couture il y a deux ans, mais à l'époque tout le matériel nécessaire était fourni.

Dans l'attente de votre réponse,
Cordialement,

Leena Panali

24 How often do classes take place at the arts and crafts center?
(A) Every day
(B) Three times a week
(C) Every weekend
(D) Every three days

Quelle est la fréquence des cours au centre de loisirs créatifs ?
(A) Tous les jours
(B) Trois fois par semaine
(C) Tous les week-ends
(D) Un jour sur trois

Réponse (B)
La publicité indique que les cours se déroulent le lundi, le mercredi et le vendredi, soit trois fois par semaine.

---

25 How much will Ms. Panali most likely pay for the class?
(A) $250
(B) $300
(C) $315
(D) $350

Combien Mme Panali va-t-elle probablement payer le cours ?
(A) 250 $
(B) 300 $
(C) 315 $
(D) 350 $

Réponse (C)
La publicité indique que l'on peut bénéficier d'une remise de 10 % en s'inscrivant avant la fin du mois de septembre, or, le courriel où Mme Panali demande de s'inscrire est envoyé le 20 septembre.

26 Why did Ms. Panali send this e-mail?
(A) To get more information about a class
(B) To provide more information about materials
(C) To inform Mr. Woolf of her availability
(D) To reply to Mr. Woolf

Pourquoi Mme Panali a-t-elle envoyé ce courriel ?
(A) Pour se renseigner davantage sur un cours
(B) Pour fournir plus de renseignements sur le matériel
(C) Pour communiquer ses disponibilités à M. Woolf
(D) Pour répondre à M. Woolf

Réponse (A)
L'objet du courriel est ***enrollment***.

27 How did Ms. Panali find out about the class?
(A) From a friend
(B) From the arts and crafts center
(C) From Mr. Woolf
(D) From a brochure

Comment Mme Panali a-t-elle entendu parler du cours ?
(A) Par un ami
(B) Par le centre de loisirs créatifs
(C) Par M. Woolf
(D) Par une brochure

Réponse (D)
Elle a vu la brochure du cours ***(I saw your brochure).***

28 What is suggested about Ms. Panali?
(A) She has some sewing experience.
(B) She has some sewing equipment.
(C) She works on Friday afternoons.
(D) She works at the community center.

Que suggère-t-on à propos de Mme Panali ?
(A) Elle a déjà fait un peu de couture.
(B) Elle possède du matériel de couture.
(C) Elle travaille le vendredi après-midi.
(D) Elle travaille au centre social.

Réponse (A)
Elle écrit dans son courriel qu'elle a participé à un atelier de couture il y a deux ans.

PART 5 PHRASES À COMPLÉTER

LES POINTS DE GRAMMAIRE À MAÎTRISER POUR PART 5

Exercice 1 Reconnaître la catégorie grammaticale

▶ *Énoncé p. 117*

1 Nom *(avant, il y a adverbe + adjectif)*
2 Adverbe *(il vient après un verbe)*
3 Préposition *(le mot introduit un nom qui n'est ni sujet, ni objet du verbe)*
4 Verbe *(introduit par to)*
5 Adjectif *(un mot entre un article et un nom)*
6 Pronom *(le verbe qui suit a besoin d'un sujet; le pronom permet de ne pas répéter « Mme Parathi »*
7 Conjonction (elle rassemble les deux propositions afin d'en faire une seule phrase)

Exercice 2 Les catégories grammaticales

▶ *Énoncé p. 117*

1 He's an overly careful **(C) driver**.
C'est un chauffeur trop prudent.
2 You should think about this very **(D) carefully**.
Tu devrais bien y réfléchir.
3 The merger of the two companies will go down **(B) in** history.
La fusion des deux sociétés restera dans les annales.
4 Your main responsability is to **(A) schedule** appointments.
Votre responsabilité principale est d'organiser les rendez-vous.
5 Selecting a **(B) suitable** candidate is our next priority.
Choisir un candidat convenable est notre prochaine priorité.
6 Mrs. Parathi would be able to help you if **(C) she** were here.
Mme Parathi pourrait vous aider si elle était présente.
7 We made an offer **(D) but** it was refused.
Nous avons fait une offre, mais elle a été refusée.

Exercice 3 Dénombrables ou indénombrables ?

▶ *Énoncé p. 119*

Dénombrable	Indénombrable	Dénombrable / Indénombrable selon le sens		
			dénombrable	indénombrable
desk *bureau*	**work** *travail*	**time**	*fois*	*le temps/l'heure*
dollar	**research** *la recherche*	**chocolate**	*un chocolat (individuel)*	*du chocolat*
currency *devise*	**furniture** *les meubles*	**hair**	*un cheveu*	*la chevelure*
job *boulot*	**advice** *le conseil*	**experience**	*une expérience dans la vie*	*de l'expérience*
suitcase *valise*	**news** *les informations*	**tea**	*une tasse de thé*	*le thé*
	information *les renseignements*	**cake**	*un gâteau (entier)*	*du gâteau*
	luggage *les bagages*	**paper**	*un journal / document*	*du papier*
	money *l'argent*	**television**	*le téléviseur*	*les émissions de télévision*
	evidence *des preuves*			
	safety *la sécurité*			
	rice *riz*			
	traffic *la circulation*			
	progress *le progrès*			

CORRIGÉS

Exercice 4 *Some* ou *any* ?

▶ *Énoncé p. 120*

1 There are **some** documents which need to be signed before you leave. *(affirmation)*
2 When I arrived, there wasn't **anybody** at reception. *(négation)*
3 Do you think you could give me **some** advice on this subject? *(demande polie)*
4 The mechanic says he has never seen **anything** quite like my car! *(négation)*
5 The CEO wants to know if there are **any** potential new partners. *(question indirecte)*

Exercice 5 Dénombrables, indénombrables et quantifieurs

▶ Énoncé p. 121

1 Are there restrictions on **(C) how much** money you can exchange per day?
Existe-t-il une limite sur la somme d'argent que l'on peut changer par jour?
2 There are not **(D) a lot of** coworkers who don't merit a bonus this year!
Les collègues qui ne méritent pas de prime cette année ne sont pas nombreux!
3 **(D) Fewer** people are applying for IT positions today than ten years ago.
Aujourd'hui, il y a moins de gens qui postulent aux postes d'informatique qu'il y a 10 ans.
4 Our firm's extensive **(A) research** in marketing has led us to create innovative products.
Les recherches approfondies de notre entreprise en marketing nous ont amené à créer des produits innovants.

Tip! ***Research*** est indénombrable, même si on fait plus d'une recherche.

5 I don't know if **(A) any** of the parcels were delivered on time.
Je ne sais pas si des colis ont été livrés à temps.
6 **(D) Both** full-time and part-time employees should attempt to negotiate new terms each year.
Les employés à temps plein et ceux à temps partiel devraient essayer de négocier de nouvelles conditions chaque année.

Tip! ***Both*** et ***alike*** sont synonymes. ***Both*** se place avant les deux noms, ***alike*** vient après.

7 Do you think there is **(B) enough** room for everybody to stay at the same hotel?
Pensez-vous qu'il y ait assez de place pour que tout le monde loge au même hôtel?

Tip! ***Room*** peut être dénombrable ou indénombrable. Le sens ici est celui de «place».

8 Would you mind handing me **(D) a few** sheets of paper?
Pourriez-vous me passer quelques feuilles de papier?
9 **(B) Neither** proposal was approved by the board of directors.
Aucune des deux propositions n'a été retenue par le conseil d'administration.
10 If you have **(C) any** reason for not attending the meeting, please inform me by e-mail.
Si vous avez un quelconque motif pour ne pas assister à la réunion, veuillez m'en faire part par courriel.

Exercice 6 Les prépositions de temps, de lieu et de mouvement

▶ Énoncé p. 123

1 We need a courier to deliver this package **(C) to** an address downtown.
Il nous faut un coursier pour livrer ce colis à une adresse du centre-ville.

Tip! ***Deliver*** implique un mouvement.

2 Could we bring our appointment forward to Monday **(B) at** noon?
Pourrions-nous avancer notre rendez-vous à lundi midi?

Tip! Car il s'agit d'une heure.

3 Ms. Kim has decided to **(A) drive** home early today because of the inclement weather conditions.
Mme Kim a décidé de rentrer en voiture tôt aujourd'hui à cause du mauvais temps.

Tip! Il ne faut aucune préposition devant ***home*** quand il s'agit d'un mouvement.

4 What time will the flight arrive **(C) in** Rome?
À quelle heure le vol arrivera-t-il à Rome?

Tip! Car il s'agit de la ville.

5 Our premises are located **(B) near** the Public Library.
Nos locaux se situent près de la bibliothèque municipale.

Exercice 7 *Used to* et *be used to*

▶ Énoncé p. 124

1 Jack Chen is used to **changing** cities every 4 years (...).
2 Our company used to **be** located in Delhi.
3 Our local florist used to **do** very well on public holidays (...).
4 Have you got used to **eating** the local cuisine yet?
5 He says he never got used to **working** in air conditioning.
6 The new receptionist is not yet used to **being** in the public eye.
7 **I used to take** the train to work every day when I lived in London.

Exercice 8 Les prépositions

▶ Énoncé p. 125

1 Who does the blue Ford, registration number KF167C, belong **(B) to**?
À qui appartient la Ford bleue immatriculée KF167C ?
2 This place reminds me **(A) of** the town where I grew up.
Cet endroit me rappelle la ville où j'ai grandi.
3 Whether I'll come or not depends **(D) on** the day.
Ma venue dépendra du jour.
4 The person I met on the Internet paid **(B) for** my dinner.
La personne que j'ai rencontrée sur Internet a payé mon repas.

Tip! On dit ***pay for something***, mais ***pay someone***.

5 We are used to **(C) purchasing** from the same supplier each time.
Nous avons l'habitude d'acheter chaque fois chez le même fournisseur.
6 I'm tired **(A) of** waiting for the answer to my request.
J'en ai assez d'attendre la réponse à ma demande.
7 Mr. Yamamoto used **(B) to be** assistant purchaser but he has been promoted to Head of the department.
Avant, M. Yamamoto était assistant d'achats, mais il a été promu chef de service.

Tip! Il n'y a pas l'auxiliaire ***be*** avant ***used***, donc la forme est ***used to*** + base verbale.

8 The CEO is not at all opposed **(D) to** the merger.
Le PDG n'est pas du tout opposé à la fusion.
9 Since the beginning of the year, we have noticed a real **(B) shortage** of good applicants.
Depuis le début de l'année, nous avons constaté une vraie pénurie de bons candidats.
10 We look forward **(D) to welcoming** you to our company.
Nous sommes impatients de vous accueillir dans notre entreprise.

Tip! ***Look forward to*** (attendre avec impatience) est toujours suivi d'un verbe en ***-ing***.

Exercice 9 Les adjectifs possessifs et les pronoms possessifs

▶ *Énoncé p. 127*

1 Ms. Tien would like to get **(B) her** newspaper back as soon as possible.
Madame Tien voudrait récupérer son journal dès que possible.

Tip! ***Ms.*** = Mme. Il faut donc un adjectif possessif féminin.

2 Their product is expensive, unlike **(A) ours**.
Leur produit est cher, contrairement au nôtre.
3 Would the people **(D) whose** names start with the letters A to H please start boarding now.
Nous demandons aux personnes dont les noms commencent par les lettres A à H de bien vouloir embarquer maintenant.
4 In order to get the desk through the door, we had to remove **(D) its** legs.
Pour faire passer le bureau par la porte, nous avons dû retirer ses pieds.

Tip! L'apostrophe dans ***it's*** signale une forme verbale contractée : ***it is*** ou ***it has***.

5 While Mrs. Taylor is absent, she can be contacted on **(B) her** cellphone.
Pendant son absence, on peut joindre Mme Taylor sur son portable.

Exercice 10 Comparatif ou superlatif ?

▶ *Énoncé p. 128*

1 According to a recent survey, the Unik 8.0 was rated the **(C) most user-friendly** smartphone on the market.
Une étude récente a classé le Unik 8.0 parmi les smartphones les plus faciles à utiliser du marché.
2 Customers think more **(C) highly** of white electronic goods than grey ones.
Les clients ont une meilleure opinion de l'électroménager blanc que de l'électroménager gris.
3 Third position is the **(D) closest** we have ever been to winning the award.
Dans ce concours, nous n'avons jamais fait mieux que troisième.
4 Business this year just keeps getting better and **(B) better**.
Cette année, les affaires sont de plus en plus florissantes.

Tip! C'est une formule : ***better and better***, ***worse and worse***, ***bigger and bigger...***

5 In our experience, the **(B) lower** the rates, the more borrowers there are.
Nous avons constaté que plus les taux d'intérêt sont bas, plus il y a d'emprunteurs.

Tip! Méfiez-vous, c'est la seule fois que vous verrez ***the + -er***, car en général un superlatif = ***the + -est***.

Exercice 11 Les modaux au présent

▶ *Énoncé p. 130*

1 The weather report says it **might** rain later today.

Tip! On n'utilise pas ***can*** pour une possibilité dans le futur.

2 I'm on vacation at last! I **don't have to** get up before 10 if I don't want to!
3 We **ought** to reorganize the office this week.

Tip! Le ***to*** nécessite l'utilisation de ***ought***.

4 There **can't** be a new CEO already, I don't believe it!
5 I don't think you **should** drink coffee so late at night.

CORRIGÉS

Exercice 12 Les modaux au passé

▶ *Énoncé p. 130*

1 You **shouldn't** have put down the hot pan on the bench, it's got a mark now.
2 The secretary **can't** have finished typing the newsletter (...).
3 Shoshanna **was able to** book a table at the most expensive restaurant in town.
4 We **might** have won the tender, but it's not sure yet.
5 You **must** have been delighted when you got that promotion.

Exercice 13 Le conditionnel

▶ *Énoncé p. 131*

1 The contract **will** be signed tomorrow if all goes well.
2 They would **have** noticed if anything was wrong.
3 You **would** have known that if you had attended the meeting.
4 I won't pay the contractor **unless** / **until** he presents me with an invoice.

Tip! Dans le premier cas, « à moins qu'il ne m'envoie... », dans le second « avant qu'il ne m'envoie... ».

5 **If** you hadn't left before me, I would have given you a lift home.

Exercice 14 Les modaux et le conditionnel

▶ *Énoncé p. 131*

1 If you keep working so hard, you **(A) will get** sick.
Si vous continuez à vous acharner au travail, vous allez tomber malade.
2 Prices go up when demand **(B) is** high.
Quand la demande est forte, les prix augmentent.
3 Please be aware that you **(A) have** to push the red button to make the machine start.
Sachez que vous devez appuyer sur le bouton rouge pour démarrer la machine.
4 If you **(D) hadn't lost** your laptop, we could have finished the presentation.
Si tu n'avais pas perdu ton ordinateur portable, nous aurions pu terminer la présentation.
5 I'm sure you would have gotten that job **(A) if** you had sent in an application.
Je suis sûr que tu aurais obtenu ce poste si tu avais posé ta candidature.
6 You will receive a discount if you **(C) purchase** in bulk.
Vous obtiendrez une réduction si vous achetez en gros.

Tip! On ne rencontre jamais deux fois *will* dans une phrase au conditionnel.

Exercice 15 Les pronoms relatifs

▶ *Énoncé p. 133*

1 This is the article **which / that** was published on Monday. **Tip!** Les deux réponses sont possibles, car il s'agit d'une proposition restrictive.
2 That is the best restaurant **that** I have ever eaten in. **Tip!** Après un superlatif, on utilise *that*.
3 **Who** wrote the letter?
4 The small company **where** I started my career has since gone bankrupt.
5 Our company, **whose** headquarters has recently relocated, is doing well.
6 I'm afraid that is the only piece of information **that** is still lacking. **Tip!** Après *only*, on utilise *that*.
7 I've completely forgotten the name of the hotel in **which** I stayed. **Tip!** À cause de *in*, on ne peut pas utiliser *where*.
8 The woman **whom / who** I spoke to about enrolling in a night class told me to do it online. **Tip!** Les deux sont acceptables, mais au TOEIC il vaut mieux choisir *whom*.
9 I would like to return this item, **which** I bought last Thursday.
10 The client, with **whom** we have a huge contract, wants to renew.

Exercice 16 Gérondif ou infinitif ?

▶ *Énoncé p. 134*

1 I'm afraid we'll have to put off **discussing** your idea until the next meeting.
2 Did you manage **to catch** the train?
3 It is imperative that you avoid **taking** the elevator in the event of a fire.
4 I promised **to help** the intern to understand our quality system.
5 There's no point **denying** you broke the door, I saw you do it!
6 I'll never forget **driving** from Boston to Florida last fall!
7 There is a possibility the employees will refuse **to work** overtime, but it's rare.
8 You may not want **to do** that as it could be risky.
9 The physician advised me to stop **eating** so much salt.
10 We spent ages **proofreading** the article before it was published.

Exercice 17 Consignes et subjonctif américain

▶ *Énoncé p. 135*

1 All conference attendees are **(C) to choose** a flat fee which will cover hot beverages.
Tous les participants à la conférence doivent choisir un forfait qui couvrira l'achat de boissons chaudes.

Tip! (B) suggère que les participants sont payés, ce qui est peu logique.

2 She suggested that he **(A) find** a cheaper lawyer.
Elle a suggéré qu'il trouve un avocat moins cher.
3 If the weather **(C) weren't** so bad, we would eat outside.
S'il ne faisait pas aussi mauvais, nous mangerions à l'extérieur.
4 Visitors are kindly asked **(D) not to walk** on the grass.
Les visiteurs sont priés de ne pas marcher sur l'herbe.
5 Don't you wish your office **(B) were** bigger?
Tu ne voudrais avoir un bureau plus grand ?

Tip! Ici le verbe *wish* s'apparente au conditionnel de type 2, c'est une situation irréelle. C'est pourquoi on utilise le subjonctif ; avec le verbe *be*, c'est *were* à toutes les personnes.

Exercice 18 Actif ou passif ?

▶ *Énoncé p. 136*

1 Hundreds of houses **are built** every year. *(passif)*
2 The police **arrested** the thief. *(actif)*
3 The meeting **will be held** on Wednesday evening. *(passif)*
4 Minh's motorbike **was stolen** during the weekend. *(passif)*
5 The taxes **are included** in the price. *(passif)*

Exercice 19 Le passif

▶ *Énoncé p. 136*

1 The contractors **(A) will have to sign** a non-compete clause.
Les prestataires devront signer une clause de non-concurrence.

Tip! En signant, les prestataires sont responsables de l'action.

2 I was so **(B) bored** during the conference.
Je me suis tellement ennuyé pendant la conférence.

Tip! J'ai subi l'action qui m'a ennuyé.

3 The hotel **(D) was being renovated** when I was last there.
L'hôtel était en cours de rénovation la dernière fois que j'y étais.

4 The committee **(B) is considering** several new proposals.
Le comité étudie plusieurs nouvelles propositions.

Tip! Le comité est responsable de l'action, c'est une forme active.

5 The three-day subway breakdown was very **(D) annoying** for the commuters.
La panne de métro pendant trois jours a été très pénible pour les usagers qui se rendent au travail.

Tip! La panne a un effet sur les usagers ; il faut la forme active.

6 The equipment **(A) would have been replaced** if it was too old.
Si l'équipement était trop vieux, il aurait été remplacé.

Tip! Les équipements subissent l'action, il faut donc une forme passive.

Exercice 20 Faire faire quelque chose

▶ *Énoncé p. 137*

1 Mr. Wang can't have the package **(C) delivered** until Monday.
M. Wang ne peut pas se faire livrer le colis avant lundi.
2 The Manager made the applicants **(A) wait** half an hour before interviewing them.
Le directeur a fait attendre les candidats pendant une demi-heure avant de les interviewer.
3 Did you ask Robert **(B) to turn** off all of the lights before he leaves?
As-tu demandé à Robert d'éteindre toutes les lumières avant de partir ?
4 The boss allowed me **(B) to go** home early because I was ill.
Le patron m'a autorisé à rentrer plus tôt parce que j'étais malade.
5 You really should get your hair **(C) styled** before the interview.
Vous devriez vraiment passer chez le coiffeur avant l'entretien.
6 The company has never permitted employees **(B) to make** public statements.
La société n'a jamais autorisé les employés à faire des déclarations publiques.
7 I'll have my assistant contact you **(B) to schedule** an appointment.
Je vais demander à mon assistant de vous contacter pour prendre rendez-vous.
8 The police ordered the driver **(B) to pull over** so they could check his license.
La police a ordonné au conducteur de se ranger pour vérifier son permis de conduire.
9 I think we should let the new trainees **(A) have** a longer lunch.
Je pense que nous devrions accorder plus de temps pour déjeuner aux nouveaux stagiaires.
10 The journalists encouraged the CEO **(B) to say** something about the merger.
Les journalistes ont encouragé le PDG à faire une déclaration à propos de la fusion.

Tip! Dans une phrase à compléter, si on précise qui exécute l'action, identifiez le verbe :
– le verbe est ***have / make / let***, alors il est suivi d'une base verbale *(paint, clean, wash...)*
*We **let** them **leave** early.*
Nous les avons laissés partir tôt.
– c'est un autre verbe ; il est suivi de l'infinitif *(to paint, to clean, to wash...)*.
*We **told** them **to leave** early.*
Nous leur avons dit de partir tôt.

Exercice 21 *Make* ou *do* ?

▶ *Énoncé p. 138*

1 On emploie **do** pour parler du travail ou de corvées. *(do the dishes)*
2 On emploie **make** pour créer ou fabriquer quelque chose de concret. *(make a cake/a copy)*
3 On emploie **do** pour parler d'une activité non précisée. *(do nothing, do things)*
4 On emploie **do** pour parler d'activités plus longues ou répétées telles qu'un passe-temps. *(do some reading)*

Exercice 22 *Make* ou *do* ?

▶ *Énoncé p. 139*

– Have you **made** any plans for this weekend yet?
– No, but I think a trip to the countryside will **do** me good. I'd like to **do** some hiking if the weather is good. What about you?
– Oh, I've **made** arrangements to visit my in-laws. I **do** business with my father-in-law and we have to **make** a decision about a new employee. We're not **making** a lot of money at the moment and I think we **made** an error when we hired this person.
– So, will you have to fire him?
– In general, I don't like firing people, but I'll have to **make** an exception this time. He's such a terrible worker! His mistakes **make** me roll my eyes!
– Oh well, good luck. And **do** your best to keep calm!

CORRIGÉS

PART 5 – VOCABULAIRE

Exercice 1 Les mots à connaître : *Equipment*

▶ *Énoncé p. 140*

1 What are the main **functions** and **features** of this new smartphone?
2 Ethan always has to buy the latest hand-held **device** before everyone else!
3 I tried to call you last night, but the call went directly to your **voicemail**.
4 I can't type or **click** on anything, but I don't know if the problem comes from the wireless **mouse / keyboard** or the wireless **mouse / keyboard**.
5 This tablet is very user-friendly, first you **swipe** left or right to select a photo or document, then you can **share** it with someone in just one click.
6 Does the office **copier** have a printer option?
7 Oh no, my computer has **crashed** again, now I'll never finish this presentation in time.
8 Vincent **unplugged** the printer last night to save on electricity. If you need to use it, just **plug** it **in** again.
9 To add the image to your slide, **drag and drop** it where you want it to go.
10 Millicent travels a lot in her new position, so we need to provide her with a **laptop** so she can work outside the office.
11 The manufacturing department is getting some new **software** to run the machinery.
12 For people who spend a lot of time in front of a **screen**, there is a new ergonomic **monitor** which reduces eye-strain.
13 When buying a new IT system, don't forget to take into account the cost of replacing old, obsolete **hardware** in addition to purchasing software.
14 I love the quality of this new laser **printer / copier**.

Exercice 2 Les familles de mots

▶ *Énoncé p. 140*

1 We need **(C) some** new word-processing software.
Il nous faut un nouveau logiciel de traitement de texte.

Tip! ***Software*** **est indénombrable, on ne peut utiliser ni chiffre ni l'article indéfini *a*.**

2 I have always found it hard to read on **(C) screens**.
J'ai toujours trouvé difficile de lire sur écran.
3 Last time the IT technician checked, this scanner was **(C) functioning** just fine.
La dernière fois que l'informaticien a vérifié, ce scanneur fonctionnait très bien.

Tip! ***Was + -ing*** est l'équivalent de l'imparfait.

4 Did you know it was illegal to **(B) copy** banknotes?
Saviez-vous qu'il est illégal de photocopier des billets de banque ?
5 Both of the **(D) devices** we ordered last month are defective.
Les deux appareils que nous avons commandés le mois dernier sont défectueux.

Tip! Après ***both*** il faut un pluriel.

6 Ken was disappointed with the quality of the **(B) printing** in the new brochure.
Ken était déçu de la qualité d'impression de la nouvelle brochure.
7 I keep **(A) swiping** but the picture doesn't move.
Je n'arrête pas de faire glisser, mais l'image ne bouge pas.

Tip! Un verbe qui suit ***keep*** prend la forme ***-ing***.

8 Do you have a license for the **(D) software** installed on your computers?
Avez-vous une licence pour les logiciels installés sur votre ordinateur ?
9 I completely forgot that they have different **(D) plugs** here in the US.
J'avais complètement oublié qu'ils n'ont pas les mêmes prises aux États-Unis.
10 The maintenance department has been **(D) monitoring** electricity usage.
Le service de maintenance surveille l'utilisation de l'électricité.

Tip! ***has/have + been*** appelle la forme ***-ing*** du verbe s'il s'agit d'une forme active.

Exercice 3 Les expressions courantes

▶ *Énoncé p. 141*

a laptop computer *(un ordinateur portable)*
a slide show *(un diaporama)*
swipe your finger *(faire glisser avec le doigt)*
double-click *(double-cliquer)*
a mouse pad *(un tapis de souris)*

Exercice 4 Les verbes

▶ *Énoncé p. 141*

click on / go down / plug in / connect to / turn on

1 You have to **connect to** our network to see the latest news about our company.
2 Do not **click on** this icon, otherwise your computer will shut down.
3 Make sure you **turn on** your screen next time, before calling the IT department.
4 Could you **plug in** the jacks for the speakers for me?
5 How many times did the system **go down** last month?

Exercice 5 Les mots à connaître : *The Internet*

▶ *Énoncé p. 142*

1 The applicant's e-mail address is jane **underscore** cowry **at** gleem dot com.
2 Your password must contain a mix of numbers and capital and lowercase letters, but not punctuation marks such as the **slash** or **hyphen**, (...).
3 Perhaps your Internet is down because you have a problem with your **ISP**.
4 The new website **banner** advertisement is very eye-catching.
5 Have you read the latest **post** on my blog? It's about how to **download** images from the Internet.
6 If you wish to apply for the vacancy, please fill in the **online** application and **upload** your resume in pdf format.
7 The latest trend is for politicians to **tweet** about everything, so they can stay in the public eye.
8 I'm having difficulty with my enter **key**. Is there a way to clean it?
9 I haven't met the journalist in person yet, but we **chat** a lot online.
10 **Networking** is very useful in finding business contacts.
11 A satisfied customer left a very positive **comment** on our company site last week.
12 If you want to **sign in**, you have to **enter** your **username** and password first.
13 It's high time for you to **update** the software on your computer.
14 Which **font** is easier to read on screen?

Exercice 6 Les familles de mots

▶ *Énoncé p. 142*

1 Have you read what the consultant **(A) posted** about how to build your network?
Avez-vous lu ce que le consultant a posté sur la façon de construire son réseau ?
2 You can't order these shoes without **(B) signing** in first. What is your username?
Vous ne pouvez pas commander ces chaussures sans vous connecter d'abord. Quel est votre identifiant ?

Tip! Après une préposition, la forme en *-ing* s'impose.

3 I wanted to chat with you last night, but you were **(D) offline**.
Je voulais chatter avec toi hier soir, mais tu n'étais pas connecté.
4 Rodrigo had to **(D) key in** a code to validate his online purchase.
Rodrigo a dû saisir un code pour valider son achat en ligne.
5 I need to read the report you sent me, but **(C) downloading** it is taking a long time.
Il faut que je lise le rapport que vous m'avez envoyé, mais il est très long à télécharger.

Tip! Quand le verbe agit en tant que sujet de la proposition, il est à la forme en *-ing*.

6 Many customers have been **(B) commenting** on our newest product.
Beaucoup de clients ont fait des commentaires sur notre nouveau produit.
7 We have just come up with a revolutionary **(D) font** which will help people with color-blindness recognize colors.
Nous venons de créer une police de caractères révolutionnaire qui aidera ceux qui souffrent de daltonisme à reconnaître les couleurs.
8 **(B) Entrance** to the site is blocked due to suspicious activity in your account.
L'accès au site est bloqué à cause d'une activité suspecte sur votre compte.

Tip! On ne met pas de préposition après le verbe *enter* : ***You may not enter the site***.

9 Having a large **(B) network** of business contacts is essential in my line of work.
Dans mon métier, il est essentiel d'avoir un grand réseau de contacts professionnels.
10 Has our software been **(C) updated** recently?
Est-ce que notre logiciel a été mis à jour récemment ?

Tip! C'est une forme passive : ***have*** + ***been*** + participe passé

Exercice 7 La ponctuation

▶ *Énoncé p. 143*

@ = at **-** = hyphen **/** = slash **_** = underscore
. = dot **M** = capital m / uppercase m **m** = lowercase m

Exercice 8 Les expressions courantes

▶ *Énoncé p. 143*

social networking sites
post a comment
online shopping
download an app
tweet about

1 Using **social networking sites** at work is often forbidden.
2 Do you like to **tweet** about politics?
3 Before you **download an app**, check you have enough memory available.
4 Trini follows a lot of blogs and often **posts comments** on them.
5 The problem with **online shopping** is that you cannot try the clothing on.

Exercice 9 Les mots à connaître : *Correspondence*

▶ *Énoncé p. 144*

1 If you receive mail for a previous tenant, write "Return to **sender**" in red and put it in the mailbox. You don't have to pay **postage** for this service.
2 Is there a **weight** limit for a standard letter?
3 You'll find the information you need in a password-protected **file** in the HR folder.

CORRIGÉS

4 The **mail carrier** must get a signature from the **recipient** for a registered letter.
5 Do you know what the **zip code** for Greenville is?
6 It says this e-mail contains an **attachment**, but I can't see it.
7 Has anyone seen my "Delco" **folder**? I need the files it contains for my lunch meeting.
8 I can't see your e-mail in my **inbox**, but it's possible that it's in my spam folder.
9 Could you stick a **stamp** on this envelope and then post it for me, please?
10 Ask the office manager to order more **stationery**, as there are no more pens or **envelopes** and there is hardly any paper left.
11 We received a **postcard** from Helen in Paris in our **mailbox** today. It's on the **bulletin board** if you want to read it.
12 The CEO sent a **memo** yesterday about the upcoming merger.
13 The deadline to **submit** our report is next Monday.
14 How much **correspondence** do you get every day?
15 According to a recent survey, 79% of all respondents throw **junk mail** directly in the trash without even looking at it.

Exercice 10 Les familles de mots

▶ *Énoncé p. 144*

1 Please **(A) weigh** these letters and put the stamps on.
Veuillez peser ces lettres et coller les timbres.
2 I've heard that you are **(D) corresponding** with our direct competitor.
J'ai entendu dire que vous étiez en contact avec notre concurrent direct.
3 You will find my resumé **(B) attached** to this e-mail.
Vous trouverez mon CV en pièce jointe.
4 Please take this **(A) mail** to the post office.
Merci d'emporter ce courrier à la poste.
5 We have to send this **(D) memorandum** to all the company employees.
Nous devons envoyer cette note de service à tous les employés de l'entreprise.

Tip! ***Memorandum*** **est la forme complète de *memo*.**

6 Let's get some **(C) stationery** with the company logo on it.
Achetons des fournitures de bureau avec le logo de la société dessus.

Tip! Attention, le mot similaire ***stationary*** signifie « à l'arrêt ».

7 Is it true that they haven't **(C) submitted** their project on time?
Est-il vrai qu'ils n'ont pas soumis leur projet à temps ?
8 My application was **(B) sent** yesterday afternoon.
Ma candidature a été envoyée hier après-midi.

Tip! Il faut le participe passé pour former la voix passive.

9 I keep my **(A) files** in the filing cabinet.
Je garde mes dossiers dans le meuble classeur.
10 **(A) Postal** workers have requested a pay-rise.
Les employés de la poste ont demandé une augmentation.

Exercice 11 Le vocabulaire

▶ *Énoncé p. 145*

1 The **sender** did not pay for tracking.
2 Please find **enclosed** the packing slip, along with the goods ordered.

Tip! ***Enclosed*** s'emploie pour le courrier traditionnel, ***attached*** pour les courriels.

3 I left your assistant a **note** about ordering some red pens.

Tip! ***Note*** est moins formel que ***memo***, qui est envoyé à plusieurs personnes à la fois.

4 How much does the parcel **weigh**?
5 Would you send me **an e-mail** to confirm?

Tip! ***Mail*** est indénombrable et ne s'emploie pas avec l'article ***a***.

6 A mail carrier got out of the **stationary** van.

Exercice 12 Les expressions courantes

▶ *Énoncé p. 145*

please find attached
look forward to
further to your request
to whom it may concern
kind regards

1 Further to your **request** a pricelist has been attached to this letter.
2 Kind **regards**, Jim Tanner.
3 To **whom** it may concern.

Tip! = À qui de droit

4 Please find **attached** my résumé and cover letter.
5 I look **forward** to meeting you in person on Friday.

Exercice 13 Les mots à connaître : *Calling the helpdesk*

▶ *Énoncé p. 146*

1 Hello, could you **put** me **through** to the after-sales service please?
2 We need an **IT** specialist to work out what is wrong with our website.
3 There was a **bug** in our system and I couldn't e-mail you before now.
4 **Outsourcing** helpdesks to an overseas **call center** can be a way for a company to save money.
5 The first time Fran tried calling the helpdesk, the line was **engaged**. The second time, she managed to **reach** a customer service agent, but the call was **cut off** after only a minute.
6 If you require **assistance** in setting up your new PC, call 555 899 099.
7 We need full details to complete our customer **database**.
8 Do you think this **antivirus software** will protect our system completely?
9 You will need to **reboot** your computer to finish removing the virus.
10 I'll have to call the **helpdesk** again, as I cannot remember my password.
11 In the event of an **emergency**, leave a message and we will **call back** immediately.
12 I am so happy our company decided to **upgrade** our equipment.
13 If nothing is working, maybe you should **scan** your computer for malware.
14 I **switch on** my computer as soon as I get to work and I **switch** it **off** before leaving.
15 Mr. Brownleigh was unable to update the software because he didn't have **administrator** rights on his work laptop.

Exercice 14 Les familles de mots

▶ *Énoncé p. 146*

1 Why did they decide to **(B) outsource** our IT department?
Pourquoi a-t-on décidé d'externaliser notre service informatique ?
2 **(D) Data-gathering** is the most interesting part of my job.
La collecte de données est la partie la plus intéressante de mon travail.
3 The **(B) urgency** of the situation requires prompt action.
L'urgence de la situation exige une action rapide.
4 **(C) Upgrading** our hardware has made the software obsolete.
L'actualisation de notre matériel informatique a rendu le logiciel obsolète.
5 Have you tried **(D) switching** it off and on again?
Avez-vous essayé d'éteindre et de rallumer ?

Tip! ***Try*** + verbe en ***-ing*** a le sens de « voir si ça marche ».

6 All lines are currently engaged, please **(D) call back** later.
Toutes les lignes sont actuellement occupées, veuillez rappeler plus tard.
7 Who **(A) administers** this website?
Qui est l'administrateur de ce site Web ?

Tip! Il faut un verbe à la 3e personne du singulier si ***who*** débute la phrase.

8 I tried to **(B) get through** to the helpdesk but I couldn't.
J'ai essayé de joindre l'assistance mais je n'ai pas réussi.

Tip! ***Reach*** et ***get through*** sont synonymes, mais la préposition ***to*** impose le choix de ***get through to***.

9 Our antivirus software will now **(A) scan** your computer to see if there are any viruses.
Notre logiciel antivirus va maintenant scanner votre ordinateur pour voir s'il est infecté.

Tip! Il faut la base verbale après ***will***.

10 I'd be happy to **(A) assist** you.
Je serais ravi de vous aider.

Exercice 15 Les verbes à particule

▶ *Énoncé p. 147*

1 Have you tried turning it off and **on** again?
2 We always shut the machinery **down** before a weekend.
3 If you don't back your data **up** you could lose it all one day.
4 I think I forgot to turn the equipment **off** before leaving last night.
5 There are no sockets in this office, so you can't plug **in** your charger.

Exercice 16 Les abréviations

▶ *Énoncé p. 147*

IT **Information Technology**
AI **Artificial Intelligence**
ISP **Internet Service Provider**
CD **Compact Disk**
GPS **Global Positioning System**

PART 5 - MINI TEST

Technology Part 1

Part 5 – Piste 43

▶ Énoncé p. 148

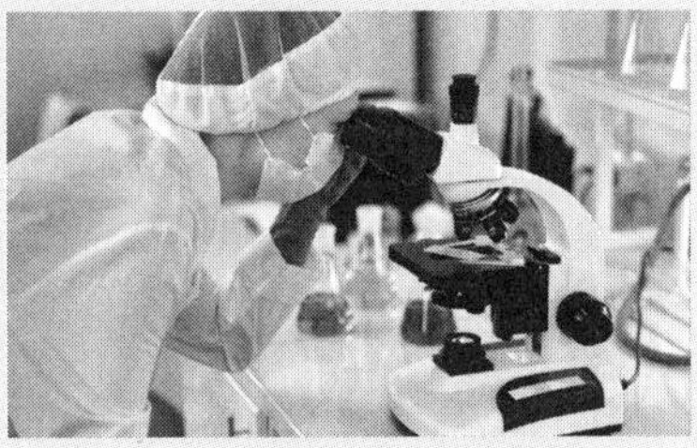

1 (A) The upgrade is being carried out.
(B) The equipment is in use.
(C) The microscope is being serviced.
(D) She's examining a document.

(A) La mise à jour est en cours.
(B) Le matériel est en train d'être utilisé.
(C) Le microscope est en train d'être révisé.
(D) Elle examine un document.

Réponse (B)
En (C), la personne n'a pas l'air de faire une révision de l'appareil.

Technology Part 2

Part 5 – Pistes 44-48

▶ Énoncé p. 148

2 There was a bug in the system this morning.
(A) I do it systematically.
(B) This morning will be too late.
(C) It's the second one this week.

Il y a eu un bogue dans le système ce matin.
(A) Je le fais de façon systématique.
(B) Ce matin il sera trop tard.
(C) C'est la deuxième fois cette semaine.

Réponse (C)
La réponse (B) n'utilise pas le temps qui convient.

3 I can't open this file.
(A) Have you tried double-clicking on it?
(B) You should fill it out first.
(C) You can file it under D.

Je n'arrive pas à ouvrir ce fichier.
(A) As-tu essayé de double-cliquer dessus?
(B) Tu devrais d'abord le remplir.
(C) Tu peux l'archiver à D.

Réponse (A)
En (C), attention à ne pas être tenté par la proximité entre ***file*** (verbe) et ***file*** (nom) de l'énoncé.

4 Mr. Baral's line is engaged.
(A) Yes, he's getting married next week.
(B) Could you ask him to call me back?
(C) The line went around the block.

La ligne de M. Baral est occupée.
(A) Oui, il se marie la semaine prochaine.
(B) Pouvez-vous lui demander de me rappeler?
(C) La queue faisait le tour du pâté de maisons.

Réponse (B)
Bien que ***engaged*** signifie aussi «fiancé», la réponse (A) est hors propos.

5 How much was postage?
(A) The post office closes at midday.
(B) It was a little under five dollars.
(C) You can put it over there.

Combien ont coûté les frais d'expédition?
(A) Le bureau de poste ferme à midi.
(B) C'était un peu moins de cinq dollars.
(C) Vous pouvez le mettre par là.

Réponse (B)
How much implique de répondre en donnant le tarif.

6 Have you updated your antivirus?
(A) I missed the date.
(B) Yes, next month.
(C) I did it a week ago.

Avez-vous mis votre antivirus à jour ?
(A) J'ai loupé la date.
(B) Oui, le mois prochain.
(C) Je l'ai fait il y a une semaine.

Réponse (C)
Le temps de la réponse (B) ne correspond pas à celui de l'énoncé.

Technology Part 3

Part 5 – Pistes 49-50

▶ *Énoncé p. 149*

Questions 7-9 refer to the following conversation.

W Could you find the time today to run to the post office?

M Sure, I can go around 11 o'clock.

W Great, I need you to post these two letters. They're both very important.

M Are those the two projects we are submitting?

W Yes, exactly. The deadline for both of them is tomorrow, so we need to hurry.

M Why can't we e-mail them? They'd get there today.

W The companies specifically requested we send them by registered letter, so that we can keep proof of them being sent.

Les questions 7 à 9 se rapportent à la conversation suivante.

Pouvez-vous trouver le temps de faire un saut à la poste aujourd'hui ?

Bien sûr, je peux y aller vers 11 heures.

Très bien. J'ai besoin que vous postiez ces deux courriers. Ils sont tous les deux très importants.

Est-ce que ce sont les deux projets que nous soumettons ?

Oui, tout à fait. La date butoir pour les deux est demain, alors nous devons nous dépêcher.

Pourquoi ne les envoyons-nous pas par courriel ? Ils arriveraient aujourd'hui.

Les entreprises ont bien précisé que nous devions les envoyer par lettre recommandée, afin d'avoir une preuve de dépôt.

7 What is being sent?
(A) Packages
(B) Registrations
(C) Submissions for projects
(D) Proofs

Qu'est-ce qu'on envoie ?
(A) Des colis
(B) Des inscriptions
(C) Des soumissions pour des projets
(D) Des épreuves

Réponse (C)

8 When will the man go to the post office?
(A) Before lunch
(B) After lunch
(C) Immediately
(D) Tomorrow

Quand l'homme ira-t-il à la poste ?
(A) Avant le déjeuner
(B) Après le déjeuner
(C) Immédiatement
(D) Demain

Réponse (A)
Il dit « en fin de matinée ».

CORRIGÉS

9 Why can the documents NOT be e-mailed?
(A) There will be no proof of mailing.
(B) They will arrive before the deadline.
(C) They will arrive late.
(D) They are going to different destinations.

Pourquoi ne peut-on PAS envoyer les documents par courriel ?
(A) Il n'y aura pas de preuve de dépôt.
(B) Ils arriveront avant la date limite.
(C) Ils arriveront en retard.
(D) Ils vont à des destinations différentes.

Réponse (A)

Technology Part 4

Part 5 – Pistes 51-52

▶ Énoncé p. 149

Questions 10-12 refer to the following announcement.

M Attention shoppers! Our electronics store is holding an exceptional sale today. Home appliances, high-tech equipment and many gadgets are at discounted prices. Take this NYMZ8 smartphone for example. Normally you'd pay over $500 for one of these, but today we will sell it to you for only $300. There is no other place you can buy it cheaper, not even online. Don't waste any more time. For this and many other bargains, head straight for the top floor and you will find us across from CC's Coffee. The offer is good till our closing time only. We are open daily from 9 A.M. to 8 P.M.

Les questions 10 à 12 se rapportent à l'annonce suivante.

Nous informons notre aimable clientèle que notre magasin d'électronique propose aujourd'hui des promotions exceptionnelles. De l'électroménager, du matériel hi-tech et de nombreux gadgets sont en solde. Par exemple, prenez le smartphone NYMZ8. Vous le paieriez normalement plus de 500 $, mais aujourd'hui nous vous le vendrons pour 300 $ seulement. Vous ne le trouverez moins cher nulle part ailleurs, pas même sur Internet. Ne perdez plus de temps. Pour cette promotion et pour toutes les autres, rendez-vous au dernier étage et vous nous trouverez en face de CC's Coffee. L'offre est valable jusqu'à la fermeture du magasin. Nous sommes ouverts chaque jour de 9h à 20h.

10 Where would you hear this announcement?
(A) At a mall
(B) At a supermarket
(C) At a gas station
(D) In an electronics store

Où pourrait-on entendre cette annonce ?
(A) Dans un centre commercial
(B) Dans un supermarché
(C) Dans une station-service
(D) Dans un magasin d'électronique

Réponse (A)
On donne des indications pour se rendre au magasin d'électronique situé au dernier étage ; on doit donc se trouver dans un centre commercial.

11 How much will you pay for the NYMZ8 smartphone in the store tomorrow?
(A) $200
(B) $300
(C) $400
(D) $500

Quel sera le prix du smartphone NYMZ8 dans le magasin demain ?
(A) 200 $
(B) 300 $
(C) 400 $
(D) 500 $

Réponse (D)
La promotion est valable jusqu'à la fermeture ce soir.

12 Where is the electronics store located?
(A) On the second floor
(B) On the first floor
(C) Opposite CC's coffee
(D) Next to CC's coffee

Où se trouve le magasin d'électronique ?
(A) Au premier étage
(B) Au rez de chaussée
(C) En face de CC's Coffee
(D) À côté de CC's Coffee

Réponse (C)
Le magasin est au dernier étage, en face de ***(across from)*** CC's Coffee.
En (A), rien n'indique que le premier étage (***second floor*** aux États-Unis) soit le dernier étage du centre commercial.

Technology Part 5

▶ *Énoncé p. 150*

13 This .... will do much more than steam your vegetables.
(A) application
(B) appliance
(C) applicant
(D) apply

Réponse (B)

Seul (B) ***appliance*** fait référence à un appareil.

(A) application
(B) appareil électroménager
(C) candidat
(D) appliquer

Cet appareil a bien d'autres fonctionnalités que la cuisson des légumes à la vapeur.

14 To complete the installation you will need to .... your computer.
(A) redo
(B) remake
(C) rework
(D) reboot

Réponse (D)

Reboot = redémarrer.

(A) refaire
(B) refaire
(C) retravailler
(D) redémarrer

Pour terminer l'installation, vous devez redémarrer votre ordinateur.

15 Apparently the entire system .... down yesterday afternoon.
(A) goes
(B) went
(C) has gone
(D) will go

Réponse (B)

Yesterday afternoon indique que l'action est finie ; il faut donc utiliser le prétérit.
Go down = tomber en panne.

(A) présent simple, 3e personne du singulier
(B) prétérit
(C) *present perfect*
(D) futur

Apparemment tout le système est tombé en panne hier après-midi.

16 If you .... too many games on your tablet, you'll run out of space on your memory card.
(A) unload
(B) offload
(C) download
(D) reload

Réponse (C)

(A) décharger
(B) se débarrasser de
(C) télécharger
(D) recharger

Si vous téléchargez trop de jeux sur votre tablette, vous manquerez de place sur votre carte mémoire.

17 Do you know where the hyphen .... is on this keyboard?
(A) key
(B) lock
(C) touch
(D) button

Réponse (A)

Les touches d'un clavier se nomment ***keys*** en anglais.

(A) touche
(B) serrure
(C) toucher
(D) bouton

Savez-vous où se trouve la touche tiret sur ce clavier ?

Technology Part 6

▶ Énoncé p. 150

Les questions 18 à 21 se rapportent à la notice suivante.

Note de service – Dépannage informatique

Voici quelques étapes faciles que tous les employés doivent suivre lors de problèmes sur leur ordinateur.

1. Assurez-vous que l'ordinateur ainsi que tout autre matériel informatique soient correctement branchés.
2. Essayez d'éteindre et de rallumer votre ordinateur.
3. Vérifiez que vous êtes connecté à notre intranet.
4. Faites une vérification du système.

C'est seulement après avoir effectué ces quatre étapes que vous pourrez appeler l'assistance si votre PC ne fonctionne toujours pas comme il faut.

Nous aimerions rappeler à tout le monde combien il est important de ne pas contacter notre service informatique à moins que vous ayez fait tout ce que vous pouviez de votre côté.* Ceci permet à nos employés de l'assistance d'avoir du temps disponible pour gérer de vraies urgences quand elles se présentent, plutôt que de devoir vous rappeler d'allumer votre écran.

* Traduction de la réponse à la question 20.

18 (A) turned
(B) connected
(C) plugged
(D) switched

Réponse (C)
C'est la seule réponse qui convienne avec la préposition ***in*** qui vient juste après le blanc.

(A) prétérit / participe passé : tourner
(B) prétérit / participe passé : (se) connecter
(C) prétérit / participe passé + *in* : brancher
(D) prétérit / participe passé + *on/off*: allumer/éteindre

19 (A) switch
(B) switching
(C) switched
(D) switches

Réponse (B)
Try + verbe en ***-ing*** = essayer de...

(A) base verbale : allumer
(B) verbe + *-ing*
(C) prétérit / participe passé
(D) 3e personne du singulier du présent

20 (A) You can also contact your supervisor and request an upgrade to your equipment.
(B) All employees working in the IT department will be away on vacation next month.
(C) It is crucial to report every single IT problem which occurs in our company to our IT department immediately.
(D) We'd like to remind everyone how important it is not to contact our IT department unless you have done everything you could on your side.

Réponse (D)
Cette phrase permet à la suivante d'avoir du sens : si les employés ont pu se dépanner eux-mêmes au moyen de vérifications simples, les personnes du service informatique auront davantage de temps à consacrer aux problèmes plus graves.

(A) Vous pouvez également contacter votre superviseur et demander une mise à jour de votre matériel.
(B) Tous les employés du service informatique seront en vacances le mois prochain.
(C) Il est essentiel de faire remonter immédiatement à notre service informatique chaque problème informatique dans la société.
(D) Nous aimerions rappeler à tout le monde combien il est important de ne pas contacter notre service informatique à moins que vous ayez fait tout ce que vous pouviez de votre côté.

21 (A) so
(B) also
(C) rather
(D) more

Réponse (C)
Rather than signifie « plutôt que ».

(A) alors
(B) également
(C) plutôt
(D) plus

Technology Part 7

▶ Énoncé p. 151

Les questions 22 et 23 se rapportent à la publicité suivante.

Tablette NZ505
Appareil dernier cri – des fonctionnalités et des caractéristiques que l'on ne trouve sur aucune autre tablette en vente actuellement.
Prenez des photos et des films comme un professionnel, faites des jeux et travaillez sur vos présentations pendant que la batterie solaire vous permet de ne jamais avoir à vous inquiéter de la recharge de votre appareil ultra-portable.
Vous pouvez essayer notre tablette aujourd'hui ; appelez notre numéro vert 0 800 777 555 909 ou rendez-vous sur notre site Web : www.NZdevices.com pour en commander une que vous pourrez utiliser gratuitement pendant une semaine.
Nous vous enverrons la facture dans les sept jours. Nous vous garantissons que vous souhaiterez la conserver !

22 What is NOT suggested about the device?
(A) It has a camera.
(B) It is free.
(C) It is light.
(D) It can recharge itself.

Qu'est-ce qui n'est PAS suggéré à propos de l'appareil ?
(A) Il possède un appareil photo.
(B) Il est gratuit.
(C) Il est léger.
(D) Il se recharge tout seul.

Réponse (B)
Ultra-portable indique qu'il est léger (C) et il possède une batterie solaire (D). ***Take photos*** suggère qu'il possède un appareil photo (A).

23 According to the advertisement you have to pay:
(A) To call a number
(B) To use the tablet
(C) To visit a website
(D) To use it for longer than a week

D'après la publicité, il faut payer :
(A) Pour appeler un numéro
(B) Pour utiliser la tablette
(C) Pour visiter un site Web
(D) Pour l'utiliser pendant plus d'une semaine

Réponse (D)
En (A), le numéro est gratuit ***(toll-free number)***.

Les questions 24 à 28 se rapportent aux courriels et au questionnaire suivants.

▶ Énoncé p. 151

1. Courriel

De : Jennifer Bleir <j.bleir@kaiwei.no>
À : helpdesk@kaiwei.no
Date : mardi 22 janvier
Objet : problème informatique

Chers collègues,

Je vous écris pour vous signaler un problème que j'ai depuis hier après-midi.
Mon ordinateur a fonctionné normalement le matin, mais après ma pause-déjeuner il m'était impossible de me connecter à l'intranet.
J'ai essayé, sans succès, de trouver une solution toute seule hier, mais j'ai renoncé en fin de journée.
J'ai éteint mon ordinateur en espérant que la connexion serait rétablie le matin. Malheureusement, ce matin le problème persiste.
Pourriez-vous vous en occuper dès que possible ? L'absence de connexion m'empêche de collaborer avec mon équipe pour finaliser un projet qui est à rendre ce vendredi.

Dans l'attente d'avoir de vos nouvelles,
Cordialement

Jennifer Bleir
Assistante Marketing
Kaiwei

2. Courri

De : Jack Quik <jqhelpdesk@kaiwei.no>
À : Jennifer Bleir <j.bleir@kaiwei.no>
Date : vendredi 25 janvier
Objet : Connexion intranet
Pièce jointe : Questionnaire

Chère Jennifer,
J'ai le plaisir de vous informer que votre problème de connexion à l'intranet a été résolu.
Mes collègues et moi avons pu connecter votre PC à notre réseau interne ce matin en quelques instants.
Si jamais vous avez d'autres difficultés, n'hésitez pas à nous contacter.

Cordialement,

Jack Quik
Informaticien
Assistance technique Kaiwei
PS : Merci de bien vouloir prendre quelques minutes pour remplir le questionnaire de satisfaction ci-joint.

3. Questionnaire

Service : Marketing
Poste : Assistante Marketing
Problème informatique : absence de connexion intranet
Date du signalement : 22 jan.

1	Notre service d'assistance technique a-t-il pu être contacté rapidement ?	OUI	(NON)
2	Notre réponse a-t-elle été rapide ?	OUI	(NON)
3	Avons-nous trouvé une solution satisfaisante ?	(OUI)	NON
4	Êtes-vous satisfait de nos services ?	OUI	(NON)

5 Commentaires :
Mon problème a commencé lundi et je l'ai signalé mardi en demandant de l'aide, mais je n'ai pas reçu de réponse avant vendredi. J'ai essayé d'appeler votre numéro plusieurs fois, mais la ligne était toujours occupée. Je suis heureuse que vous ayez pu régler mon problème, mais je trouve que le retard et l'impossibilité de vous joindre sont inacceptables. Un projet très important sur lequel mon équipe et moi-même travaillons est en retard à cause de cela.

24 Which problem was reported by Ms. Bleir?
(A) Impossibility to turn on a computer
(B) Impossibility to connect to a network
(C) Impossibility to complete a project
(D) Impossibility to meet a deadline

Quel problème a été signalé par Mme Bleir ?
(A) L'impossibilité d'allumer un ordinateur
(B) L'impossibilité de se connecter à un réseau
(C) L'impossibilité de compléter un projet
(D) L'impossibilité de respecter une date butoir

Réponse (B)
Elle dit ***I was unable to connect to the intranet.***

25 When most likely did Ms. Bleir send her e-mail?
(A) Monday morning
(B) Monday afternoon
(C) Tuesday morning
(D) Tuesday afternoon

Quand Mme Bleir a-t-elle probablement envoyé son courriel ?
(A) Lundi matin
(B) Lundi après-midi
(C) Mardi matin
(D) Mardi après-midi

Réponse (C)
Elle note que le problème continue « ce matin ».

26 What was the main reason for Mr. Quik's e-mail?
(A) To inform Ms. Bleir that her problem had been solved
(B) To ask Ms. Bleir to fill out a questionnaire
(C) To apologize for the delay
(D) To inquire about the progress of the project

Quel était l'objectif principal du courriel de M. Quik ?
(A) Dire à Mme Bleir que son problème était résolu
(B) Demander à Mme Bleir de remplir un questionnaire
(C) S'excuser du retard
(D) Se renseigner sur l'état d'avancement d'un projet

Réponse (A)

(B) M. Quik demande bien à Mme Bleir de remplir un questionnaire, mais ce n'est pas l'objet principal de son courriel.

27 How did Ms. Bleir attempt to contact the helpdesk?
(A) By e-mail
(B) By phone
(C) By phone and e-mail
(D) In person

Comment Mme Bleir a-t-elle essayé de contacter le service d'assistance ?
(A) Par courriel
(B) Par téléphone
(C) Par téléphone et par courriel
(D) En personne

Réponse (C)

Le document 1 est le courriel de Mme Bleir, et le 3e texte précise dans les commentaires : « j'ai essayé d'appeler plusieurs fois ».

28 How does Ms. Bleir probably feel about the service she received?
(A) relieved
(B) frustrated
(C) anxious
(D) thrilled

Comment se sent probablement Mme Bleir concernant le service rendu ?
(A) soulagée
(B) frustrée
(C) anxieuse
(D) ravie

Réponse (B)

Dans son commentaire, on lit qu'elle est soulagée que la connexion soit rétablie mais elle est surtout mécontente du temps mis par le service informatique pour intervenir ; sa lenteur lui a fait prendre du retard sur un projet.

CORRIGÉS

PART 6 TEXTES À COMPLÉTER

LES QUESTIONS ET LES THÈMES DE PART 6

Exercice 1 Ordonner, développer

▶ *Énoncé p. 154*

1 Stir until it boils, **next** add the vanilla pods.
2 After all these years collaborating over the phone, we **finally** meet in person.
3 (...) **Besides**, no one will hire you if he gives you a bad reference.
4 **First** he tells me he's interested in our product and then (...).
5 **In addition to** ten years' experience in marketing, (...).

Exercice 2 Phrases à compléter

▶ *Énoncé p. 154*

1 (...) **Moreover**, their company benefits have been suspended.
2 **Besides** planting additional trees in that part of the garden, (...).
3 You had me order new office furniture, **next** you'll be asking for a new office!
4 When collecting your car from our parking lot, **first** check that there is no damage to it.
5 I've been to both Japan **and** China.

Exercice 3 Insérer une phrase manquante

▶ *Énoncé p. 154*

If you haven't made any plans for the weekend yet, I strongly recommend going to the movies. "The Chip" premiers today and it's a must-see! **It's been a while since a movie left me speechless, but "The Chip" did.** We are all used to the amazing quality of John Stanton's work and right now he is at the top of his game. (...)

Exercice 4 Le contraste

▶ *Énoncé p. 155*

1 **Unlike** our competitors, we do not pressure our customers to make a purchase every month.
2 The board of directors voted against the merger. **Personally**, I think it was a mistake.
3 **According to** this manual, you have to wear protective clothing while using the product.
4 We managed to book a holiday **despite** having very busy schedules.
5 (...) but what I do know is that Led17 is light, **whereas** Comp4 is heavy.

Exercice 5 Phrases à compléter

▶ *Énoncé p. 155*

1 **In spite of** the slump on the world markets my portfolio gained ground.
2 **Unfortunately**, the lift is out of order, so you will have to take the stairs.
3 **Actually**, I'd rather walk than drive with you.
4 **Clearly**, you didn't listen to a word she said (...).
5 (...) We will **on the other hand** spend a lot more on transport.

Exercice 6 Texte à compléter

▶ *Énoncé p. 156*

Dear Mr. Ali,

I am writing this letter to complain about an order delivered to my house three days ago.
In fact, I had ordered three pairs of shoes, a dress and two handbags from your website, but was clearly delivered the wrong order, as what I received were two tee-shirts and two pairs of sneakers. **Consequently**, I called your customer service and tried to inform them of the error. **Unfortunately**, I was told that the order number matched the items I received and that there couldn't have been any mistake on the part of your company. **As a result**, I was denied the right to return the order free of charge.
I am very disappointed with your company's service and hope this misunderstanding can be cleared up and the items I did not order returned to you.

Sincerely yours,

Rita Kaahn

Exercice 7 Le résultat, la cause, le but

▶ *Énoncé p. 156*

1 We couldn't possibly buy this house, **as** we cannot afford it.
2 Make sure you wait for the ink to dry before lifting the poster, **so as not to** create any smudges on the surface.
3 Human Resources ensures that our employees work in the best conditions possible **in order to** boost their creativity.
4 (...), **thus** they were able to expand abroad this year.
5 **As** the company provided language training for all its employees last year, (...).
6 **Due to** inclement weather, the flight has been delayed 30 minutes.

Exercice 8 Le vocabulaire

▶ *Énoncé p. 156*

1 Chen left the office an hour ago **so as not to** be late for her presentation.
2 I'm vegetarian, **so** I never eat meat.
3 It's not **because** this park was designed by a very famous architect that it is popular with tourists.
4 The scandal shook the entire government. **As a result**, the prime minister was forced to resign.
5 (...), make sure you hold your card using both hands, **as** you do not want to offend anybody.

Exercice 9 Insérer une phrase manquante

▶ *Énoncé p. 156*

Warning! This device is to be used in dry and well-ventilated spaces only. Do not handle it unless your hands are dry and you are wearing protective goggles. Always keep away from inflammable substances. Switch off the device as soon as you complete the process. Allow for cooling time before storing. Remember, the device is to be kept inside the protective case provided by the manufacturer. **Non-compliance with these safety regulations can result in serious injury.** Kaplings declines any responsibility. Should you have any questions contact us through our website: www.kaplings.com.

Exercice 10 Les auxiliaires

▶ *Énoncé p. 158*

1 The order **hasn't** arrived yet.
2 When the delegates arrived, there **was** nobody to greet them.
3 Next year, I **will** have worked for this company for ten years.
4 We forgot to check the express delivery box and the parcel **didn't** arrive on time.
5 **Are** you coming to the conference next month?

Exercice 11 Les autres utilisations des auxiliaires

▶ *Énoncé p. 159*

1 You've visited our new building, **haven't** you?
2 They won't negotiate, **will** they?
3 We **did** attend the trade fair, even though we said we wouldn't.
4 I don't like country music. – Neither **do** I!
5 You're wrong, she **does** participate in decision-making meetings, quite often in fact.
6 I don't think they are fabulous! – Neither **does** she.

Tip! Il s'agit de la contradiction de ce qui a été dit avant.

Exercice 12 Le choix du temps

▶ *Énoncé p. 160*

1 The cashiers **always have** a meal break in the middle of their shift.
2 What sort of suit **are you looking for**?
3 The two companies **are currently negotiating** their merger.
4 Mr. Tanako seldom **takes** a vacation.
5 **Do you work** in the office on Fridays?
6 **Are you working** in the office on Friday?
7 The ballet company **is appearing** every evening this week at the Civic Theater.
8 It **appears** that the Mayor is running for a second term.
9 Mrs. Hayden **is seeing** a lawyer about buying a house at the moment.
10 I **don't understand** what you **mean**.

Exercice 13 Choisir entre trois temps

▶ *Énoncé p. 161*

1 All our branches **achieved** excellent sales results last year.
2 The sales reps **have traveled** constantly during the first quarter of this year.
3 Even if it rained a lot during my vacation last summer, I really **enjoyed** it.
4 They had turned around and **were walking** back along the street when they saw me.
5 I **was finishing** discussing the project when my phone **rang**.
6 When you phoned me last night I **was working** hard.
7 While Hideo **was writing** an e-mail, there was a power cut.
8 Who **was driving** the car at the time of the accident?
9 The reception **had already finished** when we finally found the venue.
10 Jan missed the meeting yesterday because nobody **had told** him about it.

Tip! L'utilisation du ***present perfect*** suggère que le premier trimestre n'est pas encore achevé.

Exercice 14 Le choix du temps

▶ *Énoncé p. 162*

1 We must stay in touch while we **(A) coordinate** this project.
Nous devons garder le contact pendant que nous coordonnons ce projet.

Tip! En (D), on ne met pas *will* après une conjonction de temps.

2 Mr. Yung **(B) has worked** for this company for the past 3 years.
M. Yung travaille pour cette société depuis 3 ans.

Tip! Car il y a le mot *for* qui signifie « depuis ».

3 My sister has lived here since she **(A) lost** her job.
Ma sœur habite ici depuis qu'elle a perdu son travail.

Tip! ***Since*** gouverne le premier temps de la phrase qui est un ***present perfect***.

4 By the time we got the order we **(D) had written** a letter of complaint.
Quand nous avons finalement reçu la commande, nous avions écrit une lettre de réclamation.

Tip! C'est un plus-que-parfait (passé dans le passé) ; il faut comprendre « déjà ».

5 I really hope my boss **(D) believes** me when I tell him why I'm behind schedule.
J'espère que mon patron me croira quand je lui dirai pourquoi j'ai du retard dans mon travail.

Tip! Il est usuel d'employer un présent simple après le verbe ***hope*** en parlant du futur.

6 Last week our plane **(C) was** delayed for two hours.
Notre avion a été retardé deux heures la semaine dernière.

Tip! Car il faut un passé ***(last week)*** mais l'expression de temps exclut le ***present perfect***.

Exercice 15 Les temps du futur

▶ *Énoncé p. 163*

1 We **(C) will** have more information by the end of the month.
Nous aurons plus de renseignements d'ici la fin du mois.

2 This time next year Mrs. Weiden **(B) will have** retired.
Dans un an, Mme Weiden aura pris sa retraite.

3 We are going **(B) to hire** three temporary workers for the busy period.
Nous allons embaucher trois intérimaires pour la période chargée.

4 The cashiers **(D) will have been working** for 4 hours before they get their break.
Les caissiers auront travaillé 4 heures avant de partir en pause.

5 The CEO **(B) is** to announce the acquisition on Friday.
Il est prévu que le PDG annonce le rachat vendredi.

6 Will you **(C) have finished** the report in time for next Friday?
Aurez-vous terminé le rapport pour vendredi ?

Exercice 16 Les verbes au discours indirect

▶ *Énoncé p. 165*

1 She **asked** / **enquired** what my final destination was.
2 I **said** / **replied** that I was flying to Cuba.
3 She **enquired** / **asked** where I had boarded the plane.
4 She asked me when I **would** leave.
5 She **ordered** me to open my suitcase.
6 I **replied** / **said** that it had already been inspected.
7 She **informed** me that she had found some perfume in my luggage.
8 She **wanted** to know if I had declared the perfume.
9 She asked where the receipt for the perfume **was**.
10 I **promised** not to do it again.

Exercice 17 *Say* ou *tell* ?

▶ *Énoncé p. 165*

1 Your aunt asked me to **say** hello.
2 She **told me** to give you this card.
3 The card **tells** the time when you open it.

Exercice 18 Le discours indirect

▶ *Énoncé p. 165*

1 Kumiko said she **(D) had been** to the theatre last night.
Kumiko a dit qu'elle avait été au théâtre hier soir.

Tip! En (C), on n'utilise pas un ***present perfect*** avec un moment précis dans le passé.

2 The customs officer **(C) asked** me whether I had anything to declare.
La douanière m'a demandé si j'avais quelque chose à déclarer.

Tip! ***Ask*** est le seul verbe transitif (qui prend un objet direct).

3 My landlord **(B) said** not to unplug the air conditioning unit.
Mon propriétaire a dit de ne pas débrancher le climatiseur.

Tip! Car on ne précise pas à qui il le dit : ***say something / tell someone***.

4 Last night, we were asked if we **(C) would** work late.
On nous a demandé hier soir si nous travaillerions tard.

Tip! La question directe était probablement ***Will you work late tonight?***

5 The librarian enquired **(A) whether** we wanted to pay our fines.
Le bibliothécaire a demandé si on voulait payer nos amendes.

Tip! ***If*** est également possible ici.

PART 6 – VOCABULAIRE

Exercice 1 Les mots à connaître : *At the doctor's*

▶ *Énoncé p. 166*

1 In bigger **practices**, there are several doctors and sometimes even a **nurse** who is there to weigh you and take your **blood pressure** before you see the doctor.
2 Joe discovered a benign health problem during a routine **checkup**.
3 The **physician** wrote a **prescription** for some new **medication**.
4 Is it necessary to **consult** a doctor for a simple **headache**?
5 What are the visiting hours for the maternity **ward**?
6 Doctors will often ask if you have any **siblings** or other family members with the same **illness**.
7 Unfortunately, the **co-pay** for this drug is almost $100. Your **health insurance** will not cover all of the cost.
8 There has been an **outbreak** of the flu in our office.
9 Do you prefer to take medication in syrup or **tablet** form?
10 Due to an **injury** sustained while doing sport, our Human Resources manager is currently on **sick leave**.
11 Will you make an **appointment** for Monday with my usual doctor?
12 Malika seemed to be better, but then she **relapsed** and had to go to the doctor again.

Exercice 2 Les familles de mots

▶ *Énoncé p. 166*

1 The doctor will call you through to the **(B) consulting** room when it is your turn.
Le médecin vous fera entrer dans la salle de consultation quand ce sera à vous.
2 You will need to consult a **(D) physician** to get a prescription.
Vous allez devoir consulter un médecin pour obtenir une ordonnance.
3 Dr. Stevenson recommended a good-quality **(C) medicated** shampoo.
Le Dr Stevenson a conseillé un shampooing médicinal de bonne qualité.
4 **(C) Nursing** came naturally to Maurice, who had always loved to look after people.
La profession d'infirmier était une seconde nature chez Maurice, qui avait toujours aimé s'occuper des gens.
5 Leah **(B) developed** a cold over the weekend.
Leah a pris froid ce week-end.
6 The doctor's practice is **(D) ill-equipped** to deal with large numbers of patients at the same time.
Le cabinet du médecin n'est pas équipé pour gérer un grand nombre de patients à la fois.
7 In order to be a **(D) practicing** doctor, you must have a valid license.
Afin de pouvoir exercer la profession de médecin, vous devez avoir une licence en cours de validité.
8 Maternity **(B) wards** around the country are closing due to underfunding.
Dans tout le pays, les services de maternité ferment en raison de moyens insuffisants.
9 Be careful you don't **(A) injure** yourself on the broken glass.
Faites attention de ne pas vous blesser sur le verre brisé.
10 Ask your pharmacist for a refill of this **(C) prescription**.
Demandez le renouvellement de cette ordonnance à votre pharmacien.

CORRIGÉS

Exercice 3 Les expressions courantes

▶ *Énoncé p. 167*

under pressure	*sous pression*
on medication	*sous traitement*
write a prescription	*écrire une ordonnance*
have a relapse	*faire une rechute*
make an appointment	*prendre rendez-vous*
work-related injury	*accident du travail*
have a headache	*avoir mal à la tête*

1 Could you please turn down the radio, I **have a headache**.
2 Our employees say they are **under** a lot of **pressure** at work at the moment.
3 This is a **work-related injury** – it happened in the warehouse.
4 You should **make an appointment** to see someone about your headaches.
5 Check carefully for interactions if you are already **on medication**.
6 Even though he returned to work last Friday, Stuart **had a relapse** and needs another week off work.
7 The doctor didn't want to **write a prescription** for such a minor problem.

Exercice 4 Les synonymes

▶ *Énoncé p. 167*

1 sickness – **illness**
2 epidemic – **outbreak**
3 surgery – **practice**
4 wound – **injury**
5 treatment – **medication**
6 doctor – **physician**

Exercice 5 Les mots à connaître : *Other health professionals*

▶ *Énoncé p. 168*

1 **Researchers** have made an incredible discovery concerning **eyestrain** caused by too much blue light emitted by screens.
2 Frank went to the **optician** to buy new spectacles.
3 After surgery, many patients can be helped by **physical therapy**.
4 The **emergency services** arrived late because of peak-hour traffic.
5 If you can't find a **frame** that suits the shape of your face, maybe you could try contact **lenses**.
6 Ms. Moon was anxious about her upcoming visit to the **dentist** because she knew she had developed **tooth decay** and she didn't like the sound of the **drill**. In the end, the **cavity** was only very small and didn't hurt.
7 **Surgeons** often operate to background music in the **operating theater** to help them focus.
8 Indira saw a **dietician** in order to learn to eat more healthily.
9 The dentist **referred** Mr. Lewis **to** a surgeon to take out his wisdom teeth.
10 I think I am going to need to change my **eyeglasses**. My **eyesight** seems to be changing again.
11 Before **whitening** your teeth, the **dental hygienist** will first clean them thoroughly.
12 The term **medical practitioner** covers all sorts of doctors working in a hospital or a private practice.

Exercice 6 Les familles de mots

▶ *Énoncé p. 168*

1 **(C) Dentistry** is currently the number one choice for medical students looking to specialize.
La dentisterie est actuellement le premier choix des étudiants en médecine qui veulent se spécialiser.
2 I asked my family doctor for a **(C) referral** to a good dietician.
J'ai demandé à mon généraliste de m'envoyer vers un bon diététicien.
3 The dentist **(C) advised** Mr. McIntosh to return in six months' time.
Le dentiste a conseillé à M. McIntosh de revenir dans six mois.
4 It is **(C) unhygienic** to eat without washing your hands first.
Il n'est pas hygiénique de manger sans se laver les mains d'abord.
5 Do you have any special **(B) dietary** requirements such as lactose- or gluten-free food?
Avez-vous des besoins alimentaires spécifiques tels que des aliments sans lactose ou sans gluten ?
6 According to the latest **(A) research**, dietary supplements could have some health benefits.
Selon de récentes recherches, les compléments alimentaires pourraient avoir des effets bénéfiques sur la santé.

Tip! ***Research*** est indénombrable.

7 A **(C) therapeutic** massage can aid in healing.
Un massage thérapeutique peut accélérer la guérison.
8 Mr. Parsons had to have the piece of glass **(D) surgically** removed.
M. Parsons a dû subir une opération pour se faire enlever le morceau de verre.
9 The job of a dental hygienist is not to fill a **(A) cavity**, but simply to clean the teeth.
Le rôle de l'assistant dentaire n'est pas de plomber une carie, mais simplement de nettoyer les dents.
10 Those new eyeglass **(B) frames** really suit you.
Cette nouvelle monture de lunettes te va vraiment bien.

Exercice 7 Le vocabulaire

▶ *Énoncé p. 169*

1 The physical **therapy** I was told to do really helped.
2 The dental **hygienist** applied a tooth-whitening compound to my teeth.
3 The **optometrist** gave me a prescription to take to the **optician**.
4 The **researcher** was investigating a new therapy.
5 The doctor gave him a **referral** to the best surgeon in town.

Exercice 8 Les définitions

▶ *Énoncé p. 169*

1 **cavity** ; 2 **theater** ; 3 **frame** ; 4 **drill** ; 5 **lens**

Exercice 9 Les mots à connaître : *At the pharmacy*

▶ *Énoncé p. 170*

1 Victoria went to her local pharmacy to **fill a prescription**. She was having some problems with her arm and the doctor prescribed a new **treatment** to **relieve** the pain.
2 She informed the pharmacist of all the drugs she was taking in order to avoid **interactions**. Mixing different drugs could be **harmful**.
3 She didn't have a prescription for it, but the pharmacist also sold her some **over-the-counter** heartburn medication.
4 When she read the **leaflet**, it gave the **dosage**: take two tablets in the morning on an **empty stomach**.
5 There was also a **warning** to stop taking the medication if there were any serious **side effects**.
6 Please read the leaflet **closely** before starting the treatment.
7 Your ankle is very **swollen**! Did you have an accident?
8 The **drugstore** on the corner opposite the bank is very **convenient**, as I work on the same street.
9 Since the beginning of modern medicine, scientists have been waiting for a **breakthrough** to help **treat** the common cold.
10 **Apply** this cream to your elbow three times daily. Wash your hands afterwards, as it is very **potent**.
11 You will find the toothpaste on the middle **shelf** just behind you.

Exercice 10 Les familles de mots

▶ Énoncé p. 170

1 When my neighbor had that problem, he **(C) treated** it with natural remedies.
Quand mon voisin a eu ce problème, il l'a guéri avec des remèdes naturels.
2 The **(D) swelling** seems to be disappearing.
L'enflure semble disparaître.
3 The correct **(B) dosage** will depend upon your weight.
Le bon dosage dépendra de votre poids.
4 The drugstore is **(D) conveniently** located next door to the doctor's office.
La pharmacie se trouve à côté du cabinet du médecin, ce qui est bien pratique.
5 It's very difficult to get effective **(A) relief** for a cold.
Il est très difficile d'être efficacement soulagé d'un rhume.
6 A single **(D) application** should clear up the problem.
Une seule application devrait faire disparaître le problème.
7 Leonard discovered he had been taking a **(D) harmless** placebo.
Léonard a découvert qu'il prenait un placébo inoffensif.
8 Do not take this treatment on an empty **(C) stomach**.
Ne prenez pas ce médicament le ventre vide.
9 It is necessary to pay **(A) close** attention to what you eat.
Il faut être très attentif à ce que vous mangez.
10 The pharmacist will **(A) fill** a valid prescription.
Le pharmacien délivrera une ordonnance valide.

Exercice 11 Les prépositions

▶ Énoncé p. 171

1 It is quite possible to overdose **on** vitamin C.
2 There has been a major breakthrough **in** the treatment of obesity.
3 Do not apply the gel **to** broken skin.
4 It's not a good idea to go running **on** an empty stomach.
5 This massage should relieve you **of** joint pain.
6 Be vigilant about interactions **between** prescription and OTC drugs.

Exercice 12 Les synonymes

▶ Énoncé p. 171

1 dangerous / detrimental / harmful / **harmless** *(dangereux / néfaste / nuisible / inoffensif)*
2 complete / **empty** / full / whole *(complet / vide / plein / entier)*
3 **awkward** / convenient / handy / practical *(peu commode / pratique / pratique / pratique)*
4 ineffective / mild / **potent** / weak *(inefficace / doux / puissant / faible)*
5 **cause** / cure / heal / treat *(provoquer / guérir / guérir / soigner)*

CORRIGÉS

Exercice 13 Les mots à connaître : *Healthy living*

▶ Énoncé p. 172

1 When the bank employees witnessed a robbery, the **occupational health doctor** suggested they all undergo **counseling**.
2 The company provided incentives for their staff to get fit and **healthy** through a friendly **team sport** competition.
3 Special **ergonomic** office chairs contribute to an employee's **well-being**.
4 The store had a **ramp** installed for wheelchair users.
5 When employees have special needs, they are entitled to special **accommodations** in the workplace.
6 A **balanced diet** is one that includes all the food groups. On the other hand, **junk food** is neither **healthful** nor **nutritious**.
7 Flying can often be a challenge for people who require a **special diet**.
8 Employees who make an effort to **keep fit** have more **stamina** and are often more mentally **resilient**. (...)
9 Legally, accommodations must be made for a hearing-**impaired** staff member.
10 Our **daily** statistics show that when employee health improves overall, **absenteeism** tends to decrease.
11 The management views smoking in the workplace as a **health hazard**.

Exercice 14 Les familles de mots

▶ Énoncé p. 172

1 The trainer praised Sophia's stamina and **(C) resilience**.
L'entraîneur a fait les éloges de l'endurance et de la résistance de Sophia.
2 Experts recommend at least thirty minutes of physical activity **(C) daily**.
Les experts conseillent de pratiquer une activité physique au moins trente minutes par jour.
3 The referee has decided to **(B) disallow** the goal, despite the protestations.
L'arbitre a décidé de ne pas accorder le but, malgré les protestations.
4 Bill wants to live a less **(D) unhealthy** lifestyle by eating better food and being more active.
Bill veut vivre une vie plus saine en ayant une meilleure alimentation et en étant plus actif.
5 Blocking the door with a piece of furniture is a fire **(A) hazard**.
L'obstruction de la porte avec un meuble constitue un risque d'incendie.

6 Last week we had only one **(C) absentee**, which is a new record.
La semaine dernière, il n'y a eu qu'un seul absent, ce qui est un nouveau record.

7 The dietician will concentrate on how patients can improve their **(B) nutrition**.
Le diététicien se concentrera sur l'amélioration de la nutrition des patients.

8 The new health insurance covers up to a total of 100 hours of **(C) counseling**.
La nouvelle mutuelle rembourse jusqu'à 100 heures de psychothérapie.

9 An employee's well-being is often related to their **(B) occupation**.
Le bien-être d'un employé est souvent lié à son métier.

10 We really suffered from the **(B) loss** of Jenny as captain of our sports team when she moved to a new department.
Nous avons beaucoup souffert de la perte de Jenny comme capitaine de notre équipe quand elle a changé de service.

Exercice 15 Les synonymes

▶ *Énoncé p. 173*

1 healthful – **nutritious**
2 running at a slow pace to keep fit – **jogging**
3 giving advice – **counseling**
4 a medicated cream – **ointment**
5 the state of being happy, healthy or prosperous – **well-being**
6 well designed for good posture and easy use – **ergonomic**
7 a choice of food which is healthy – **balanced diet**
8 able to recover quickly from shock or misfortune – **resilient**

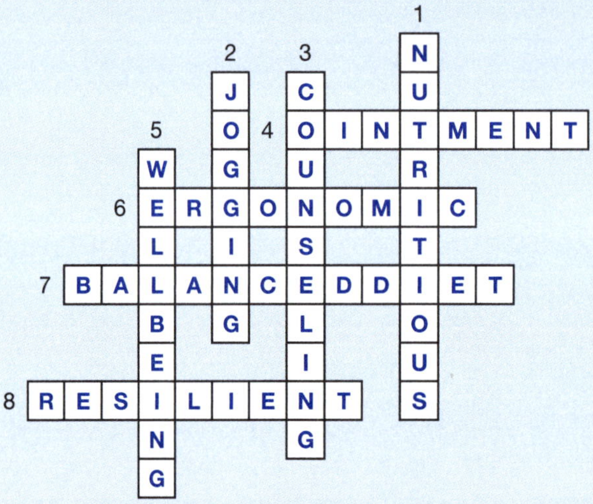

PART 6 - MINI TEST

Health Part 1

Part 6 – Piste 57

▶ Énoncé p. 174

1 (A) The doctor is examining the patient.
(B) The lab technician is cleaning equipment.
(C) The pharmacist is advising the customer.
(D) The woman is taking some medicine.

(A) Le médecin ausculte le patient.
(B) Le technicien de laboratoire nettoie du matériel.
(C) La pharmacienne conseille la cliente.
(D) La femme prend des médicaments.

Réponse (C)
En (D), le verbe ***take*** se traduit par « prendre » dans le sens « d'avaler ». On voit des médicaments sur la photo, mais la femme n'est pas en train d'en prendre.

Health Part 2

Part 6 – Pistes 58-62

▶ Énoncé p. 174

2 Can I get this treatment without a prescription?
(A) Your doctor can do that.
(B) Ask the pharmacist.
(C) Yes, the treatment was expensive.

Puis-je obtenir ce médicament sans ordonnance ?
(A) Votre médecin peut le faire.
(B) Demandez au pharmacien.
(C) Oui, le traitement était cher.

Réponse (B)
En (C), attention à ne pas rapprocher la réponse ***yes*** et la question fermée de l'énoncé, car cette phrase ne répond pas du tout à la question.

3 I'd like to make an appointment.
(A) Does tomorrow suit you?
(B) That's a nice suit.
(C) A tablet is better than ointment.

J'aimerais prendre rendez-vous.
(A) Est-ce que demain vous convient ?
(B) C'est un joli costume.
(C) Un cachet est mieux qu'une pommade.

Réponse (A)
En (C), attention à ne pas rapprocher ***ointment*** (pommade) de ***appointment*** (rendez-vous).

4 You should get your eyes checked.
(A) The check is for sixty dollars.
(B) Her eyes are green.
(C) Yes, I can only just read the road signs.

Vous devriez faire contrôler votre vue.
(A) Le chèque est pour un montant de soixante dollars.
(B) Elle a les yeux verts.
(C) Oui, j'arrive à peine à lire les panneaux routiers.

Réponse (C)
En (A), attention à ne pas rapprocher le nom ***check*** (un chèque) du verbe ***check*** (vérifier) de l'énoncé.

5 Shall we go to the new café over the road?
(A) He doesn't drink coffee.
(B) That sounds like a good idea.
(C) Junk food is bad for the health.

Et si on allait au nouveau café en face ?
(A) Il ne boit pas de café.
(B) Ça, c'est une bonne idée.
(C) La malbouffe est mauvaise pour la santé.

Réponse (B)
(A) ne répond pas à la question et le pronom personnel ne convient pas ; de plus, on ne sert pas que du café dans un café !

6 When is the dentist available?
(A) I'm afraid she's fully booked this week.
(B) He called back this morning.
(C) Dental hygiene is so important.

Réponse (A)
(C) porte sur le même sujet que l'énoncé mais n'y répond pas du tout.

Quand est-ce que le dentiste a des disponibilités ?
(A) Je regrette mais son planning est complet pour cette semaine.
(B) Il a rappelé ce matin.
(C) L'hygiène dentaire est si importante.

Health Part 3

Part 6 – Pistes 63-64

▶ Énoncé p. 175

Questions 7-9 refer to the following conversation.

Les questions 7 à 9 se rapportent à la conversation suivante.

W Where were you this morning? I didn't see you at the staff meeting.
Où étiez-vous ce matin ? Je ne vous ai pas vu à la réunion du personnel.

M I had an appointment with the occupational health doctor. I am having problems with my mouse hand and wanted to see if there was a solution.
J'avais rendez-vous chez le médecin du travail. J'ai des problèmes avec ma main qui actionne la souris et je voulais savoir s'il y avait une solution.

W Oh, I have a similar problem. What did the doctor suggest?
Oh, j'ai le même problème. Et qu'a suggéré le médecin ?

M Well actually, the doctor has noted that I need some special accommodations as it is a work-related injury and Human Resources will provide me with an ergonomic office chair and a new vertical mouse.
Eh bien, le médecin a remarqué que j'avais besoin d'aménagements spéciaux puisqu'il s'agit d'un traumatisme dû au travail et les Ressources Humaines vont me donner un siège de bureau ergonomique et une nouvelle souris verticale.

W Oh, that's very interesting. I must make an appointment for myself.
Oh, c'est très intéressant. Il faut que je prenne rendez-vous pour moi.

7 Where was the man this morning?
(A) With a doctor
(B) With the Human Resources manager
(C) In a staff meeting
(D) At a furniture store

Où l'homme était-il ce matin ?
(A) Avec un médecin
(B) Avec le directeur des ressources humaines
(C) Dans une réunion du personnel
(D) Dans un magasin de mobilier

Réponse (A)
Il dit qu'il avait rendez-vous chez le médecin du travail.

8 What will be changed for the man?
(A) His work schedule
(B) His office
(C) His furniture
(D) His salary

Que va-t-on changer pour l'homme ?
(A) Son planning
(B) Son bureau
(C) Son mobilier
(D) Son salaire

Réponse (C)
On va lui fournir un nouveau siège ergonomique.

9 What will the woman probably do?
(A) Go to a staff meeting
(B) Try to see the doctor
(C) Buy a new mouse
(D) Ask for a promotion

Que va probablement faire la femme ?
(A) Aller à une réunion du personnel
(B) Essayer de voir le médecin
(C) Acheter une nouvelle souris
(D) Demander une promotion

Réponse (B)
Dans sa dernière réplique, elle dit qu'elle doit prendre rendez-vous.

Health Part 4

Part 6 – Pistes 65-66

▶ *Énoncé p. 175*

Questions 10-12 refer to the following announcement and price list.

M Right, Mr. Jackman, as you can see, your lenses cost $80 each, so that's one hundred sixty dollars. The price of the frame in the estimate is for the basic model, but as you have chosen designer frames, that part will cost $50 more. Labor is charged at a fixed rate per pair of eyeglasses. The good news is, we have a special offer this month: the eye test will cost you nothing. In fact, you don't have to pay anything today. We will call you when your order is ready and you can come in then for a final adjustment and to pay for your eyeglasses. They will be ready in about a week.

Les questions 10 à 12 se rapportent à l'annonce et à la liste de tarifs suivantes.

Bien, M. Jackman, comme vous pouvez le voir, vos verres coutent 80 $ pièce, ce qui fait 160 $. Dans le devis, le prix de la monture est celui du modèle de base, mais puisque vous avez choisi une monture de marque, cela vous coûtera 50 $ de plus. La main-d'œuvre est facturée au forfait pour chaque paire de lunettes. La bonne nouvelle est que vous bénéficiez d'une promotion ce mois-ci : l'examen de la vue ne vous sera pas facturé. En fait, vous ne payez rien aujourd'hui.
Nous vous appellerons quand votre commande sera prête et vous pourrez venir faire les derniers réglages et payer vos lunettes. Elles seront prêtes dans environ une semaine.

Price list	
– Eye test	$ 30
– Frame	$100
– 2 lenses @ $80/lens	$160
– Labor	$ 40

Tarifs	
Examen de la vue	30 $
Monture	100 $
2 verres @ 80 $/verre	160 $
Main-d'œuvre	40 $

10 Who most likely is speaking?
(A) A pharmacist
(B) A physical therapist
(C) An optician
(D) A physician

Qui est le probable locuteur ?
(A) Un pharmacien
(B) Un kinésithérapeute
(C) Un opticien
(D) Un médecin

Réponse (C)
On peut le déduire avec le vocabulaire : ***lenses***, ***frames***, ***eye test***.

11 Look at the graphic. Which item will be more expensive than announced in the estimate?
(A) The eye test
(B) The frames
(C) The lenses
(D) The cost of labor

Regardez le document. Quel sera l'élément plus cher que prévu dans le devis ?
(A) L'examen de la vue
(B) La monture
(C) Les verres
(D) La main-d'œuvre

Réponse (B)
Puisque le client a choisi une monture de marque, il y a un supplément de 50 $.

12 When will the order be ready to be picked up?
(A) In a month
(B) In two weeks
(C) In a week
(D) In less than a week

Quand pourra-t-on passer prendre la commande ?
(A) Dans un mois
(B) Dans deux semaines
(C) Dans une semaine
(D) Dans moins d'une semaine

Réponse (C)
La personne dit ***in about a week***.
En (D), on ne peut pas supposer que ***in about a week*** sera moins d'une semaine.

Health Part 5

▶ Énoncé p. 176

13 Easy .... for employees with disabilities can be found at the side of the building.
(A) access
(B) accessible
(C) accessed
(D) accessibility

(A) accès
(B) accessible
(C) accédé
(D) accessibilité

Un accès aménagé pour les employés handicapés se trouve sur le côté du bâtiment.

Réponse (A)
Il manque un nom pour compléter la phrase; ***access*** est celui qui convient le mieux.

---

14 Make sure you read the .... carefully before starting the treatment.
(A) leaf
(B) leafed
(C) leaves
(D) leaflet

(A) feuille
(B) feuilleté
(C) feuilles
(D) notice

Veuillez lire attentivement la notice avant de commencer le traitement.

Réponse (D)

---

15 Not getting enough sleep can be .... to your health.
(A) risk
(B) danger
(C) hazard
(D) hazardous

(A) risque
(B) danger
(C) danger
(D) dangereux

Un manque de sommeil peut être dangereux pour la santé.

Réponse (D)
Hazardous est le seul adjectif disponible.

---

16 Time must be set aside this month for employees to .... eyesight tests.
(A) carry out
(B) undergo
(C) obtain
(D) participate

(A) effectuer
(B) subir
(C) obtenir
(D) participer

Il faut aménager du temps ce mois-ci pour que les employés puissent subir un examen de la vue.

Réponse (B)

---

17 The researchers are studying the .... effects of too much caffeine.
(A) detrimental
(B) beneficial
(C) unhealthily
(D) harmed

(A) néfaste
(B) bénéfique
(C) pas sainement
(D) blessé

Les chercheurs étudient les effets néfastes d'une trop grande consommation de caféine.

Réponse (A)
Les mots « trop de café » ne permettent pas d'utiliser ***beneficial*** (B), car on comprend qu'il s'agit d'un excès.

Health Part 6

▶ Énoncé p. 176

Les questions 18 à 21 se rapportent à l'article suivant.

Voyagez en bonne santé !
Vous prenez l'avion presque toutes les semaines, vous dormez continuellement dans de nouvelles chambres d'hôtels et vous mangez au restaurant. Comment rester en bonne santé pendant les voyages d'affaires ?
Le Dr Ross de la clinique Healthy Lifestyle ici à Philadelphie fait les recommandations suivantes :

- En avion, hydratez-vous régulièrement. Buvez beaucoup d'eau et évitez de boire du café ou du thé, à moins que ce soit du thé vert.
- Préférez les alternatives végétariennes. Le problème de toujours manger au restaurant est que vous avez un régime très riche en viande. Essayez de réduire votre consommation de viande en choisissant un plat végétarien ou, à la rigueur, commandez toujours des légumes au lieu des inévitables frites.
- Emportez votre oreiller. Dormir dans un autre lit que le vôtre peut perturber vos habitudes de sommeil et le voyageur en déplacement peut être épuisé le lendemain. Ceci est d'autant plus vrai quand on traverse plusieurs fuseaux horaires.* Donc, prévoyez une petite place dans vos bagages pour votre oreiller. Vous ne le regretterez pas.

* Traduction de la réponse à la question 21.

18 (A) sleep
(B) to sleep
(C) sleeping
(D) slept

(A) base verbale
(B) infinitif
(C) verbe en *-ing*
(D) prétérit, participe passé

Réponse (C)
Après l'expression ***spend time*** ou une variante (***spend your days***), le verbe est à la forme en ***-ing***.

19 (A) until
(B) whereas
(C) since
(D) unless

(A) jusqu'à
(B) alors que
(C) puisque
(D) à moins que

Réponse (D)
Unless introduit une condition alternative.

20 (A) to
(B) on
(C) in
(D) with

(A) à, vers
(B) sur
(C) dans
(D) avec

Réponse (C)
L'expression est ***result in*** (avoir pour résultat).

21 (A) Traveling with your family is difficult.
(B) This is particularly true when traveling in different time zones.
(C) Meetings are getting longer and longer.
(D) People often ask him how to combat fatigue.

(A) Il est difficile de voyager avec sa famille.
(B) Ceci est d'autant plus vrai quand on traverse plusieurs fuseaux horaires.
(C) Les réunions sont de plus en plus longues.
(D) On lui demande souvent comment combattre la fatigue.

Réponse (B)
En (D), ***him*** suggère qu'on vient de nommer une personne en particulier, ce qui n'est pas le cas.

Health **Part 7**

▶ *Énoncé p. 177*

Les questions 22 à 26 se rapportent à l'article et au courrier suivants.

1. Article

Un nombre croissant d'entreprises américaines mettent en place des initiatives de bien-être au travail. Ces plans de santé et de productivité plus exhaustifs abordent les thèmes de la santé émotionnelle et mentale, les liens sociaux, l'éducation financière, le sentiment d'accomplissement et bien d'autres domaines.

Les programmes de santé et de bien-être sur le lieu de travail n'ont pas seulement un impact sur le bien-être des employés, ils peuvent aussi conduire à une amélioration considérable de l'engagement de l'équipe, de sa cohésion et de sa productivité. Selon des recherches, travailler avec des employés en bonne santé et heureux peut diminuer les charges de plus de 16 000 $ par employé, avec moins de jours de congés pris pour des pathologies causées par des handicaps ou des maladies non-programmées. Et ces mesures ne coûtent à l'employeur que 600 $ en moyenne par employé par an.

2. Courrier

À l'attention du rédacteur en chef

Après avoir lu l'article sur les initiatives pour le bien-être sur le lieu de travail, je voudrais faire part des nouvelles pratiques dans mon entreprise. Tout d'abord, mon employeur propose un programme interne de remise en forme. Les employés qui souhaitent participer aux cours de sport dispensés par des professionnels ont la possibilité de le faire pendant les heures de travail normales sans pénalités sur leur temps de présence. Environ 200 employés assistent régulièrement à ces séances. Notre société propose également des horaires souples. Les employés peuvent commencer et terminer leur journée en fonction de leurs nécessités, du moment qu'ils fassent le nombre d'heures prévues pendant le mois. Notre entreprise met aussi à disposition une pièce dédiée où les personnes peuvent aller se reposer ou méditer à tout moment de la journée. Enfin, des aménagements importants sont accordés aux nouveaux parents, qu'il s'agisse des mères ou des pères. Du temps de congé supplémentaire est accordé aux nouveaux parents pour qu'ils puissent nouer des liens avec leur bébé, et l'entreprise est extrêmement tolérante en ce qui concerne les jours pris pour s'occuper d'enfants malades.

Tout ceci a complètement changé la culture de notre entreprise, en nous permettant de conserver plus facilement une bonne santé mentale et physique.

Au fait, il y a une erreur dans votre article. Ayant travaillé sur ce sujet dans un groupe de réflexion, nous avons trouvé que la réduction des charges due à des employés en meilleure santé n'était pas 16 000 $ comme vous l'affirmez, mais 1 600 $. Et cela sans prendre en compte les 600 $ investis par l'employeur pour le bien-être de chaque employé.

Cordialement,
Kath Redmayne

22 Which of the following would be the best title for the article?
(A) Illness Costs Money
(B) The Benefits of a Healthy Staff
(C) Accommodations for Clients with Disabilities
(D) Workplace Sports Programs Triumph

Quel serait le meilleur titre pour l'article ?
(A) La maladie coûte cher
(B) Les avantages d'avoir un personnel en bonne santé
(C) Des aménagements pour les clients avec une infirmité
(D) Le triomphe des programmes sportifs sur le lieu de travail

Réponse (B)
Le thème général de l'article est celui du bien-être au travail.

23 Why did Ms. Redmayne mainly write the letter?
(A) To support the article by giving examples
(B) To complain about her company
(C) To contradict the article
(D) To correct an error

Pour quelle raison principale Mme Redmayne a-t-elle écrit ?
(A) Pour appuyer l'article en donnant des exemples
(B) Pour se plaindre de sa société
(C) Pour contredire l'article
(D) Pour corriger une erreur

Réponse (A)
La réponse (D) est partiellement correcte, mais la question précise « principalement » et le but de cette lettre est bien d'étayer par des exemples ce qui est dit dans l'article.

24 In the article, the word "cohesiveness" in paragraph 2, line 4, is closest in meaning to:
(A) efficiency
(B) interaction
(C) solidarity
(D) dissolution

Dans l'article, le mot « cohesiveness » dans le paragraphe 2, ligne 4, se rapproche du sens de :
(A) efficacité
(B) interaction
(C) solidarité
(D) dissolution

Réponse (C)
Cohesiveness fait penser à ***team spirit*** (esprit d'équipe), d'où le rapprochement avec ***solidarity***.

25 How much can employers save by having healthy employees?
(A) $200 per person per year
(B) $600 per person per year
(C) $1 600 per person per year
(D) $16 000 per person per year

Combien un employeur peut-il gagner en ayant des employés en bonne santé ?
(A) 200 $ par personne par an
(B) 600 $ par personne par an
(C) 1 600 $ par personne par an
(D) 16 000 $ par personne par an

Réponse (C)
Le chiffre cité dans l'article (16 000 $) est erroné, et Kath Redmayne le corrige à la fin de sa lettre.

26 What well-being practice is NOT mentioned in the letter?
(A) Doing sports
(B) Working flexible hours
(C) Working from home
(D) Meditating

Quelle pratique de bien-être n'est PAS citée dans la lettre ?
(A) Faire du sport
(B) Faire des horaires souples
(C) Le télétravail
(D) La méditation

Réponse (C)
Seul le télétravail n'est pas abordé dans la lettre.

LA PROGRESSION DE LA DIFFICULTÉ DANS PART 7

Les exercices 1 et 2 se rapportent à l'annonce suivante.

Venez au S-Mart Grocery Store ce dimanche et bénéficiez de l'offre UN PRODUIT ACHETÉ, UN PRODUIT OFFERT !
Présentez ce bon dans le S-Mart de votre quartier et obtenez deux produits identiques pour le prix d'un.
Cette offre n'est valable que pour le rayon alimentaire.
L'offre ne s'applique pas aux boissons.
Elle est valable jusqu'au 15 février.

Exercice 1 Le vocabulaire

▶ *Énoncé p. 180*

Come on down to S-Mart Grocery Store this Sunday and BUY ONE GET ONE **FREE**!
Present this voucher at your local S-Mart and get two identical items for the **price** of one.
Offer **applies** to foodstuffs only. (...)

Exercice 2 La compréhension

▶ *Énoncé p. 180*

1 What can you NOT buy using this voucher?
(A) Frozen meals
(B) Snacks
(C) Fresh produce
(D) Bottles of soda

Que ne peut-on PAS acheter avec ce bon ?
(A) Des plats surgelés
(B) Des en-cas
(C) Des fruits et légumes frais
(D) Des bouteilles de boissons gazeuses

Réponse (D)
L'offre exclut les boissons ***(beverages)***.

2 What will happen on February 16?
(A) You can get two cans of tuna for the price of one.
(B) The voucher will no longer be valid.
(C) The special offer will start.
(D) You cannot go shopping at S-Mart.

Que se passera-t-il le 16 février ?
(A) Vous pourrez acheter deux boîtes de thon pour le prix d'une.
(B) Le bon ne sera plus valable.
(C) La promotion commencera.
(D) Vous ne pourrez pas faire vos courses chez S-Mart.

Réponse (B)
La réponse (D) est fausse : on pourra toujours faire ses courses chez S-Mart, mais le bon ne sera plus valable.

Les exercices 3 et 4 se rapportent à la publicité suivante.

Eazy Chairs est heureux de vous annoncer ses soldes annuelles !
Trois semaines d'affaires folles, de raisons incroyables pour acheter et faire des économies monstres !
Réductions à partir de 30 %.
Achetez tous vos meubles de bureau avant que les prix ne remontent.
Ne tardez pas, courez chez Eazy Chairs. Les soldes se terminent le 1er mai.

Exercice 3 Les synonymes

▶ *Énoncé p. 181*

requirements – **needs** ; happy – **pleased** ; purchase – **buy** ; motivations – **incentives**

Exercice 4 La compréhension

▶ *Énoncé p. 181*

1 Which reduction will you NOT find in the sale?
(A) 20% off
(B) 30% off
(C) 40% off
(D) 50% off

Quelle réduction ne trouvera-t-on PAS dans les soldes ?
(A) 20 %
(B) 30 %
(C) 40 %
(D) 50 %

Réponse (A)
On précise que les remises commencent à partir de 30 %.

2 What period does the sale cover?
(A) The first three weeks of May
(B) The last three weeks of April
(C) The last 2 weeks of April and the first week of May
(D) The last 2 weeks of April and the first 2 weeks of May

Quand les soldes ont-ils lieu ?
(A) Les 3 premières semaines de mai
(B) Les 3 dernières semaines d'avril
(C) Les 2 dernières semaines d'avril et la première semaine de mai
(D) Les 2 dernières semaines d'avril et les 2 premières semaines de mai

Réponse (B)
On apprend que les soldes prennent fin le 1er mai et qu'ils durent 3 semaines.

3 Which word is closest in meaning to 'go back up' in line 8?
(A) decrease
(B) change
(C) skyrocket
(D) increase

Quel mot se rapproche le plus du sens de « go back up » ligne 8 ?
(A) diminuer
(B) changer
(C) monter en flèche
(D) augmenter

Réponse (D)
En (B), on comprend effectivement que les prix vont changer, mais le sens est trop vague pour que ce soit la bonne réponse.

Les exercices 5 et 6 se rapportent à l'article suivant.

Nouvelles augmentations de tarifs
Zapp Electricity a annoncé que le tarif de l'électricité allait encore augmenter le mois prochain.
La société a dit qu'elle n'allait pas modifier le tarif du gaz, mais que le taux de base de l'électricité augmenterait de 12,5 % à compter du 15 septembre.
Pour un foyer traditionnel qui utilise les deux énergies, la facture annuelle moyenne augmentera donc de 7,3 % ou 76 $, ce qui concerne plus de 2 millions de clients.
La dernière augmentation de tarifs de Zapp remonte à deux ans, et le PDG Marty Guzman a dit mardi que certains coûts avaient connu une augmentation régulière depuis, y compris des coûts liés à « des politiques gouvernementales pour subventionner les énergies renouvelables et l'installation de compteurs intelligents sur le plan national. »
« Nous avons retardé l'augmentation des tarifs aussi longtemps que possible afin de protéger nos clients des coûts à la hausse, et il est difficile de devoir annoncer une hausse du tarif de l'électricité », a-t-il dit.

Exercice 5 Le vocabulaire

▶ *Énoncé p. 182*

MORE PRICE INCREASES
Zapp Electricity has announced that the price of electricity will **go up** again next month.
The company said that it was leaving gas prices **unchanged** but that its standard electricity tariff will rise by 12.5% from 15 September.
For a typical household on dual fuel, the **average** annual bill will therefore increase by 7.3% or $76, affecting over two million customers.
Zapp last **raised** prices two years ago and chief executive Marty Guzman said on Tuesday that some costs had risen **steadily** since then, (...).

Exercice 6 La compréhension

▶ *Énoncé p. 182*

1 What will happen next month?
(A) Gas prices will increase.
(B) Electricity prices will increase.
(C) Gas and electricity prices will increase.
(D) An increase in fuel prices will be announced.

Que se passera-t-il le mois prochain ?
(A) Le tarif du gaz va augmenter.
(B) Le tarif de l'électricité va augmenter.
(C) Les tarifs du gaz et de l'électricité vont augmenter.
(D) On annoncera une hausse des prix de l'énergie.

Réponse (B)
On dit à la 2e ligne que le tarif du gaz ne va pas changer, ce qui exclut (A) et (C).

2 When was the previous price rise?
(A) On Tuesday
(B) In September
(C) Last year
(D) Two years before

Quand a eu lieu la précédente hausse des tarifs ?
(A) Mardi
(B) En septembre
(C) L'année dernière
(D) Deux ans auparavant

Réponse (D)

3 By how much will electricity increase?
(A) 7.3%
(B) 12.5%
(C) 15%
(D) 76%

De combien l'électricité va-t-elle augmenter?
(A) 7,3 %
(B) 12,5 %
(C) 15 %
(D) 76 %

Réponse (B)
La réponse (A) donne le pourcentage d'augmentation pour les foyers qui utilisent deux énergies.

4 What does Mr. Guzman mean when he says "We held off increasing prices for as long as possible" in the last paragraph?
(A) They tried to decrease the price.
(B) They will certainly increase the price of fuel.
(C) They delayed the increase.
(D) They don't want to announce the price increase.

Que veut dire M. Guzman par « We held off increasing prices for as long as possible » dans le dernier paragraphe?
(A) Ils ont essayé de diminuer le tarif.
(B) Ils vont sans doute augmenter le tarif de l'énergie.
(C) Ils ont retardé la hausse.
(D) Ils ne veulent pas annoncer la hausse de tarif.

Réponse (C)
Hold off = delay : retarder.

Les exercices 7 et 8 se rapportent à l'invitation suivante.

Chers Amis,
Vous êtes cordialement invités à assister à un dîner de célébration le mardi 7 avril au Birmingham Graduate Club.
Quelle est la raison de cette célébration? Golden Voices, le groupe vocal a capella primé, fête ses 10 ans d'existence. De plus, nous souhaitons présenter notre nouveau mécène, dont nous révélerons l'identité lors de cet évènement spécial.
Réception à 18h sur la terrasse du jardin suivie d'un dîner à 19h dans le salon Platinum.
Golden Voices donnera un mini concert entre le plat principal et le dessert.
Si vous souhaitez participer, merci de confirmer votre présence d'ici le 1er avril.
Appelez Morgane au 555-753-5357 ou écrivez à goldenvoices@birmingham.edu. Le nombre de places est limité!

Exercice 7 Le vocabulaire

▶ *Énoncé p. 183*

assister à – **attend** ; récompensé – **award-winning** ; mécène – **sponsor** ; terrasse – **patio** ; plats – **courses**

Exercice 8 La compréhension

▶ *Énoncé p. 183*

1 What should you do if you wish to attend the dinner?
(A) Arrive at 6 P.M.
(B) Book a restaurant
(C) Inform the organizer
(D) Be prepared to sing

Que doit-on faire si on veut assister au dîner?
(A) Arriver à 18h
(B) Réserver un restaurant
(C) Informer l'organisateur
(D) Être prêt à chanter

Réponse (C)
« RSVP » implique une demande de confirmation.

2 What surprise is planned?
(A) A prize will be awarded.
(B) A vocal group will sing.
(C) A name will be announced.
(D) A special guest will speak.

Quelle surprise est prévue?
(A) Un prix sera décerné.
(B) Un groupe vocal chantera.
(C) Un nom sera annoncé.
(D) Un invité d'honneur parlera.

Réponse (C)
On va dévoiler le nom du nouveau mécène.
En (B), il est vrai que le groupe vocal chantera, mais ce n'est pas une surprise puisque c'est annoncé dans l'invitation.

3 In which of the positions marked [1], [2], [3] and [4] does the following sentence best belong? "What's to celebrate?"
(A) [1]
(B) [2]
(C) [3]
(D) [4]

À quel endroit indiqué par [1], [2], [3] et [4] la phrase suivante s'insère-t-elle le mieux? « What's to celebrate? »
(A) [1]
(B) [2]
(C) [3]
(D) [4]

Réponse (B)
Avant le [2], on indique la date et on évoque la célébration, et après le [2], on explique comment va se dérouler la soirée.

Les exercices 9 et 10 se rapportent au courriel suivant.

De : DRH
À : Cadres
Objet : Séminaire de cohésion d'équipe

Cher tous,

Notre week-end annuel de cohésion d'équipe approche à grands pas. Après le fiasco de l'année dernière, vous serez heureux d'apprendre que cette année nous allons passer le week-end sur la côte !
Nous avons organisé toute une variété d'activités sympas, courir dans les dunes, faire des gâteaux, encore un peu de sport pour brûler les calories accumulées après avoir mangé vos gâteaux ! Je suis certaine que tout le monde va bien s'amuser cette année.
Apportez une tenue de soirée pour le dîner du samedi, qui aura lieu au très huppé Atlantic City Carrington Resort. Veuillez aussi noter que de petites activités sportives sont au programme, apportez donc des vêtements adéquats pour le reste du week-end.
Vous trouverez ci-joint le planning du week-end.
Si vous avez des restrictions alimentaires ou des questions, n'hésitez pas à passer à mon bureau.
Helen

Exercice 9 Le vocabulaire

▶ *Énoncé p. 184*

(...) After last year's **fiasco**, you will be pleased to learn that this year we will be spending the weekend at the coast! (...)
Please bring formal **attire** for the Saturday evening dinner, which will be hosted at the very exclusive Atlantic City Carrington Resort.
Also note that some light sporting activities are planned, so bring **appropriate** clothing for the rest of the weekend.
Please find attached the **schedule** for the weekend.
If you have any **dietary** restrictions or any questions, please feel free to drop by my office.

Exercice 10 La compréhension

▶ *Énoncé p. 184*

1 Who probably received this e-mail?
(A) Only Helen's department
(B) All the employees in the company
(C) All the managers of the company
(D) Only the team members of one department

Qui a probablement reçu ce courriel ?
(A) Uniquement le service d'Helen
(B) Tous les employés de l'entreprise
(C) Tous les cadres de l'entreprise
(D) Uniquement les membres d'un service

Réponse **(C)**
On trouve la réponse dans l'en-tête du courriel.

2 What is implied about last year's event?
(A) Everybody enjoyed it.
(B) It was held on the coast.
(C) It was the first time they had a team-building event.
(D) It was a disaster.

Que sous-entend-on à propos de l'événement de l'année dernière ?
(A) Tout le monde l'a apprécié.
(B) Il s'est déroulé sur la côte.
(C) C'était la première fois qu'ils organisaient un séminaire de cohésion d'équipe.
(D) C'était un désastre.

Réponse **(D)**
Fiasco : désastre.

3 What will participants need to bring?
(A) Formal clothing
(B) The schedule
(C) Baking ingredients
(D) Sports equipment

Que devront apporter les participants ?
(A) Une tenue de soirée
(B) Le planning
(C) Des ingrédients pour faire la cuisine
(D) Du matériel pour le sport

Réponse **(A)**
Formal attire : tenue de soirée.
En (D), ce n'est pas du matériel qu'ils devront apporter, mais des vêtements de sport.

4 What does Helen mean when she says "feel free to drop by" at the end of the e-mail?
(A) Come to see me when you like.
(B) Please make an appointment to see me.
(C) Please bring me a document.
(D) Stop all work when you like.

Que veut dire Helen par « feel free to drop by » à la fin du courriel ?
(A) Passez me voir quand vous voulez.
(B) Prenez rendez-vous pour me voir.
(C) Apportez-moi un document.
(D) Arrêtez de travailler quand vous voulez.

Réponse **(A)**
Feel free : n'hésitez pas ; ***drop by :*** passer.

Les exercices 11 à 13 se rapportent au ticket de caisse et au questionnaire suivants.

1. Ticket de caisse

Supermarché Buy Better	
Lait, 3,8 l	2,32 $
Fromage à tartiner	1,25 $
Pizza surgelée	
3@4,20 $	12,60 $
Pommes Gala, 500 g	0,60 $
Aubergine	1,99 $
Courgette	0,99 $
Nettoyant douche	3,55 $
Sous-total	23,30 $
Livraison	5,00 $
Total	28,30 $
(Le total comprend 2,11 $ de TVA)	

2. Questionnaire

Service de livraison Supermarché Buy Better

Merci de prendre le temps de répondre à ce questionnaire. Votre retour est précieux et nous aidera à améliorer notre service.

1. Est-ce que c'était votre première commande ?			(Oui)	Non
2. Combien avez-vous dépensé ?			28,30 $	
3. Êtes-vous satisfait de la qualité des fruits et légumes ?			(Oui)	Non
4. Êtes-vous satisfait de la qualité de la viande ?			Oui	Non
5. Êtes-vous satisfait de la qualité des produits laitiers ?			(Oui)	Non
6. Trouvez-vous qu'il y a assez de créneaux de livraison ?			(Oui)	Non
7. Quel créneau avez-vous choisi ?			17-18h	
8. La livraison était-elle...	En avance ?	À l'heure ?	(Un peu en retard ?)	Très en retard ?
Note globale :	Très satisfait	Satisfait	(Pas vraiment satisfait)	Très insatisfait

Commentaires : *Ma commande comprenait des articles sensibles à la température. Quand la livraison est arrivée (en retard), ils étaient déjà en train de décongeler, je ne pouvais donc pas les mettre au congélateur. Heureusement ils étaient pour le repas du soir, alors j'ai pu les utiliser de suite. La livreuse a expliqué qu'elle était en retard à cause des bouchons, ce qui arrive, mais je trouve que le conditionnement était inadéquat. En plus, les pommes manquaient dans ma commande. Sinon, les produits étaient de bonne qualité.*

Facultatif
Nom: Anita Kerkhoven
Adresse mail : anita.kerkhoven@wspc.com
Les clients qui nous donnent leurs nom et adresse courriel recevront un bon de 5 $ à valoir sur la prochaine livraison.

Exercice 11 Lire en diagonale

▶ *Énoncé p. 185*

1 La livraison n'est pas offerte, elle coûte 5 $ (sur ticket de caisse).
2 Globalement, la cliente n'est pas très satisfaite, elle a coché ***somewhat unsatisfied***.

Exercice 12 Le vocabulaire

▶ *Énoncé p. 186*

courgette – **zucchini** ; décongeler – **defrost** ; fruits et légumes – **produce** ; laitier – **dairy** ; aubergine – **eggplant** ; un peu – **somewhat**

Exercice 13 La compréhension

▶ *Énoncé p. 186*

1 What is the purpose of the first document?
(A) To give a recipe
(B) To ask for payment
(C) To give proof of purchase
(D) To confirm receipt of goods

Quel est l'objectif du premier document ?
(A) Donner une recette
(B) Demander un paiement
(C) Donner une preuve d'achat
(D) Confirmer la réception de la marchandise

Réponse (C)
(A) Attention à ne pas confondre ***receipt*** (ticket de caisse) et ***recipe*** (recette) !

2 How much did Anita spend on frozen food?
(A) $4.20
(B) $12.60
(C) $16.80
(D) $23.30

Combien Anita a-t-elle dépensé en produits surgelés ?
(A) 4,20 $
(B) 12,60 $
(C) 16,80 $
(D) 23,30 $

Réponse (B)
3 pizzas à 4,20 $ chacune.

3 Why didn't Anita answer question 4?
(A) She was not happy with the meat.
(B) She hasn't eaten the meat yet.
(C) She didn't buy any meat.
(D) She didn't receive the meat she ordered.

Pourquoi Anita n'a-t-elle pas répondu à la question 4 ?
(A) Elle n'était pas satisfaite de la viande.
(B) Elle n'a pas encore mangé la viande.
(C) Elle n'a pas acheté de viande.
(D) Elle n'a pas reçu la viande qu'elle avait commandée.

Réponse (C)
On peut constater sur le ticket de caisse qu'elle n'a pas acheté de viande.

4 What was NOT a problem?
(A) The amount of fruit delivered
(B) The punctuality of the delivery
(C) The state of the pizzas
(D) The quality of the dairy products

Qu'est-ce qui n'était PAS un problème ?
(A) La quantité de fruits livrée
(B) La ponctualité de la livraison
(C) L'état des pizzas
(D) La qualité des produits laitiers

Réponse (D)
(A) Elle n'a pas reçu les fruits commandés (pommes), on peut donc dire que c'était un problème.

5 What does Anita suggest about the delivery service?
(A) The delivery should not have been late.
(B) The products were not protected well enough.
(C) There were not enough delivery times.
(D) The delivery cost is too high.

Que suggère Anita au sujet du service de livraison ?
(A) La livraison n'aurait pas dû être en retard.
(B) Les produits n'étaient pas assez protégés.
(C) Il n'y avait pas assez de créneaux de livraison.
(D) Les frais de livraison sont trop élevés.

Réponse (B)
Elle ne dit rien sur les frais de livraison, mais elle dit ***the packaging was inadequate***.
(A) Elle dit que ça peut arriver.

Les exercices 14 et 15 se rapportent au planning et au courriel suivants.

1. Planning

Service informatique – journée de formation
Jeudi 17 avril

8h30-9h	Café de bienvenue et programme de la journée avec le chef du service informatique	
9h-10h45	Choisir le bon logiciel pour votre client	Jack Staub
Pause-café		
11h-12h30	Atelier – Comprendre le cahier des charges du client	Alison Mumraz
Déjeuner au restaurant d'entreprise		
14h-16h	Atelier – La programmation pratique	Romano Vargas
16h-17h	Retours et questions	Meg Cherwell

2. Courriel

De : Meg Cherwell
À : Personnel du service informatique

Bonjour à tous,
Comme vous le savez, notre journée de formation trimestrielle se déroule demain. Cependant, quelques modifications ont été apportées au planning distribué récemment.
Le café de bienvenue sera animé par moi-même, comme prévu. Mais il commencera 15 minutes plus tard, ce qui aura un impact sur toute la matinée. Les évènements de l'après-midi auront lieu aux heures prévues, et ceci à partir de la fin du déjeuner.
Étant donné que la femme de Romano Vargas vient d'accoucher de leur premier enfant (félicitations, Romano !), c'est Jack Staub qui va animer son atelier, en plus de sa propre présentation.
Bonne soirée et à demain, bon pied bon œil !
Meg

Exercice 14 Lire en diagonale

▶ *Énoncé p. 187*

1 Le café de bienvenue commencera un quart d'heure plus tard que prévu et Jack remplacera Romano pour l'atelier du début d'après-midi.
2 Deux pauses sont prévues, à 10h45 et à 12h30.

CORRIGÉS

Exercice 15 La compréhension

▶ *Énoncé p. 187*

1 Who is head of the IT department?
(A) Jack Staub
(B) Alison Mumraz
(C) Romano Vargas
(D) Meg Cherwell

Qui dirige le service informatique ?
(A) Jack Staub
(B) Alison Mumraz
(C) Romano Vargas
(D) Meg Cherwell

Réponse (D)
Selon le planning, c'est le chef de service qui accueillera le personnel et, dans son courriel, Meg dit que c'est elle qui le fera.

2 How many training days per year does the company provide?
(A) 1
(B) 2
(C) 3
(D) 4

Combien de jours de formation l'entreprise propose-t-elle par an ?
(A) 1
(B) 2
(C) 3
(D) 4

Réponse (D)
On précise que les jours de formation ont lieu trimestriellement ***(quarterly)***.

3 Which activity will be shorter than planned?
(A) Jack Staub's presentation
(B) Lunch
(C) The programming workshop
(D) The feedback session

Quelle activité sera plus courte que prévu ?
(A) La présentation de Jack Staub
(B) Le déjeuner
(C) L'atelier sur la programmation
(D) La session de retours

Réponse (B)
Dans le courriel, on peut lire que la matinée sera entièrement décalée mais l'après-midi commencera à l'heure ; on peut en déduire que le déjeuner sera écourté.

4 Who will give the afternoon workshop?
(A) Jack Staub
(B) Alison Mumraz
(C) Romano Vargas
(D) Meg Cherwell

Qui animera l'atelier de l'après-midi ?
(A) Jack Staub
(B) Alison Mumraz
(C) Romano Vargas
(D) Meg Cherwell

Réponse (A)
Il était prévu que Romano l'anime, mais Jack va le remplacer.

5 In document 2, second paragraph, the expression "on schedule" is closest in meaning to:
(A) delayed
(B) scheduled
(C) as planned
(D) estimated

Au 2e paragraphe du document 2, le sens de l'expression « on schedule » se rapproche de :
(A) retardé
(B) planifié
(C) comme prévu
(D) estimé

Réponse (C)
On schedule veut généralement dire « à l'heure ».

Les exercices 16 à 18 se rapportent à l'article et à la brochure suivants.

1. Article

Le groupe Gryphon Condominium va inaugurer un nouveau complexe d'appartements
Par Dawne Cooley

Le Groupe Gryphon Condominium, l'un des plus grands consortiums de promotion immobilière du centre-ville de Miami, a annoncé l'inauguration de son dernier complexe d'appartements. Le complexe immobilier d'Orange Grove sera présenté au public vendredi en présence du maire de Miami.
Acteur déjà incontournable du secteur de la construction immobilière visant principalement les jeunes cadres dynamiques et les primo-accédants, Gryphon a annoncé que son dernier complexe ciblait un nouveau concept.
« L'avenir est aux logements basse consommation » a déclaré Gina Hidalgo, l'architecte en chef du groupe Gryphon.
« Nous avons essayé de construire un endroit à la fois ergonomique et convivial, avec toutes les options de mode de vie qu'un acheteur peut associer aux biens immobiliers conçus par Gryphon. Il y a donc une marina et un club-house, mais nous avons aussi complètement repensé l'approvisionnement énergétique des installations, dans le respect de notre démarche pour les économies d'énergie.
Les panneaux solaires, les éoliennes et l'énergie géothermique font partie de nos réponses.
Avec l'expansion actuelle du marché de l'immobilier de centre-ville pour les commerces et le logement individuel, il est certain qu'il y a une plus forte demande de logements à faible consommation énergétique pour la climatisation en raison des conditions climatiques extrêmes que l'on rencontre à Miami. Gryphon est bien placé pour devenir l'acteur majeur d'un secteur lucratif qui ne montre aucun signe de ralentissement.

2. Brochure

La résidence Orange Grove – L'immobilier haut de gamme dans le centre-ville de Miami
Le Groupe Gryphon vous invite à venir voir leur nouveau projet !

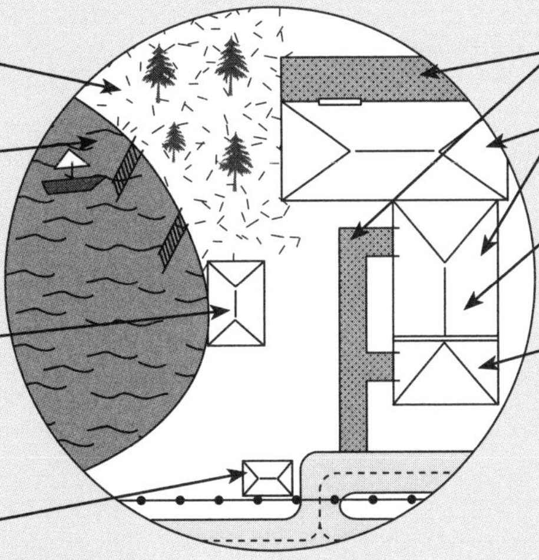

Pour vous renseigner, appelez le 555-554-5454
5863 Orange Grove Boulevard, MIAMI 09800

Exercice 16 Lire en diagonale

▶ *Énoncé p. 188*

1 Le document 2 est un dépliant pour un nouveau complexe d'appartements.
2 Gina Hidalgo est l'architecte du projet.

Exercice 17 Le vocabulaire

▶ *Énoncé p. 189*

revealed – **unveiled**; mainly – **primarily**; completely – **altogether**; accommodation – **housing**; harsh – **rigorous**; renter – **tenant**

Exercice 18 La compréhension

▶ *Énoncé p. 189*

1 What sort of company is Gryphon Condominium Group?
(A) A real estate agency
(B) A property developer
(C) An architecture consultancy
(D) A homeowner association

Quel type d'entreprise est le groupe Gryphon Condominium ?
(A) Une agence immobilière
(B) Un promoteur immobilier
(C) Un cabinet-conseil en architecture
(D) Une association de propriétaires

Réponse (B)

2 How is water heated for the apartments?
(A) By burning wood
(B) By the wind
(C) By the sauna
(D) By the sun

Comment l'eau des appartements est-elle chauffée ?
(A) En brûlant du bois
(B) Par le vent
(C) Par le sauna
(D) Par le soleil

Réponse (D)
On trouve la réponse à cette question sur la brochure : ***solar panels on roofs for hot water***.

3 What is NOT true according to the article?
(A) The Mayor will be present at the opening.
(B) Gryphon is a new company.
(C) The complex aims at using a minimum of energy.
(D) The complex is in the center of Miami.

Quelle information n'est PAS vraie selon l'article?
(A) Le maire assistera à l'inauguration.
(B) Gryphon est une société nouvelle.
(C) L'objectif du complexe est d'utiliser le moins d'énergie possible.
(D) Le complexe se situe dans le centre de Miami.

Réponse (B)
Le mot ***newest*** et l'expression ***already major players in the market*** dans le 1er paragraphe du document 1 indiquent que la société Gryphon existait avant la construction du complexe immobilier décrit dans l'article.

CORRIGÉS

4 According to the brochure, where is the clubhouse?
(A) Next to the fitness center
(B) In the middle of the park
(C) Opposite the entrance
(D) By the marina

Selon la brochure, où se trouve le club-house ?
(A) À côté de la salle de sport
(B) Au milieu du parc
(C) En face de l'entrée
(D) À côté de la marina

Réponse **(D)**

On le constate en regardant le plan.

5 In document 1, last paragraph, the word "lucrative" is closest in meaning to:
(A) declining
(B) profitable
(C) sensitive
(D) renewable

Dans le dernier paragraphe du document 1, le mot « lucrative » se rapproche le plus du sens de :
(A) déclinant
(B) rentable
(C) sensible
(D) renouvelable

Réponse **(B)**

Les exercices 19 à 21 se rapportent au courrier et à la facture suivants.

1. Courrier

Numéro de police : 256 B O392
Nom de l'assuré : ABD Services Ltd
Adresse du bien assuré : 2 Geese St, Miami

Date : le 9 février

Monsieur Hendricks,

Ce courrier a pour objet de demander le remboursement intégral des locaux de notre entreprise détruits le 10 août lors d'un incendie. La valeur totale des réparations et des objets qui ont été déclarés hors d'usage est de 380 000 $. Comme vous le savez, nous avons répondu à chaque demande de renseignement. Nous vous avons laissé inspecter nos locaux à de nombreuses reprises et nous avons coopéré pleinement en vous fournissant les documents liés à nos pertes.

Nous comprenons que la politique de Florida Union est de ne pas déclencher le remboursement avant que nous ayons racheté chaque objet et fourni les reçus. Cependant, nous souhaitons vivement mettre cette expérience douloureuse derrière nous pour nous rétablir et reprendre notre activité. Le fait de devoir remettre sans cesse des reçus à votre compagnie et d'attendre le remboursement nous semble injustement chronophage et complexe dans notre situation actuelle.

Aussi, nous demandons à Florida Union de nous verser une somme globale d'avance plutôt que de rembourser chaque objet racheté. J'attends une réponse de Florida Union dans les meilleurs délais. Merci de votre coopération à ce sujet.

Cordialement,

Michelle Micelli, présidente de ABD Services Ltd

2. Police d'assurance

Florida Union
St Petersburg
Numéro de police : 256 B O392
Période de police : Du 03/15/20-- au 03/14/20--

Assuré(e) : ABD Services Ltd, 2 Geese St. Miami
Locaux couverts par la police d'assurance : comme indiqué ci-dessus

La couverture est garantie si le paiement est reçu avant ou à la date de renouvellement de la police.
Cette police ne couvre pas les inondations.

COUVERTURE SECTION 1 :	
A. Bâtiment	250 000 $
B. Autres structures	néant
C. Contenu	125 000 $
D. Perte d'usage	56 000 $
COUVERTURE SECTION 2 :	
A. Responsabilité civile (couverture pour blessures corporelles et dommages matériels subis par des tiers à votre domicile)	100 000 $
B. Frais médicaux (voir annexe)	10 000 $
ÉVALUATION DU PRÉJUDICE :	1 000 $
PRIME ANNUELLE :	1 680 $
La couverture a été augmentée afin de tenir compte des frais de remplacement en hausse. Votre changement de prime est :	+ 230 $

Exercice 19 Lire en diagonale

▶ Énoncé p. 190

1 M. Hendricks est l'agent d'assurance de Mme Micelli.
2 La société de Mme Micelli a subi un incendie le 10 août.
3 La société de M. Hendricks met du temps à indemniser Mme Micelli.

Exercice 20 Le vocabulaire

▶ Énoncé p. 191

chronophage, très long – **time consuming** ; retenir – **hold back** ; jugé, estimé – **deemed** ; à l'avance – **upfront** ; dans les meilleurs délais – **timely** ; versement unique – **lump sum**

Exercice 21 La compréhension

▶ Énoncé p. 191

1 What type of business is Florida Union?
(A) A medical center
(B) A consultancy firm
(C) An insurance company
(D) A real estate company

Quel type d'entreprise est Florida Union ?
(A) Un centre médical
(B) Un cabinet-conseil
(C) Une compagnie d'assurance
(D) Une agence immobilière

Réponse (C)
On le déduit grâce aux mots ***insured*** et ***insurance*** dans les en-têtes des deux documents.

2 How long has Ms. Micelli been waiting for payment?
(A) About 2 months
(B) About 6 months
(C) About 9 months
(D) About one year

Depuis combien de temps Mme Micelli attend-elle un paiement ?
(A) Environ 2 mois
(B) Environ 6 mois
(C) Environ 9 mois
(D) Environ 1 an

Réponse (B)
L'incendie a eu lieu en août et la lettre date de février.

3 How does Ms. Micelli probably feel?
(A) relieved
(B) angry
(C) reassured
(D) sincere

Comment Mme Micelli se sent-elle probablement ?
(A) soulagée
(B) en colère
(C) rassurée
(D) sincère

Réponse (B)
La teneur du courrier et la formule ***timely response*** (dans les meilleurs délais) permettent d'affirmer que Mme Micelli est en colère.

4 How much did Ms. Micelli pay for the insurance?
(A) $230
(B) $1000
(C) $1680
(D) $2680

Combien Mme Micelli a-t-elle payé l'assurance ?
(A) 230 $
(B) 1 000 $
(C) 1 680 $
(D) 2 680 $

Réponse (C)
En (A), c'est le montant de l'augmentation de la prime de cette année.
(B) est une couverture comprise dans l'assurance.

5 What is NOT covered by the insurance policy?
(A) Flood damage
(B) Medical payments
(C) Damage to the building
(D) Damage to contents

Qu'est-ce qui N'EST PAS couvert par l'assurance ?
(A) Les dégâts causés par une inondation
(B) Les frais médicaux
(C) Les dégâts causés au bâtiment
(D) Les biens endommagés

Réponse (A)
Au début du document 2, on peut lire ***flood coverage is not provided***. Tous les autres postes sont couverts par l'assurance.

Les exercices 22 à 24 se rapportent à la discussion en ligne, à la notice et au commentaire suivants.

1. Discussion en ligne

– Bonjour, je m'appelle Anita. Que puis-je faire pour vous aider aujourd'hui ?
– Bonjour, j'utilisais ma machine à café Brewster quand elle s'est arrêtée de fonctionner.
– Pouvez-vous me dire exactement ce qui s'est passé ?
– J'ai mis le café, puis j'ai versé l'eau. Quand j'ai essayé de la mettre en marche, la lumière ne s'est pas allumée.
– Avez-vous vérifié si la machine était branchée ?
– Oui, c'est le cas.
– Et vous avez bien mis le café avant l'eau ?
– Oui.
– Avez-vous nettoyé le filtre ? Il faut le nettoyer de temps en temps.
– Non, je ne savais pas qu'il fallait le faire. Ce n'est pas mentionné dans la notice.
– Je suis désolée, nous avons eu tout un lot avec la mauvaise notice. Vous avez dû en acheter une de ce lot. Si vous scannez et nous envoyez par courriel une copie de votre garantie, vous serez remboursé intégralement.
– Je préfèrerais un échange.
– C'est possible si vous nous en faites la demande par lettre recommandée.
– D'accord, merci pour votre aide.
– Je vous en prie.

2. Notice

Notice - Machine à café Brewster

Comment faire un excellent café :
1) Mettez la bonne quantité de café dans le récipient.
2) Ajoutez la quantité d'eau qui convient. Ne pas dépasser la ligne rouge.
3) Appuyez sur le bouton.
4) Attendez quatre minutes et buvez votre délicieux café Brewster !

Consignes de sécurité

Pour le nettoyage, essuyez avec un chiffon doux. Ne pas immerger dans l'eau.
Ne pas utiliser si le câble est endommagé.
Ne pas essayer d'ouvrir le socle.
Utiliser dans un endroit bien ventilé.
La garantie de 2 ans s'annule automatiquement si les consignes de sécurité ne sont pas respectées.

3. Commentaire

**** étoiles

J'ai donné 4 étoiles sur 5 au SAV de Brewster. La personne du SAV qui m'a aidé était polie et efficace. Elle a trouvé une solution presque immédiatement. J'ai enlevé un point simplement parce que j'ai trouvé cela curieux que la société propose d'emblée un remboursement au lieu d'un échange. Si vous voulez remplacer un article défectueux, il faut en faire la demande par lettre recommandée, ce qui n'est pas gratuit bien sûr. Mais j'ai choisi cette solution parce que j'étais très satisfait du produit. J'attends qu'on me le livre.

Exercice 22 Lire en diagonale

▶ *Énoncé p. 192*

1 Il s'agit d'un processus de SAV lié à un problème de machine à café.

2 Les interlocuteurs sont la personne du SAV et un client.

Exercice 23 Le vocabulaire

▶ *Énoncé p. 193*

Brewster Coffee Maker Manual

(...)
1) Place the correct amount of coffee in the **recipient**.
2) Add the appropriate quantity of water. Do not **exceed** the red line.
(...)
To clean, **wipe** gently with a soft cloth. Do not submerge in water.
Do not use if cord is damaged.
Do not **attempt** to open base.
Use in well-ventilated area.
2-year warranty will automatically become **void** if these safety instructions are not followed.

Exercice 24 La compréhension

▶ Énoncé p. 193

1 What caused the problem?
(A) The client put the water in first.
(B) The client put too much water in.
(C) The client didn't clean part of the machine.
(D) The client didn't plug in the machine.

Qu'est-ce qui a causé le problème ?
(A) Le client a mis l'eau en premier.
(B) Le client a mis trop d'eau.
(C) Le client n'a pas nettoyé une partie de la machine.
(D) Le client n'a pas branché la machine.

Réponse (C)
Le client n'a pas nettoyé le filtre car ce n'était pas indiqué dans la notice.

2 Which of the following actions will NOT cancel the warranty?
(A) Trying to open the machine.
(B) Using the machine when it is damaged.
(C) Using the machine in an enclosed space.
(D) Wiping the machine.

Parmi les actions suivantes, laquelle n'annulera PAS la garantie ?
(A) Essayer d'ouvrir la machine.
(B) Utiliser la machine quand elle est endommagée.
(C) Utiliser la machine dans un espace clos.
(D) Essuyer la machine.

Réponse (D)
Essuyer la machine fait même partie des instructions.

3 Why did the client give a less than perfect score?
(A) The helpdesk staff member was rude.
(B) He didn't want to spend money.
(C) He was not happy with the coffee maker.
(D) He found the process too long.

Pourquoi le client n'a-t-il pas donné la meilleure note ?
(A) Le membre du SAV n'était pas poli.
(B) Il ne voulait pas dépenser d'argent.
(C) Il n'était pas satisfait de la machine à café.
(D) Il a trouvé le processus trop long.

Réponse (B)
Il faut envoyer une lettre recommandée pour faire un échange, ce qui coûte de l'argent.

4 What will probably happen next?
(A) The client will receive a package.
(B) The client will receive a refund.
(C) The client will receive a registered letter.
(D) The client will scan a warranty card.

Que se passera-t-il probablement ensuite ?
(A) Le client recevra un paquet.
(B) Le client sera remboursé.
(C) Le client recevra une lettre recommandée.
(D) Le client scannera une carte de garantie.

Réponse (A)
Le client a choisi l'échange ***(I chose that option)*** et attend que l'objet soit livré.

5 In the review, the word "faulty" is closest in meaning to:
(A) guilty
(B) expensive
(C) defective
(D) undelivered

Dans le commentaire, le sens du mot « faulty » se rapproche le plus de :
(A) coupable
(B) cher
(C) défectueux
(D) non-distribué

Réponse (C)

Les exercices 25 à 27 se rapportent au formulaire d'inscription, au courriel et à la pièce jointe suivants.

1. Formulaire d'inscription

23e Festival International du Film d'enfance de Hamelin

TAPER OU ÉCRIRE LISIBLEMENT. REMPLIR TOUTES LES SECTIONS EN ENTIER

Vous pouvez télécharger le formulaire en ligne sur www.hicff.org.

DESCRIPTION

Titre du film en anglais : ....*The Secret Bear*..

Titre original (si différent) : ......*L'ours secret*.. Langue du titre : ....*Français*......

Pays : ....*France*...................................... Durée : ......*73 mins*...................... Année : ......*2018*.........

Langue principale de dialogue ou de narration : ....

Si autre que l'anglais, cocher : ☐ sous-titré en anglais ☒ aucun dialogue ni narration

Cocher : ☒ animation ☐ fiction ☐ reportage

Cocher : ☐ long-métrage (>60 min) ☐ moyen-métrage film (30-60 min) ☐ court-métrage (<30 mins) ☐ mini film (<3 minutes)

La tranche d'âge prévue pour le public de ce film est : ☐ 0-5 ☒ 6-12 ☐ 13-17 ☐ 18 et plus

Synopsis : *Alex, 12 ans, dort encore la nuit avec son ours en peluche. Croyant que ses amis vont le trouver puéril, il cache l'ours tous les matins dans le placard. Ceci est l'histoire des aventures de l'ours Boris dans le placard.*

Coordonnées du réalisateur : *Marjorie Stark*

9 rue Verte, Avignon, France

En signant ce document, la personne qui soumet la présente inscription au HICFF reconnaît qu'elle détient la permission de le faire et qu'elle a lu, compris et accepte les directives et la règlementation du HICFF.

x.................. *(signature)* .... *20/12/2018* .... *Marjorie Stark* ....

PARTICIPANT Date Nom en toutes lettres

2. Courriel

De : HICFF
À : Marjorie Stark
Objet : Participation au festival

Chère Mme Stark,

Nous vous remercions de votre participation au Festival International du Film d'enfance de Hamelin cette année. Le niveau était très élevé cette année et nous avons le regret de vous informer que votre film ne figure pas au palmarès du festival.

Veuillez trouver ci-joint les commentaires du président du jury sur votre film. Ces commentaires seront publiés dans le prochain numéro de la revue allemande *International Film Review* sauf avis contraire de votre part.

Nous vous encourageons à vous inscrire à nouveau pour le prochain festival dans deux ans. Et veillez à bien remplir tout le formulaire la prochaine fois !

Cordialement,

Enid Walonka,
Programmatrice du festival

3. Commentaire

Titre : L'ours secret

Réalisateur : Marjorie Stark

Commentaires : Un film d'animation tout à fait charmant sur le thème de la nostalgie et de la culpabilité liée aux jouets de l'enfance. L'animation image par image est plus que réussie, l'histoire est délicieuse. Ma principale critique est que l'œuvre aurait mieux fonctionné en tant que court-métrage. Mis à part cette erreur de jugement sur la durée, la façon de raconter l'histoire est magique et même crédible. Au vu des œuvres précédentes du même réalisateur, en animation et avec de vrais acteurs, je crois que l'on peut s'attendre à un excellent travail à l'avenir.

Exercice 25 Lire en diagonale

▶ *Énoncé p. 193*

1 Il s'agit d'un film présenté à la sélection d'un festival de cinéma.
2 Selon le courriel, l'auteur du troisième document est le président du jury du festival.
3 Le prochain festival aura lieu dans deux ans (c'est annoncé à la fin du courriel).

Exercice 26 Le vocabulaire

▶ *Énoncé p. 195*

ci-joint – **attached**; charmant – **delightful**; culpabilité – **guilt**; précédent – **previous**; erreur de jugement – **misjudgment**; numéro (d'un magazine) – **issue**; à moins que – **unless**

Exercice 27 La compréhension

▶ *Énoncé p. 195*

1 What language is the film in?

(A) No language
(B) English
(C) French
(D) German

Dans quelle langue est tourné le film ?
(A) Pas de langue
(B) Anglais
(C) Français
(D) Allemand

Réponse (A)
La case ***no dialogue or narration*** est cochée. Le titre original du film est français et c'est la revue de cinéma qui est en allemand.

2 What category of film is Ms. Stark presenting?
(A) A micro film
(B) A short film
(C) A mid-length film
(D) A feature film

Quelle catégorie de film Mme Stark présente-t-elle ?
(A) Un mini film
(B) Un court-métrage
(C) Un moyen métrage
(D) Un long métrage

Réponse (D)
Bien qu'elle ait oublié de cocher cette case, la durée du film (73 minutes) le classe parmi les longs métrages.

3 What does Ms. Walonka suggest Ms. Stark do?
(A) Publish the judge's comments
(B) Contact the judge for more information
(C) Enter the competition again
(D) Refuse the publication of the judge's comments

Que suggère Mme Walonka à Mme Stark ?
(A) Publier les commentaires du jury
(B) Contacter le jury pour plus d'informations
(C) Se présenter à nouveau au festival
(D) Refuser la publication des commentaires du jury

Réponse (C)
Elle dit à la fin du courriel : ***We encourage you to enter again***.

4 What is implied about Ms. Stark?

(A) That she has a good future as a film-maker
(B) That she does not know how to tell a story
(C) That she won a place in the competition
(D) That she should change animation technique

Qu'est-ce qui est sous-entendu à propos de Mme Stark ?
(A) Elle a un bel avenir dans la réalisation.
(B) Elle ne sait pas raconter une histoire.
(C) Elle a gagné une place dans le concours.
(D) Elle devrait changer de technique d'animation.

Réponse (A)
Le commentaire du jury est plutôt élogieux.
(C) Au contraire, le courriel dit que son film n'est pas au palmarès.

5 What did the judge say about the film?
(A) The animation was acceptable at best.
(B) The film was too long.
(C) It was a live-action film.
(D) It was the director's first film.

Qu'a dit le jury à propos du film ?

(A) L'animation était tout juste acceptable.
(B) Le film était trop long.
(C) C'était un film avec de vrais acteurs.
(D) C'était le premier film de la réalisatrice.

Réponse (B)
Le jury parle d'une erreur de jugement sur la durée (***timing :*** minutage) et qu'il aurait mieux fonctionné en tant que court-métrage.

Les exercices 28 à 30 se rapportent au menu, à la critique et au courriel suivants.

1. Menu

Séoul Food Restaurant Coréen

Kalbi	Plat de côte de bœuf premier choix mariné dans la sauce barbecue coréenne. Accompagné de riz et de légumes.	9,95
Bilgogi	Faux-filet de bœuf premier choix tranché finement et mariné dans la sauce barbecue coréenne. Accompagné de riz et de légumes.	8,95
Taktoritang	Poulet épicé et pommes de terre braisées servi avec du riz.	8,95
Jap chae	Poêlée de nouilles servies avec des champignons.	6,95
Fried Mandoo	Raviolis frits avec leur sauce trempette épicée.	5,95
Mandoo soup	Soupe épicée aux raviolis avec crevettes et ciboulette.	7,95
BiBimBap	Plat de riz traditionnel coréen. Servi accompagné de 10 garnitures différentes, y compris légumes sautés et un œuf au plat.	7,95
Tous les plats sont accompagnés de kimchee.		
Offre spéciale de découverte (le soir uniquement) : Choisissez trois plats à goûter.		11,95

2. Critique

Séoul Food : Cuisine familiale traditionnelle de Séoul
Theresa Tran, le 6 juin

Séoul Food, le nouveau restaurant coréen du centre-ville, est ouvert depuis maintenant six mois et je m'y suis rendue pour la première fois. Pourquoi si tard ? Il faut souvent un certain temps à un nouveau restaurant pour trouver son rythme, établir une clientèle et caler un menu définitif. Cette fois-ci, je n'aurais pas dû attendre, car depuis son ouverture, j'ai toujours entendu dire que ce restaurant était génial. Je n'ai pas été déçue. Spécialisé dans la cuisine familiale traditionnelle avec laquelle ont grandi tous les enfants coréens, Séoul Food propose des plats simples à base d'ingrédients ultra-frais, préparés avec soin. Pour ceux qui ne connaissent pas la cuisine coréenne, n'hésitez pas à essayer l'offre spéciale, vous ne le regretterez pas. Le rapport qualité-prix est très bon – en effet, vous aurez presque deux fois plus de nourriture qu'un plat simple, pour un supplément modique. Pour mémoire, j'ai pris l'offre spéciale avec la soupe Mandoo, BiBimBap et Kalbi, et la personne qui m'accompagnait a pris le poulet.
Si je devais m'efforcer de faire une critique, ce serait à propos du kimchee. Un restaurant de cette qualité devrait vraiment servir du kimchee maison, bien que ce soit très long à préparer.

3. Courriel

De : Sihoon Jeong
À : Theresa Tran
Date : 7 juin, 18h24

Objet : Votre critique

Chère Mme Tran,

En tant que propriétaire et chef de Séoul Food, je vous écris pour vous remercier de votre critique dans le Melbourne Herald d'hier soir. Déjà, nos réservations ont triplé, comme par magie. Notre nouveau restaurant dépend beaucoup du bouche à oreille pour établir sa réputation, et votre critique va y contribuer.
Néanmoins, il y a un point que je souhaite corriger. En temps normal, notre kimchee est fait maison, mais en raison du cours élevé du chou cet hiver, nous avons été momentanément en rupture de stock. Votre visite est tombée le seul jour où nous avons dû proposer du kimchee de moins bonne qualité. Mais comme un Coréen ne peut pas faire un repas sans kimchee, c'était nécessaire.
Je vous remercie à nouveau pour vos commentaires. J'espère vous revoir bientôt chez Séoul Food.
Cordialement,

Sihoon Jeong

Exercice 28 Lire en diagonale

▶ *Énoncé p. 195*

1 Theresa Tran et Sihoon Jeong sont respectivement critique gastronomique et restaurateur.
2 Le deuxième document est une critique publiée dans un journal.
3 Le restaurateur est globalement satisfait de la critique.

Exercice 29 Le vocabulaire

▶ *Énoncé p. 197*

(...). New restaurants often take some time to find their groove, **establish** a clientele and make their menu definitive. In this case, I need not have waited, as all I have heard about Seoul Food since the **opening** was how good it was. I was not **disappointed** Specializing in comfort food that every Korean child is brought up on, Seoul Food offers simple dishes with ultra-fresh ingredients prepared with care.
For those who are not **familiar** with Korean cuisine, go ahead and try the special offer. (...)
If I had to find one criticism, it would be the kimchee. A restaurant of this **caliber** really should be offering home-made kimchee, as time-consuming as it is to make it.

Exercice 30 La compréhension

▶ Énoncé p. 197

1 What is suggested about the restaurant?
(A) It is inexpensive.
(B) The ingredients are sourced in Korea.
(C) The service is of high quality.
(D) It specializes in sophisticated food.

Que suggère-t-on à propos du restaurant ?
(A) Il n'est pas cher.
(B) Les ingrédients viennent de Corée.
(C) Le service est de grande qualité.
(D) Il est spécialisé dans les plats recherchés.

Réponse (A)
On ne parle pas du service, ni de la provenance des ingrédients. Le restaurant est spécialisé dans la cuisine familiale.

---

2 Why did Mr. Jeong write the e-mail?
(A) To order some kimchee
(B) To complain about a mistake in the review
(C) To justify a decision
(D) To offer a free meal

Pourquoi M. Jeong a-t-il écrit un courriel ?
(A) Pour commander du kimchee
(B) Pour se plaindre d'une erreur dans la critique
(C) Pour justifier une décision
(D) Pour offrir un repas gratuit

Réponse (C)
M. Jeong parle de l'erreur mais ne s'en plaint pas. Il veut expliquer pourquoi il a servi du kimchee de moins bonne qualité.

---

3 How much did Ms. Tran probably pay for her meal?
(A) 8.95
(B) 11.95
(C) Around 20.00
(D) Around 35.00

Combien Mme Tran a-t-elle probablement payé son repas ?
(A) 8,95
(B) 11,95
(C) Environ 20
(D) Environ 35

Réponse (B)
Elle a pris l'offre spéciale et non trois plats séparés.

---

4 What does Ms. Tran mean when she says "I need not have waited" in document 2?
(A) She is happy she didn't go before now.
(B) It was a mistake to wait so long.
(C) She could have gone later.
(D) She needed to wait a little longer.

Que veut dire Mme Tran par « I need not have waited » dans le document 2 ?
(A) Elle est heureuse de ne pas y être allée avant.
(B) C'était une erreur d'attendre si longtemps.
(C) Elle aurait pu y aller plus tard.
(D) Elle voulait attendre un peu plus.

Réponse (B)
Il était inutile d'attendre, c'était un restaurant de qualité dès l'ouverture.

---

5 In text 3, the word "artisanal" in the second paragraph is closest in meaning to:

(A) traditional
(B) mass-produced
(C) authentic
(D) hand-made

Dans le document 3, le sens du mot « artisanal » dans le 2e paragraphe se rapproche le plus de :
(A) traditionnel
(B) produit en masse
(C) authentique
(D) fait maison

Réponse (D)
Même si du fait maison est probablement traditionnel (A) et authentique (C).

PART 7 – VOCABULAIRE

Exercice 1 Les mots à connaître : *At the bank*

▶ *Énoncé p. 198*

1 Money from another country (e.g. yen, rupees, the pound) is called **currency**.
2 A **mortgage** is money you **borrow** from the bank specifically in order to buy a house.
3 When you put money into your account, you make a **deposit**.
4 The bank may refuse to honor an automatic payment if there are not sufficient **funds** in the account.
5 Before you choose a new bank, make sure you check when **extra charges** are incurred.
6 I don't have any money on me. Could you **lend** me some until tomorrow? Or we can drop by an **ATM** to **withdraw** some cash.
7 The easiest way to move money from one account to another is by **money transfer**.
8 (...), you pay back the loan progressively with an **installment** each month.
9 A business will **incur** penalties for being overdrawn.
10 I received my monthly **statement** from the bank this morning and it indicates that I have put aside more **savings** than I thought!
11 The account **balance** is the amount of money in the account, either in the red or in the black.
12 We received **approval** from the bank today to take out a **loan** for some renovations.
13 The employee who works at a bank's front of house is a **bank clerk**.
14 When you move to a new city, we make it easy for you to transfer your bank account to a new **branch**.
15 (...) This is known as an **overdraft**.

Exercice 2 Les familles de mots

▶ *Énoncé p. 198*

1 When he saw how huge the overdraft was, he gave his son **(D) a disapproving** look.
Quand il a vu l'importance du découvert, il a jeté un regard désapprobateur à son fils.

Tip! Il faut un mot qui commence par une consonne pour suivre ***a*** !

2 We are holding our annual **(C) fundraiser** next month to raise money for new hospital equipment.
Le mois prochain, nous organisons notre collecte annuelle pour lever des fonds pour du nouveau matériel hospitalier.
3 My bank offers free banking, as long as you don't go **(C) overdrawn**.
Ma banque propose des services gratuits, du moment qu'on n'est pas à découvert.
4 Banks constitute the majority of mortgage **(B) lenders**, although it is possible to go through a private firm.
La plupart des organismes de prêt sont des banques, bien qu'il soit possible de passer par un organisme privé.
5 I need to find an ATM to make a **(C) withdrawal**.
Je dois trouver un distributeur pour faire un retrait.
6 We are **(B) currently** experiencing a slowdown in check processing.
Nous connaissons actuellement un ralentissement dans le traitement des chèques.
7 For this type of account, you can act as a **(B) depositor** but you may not withdraw money.
Pour ce type de compte, vous pouvez vous constituer déposant, mais vous ne pouvez pas retirer d'argent.
8 The first **(D) installment** is due on the tenth of the month, to be paid by direct deposit.
La première mensualité est payable le dix du mois par virement automatique.
9 Every withdrawal carried out at a rival bank's ATM **(B) incurs** an extra charge of $2.
Tout retrait effectué dans un distributeur d'une autre banque engendrera des frais supplémentaires de 2 $.

Tip! ***Every*** demande un verbe conjugué au singulier

10 Mrs. Lee spent hours **(D) balancing** the company checkbook, only to see that she had forgotten one check.
Mme Lee a passé des heures à faire les comptes du chéquier de la société, pour finalement se rendre compte qu'elle avait oublié un chèque.

Tip! Il faut la forme ***-ing*** dans l'expression ***spend time*** + verbe + ***-ing***.

Exercice 3 Les synonymes

▶ *Énoncé p. 199*

overdrawn – **in the red**; fees – **charges**; bank clerk – **teller**; put aside – **save**; withdraw – **take out**

Exercice 4 Les expressions courantes

▶ *Énoncé p. 199*

cash a check *(encaisser un chèque)*
earn interest *(rapporter des intérêts)*
run up a debt *(s'endetter)*
pay off a loan *(rembourser un prêt)*
pay back a friend *(rembourser un ami)*
put aside some money *(mettre de l'argent de côté)*
get by on very little *(vivre de très peu)*

1 Finally **paying off** a loan makes you feel great!
2 Every month I **put aside** a small amount of money into a savings account where it can **earn** a high rate of interest.
3 If you borrow money from a friend, try to **pay back** all of the money as soon as you can.
4 Is it possible for a family of four to **get by** on the minimum wage?
5 We **ran up** a huge debt last year when we were on holiday in Switzerland.
6 The bank was not able to **cash** my pay check immediately (...).

Exercice 5 Les mots à connaître : *Investments*

▶ *Énoncé p. 200*

1 When a company can no longer pay their debts, they must legally file for **bankruptcy**.
2 A **broker** is a person who buys and sells shares and foreign currencies on the **stock market** for their client.
3 A company's **assets** are the resources it has which have an economic value. On the other hand, the **liabilities** are the money the company owes.
4 There has been a **dramatic** increase in salaries since the economy picked up.
5 A **commodity** is a substance or product which can be traded in large quantities (...).
6 Now is the time to invest in property, before the **interest rate** increases. **Real estate** is a good alternative (...).
7 A new investor should **diversify** their portfolio early on and never invest all their money in one place.
8 Ms. Chang investigated the **yield** of the various financial products before incorporating them into her **portfolio**.
9 The goal of a **speculator** is to make a quick profit (...).
10 The cost of petrol will **skyrocket** as the world's reserves run low.
11 They got full control of the firm when they purchased 59% of the **equity**, (...).
12 February usually sees an improvement in toy sales after the typical post-holiday **slump**.
13 The price of copper is now predicted to **plummet**, exactly the opposite of the recent **boom**, when it rose from $2.57 per pound to $3.19. Analysts expect the price to **level off** at around $2.85.

Exercice 6 Les familles de mots

▶ *Énoncé p. 200*

1 You should contact your **(B) broker** before making any investment decisions.
Vous devriez contacter votre courtier avant de prendre des décisions sur les investissements.

2 One of our biggest **(C) liabilities** is the money we owe the bank.
L'une de nos plus grandes dettes est l'argent que nous devons à la banque.

Tip! Après l'expression ***one of (the/our...)***, il faut un nom au pluriel.

3 We bought our house when **(A) interest** rates were at an all-time low.
Nous avons acheté notre maison au moment où les taux d'intérêt étaient au plus bas.

Tip! Dans un nom composé, le premier nom n'est jamais au pluriel, car il agit comme un adjectif.

4 The price of oil has plummeted **(D) dramatically** since the beginning of the year.
Le cours du pétrole a chuté de façon spectaculaire depuis le début de l'année.

5 My broker recommends **(D) diversification** of your portfolio to avoid losing a lot of money in one go.
Mon courtier conseille de diversifier son portefeuille pour éviter de perdre beaucoup d'argent à la fois.

6 **(B) Speculating** is a risky practice but it can bring large gains.
La spéculation est une activité risquée mais elle peut rapporter des profits élevés.

Tip! Quand un verbe devient le sujet de la phrase (le verbe principal est ***can***), la forme en ***-ing*** s'impose.

7 The **(B) shares** that Acmon Ltd issued yesterday have all been purchased by a single mystery buyer.
Les actions émises hier par Acmon Ltd ont toutes été achetées par un unique acheteur inconnu.

Tip! La phrase demande un nom au pluriel, puisque le verbe est conjugué au pluriel (***have***).

8 That lawsuit nearly **(B) bankrupted** us, but we had made a deal with a partner, which protected our assets.
L'action en justice a failli nous mettre en faillite, mais nous avions un accord avec un partenaire, ce qui a protégé nos actifs.

9 Credit card holders are **(A) liable** for any charge made to their card with their authorization.
Les détenteurs d'une carte de crédit sont responsables de toute somme facturée sur leur carte avec leur accord.

10 When acquiring real estate, examine all documents **(C) properly** to avoid any future problems.
Pour un achat immobilier, examinez bien tous les documents pour éviter tout problème futur.

CORRIGÉS

Exercice 7 Les expressions courantes

▶ *Énoncé p. 201*

file for bankruptcy *(déposer le bilan)*
make a bid *(faire une offre)*
go bankrupt *(faire faillite)*
close down *(fermer définitivement)*
take out a loan *(contracter un prêt)*

1 We're going to need to **take out a loan** in order to cover our start-up costs.
2 Our main competitor has **closed down** because they **went bankrupt** after making a bad investment.
3 **Filing for bankruptcy** is a legal option when you are no longer able to honor your debts.
4 I saw that Acme Products Inc is up for sale. Shall we **make a bid** to buy it?

Exercice 8 Les synonymes

▶ *Énoncé p. 201*

insolvent – **bankrupt** ; property – **real estate** ; fall – **plummet** ; sharp – **dramatic** ; settle down – **level off**

Exercice 9 Les mots à connaître : *Budgeting*

▶ *Énoncé p. 202*

1 Before finalizing the year's budget, try to **project** what your annual sales will be. This **forecast** should be a realistic projection (...).
2 Don't forget to budget for **petty cash**, (...).
3 It is very common for new businesses to **fail** within the first two years, and unfortunately the owners rarely have a **back-up plan** to fall back on.
4 **Disposable income** represents the amount of income remaining after a person pays for personal necessities and taxes which can be used for **discretionary** spending.
5 If your business cannot **meet expenses**, you may have to dip into your **emergency fund**.
6 The CFO approved the **financial statement**, proving that the company was **sound**, (...).
7 Mrs. Hutton's travel **expenses** were higher than usual (...).
8 We will need to increase the budget for production this **quarter**, due to the **scarcity** of our raw materials.
9 We are still waiting to discover the **outcome** of cutting our training budget.
10 It doesn't matter if our flagship product doesn't **turn a profit**, (...).
11 Contributions to the company **pension plan** are expected to boost every employee's retirement **income**.
12 We applied for a **subsidy** from the local government, but probably won't receive it as they are reducing their **expenditure** on this type of action.

Exercice 10 Les familles de mots

▶ *Énoncé p. 202*

1 Our monthly **(A) income** is exceeding our expenses for the first time in five years.
Notre revenu mensuel dépasse nos dépenses pour la première fois en 5 ans.

Tip! La phrase demande un nom au singulier puisque le verbe est ***is***.

2 Farmers should stop expecting the government to **(C) subsidize** their activity.
Les agriculteurs ne devraient plus s'attendre à ce que le gouvernement subventionne leur activité.
3 We are planning cuts in **(C) discretionary** spending to get our budget under control.
Nous prévoyons une réduction des dépenses discrétionnaires afin de maîtriser notre budget.
4 Sun Ying's **(D) failure** to predict the rising price of raw materials has led to a sharp increase in production costs.
L'incapacité de Sun Ying à prévoir l'augmentation du coût des matières premières a provoqué une hausse marquée des coûts de production.
5 Spending for the last quarter has been **(C) projected** at double that of the previous quarter.
On estime que les dépenses pour le dernier trimestre seront deux fois plus élevées que celles du trimestre précédent.
6 This year's budget has increased taxes, to the detriment of high income **(C) earners**.
Le budget de cette année a augmenté les impôts, au détriment des personnes les mieux payées.
7 A **(D) quarterly** budget allows more flexibility than a monthly one.
Un budget trimestriel offre plus de souplesse qu'un budget mensuel.

Tip! L'indice se trouve dans le mot ***monthly***.

8 It is too early to predict the **(D) outcome** of our change in budget strategy.
Il est trop tôt pour prédire le résultat de notre changement de stratégie budgétaire.
9 Our budget did not take those **(D) expenses** into account.
Notre budget n'a pas pris en compte ces dépenses.

Tip! Il faut un nom pluriel à cause du mot ***those***.

10 When you reach the age of 67, the government considers you **(D) pensionable** and you can collect full retirement.
À 67 ans, le gouvernement considère que vous avez atteint l'âge de la retraite et vous pouvez toucher votre retraite à taux plein.

Exercice 11 Les synonymes

▶ *Énoncé p. 203*

scarcity – **shortage**; earnings – **income**; expenditure – **expenses**; go bankrupt – **fail**; pension – **retirement**; forecast – **predict**

1 The price of flour is set to increase owing to a short-term **scarcity/shortage**.
2 Economists **forecast/predict** an end to the recession by the end of the year.
3 Many companies **go bankrupt/fail** because they neglect to establish a realistic budget.
4 You only make a profit when the total of your **expenditure/expenses** is less than your **earnings/income**.
5 All through his working life, Jim paid into a **pension/retirement** fund (...).

Exercice 12 Les contraires

▶ *Énoncé p. 203*

discretionary – **mandatory** *(obligatoire)*
turn a profit – **make a loss** *(subir une perte)*
income – **expenses** *(dépenses)*
sound – **unstable** *(instable)*
scarcity – **abundance** *(abondance)*
fail – **succeed** *(réussir)*

1 Thanks to the **abundance** of fruit this year, (...).
2 I don't think it is wise to invest in that company. It is very **unstable**.
3 If we do not reduce our **expenses**, we will go over budget.
4 **Mandatory** spending is projected to double this year, (...).
5 If at first you don't **succeed**, try again!
6 Sales are up, the company will not **make a loss** this year!

Exercice 13 Les mots à connaître : *Accounts and taxes*

▶ *Énoncé p. 204*

1 Have you seen the sales **figures** for this month yet? – I saw them briefly, but I need some time to **go over** them in detail.
2 The **payroll** clerk is responsible for making sure each employee is paid correctly (...).
3 Being on the receiving end of an audit often has an **adverse** impact on company morale.
4 An **accountant**'s job is to **keep track** of all movement of money in a company.
5 Soo Yi helped corporations to take advantage of U.S. **tax deductions** by donating to charity.
6 A company's annual report will typically **break down** the year's activity into smaller parts, such as the **cash flow** (...).
7 (...) **Bookkeeping** is similar but only records financial transactions.
8 Please find **enclosed** a check for the sum of $132.
9 You will be charged a **late fee** if you miss the deadline for filing your **tax return**.
10 (...), my accountant advised me to **set aside** 20% of my take-home pay.
11 Bookkeepers have to be ready at all times for an **audit**.
12 If you **owe** taxes to the Internal Revenue Service, you have several means of payment at your **disposal**. (...).
13 Late fees will **accrue** if you don't file your taxes on time.
14 A **balance sheet** is like a snapshot of a company's financial situation. (...).
15 Nesbit Enterprises will **run into** difficulty if they don't start making a profit this quarter.

Exercice 14 Les familles de mots

▶ *Énoncé p. 204*

1 We met with the **(C) auditor** at the end of the day to receive her feedback.
Nous avons rencontré l'auditrice en fin de journée pour entendre ses remarques.
2 Please find **(B) enclosed** a copy of our annual report.
Veuillez trouver ci-joint un exemplaire de notre rapport annuel.

Tip! Il s'agit d'une expression courante que l'on emploie dans un courrier.

3 You can train to become a certified **(A) bookkeeper** in 6 months to one year.
Il faut entre 6 mois et un an de formation pour devenir un comptable certifié.
4 Who is **(D) accountable** if the audit identifies a discrepancy?
Qui est responsable si l'audit décèle une incohérence ?
5 The accountants have several powerful software tools at their **(B) disposal**.
Les comptables disposent de plusieurs logiciels puissants.

Tip! Attention à ne pas être tenté par le faux-ami ***disposition***.

6 To calculate your net income, first **(B) deduct** your contributions from your gross income.
Pour calculer votre revenu net, déduisez d'abord les cotisations du revenu brut.
7 The **(B) accrual** of late fines now exceeds $500 and must be resolved before you order again.
L'accumulation de frais de retard dépasse désormais 500 $ et doit être réglée avant que vous ne passiez une nouvelle commande.
8 Please make your check **(C) payable** to the Internal Revenue Service.
Merci de rédiger votre chèque à l'ordre de la direction générale des finances.
9 If our accountant receives the amount **(D) owing** by Friday, no penalty will be incurred.
Si notre comptable reçoit la somme due d'ici vendredi, il n'y aura pas de pénalités.
10 Our profits were **(C) adversely** affected by a new competitor which opened in January.
L'ouverture d'un nouveau concurrent en janvier a eu un impact défavorable sur nos bénéfices.

Exercice 15 Les prépositions

▶ *Énoncé p. 205*

1 How many employees does Zeelo Ltd have **on the payroll**?
2 I would rather not give you my credit card number **over the phone**. (...)
3 Could you **break down** your monthly expenses **into** weekly amounts?
4 The company will put a helicopter **at your disposal** in case you have to go to Washington quickly.
5 Please send us a check by return post for **the sum of** $1200.
6 The new software will help Mr. Wilsen to **keep track of** income and expenses.

Exercice 16 Les verbes

▶ *Énoncé p. 205*

keep track (of) – **monitor**; go over – **examine**; run into – **encounter**; set aside – **earmark**; break down – **separate**

1 In order to prepare for the audit, I would like you to **go over** the books one more time.
2 Ms. King said she had never **run into** a problem like that before.
3 When you **break down** the budget into daily, weekly and monthly expenses, (...).
4 That money has been **set aside** for the office's annual outing.
5 It's no problem to **keep track of** spending with the new software.

PART 7 - MINI TEST

Finance Part 1

Part 7 – Piste 71

▶ Énoncé p. 206

1 (A) The people are dining together.
(B) The people are consulting with their bank manager.
(C) The people are talking on the phone.
(D) The people are bidding on the stock market.

(A) Les personnes dînent ensemble.
(B) Les personnes consultent le directeur de leur banque.
(C) Les personnes sont en conversation téléphonique.
(D) Les personnes font des achats en bourse.

Réponse (B)
On ne peut pas être certain que l'homme sur la gauche soit le directeur d'une banque, mais par défaut c'est la seule solution possible, car les personnes ne mangent pas (A), ne se servent pas du téléphone (C) et ne sont pas en train de faire des achats en bourse (D).

Finance Part 2

Part 7 – Pistes 72-76

▶ Énoncé p. 206

2 Where is your bank located?
(A) I located this bank last year.
(B) It's opposite the library.
(C) It is locally owned.

Où se trouve votre banque?
(A) J'ai trouvé cette banque l'année dernière.
(B) Elle est en face de la bibliothèque.
(C) C'est une banque locale.

Réponse (B)
(A) reprend le mot ***located*** mais ne répond pas à la question.

3 Which branch are you with?
(A) It's the one in the center of town.
(B) The branches block the light.
(C) No, I don't live on a ranch.

Vous êtes dans quelle agence?
(A) Celle du centre-ville.
(B) Les branches bloquent la lumière.
(C) Non, je ne vis pas dans un ranch.

Réponse (A)

4 This investment has a very high yield.
(A) This year has been very hot.
(B) But is it risky?
(C) The field is empty.

Cet investissement a un rendement très élevé.
(A) Il a fait très chaud cette année.
(B) Mais est-ce qu'il présente un risque?
(C) Le champ est vide.

Réponse (B)
Attention à ne pas rapprocher ***year*** (en A) ou ***field*** (en C), de ***yield*** dans l'énoncé.

5 I'm afraid you must pay a late fee.
(A) I love free coffee!
(B) I got up early.
(C) How much do I owe?

Je crains que vous ne deviez régler une pénalité de retard.
(A) J'adore le café gratuit!
(B) Je me suis levé tôt.
(C) Combien vous dois-je?

Réponse (C)

6 Are the sales figures good?
(A) In fact, they are.
(B) I figured you would.
(C) I bought it in the sales.

Les chiffres de ventes sont-ils bons ?
(A) À vrai dire, oui.
(B) J'ai pensé que tu le ferais.
(C) Je l'ai acheté pendant les soldes.

Réponse (A)
C'est une réponse indirecte positive à la question fermée.

Finance Part 3

Part 7 – Pistes 77-78

▶ Énoncé p. 207

Questions 7-9 refer to the following conversation with three speakers.

M1 Thank you for agreeing to see us today, I know your schedule is very busy.

M2 How can I help you folks today?

W Well, we have found a house we would like to buy and want to know the maximum mortgage you can lend us.

M2 You've come at just the right time. Our interest rate is very low at the moment, and we have a special offer for people in your situation. We can finance your moving expenses at zero percent if you take out a twenty-year loan.

W Well, that's a relief. It's always hard to decide to move house. I think we should accept your offer.

Les questions 7 à 9 se rapportent à la conversation suivante entre trois personnes.

Merci d'avoir accepté de nous recevoir aujourd'hui. Je sais que vous avez un planning chargé.

Que puis-je faire pour vous aider aujourd'hui ?

Eh bien, nous avons trouvé une maison que nous aimerions acheter, et nous voulons connaître le montant maximum du prêt que vous pouvez nous accorder.

Vous tombez à pic. Notre taux d'intérêt est très bas en ce moment et nous avons une offre spéciale pour les personnes dans votre situation. Nous pouvons financer vos frais de déménagement à zéro pour cent si vous faites un prêt sur 20 ans.

Ouf, quel soulagement. Il est toujours difficile de prendre la décision de déménager. Je pense que nous devrions accepter votre offre.

7 Where most likely is the conversation taking place?
(A) In a Human Resources department
(B) In a post office
(C) In a bank
(D) In an estate agent's office

Où a probablement lieu la conversation ?
(A) Dans un service de ressources humaines
(B) À la poste
(C) Dans une banque
(D) Chez un agent immobilier

Réponse (C)
Le couple veut acheter une maison et désire savoir combien il peut emprunter.

8 Why are the people meeting?
(A) To discuss an employment opportunity
(B) To make a complaint about a service
(C) To find a better interest rate
(D) To discuss the purchase of a house

Pourquoi les personnes se rencontrent-elles ?
(A) Pour discuter d'une offre d'emploi
(B) Pour se plaindre d'un service
(C) Pour trouver un meilleur taux d'intérêt
(D) Pour parler de l'achat d'une maison

Réponse (D)
En (C), le problème est ***better***. Il est bien question d'un taux d'intérêt dans la conversation, mais il est déjà très bas et personne ne parle d'un taux encore plus avantageux.

9 What does the man suggest they do?
(A) Find a different offer
(B) Borrow money to renovate a house
(C) Borrow money to pay for a move
(D) Make a decision later

Que propose l'homme ?
(A) Trouver une autre offre
(B) Emprunter de l'argent pour rénover une maison
(C) Emprunter de l'argent pour payer un déménagement
(D) Remettre la décision à plus tard

Réponse (C)
Le couple veut acheter une maison et l'homme propose de financer le déménagement à taux zéro si le couple prend un prêt sur 20 ans.

Finance Part 4

Part 7 – Pistes 79-80

▶ *Énoncé p. 207*

Questions 10-12 refer to the following radio broadcast.

W Good morning and welcome to Daily Finance Report. Later in the program I will be interviewing Neela Sokosky, the internationally renowned economist. If you have any questions for Neela, send them to us now by text message and we will call you back when the interview goes live. First, though, a run-down of the day's financial news. Shares in ABC Ltd have increased dramatically. If you bought their shares in the last year, now is the moment to start thinking about selling them. There's no time like the present! You could make a tidy profit.

Les questions 10 à 12 se rapportent à l'émission de radio suivante.

Bonjour et bienvenue à Daily Finance Report. Plus tard pendant l'émission, je vais interviewer Neela Sokosky, l'économiste mondialement connu. Si vous souhaitez poser des questions à Neela, envoyez-les-nous par SMS et nous vous appellerons quand l'interview commencera. Mais faisons d'abord le point sur les infos financières de la journée. Le cours des actions ABC Ltd est en forte hausse. Si vous en avez acheté cette année, c'est le moment de penser à les vendre. Il ne faut jamais reporter à demain ce que vous pouvez faire aujourd'hui ! Vous êtes susceptible de réaliser un joli bénéfice.

10 What will listeners hear first?
(A) An interview with a famous economist
(B) Questions for a famous economist
(C) The business news
(D) A word from the sponsor

Que vont entendre les auditeurs en premier ?
(A) Un entretien avec un économiste célèbre
(B) Des questions posées à un économiste célèbre
(C) Les infos financières
(D) Un mot du sponsor

Réponse (C)
L'entretien avec l'économiste (A) aura lieu plus tard ***(later in the program)***.

---

11 How will listeners be able to put their question to Neela?
(A) By e-mail
(B) By text message
(C) Over the phone
(D) In person

Comment les auditeurs pourront-ils poser leur question à Neela ?
(A) Par courriel
(B) Par SMS
(C) Au téléphone
(D) En personne

Réponse (C)
Les auditeurs envoient d'abord leur question par SMS, puis ils seront rappelés pour la poser en direct à l'économiste.

---

12 What does the woman mean when she says "There's no time like the present"?
(A) It's too late to do it.
(B) It's the best moment to do it.
(C) It is the moment to give a gift.
(D) She appreciates getting presents.

Qu'entend la femme par « There's no time like the present » ?
(A) Il est trop tard pour le faire.
(B) C'est le meilleur moment pour le faire.
(C) C'est le moment d'offrir un cadeau.
(D) Elle aime recevoir des cadeaux.

Réponse (B)
En (C), attention à ne pas rapprocher ***gift*** (cadeau) de ***present*** dans l'énoncé qui peut aussi avoir le sens de « cadeau » mais qui signifie ici « le présent », « tout de suite ».

Finance Part 5

▶ *Énoncé p. 208*

13 It is a good idea to start contributing to a retirement .... when you are still young.
(A) fund
(B) funds
(C) fundraiser
(D) funding

Réponse (A)
Retirement fund = plan d'épargne retraite.

(A) plan, caisse
(B) fonds
(C) collecte de fonds
(D) financement

Il est judicieux de commencer à abonder un plan de retraite quand vous êtes encore jeune.

14 Make sure you have two pieces of ID on you if you want to .... of over $1500.
(A) withdraw
(B) withdrawal
(C) make a withdrawal
(D) withdrew

Réponse (C)
En (A), ***withdraw*** n'est pas possible en raison du mot ***of*** avant la somme d'argent.

(A) retirer
(B) retrait
(C) faire un retrait
(D) a retiré

Faites en sorte d'avoir deux pièces d'identité sur vous si vous voulez faire un retrait de plus de 1500 $.

15 It's very easy to .... a big bill if you are not careful.
(A) file for
(B) keep track of
(C) break down
(D) run up

Réponse (D)
Run up a bill est une expression courante à retenir.

(A) déposer une demande
(B) suivre
(C) décomposer
(D) accumuler

Il est très facile de faire grimper une facture si on ne fait pas attention.

16 Most banks will need to know exactly what .... you have before lending you money.
(A) assets
(B) liability
(C) investment
(D) commodity

Réponse (A)

(A) actifs
(B) dette
(C) investissement
(D) denrée

La plupart des banques voudront savoir quels sont vos actifs avant de vous prêter de l'argent.

17 There has been a minor .... in the price of coal, but it is expected to rise again before the end of the day.
(A) slump
(B) raise
(C) skyrocket
(D) plummet

Réponse (A)
Il manque un nom pour compléter la phrase. En (B), ***raise*** ne convient pas en raison du ***but*** dans l'énoncé qui introduit un contraste : si l'on dit « mais on s'attend à ce qu'il augmente », c'est que le cours a baissé avant, ce qui ne laisse que ***slump*** (baisse) comme possibilité de réponse.

(A) baisse, baisser
(B) augmentation, augmenter
(C) monter en flèche
(D) chuter

Il y a eu une légère baisse dans le cours du charbon, mais on s'attend à ce qu'il remonte à nouveau avant la fin de la journée.

CORRIGÉS

Finance Part 6

▶ Énoncé p. 208

Les questions 18 à 21 se rapportent à l'annonce suivante.

Saviez-vous que Abacus Auditing s'appelait désormais Altruizm Accounting ? C'est bien plus qu'un simple changement de raison sociale.* C'est également une nouvelle façon d'envisager la comptabilité qui donne la priorité à l'humain. Quel avantage pouvez-vous en retirer ? Toute notre assistance téléphonique est à présent basée dans ce pays, ce qui élimine les éventuels problèmes occasionnés par les différences de fuseaux horaires.
Nous espérons vous accueillir bientôt dans nos locaux.

* Traduction de la réponse à la question 18.

18 (A) This is our old name.
(B) But it's more than just a new brand name.
(C) It was time to change our name.
(D) However, the name was important.

Réponse (B)
Just va de pair avec ***also*** dans la phrase suivante.

(A) C'est notre ancienne raison sociale.
(B) C'est bien plus qu'un simple changement de raison sociale.
(C) Il était temps que nous changions de raison sociale.
(D) Cependant, la raison sociale était importante.

---

19 (A) put
(B) puts
(C) to put
(D) putting

Réponse (D)
On utilise un verbe en ***-ing*** après ***focused on***.

(A) base verbale : mettre
(B) 3ᵉ personne du singulier du présent
(C) infinitif
(D) verbe en *-ing*

---

20 (A) base
(B) bases
(C) basses
(D) based

Réponse (D)
Il s'agit d'une structure passive, que l'on forme avec ***be*** + participe passé.

(A) base verbale : baser
(B) 3ᵉ personne du singulier du présent ou nom : bases
(C) basses (voix)
(D) prétérit ou participe passé

---

21 (A) potentially
(B) potent
(C) potential
(D) patent

Réponse (C)

(A) potentiellement
(B) puissant
(C) éventuel
(D) brevet

Finance Part 7

▶ *Énoncé p. 209*

Les questions 22 et 23 se rapportent à l'échange de SMS suivant.

Jeudi 24 août	15:36
Callum 15.20	Qu'as-tu pensé de la réunion plus tôt sur le nouveau règlement ?
Michela 15.25	C'était assez clair...
Callum 15.26	Il y a une chose que je n'ai pas bien comprise.
Michela 15.27	Laquelle ?
Callum 15.29	On donne les notes de frais deux fois par mois ou chaque semaine ?
Michela 15.31	La deuxième solution. Rien d'autre ?
Callum 15.32	Si. Quand est-ce que cela prend effet ?
Michela 15.36	On m'a dit que c'était à la fin du mois.

22 How often will employees need to submit their expenses?
(A) Every week
(B) Every month
(C) Twice a month
(D) Every quarter

Réponse (A)
The latter veut dire « la deuxième option » et fait ici référence à ce qui a été dit en dernier dans la phrase précédente : ***weekly***.

À quelle fréquence les employés devront-ils soumettre leurs notes de frais ?
(A) Chaque semaine
(B) Chaque mois
(C) Deux fois par mois
(D) Chaque trimestre

23 When will the new rule be effective?
(A) At the end of the week
(B) In a week
(C) In two weeks
(D) In one month

Réponse (B)
Au début de l'échange de SMS, la date est indiquée : 24 août. Si le nouveau règlement prend effet à la fin du mois, il ne reste plus qu'une semaine.

Quand le nouveau règlement prendra-t-il effet ?
(A) À la fin de la semaine
(B) Dans une semaine
(C) Dans quinze jours
(D) Dans un mois

CORRIGÉS

Les questions 24 à 28 se rapportent à la carte de visite, à la liste de tarifs et au courriel suivants. ▶ *Énoncé p. 210*

1. Carte de visite

Abacus Auditing
Pour tous vos besoins en comptabilité
Henry Bellafonti
Consultant
Ph 555 555 555
henry.bellafonti@abacus.com

2. Liste de tarifs

Abacus Auditing **: Honoraires**

- **Forfait impôts de base**
  Comprend un audit initial et la préparation de la déclaration de revenus — Particuliers — 120 $
- **Forfait impôts supérieur**
  Comprend un audit initial et la préparation de la déclaration de revenus — Entreprises — 250 $
- **Service de comptabilité à l'année** – consultation d'un comptable toute l'année — 475 $

Offre spéciale période des impôts (jusqu'à fin janvier) : 10 % de réduction pour les nouveaux clients
Réduction permanente : recommandez-moi à un ami et vous bénéficierez d'une réduction de 10 $.

3. Courriel

De : henry.bellafonti@abacus.com
À : lisalloyd@quercus.com
Date : 5 janvier
Objet : Votre demande

Mme Lloyd,

Tout d'abord, je vous remercie de votre courrier.

Je suis désolé que vous ayez eu autant de mal à me joindre. Je ne me suis pas rendu compte que mon téléphone et Internet avaient été déconnectés. Sachez que le problème est maintenant réglé !

Suite à votre demande de renseignements, j'ai le plaisir de vous envoyer mes honoraires. Ils sont valables jusqu'à la fin de l'année seulement.

Vous avez demandé des renseignements sur le forfait impôts de base, qui comprend l'audit de vos comptes et la préparation de votre déclaration de revenus.

Comme vous le constaterez, vous êtes éligible à une remise de 10 % si vous nous confirmez votre intérêt pour le forfait impôts de base d'ici la fin du mois.

Dans l'attente de vos nouvelles,

H. Bellafonti

24 Why did Mr. Bellafonti send the e-mail?
(A) To apologize for a lack of communication
(B) To request further information
(C) To correct some information
(D) To respond to an enquiry

Pourquoi M. Bellafonti a-t-il envoyé le courriel ?
(A) Pour présenter ses excuses en raison d'une absence de réponse
(B) Pour demander plus de renseignements
(C) Pour corriger des renseignements
(D) Pour répondre à une demande de renseignements

Réponse (D)
Il commence par présenter ses excuses, mais ce n'est pas l'objet de son courriel.

25 How did Ms. Lloyd finally contact Mr. Bellafonti?
(A) by phone
(B) by e-mail
(C) by letter
(D) in person

Comment Mme Lloyd a-t-elle finalement contacté M. Bellafonti ?
(A) par téléphone
(B) par courriel
(C) par courrier
(D) en personne

Réponse (C)
Le téléphone et Internet étaient en panne, elle n'a donc pas pu le contacter par ces moyens, et si Mme Lloyd avait vu M. Bellafonti en personne, il lui aurait donné directement ses tarifs.

26 What does Mr. Bellafonti mean in the third document, line 4, when he says "Rest assured, the problem is fixed now!"?
(A) Wait a moment before fixing the problem.
(B) Take a rest, because the problem has been solved.
(C) Don't worry, because the problem has disappeared.
(D) Please check if the e-mail works.

Que veut dire M. Bellafonti dans le 3e document, ligne 4, par « Rest assured, the problem is fixed now! »?
(A) Veuillez patienter pendant que nous réglons le problème.
(B) Faites une pause, car le problème a été résolu.
(C) Ne vous inquiétez pas, il n'y a plus de problème.
(D) Veuillez vérifier si le courrier électronique fonctionne.

Réponse (C)
Rest assured signifie « soyez assuré que... », « sachez que », et permet de confirmer quelque chose à quelqu'un.

27 The word 'rates' in the second document, line 1 is closest in meaning to:
(A) costs
(B) expenses
(C) fees
(D) taxes

Le sens du mot «rates» à la première ligne du second document se rapproche le plus de :
(A) coûts
(B) dépenses
(C) honoraires
(D) impôts

Réponse (C)

28 When will Ms. Lloyd need to take her decision to get the discount?
(A) In January
(B) Within the next three weeks
(C) Before the end of the year
(D) Today

Quand Mme Lloyd devra-t-elle se décider afin de bénéficier de la réduction?
(A) En janvier
(B) Dans les trois semaines à venir
(C) Avant la fin de l'année
(D) Aujourd'hui

Réponse (B)
Car l'offre se termine fin janvier et le courriel est daté du 5 janvier.

Tests officiels
Listening and Reading

Les grilles détachables à remplir pour répondre aux tests (1) et (2) sont situées en fin d'ouvrage.

Le test *TOEIC*®

TEST 1

Test 1 • Pistes 1 à 81

General Directions

This test is designed to measure your English language ability. The test is divided into two sections: Listening and Reading.

You must mark all of your answers on the separate answer sheet. For each question, you should select the best answer from the answer choices given. Then, on your answer sheet, you should find the number of the question and fill in the space that corresponds to the letter of the answer that you have selected. If you decide to change an answer, completely erase your old answer and then mark your new answer.

Go on to the next page

LISTENING TEST

In the Listening test, you will be asked to demonstrate how well you understand spoken English. The entire Listening test will last approximately 45 minutes. There are four parts, and directions are given for each part. You must mark your answers on the separate answer sheet. Do not write your answers in your test book.

PART 1

Directions: For each question in this part, you will hear four statements about a picture in your test book. When you hear the statements, you must select the one statement that best describes what you see in the picture. Then find the number of the question on your answer sheet and mark your answer. The statements will not be printed in your test book and will be spoken only one time.

Statement (C), "They're sitting at a table," is the best description of the picture, so you should select answer (C) and mark it on your answer sheet.

1.

2.

Go on to the next page

3.

4.

5.

6.

Go on to the next page

PART 2

Directions: You will hear a question or statement and three responses spoken in English. They will not be printed in your test book and will be spoken only one time. Select the best response to the question or statement and mark the letter (A), (B), or (C) on your answer sheet.

7. Mark your answer on your answer sheet.
8. Mark your answer on your answer sheet.
9. Mark your answer on your answer sheet.
10. Mark your answer on your answer sheet.
11. Mark your answer on your answer sheet.
12. Mark your answer on your answer sheet.
13. Mark your answer on your answer sheet.
14. Mark your answer on your answer sheet.
15. Mark your answer on your answer sheet.
16. Mark your answer on your answer sheet.
17. Mark your answer on your answer sheet.
18. Mark your answer on your answer sheet.
19. Mark your answer on your answer sheet.
20. Mark your answer on your answer sheet.
21. Mark your answer on your answer sheet.
22. Mark your answer on your answer sheet.
23. Mark your answer on your answer sheet.
24. Mark your answer on your answer sheet.
25. Mark your answer on your answer sheet.
26. Mark your answer on your answer sheet.
27. Mark your answer on your answer sheet.
28. Mark your answer on your answer sheet.
29. Mark your answer on your answer sheet.
30. Mark your answer on your answer sheet.
31. Mark your answer on your answer sheet.

PART 3

Directions: You will hear some conversations between two or more people. You will be asked to answer three questions about what the speakers say in each conversation. Select the best response to each question and mark the letter (A), (B), (C), or (D) on your answer sheet. The conversations will not be printed in your test book and will be spoken only one time.

32. What is the conversation mainly about?
(A) Promoting a product
(B) Preparing for an interview
(C) Resolving a complaint
(D) Confirming travel plans

33. What does the woman say about meeting room A?
(A) It was renovated.
(B) It has no projector.
(C) It is not available.
(D) It is too small.

34. What does the man say he will do before Wednesday?
(A) Present some recent findings
(B) Speak with the maintenance crew
(C) Assemble a new project team
(D) Distribute a handout

35. What is the problem?
(A) A machine is not working.
(B) A credit card is damaged.
(C) A schedule is incorrect.
(D) A roadway is blocked.

36. Where is the conversation most likely taking place?
(A) At a bank
(B) At a bus stop
(C) At a parking garage
(D) At a department store

37. What does the woman say she must do?
(A) Close a facility early
(B) Verify an address
(C) Get a supervisor's signature
(D) Validate a ticket

38. What does the woman imply when she says, "some of us in the department are going to see it tonight"?
(A) She will not be available until tomorrow.
(B) She needs the man to do her a favor.
(C) The man is invited to join a group.
(D) A film was highly recommended.

39. Why is the man working late tonight?
(A) He is going on vacation soon.
(B) He wants to avoid rush hour traffic.
(C) He needs to complete a report.
(D) He is installing new software.

40. What does the woman offer to do?
(A) Contact some coworkers
(B) Locate a seating chart
(C) Delay a presentation
(D) Join a meeting

41. Where does the woman most likely work?
(A) At a flower shop
(B) At a bookstore
(C) At a catering company
(D) At an employment agency

42. What does the woman mean when she says, "Oh, don't thank me"?
(A) She does not like praise.
(B) Her colleague thanked her already.
(C) Someone else did the work.
(D) An assignment was not difficult.

43. What will the man most likely do next?
(A) Make an appointment
(B) Provide a reference
(C) Purchase some merchandise
(D) Leave a message

Go on to the next page

44. What problem does the man mention?
(A) His phone is not working properly.
(B) He received an incorrect bill.
(C) He cannot transfer some important data.
(D) His battery charger is missing.

45. What did the man read online?
(A) Some phones are available at a discount.
(B) Service areas have been expanded.
(C) Used phones can be recycled.
(D) Repairs are done on-site.

46. What will the woman do next?
(A) Back up some files
(B) Confer with a manager about a refund
(C) Demonstrate advanced phone features
(D) Describe some warranty plans

---

47. What is the man concerned about?
(A) Finding a parking place
(B) Arriving on time
(C) Paying an additional fee
(D) Having enough supplies

48. What did the woman forget to do?
(A) Arrange a meeting
(B) Make a reservation
(C) Notify some colleagues
(D) Bring some directions

49. What does the man suggest?
(A) Attending a workshop
(B) Buying a map
(C) Asking for assistance
(D) Calling a conference organizer

---

50. Who is Mr. Park?
(A) A bank cashier
(B) A construction worker
(C) A journalist
(D) An architect

51. What problem does Ms. Reed mention?
(A) An invoice is incomplete.
(B) An office has closed.
(C) A document is missing.
(D) A measurement is incorrect.

52. What does Mr. Park ask Ms. Reed to do?
(A) Review a recommendation
(B) Visit an office
(C) Read a proposal
(D) Approve a project

---

53. What is the purpose of the man's telephone call?
(A) To ask about some lab results
(B) To sign up for a gym membership
(C) To register for a bicycle race
(D) To inquire about a study

54. What does the woman say is required?
(A) Two hours of weekly exercise
(B) A medical history
(C) Payment in cash
(D) Healthy eating habits

55. What does the woman offer to send the man?
(A) A consent form
(B) A bill for services
(C) A confirmation number
(D) A schedule of events

---

56. Why is the woman calling the man?
(A) To order some gifts
(B) To find a new apartment
(C) To borrow some tools
(D) To share some news

57. What does the woman say she has done recently?
(A) Worked on her garden
(B) Joined a community group
(C) Started a business
(D) Redecorated a room

58. Why does the man say, "How's your afternoon"?
(A) To ask whether the woman is enjoying herself
(B) To request help completing a project
(C) To explain a vacation policy
(D) To suggest a meeting time

---

59. What has the man recently done?
(A) Developed a new product
(B) Written a training manual
(C) Given a presentation to new employees
(D) Transferred to an international branch

60. What positive feedback does the woman mention?
(A) Sales goals were exceeded.
(B) Explanations were clear.
(C) Production increased.
(D) Customer service improved.

61. What change does the woman recommend?
(A) Allowing more time for questions
(B) Beginning a process earlier
(C) Reserving a larger room
(D) Revising a company policy

---

62. What is scheduled for Tuesday?
(A) A tour of the facilities
(B) A luncheon with retirees
(C) A safety inspection
(D) An equipment purchase

63. Why does the man suggest another day?
(A) So that a complete process can be observed
(B) So that there are enough workers available
(C) So that production is not disrupted
(D) So that a deadline can be met

64. What will the woman probably do next?
(A) Apply for an extended warranty
(B) Ask about changing some plans
(C) Pick up some clients
(D) Watch a training video

Go on to the next page

Test 1 – Pistes 57-60

Article	Deadline
"Exploring Sicily"	March 24
"Cheeses of Switzerland"	March 24
"Budget Tours"	April 29
"Paris by Bicycle"	May 5

65. What does the man ask the woman to do?
(A) Renew a contract
(B) Schedule an interview
(C) Increase the length of an article
(D) Correct a mistake in a document

66. Look at the graphic. Which article's deadline will be changed?
(A) "Exploring Sicily"
(B) "Cheeses of Switzerland"
(C) "Budget Tours"
(D) "Paris by Bicycle"

67. What does the woman say she will send the man?
(A) An itinerary
(B) An expense report
(C) Notes from a meeting
(D) Ideas for future articles

Hardware

Part A – long bolts (legs)

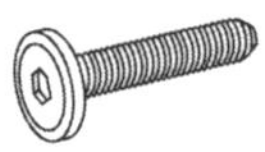

Part B – short bolts (seat)

Part C – flat washers

68. Where does the man most likely work?
(A) At a trade school
(B) At a shipping company
(C) At a store
(D) At a factory

69. Look at the graphic. What is the woman missing?
(A) Part A
(B) Part B
(C) Part C
(D) Assembly instructions

70. What does the man offer to do?
(A) Cancel an order
(B) Hire a technician
(C) Provide a refund
(D) Arrange a delivery

PART 4

Directions: You will hear some talks given by a single speaker. You will be asked to answer three questions about what the speaker says in each talk. Select the best response to each question and mark the letter (A), (B), (C), or (D) on your answer sheet. The talks will not be printed in your test book and will be spoken only one time.

71. What does the speaker's business sell?
(A) Furniture
(B) Automobiles
(C) Factory equipment
(D) Real estate

72. What information does the speaker request?
(A) An order number
(B) A launch date
(C) An inventory
(D) An address

73. What is scheduled to happen tomorrow?
(A) A new store location will open.
(B) A factory will resume production.
(C) A truck will make deliveries.
(D) A sales promotion will begin.

---

74. Where does the speaker most likely work?
(A) At a laboratory
(B) At a university
(C) At a pharmacy
(D) At a clothing shop

75. What problem does the speaker mention?
(A) A product is not available.
(B) A clinic is understaffed.
(C) An appointment must be canceled.
(D) A store is closing early.

76. What is the listener instructed to do?
(A) Bring some identification
(B) Go to the front desk
(C) Return a telephone call
(D) Reschedule a delivery

---

77. What type of event is being announced?
(A) A tour of local gardens
(B) A visit to a famous park
(C) A reception for club members
(D) A sale of home decorations

78. Why should listeners visit a Web site?
(A) To view some photographs
(B) To download a brochure
(C) To purchase a ticket
(D) To join an organization

79. According to the speaker, why is money being raised?
(A) To preserve historic homes
(B) To repair a fountain
(C) To create a new park
(D) To build a bridge

---

80. Where does the speaker work?
(A) At a farm
(B) At a market
(C) At a restaurant
(D) At a shipping company

81. What problem does the speaker describe?
(A) A staff member is not at work.
(B) Extra items were delivered.
(C) A business is closed.
(D) A special event has been canceled.

82. What does the woman mean when she says, "I need to finish the kitchen inventory this morning"?
(A) She does not have enough ingredients.
(B) Nobody has offered to help her.
(C) She would like a response soon.
(D) A special event will take place this afternoon.

Go on to the next page

83. What is the purpose of the talk?
(A) To introduce a speaker
(B) To promote a product
(C) To announce an award
(D) To describe a trip

84. What field does Joan McLane most likely work in?
(A) Economics
(B) Transportation
(C) Publishing
(D) Medicine

85. What has Joan McLane recently done?
(A) Edited a book
(B) Advised a company
(C) Conducted an experiment
(D) Started an organization

86. What is the main purpose of the broadcast?
(A) To describe a membership offer
(B) To announce a hospital opening
(C) To introduce some exercise classes
(D) To congratulate medical staff

87. What addition is planned?
(A) A children's playroom
(B) A fitness center
(C) Extra office space
(D) Employee lounges

88. According to the spokesperson, what did visitors like?
(A) The new Web site
(B) The extended opening hours
(C) The information desk
(D) The convenient location

89. Who most likely are the listeners?
(A) Customer service representatives
(B) Software developers
(C) Corporate attorneys
(D) Financial advisers

90. What does the woman mean when she says, "Yes, I know that's not enough"?
(A) She acknowledges her own mistakes.
(B) She is worried about a deadline.
(C) She wants the listeners to volunteer.
(D) She recognizes the listeners' concerns.

91. What task does the speaker assign to the listeners?
(A) Updating a mailing list
(B) Revising training materials
(C) Mentoring new staff
(D) Learning to use a software program

Priceway Grocery **Discounts**	
Bread	40%
Fruits	20%
Canned items	25%
Cereal	30%

92. Why is the store having a sale?
(A) To celebrate an anniversary
(B) To promote a grand opening
(C) To compete with a nearby store
(D) To introduce new products

93. Look at the graphic. What is the discount on the featured product?
(A) 20%
(B) 25%
(C) 30%
(D) 40%

94. Where is a full list of discounts available?
(A) Near the bakery
(B) In the local newspaper
(C) At the entrance
(D) By each cash register

Wireless Internet Access Rates

½ hour	$2.00
2 hours	$5.00
4 hours	$8.00
6 hours	$10.00

95. What does the speaker request that passengers do?
(A) Store their luggage
(B) Turn off their mobile phones
(C) Fasten their seat belts
(D) Double-check their seating assignments

96. Look at the graphic. How much does Internet access cost for the duration of the flight?
(A) $2.00
(B) $5.00
(C) $8.00
(D) $10.00

97. What does the speaker say flight attendants will do later?
(A) Show a video
(B) Serve beverages
(C) Distribute customs forms
(D) Provide blankets

Market Shares

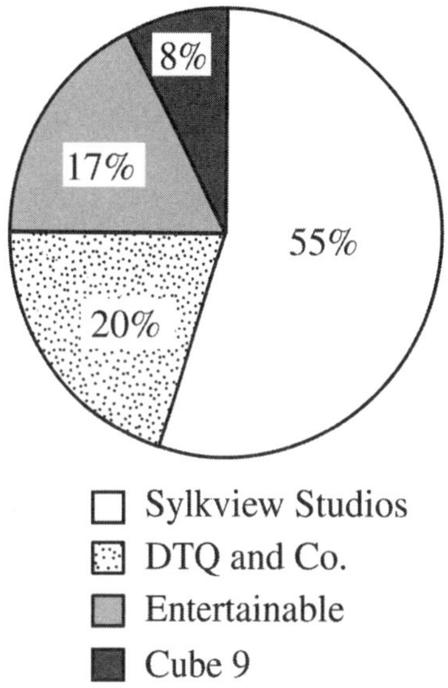

98. What industry does the speaker work in?
(A) Game development
(B) Film production
(C) News reporting
(D) Interior design

99. Look at the graphic. What company does the speaker work for?
(A) Sylkview Studios
(B) DTQ and Co.
(C) Entertainable
(D) Cube 9

100. According to the speaker, what will the company do in the next quarter?
(A) Restructure a department
(B) Reduce production costs
(C) Negotiate a contract
(D) Try a different business model

This is the end of the Listening test. Turn to Part 5 in your test book.

Go on to the next page

READING TEST

In the Reading test, you will read a variety of texts and answer several different types of reading comprehension questions. The entire Reading test will last 75 minutes. There are three parts, and directions are given for each part. You are encouraged to answer as many questions as possible within the time allowed.

You must mark your answers on the separate answer sheet. Do not write your answers in your test book.

PART 5

Directions: A word or phrase is missing in each of the sentences below. Four answer choices are given below each sentence. Select the best answer to complete the sentence. Then mark the letter (A), (B), (C), or (D) on your answer sheet.

101. Ms. Iwata handed out copies of the agenda that ------- had printed for the meeting.

(A) hers
(B) her
(C) she
(D) herself

102. The food ------- for the conference must be sent to the caterer by Friday at 5:00 P.M.

(A) order
(B) group
(C) profit
(D) lesson

103. The product review says that the Cozy Days space heater is ------- to warm up than similar products.

(A) slowest
(B) slower
(C) slowed
(D) slowing

104. Employees from San Jose International will arrive in Alajuela tomorrow for ------- first training session.

(A) they
(B) their
(C) them
(D) theirs

105. To apply for a driving permit, you must ------- two forms of identification.

(A) meet
(B) work
(C) show
(D) ride

106. Sales of Seviana Cosmetics have ------- improved since the new marketing campaign began last quarter.

(A) steady
(B) steadily
(C) steadiest
(D) steadied

107. Most applicants to Shim Accounting Services have completed a ------- internship at the company headquarters.

(A) clear
(B) present
(C) taken
(D) paid

108. Each Beehive Crafts Supply customer may redeem ------- coupon per visit.

(A) alone
(B) one
(C) first
(D) once

109. Dietrich Dentistry asks patients to provide 24-hour notice to cancel a scheduled -------.

(A) appointment
(B) involvement
(C) requirement
(D) investment

110. The building inspection has been postponed until next week ------- that the electrical work can be completed.

(A) also
(B) when
(C) than
(D) so

111. Mr. Carson ------- all the arrangements for the company retreat next month.

(A) having made
(B) to make
(C) making
(D) will make

112. The cafeteria in Morris Hall offers ------- breakfast and lunch for Arai and Ramos associates.

(A) complimentary
(B) accountable
(C) replaced
(D) secured

113. Visitors to Kensington Corporation must obtain guest passes ------- the security office prior to entering the facility.

(A) upon
(B) from
(C) toward
(D) between

114. Tachibana Pharmaceuticals' new method of ------- chemical solutions will increase efficiency in the laboratory.

(A) combine
(B) combinations
(C) combining
(D) combines

115. Lexino Publisher's dictionary database allows users to search for entries in ------- languages.

(A) multiplied
(B) multiplying
(C) multiples
(D) multiple

116. No one is permitted on the factory floor ------- proper safety gear.

(A) following
(B) regarding
(C) unless
(D) without

117. Heidt Used Appliance Store guarantees that your purchase will arrive in working -------.

(A) condition
(B) conditional
(C) conditionally
(D) conditioned

118. ------- Ms. Park appreciated the job offer from Seon Advisory Group, she declined the opportunity because she would have to relocate.

(A) Now that
(B) Only if
(C) While
(D) Whether

119. The convention center is located on Market Street, directly ------- Glenview Shopping Center.

(A) opposite
(B) among
(C) apart
(D) nearby

120. ------- a small festival celebrating the town's heritage, the Clarytown Celebration has become one of the biggest annual events in the area.

(A) Origin
(B) Originate
(C) Originated
(D) Originally

121. ------- of the management team include improving productivity and reducing annual expenditures.

(A) Priority
(B) Prioritizing
(C) Priorities
(D) Prioritized

Go on to the next page

122. ------- employees affected by changes to Linerex Corporation's health plan should watch the online presentation.

(A) Every
(B) Much
(C) Those
(D) Which

123. Senior human resources personnel need to ------- at least two training events this year to be eligible for a bonus.

(A) have hosted
(B) be hosted
(C) have been hosted
(D) hosting

124. Aomori Agriculture Solutions specializes in increasing crop yields ------- the development of better farming techniques.

(A) because
(B) through
(C) previous
(D) although

125. Chae Media, Inc., plans to ------- the renovation of its publishing house in Seoul.

(A) send away for
(B) move forward with
(C) take back from
(D) watch out for

126. The marketing team at Bescura Cars has created a series of ------- humorous commercials, designed to appeal to younger consumers.

(A) economically
(B) exactly
(C) deliberately
(D) patiently

127. Programmers at Ulrich-Ahn Company are responsible for ensuring that software conforms to the ------- system standards.

(A) establish
(B) established
(C) establishing
(D) establishes

128. Pour the cake batter into the pan and shake gently if the batter is ------- distributed.

(A) unevenly
(B) undeniably
(C) unwillingly
(D) unknowingly

129. Geneto Technology uses three ------- of laboratory accuracy to ensure consistent results.

(A) indicators
(B) indicate
(C) indicating
(D) indicated

130. The financial figures released by Tsai and Wu International ------- only to expenses from the month of July.

(A) organize
(B) ponder
(C) correspond
(D) subscribe

PART 6

Directions: Read the texts that follow. A word, phrase, or sentence is missing in parts of each text. Four answer choices for each question are given below the text. Select the best answer to complete the text. Then mark the letter (A), (B), (C), or (D) on your answer sheet.

Questions 131-134 refer to the following advertisement.

There is no better time to visit beautiful Nova Scotia, and Nova Scotia Tours can help! With over 25 years in business, we know how to plan ------- **131.** tailored to our clients' specifications. You and your family can enjoy everything from our Gaelic fiddle music and Ukrainian heritage festivals to the fresh, salty air and delicious seafood. For adventure seekers, there are many activities ------- **132.** you busy. ------- **133.** . Or, ------- **134.** you prefer, relax and dine at any of our world-class restaurants. But don't wait. Call us today at 902-555-0166!

131. (A) garments
(B) deliveries
(C) conferences
(D) vacations

132. (A) to keep
(B) keep
(C) having kept
(D) would keep

133. (A) Book now to reserve your hotel.
(B) Speak with our representatives Monday through Friday.
(C) Try whale watching, kayaking, or cycling.
(D) Choose from over hundreds of locations.

134. (A) if
(B) moreover
(C) despite
(D) both

Go on to the next page

Questions 135-138 refer to the following article.

New Head at Balmer Industries

Balmer Industries, one of the ------- (135.) pharmaceutical companies in Switzerland, yesterday announced the appointment of Li Xia Qiao as its newest CEO. The announcement ------- (136.) nearly two months after Edon Durian, the current head of Balmer, made public that he will retire at the end of the year. ------- (137.). Qiao is well-known in the industry for successfully heading several small pharmaceutical companies. The job at Balmer will be the first position she has held at the helm of an international firm of this size. Qiao, ------- (138.) currently resides in Basel, begins working in Zurich on 28 November.

135. (A) leading
(B) determined
(C) hopeful
(D) mutual

136. (A) come
(B) comes
(C) will come
(D) will have come

137. (A) The company is currently interviewing for the position.
(B) A new CEO will be announced in November.
(C) Balmer then plans to move its headquarters to Basel.
(D) Durian has led the company for seven years.

138. (A) whose
(B) her
(C) who
(D) herself

Questions 139-142 refer to the following notice.

Are you an amateur athlete looking for a ------- (139.)? Get ready for the premier competition of the year. Test your abilities at the Johannesburg Metropolitan Meet of Champions, ------- (140.) athletes from Randburg, Roodepoort, and Sandton will have a chance to represent their hometowns and compete for prizes in a variety of sports. The meet will take place in Roodepoort on 30 March. ------- (141.). To register, visit jmmchampions.co.za. ------- (142.) athletes are not eligible to participate in the competitions but may register as volunteers for the event.

139. (A) trainer
(B) scholarship
(C) teammate
(D) challenge

140. (A) with
(B) yet
(C) where
(D) along

141. (A) Tickets are available at all locations.
(B) It is open to athletes 15 years or older.
(C) Winners will be announced then.
(D) Training is scheduled for the next day.

142. (A) Profession
(B) Professional
(C) Professions
(D) Professionally

Go on to the next page

Questions 143-146 refer to the following e-mail.

To: Claudia Espino
From: Yumiko Fujihara
Date: June 2
Re: Tokyo Showcase Request

Dear Ms. Espino,

Mr. Miyashita, the owner of The Miyashita Gallery of Kyoto, was pleased to display your work as part of the May Modern Artists Celebration. He was ------- **143.** impressed with your stunning collection of oil paintings of everyday life in Madrid. He now hopes to present these pieces at his other gallery in Tokyo in September. Are they available for ------- **144.** and sale? ------- **145.** Please inform us if you are interested and, ------- **146.**, we can arrange a meeting to discuss compensation and further details.

Respectfully yours,

Yumiko Fujihara
Administrative Assistant
The Miyashita Gallery

143. (A) particular
(B) particularity
(C) particularize
(D) particularly

144. (A) repair
(B) analysis
(C) exhibition
(D) treatment

145. (A) Any work that does not sell would be returned to you in October.
(B) We can restore the art to its original condition.
(C) The gallery specializes in sculptures of all kinds.
(D) You will receive a discount on any piece you buy.

146. (A) even if
(B) if so
(C) so long as
(D) in case

PART 7

Directions: In this part you will read a selection of texts, such as magazine and newspaper articles, e-mails, and instant messages. Each text or set of texts is followed by several questions. Select the best answer for each question and mark the letter (A), (B), (C), or (D) on your answer sheet.

Questions 147-148 refer to the following directory.

Welcome to

Moon Bay Department Store

Please use this temporary directory to navigate our store while it is under renovation. We are expanding Level 2, which previously held our shoe department, in order to build a food court for our valued customers.

Level 1
Electronics and Technology
Home Furnishings

Level 2
Closed for Renovations until June 4

Level 3
Children's Clothing
Athletic Equipment

Level 4
Women's Clothing
Men's Clothing
Shoes

147. Why is the store under renovation?
(A) To reorganize a clothing department
(B) To expand a shoe department
(C) To create an eating area
(D) To add extra dressing rooms

148. Where are exercise machines most likely located?
(A) On Level 1
(B) On Level 2
(C) On Level 3
(D) On Level 4

Go on to the next page

Questions 149-150 refer to the following chain of text messages.

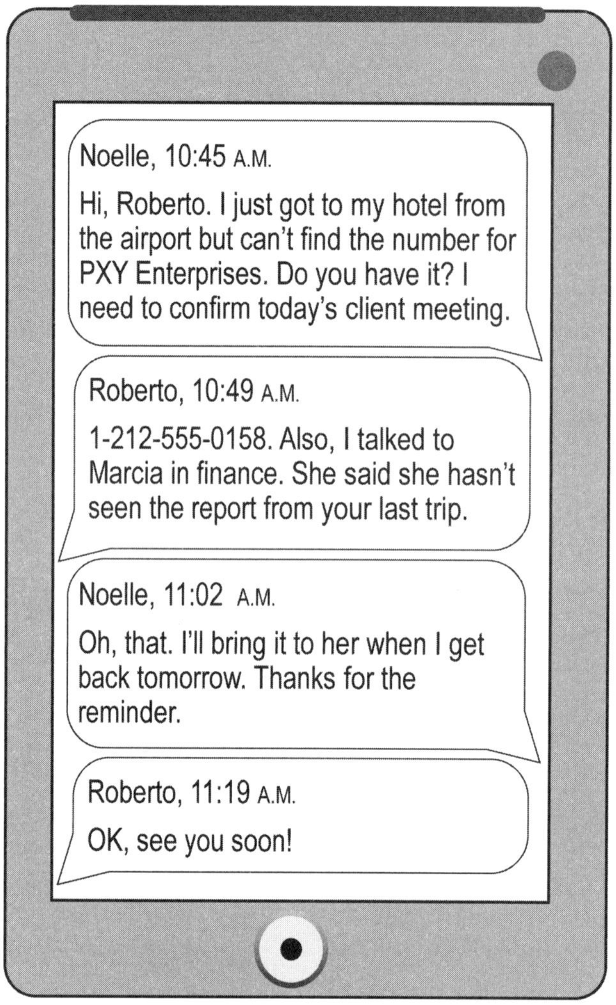

149. Who is Roberto?

(A) A co-worker of Noelle's
(B) A financial consultant
(C) An employee of PXY Enterprises
(D) A travel agent

150. At 10:49 A.M., what does Roberto most likely mean when he writes, "she hasn't seen the report from your last trip"?

(A) Marcia has been out of the office.
(B) The report got lost.
(C) Marcia will finish the report.
(D) The report is late.

Questions 151-152 refer to the following notice.

Connor's

2005 Great Hill Rd.
Edmonton, AB, T5J 1N7
780-555-0199
www.connors.ca

You're invited!

Customer Appreciation Night

Wednesday, 11 October
6:00 P.M. – 9:00 P.M.

Our computer specialists will demonstrate the latest computer tablets, digital cameras, and phones. They'll explain how to operate various devices and provide tips on how to choose the right computer for your home or business.

Receive 20% off all paper and pens and 10% off all copy orders on 11 October only.

Connor's

Offering the best in office supplies and equipment for 25 years

151. What is the purpose of the notice?
(A) To introduce a Web site
(B) To extend an invitation
(C) To advertise a new computer
(D) To promote a new copying service

152. What is available for a discount on October 11 ?
(A) Computer tablets
(B) Telephones
(C) Digital cameras
(D) Copy orders

Go on to the next page

Questions 153-154 refer to the following advertisement.

Delights Crepe Palace

993 Weston St., Portland, Maine 14104
Phone: 207-555-0116
delightscrepepalace.com

Hours:

Monday-Friday 11 A.M.-8 P.M. Saturday 10 A.M.-9 P.M. Sunday noon-5 P.M.

All our crepes are filled with delicious fruit and served hot with dessert toppings. If you have never tried these thin, sweet French pancakes, you're in for a treat!

Visit our central downtown location, easily accessible from the train station. Give us a call or go to our Web site to place an order for pickup. Delivery is not available.

Crepes:

Small $5 Medium $8 Large $10

Fillings: Strawberries, Blueberries, Mangoes, Bananas
Toppings: Chocolate, Fudge, Whipped Cream, Marshmallows
(The first topping is free. Additional toppings are $.50 each.)

153. What is indicated about the restaurant?
(A) It charges a fee for delivery.
(B) It has a convenient location.
(C) It is closed on weekends.
(D) It recently opened a new location.

154. What is stated about the crepes?
(A) They come in different sizes.
(B) They cost $.50 each.
(C) They are filled with chocolate.
(D) They are served cold.

Questions 155-157 refer to the following advertisement.

ARTISTICS, INC., GRAND OPENING!

Artistics, Inc., is proud to announce that our store has reopened at a new location, 2416 Whalley Avenue. We will continue to specialize in business cards, flyers, posters, menus, catalogs, and other promotional materials. In addition, our bigger space now allows us to offer the services of an expanded team of graphic designers who can work with you to conceptualize and design your product in order to achieve maximum visual appeal.

We invite you to visit our store and take a look at hundreds of sample cards, mailers, and brochures, all of which can be customized for your specific products or services. If you make a purchase of $200 or more in printing services in the month of April, you will receive a complimentary 100-count box of business cards (a $25 value).

Artistics, Inc.
2416 Whalley Avenue
Cairns 4870
Telephone 617 4041 6565

155. What type of business is Artistics, Inc.?
(A) A printing company
(B) An art gallery
(C) A Web site design firm
(D) An employment agency

156. What is indicated about Artistics, Inc.?
(A) It now has multiple locations.
(B) It has hired additional staff.
(C) It is expanding its online services.
(D) It is open seven days a week.

157. What is offered with a purchase of $200 or more?
(A) Free shipping
(B) A set of business cards
(C) A $25 gift card
(D) A box of brochures

Go on to the next page

Questions 158-160 refer to the following survey.

Savix Professional Workshop Series

Feedback Form

Workshop # *4* : *Strategies for Effective Meetings*

Attendee name : *Monica Montero*

Please select up to three factors that were most important in your decision to attend this workshop.

Facilitators of workshop	[ ]	Cost	[x]
Date and time of workshop	[ ]	Length of workshop	[ ]
Workshop topic	[x]	Other ______________	[ ]

Please indicate whether or not you agree with the following statements.

	Yes	No
The facilitators presented information in a compelling manner.	[x]	[ ]
The facilitators seemed knowledgeable about the topic.	[x]	[ ]
The facilitators proceeded at a good pace.	[ ]	[x]
The knowledge and skills I gained will be useful at my job.	[x]	[ ]
I would consider attending other workshops offered by these facilitators.	[x]	[ ]
I would recommend this workshop to my colleagues.	[x]	[ ]

Please indicate other comments and suggestions below.

While the material presented was helpful, I felt that one day was not enough time to thoroughly cover the presenters' topics. Also, I would be interested in a future workshop that addresses time management.

158. What is indicated about the workshop?
(A) It was the fourth in a series.
(B) It was expensive.
(C) It was crowded.
(D) It was held in Ms. Montero's office.

159. What is suggested about Ms. Montero?
(A) She is an employee at Savatrix Professional Workshops.
(B) She has signed up for another workshop.
(C) She was familiar with the presenters before attending the event.
(D) She wants to have meetings that are more productive.

160. What did Ms. Montero believe needed improvement?
(A) The workshop location
(B) The workshop materials
(C) The length of the workshop
(D) The cost of the workshop

Go on to the next page

Questions 161-163 refer to the following e-mail.

To:	All Employees
From:	Su Kyung Cho <skcho@greatcars.co.nz>
Subject:	Annual outing
Date:	1 December

I wanted to let everyone know that management has decided to postpone our annual company hiking trip, which is usually held in December. As all of you know, that is the busiest time of year for our car rental agency, and every year it is difficult to fit the trip into our schedule. The new date is 23 January. This should be more convenient for anyone who wants to go.

If you would like to help plan the trip, please call Sandra Logan in Human Resources at extension 45. She needs help coordinating meals for the day. She has already confirmed that we will be hiking the Tongariro Alpine Crossing up to the Emerald Lakes.

Su Kyung

161. What is the purpose of the e-mail?

(A) To schedule a meeting
(B) To make hotel reservations
(C) To explain a car rental policy
(D) To announce a change in plans

162. What will occur in December?

(A) An increase in business
(B) A sales meeting
(C) An employee award ceremony
(D) A company hiking trip

163. According to the e-mail, why should people contact Ms. Logan?

(A) To rent a car
(B) To schedule an interview
(C) To help make food arrangements
(D) To select a vacation destination

Questions 164-167 refer to the following online chat.

Mark Slater

Slater, Mark, 10:22 A.M.	Does anybody want to get some lunch at the noodle shop across the street?
Davis, Sara, 10:23 A.M.	I'm in.
Yu, Peter, 10:25 A.M.	Me too.
Briggs, Francesca, 10:25 A.M.	Sorry, I have to stay to finish my presentation for our meeting this afternoon. Could somebody bring me something?
Slater, Mark, 10:26 A.M.	Sure, Francesca. We'll get your usual. What are you going to present?
Briggs, Francesca, 10:28 A.M.	I'm going to review how to log in to the new computer system. Mr. Cooke also wants me to make sure everybody understands the new technology policies.
Yu, Peter, 10:29 A.M.	Do you need help with that?
Briggs, Francesca, 10:31 A.M.	I might. Are you good at formatting artwork for a slide show?
Yu, Peter, 10:33 A.M.	I can come over to your desk in an hour and help you.
Briggs, Francesca, 10:34 A.M.	That would be great.
Davis, Sara, 10:36 A.M.	Will you include a demonstration in your presentation? I always find that helpful.
Briggs, Francesca, 10:37 A.M.	Yes, but I need to find a volunteer who hasn't logged in yet for the demonstration.
Slater, Mark, 10:38 A.M.	I haven't logged in yet. You can use me as your example.
Briggs, Francesca, 10:40 A.M.	Perfect. I'll walk you through the steps during the meeting.

SEND

164. At 10:23 A.M., what does Ms. Davis most likely mean when she writes, "I'm in"?
(A) She is in the office.
(B) She will go to the noodle shop.
(C) She will attend the meeting.
(D) She is logged on to a computer system.

165. What is indicated about the presentation?
(A) It will take place over lunch.
(B) It will be given by Mr. Yu.
(C) It will last about an hour.
(D) It will include graphics.

166. What is suggested about Mr. Cooke?
(A) He is giving a demonstration.
(B) He is a new employee.
(C) He is Ms. Briggs's supervisor.
(D) He is setting up a new account.

167. Who will use the new computer system for the first time during the meeting?
(A) Mr. Slater
(B) Ms. Davis
(C) Mr. Yu
(D) Ms. Briggs

Go on to the next page

Questions 168-171 refer to the following memo.

MEMO

From: Daniel Horge, Manager
To: All employees
Date: June 1
Re: Staffing

Nancy Wollowitz, the front desk receptionist, will be taking a two-week vacation from June 7 to June 21. — [1] —. A temporary worker has been hired from a placement agency to fill in for her during this time. — [2] —. He will take over most of her usual duties, including answering the phone, scheduling hair appointments, and checking clients in and out of the facility. Please introduce yourself to Mr. Sans and make yourself available should he have any questions. — [3] —.

Additionally, please make sure that you submit your time sheet by June 5. Ms. Wollowitz will send in payroll information before she leaves, so your pay will be deposited into your account on the normal payday of June 14. This is important because Mr. Sans will not be trained to use our payroll software. — [4] —.

If you have questions regarding this matter, please contact Ms. Wollowitz before June 7 or me after that date, and we will be happy to help you.

168. Where do the recipients of the memo most likely work?

(A) At a job-placement agency
(B) At an accounting firm
(C) At a hair salon
(D) At a doctor's office

169. What is indicated about Ms. Wollowitz?

(A) She is retiring.
(B) She found a new job.
(C) She is taking some time off.
(D) She is Mr. Horge's supervisor.

170. By when should employees submit their hours?

(A) June 1
(B) June 5
(C) June 7
(D) June 14

171. In which of the positions marked [1], [2], [3], and [4] does the following sentence best belong?

"His name is Michael Sans."

(A) [1]
(B) [2]
(C) [3]
(D) [4]

Questions 172-175 refer to the following article.

Valuables Found on Beach

September 20—A gold ring valued at $1,200 was found during storm cleanup at Avondale Beach on Saturday morning. This was only one of many objects retrieved from the sand over the weekend by the Kirkland Sanitation Department. — [1] —. In preparation for Friday's fireworks show, municipal cleaning crews combed the beach on Saturday and Sunday to remove debris washed up by Thursday night's storm.

Crew member Liam O'Donnell, who has worked every storm cleanup for the last five years, said, "You wouldn't believe some of the things we find. Last year I pulled a vacuum cleaner out of the sand. But it's really common to find things like umbrellas, jewelry, coins, and even bicycles. — [2] —. These are things that beachgoers often forget or lose at the beach. When there's a storm, they all come to the surface, and we find them." — [3] —.

All valuables found by city cleaning crews are taken to the Kirkland Community Center. — [4] —. During that time, anyone who has lost an item can look for it at the community center. Any valuables that are not claimed are sold at the annual community auction, which benefits the city library and parks.

172. What is the purpose of the article?
(A) To report the weather
(B) To describe a cleanup effort
(C) To advertise jewelry
(D) To announce an annual auction

173. What is suggested about Mr. O'Donnell?
(A) He works for the city.
(B) He owns a gold ring.
(C) He was hired last month.
(D) He lost an item at the beach.

174. What is stated about Avondale Beach?
(A) It rents umbrellas to beachgoers.
(B) It has a network of biking trails.
(C) It was closed for 90 days.
(D) It will host a fireworks show.

175. In which of the positions marked [1], [2], [3], and [4] does the following sentence best belong?

"They are kept here for up to 90 days."

(A) [1]
(B) [2]
(C) [3]
(D) [4]

Go on to the next page

Questions 176-180 refer to the following e-mail and letter.

E-mail

To: Sasikala Sharma
From: Zachary Bauers
Subject: This season
Date: 20 July

Dear Sasikala:

Thank you for giving me the great news. I'm glad to know we have so many subscribers returning for another season and that we also have an increase in new subscribers. Our advertising must be working!

In answer to your question, we still haven't yet made a decision about the final show. I'm hoping plans to produce *After the Sun* will work out. It is an expensive production, and the budget is still an issue. If we can't afford to do it, we'll have to mail the tickets for the first four shows to subscribers in August as planned. Then we can send the tickets for the final show in September, after it has been chosen. I'll let you know by the end of next week whether we have decided to go ahead with *After the Sun*.

Zachary

Belmont Community Theatre

12 August

Mr. Jake Harbaugh
14 Snyder Court, #4
Winnipeg R2C 0H9

Dear Mr. Harbaugh:

Thank you for subscribing to the upcoming Belmont Community Theatre season! On behalf of the theatre, I want to welcome you. We are always pleased to have new subscribers, and I am certain you will be delighted with the upcoming season. Please find enclosed the tickets for the five plays for this season.

Play descriptions, performer biographies, and a complete schedule can be found on our Web site. If you have any questions, please contact the box office at 204-555-0142.

Subscribers enjoy exclusive benefits, including ticket exchanges, which can be made by phone, mail, or in person at the box office. Please be aware that programs and schedules are subject to change.

Sincerely,

Sasikala Sharma
Patron Services Director
Belmont Community Theatre

176. What is Mr. Bauers pleased about?

(A) There will be an increased number of plays produced this season.
(B) There are more season subscribers this year.
(C) A positive review appeared in the local news.
(D) The new advertising campaign is being launched.

177. Why is Mr. Bauers concerned?

(A) Some tickets were lost in the mail.
(B) A budget meeting was rescheduled.
(C) A play might cost too much to produce.
(D) Play rehearsals are behind schedule.

178. Why did Ms. Sharma send the letter to Mr. Harbaugh?

(A) To confirm a schedule
(B) To thank him for his subscription
(C) To let him know about some changes
(D) To give him news about a new play

179. What is suggested about the Belmont Community Theatre's upcoming season?

(A) The fifth play will be *After the Sun*.
(B) It will last longer than previous seasons.
(C) There are new subscriber benefits.
(D) The ticket prices have increased.

180. According to the letter, what can subscribers do on the Web site?

(A) Exchange their tickets
(B) Select their seats
(C) Read about actors
(D) Contact the box office

Go on to the next page ➤

Questions 181-185 refer to the following invoice and e-mail.

Restaurflex Supply

Client Name: The Gramerty
Client Address: 793 Pemberton Ave., Millersburg, NY 12505
Date: May 18

Item Number	Description	Quantity	Unit Price	Total
RX1652	Blue paper napkins with white trim, 25 cm x 25 cm	3,000	$0.10	$300.00
RX1993	Blue paper place mats, 38 cm x 25 cm	3,000	$0.50	$1,500.00
RX2028	Plastic cups with lids, 1 liter, blue	500	$0.30	$150.00
RX1800	Food-grade plastic bags in blue with color logo, 10 cm x 20 cm x 45 cm	3,000	$0.30	$900.00
			Total	$2,850.00

If you have any questions, please contact your sales representative, Amine Guettera, at aguettera@restaurflexsupply.com.

To: aguettera@restaurflexsupply.com
From: chitanmistry@thegramerty.com
Subject: Invoice
Date: May 22

Dear Mr. Guettera,

Congratulations on your new position and thank you for sending the invoice for the products I ordered. When I spoke with Emilia Katzenbach, my previous contact at Restaurflex, she offered a discount on item RX1800, bringing the unit cost from 30 cents to 20 cents each. I understand that your prices have increased, but The Gramerty is a longtime customer. Could you please speak to her to confirm this and then send us an updated invoice?

In addition, customers who ordered from our take-away menu have complained that the plastic lids on their containers did not close securely, and their soup leaked out. We never had this problem before our most recent order last December. I would like to return the remainder of this item, RX2333, and be reimbursed accordingly. Could you recommend a suitable replacement?

Thank you,

Chitan Mistry
General Manager, The Gramerty

181. What most likely is The Gramerty?
(A) A party-supply company
(B) A bank
(C) A restaurant
(D) A retail shop

182. What is the same for each product on the invoice?
(A) The size
(B) The color
(C) The logo
(D) The quantity

183. What product does Mr. Mistry expect to be discounted?
(A) Napkins
(B) Place mats
(C) Disposable cups
(D) Plastic bags

184. Who is Ms. Katzenbach?
(A) Mr. Mistry's supervisor
(B) The manager of The Gramerty
(C) A longtime customer of The Gramerty
(D) A salesperson at Restaurflex Supply

185. What is NOT suggested by the e-mail?
(A) Mr. Mistry has ordered from Restaurflex Supply previously.
(B) Mr. Mistry has worked with Mr. Guettera many times.
(C) Restaurflex Supply has recently raised its prices.
(D) The Gramerty has received complaints from customers.

Go on to the next page

Questions 186-190 refer to the following instructions, letter, and text message.

Instructions for San Aldo University Press Authors

San Aldo University Press is pleased to be publishing your forthcoming book. Carefully follow these instructions for preparing and submitting your manuscript. Failure to do so may result in book production delays or increased production fees.

- The text file of your manuscript should include all content from the title page to the list of references.
- If applicable, save and supply digital artwork, tables, and charts as individual files.
- If applicable, obtain signed permissions for digital artwork; permission forms can be obtained from www.saupress.sau.edu/author.
- Review the author checklist, downloadable from www.saupress.sau.edu/author.

Please e-mail all these documents directly to your San Aldo University Press editor.

San Aldo University Press
130 Oceanside Way
San Aldo, California 95523
saupress.sau.edu

January 12

Kwon Tae-Hwan
16 Yeonsan 4(sa)-dong
Yeonje-gu, Busan
South Korea

Dear Dr. Kwon,

Your coauthor just e-mailed the remainder of your permission forms to me, and I now have all materials needed to begin the production phase for *The Economics of Simple Living*. A production schedule is enclosed; we are still on track for a July release. Please review and make note of important dates that require action from you and your coauthor. In the meantime, should you have any editorial questions, please contact me, as usual.

I look forward to your visit at the end of August, when we will have the kickoff of your promotional tour at San Aldo University's bookstore.

Best regards,

Zahera Sadik

Zahera Sadik
Editor, Economics & Political Science
650-555-0179 ext. 11
zahera@saupress.sau.edu

From: Kwon Tae-Hwan
Received: February 20, 1:14 P.M.
To: Talia Burstein

Talia, I shared our edits to the book jacket with Zahera and Eugene. They will e-mail the updated text for the book cover later today. We will need to provide immediate feedback, so keep checking your e-mail throughout the evening. Thanks.

186. According to the instructions, what must authors do?

(A) Approve an editorial schedule
(B) Complete a checklist review
(C) Submit their final manuscript over the Internet
(D) Include all tables and charts in one file

187. What is true about *The Economics of Simple Living* ?

(A) It includes artwork.
(B) It is available in an electronic version.
(C) Its cost of production was high.
(D) Its publication was delayed.

188. According to the letter, what will happen in August?

(A) A bookstore will offer a discount.
(B) A book will be published.
(C) Ms. Sadik will contact Dr. Kwon.
(D) Dr. Kwon will travel to California.

189. Who most likely is Ms. Burstein?

(A) Dr. Kwon's coauthor
(B) Dr. Kwon's editor
(C) Ms. Sadik's manager
(D) Ms. Sadik's assistant

190. In the text message, the word "keep" in paragraph 1, line 6, is closest in meaning to

(A) consider
(B) withhold
(C) continue
(D) reserve

Go on to the next page

Questions 191-195 refer to the following schedule and e-mails.

Bridgewater Spring Festival Weekend Activities	
Saturday 18 May **12:00 P.M. Pizza Cook-Off** – competitors will choose the ingredients to create the best pizza, and attendees will act as judges! Win one free cheese pizza each month for the remainder of the year. $5 entry fee. Sponsor: Bridgewater Pizzeria Venue: Bridgewater Pizzeria	**Sunday 19 May** **9:30 A.M. Walk for Health** – complete the 5-mile walk around Swan Creek Park to receive a free two-week gym membership worth $30. All participants will receive a free "Get Fit!" T-shirt. Sponsor: Treager's Gym Venue: Swan Creek Park north entrance
2:00 P.M. to 5:00 P.M. Spring Garden Tour – visit some of the most beautiful home gardens in the city. Bridgewater's best home gardener will be awarded a $50.00 cash prize. Sponsor: Bridgewater Parks Commission Venue: See Garden Tour map	**4:00 P.M. University String Quartet** – enjoy the music of Haydn, Mozart, and Schubert in this performance featuring first violinist Jemiah Weisz. $10 entrance fee. Sponsor: Bridgewater University Venue: University Concert Hall

From: Leeann Allen <leeann.allen@bridgewaterparks.org>
To: Angela Russo <arusso@tqmail.net>
Date: May 15
Subject: Weekend festival

Hello Angela,

Since rain is likely on Sunday, I would like to move Matt Treager's event, which will take place outdoors, to Saturday and move yours to Sunday at noon.

We will update the festival Web site and send out an e-mail to notify festivalgoers of this schedule change. We will also post notices on the message boards in the park. Let me know if this works for you.

Yours,

Leeann Allen, festival organizing committee

E-mail

From:	Martin Sanchez <m.sanchez@flx.realty.com>
To:	Takeshi Ogawa <togawa@flx.realty.com>
Date:	May 17
Subject:	Planning meeting

Takeshi,

Yes, I can fill in for you tomorrow to meet with your clients and show them the properties. I'll let you know how it goes next week when you're back in the office.

Good luck with the tour judges. I hope you'll be $50 richer by Monday.

Martin

191. What is stated about the University String Quartet performance?

(A) It requires an admission fee to attend.
(B) It will be delayed because of the weather.
(C) It was moved to a different venue.
(D) It will end at 5:00 P.M.

192. What is the purpose of the first e-mail?

(A) To advise festivalgoers that it will rain
(B) To provide feedback on a Web site
(C) To request a change to a schedule
(D) To announce an upcoming festival

193. In the first e-mail, the word "notices" in paragraph 2, line 2 is closest in meaning to

(A) ideas
(B) reviews
(C) evaluations
(D) announcements

194. Who most likely will participate in a festival activity on Sunday afternoon?

(A) Ms. Allen
(B) Ms. Russo
(C) Mr. Treager
(D) Mr. Sanchez

195. Why is Mr. Ogawa most likely unable to meet with his clients?

(A) He is one of the festival organizers.
(B) He is performing in a music concert.
(C) He is a judge for a cooking competition.
(D) He is competing in a festival event.

Go on to the next page

Questions 196-200 refer to the following article, e-mail, and floor plan.

Metro Area Business Watch - October

The grand opening of the Ocean Crest Mall in Marlow Bay is scheduled for next spring, and available spaces are filling rapidly. Once the mall opens, business is expected to take off just as quickly. While the Ocean Crest Mall is not the only such establishment in Marlow Bay, it will be the first to open directly onto the boardwalk. The mall will include boutiques, specialty stores, and a variety of food vendors.

The mall management is hoping to attract business owners from outside Marlow Bay. According to rental manager Barbara Lancer, a number of the businesses that have rented space are new to the area. "This was by design," she explained. "The Marlow Bay City Council offered the mall owners a tax incentive if we are able to bring new businesses to Marlow Bay. We're still a little short of our goal to have 75% of our spaces rented to nonlocal businesses. We are offering reduced rental prices on new leases for out-of-town businesses.

Applications from business owners looking to lease retail and restaurant space will be accepted until the December 15 deadline. Interested business owners are encouraged to contact Lancer by e-mail at blancer@oceancrestmall.com.

From:	Tracy Fernandez <tfernandez@kmail.com>
To:	Barbara Lancer <blancer@oceancrestmall.com>
Date:	October 9
Subject:	Available space

Dear Ms. Lancer,

I am a friend of Eric Raye, owner of The Shoe Horn, and he suggested that I contact you about a rental space in the Ocean Crest Mall. He told me about a great benefit that he received that is available to business owners like me. I own Edge Fashion and sell contemporary women's apparel. I have two retail locations in the nearby city of Hazelton, and I am considering expanding to Marlow Bay. If possible, I would like to be near my friend's store, but I do not want a space that is beside a restaurant or food service. A space on the boardwalk side that overlooks the beach would be ideal.

Could you please send me a map of the mall showing any available spaces that might meet my needs? Also, could you provide information about the size of each space and rental fees?

Thank you in advance,

Tracy Fernandez

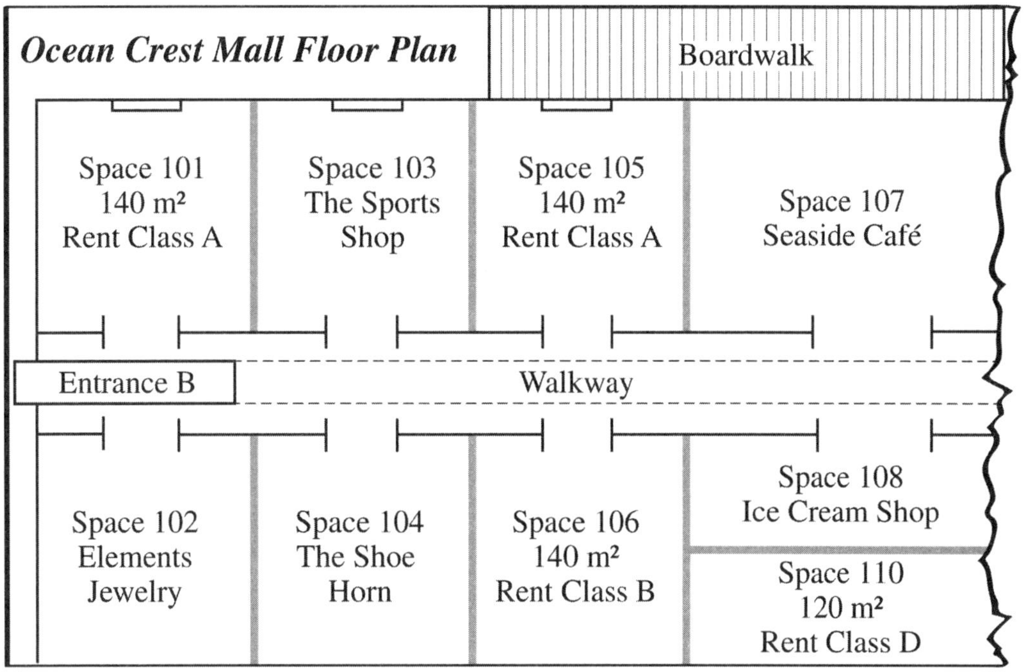

196. What is the purpose of the article?

(A) To explain why the opening of a new mall has been postponed
(B) To announce plans to build a new mall
(C) To review the stores and restaurants in a new mall
(D) To encourage business owners to rent space in a new mall

197. In the article, the phrase "take off" in paragraph 1, line 5, is closest in meaning to

(A) remove
(B) discount
(C) increase quickly
(D) leave suddenly

198. What is stated about the Ocean Crest Mall?

(A) It will be the only mall in Marlow Bay.
(B) It will have direct access to the boardwalk.
(C) It will include 75 retail spaces to rent.
(D) It will open for business on December 15.

199. What is indicated about Mr. Raye?

(A) He is a friend of Ms. Lancer.
(B) His business was the first to open.
(C) He is paying a reduced rental rate.
(D) His store opens onto the beach.

200. What space will Ms. Fernandez most likely be interested in renting?

(A) Space 101
(B) Space 105
(C) Space 106
(D) Space 110

Stop! This is the end of the test. If you finish before time is called, you may go back to Parts 5, 6, and 7 and check your work.

NO TEST MATERIAL ON THIS PAGE

TOEIC®

TEST 2

Test 2 • Pistes 1 à 81

General Directions

This test is designed to measure your English language ability. The test is divided into two sections: Listening and Reading.
You must mark all of your answers on the separate answer sheet.
For each question, you should select the best answer from the answer choices given. Then, on your answer sheet, you should find the number of the question and fill in the space that corresponds to the letter of the answer that you have selected. If you decide to change an answer, completely erase your old answer and then mark your new answer.

Go on to the next page

LISTENING TEST

In the Listening test, you will be asked to demonstrate how well you understand spoken English. The entire Listening test will last approximately 45 minutes. There are four parts, and directions are given for each part. You must mark your answers on the separate answer sheet. Do not write your answers in your test book.

PART 1

Directions: For each question in this part, you will hear four statements about a picture in your test book. When you hear the statements, you must select the one statement that best describes what you see in the picture. Then find the number of the question on your answer sheet and mark your answer. The statements will not be printed in your test book and will be spoken only one time.

Statement (C), "They're sitting at a table," is the best description of the picture, so you should select answer (C) and mark it on your answer sheet.

1.

2.

Go on to the next page

3.

4.

5.

6.

Go on to the next page

PART 2

Directions: You will hear a question or statement and three responses spoken in English. They will not be printed in your test book and will be spoken only one time. Select the best response to the question or statement and mark the letter (A), (B), or (C) on your answer sheet.

7. Mark your answer on your answer sheet.

8. Mark your answer on your answer sheet.

9. Mark your answer on your answer sheet.

10. Mark your answer on your answer sheet.

11. Mark your answer on your answer sheet.

12. Mark your answer on your answer sheet.

13. Mark your answer on your answer sheet.

14. Mark your answer on your answer sheet.

15. Mark your answer on your answer sheet.

16. Mark your answer on your answer sheet.

17. Mark your answer on your answer sheet.

18. Mark your answer on your answer sheet.

19. Mark your answer on your answer sheet.

20. Mark your answer on your answer sheet.

21. Mark your answer on your answer sheet.

22. Mark your answer on your answer sheet.

23. Mark your answer on your answer sheet.

24. Mark your answer on your answer sheet.

25. Mark your answer on your answer sheet.

26. Mark your answer on your answer sheet.

27. Mark your answer on your answer sheet.

28. Mark your answer on your answer sheet.

29. Mark your answer on your answer sheet.

30. Mark your answer on your answer sheet.

31. Mark your answer on your answer sheet.

PART 3

Directions: You will hear some conversations between two or more people. You will be asked to answer three questions about what the speakers say in each conversation. Select the best response to each question and mark the letter (A), (B), (C), or (D) on your answer sheet. The conversations will not be printed in your test book and will be spoken only one time.

32. What does the man say he has to do tomorrow?
(A) Have his car fixed
(B) See a doctor
(C) Submit a report
(D) Plan an event

33. What do the speakers agree to do?
(A) Collaborate on a project
(B) Meet at a restaurant
(C) Exchange contact information
(D) Trade work shifts

34. What will the man probably do next?
(A) Notify a manager
(B) Cancel an appointment
(C) Train new staff
(D) Clean a work area

---

35. What were the men doing last weekend?
(A) Conducting a tour
(B) Training new employees
(C) Attending a gallery opening
(D) Designing a building

36. What type of work did the speakers do for Alfredo?
(A) They created marketing materials.
(B) They furnished an office space.
(C) They revised a workflow procedure.
(D) They made a financial investment.

37. What does the woman plan to do in February?
(A) Hire new staff
(B) Relocate to another city
(C) Attend a conference
(D) Take a vacation

---

38. Why is the woman at Houseman Incorporated?
(A) To register for a class
(B) To have a business lunch
(C) To lead a seminar
(D) To attend an interview

39. What does the man ask the woman to do?
(A) Wait in the lobby
(B) Update an application
(C) Wear a badge
(D) Provide photo identification

40. What does the man say has changed?
(A) The location of a meeting
(B) The date of an event
(C) The length of a session
(D) The number of participants

---

41. What is the conversation mainly about?
(A) A television service
(B) A newspaper subscription
(C) A radio program
(D) A theater production

42. What does the woman ask for?
(A) A bank balance
(B) The Web-site address of a business
(C) The spelling of a name
(D) A serial number

43. According to the woman, when will the change take effect?
(A) Today
(B) Tomorrow
(C) Next week
(D) Next month

Go on to the next page

44. What does the woman request?
(A) An invoice
(B) A map
(C) A signature
(D) A replacement part

45. What does the man say he has to do?
(A) Find his security pass
(B) Talk with a supervisor
(C) Unlock a door
(D) Check inventory

46. What does the man ask the woman to do?
(A) Return later
(B) Lower a price
(C) Move a vehicle
(D) Remove some boxes

---

47. What are the speakers discussing?
(A) An appliance warranty
(B) Blueprints from a designer
(C) A building permit
(D) A home improvement project

48. Why does the woman say, "And actually Colgate Painting said they would do it for four thousand dollars"?
(A) To clarify a request
(B) To negotiate a price
(C) To offer some help
(D) To recommend a service

49. Why is the woman relieved?
(A) Some work will be completed on time.
(B) A cost estimate includes supplies.
(C) A selected item is in stock.
(D) Experienced workers will be on-site.

---

50. What are the speakers planning to advertise?
(A) Evening classes
(B) Job opportunities
(C) An online store
(D) A printing demonstration

51. According to the man, what was the problem with last year's pamphlets?
(A) They were not ready on time.
(B) They were the wrong size.
(C) The information was too specific.
(D) The contact number was missing.

52. What does the man say he will send the woman?
(A) Free product samples
(B) A list of participants
(C) A draft of a document
(D) A revised schedule

---

53. Why is the man calling?
(A) To make plane reservations
(B) To reschedule mail delivery
(C) To get directions to a shop
(D) To order some envelopes

54. According to the woman, how far in advance should the man make his request?
(A) One day
(B) Two days
(C) One week
(D) Two weeks

55. What is the man required to do?
(A) Pay a fee
(B) Confirm an address
(C) Give an account number
(D) Submit an online form

---

56. What is the problem?
(A) A deadline has been moved up.
(B) Some funding has been reduced.
(C) Some materials have not been delivered.
(D) An architect is not available.

57. Which part of the renovations will likely be postponed?
(A) A library addition
(B) Some roof repairs
(C) An electrical system upgrade
(D) Some window replacements

58. What does the man mean when he says, "That's not a bad idea"?
(A) He would like to hear more suggestions.
(B) He prefers the original plan.
(C) He agrees with the proposed solution.
(D) He has a better idea.

---

59. What are the speakers discussing?
(A) Drafting a contract
(B) Working extra hours
(C) Using a new time reporting system
(D) Revising a vacation policy

60. What does the man imply when he says, "A lot of people have been asking about it"?
(A) Staff are confused about a procedure.
(B) People have heard that a workshop is interesting.
(C) Staff are waiting for a new assignment.
(D) A vacation calendar has not been posted yet.

61. What does the woman plan to do?
(A) Lead some training
(B) Ask for assistance
(C) Take some time off
(D) Author a manual

---

62. Where does the conversation most likely take place?
(A) At an electronics store
(B) At a public library
(C) At a movie theater
(D) At a travel agency

63. What is the man concerned about?
(A) Repair fees
(B) Difficult technology
(C) Warranty terms
(D) Screen size

64. What does the woman offer to do?
(A) Call a supervisor
(B) Provide a demonstration
(C) Exchange an item
(D) Apply a discount

Go on to the next page

Test 2 – Pistes 57-60

Sparkle Dry Cleaning	
Fabric	**Price**
Cotton	\$7
Wool	\$9
Mixed synthetics	\$10
Silk	\$12

65. What does the woman say she will do later this week?
(A) Attend a dinner
(B) Go to a conference
(C) Host a celebration
(D) Visit her family

66. Look at the graphic. What is the dress made of?
(A) Cotton
(B) Wool
(C) Mixed synthetics
(D) Silk

67. What does the man say he will do?
(A) Print a receipt
(B) Expedite a service
(C) Send a confirmation
(D) Schedule an appointment

CLARK CONCERT HALL
PETERSVILLE JAZZ BAND
SHOWTIME 6:30 P.M.
DOORS OPEN 5:30 P.M.
FRIDAY, MARCH 27

68. What does the woman ask the man to do?
(A) Record a performance
(B) Save some seats
(C) Check the time of a meeting
(D) Arrange for transportation

69. Look at the graphic. When does the man plan to arrive at the concert hall?
(A) At 5:30 P.M.
(B) At 6:00 P.M.
(C) At 6:30 P.M.
(D) At 7:00 P.M.

70. What will the woman do next?
(A) Print a confirmation
(B) Send an e-mail
(C) Approve a purchase
(D) Request contact information

PART 4

Directions: You will hear some talks given by a single speaker. You will be asked to answer three questions about what the speaker says in each talk. Select the best response to each question and mark the letter (A), (B), (C), or (D) on your answer sheet. The talks will not be printed in your test book and will be spoken only one time.

71. What is wrong with the camera?
(A) It is missing a part.
(B) It is an older model.
(C) It is too heavy.
(D) It is damaged.

72. Where does the speaker want to go this afternoon?
(A) To a real estate agency
(B) To a camera store
(C) To a post office
(D) To a warehouse

73. Why does the speaker request a return call?
(A) To change an order
(B) To arrange a rental
(C) To confirm an address
(D) To get driving directions

74. What is happening this weekend?
(A) A marathon
(B) An art festival
(C) A music concert
(D) A community picnic

75. Where are listeners instructed to go first?
(A) To a ticket booth
(B) To a stadium
(C) To a city hall
(D) To a county park

76. What details can be found on the city's Web site?
(A) Parking information
(B) Rain dates
(C) A map of the city
(D) A list of musicians

77. Who is the audience for the talk?
(A) Hotel guests
(B) Maintenance staff
(C) Apartment residents
(D) Garden club members

78. What problem does the speaker mention?
(A) The pool needs to be painted.
(B) A reservation has been lost.
(C) Some air conditioners are not working.
(D) The hotel restaurant is closed.

79. What does the speaker remind listeners to do on Monday?
(A) Check out on time
(B) Sign a new lease
(C) Make minor repairs
(D) Pick up passes

80. Who is Moon-Hee Lee?
(A) A regional manager
(B) A new employee
(C) A health inspector
(D) A prospective client

81. Why does the speaker ask listeners to stay late?
(A) To process a large order
(B) To wait for a shipment to arrive
(C) To attend a workshop
(D) To prepare the store for a visit

82. What does the speaker offer the listeners?
(A) A company dinner
(B) A cash bonus
(C) Some time off
(D) Some merchandise

Go on to the next page

83. What is the main topic of the radio show?
(A) Financial planning
(B) Web site design
(C) Interior decorating
(D) Car repairs

84. What has recently become available online?
(A) Step-by-step instructions
(B) Audio recordings
(C) Product reviews
(D) Free estimates

85. Why does the speaker say, "And I always like to hear from you"?
(A) To arrange for a guest speaker
(B) To ask for technical help
(C) To thank his audience for their interest
(D) To encourage listeners to contact him

---

86. What is being celebrated?
(A) The completion of some renovations
(B) The retirement of a colleague
(C) An award for community service
(D) The growth of a company

87. Who most likely is the speaker?
(A) A lead architect
(B) A business owner
(C) A current client
(D) A conference coordinator

88. What are employees asked to do before they leave?
(A) Meet a public official
(B) Be in a group photograph
(C) Make a donation
(D) Collect a gift

---

89. What position is being advertised?
(A) Program coordinator
(B) Administrative assistant
(C) Laboratory worker
(D) Human Resources director

90. What does the man imply when he says, "Have you seen the interview questions we use"?
(A) He is confirming an assignment.
(B) He has misplaced some forms.
(C) He is concerned about some questions.
(D) He wants the woman to lead an interview.

91. Why does the man want to meet with the woman?
(A) To introduce an applicant
(B) To ask for her opinion
(C) To offer her a promotion
(D) To plan an orientation

Receipt

Sushi	$160
Rice and chicken	$140
Pasta	$135
Assorted fruit	$50

92. What event does the woman mention?
(A) A training session
(B) A company lunch
(C) A cooking contest
(D) A grand opening

93. What is the problem?
(A) An item is missing.
(B) A delivery was late.
(C) A discount was not applied.
(D) A staff member is unavailable.

94. Look at the graphic. How much money will the woman be refunded?
(A) $160
(B) $140
(C) $135
(D) $50

	Option 1	Option 2	Option 3	Option 4
Price	$450	$350	$450	$500
Back-up system	Yes	No	No	No

95. Where does the talk most likely take place?
(A) At a press conference
(B) At a company meeting
(C) At a job-training session
(D) At a technology conference

96. What does the company want to do?
(A) Hire a consultant
(B) Purchase new desktop computers
(C) Become more environmentally friendly
(D) Have employees work at night

97. Look at the graphic. Which option does the speaker recommend?
(A) Option 1
(B) Option 2
(C) Option 3
(D) Option 4

Training Schedule			
Tuesday	**Wednesday**	**Thursday**	**Friday**
Set up and basics	Practice	Practice	Practice
	Team Lunch		Receive Feedback

98. What are listeners training to be?
(A) Computer technicians
(B) Restaurant chefs
(C) Assembly line workers
(D) Customer service representatives

99. According to the speaker, what will the listeners enjoy doing?
(A) Working with managers
(B) Touring the company
(C) Meeting with customers
(D) Using new equipment

100. Look at the graphic. On what day will the listeners meet with the company president?
(A) Tuesday
(B) Wednesday
(C) Thursday
(D) Friday

This is the end of the Listening test. Turn to Part 5 in your test book.

Go on to the next page

READING TEST

In the Reading test, you will read a variety of texts and answer several different types of reading comprehension questions. The entire Reading test will last 75 minutes. There are three parts, and directions are given for each part. You are encouraged to answer as many questions as possible within the time allowed.

You must mark your answers on the separate answer sheet. Do not write your answers in your test book.

PART 5

Directions: A word or phrase is missing in each of the sentences below. Four answer choices are given below each sentence. Select the best answer to complete the sentence. Then mark the letter (A), (B), (C), or (D) on your answer sheet.

101. ------- the Chiba office nor the Nagoya office is hiring.

(A) Both
(B) But
(C) Either
(D) Neither

102. Mr. Aromdee will prepare a dish from ------- hometown of Bangkok.

(A) he
(B) his
(C) him
(D) himself

103. Korean Star Airlines offers daily nonstop flights ------- London and Busan.

(A) aboard
(B) onto
(C) up
(D) between

104. Mr. Hirose ------- at Seventh Street Financial five years ago.

(A) works
(B) worked
(C) working
(D) will work

105. ------- of the new employees were able to attend the orientation.

(A) Most
(B) Other
(C) Else
(D) Another

106. A loud beeping ------- indicates that the copy machine has not been closed securely.

(A) sound
(B) sounds
(C) sounding
(D) sounded

107. Please ------- our Web site to find unique recipes made with Hahm food products.

(A) come
(B) go
(C) visit
(D) take

108. Due to construction delays on Maplewood Avenue, employees will ------- need to find alternate routes.

(A) probable
(B) probably
(C) probability
(D) probabilities

109. Bilto miniature model planes contain hundreds of small parts and must be assembled with -------.

(A) contact
(B) level
(C) care
(D) amount

110. The ------- image on this month's magazine cover is credited to Marlot Images.

(A) creative
(B) creatively
(C) creating
(D) creativity

111. Participation this year was the largest ------- in the history of the Securitas conference.

(A) totally
(B) ever
(C) soon
(D) hardly

112. Ms. Fields is not able to travel from New York to Buenos Aires ------- sufficient notice.

(A) inside
(B) except
(C) about
(D) without

113. Yuvaves Transit Company drivers should have their vehicles inspected -------.

(A) rather
(B) annually
(C) quite
(D) highly

114. Cell Choice marketers are ------- to become familiar with competitors' products and advertising.

(A) encourage
(B) encourages
(C) encouraged
(D) encouraging

115. The customer service department has seen a ------- decrease in the number of complaints over the past year.

(A) dramatic
(B) polite
(C) frequent
(D) different

116. The financial review board has stated that no budget proposal may ------- ten pages.

(A) excessive
(B) excess
(C) exceeding
(D) exceed

117. As president, Ms. Min made great efforts to ------- a productive environment at Chae Investment Corporation.

(A) process
(B) estimate
(C) establish
(D) participate

118. The city council will meet tomorrow to field questions from ------- concerning the new water tower.

(A) resident
(B) residents
(C) residences
(D) residential

119. Cruz-Alva Oil provides ------- priced solutions for all your energy needs.

(A) competing
(B) competition
(C) competitive
(D) competitively

120. Southenic Electronics' technicians are on hand 24 hours a day ------- you can be at ease knowing help is always available.

(A) because of
(B) so
(C) everything
(D) until

121. Strong strategic-thinking ------- and sharp marketing instincts are important qualities for a successful product manager.

(A) skills
(B) findings
(C) realities
(D) approximations

Go on to the next page

122. ------- of city buses will attend a training session on new vehicles in the coming months.

(A) Operations
(B) Operators
(C) Operate
(D) Operating

123. Renovations on the top floor of the Melaka Building are set to ------- after the elevators are installed in early August.

(A) expire
(B) construct
(C) commence
(D) arrange

124. At Ben Flores Blinds, first-time customers can benefit from ------- rates of 30 percent off.

(A) introducing
(B) introductions
(C) introduced
(D) introductory

125. ------- your return has been received, a refund will be issued to your account within three business days.

(A) In order that
(B) Instead
(C) Now that
(D) Meanwhile

126. Last year, Entertainment Azusa, Inc., and Sohn Multimedia decided that ------- their expertise and resources would increase profits for both organizations.

(A) combining
(B) combined
(C) combines
(D) combine

127. Before the laboratory carts can be used to transport ------- materials, technicians must wipe all exposed surfaces with a disinfectant cloth.

(A) vague
(B) passive
(C) sensitive
(D) demonstrative

128. As the publication date of the sequel to the controversial novel approaches, public ------- is growing exponentially.

(A) anticipation
(B) anticipatory
(C) anticipated
(D) anticipate

129. For the duration of Ms. Dernal's leave, her corporate and private accounts will be overseen by Jian Wu and David Dembo, -------.

(A) respectively
(B) almost
(C) likewise
(D) even

130. Improvements in irrigation technology throughout the region were followed by ------- gains in corn production.

(A) proportionally
(B) proportional
(C) proportioning
(D) proportions

PART 6

Directions: Read the texts that follow. A word, phrase, or sentence is missing in parts of each text. Four answer choices for each question are given below the text. Select the best answer to complete the text. Then mark the letter (A), (B), (C), or (D) on your answer sheet.

Questions 131-134 refer to the following instructions.

Your CM200 microwave oven can be placed easily in your kitchen, family room, or office. Set the oven on a flat surface such as a kitchen countertop or a sturdy table. It is important to allow air to flow ------- (**131.**) around the oven. Allow at least 10 centimeters of space around the sides, top, and back of the microwave oven. Do not ------- (**132.**) the oven in an enclosed space. Do not place it above a gas or electric range. ------- (**133.**). The reason for this is that blocked air exits will cause the oven to shut down automatically ------- (**134.**) it is turned on.

131. (A) freedom
(B) freer
(C) freely
(D) freeing

132. (A) remove
(B) install
(C) choose
(D) purchase

133. (A) Keep all vents clear during cooking.
(B) Follow all directions when preparing packaged meals.
(C) Do not use the oven to boil any liquids.
(D) Do not microwave more than two plates at a time.

134. (A) from
(B) next
(C) like
(D) after

Go on to the next page

Questions 135-138 refer to the following letter.

July 7

Dear Mr. Whitney:

This letter serves to confirm that Naoko Sugimori ------- (135.) with Takana Motors. Ms. Sugimori has held the title of Systems Analyst for four years and earns a salary in the upper range for that post. ------- (136.). I will also testify to ------- (137.) high level of performance. ------- (138.) working with Takana Motors, Ms. Sugimori has demonstrated a strong work ethic and excellent business insight.

If you have any further questions, please do not hesitate to contact me at 03-1092-8374.

Sincerely,

Jessica Krause
Engineering Program Director
Takana Motors

135. (A) had been employed
(B) will be employed
(C) is employed
(D) has employed

136. (A) Our new entry-level vehicle is also very popular.
(B) In addition, she earns an annual bonus that is higher than average.
(C) Likewise, she works well under pressure.
(D) I will be happy to offer her a position with our company.

137. (A) our
(B) its
(C) your
(D) her

138. (A) While
(B) Whether
(C) Prior to
(D) As long as

Questions 139-142 refer to the following e-mail.

To: Komplet Industries Staff
From: Technology Department
Subject: Update
Date: March 27

It is with great excitement that I inform you that the Komplet Industries Web site is to have a new look and improved functionality. The site ------- (139.) several upgraded features such as mobile-device readability and an interactive tour of Komplet facilities. The ------- (140.) to the new site is scheduled to occur on Saturday, March 31. ------- (141.). Please be aware that problems may occur while we change over to the new Web site. We will work ------- (142.) to ensure that any problems are resolved quickly. Please send feedback on persistent issues to webinfo@komplet.net.

139. (A) included
(B) had included
(C) will include
(D) to include

140. (A) transition
(B) gathering
(C) demolition
(D) challenge

141. (A) As a result, new advertising will be added to the site.
(B) This is a time when traffic on the Web site will be lighter.
(C) The factory tour will begin at 3:00 P.M.
(D) Our remodeled offices are due to open in April.

142. (A) instructively
(B) previously
(C) potentially
(D) diligently

Go on to the next page

Questions 143-146 refer to the following letter.

Council Member Deborah Hsu
451 Forest Place, Ground Floor
Huxton, RI 02310

Dear Council Member Hsu,

I am writing on behalf of my fellow community members to request more bicycle lanes in our town. The development of new business facilities near residential areas ------- **143.** the distance we need to commute. The opening of a bicycle shop on Holleyhill Avenue attests to the increase in bicycle usage. In fact, the *Huxton Daily* made note of ------- **144.** in an article earlier in the year.

I understand that the council approved plans on September 6 for bicycle lane development on Teasdale Street and Port Avenue. I fully support these ------- **145.** . ------- **146.** . Please improve the safety and efficiency of our roads by adding bicycle lanes.

Thank you.

Sincerely,

Gabriel Richards

143. (A) shorten
(B) has shortened
(C) shortening
(D) to shorten

144. (A) this
(B) which
(C) few
(D) them

145. (A) companies
(B) groups
(C) measures
(D) factories

146. (A) In fact, more bicycle safety courses should be provided.
(B) In addition, new bicycle shops have been opened.
(C) In other words, riding a bicycle is good exercise.
(D) Indeed, I feel that more bicycle lanes should follow.

PART 7

Directions: In this part you will read a selection of texts, such as magazine and newspaper articles, e-mails, and instant messages. Each text or set of texts is followed by several questions. Select the best answer for each question and mark the letter (A), (B), (C), or (D) on your answer sheet.

Questions 147-148 refer to the following form.

Ganzon Automotive
Silang Avenue, Butuan City
Agusan del Norte, Philippines 8600

Mechanic on duty: Efren Limbaco
Date: April 6
Client: Rowena Bautista, Simpao Trucking Corporation

Vehicle Information
Make: Kimpo
Model: Heavy Duty 600
Vehicle type: 3-axle, commercial truck

Work Completed
Replaced and balanced tire: ₱12,000
Installed new passenger door lock: ₱4,800

147. What is the purpose of the form?
(A) To give details about work on a vehicle
(B) To ask about purchasing a vehicle
(C) To request a correction to a bill
(D) To schedule maintenance work

148. What action is mentioned?
(A) Repairing an axle
(B) Painting a truck
(C) Changing oil
(D) Replacing a lock

Go on to the next page

Questions 149-150 refer to the following online chat.

Andreas Hildebrand		
Andreas Hildebrand	**10:04**	**Hi Eun Hee, do you have a minute to look at something?**
Eun Hee Park	10:04	Sure, what do you need?
Andreas Hildebrand	**10:05**	**I'll e-mail it to you. It's the draft for the cover of Anne Wahlberg's book.**
Eun Hee Park	10:06	One second...
Eun Hee Park	10:10	Okay, got it. Let me take a look.
Andreas Hildebrand	**10:11**	**Is the title too difficult to read? I wanted it to be eye-catching and different.**
Eun Hee Park	10:13	I like the effect. But you could be right. Maybe if you changed the color? Even just a darker shade of blue would help.
Andreas Hildebrand	**10:14**	**Good idea. I'll give that a try. Mind if I run it past you again later?**
Eun Hee Park	10:15	No problem.

149. At 10:10 A.M., what does Ms. Park most likely mean when she writes, "Okay, got it"?

(A) She understands what Mr. Hildebrand said.
(B) She has the package Mr. Hildebrand is looking for.
(C) She has received an e-mail Mr. Hildebrand sent.
(D) She has found a file Mr. Hildebrand wants to see.

150. What will Mr. Hildebrand most likely do next?

(A) Change a deadline
(B) Revise a design
(C) Give a presentation
(D) Meet with Ms. Wahlberg

Questions 151-152 refer to the following advertisement.

Copycentric–for All Your Printing and Copying Needs

Now offering
- Printing of large posters
- Printing of digital photographs in a variety of formats
- Professional copying of documents, with binding available
- 24-hour service available at our new Taylor Street location

Visit our Web site at www.copycentric.com for information on our five locations. We guarantee low prices and offer delivery on bulk orders.

151. What is indicated about Copycentric?
(A) It sells copy machines.
(B) It has opened a new store.
(C) It only provides black-and-white copying.
(D) It has been in business for five years.

152. What does Copycentric offer?
(A) Nighttime hours at all locations
(B) Digital-photography classes
(C) Professional editing services
(D) Delivery service for large orders

Go on to the next page

Questions 153-154 refer to the following notice.

Stanford Employment Agency

Stanford Employment Agency seeks a receptionist for a busy office. Primary duties include greeting potential clients, filing, and typing. The successful candidate must have a friendly manner and be able to operate a multiline telephone system in a busy office setting. In addition, the receptionist will assist the office manager as directed.

Candidates must have finished secondary school. Prior experience in a similar job is helpful but not necessary. Excellent salary and benefits are offered. Please send a letter of interest and résumé to Gita Aggarwal, Stanford Employment Agency, 17 Market Way, Edinburgh, EH1 1TH.

Visit our Web site for more information.
www.stanfordemployment.co.uk

153. What is indicated about the job?

(A) It is available only to office managers.
(B) It involves teaching people to type.
(C) It includes welcoming people to the office.
(D) It requires the ability to repair telephone lines.

154. What is required of job candidates?

(A) Experience in a previous job
(B) Completion of secondary school
(C) Participation in a telephone interview
(D) Completion of an online application

Questions 155-157 refer to the following e-mail.

To:	warren.cluett@reva.org
From:	delia.kwon@reva.org
Date:	June 30
Subject:	Shipment arrival

Hi Warren,

We will be receiving a shipment of bricks tomorrow morning. — [1] —. When the truck arrives, please take inventory as the shipment is unloaded and verify that the quantities on the receipt are accurate. — [2] —. In addition, please make sure that the bricks are stacked no more than three bricks high. — [3] —. They are fragile, and I am concerned that they might crack from the pressure if they are stacked in tall piles.

— [4] —. Please also confirm the successful arrival of materials and report any problems to me by e-mail.

Thank you,

Delia Kwon
Manager, Reva Development

155. What is the purpose of the e-mail?
(A) To provide instructions to an employee
(B) To address a mistake with a shipment
(C) To place an order for bricks
(D) To record the inventory for a shipment

156. Why is Ms. Kwon concerned about the shipment?
(A) It may arrive late.
(B) It contains breakable material.
(C) It was very expensive.
(D) It is for an important client.

157. In which of the positions marked [1], [2], [3], and [4] does the following sentence best belong?

"The manufacturer has informed me that the truck will be arriving at 7:30 A.M."

(A) [1]
(B) [2]
(C) [3]
(D) [4]

Go on to the next page

Questions 158-160 refer to the following schedule.

Date	1st Shift 8 A.M.–12 P.M.	2nd Shift 12 P.M.–4 P.M.	3rd Shift 4 P.M.–8 P.M.
Monday, November 8	Jamal Abdula	Jamal Abdula	Sara Atiq
Tuesday, November 9	Lillian Gold	Jamal Abdula	Paul Rastogi
Wednesday, November 10	Paul Rastogi	Paul Rastogi	Sara Atiq
Thursday, November 11	Lillian Gold	Lillian Gold	Sara Atiq
Friday, November 12	CLOSED	CLOSED	CLOSED
Please advise a store manager by Friday, November 5, if you plan to switch with another employee. All sales associates must enter their hours for the week using the computer by their cash register before the close of business on Thursday, November 11.			

158. What is indicated on the schedule?
(A) Jamal Abdula works on Wednesdays.
(B) Lillian Gold is a store manager.
(C) All employees will have Friday off.
(D) Some employees work every day.

159. Who is scheduled to work only during the third shift?
(A) Sara Atiq
(B) Jamal Abdula
(C) Lillian Gold
(D) Paul Rastogi

160. What must employees do by November 5 ?
(A) Enter their hours in the system
(B) Tell a manager about changes to their work schedule
(C) Request work hours for the following week
(D) Receive training on use of the cash register

Questions 161-164 refer to the following text-message chain.

10:03
ALINA: Hi. I just arrived…about to get my conference badge, so I should get to our table soon.

10:04
KONRAD: Glad you got in okay. Do you have the perfume samples?

10:06
ALINA: No, they were too heavy to bring on the plane, so I sent them by express mail. They're expected here by 11 A.M.

10:07
CHARLIE: Okay. Our table is in Area 12A of the conference center.

10:08
ALINA: Got it.

10:09
KONRAD: After we get our table set up, let's check out DTY's presentation in 14E. It's close by, so the time would work out.

10:13
ALINA: Okay, I have my badge, so I'm on my way. The people in reception will send boxed lunches to our display table. Let's plan on getting ready for the afternoon session while we eat.

10:15
CHARLIE: Okay, when you get here we can check out DTY. I want to see their new spring lineup.

10:17
ALINA: Yes, I'll bet it's no threat to us. I'm interested in seeing the materials Na-Young and her group have developed to promote their new product line.

Send

161. What is indicated about the group's lunch?
(A) It will be served in 14E.
(B) It will be provided at half price.
(C) It will occur after a competitor's presentation.
(D) It will give them additional time for preparation.

162. At 10:08, what does Alina mean when she writes, "Got it"?
(A) She understands the directions.
(B) She has the lunch.
(C) She will give the presentation.
(D) She is paying for lunch.

163. What is suggested about Na-Young?
(A) She works in a personnel department.
(B) She arranged travel for her coworkers.
(C) She is a product designer.
(D) She works for DTY.

164. What will Alina most likely do next?
(A) Pick up a conference badge
(B) Arrive at Area 12A
(C) Deliver product samples
(D) Look over a menu

Go on to the next page

Questions 165-167 refer to the following Web page.

http://www.civilengineeringdigest.com

WELCOME TO *CIVIL ENGINEERING DIGEST* WEB SITE

CIVIL ENGINEERING DIGEST
Subscription Offer

The *European Chronicler* calls it, "a must for all engineers working in Europe!"

Civil Engineering Digest is the number one trade journal for civil engineers across Europe. It provides articles on the latest technologies being used, along with ratings of materials and equipment. Each month's issue also includes profiles of colleagues in the field and outlines important infrastructure projects, such as bridges and dams that are being completed throughout the continent. Furthermore, readers will get emails announcing upcoming public seminars in their area. Subscribe today!

- Send me *Civil Engineering Digest* for two years for only €54.00!
- Send me *Civil Engineering Digest* for one year for only €32.00!
- Send me *Civil Engineering Digest* for six months for only €18.00!
- Sign me up for a trial subscription for two months, free of charge! *

*Those signing up for the free trial will automatically be charged for a one-year subscription after the trial ends. Customers may contact us to cancel this subscription.

165. How often is *Civil Engineering Digest* published?

(A) Daily
(B) Weekly
(C) Monthly
(D) Annually

166. What is NOT offered to subscribers of *Civil Engineering Digest*?

(A) Job advertisements for civil engineers
(B) Reports on other engineers
(C) Reviews of building materials
(D) Details about new structures being built

167. What is suggested on the form?

(A) Online subscriptions are available for €18.
(B) Trial subscribers will be charged €32 after two months.
(C) Readers are invited to subscriber-only seminars.
(D) The journal has been available for two years.

Questions 168-171 refer to the following e-mail.

To:	Distribution List
From:	Ken Gupta <kgupta@ltaa.co.uk>
Subject:	LTAA update
Date:	15 October

A special meeting of the London Travel Agents' Association will take place on 1 November. Clarissa Tang will be speaking on business travel in Australia, New Zealand, and Malaysia.

After the talk she will be signing copies of her books, including her most recent title, *Make Time to Travel*. Books will be available for purchase at a substantial discount.

The session will be held at the Carol Hotel on Frame Street, and the presentation will start at 6:00 p.m. A complimentary buffet dinner will be provided afterwards for attendees, but seating will be limited, so please contact us to reserve a spot in advance. If you are interested, please send a message to Mark DiStefano at mdistefano@ltaa.co.uk by 25 October.

The complete meeting schedule is available at www.ltaa.co.uk.

Sincerely,

Ken Gupta

168. What is the purpose of the e-mail?
(A) To advertise a new hotel
(B) To offer tourist information
(C) To announce information about a meeting
(D) To promote a travel agency

169. What is suggested about Ms. Tang?
(A) She is employed at the Carol Hotel.
(B) She purchased some discounted items.
(C) She recently canceled a trip.
(D) She has written more than one book.

170. What is indicated about the meal?
(A) It begins at 6:00 P.M.
(B) It will feature recipes from *Make Time to Travel*.
(C) It is offered at no cost to meeting participants.
(D) It has been rescheduled.

171. According to the e-mail, why should people contact Mr. DiStefano?
(A) To reserve a place for dinner
(B) To order books at a discounted rate
(C) To get the complete schedule
(D) To make a hotel room reservation

Questions 172-175 refer to the following advertisement.

BSSI

Blakeley Self Storage, Inc.
440 Cleary Ave.
Brownsburg, IN 46112
(317) 555-0142

At Blakeley Self Storage, we guarantee the most convenient self-storage experience in Brownsburg with a clean and safe environment for all your storage needs. — [1] —.

The insulated ceilings and sealed floors of our storage units protect your items from moisture and fluctuating temperatures. We offer a wide range of unit sizes to accommodate virtually any item you may want to store. — [2] —. Moreover, every unit is on the ground floor, minimizing the effort required to access your items. Blakeley's largest units are 5 meters tall, a full meter taller than those of our competitors. There is no minimum number of units you must rent. Rent is collected once a month.

We believe that customers should have full control over their storage units, so unit access is 24 hours a day. With Blakeley, moving is convenient, too. — [3] —. Our facilities can accommodate trucks even up to 20 meters in length.

Visit www.blakeleyselfstorage.com to browse the full range of unit sizes, a list of vacancies, testimonials, and price information. Please call us for the most up-to-date information on unit availability. We maintain waiting lists for those whose desired unit sizes are currently unavailable. — [4] —.

172. What is indicated about the self-storage units?

(A) They are heated in the winter.
(B) They are all located on the same level.
(C) They are protected by video security cameras.
(D) They are all five meters in height.

173. What does Blakeley Self Storage do to make moving easier?

(A) It provides space for large vehicles.
(B) It offers freight-delivery services.
(C) It gives referrals for moving companies.
(D) It facilitates transfers to other branches.

174. What is featured on the company Web site?

(A) A brief history of the company
(B) A virtual tour of the facility
(C) A list of available units
(D) An exclusive discount coupon

175. In which of the positions marked [1], [2], [3], and [4] does the following sentence best belong?

"Should you choose to be placed on one, we will contact you as soon as a space is vacated."

(A) [1]
(B) [2]
(C) [3]
(D) [4]

Go on to the next page

Questions 176-180 refer to the following advertisement and form.

NORTHWOOD

Northwood's Annual Clearance Sale!
July 24–30
Stock up on workplace essentials at fantastic prices!

WRINKLE-FREE DRESS SHIRTS. Made from a durable, wrinkle-free cotton-polyester fabric and especially good for those long days at the office! Available in white, light blue, charcoal, and taupe. **Item #M913, $39.99**

PREMIUM DRESS SHIRTS. These shirts are made from our finest quality Egyptian cotton. Hand-stitched collar and cuffs. Available in white, cream, light blue, and lilac. **Item #MS756, $79.99**

WOOL TROUSERS. These versatile trousers can be paired with a suit jacket and dress shoes for the office, or with a casual shirt for a night at the movies. Our most popular item! Available in light or dark gray. **Item #MT744, $59.99**

Shipping Information: Orders under $50 will be shipped at a flat rate of $5. Orders between $50 and $150 will be shipped at a flat rate of $10. Shipping for orders over $150 is free. These rates apply to items purchased during each of the annual clearance sales.

---

http://www.northwood.com

NORTHWOOD

Name Gilles Routhier

Address 3899 Penn Street

City Jefferson City **State** MO

Phone 573-291-5966

Email GillesRouthier@teleword.com

Item # MT744 **Size** 34 **Quantity** 1 **Color** Dark Gray

If you have finished entering items to purchase, press submit to calculate total and shipping charges.

SUBMIT

176. For whom is the advertisement most likely intended?

(A) People who regularly work in an office
(B) People who are going away on vacation
(C) People who spend a lot of time outdoors
(D) People who are browsing in a shopping mall

177. What is indicated about Northwood?

(A) It is located in Jefferson City.
(B) It offers clearance prices once a year.
(C) It is closing on July 30.
(D) All of its clothes are handmade.

178. What information is NOT given in the advertisement?

(A) The item number of each product
(B) The material each product is made of
(C) The colors available for each product
(D) The sizes available for each product

179. What is Mr. Routhier buying from Northwood?

(A) A shirt
(B) A suit
(C) A pair of trousers
(D) A pair of shoes

180. How much will Mr. Routhier probably have to pay for shipping?

(A) $0
(B) $5
(C) $10
(D) $50

Go on to the next page

Questions 181-185 refer to the following Web page and form.

Welcome to the *Brighton Reader* Web Page

The *Brighton Reader* offers a variety of options for making your personal announcement.

Our prices include a one-time publishing of your event in the jumbo Sunday edition of the *Brighton Reader* and online at www.brightonreader.co.uk for 30 days. You may also purchase ten copies of the Sunday edition for the special reduced price of £3 total when you publish an event.

To send your information, please complete the electronic form found here.

Option 1: 55 words maximum, no photos, for £15
Option 2: 75 words maximum, 5 x 7.6 cm photo in black and white, for £45
Option 3: 100 words maximum, 8.9 x 12.7 cm photo in black and white, for £60
Option 4: 150 words maximum, 10.2 x 15.2 cm maximum-size colour photo, for £90

Ordered by: Azin Shinwa

Announcement category: Graduation

Date of submission: 13 May

Date of publication: 18 May

Text to publish:

Congratulations to Bita Shinwa, daughter of Mr. Azin Shinwa, for her graduation from the Andawal University medical programme on 15 May. Highlights of her studies include a three-month residency programme abroad, a semester-long rural practical workshop, and academic honours. Bita studied for six years to receive her degree and will be going on to work as a cardiologist overseas in the United States. She will also donate one weekend a month as a general practitioner at the Camiden Free Clinic in Chicago. Congratulations, Bita, and best wishes for the future!

Words: 92

Photo attachment: Bitagraduation

Options: Full-colour printing

181. What is being advertised?

(A) University facilities
(B) Personal announcements
(C) Newspaper subscriptions
(D) Event-planning services

182. What is suggested about the *Brighton Reader*?

(A) It offers reduced prices to new subscribers.
(B) It sponsors a number of community events.
(C) It is available in more than one format.
(D) It is printed only on Sundays.

183. How much did the *Brighton Reader* probably charge Azin Shinwa?

(A) £15
(B) £45
(C) £60
(D) £90

184. What is Bita Shinwa's profession?

(A) Newspaper editor
(B) Marketing specialist
(C) University professor
(D) Medical doctor

185. What does the form indicate about Bita Shinwa's plans?

(A) She will volunteer her time.
(B) She will go abroad for the first time.
(C) She will donate money.
(D) She will participate in a workshop.

Go on to the next page

Questions 186-190 refer to the following Web page and e-mails.

https://www.staffcelebrations.com

Staff Celebrations

Event planning for companies large and small since 1982

Picnics | Award Ceremonies | Team-building Events | Milestone Celebrations

Picnics with your company in mind! Pricing to fit every budget.

We do it all:
- Setup and cleanup
- Shuttle service between parking area and site if needed
- Food and beverages (choose from a wide variety of snack and meal options)
- Games and activities for adults and children (many to choose from)
- Photos
- Gift bags for each guest (optional; your choice of items to include)

We'll come to your site, or you can rent either of our two beautiful spaces: the Garden Grove in Glenview (for up to 200 people) or the Bridge Center in Woodsorrel (for 200-1,000 people).

Treat your staff to an event they'll remember!

To:	Delilah Chalmers <dchalmers@sybrassarchitecture.com>
From:	Kacper Bukowski <kbukowski@fordingfitness.com>
Date:	February 12
Subject:	Staff Celebrations

Dear Ms. Chalmers,

My company is considering hiring Staff Celebrations for our employee picnic this summer, and the company gave us your name as a reference. If you have a moment, could you answer a few questions about their services? Specifically, we would like to know what the staff and location were like and whether the gift bag option is worth the additional cost. It would be very helpful if you could send us your impressions by the end of next week.

Thank you in advance for your help.

Kacper Bukowski
Executive Staff Assistant
Fording Fitness Center

E-mail

To:	Kacper Bukowski <kbukowski@fordingfitness.com>
From:	Delilah Chalmers <dchalmers@sybrassarchitecture.com>
Date:	February 14
Subject:	RE: Staff Celebrations

Dear Mr. Bukowski,

I am happy to provide you with some information about Staff Celebrations. We hired them for our tenth annual company picnic, which was held this past July. Over 200 of our employees and their families were in attendance. After looking into several options, we settled on Staff Celebrations to plan and host our event because they were highly recommended by several other companies in the area. We were delighted with the convenience of their service. All we had to do was make a few menu and game selections, and they did the rest. We chose to use one of their sites, which was as beautiful as promised. Despite uncomfortably high temperatures on the day of our event, the staff at Staff Celebrations remained cheerful and enthusiastic. We did not opt for the gift bag option, although I recall from our initial meeting that the choices for that seemed to be reasonably priced and of high quality. I highly recommend Staff Celebrations.

Regards,

Delilah Chalmers
Vice President for Corporate Events
Sybrass Architecture

186. What is indicated about Staff Celebrations?
(A) It provides snacks free of charge.
(B) It has a new location.
(C) It offers transportation for guests.
(D) It requires payment in advance.

187. Why did Mr. Bukowski contact Ms. Chalmers?
(A) To inquire about the services provided by Staff Celebrations
(B) To give her some information about a research project
(C) To ask her company to cater an upcoming event
(D) To make suggestions for improving a service

188. In the first e-mail, in paragraph 1, line 5, the word "impressions" is closest in meaning to
(A) imprints
(B) perceptions
(C) copies
(D) preferences

189. What does Ms. Chalmers mention that Mr. Bukowski did NOT specifically ask about?
(A) Gift bags
(B) Location
(C) Staff
(D) Food

190. Where was the Sybrass Architecture event most likely held?
(A) At Fording Fitness Center
(B) At Sybrass Architecture
(C) At the Garden Grove
(D) At the Bridge Center

Go on to the next page

Questions 191-195 refer to the following report, e-mail, and Web-site article.

Opportunities for Leadership Development: Evaluation Report
Executive Summary

This report documents the results of a study conducted by the Centre for Management Development and Assessment (CMDA) on behalf of Vaughan Biotechnics. The investigation sought to determine whether administrative workers have sufficient career advancement opportunities and whether the current set of leadership training courses meets the needs of supervisors.

The responses of Human Resources (HR) directors illustrate the current state of affairs, since they are responsible for ensuring that employees have ample training and development opportunities. Nearly 71% of HR personnel indicated that Vaughan Biotechnics does not provide sufficient training for potential supervisors. Some suggested that the lack of training opportunities led to low promotion rates.

In addition to providing in-depth coverage of these and other findings, this document contains a series of recommendations that will be carefully studied by government officials for possible implementation.

To:	rylan.saunders@vaughanbiotech.co.uk
From:	salma.gorshani@vaughanbiotech.co.uk
Subject:	Course suggestion
Date:	13 July

Dear Mr. Saunders,

I'd like to add another course to the list of suggestions. Having led various large-scale projects over the last five years, I have come to realize how helpful social media can be for supervisors and managers. Therefore, I suggest that you include among the new training courses one that focuses on social media and covers such topics as planning, executing, and assessing social media campaigns.

Thank you and best wishes,

Salma Gorshani

https://www.vaughanbiotech.co.uk/employee/mycareer

Supervisor Training Now Available

On Tuesday, HR director Mr. Rylan Saunders unveiled the new training programme for employees interested in becoming supervisors. The redesigned programme is the result of an inquiry carried out last January that looked into the opportunities available to employees wanting to move up the career ladder. It also included an analysis of the training, which determined that Vaughan Biotechnic's original programme was no longer effective. The improved programme includes courses that reflect today's complex work environment. Courses like Supervising Using Social Media help would-be managers learn how to utilize current tools to lead successful projects. Click the 'professional development' link for more information and to register.

191. Why did the CMDA collect information from the directors of Human Resources?

(A) They used to hold leadership positions.
(B) They determine the criteria for promotion.
(C) They provide staff with learning opportunities.
(D) They are in charge of hiring new employees.

192. What is indicated about the CMDA study?

(A) It was completed in January.
(B) It is conducted every year.
(C) It was critical of supervisors.
(D) It was distributed to the public.

193. What most likely is a recommendation the CMDA made to Vaughan Biotechnics?

(A) Reduce funds available to directors of Human Resources.
(B) Change the type of courses aspiring supervisors must take.
(C) Increase the number of female supervisors in its labor force.
(D) Allow for more meetings between supervisors and upper management.

194. In the e-mail, the word "covers" in line 4 is closest in meaning to

(A) is concerned with
(B) is placed over
(C) guards against
(D) accounts for

195. What is suggested about Ms. Gorshani?

(A) Her leadership style is popular with her employees.
(B) Her proposal to the HR director was accepted.
(C) She had read the report written by the CMDA.
(D) She thinks there are enough opportunities for mentoring.

Go on to the next page

Questions 196-200 refer to the following letter, e-mail, and advertisement.

Dear friend of the Linwood Community Center,

I am writing to invite you to sponsor the Linwood Community Center's annual Bike for Linwood fund-raising event. The money raised by this year's 50-kilometer ride will support the new music education program at the center. Sponsorship would give your company great exposure as the event will be covered by local newspapers and is attended by over 5,000 spectators.

Our sponsorship options include the following.

Primary Sponsor: Company name and logo will be prominently displayed on all promotional materials. Company representative will be photographed with the race winners. $10,000

Associate Sponsor: Company name will be listed on banners at the event. Sponsor will receive a certificate of appreciation suitable for display. $5,000

Corporate Sponsor: Company name will be listed in our directory of sponsors. Sponsor will receive a certificate of appreciation. $1,000

Contributing Sponsor: Sponsor will receive a certificate of appreciation. $500

No matter at what level you choose to participate, you will be helping the community. Please contact me with any questions.

Sincerely,

Rosalyn Sanchez

Rosalyn Sanchez
Director of Fund-raising

E-mail

From:	bkelly@torypharm.com
To:	rsanchez@linwoodcc.org
Date:	June 12
Subject:	Event details

Dear Ms. Sanchez,

I am attaching a digital copy of our company's logo for use in your event's advertising materials.

Our director of Community Relations, Nancy Glass, and her assistant will be attending the event and would like to have electronic copies of the photographs from the event to post on our Web site. She would also like to tour the Linwood Community Center before the event and meet some of the students from the new program. Please confirm that this is possible and let me know what time she should plan to arrive.

Sincerely,

Blake Kelly, Tory Pharmaceuticals

Bike for Linwood Fund-raising Event
Sponsored by

TORY *Pharmaceuticals*

50-kilometer ride on June 19 at 9 A.M.

Riders depart from Swanton Town Hall, and the finish line is in front of Linwood Center. Riders and spectators are invited to stay for a celebration that includes entertainment provided by the students from the center's newest program. Food and drinks will be available for purchase.

196. For whom is the letter most likely intended?
(A) Advertising designers
(B) Business owners
(C) Local bicycle riders
(D) Community center volunteers

197. In the letter, the word "exposure" in paragraph 1, line 4, is closest in meaning to
(A) condition of being made known
(B) state of being unprotected
(C) disclosure of something secret
(D) position with reference to compass

198. What type of sponsorship did Tory Pharmaceuticals most likely select?
(A) Primary sponsor
(B) Associate sponsor
(C) Corporate sponsor
(D) Contributing sponsor

199. What is suggested about Nancy Glass?
(A) She works at the community center.
(B) She will be competing in the race.
(C) She will have her picture taken with the winners of the race.
(D) She has attended this fund-raising event for several years.

200. What is indicated about the event?
(A) It was started by Blake Kelly.
(B) Riders will start from the community center.
(C) Portions of the race will be televised.
(D) It includes a musical performance.

Stop! This is the end of the test. If you finish before time is called, you may go back to Parts 5, 6, and 7 and check your work.

NO TEST MATERIAL ON THIS PAGE

Corrigés

Les grilles détachables à remplir pour répondre aux tests (1) et (2) sont situées en fin d'ouvrage.

Table de conversion des scores aux tests *TOEIC*® d'entraînement (1) et (2)

Une fois les tests d'entraînement (1) et (2) terminés, il est possible de calculer votre score approximatif grâce à la méthode suivante.

1. Vérifiez vos réponses en les comparant avec les tableaux de réponses des pages 448 pour le test (1) et 536 pour le test (2). Comptez séparément votre nombre de bonnes réponses aux sections *Listening* et *Reading*. Ces nombres représentent vos scores bruts.
2. Utilisez la table de conversion ci-dessous pour établir vos scores échelonnés. Cherchez dans la table votre score brut pour trouver le score échelonné équivalent. Par exemple : si votre score brut à la section *Listening* est de 45, votre score échelonné est compris entre 150 et 225 points.
3. Additionnez vos scores échelonnés pour les sections *Listening* et *Reading* afin d'obtenir votre score total.

Exemple de calcul

Votre score brut est de 45 pour la section *Listening* et de 64 pour la section *Reading*. Votre score échelonné global est l'addition de ① et ②, c'est-à-dire ③, soit entre 375 et 550 points.

	Score brut	Score échelonné	
Section *Listening*	45	150 — 225	①
Section *Reading*	64	235 — 330	②
Score échelonné total (score approximatif)		**385 – 555**	③ (① + ②)

Table de conversion des scores

Section *Listening*	
Score brut	**Score échelonné**
96 – 100	475 – 495
91 – 95	435 – 495
86 – 90	405 – 475
81 – 85	365 – 445
76 – 80	345 – 420
71 – 75	315 – 385
66 – 70	290 – 360
61 – 65	260 – 335
56 – 60	235 – 310
51 – 55	210 – 280
46 – 50	180 – 250
41 – 45	150 – 225
36 – 40	125 – 195
31 – 35	105 – 165
26 – 30	85 – 135
21 – 25	60 – 110
16 – 20	30 – 90
11 – 15	5 – 70
6 – 10	5 – 60
1 – 5	5 – 50
0	5 – 35

Exemple ① → 36 – 40 / 125 – 195

Section *Reading*	
Score brut	**Score échelonné**
96 – 100	460 – 495
91 – 95	420 – 490
86 – 90	390 – 460
81 – 85	355 – 435
76 – 80	325 – 410
71 – 75	295 – 385
66 – 70	270 – 360
61 – 65	235 – 330
56 – 60	210 – 300
51 – 55	180 – 270
46 – 50	155 – 240
41 – 45	135 – 215
36 – 40	115 – 180
31 – 35	95 – 145
26 – 30	75 – 120
21 – 25	60 – 95
16 – 20	45 – 75
11 – 15	30 – 55
6 – 10	10 – 40
1 – 5	5 – 30
0	5 – 15

Exemple ② → 61 – 65 / 235 – 330

La table de conversion de la page précédente vous permettra de calculer votre score échelonné à partir de vos scores bruts. Cette table de conversion a été établie pour les tests présentés dans cet ouvrage sur la base de tests passés, ce n'est pas celle utilisée pour le véritable test. Le score échelonné obtenu à partir de cette table de conversion ne peut être utilisé qu'à titre indicatif. Il est possible que votre score diffère légèrement lors du vrai test.

Les réponses et commentaires – Mode d'emploi

• Les couleurs dans le texte

En bleu : la bonne réponse et son commentaire

En noir : les autres réponses et leurs commentaires

106

Sales of Seviana Cosmetics have ------- improved since the new marketing campaign began last quarter.

(A) steady
(B) steadily
(C) steadiest
(D) steadied

Réponses et commentaires

Réponse **(B)**

Le verbe conjugué ***have improved*** appelle un adverbe pour le qualifier.

(A) adjectif : constant
(C) superlatif : le plus constant
(D) prétérit/participe passé

• Les lettres, les chiffres et les drapeaux

Les drapeaux dans les contenus enregistrés (Parts 1 à 4)

accent américain — accent britannique

accent canadien — accent australien

Les lettres dans les contenus enregistrés (Parts 1 à 4)

Les lettres correspondent aux abréviations suivantes :

M Homme *(Man)* **W** Femme *(Woman)*

Les chiffres en bleu dans les transcriptions (Parts 3-4)

Les chiffres en bleu signalent les phrases clés utilisées dans le commentaire.

Questions 32 through 34 refer to the following

W Hi Tom. Are you still planning to join
Pim Juntasa on Wednesday? ❶ She
promising candidate.

M Yes, you can count on me. I'll be the
The usual place, right? Meeting room

W No. Actually, ❷ someone's already b

Les chiffres en haut des textes (Part 7)

Ces chiffres signalent à quel texte le commentaire fait référence.

2. Courriel

To:	aguettera@restaurflexsupply.com
From:	chitanmistry@thegramerty.com
Subject:	Invoice
Date:	May 22

Dear Mr. Guettera,

❶ Congratulations on your new position and thank you for sending the invoice for the products I ordered. When I spoke with Emilia Katzenbach, my previous contact at Restaurflex, she offered a discount on item RX1800, bringing the unit cost from 30 cents to 20 cents each. I understand that your prices have increased, but The Gramerty is a longtime customer. Could you please speak to her to confirm this and then send us an updated invoice?

❷ In addition, customers who ordered from our take-away menu have complained that the

Les chiffres en début de paragraphe (Part 7)

Ces chiffres numérotent les différents paragraphes du texte.

Dear Mr. Guettera,

❶ Congratulations on your new pc
products I ordered. When I spol
Restaurflex, she offered a discou
to 20 cents each. I understand t
longtime customer. Could you p
updated invoice?

❷ In addition, customers who orde
plastic lids on their containers c
had this problem before our mo

Transcriptions, réponses et commentaires du test d'entraînement *TOEIC*® (1)

TOEIC® TEST (1) – Réponses

Item Number	Key	Item Number	Key	Item Number	Key	Item Number	Key
1	D	51	C	101	C	151	B
2	C	52	B	102	A	152	D
3	D	53	D	103	B	153	B
4	B	54	A	104	B	154	A
5	A	55	A	105	C	155	A
6	B	56	B	106	B	156	B
7	A	57	C	107	D	157	B
8	B	58	D	108	B	158	A
9	A	59	C	109	A	159	D
10	B	60	B	110	D	160	C
11	C	61	A	111	D	161	D
12	B	62	A	112	A	162	A
13	A	63	A	113	B	163	C
14	C	64	B	114	C	164	B
15	C	65	C	115	D	165	D
16	B	66	B	116	D	166	C
17	A	67	D	117	A	167	A
18	C	68	C	118	C	168	C
19	C	69	B	119	A	169	C
20	A	70	D	120	D	170	B
21	C	71	A	121	C	171	B
22	A	72	D	122	C	172	B
23	A	73	C	123	A	173	A
24	C	74	C	124	B	174	D
25	B	75	A	125	B	175	D
26	C	76	B	126	C	176	B
27	C	77	A	127	B	177	C
28	A	78	C	128	A	178	B
29	A	79	B	129	A	179	A
30	A	80	C	130	C	180	C
31	C	81	B	131	D	181	C
32	B	82	C	132	A	182	B
33	C	83	A	133	C	183	D
34	D	84	A	134	A	184	D
35	A	85	B	135	A	185	B
36	C	86	B	136	B	186	B
37	D	87	B	137	D	187	A
38	C	88	D	138	C	188	D
39	C	89	A	139	D	189	A
40	A	90	D	140	C	190	C
41	C	91	B	141	B	191	A
42	C	92	A	142	B	192	C
43	D	93	D	143	D	193	D
44	A	94	C	144	C	194	B
45	A	95	A	145	A	195	D
46	C	96	D	146	B	196	D
47	B	97	B	147	C	197	C
48	D	98	A	148	C	198	B
49	C	99	C	149	A	199	C
50	D	100	D	150	D	200	A

Transcriptions Réponses - Traductions

1

M

(A) She's arranging some flowers.
(B) She's moving a table.
(C) She's putting on a jacket.
(D) She's picking up a notebook.

Réponse (D)

On voit des fleurs, une table, une veste mais c'est un cahier que la femme prend sur la table.
Pick up : prendre, ramasser.

(C) La femme porte une veste (***wear***) mais n'est pas en train de la mettre. ***Put on :*** mettre.

(A) Elle arrange des fleurs.
(B) Elle déplace une table.
(C) Elle met une veste.
(D) Elle prend un cahier.

2

M

(A) A boat is docking at a pier.
(B) Some birds are circling above the water.
(C) A person is sitting on a beach.
(D) Some children are digging in the sand.

Réponse (C)

On voit quelqu'un assis sur une plage. ***Beach :*** plage.

(A) On voit un bateau, mais il n'y a pas de quai. ***Pier :*** quai ; ***dock :*** s'amarrer (intrans), mettre à quai.
(B Les oiseaux sont au bord de l'eau, pas au-dessus de l'eau.
(D) ***dig :*** creuser.

(A) Un bateau s'amarre à un quai.
(B) Des oiseaux tournent au-dessus de l'eau.
(C) Une personne est assise sur une plage.
(D) Des enfants creusent dans le sable.

3

W

(A) The man is looking down at his keyboard.
(B) The man is filing some documents.
(C) The woman is handing a telephone to the man.
(D) The woman is using a computer mouse.

Réponse (D)

Voici une question pour laquelle on voit des exemples de tout le vocabulaire illustré par la photo ***(keyboard, telephone, documents, computer mouse)***, mais le verbe n'est exact que pour la réponse (D). ***Mouse :*** souris.

(A) L'homme regarde vers la femme, et non vers le bas ; ***keyboard :*** clavier.
(B) ***file :*** classer.
(C) ***hand :*** passer.

(A) L'homme a les yeux baissés sur son clavier.
(B) L'homme classe des documents.
(C) La femme tend un téléphone à l'homme.
(D) La femme utilise la souris d'un ordinateur.

Transcriptions
Réponses - Traductions

4

W

(A) A woman's walking up some stairs.
(B) An awning extends over a shop entrance.
(C) A group of people is leaving a building.
(D) A brick patio is being swept.

Réponse (B)

On voit une boutique qui dispose d'un store.
Awning : une banne, un store.

(A) La femme marche, mais elle ne monte pas de marches.
(C) Les personnes sont dehors, elles ne quittent pas l'immeuble.
(D) ***swept :*** participe passé de ***sweep***, balayer.

(A) Une femme monte des marches.
(B) Un store s'étend au-dessus d'une entrée de magasin.
(C) Un groupe de personnes sort d'un bâtiment.
(D) On est en train de balayer un patio en brique.

5

M

(A) Merchandise is being displayed in a store window.
(B) A man is reading a sign on a wall.
(C) Boots have been piled next to a door.
(D) A man is examining a pair of shoes.

Réponse (A)

On voit des paires de chaussures exposées dans une vitrine. ***Merchandise :*** la marchandise.

(B) ***sign :*** panneau.
(C) ***piled :*** empilé.
(D) L'homme examine autre chose que des chaussures.

(A) De la marchandise est exposée dans la vitrine d'un magasin.
(B) Un homme lit un panneau sur un mur.
(C) Des bottes ont été empilées près d'une porte.
(D) Un homme examine une paire de chaussures.

6

W

(A) A guitar is leaning against a bookshelf.
(B) Stacks of paper have been left on a desk.
(C) Some boxes are balancing on a stool.
(D) A lamp is suspended over a work area.

Réponse (B)

On voit une pile de papiers déposée sur un bureau.
Stack : pile.

(A) ***lean :*** (s')appuyer. La guitare est appuyée contre un mur et un bureau.
(C) ***balance :*** tenir en équilibre. Le tabouret est vide.
(D) ***suspend :*** suspendre. Il n'y a pas de lampe sur la photo.

(A) Une guitare est appuyée contre une bibliothèque.
(B) Des piles de papiers ont été laissées sur un bureau.
(C) Des cartons tiennent en équilibre sur un tabouret.
(D) Une lampe est suspendue au-dessus d'un espace de travail.

Transcriptions - traductions

Réponses et commentaires

7

W What time does the restaurant close?

W (A) At eleven o'clock.
(B) It's close to the library.
(C) No, it doesn't

À quelle heure le restaurant ferme-t-il ?
(A) À 11 heures.
(B) C'est près de la bibliothèque.
(C) Non.

Réponse (A)
Car la question ***What time*** implique une réponse avec un horaire.
(B) Attention à ne pas être induit en erreur par la ressemblance entre ***close*** (le verbe, « fermer ») et ***close*** (l'adjectif, « près de »), qui n'ont pas la même prononciation.
(C) L'énoncé est une question ouverte, à laquelle on ne peut pas répondre ***no***.

8

M Who should I see about updating the Langdon account?

M (A) It's due by next Monday.
(B) Mr. Travis is in charge of that.
(C) For my laptop.

À qui devrais-je m'adresser pour la mise à jour du compte Langdon ?
(A) L'échéance est lundi prochain.
(B) M. Travis en est responsable.
(C) Pour mon ordinateur portable.

Réponse (B)
Update : mettre à jour ; ***account :*** compte en banque ou client d'une société.
(A) ***due :*** à échéance, payable.
(C) On peut certes faire une mise à jour de son ordinateur portable (***laptop***), mais la réponse attendue est une personne (***who***).

9

W How long will it take to fix the copy machine?

M (A) About an hour.
(B) Once every two weeks.
(C) Sure, I can fix it.

Combien de temps prendra la réparation de la photocopieuse ?
(A) Environ une heure.
(B) Une fois tous les 15 jours.
(C) Bien sûr, je peux la réparer.

Réponse (A)
How long : combien de temps ; ***fix :*** réparer.
(B) fournit une fréquence mais c'est une durée qui est demandée.
(C) La répétition de ***fix*** ne donne pas une réponse adéquate.

10

M Did you enjoy the dance performance last night?

M (A) A ballet company from Argentina.
(B) Yes, it was even better than I expected.
(C) A few more nights.

As-tu aimé le spectacle de danse hier soir ?
(A) Une troupe de ballet d'Argentine.
(B) Oui, c'était encore mieux que ce à quoi je m'attendais.
(C) Quelques nuits de plus.

Réponse (B)
L'énoncé demande un avis.
(A) donne des précisions sur la troupe mais pas d'avis.
(C) répète le mot ***night*** mais ne répond pas à la question.

11

W You've sent the invitations, haven't you?

W (A) Yes, I'll have some.
(B) Which bakery?
(C) No, Peter did.

Tu as bien envoyé les invitations, n'est-ce pas ?
(A) Oui, je vais en prendre.
(B) Quelle boulangerie ?
(C) Non, Peter l'a fait.

Réponse (C)
Il s'agit d'une question fermée, à laquelle on doit donc répondre par oui ou non.
(A) n'emploie pas le temps adéquat (***will have :*** futur), bien que reprenant le mot ***have***. Il faut un temps du passé.

Transcriptions - traductions

Réponses et commentaires

12

M Can we try that Brazilian café tonight?
W (A) There were a few more than that.
(B) I went there last week.
(C) A reservation for five.

Peut-on tester ce café brésilien ce soir ?
(A) Il y en avait un peu plus que ça.
(B) J'y suis allée la semaine dernière.
(C) Une réservation pour cinq.

Réponse (B)

(C) reprend le champ lexical de l'énoncé (***café***, ***reservation***) mais ne répond pas à la question.

13

W When will my paperwork be ready?
M (A) On November second.
(B) A variety of paper products.
(C) Yes, a ten percent increase.

Quand mes documents seront-ils prêts ?
(A) Le 2 novembre.
(B) De nombreux produits à base de papier.
(C) Oui, une augmentation de dix pour cent.

Réponse (A)

L'énoncé utilise ***when :*** on s'attend à une date ou une heure. ***Paperwork :*** papiers, documents administratifs.

(B) Attention à ne pas être induit en erreur par la ressemblance entre ***paper*** (papier) et ***paperwork*** (documents).
(C) Le chiffre ***ten*** ne renvoie pas à la date ou à l'heure demandées.

14

M Where's the entrance to the hotel?
M (A) We've already booked the room.
(B) Do you offer a discount?
(C) Around the corner to the right.

Où est l'entrée de l'hôtel ?
(A) Nous avons déjà réservé la chambre.
(B) Faites-vous une remise ?
(C) Au coin de la rue à droite.

Réponse (C)

Where implique une réponse indiquant un lieu. ***Entrance :*** entrée.

(A) ***book :*** réserver.
(B) ***discount :*** remise

15

W How do you like your new apartment?
M (A) I made an appointment yesterday.
(B) The third floor.
(C) The location is perfect.

Que pensez-vous de votre nouvel appartement ?
(A) J'ai pris rendez-vous hier.
(B) Le troisième étage.
(C) L'emplacement est parfait.

Réponse (C)

L'énoncé demande un avis.

(A) Attention à ne pas être induit en erreur par la ressemblance entre ***appointment*** (rendez-vous) et ***apartment***.
(B) L'énoncé ne demande pas de situer l'appartement.

16

M Whose glasses are these?
W (A) A history class.
(B) They're not mine.
(C) A stronger prescription.

À qui ces lunettes appartiennent-elles ?
(A) Un cours d'histoire.
(B) Elles ne sont pas à moi.
(C) Une plus forte correction.

Réponse (B)

Whose (à qui) appelle une réponse indiquant le propriétaire des lunettes. (B) précise qu'« elles ne sont pas à moi ».

(A) Attention à ne pas être induit en erreur par la ressemblance entre ***glass(es)*** (lunettes) et ***class***.
(C) ***prescription :*** généralement ordonnance, ici correction.

Transcriptions - traductions

Réponses et commentaires

17

W Could you take these packages to the post office?

M (A) I'll be free after my conference call.
(B) They're packaged by the dozen.
(C) I haven't received any mail.

Pourriez-vous amener ces colis à la poste ?

(A) Je serai disponible après ma conférence téléphonique.
(B) Ils sont conditionnés par douzaine.
(C) Je n'ai pas reçu de courrier.

Réponse (A)

La réponse (A) est très indirecte mais laisse entendre que la personne pourra aller à la poste après la conférence téléphonique.

(B) ***dozen :*** ici littéralement douzaine, mais souvent utilisé pour traduire dizaine.
(C) ***Mail*** (courrier) fait penser à la poste mais ne répond pas à la question.

18

W Why is the street closed?

M (A) Go straight ahead.
(B) It's nearby.
(C) Because they're doing repair work.

Pourquoi la route est-elle barrée ?

(A) Allez tout droit.
(B) C'est à proximité.
(C) Parce qu'ils font des travaux de réparation.

Réponse (C)

Une question qui commence par ***why*** (pourquoi) appelle généralement une réponse commençant par ***because*** (parce que).

(A) Cette direction, bien qu'utile, ne répond pas à la question ***why***.
(B) ***nearby :*** proche.

19

W Is the doctor in today?

M (A) How often?
(B) That's not a good day.
(C) No, she's not.

Le médecin est-il au cabinet aujourd'hui ?

(A) À quelle fréquence ?
(B) Ce n'est pas une bonne journée.
(C) Non, elle n'est pas là.

Réponse (C)

La question implique une réponse fermée « oui » ou « non ».

(B) Attention à ne pas être induit en erreur par la ressemblance entre ***today*** et ***day***.

20

W What's going on in the building next door?

M (A) A reception's being held.
(B) But I just turned it off.
(C) I'm sure you're next.

Que se passe-t-il dans le bâtiment d'à côté ?

(A) Une réception est en train de se dérouler.
(B) Mais je viens de l'éteindre.
(C) Je suis sûr que tu es le prochain.

Réponse (A)

Building : bâtiment, immeuble.

(B) Attention à la confusion due à ***on*** et ***off***.
(C) La répétition du mot ***next*** peut induire en erreur.

21

W That theater always sells out quickly, doesn't it?

W (A) I prefer comedies.
(B) We sat in the first row.
(C) True, so let's get our tickets now.

Ce théâtre affiche toujours rapidement complet, n'est-ce pas ?

(A) Je préfère les comédies.
(B) Nous étions assis au premier rang.
(C) C'est exact, allons donc acheter nos billets maintenant.

Réponse (C)

La question demande la confirmation que les places dans ce théâtre sont rapidement vendues. ***Sell out :*** afficher complet. (C) répond par « C'est exact » (***True***), puis propose d'aller acheter des billets.

(A) ne répond pas à la question.
(B) se réfère à une visite au théâtre mais ne correspond pas à l'affirmation. ***Row :*** rang.

Transcriptions - traductions

Réponses et commentaires

22

M Do you want to fly to Sydney or go by train?

M (A) You know I don't like flying.
(B) It was a pretty short trip.
(C) To attend my sister's graduation.

Veux-tu aller à Sydney en train ou en avion?

(A) Tu sais que je n'aime pas prendre l'avion.
(B) C'était un voyage plutôt court.
(C) Pour assister à la remise de diplôme de ma sœur.

Réponse (A)

L'énoncé propose un choix. (A) exprime un avis sur l'un des moyens de transport qui laisse supposer le choix de l'interlocuteur.

(B) est au passé et ne peut donc pas être correct pour ce projet de voyage.
(C) ***To*** + base verbale indique le but et répond plutôt à la question ***why*** (pourquoi).

23

W Where'd you find that lovely winter coat?

W (A) Thank you, it was a gift.
(B) Every January.
(C) No, I haven't found them.

Où as-tu trouvé ce joli manteau d'hiver?

(A) Merci, c'était un cadeau.
(B) Chaque janvier.
(C) Non, je ne les ai pas trouvés.

Réponse (A)

'd est la contraction de ***did***, qui implique donc une réponse au passé. ***Coat :*** manteau; ***gift :*** cadeau.

(B) répond à «quand» (***when***) et non pas «où» (***where***).
(C) ***Them*** fait penser à plusieurs objets, mais il s'agit d'un seul manteau.

24

M Should we remind Ms. Woods to send us the budget report?

M (A) I'd like to meet the reporter here.
(B) Sales projections for the first quarter.
(C) But the deadline isn't for another week.

Devrions-nous rappeler à Mme Woods de nous envoyer le rapport budgétaire?

(A) Je voudrais bien rencontrer le journaliste ici.
(B) Les prévisions de ventes pour le premier trimestre.
(C) Mais la date limite n'est pas avant la semaine prochaine.

Réponse (C)

Report : rapport, bilan. ***Deadline :*** date limite.

(A) Ne pas être induit en erreur par la ressemblance entre ***report*** (rapport) et ***reporter*** (un journaliste/ reporter).
(B) reprend le champ lexical mais ne répond pas à la question. ***Sales projections :*** prévisions de ventes.

25

W When does Mr. Cho want to pick up his cake?

M (A) I'll carry it to the car for you.
(B) He said he'd be in around three o'clock.
(C) For his colleagues.

Quand M. Cho voudra-t-il venir chercher son gâteau?

(A) Je l'amènerai à la voiture pour vous.
(B) Il a dit qu'il serait là vers 15 heures.
(C) Pour ses collègues.

Réponse (B)

La question «quand» (***when***) implique une réponse utilisant un indicateur de temps. ***Pick up :*** passer prendre.

(A) Ne pas confondre ***pick up*** avec l'autre sens de ***pick up*** (ramasser) et par extension ***carry*** (porter).
(C) L'énoncé demande «quand» et non «pour qui» (***for whom***).

26

M I haven't heard who the board chose as a chairperson.

W (A) Tomorrow morning at the latest.
(B) Please take a seat.
(C) I believe it was Mr. Peterson.

Je n'ai pas entendu qui le conseil a choisi comme président.

(A) Demain matin au plus tard.
(B) Asseyez-vous, je vous en prie.
(C) Je crois que c'était M. Peterson.

Réponse (C)

L'énoncé indique que la personne se demande qui a été choisi; la réponse doit donc indiquer une personne.

(A) L'énoncé porte sur le choix de président, pas sur le moment de l'annonce.
(B) Attention à ne pas être induit en erreur par ***chair*** (chaise), ***chairperson*** (président) et ***seat*** (siège).

Transcriptions - traductions

Réponses et commentaires

27

W Will we focus on advertising in print media or online?

M (A) They're waiting in line.
(B) Yes, it looks great.
(C) Let's see what the team thinks.

Allons-nous mettre l'accent sur la publicité dans la presse écrite ou en ligne?
(A) Ils attendent dans la queue.
(B) Oui, cela a l'air super.
(C) Allons voir ce qu'en pense l'équipe.

Réponse (C)
L'énoncé demande de faire un choix. La réponse (C) n'y répond pas directement mais propose une solution pour choisir (demander à l'équipe).
(A) Attention à ne pas être induit en erreur par la ressemblance entre ***online*** (en ligne) et ***in line*** (dans la queue).
(B) ne répond pas à l'énoncé qui demande de faire un choix.

28

W Do you want to go to the art gallery opening on Friday evening?

W (A) Sorry, I'll be out of town.
(B) I thought it was outstanding, too.
(C) Her most recent work.

Veux-tu aller à l'inauguration de la galerie d'art vendredi soir?
(A) Désolée, je serai en déplacement.
(B) Je l'ai trouvé extraordinaire aussi.
(C) Son œuvre la plus récente.

Réponse (A)
La question appelle une réponse par « oui » ou « non ». (A) induit le « non ».
(B) Il y a erreur de temps : l'énoncé parle du futur, cette réponse parle du passé. ***Outstanding :*** excellent (attention, ***outstanding*** peut signifier « impayé »).
(C) ***Work*** (œuvre) peut faire penser à une galerie mais ne répond pas à la question.

29

W We'll have to cancel the company picnic.

M (A) Two days before the event?
(B) Which catering service?
(C) Yes, they had one.

Nous allons devoir annuler le pique-nique d'entreprise.
(A) Deux jours avant l'évènement?
(B) Quel traiteur?
(C) Oui, ils en avaient un.

Réponse (A)
Cancel : annuler.
(B) Bien que le traiteur ait un lien avec ***company picnic***, cette proposition est sans rapport avec l'énoncé.
(C) Attention à ne pas être induit en erreur par ***have to*** et ***had***. L'énoncé est au futur, ici on parle du passé.

30

W Don't you know how to use the new computer system?

M (A) I was hoping you could train me.
(B) No, she doesn't use it.
(C) At the Fourth Street branch.

Ne savez-vous pas comment vous servir du nouveau système informatique?
(A) J'espérais que vous me formeriez.
(B) Non, elle ne s'en sert pas.
(C) À la filiale de la 4e rue.

Réponse (A)
Train : former.
(B) La réponse ne porte pas sur la même personne : ***you / she***.
(C) répond à une question sur un lieu. ***Branch :*** filiale, agence.

31

M Why hasn't Jason been in the office all week?

M (A) No, I haven't seen him.
(B) Typically until six o'clock or so.
(C) You'll have to ask his manager.

Pourquoi Jason a-t-il été absent du bureau toute la semaine?
(A) Non, je ne l'ai pas vu.
(B) Comme d'habitude jusqu'à environ 6 heures.
(C) Vous devez demander à son responsable.

Réponse (C)
Why (pourquoi) indique une question ouverte.
(A) ***No*** est une réponse à une question fermée.
(B) répond à une question sur un indicateur de durée.

PART 3 Test 1 – Pistes 35-36

Dialogue - traduction

Questions 32 through 34 refer to the following conversation.

W Hi Tom. Are you still planning to join us when we interview Pim Juntasa on Wednesday? ❶ She seems like a really promising candidate.

M Yes, you can count on me. I'll be there at two P.M. The usual place, right? Meeting room A?

W No. Actually, ❷ someone's already booked meeting room A. So, instead, we'll be in the small meeting room on the first floor.

M Good to know, thanks. Oh, and ❸ I've revised the interview questions. ❹ I'll pass out photocopies of them to everyone before Wednesday.

Les questions 32 à 34 se rapportent à la conversation suivante.

Bonjour Tom. Prévoyez-vous toujours de vous joindre à nous quand nous ferons passer l'entretien à Pim Juntasa mercredi ? Elle a l'air d'être une candidate prometteuse.

Oui, vous pouvez compter sur moi. Je serai là à quatorze heures. À l'endroit habituel, n'est-ce pas ? La salle de réunion A ?

Non. En fait, quelqu'un a déjà réservé la salle de réunion A. À la place, nous serons donc dans la petite salle de réunion au 1er étage.

C'est bon à savoir, merci. Oh, et j'ai mis à jour les questions pour l'entretien. J'en distribuerai un exemplaire à tout le monde avant mercredi.

Vocabulaire **join someone** *rejoindre quelqu'un* **interview someone** *faire passer un entretien d'embauche à quelqu'un* **promising** *prometteur* **count on** *compter sur* **book** *réserver* **revise** *mettre à jour, réviser, revoir*

Questions - traductions

Réponses et commentaires

32

What is the conversation mainly about?

(A) Promoting a product
(B) Preparing for an interview
(C) Resolving a complaint
(D) Confirming travel plans

Quel est le principal sujet de la conversation ?

(A) La promotion d'un nouveau produit
(B) La préparation d'un entretien
(C) La résolution d'une plainte
(D) La confirmation de projets de voyage

Réponse (B)

On parle bien de l'univers d'un entretien : d'une candidate prometteuse en ❶ ***(She seems like a really promising candidate)*** et des questions qui lui seront posées en ❸ ***(I've revised the interview questions)***.

(C) ***resolve :*** résoudre.

33

What does the woman say about meeting room A?

(A) It was renovated.
(B) It has no projector.
(C) It is not available.
(D) It is too small.

Que dit la femme à propos de la salle de réunion A ?

(A) Elle a été rénovée.
(B) Elle n'a pas de projecteur.
(C) Elle n'est pas disponible.
(D) Elle est trop petite.

Réponse (C)

La femme indique en ❷ ***someone's already booked meeting room A*** (quelqu'un a déjà réservé la salle de réunion A) et elle n'est donc pas disponible.

Available : disponible.

34

What does the man say he will do before Wednesday?

(A) Present some recent findings
(B) Speak with the maintenance crew
(C) Assemble a new project team
(D) Distribute a handout

Qu'est-ce que l'homme dit qu'il fera avant mercredi ?

(A) Présenter de nouveaux résultats
(B) Parler avec l'équipe d'entretien
(C) Monter une nouvelle équipe pour le projet
(D) Distribuer un polycopié

Réponse (D)

L'homme indique en ❹ ***I'll pass out photocopies of them*** (J'en distribuerai un exemplaire).

En (D), ***handout*** (polycopié) se réfère aux photocopies qui seront distribuées. Le verbe à particule existe également : ***hand out. Pass out = hand out = distribute :*** distribuer. ***Handout :*** un polycopié.

(A) ***recent :*** nouveau, récent.
(B) ***maintenance :*** entretien/maintenance. ***Crew = team :*** équipe.
(C) ***assemble = gather :*** rassembler/monter (une équipe).

Dialogue - traduction

Questions 35 through 37 refer to the following conversation.

Les questions 35 à 37 se rapportent à la conversation suivante.

M Excuse me. ❶ I tried to pay for parking at the machine, but it doesn't seem to be working. ❷ It won't accept cash or my credit card.

Excusez-moi. J'ai essayé de payer pour le parking à la caisse automatique mais elle ne semble pas fonctionner. Elle n'accepte ni espèces, ni cartes de crédit.

W Oh, I'm sorry. ❸ The machine is currently out of order. There was supposed to be a sign posted about that. But you can pay me here at the booth.

Oh, je suis désolée. La machine est en panne en ce moment. Il était censé y avoir un panneau pour prévenir. Mais vous pouvez payer auprès de moi au guichet.

M OK, I entered the parking garage forty-five minutes ago, so how much do I owe?

D'accord. Je suis entré dans le parking il y a 45 minutes, alors combien je dois ?

W If you've been here under an hour, parking is free, but ❹ I still need to validate your parking ticket so you can exit.

Si vous êtes resté moins d'une heure, le parking est gratuit mais je dois encore valider votre ticket de parking afin que vous puissiez sortir.

Vocabulaire **cash** *espèces, argent liquide* **out of order** *en panne, hors service* **booth** *cabine, ici : le guichet d'accueil du parking* **owe someone something** *devoir quelque chose à quelqu'un*

Questions - traductions

Réponses et commentaires

35

What is the problem?

(A) A machine is not working.
(B) A credit card is damaged.
(C) A schedule is incorrect.
(D) A roadway is blocked.

Quel est le problème ?

(A) Une machine ne fonctionne pas.
(B) Une carte de crédit est abimée.
(C) Un planning est incorrect.
(D) Une chaussée est bloquée.

Réponse (A)

On apprend en ❷ que la caisse automatique (***machine***) d'un parking ne permet ni de payer par carte de crédit, ni en espèces ***(It won't accept cash or my credit card)*** et on entend en ❸ qu'elle est actuellement hors service (***currently out of order***).

(B) Ce n'est pas la faute de la carte. ***Damaged :*** abîmé.

36

Where is the conversation most likely taking place?

(A) At a bank
(B) At a bus stop
(C) At a parking garage
(D) At a department store

Où la conversation a-t-elle probablement lieu ?

(A) À la banque
(B) À un arrêt de bus
(C) Dans un parking couvert
(D) Dans un grand magasin

Réponse (C)

On apprend en ❶ que l'homme n'arrive pas à payer le parking à la caisse automatique (***I tried to pay for parking at the machine***).

(D) ***a department store :*** un grand magasin.

37

What does the woman say she must do?

(A) Close a facility early
(B) Verify an address
(C) Get a supervisor's signature
(D) Validate a ticket

Que dit la femme à propos de ce qu'elle doit faire ?

(A) Fermer un établissement plus tôt
(B) Confirmer une adresse
(C) Obtenir la signature d'un responsable
(D) Valider un ticket

Réponse (D)

Elle le stipule clairement en ❹ : ***I still need to validate your parking ticket*** (je dois encore valider votre ticket de parking).

(A) ***a facility :*** un complexe, un établissement.
(B) ***verify :*** confirmer.
(C) ***supervisor :*** responsable.

Dialogue - traduction

Questions 38 through 40 refer to the following conversation.

Les questions 38 à 40 se rapportent à la conversation suivante.

W Steve, you mentioned you wanted to see that new Janet Carmen film.

Steve, tu as dit que tu voulais voir le nouveau film de Janet Carmen.

M Mhm.

Hmm.

W Well, some of us in the department are going to see it tonight.

Eh bien, certains d'entre nous dans le service vont aller le voir ce soir.

M That sounds great, but I probably won't leave work until around seven. What time are you going?

C'est super, mais je ne vais probablement pas quitter le travail avant 19 heures. À quelle heure y allez-vous ?

W We were planning on going at six thirty. ❶ Sure you can't come to that?

On avait prévu d'y aller à 18h30. Es-tu sûr de ne pas pouvoir venir ?

M Yeah... ❷ I haven't finished this month's sales report yet. Are there any later showings?

Ouais… Je n'ai pas encore terminé le rapport mensuel des ventes. Y a-t-il des séances plus tard ?

W Well, there is another one at nine o'clock, but I don't know if the others want to go that late. ❸ I'll talk to them and let you know.

Eh bien, il y en a une autre à 21 heures mais je ne sais pas si les autres veulent y aller si tard. Je leur en parlerai et je te tiendrai au courant.

Vocabulaire **department** *service (en entreprise)* **sales report** *rapport des ventes* **showing** *séance (de cinéma)*

Questions - traductions

Réponses et commentaires

38

What does the woman imply when she says, "some of us in the department are going to see it tonight"?

(A) She will not be available until tomorrow.
(B) She needs the man to do her a favor.
(C) The man is invited to join a group.
(D) A film was highly recommended.

Que laisse entendre la femme quand elle dit « some of us in the department are going to see it tonight » ?

(A) Elle ne sera pas disponible avant demain.
(B) Elle voudrait que l'homme lui rende un service.
(C) L'homme est invité à se joindre à un groupe.
(D) Un film a été vivement recommandé.

Réponse (C)

On comprend en ❶ ***Sure you can't come to that?*** (Es-tu sûr de ne pas pouvoir venir ?) que la femme souhaite que l'homme fasse partie du groupe qui va au cinéma.

(A) ***Some of us*** indique qu'elle se compte parmi ceux présents.
(D) À part le nom de Janet Carmen, aucune autre indication n'est donnée sur le film.

39

Why is the man working late tonight?

(A) He is going on vacation soon.
(B) He wants to avoid rush hour traffic.
(C) He needs to complete a report.
(D) He is installing new software.

Pourquoi l'homme doit-il travailler tard ?

(A) Il part bientôt en vacances.
(B) Il veut éviter de circuler à l'heure de pointe.
(C) Il doit terminer un rapport.
(D) Il installe un nouveau logiciel.

Réponse (C)

Il indique en ❷ ***I haven't finished this month's sales report yet. Finish*** et ***complete*** (un rapport) sont synonymes.

(B) ***rush hour :*** heure de pointe.
(D) ***software :*** logiciel.

40

What does the woman offer to do?

(A) Contact some coworkers
(B) Locate a seating chart
(C) Delay a presentation
(D) Join a meeting

Que propose la femme ?

(A) Contacter des collègues
(B) Trouver un plan de placement
(C) Reporter une présentation
(D) Assister à une réunion

Réponse (A)

En ❸, elle propose de vérifier avec les autres si la séance tardive peut convenir (***I'll talk to them and let you know***).
Coworker : collègue/collaborateur.

(B) ***seating chart :*** plan de placement.
(C) Ils parlent d'une séance et non d'une présentation. ***Delay :*** reporter/remettre à plus tard.

Dialogue - traduction

Questions 41 through 43 refer to the following conversation.

M Hi, I'm with Spellman Technologies, and ❶ **I'm calling to thank you and your company** for the great job you did catering for our business luncheon last week.

W ❷ Oh, don't thank me. Your event was planned by my colleague, Nadia. I'm sure she'll be happy to hear that you were pleased.

M If Nadia's in the office, I'd like to tell her myself.

W Actually, she's out today. But ❸ **I can put you through to her voice mail so that you can leave her a message.**

Les questions 41 à 43 se rapportent à la conversation suivante.

Bonjour, je travaille chez Spellman Technologies et je vous appelle pour vous remercier, vous ainsi que toute votre entreprise, pour votre excellente prestation de traiteur lors de notre déjeuner d'affaires la semaine dernière.

Oh, ce n'est pas moi qu'il faut remercier. Votre évènement a été organisé par ma collègue Nadia. Je suis certaine qu'elle sera ravie d'entendre que vous êtes content.

Si Nadia est au bureau, je voudrais le lui dire moi-même.

En fait, elle n'est pas là aujourd'hui. Mais je peux vous mettre en relation avec sa messagerie vocale pour que vous puissiez lui laisser un message.

Vocabulaire **a catering company** *(service) traiteur* **voice mail** *messagerie vocale* **put through** *mettre en relation (téléphone)*

Questions - traductions

Réponses et commentaires

41

Where does the woman most likely work?

(A) At a flower shop
(B) At a bookstore
(C) At a catering company
(D) At an employment agency

Où la femme travaille-t-elle probablement ?

(A) Chez un fleuriste
(B) Dans une librairie
(C) Chez un traiteur
(D) Dans un cabinet de recrutement

Réponse (C)

L'homme indique en ❶ qu'il appelle pour remercier le traiteur : ***I'm calling to thank you and your company for the great job you did catering*** (je vous appelle pour vous remercier, vous ainsi que toute votre entreprise, pour votre excellente prestation de traiteur).

42

What does the woman mean when she says, "Oh, don't thank me"?

(A) She does not like praise.
(B) Her colleague thanked her already.
(C) Someone else did the work.
(D) An assignment was not difficult.

Que veut dire la femme par : « Oh, don't thank me » ?

(A) Elle n'aime pas les éloges.
(B) Sa collègue l'a déjà remerciée.
(C) C'est quelqu'un d'autre qui a fait le travail.
(D) Une mission n'était pas difficile.

Réponse (C)

En ❷, ***Don't thank me*** n'est pas à interpréter littéralement (ne me remerciez pas = je ne souhaite pas de remerciement) mais l'intonation (*me*) et le contexte permettent de comprendre que c'est n'est pas à elle que revient le remerciement, car quelqu'un d'autre a fait le travail.

(A) ***praise :*** éloges, louanges.
(D) ***assignment :*** mission / devoir (scolaire).

43

What will the man most likely do next?

(A) Make an appointment
(B) Provide a reference
(C) Purchase some merchandise
(D) Leave a message

Que l'homme va-t-il probablement faire ensuite ?

(A) Prendre un rendez-vous
(B) Fournir une référence
(C) Acheter des marchandises
(D) Laisser un message

Réponse (D)

La femme suggère en ❸ de le mettre en lien avec la messagerie vocale de la personne qu'il souhaite remercier ***(I can put you through to her voice mail so that you can leave her a message)***; il lui laissera donc un message.

PART 3 Test 1 – Pistes 43-44

Dialogue - traduction

Questions 44 through 46 refer to the following conversation.

M Excuse me. ❶ **My mobile phone's been very slow and sometimes loses calls**, so I'm interested in a new one.

W I'd be happy to help you find a new phone. Have you seen the latest smartphones we have on display? We have a few models at excellent prices.

M I saw those, but ❷ **I read on your company Web site that you have some phones for sale at half price.**

W We do have several select phones available at half price. However, they're very basic phones. Smartphones like these, on the other hand, have features like Web browsing and road navigation that you wouldn't get from a basic mobile phone. Here, ❸ **let me show you how they work.**

Les questions 44 à 46 se rapportent à la conversation suivante.

Excusez-moi, mon téléphone portable est très lent et parfois, les appels sont interrompus, je suis donc intéressé par un nouveau téléphone.

Je serais ravie de vous aider à en trouver un nouveau. Avez-vous vu les smartphones les plus récents que nous avons en vitrine ? Nous avons quelques modèles à des prix très intéressants.

Je les ai vus, mais j'ai lu sur le site de votre entreprise que vous aviez des téléphones en vente à moitié prix.

Nous avons en effet plusieurs téléphones à moitié prix. Ce sont néanmoins des téléphones basiques. Des smartphones comme ceux-ci, en revanche, ont des fonctionnalités comme la navigation sur Internet et le GPS, que vous n'aurez pas avec un téléphone basique. Attendez, permettez-moi de vous montrer comment ils fonctionnent.

Vocabulaire **for sale** *en vente* **at half price** *à moitié prix* **features** *(techn) fonctionnalités* **Web browsing** *navigation sur Internet* **road navigation** *GPS*

Questions - traductions

Réponses et commentaires

44

What problem does the man mention?

(A) His phone is not working properly.
(B) He received an incorrect bill.
(C) He cannot transfer some important data.
(D) His battery charger is missing.

Quel problème l'homme mentionne-t-il ?

(A) Son téléphone ne fonctionne pas correctement.
(B) Il a reçu une facture erronée.
(C) Il ne parvient pas à transférer des données importantes.
(D) Son chargeur est manquant.

Réponse (A)

L'homme indique en ❶ ***My mobile phone's been very slow and sometimes loses calls*** (mon téléphone portable est très lent et parfois, les appels sont interrompus). Il a donc bien un problème avec son téléphone.

45

What did the man read online?

(A) Some phones are available at a discount.
(B) Service areas have been expanded.
(C) Used phones can be recycled.
(D) Repairs are done on-site.

Qu'a lu l'homme sur Internet ?

(A) Quelques téléphones sont en promotion.
(B) Des zones de service ont été élargies.
(C) D'anciens téléphones peuvent être recyclés.
(D) Des réparations peuvent être faites sur place.

Réponse (A)

On lit en ❷ ***I read on your company Web site that you have some phones for sale at half price*** (j'ai lu sur le site de votre entreprise que vous aviez des téléphones en vente à moitié prix). L'expression ***at half price*** (à moitié prix) indique qu'il s'agit d'un prix promotionnel (***at a discount***).

(B) ***expand :*** élargir, augmenter.
(C) ***used :*** utilisé, usagé, (ici) ancien.
(D) ***on-site :*** sur place.

46

What will the woman do next?

(A) Back up some files
(B) Confer with a manager about a refund
(C) Demonstrate advanced phone features
(D) Describe some warranty plans

Que la femme va-t-elle faire ensuite ?

(A) Faire une sauvegarde de fichiers
(B) S'entretenir avec un responsable au sujet d'un remboursement
(C) Montrer les fonctionnalités avancées d'un téléphone
(D) Décrire les garanties

Réponse (C)

En ❸, la femme dit ***let me show you how they work*** (permettez-moi de vous montrer comment ils fonctionnent). ***Demonstrate = show.***

(A) ***back up :*** faire une sauvegarde.
(B) ***confer with someone :*** s'entretenir avec quelqu'un / se concerter. ***Refund :*** remboursement.
(D) ***warranty :*** garantie.

Dialogue - traduction

Questions 47 through 49 refer to the following conversation.

M Are you sure you're going the right way to the conference center? It's taking longer than I expected, and ❶ **I'm worried we're not going to get there on time.**

W I thought this was the right way, but now I'm not sure. I did have driving directions that came with the conference materials—too bad ❷ **I forgot to bring them with me.**

M I say ❸ **we'd better stop and find somebody who can help us out.** I see a store up ahead. Maybe someone there can tell us which way to go.

Les questions 47 à 49 se rapportent à la conversation suivante.

Êtes-vous sûre que vous prenez la bonne route pour le centre de congrès ? Cela prend plus longtemps que prévu et j'ai peur que nous n'y arrivions pas à temps.

Je pensais que c'était la bonne route mais maintenant, je n'en suis plus sûre. J'avais bien reçu des indications avec les documents sur la conférence mais malheureusement, j'ai oublié de les apporter.

Moi, je pense qu'on ferait mieux de s'arrêter et de trouver quelqu'un qui puisse nous aider. Je vois un magasin devant nous. Peut-être que quelqu'un là-bas peut nous dire quelle route prendre.

Vocabulaire **on time** *à l'heure* **had better + verbe** *faire mieux + verbe*

Questions - traductions

Réponses et commentaires

47

What is the man concerned about?

(A) Finding a parking place
(B) Arriving on time
(C) Paying an additional fee
(D) Having enough supplies

De quoi l'homme s'inquiète-t-il ?

(A) De ne pas trouver une place de parking
(B) De ne pas arriver à l'heure
(C) De payer des frais supplémentaires
(D) De ne pas avoir assez de provisions

Réponse **(B)**

En ❶, l'homme dit ***I'm worried we're not going to get there on time*** (j'ai peur que nous n'y arrivions pas à temps).

(D) ***supplies (pl) :*** provisions.

48

What did the woman forget to do?

(A) Arrange a meeting
(B) Make a reservation
(C) Notify some colleagues
(D) Bring some directions

Que la femme a-t-elle oublié de faire ?

(A) De mettre en place une réunion
(B) De faire une réservation
(C) D'informer des collègues
(D) D'apporter les indications

Réponse **(D)**

En ❷, la femme explique ***I forgot to bring them with me*** (j'ai oublié de les apporter) en parlant des indications fournies.

49

What does the man suggest?

(A) Attending a workshop
(B) Buying a map
(C) Asking for assistance
(D) Calling a conference organizer

Que l'homme suggère-t-il ?

(A) De participer à un atelier
(B) D'acheter une carte routière
(C) De demander de l'aide
(D) D'appeler l'organisateur de la conférence

Réponse **(C)**

En ❸, l'homme indique ***we'd better stop and find somebody who can help us out*** (je pense qu'on ferait mieux de s'arrêter et de trouver quelqu'un qui puisse nous aider) ; il exprime bien la solution qu'il préfère.

(B) ***map :*** une carte routière, un plan de ville.

Dialogue - traduction

Questions 50 through 52 refer to the following conversation with three speakers.

W Hello, may I speak to Min-Jae Park? It's about the renovations to Comet Bank. ❶ He's the architect, right?

W Yes. But may I ask who's calling?

W This is Sheryl Reed, the project manager for the Comet Bank renovations. ❷ I'm missing the drawings with the measurements for the main entrance, and I'm ordering the doors today.

W OK, I'll put you through to Mr. Park. Please hold.

W Thanks.

M Hello? Ms. Reed?

W Hello, Mr. Park. Could you possibly get me another blueprint? I can't find the drawings for the front entrance.

M Certainly, Ms. Reed. It'll take some time to print the plan, though. ❸ If you come by my office around three o'clock, I'll have it ready for you by then.

Les questions 50 à 52 se rapportent à la conversation suivante entre trois personnes.

Bonjour, puis-je parler à Min-Jae Park ? C'est à propos des rénovations de la Comet Bank. C'est bien lui l'architecte, n'est-ce pas ?

Oui, mais puis-je demander qui est à l'appareil ?

Je m'appelle Sheryl Reed, je suis la chef de projet pour les rénovations de la Comet Bank. Il me manque les dessins avec les mesures pour l'entrée principale, et je dois commander les portes aujourd'hui.

D'accord, je vous mets en relation avec M. Park. Merci de patienter.

Merci.

Allô ? Mme Reed ?

Bonjour, M. Park. Pourriez-vous me faire parvenir un autre plan détaillé ? Je n'arrive pas à trouver les dessins de l'entrée principale.

Bien sûr, Mme Reed. Cela prendra cependant du temps pour imprimer le plan. Si vous passez à mon bureau vers 15 heures, je l'aurai fait d'ici-là pour vous.

Vocabulaire **drawing** *(artist./tech.) dessin* **blueprint** *(architect.) plan détaillé*

Questions - traductions

Réponses et commentaires

50

Who is Mr. Park?

(A) A bank cashier
(B) A construction worker
(C) A journalist
(D) An architect

Qui est M. Park ?

(A) Un employé de banque
(B) Un ouvrier du bâtiment
(C) Un journaliste
(D) Un architecte

Réponse (D)

On apprend en ❶ qu'il est bien architecte (***He's the architect***).

51

What problem does Ms. Reed mention?

(A) An invoice is incomplete.
(B) An office has closed.
(C) A document is missing.
(D) A measurement is incorrect.

Quel problème Mme Reed mentionne-t-elle ?

(A) Une facture est incomplète.
(B) Un bureau est fermé.
(C) Un document manque.
(D) Une mesure est incorrecte.

Réponse (C)

Mme Reed indique en ❷ qu'il lui manque les dessins indiquant les mesures de l'entrée principale (***I'm missing the drawings with the measurements for the main entrance***).

52

What does Mr. Park ask Ms. Reed to do?

(A) Review a recommendation
(B) Visit an office
(C) Read a proposal
(D) Approve a project

Que demande M. Park à Mme Reed ?

(A) De vérifier une recommandation
(B) De passer à un bureau
(C) De lire une proposition
(D) D'approuver un projet

Réponse (B)

M. Park demande en ❸ ***If you come by my office...***

Visit signifie aussi bien « visiter » que « passer » (quelque part) et correspond donc à ce que Mme Park doit faire pour obtenir les plans.

(C) ***a proposal :*** une proposition, une offre.

Dialogue - traduction

Questions 53 through 55 refer to the following conversation.

M Hello. ❶ **I saw a flyer about your research project on diet and nutrition.** Are you still looking for participants for that study?

W Yes, we still need about ten more participants. But in order to take part in the study, ❷ **you'll have to run, swim, or cycle for at least two hours each week.** Is that OK?

M Yes, but I don't have time to participate during the day because I work until six P.M. Is that a problem?

W No, that'd be fine. There are only a few appointments we'd need to schedule. ❸ **Why don't I e-mail you a copy of the consent form?** It has a description of the study.

Les questions 53 à 55 se rapportent à la conversation suivante.

Bonjour. J'ai vu un tract à propos de votre projet de recherche concernant les régimes et la nutrition. Êtes-vous toujours à la recherche de participants pour cette étude ?

Oui, nous avons encore besoin d'environ dix participants. Mais pour participer à cette étude, vous devrez courir, nager ou faire du vélo au moins deux heures par semaine. Est-ce que ça vous convient ?

Oui, mais je n'ai pas le temps d'y participer durant la journée car je travaille jusqu'à 18h. Cela pose-t-il un problème ?

Non, cela ira. Il y a seulement quelques rendez-vous que nous devons fixer. Je vous propose de vous envoyer le formulaire de consentement par courriel. Il contient le descriptif de l'étude.

Vocabulaire **flyer** *tract, prospectus, flyer* **exercise** *(nom) activité physique, exercice ; (vb) faire du sport*

Questions - traductions

53

What is the purpose of the man's telephone call?

(A) To ask about some lab results
(B) To sign up for a gym membership
(C) To register for a bicycle race
(D) To inquire about a study

Quel est le but de l'appel téléphonique de l'homme ?

(A) Se renseigner sur des résultats d'analyse
(B) S'inscrire dans une salle de fitness
(C) S'inscrire à une course cycliste
(D) Se renseigner sur une étude

54

What does the woman say is required?

(A) Two hours of weekly exercise
(B) A medical history
(C) Payment in cash
(D) Healthy eating habits

Qu'est-ce qui est requis selon la femme ?

(A) Deux heures d'activité physique par semaine
(B) Les antécédents médicaux
(C) Le paiement en espèces
(D) Des habitudes alimentaires saines

55

What does the woman offer to send the man?

(A) A consent form
(B) A bill for services
(C) A confirmation number
(D) A schedule of events

Que la femme propose-t-elle d'envoyer à l'homme ?

(A) Un formulaire de consentement
(B) Une facture pour les services
(C) Un numéro de confirmation
(D) Un programme des évènements

Réponses et commentaires

53 – Réponse (D)

L'homme indique en ❶ ***I saw a flyer about your research project on diet and nutrition*** (J'ai vu un tract à propos de votre projet de recherche concernant les régimes et la nutrition). Bien qu'on évoque le cyclisme et d'autres sports, l'échange porte principalement sur l'inscription à l'étude.

(C) ***race :*** course.

54 – Réponse (A)

La femme indique en ❷ ***you'll have to run, swim, or cycle for at least two hours each week*** (vous devrez courir, nager ou faire du vélo au moins deux heures par semaine). ***Run, swim or cycle*** sont bien des exemples d'activités physiques (***exercise***).

(D) ***habit :*** habitudes ; attention au faux ami ***habits*** (habitudes) ≠ ***clothes*** (habits/vêtements).

55 – Réponse (A)

La femme indique en ❸ ***Why don't I e-mail you a copy of the consent form*** (Je vous propose de vous envoyer le formulaire de consentement par courriel).

Dialogue - traduction

Questions 56 through 58 refer to the following conversation.

Les questions 56 à 58 se rapportent à la conversation suivante.

W Hi, Peter, this is Tanya Bryant. You helped me find an apartment last year. ❶ I was wondering if your agency could help me find a new one in the same neighborhood.

Bonjour Peter, c'est Tanya Bryant à l'appareil. Vous m'avez aidé à trouver un appartement l'année dernière. Je me demandais si votre agence pouvait m'aider à en trouver un autre dans le même quartier.

M Oh—hi, Tanya. I'd be happy to help. You're currently in the Mount Eldon area, aren't you?

Oh, bonjour, Tanya. Je vous aiderai volontiers. Vous êtes actuellement dans le secteur de Mount Eldon, n'est-ce pas ?

W Yes, and I really like it. But ❷ I've recently set up my own business, designing jewelry and selling it online, so I'd like to find a two-bedroom apartment. I need to have another room to use as an office.

Oui, et je m'y plais beaucoup. Mais j'ai récemment fondé ma propre entreprise de création de bijoux vendus en ligne, j'aimerais donc trouver un appartement avec deux chambres. J'ai besoin d'une pièce supplémentaire à utiliser en tant que bureau.

M I have several apartments I could show you. How's your afternoon?

J'ai plusieurs appartements que je pourrais vous montrer. Que diriez-vous de cet après-midi ?

Vocabulaire **neighborhood** *quartier, voisinage* **area** *secteur, zone*

Questions - traductions

Réponses et commentaires

56

Why is the woman calling the man?

(A) To order some gifts
(B) To find a new apartment
(C) To borrow some tools
(D) To share some news

Pourquoi la femme appelle-t-elle l'homme ?

(A) Pour commander des cadeaux
(B) Pour trouver un nouvel appartement
(C) Pour emprunter quelques outils
(D) Pour partager des nouvelles

Réponse **(B)**

La femme indique qu'elle avait trouvé un appartement grâce à l'agence puis demande en ❶ ***I was wondering if your agency could help me find a new one*** (Je me demandais si votre agence pouvait m'aider à en trouver un autre).

(C) ***borrow :*** emprunter.

57

What does the woman say she has done recently?

(A) Worked on her garden
(B) Joined a community group
(C) Started a business
(D) Redecorated a room

Que dit la femme à propos de ce qu'elle a fait récemment ?

(A) Elle a travaillé dans son jardin
(B) Elle a adhéré à une association de quartier
(C) Elle a créé une entreprise
(D) Elle a redécoré une chambre

Réponse **(C)**

En effet, elle explique en ❷ ***I've recently set up my own business*** (j'ai récemment fondé ma propre enterprise). ***Set up*** et ***start (a business)*** ont le même sens ici : monter / créer une entreprise.

(B) ***community group :*** association de quartier.
(D) Elle parle de chambre car il lui en faut une deuxième pour y établir son bureau. ***Redecorate :*** redécorer, peindre.

58

Why does the man say, "How's your afternoon"?

(A) To ask whether the woman is enjoying herself
(B) To request help completing a project
(C) To explain a vacation policy
(D) To suggest a meeting time

Pourquoi l'homme dit-il « How's your afternoon ? »

(A) Pour demander si la femme passe un bon moment
(B) Pour demander de l'aide pour terminer un projet
(C) Pour expliquer le règlement concernant les congés
(D) Pour suggérer un horaire de rendez-vous

Réponse **(D)**

How's (how is) + date représente la suggestion d'une date pour un rendez-vous : « que pensez-vous de » + date / « que diriez-vous de » + date.
Ici, ***how's your afternoon*** est une façon détournée de demander si son après-midi est bien remplie ou si elle a des disponibilités pour faire une visite.
N'oubliez pas que ***meeting*** a un double sens : réunion et rendez-vous.

(C) ***vacation policy :*** règlement (en entreprise) concernant les congés.

Dialogue - traduction

Questions 59 through 61 refer to the following conversation.

M Hello, Amanda. Do you have a few minutes to discuss the feedback I received on ❶ **the training seminar I presented** to the new engineers last week?

W Sure! I heard that the comments were generally very positive. ❷ **The new hires said your explanations were very clear.**

M Yes. However, they did mention that it was a lot of information to absorb in a short time. I was thinking that the next time I do this, I'd give them a break halfway through the seminar. What do you think?

W That's a good idea. And maybe ❸ **you could also set aside a half hour at the end so you'll have more time to answer all of the trainees' questions.**

Les questions 59 à 61 se rapportent à la conversation suivante.

Bonjour Amanda. Avez-vous quelques minutes pour discuter du retour que j'ai reçu concernant le séminaire de formation que j'ai présenté aux nouveaux ingénieurs la semaine dernière ?

Bien sûr ! J'ai entendu que les commentaires étaient généralement très positifs. Les nouveaux salariés ont dit que vos explications étaient très claires.

Oui, ils ont cependant mentionné qu'il y avait beaucoup d'informations à assimiler en peu de temps. Je me disais que la prochaine fois, je leur proposerai une pause au milieu du séminaire. Qu'en pensez-vous ?

C'est une bonne idée. Et vous pourriez peut-être prévoir une demi-heure à la fin afin d'avoir plus de temps pour répondre aux questions de tous les participants.

Vocabulaire **engineer** *ingénieur, ouvrier spécialisé, technicien* **hire** *(vb) embaucher, (n) nouveau salarié / personne fraîchement embauchée* **set aside** *mettre de côté, prévoir* **trainee** *un stagiaire, ici : quelqu'un qui participe à une formation*

Questions - traductions

59

What has the man recently done?

(A) Developed a new product
(B) Written a training manual
(C) Given a presentation to new employees
(D) Transferred to an international branch

Que l'homme a-t-il récemment fait ?

(A) Développé un nouveau produit
(B) Écrit un manuel de formation
(C) Fait une présentation à de nouveaux employés
(D) Il a été muté vers une filiale internationale

60

What positive feedback does the woman mention?

(A) Sales goals were exceeded.
(B) Explanations were clear.
(C) Production increased.
(D) Customer service improved.

Quel retour positif la femme mentionne-t-elle ?

(A) Les objectifs de vente ont été dépassés.
(B) Les explications étaient claires.
(C) La production a augmenté.
(D) Le service client s'est amélioré.

61

What change does the woman recommend?

(A) Allowing more time for questions
(B) Beginning a process earlier
(C) Reserving a larger room
(D) Revising a company policy

Quel changement la femme conseille-t-elle ?

(A) Prévoir plus de temps pour des questions
(B) Commencer une procédure plus tôt
(C) Réserver une plus grande salle
(D) Mettre à jour la politique d'entreprise

Réponses et commentaires

59 Réponse **(C)**

L'homme dit en ❶ ***the training seminar I presented*** (le séminaire de formation que j'ai présenté). ***Present a training seminar*** et ***give a presentation*** sont utilisés comme synonymes ici.

(B) Bien qu'il s'agisse d'une formation dispensée, on ne parle pas ici de manuel de formation.

60 Réponse **(B)**

La femme indique en ❷ ***The new hires said your explanations were very clear*** (Les nouveaux salariés ont dit que vos explications étaient très claires).

(A) ***goal :*** objectif

61 Réponse **(A)**

La femme propose en ❸ ***you could also set aside a half hour at the end so you'll have more time to answer all of the trainees' questions*** (vous pourriez peut-être prévoir une demi-heure à la fin afin d'avoir plus de temps pour répondre aux questions de tous les participants). ***Allow*** et ***set aside*** sont synonymes ici : prévoir (plus de temps).

(B) ***process :*** procédure, processus.
(D) ***revise :*** revoir, mettre à jour.
Company policy : politique d'entreprise, la bonne pratique en entreprise.

Dialogue - traduction

Questions 62 through 64 refer to the following conversation.

Les questions 62 à 64 se rapportent à la conversation suivante.

M We've chosen an advertising firm to promote the new Colossus Tractor we're making. Several of the firm's representatives will be visiting next week, and **❶ I've planned for you to give them a tour of the assembly line on Tuesday.** Is that OK?

Nous avons choisi une agence de publicité pour promouvoir le tracteur Colossus que nous fabriquons. Plusieurs représentants de l'agence vont venir en visite la semaine prochaine, et j'ai prévu que tu leur fasses visiter la chaîne de montage mardi. Es-tu d'accord ?

W Well, I'm having some of our production equipment serviced right now, so **❷ they wouldn't be able to see the assembly line in full operation. ❸ The next day, Wednesday, would be better for the tour.**

Eh bien, je fais réviser une partie de notre matériel de production en ce moment, ils ne seraient donc pas en mesure de voir le fonctionnement intégral de la chaîne de montage. Le lendemain, mercredi, serait mieux pour la visite.

M OK. The advertising reps are planning to leave Wednesday evening, but I think we should be able to squeeze in a tour during the morning. **❹ I'll give them a call right now to make sure this time change is OK.**

D'accord. Les publicitaires ont prévu de partir mercredi soir, mais je pense que nous devrions pouvoir caser une visite dans la matinée. Je vais les appeler tout de suite pour m'assurer que ce changement de planning convient.

Vocabulaire **advertising firm** *agence de publicité / de communication* **rep – representative** *représentant, agent* **assembly line** *chaîne de montage* **have something done** *faire faire quelque chose* **service** *réviser, faire l'entretien* **squeeze in** *faire rentrer, caser*

Questions - traductions

Réponses et commentaires

62

What is scheduled for Tuesday?

(A) A tour of the facilities
(B) A luncheon with retirees
(C) A safety inspection
(D) An equipment purchase

Qu'est-il prévu mardi ?

(A) Une visite des installations
(B) Un déjeuner avec des retraités
(C) Une inspection de sécurité
(D) L'achat de matériel

Réponse (A)

La femme explique en ❶ ***I've planned for you to give them a tour of the assembly line on Tuesday*** (j'ai prévu que tu leur fasses visiter la chaîne de montage mardi). ***Facility :*** installation, complexe, établissement.

(B) ***retiree :*** retraité.
(D) Le matériel ***(equipment)*** est en révision ***(is being serviced)*** mais on ne parle pas ici d'achat.

63

Why does the man suggest another day?

(A) So that a complete process can be observed
(B) So that there are enough workers available
(C) So that production is not disrupted
(D) So that a deadline can be met

Pourquoi l'homme suggère-t-il un autre jour ?

(A) Pour qu'un processus complet puisse être observé
(B) Pour qu'il y ait assez de travailleurs disponibles
(C) Pour que la production ne soit pas perturbée
(D) Pour respecter un délai

Réponse (A)

L'homme indique en ❷ ***they wouldn't be able to see the assembly line in full operation*** (ils ne seraient donc pas en mesure de voir le fonctionnement intégral de la chaîne de montage), c'est pourquoi il propose en ❸ ***The next day, Wednesday, would be better for the tour*** (Le lendemain, mercredi, serait mieux pour la visite). ***Complete process*** et ***full operation*** se correspondent ici.

(C) ***disrupt :*** perturber.

64

What will the woman probably do next?

(A) Apply for an extended warranty
(B) Ask about changing some plans
(C) Pick up some clients
(D) Watch a training video

Que la femme va-t-elle probablement faire ensuite ?

(A) Faire une demande d'extension de garantie
(B) Se renseigner au sujet d'un changement de programme
(C) Aller chercher des clients
(D) Regarder une vidéo de formation

Réponse (B)

La femme dit en ❹ ***I'll give them a call right now to make sure this time change is OK*** (Je vais les appeler tout de suite pour m'assurer que ce changement de planning convient).

Dialogue - traduction

Questions 65 through 67 refer to the following conversation and chart.

Les questions 65 à 67 se rapportent à la conversation et au graphique suivants.

M Hi Lydia, this is Oliver, your editor at *European Travels Magazine*. Is now a good time to chat?

Bonjour Lydia, c'est Olivier, votre éditeur au magazine *Voyages en Europe* à l'appareil. Est-ce un bon moment pour se parler ?

W Sure, I have a minute.

Bien sûr, j'ai quelques minutes.

M Great. ❶ **Would you be able to increase the word count for your "Exploring Sicily" article** to 2,000 words?

Super. Seriez-vous en mesure de faire passer votre article « Explorer la Sicile » à 2 000 mots ?

W OK, there's plenty to cover on the topic. But ❷ **I have another article due that same day.**

D'accord, il y en a bien assez pour couvrir le sujet. Mais j'ai un autre article que je doit rendre le même jour.

M Aha, I see that on your assignment chart. Let's extend the deadline for your other assignment by a week—that way you can focus on Sicily.

Ah, oui. Je le vois sur votre graphique de missions. Rallongeons d'une semaine le délai pour votre autre mission – comme cela, vous pouvez vous concentrer sur la Sicile.

W Thanks—I appreciate it. By the way, ❸ **I've been compiling some ideas for pieces to write** this summer. I'll send them to you later today for feedback.

Merci – je vous en suis reconnaissante. Au fait, j'ai rassemblé quelques idées pour des articles à écrire cet été. Je vous les enverrai plus tard dans la journée pour avoir un retour.

Vocabulaire **deadline** *date butoir, délai (à respecter)* **piece** *(ici) article*

Questions - traductions

Réponses et commentaires

65

What does the man ask the woman to do?

(A) Renew a contract
(B) Schedule an interview
(C) Increase the length of an article
(D) Correct a mistake in a document

Que l'homme demande-t-il à la femme ?

(A) De renouveler un contrat
(B) De planifier un entretien
(C) D'augmenter la longueur d'un article
(D) De corriger une erreur dans un document

Réponse (C)

L'homme demande en ❶ ***Would you be able to increase the word count for your "Exploring Sicily" article*** (Seriez-vous en mesure de faire passer votre article « Explorer la Sicile » à 2 000 mots). La longueur ***(length)*** d'un article est définie par son nombre de mots ***(word count)***.

66

Look at the graphic. Which article's deadline will be changed?

(A) "Exploring Sicily"
(B) "Cheeses of Switzerland"
(C) "Budget Tours"
(D) "Paris by Bicycle"

Regardez le graphique. Pour quel article la date butoir changera-t-elle ?

(A) « Explorer la Sicile »
(B) « Fromages suisses »
(C) « Voyages à petit budget »
(D) « Paris à vélo »

Article	Deadline
"Exploring Sicily"	March 24
"Cheeses of Switzerland"	March 24
"Budget Tours"	April 29
"Paris by Bicycle"	May 5

Article	Date butoir
Explorer la Sicile	24 mars
Fromages suisses	24 mars
Voyages à petit budget	29 avril
Paris à vélo	5 mai

Réponse (B)

La femme dit en ❷ qu'un autre article est dû ***(due)*** le même jour ***(the same day)*** que celui sur la Sicile, soit le 24 mars. Il s'agit donc de « Fromages suisses ».

67

What does the woman say she will send the man?

(A) An itinerary
(B) An expense report
(C) Notes from a meeting
(D) Ideas for future articles

Qu'est-ce que la femme dit qu'elle enverra à l'homme ?

(A) Un itinéraire
(B) Un rapport sur les dépenses
(C) Des notes d'une réunion
(D) Des idées pour de futurs articles

Réponse (D)

La femme indique en ❸ qu'elle a rassemblé des idées ***(I've been compiling some ideas for pieces to write)***.

PART 3 Test 1 – Pistes 59-60

Dialogue - traduction

Questions 68 through 70 refer to the following conversation and graphic.

Les questions 68 à 70 se rapportent à la conversation et au graphique suivants.

M Customer service, Mark speaking. How can I help you?

Service client, Mark à l'appareil. Comment puis-je vous aider ?

W Hi, Mark. ❶ I bought a chair from your store, and I was about to assemble it, but I don't think I have all of the parts I need.

Bonjour Mark. J'ai acheté une chaise dans votre magasin et j'étais sur le point de la monter mais je ne pense pas avoir toutes les pièces nécessaires.

M Oh, I'm sorry to hear that. Do you know what you're missing?

Je suis désolé. Savez-vous ce qui vous manque ?

W Well, ❷ I have all the long bolts for the legs but none of the other bolts for the seat.

Eh bien, j'ai tous les boulons longs pour les pieds mais aucun des autres boulons pour l'assise.

M OK, I have some replacement parts here at the store, and ❸ I can have the delivery driver drop them off at your house this afternoon. How does that sound?

D'accord, j'ai quelques pièces de rechange ici au magasin, et je peux les faire déposer par notre livreur chez vous cet après-midi. Qu'en pensez-vous ?

W That'd be great, thanks!

Ce serait très bien, merci.

Vocabulaire **customer service** *service client* **be about to do something** *être sur le point de faire quelque chose* **part** *pièce* **assemble** *monter* **bolt** *boulon* **replacement part = spare part** *pièce de rechange / détachée* **delivery driver** *livreur* **have something done** *faire faire quelque chose* **drop off** *déposer*

Questions - traductions

68

Where does the man most likely work?

(A) At a trade school
(B) At a shipping company
(C) At a store
(D) At a factory

Où l'homme travaille-t-il probablement ?

(A) Dans une école de commerce
(B) Chez un transporteur
(C) Dans un magasin
(D) Dans une usine

69

Look at the graphic.
What is the woman mising?

(A) Part A
(B) Part B
(C) Part C
(D) Assembly instructions

Regardez le graphique.
Que manque-t-il à la femme ?

(A) La pièce A
(B) La pièce B
(C) La pièce C
(D) Une notice de montage

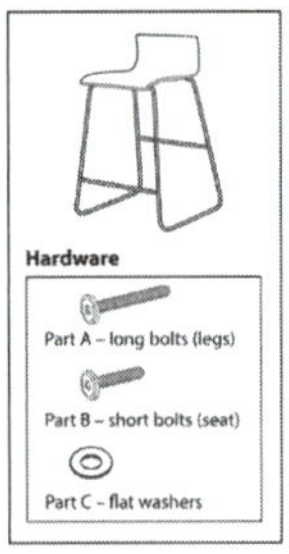

Visserie

Pièce A – boulons longs (pieds)

Pièce B – boulons courts (assise)

Pièce C – rondelles

70

What does the man offer to do?

(A) Cancel an order
(B) Hire a technician
(C) Provide a refund
(D) Arrange a delivery

Que l'homme propose-t-il de faire ?

(A) Annuler une commande
(B) Embaucher un technicien
(C) Effectuer un remboursement
(D) Organiser une livraison

Réponses et commentaires

Réponse **(C)**

La femme indique en qu'elle a acheté une chaise dans le magasin ***(I bought a chair from your store)***; l'homme travaille donc dans ce magasin.

(B) ***shipping company :*** transporteur, société maritime.

Réponse **(B)**

Elle explique en ***I have all the long bolts for the legs but none of the other bolts for the seat*** (j'ai tous les boulons longs pour les pieds mais aucun des autres boulons pour l'assise).
Hardware : (ici) visserie; quincaillerie.
Flat washer : rondelle.

(D) ***assembly :*** montage.

Réponse **(D)**

L'homme propose en ❸ ***I can have the delivery driver drop them off at your house this afternoon*** (je peux les faire déposer par notre livreur chez vous cet après-midi). Il va donc organiser une livraison.

(C) ***refund :*** remboursement.

Transcription - traduction

Questions 71 through 73 refer to the following telephone message.

M

Hi, Ms. Saldana, this is Ricardo Valdez from ❶ **Wagner's Home Furnishings.** ❷ **I'm calling about the dining table and chairs that you recently bought at our store.** It appears that we made a mistake in entering your address into our customer files. When we tried to deliver your items, our truck driver found that the address we had for you didn't exist! When you get a chance, please call back and ❸ **give us your correct address.** ❹ **The truck's going out again tomorrow morning,** so if you call us by five P.M., ❺ **we can deliver the dining set sometime tomorrow.**

Les questions 71 à 73 se rapportent au message téléphonique suivant.

Bonjour Madame Saldana, c'est Ricardo Valdez de Wagner Ameublement à l'appareil. Je vous appelle au sujet de la table de salle à manger et des chaises que vous avez récemment achetées chez nous. Il semblerait que nous ayons fait une erreur en entrant votre adresse dans nos fichiers clients. Quand nous avons essayé de vous livrer vos achats, notre livreur s'est rendu compte que l'adresse que nous avions n'existait pas ! Merci de nous rappeler quand vous le pourrez pour nous donner la bonne adresse.
Le camion repartira demain matin, donc si vous nous appelez avant 17 heures, nous pourrons livrer la salle à manger demain dans la journée.

Vocabulaire **furnishing** *ameublement, mobilier* **dining table** *table à manger* **store** *magasin* **enter** *entrer* **deliver** *livrer* **item** *objet, ici : achat* **truck driver** *chauffeur de camion, ici : livreur* **sometime** *à un moment donné / quelconque* ≠ **sometimes** *parfois* **sometime today** *dans la journée*

Questions - traductions

Réponses et commentaires

71

What does the speaker's business sell?

(A) Furniture
(B) Automobiles
(C) Factory equipment
(D) Real estate

Que vend l'entreprise de l'homme ?

(A) Des meubles
(B) Des automobiles
(C) Du matériel pour des usines
(D) Des biens immobiliers

Réponse **(A)**

En ❶, le nom du magasin indique sa principale activité : l'ameublement ***(home furnishings)***, et en ❷, l'homme précise ce qui a été acheté, c'est-à-dire des meubles ***(I'm calling about the dining table and chairs that you recently bought at our store)***.
Furniture : meubles.

(C) ***equipment :*** matériel, équipement.

72

What information does the speaker request?

(A) An order number
(B) A launch date
(C) An inventory
(D) An address

Quelle information l'homme demande-t-il ?

(A) Un numéro de commande
(B) Une date de lancement
(C) Un inventaire
(D) Une adresse

Réponse **(D)**

En ❸, l'homme demande ***give us your correct address*** (pour nous donner la bonne adresse). Il s'agit donc bien d'une adresse.

(A) ***order :*** commande.
(B) ***launch :*** lancement.

73

What is scheduled to happen tomorrow?

(A) A new store location will open.
(B) A factory will resume production.
(C) A truck will make deliveries.
(D) A sales promotion will begin.

Qu'est-il prévu pour demain ?

(A) Une nouvelle boutique de la marque va ouvrir.
(B) Une usine va reprendre la production.
(C) Un camion fera des livraisons.
(D) Une promotion va commencer.

Réponse **(C)**

En ❹, l'homme indique ***The truck's going out again tomorrow morning*** (le camion repartira demain matin), puis en ❺ il dit ***we can deliver the dining set sometime tomorrow*** (nous pourrons vous livrer la salle à manger demain dans la journée). Il s'agit donc d'un camion de livraison.

(A) ***location :*** emplacement.
(B) ***resume :*** reprendre.
(D) ***sales :*** vente.

Transcription - traduction

Questions 74 through 76 refer to the following telephone message.

W

Hello, this message is for Mr. Lehman. ❶ This is Mei Li from Sun Central Pharmacy. I'm calling to let you know that your doctor called in your prescription for ❷ allergy pills earlier today. We usually have that medication in stock, but unfortunately, ❸ we ran out yesterday. We'll get a new shipment in tomorrow, though. Your prescription will be ready for you to pick up after two P.M. ❹ Please come by the front desk of the pharmacy when you stop in tomorrow. Thank you and have a good evening.

Les questions 74 à 76 se rapportent au message téléphonique suivant.

Bonjour, ce message est pour M. Lehman. C'est Mei Li de la pharmacie Sun Central. Je vous appelle afin de vous informer que votre médecin a appelé pour votre ordonnance de comprimés antihistaminiques plus tôt aujourd'hui. Habituellement, nous avons votre traitement en stock mais malheureusement nous n'en avons plus depuis hier. Nous allons en revanche en recevoir un nouvel arrivage demain. Vous pourrez venir chercher vos médicaments à partir de 14 heures. Merci de vous présenter au guichet d'accueil de la pharmacie quand vous passerez demain. Merci et bonne soirée.

Vocabulaire **let someone know** *informer quelqu'un* **prescription** *ordonnance, médicaments* **allergy** *allergie* **pill** *comprimé* **earlier** *plus tôt* **medication** *traitement, médicament* **in stock** *en stock* **run out of something** *manquer de quelque chose* **shipment** *(ici) arrivage, expédition* **though** *en revanche, cependant* **pick up** *passer prendre* **front desk** *guichet, guichet d'accueil* **stop in = come by** *passer*

Questions - traductions

Réponses et commentaires

74

Where does the speaker most likely work?

(A) At a laboratory
(B) At a university
(C) At a pharmacy
(D) At a clothing shop

Où la femme travaille-t-elle probablement ?

(A) Dans un laboratoire
(B) Dans une université
(C) Dans une pharmacie
(D) Dans un magasin de vêtements

Réponse **(C)**

La femme indique en ❶ ***This is Mei Li from Sun Central Pharmacy*** (c'est Mei Li de la pharmacie Sun Central).

75

What problem does the speaker mention?

(A) A product is not available.
(B) A clinic is understaffed.
(C) An appointment must be cancelled.
(D) A store is closing early.

Quel problème la femme mentionne-t-elle ?

(A) Un produit n'est pas disponible.
(B) Une clinique est en sous-effectif.
(C) Un rendez-vous doit être annulé.
(D) Un magasin ferme tôt.

Réponse **(A)**

La femme mentionne en ❷ ***allergy pills*** (comprimés antihistaminiques), puis explique en ❸ ***we ran out yesterday*** (nous n'en avons plus depuis hier). Il s'agit donc d'un produit manquant.

(B) ***staffed :*** pourvu en personnel.
(C) ***cancel :*** annuler ;
an appointment : un rendez-vous.

76

What is the listener instructed to do?

(A) Bring some identification
(B) Go to the front desk
(C) Return a telephone call
(D) Reschedule a delivery

Que demande-t-on au destinataire de ce message ?

(A) D'amener une pièce d'identité
(B) D'aller au guichet d'accueil
(C) De rappeler
(D) De reprogrammer une livraison

Réponse **(B)**

La femme demande en ❹ ***Please come by the front desk of the pharmacy*** (merci de vous présenter au guichet d'accueil de la pharmacie).

(A) ***identification = an ID :*** une pièce d'identité.
(C) ***return a call :*** rappeler.
(D) ***reschedule :*** reprogrammer, replanifier.

Transcription - traduction

Questions 77 through 79 refer to the following broadcast.

M

And now for the Radio 10 Community Bulletin Board. The Riverdale Garden Club has announced that club members will be hosting the annual garden tour on Saturday and Sunday, May seventh and eighth. ❶ **The event features tours of several local gardens,** which have been designed and planted by club members. ❷ **Tickets are available for ten dollars each on the club's Web site,** www.RiverdaleGardenClub.com. ❸ **Money raised from the sale of tickets will be used to repair the fountain** in Riverdale Park.

Les questions 77 à 79 se rapportent au programme suivant.

Et maintenant, place aux petites annonces de la communauté de Radio 10. Le club de jardinage de Riverdale annonce que ses membres organisent la visite annuelle des jardins les samedi 7 et dimanche 8 mai. L'évènement comprend la visite de plusieurs jardins des environs qui ont été conçus et aménagés par les membres du club. Les billets sont disponibles pour dix dollars pièce sur le site Internet du club : www.riverdalegardenclub.com. L'argent de la vente de billets servira à réparer la fontaine du parc de Riverdale.

Vocabulaire **bulletin board** *(ici) petites annonces* **host** *organiser, accueillir* **tour** *visite (organisée), (tourisme) voyage* **local** *alentour, du pays, de la région* **design** *concevoir* **plant** *(ici) aménager* **each** *chacun, chaque* **raise money** *récolter de l'argent, lever des fonds*

Questions - traductions

Réponses et commentaires

77

What type of event is being announced?

(A) A tour of local gardens
(B) A visit to a famous park
(C) A reception for club members
(D) A sale of home decorations

Quel genre d'évènement est annoncé ?

(A) Une visite des jardins des environs
(B) Une visite d'un parc connu
(C) Une réception pour les membres du club
(D) Une vente de décoration intérieure

Réponse **(A)**

L'homme annonce en ❶ ***The event features tours of several local gardens*** (l'événement comprend la visite de plusieurs jardins des environs).

(B) ***famous :*** célèbre, connu.
(D) ***sale :*** vente.

78

Why should listeners visit a Web site?

(A) To view some photographs
(B) To download a brochure
(C) To purchase a ticket
(D) To join an organization

Pourquoi les auditeurs devraient-ils aller sur un site Internet ?

(A) Pour regarder des photos
(B) Pour télécharger une brochure
(C) Pour acheter un billet
(D) Pour adhérer à une association

Réponse **(C)**

L'homme précise en ❷ ***Tickets are available for ten dollars each on the club's Web site*** (les billets sont disponibles pour dix dollars pièce sur le site Internet du club). ***Purchase = buy :*** acheter.

(A) ***view :*** regarder ; visionner.
(B) ***download :*** télécharger.
(D) ***join :*** (club, association) adhérer ; ***join someone :*** rejoindre quelqu'un, retrouver quelqu'un ; ***organization :*** association, entreprise.

79

According to the speaker, why is money being raised?

(A) To preserve historic homes
(B) To repair a fountain
(C) To create a new park
(D) To build a bridge

Selon le locuteur, à quoi sert l'argent récolté ?

(A) À la préservation de bâtiments historiques
(B) À la réparation d'une fontaine
(C) À la création d'un nouveau parc
(D) À la construction d'un pont

Réponse **(B)**

L'homme indique en ❸ ***Money raised from the sale of tickets will be used to repair the fountain*** (l'argent de la vente de billets servira à réparer la fontaine).

(A) ***preserve :*** préserver, conserver.
(D) ***build (built, built) :*** construire.

PART 4 Test 1 – Pistes 68-69

Transcription - traduction

Questions 80 through 82 refer to the following telephone message.

W

Hi, Chef Bertrand, ❶ **this is Shelley calling from the restaurant kitchen.** We just got today's fresh produce delivery, and I'm a bit concerned. ❷ **There are quite a few extra vegetables here that aren't on our usual order list,** but I don't remember any special events being scheduled this week, and I don't see any listed on the calendar. Did you order anything special? I was going to call the supplier, but I thought I should check with you first. So, uh, remember I need to finish the kitchen inventory this morning... and ❸ **it's already ten o'clock.** Thanks.

Les questions 80 à 82 se rapportent au message téléphonique suivant.

Bonjour chef Bertrand, c'est Shelley de la cuisine du restaurant à l'appareil. Nous venons de recevoir la livraison des produits frais du jour et je suis un peu inquiète. Il y a pas mal de légumes supplémentaires qui ne sont pas sur notre liste de commandes habituelle, mais je ne me souviens pas d'évènements particuliers prévus cette semaine, et je n'en vois pas sur l'agenda. Avez-vous commandé quelque chose de particulier ? J'allais appeler le fournisseur mais j'ai pensé que je devrais vérifier cela avec vous d'abord. Donc, euh, n'oubliez pas que je dois finir l'inventaire de la cuisine ce matin... et il est déjà dix heures. Merci.

Vocabulaire **produce** *(indénombrable) produit alimentaire non transformé (surtout fruits et légumes)* **delivery** *livraison* **a bit** *un peu* **concerned** *ennuyé, inquiet* **quite** *(ici) un peu* **extra** *supplémentaire, en plus* **special** *particulier, spécial* **listed** *(ici) inscrit* **already** *déjà*

Questions - traductions

Réponses et commentaires

80

Where does the speaker work?

(A) At a farm
(B) At a market
(C) At a restaurant
(D) At a shipping company

Où la femme travaille-t-elle ?

(A) Dans une ferme
(B) Sur un marché
(C) Dans un restaurant
(D) Dans une société de transport

Réponse **(C)**

En ❶, la femme se présente : ***this is Shelley calling from the restaurant kitchen*** (c'est Shelley de la cuisine du restaurant), elle travaille donc dans un restaurant.

(D) ***shipping company :*** compagnie maritime ; société de transport ; ***ship :*** expédier.

81

What problem does the speaker describe?

(A) A staff member is not at work.
(B) Extra items were delivered.
(C) A business is closed.
(D) A special event has been cancelled.

Quel problème la femme décrit-elle ?

(A) Un membre du personnel n'est pas au travail.
(B) Des articles supplémentaires ont été livrés.
(C) Une entreprise est fermée.
(D) Un évènement spécial a été annulé.

Réponse **(B)**

En ❷, Shelley indique ***There are quite a few extra vegetables here that aren't on our usual order list*** (il y a pas mal de légumes supplémentaires qui ne sont pas sur notre liste de commandes habituelle), ce qui signifie que des articles supplémentaires ont été livrés.
Item : objet, article.

(D) ***cancel :*** annuler.

82

What does the woman mean when she says, "I need to finish the kitchen inventory this morning"?

(A) She does not have enough ingredients.
(B) Nobody has offered to help her.
(C) She would like a response soon.
(D) A special event will take place this afternoon.

Qu'entend la femme par : « I need to finish the kitchen inventory this morning » ?

(A) Elle n'a pas assez d'ingrédients.
(B) Personne ne lui a proposé de l'aide.
(C) Elle aimerait avoir une réponse rapidement.
(D) Un évènement particulier aura lieu cet après-midi.

Réponse **(C)**

On apprend en ❸ ***it's already ten o'clock*** (il est déjà 10 heures) : Shelley essaie de faire comprendre qu'elle ne pourra pas terminer son travail sans réponse de la part du chef.

(A) ***enough :*** assez.
(B) ***offer help :*** proposer de l'aide.

Transcription - traduction

Questions 83 through 85 refer to the following talk.

M

❶ Joan McLane, our guest lecturer tonight, began her distinguished work as ❷ an economist right here in New York City. She has long been recognized as an expert on Asian economic development. Companies have come to value her thorough understanding of what it takes to do business in Beijing, Tokyo, and Seoul. Recently, ❸ Ms. McLane has given expert advice on the Chinese market to one of the largest car manufacturers in the world. We're very fortunate that she can speak to us tonight. On behalf of the Dixon Research Institute, I'm pleased to welcome Joan McLane.

Les questions 83 à 85 se rapportent au discours suivant.

Joan McLane, notre conférencière invitée ce soir, a commencé son travail remarqué en tant qu'économiste ici même à New York. Cela fait longtemps qu'elle est considérée comme une experte du développement économique en Asie. Les entreprises ont appris à apprécier sa vision complète de ce qui est nécessaire pour faire du commerce à Pékin, Tokyo et Séoul. Récemment, Mme McLane a prodigué ses conseils d'experte sur le marché chinois à l'un des plus grands fabricants d'automobiles du monde. Nous avons beaucoup de chance qu'elle puisse intervenir devant nous ce soir. Au nom de l'institut de recherche Dixon, je suis ravi de souhaiter la bienvenue à Joan McLane.

Vocabulaire **guest** *invité* **lecturer** *conférencier* **distinguished** *éminent, distingué* **recognized** *reconnu* **thorough** *complet* **come to do something** *apprendre à faire quelque chose* **value** *(ici) apprécier* **understanding** *compréhension, vision* **do business** *faire des affaires / du commerce* **give advice** *donner des conseils* **manufacturer** *fabricant* **fortunate** *chanceux* **on behalf of** *au nom de*

Questions - traductions

Réponses et commentaires

83

What is the purpose of the talk?

(A) To introduce a speaker
(B) To promote a product
(C) To announce an award
(D) To describe a trip

Quel est l'objectif du discours ?

(A) De présenter un intervenant
(B) De faire la promotion d'un produit
(C) D'annoncer une récompense
(D) De décrire un voyage

Réponse **(A)**

Purpose : but, objectif.
L'intervenant débute son discours en par ***Joan McLane, our guest lecturer tonight*** (Joan McLane, notre conférencière invitée de ce soir). Il présente donc l'intervenante de la soirée.

(B) ***promote :*** faire la promotion de, promouvoir.
(C) ***award :*** récompense, prix.
(D) ***trip :*** voyage.

84

What field does Joan McLane most likely work in?

(A) Economics
(B) Transportation
(C) Publishing
(D) Medicine

Dans quel domaine Joan McLane travaille-t-elle probablement ?

(A) Économie
(B) Transports
(C) Édition
(D) Médecine

Réponse **(A)**

En ❷, l'intervenant nous apprend qu'elle est économiste *(economist)*.

85

What has Joan McLane recently done?

(A) Edited a book
(B) Advised a company
(C) Conducted an experiment
(D) Started an organization

Qu'a récemment fait Joan McLane ?

(A) Édité un livre
(B) Conseillé une entreprise
(C) Mené une expérience
(D) Fondé une association

Réponse **(B)**

L'intervenant précise en ❸ ***Ms. McLane has given expert advice on the Chinese market to one of the largest car manufacturers in the world*** (Mme McLane a prodigué ses conseils d'experte sur le marché chinois à l'un des plus grands fabricants d'automobiles du monde).

(D) ***start :*** commencer, (ici) fonder.

Transcription - traduction

Questions 86 through 88 refer to the following radio broadcast.

W

This is Marlene Saunders with the local news. ❶ The long-awaited Chiltonville Medical Center opened on Tuesday. The hospital complex reflects the most advanced thinking about medical care. This includes wellness education sessions on nutrition and exercise. ❷ An additional fitness facility is scheduled to open in August, which will serve the local population and include rehabilitation services. A hospital spokesperson said ❸ the location is easily accessible by public transportation, which ❹ visitors said they appreciated. For more information about Chiltonville Medical Center, visit the Web site at www.chiltonvillemedicalcenter.com.

Les questions 86 à 88 se rapportent à l'émission de radio suivante.

Vous écoutez Marlene Saunders pour les informations locales. Le Centre médical de Chiltonville tant attendu a ouvert mardi. Le centre hospitalier représente les théories les plus avancées en matière de soins médicaux. Cela comprend l'apprentissage de techniques de bien-être, des cours de nutrition et de l'activité physique. Un centre de remise en forme additionnel, qui sera ouvert à la population locale et comprendra également un service de rééducation, ouvrira ses portes en août. Un porte-parole de l'hôpital a indiqué que le lieu est facilement accessible par les transports en commun, ce qui est apprécié des visiteurs. Pour plus de renseignements sur le Centre médical de Chiltonville, rendez-vous sur le site Internet www. chiltonvillemedicalcenter.com.

Vocabulaire **news** *informations, actualité* **reflect** *représenter, refléter* **thinking** *pensée, théorie* **medical care** *soins médicaux* **wellness** *bien-être* **exercise** *activité physique* **facility** *complexe, établissement* **fitness facility** *centre de remise en forme* **local population** *la population locale* **rehabilitation** *rééducation* **spokesperson** *porte-parole*

Questions - traductions

Réponses et commentaires

86

What is the main purpose of the broadcast?

(A) To describe a membership offer
(B) To announce a hospital opening
(C) To introduce some exercise classes
(D) To congratulate medical staff

Quel est l'objectif principal de l'émission ?

(A) Détailler une offre d'adhésion
(B) Annoncer l'ouverture d'un hôpital
(C) Présenter des cours de remise en forme
(D) Féliciter le personnel médical

Réponse **(B)**

La femme annonce en ***The long-awaited Chiltonville Medical Center opened on Tuesday*** (le tant attendu Centre médical de Chiltonville a ouvert mardi).

(A) ***describe :*** décrire, (ici) détailler ; ***membership :*** adhésion.
(C) ***exercise :*** activité physique, remise en forme.
(D) ***staff :*** personnel, employés.

87

What addition is planned?

(A) A children's playroom
(B) A fitness center
(C) Extra office space
(D) Employee lounges

Quel agrandissement est prévu ?

(A) Une salle de jeux pour les enfants
(B) Un centre de remise en forme
(C) Des bureaux additionnels
(D) Des salles de repos pour les employées

Réponse **(B)**

La présentatrice indique en ❷ ***An additional fitness facility is scheduled to open*** (un centre de remise en forme additionnel ouvrira). ***Fitness center et fitness facility*** sont des synonymes.
Extra = additional : additionnel, en plus.

(A) ***playroom :*** salle de jeux.
(C) ***office space :*** bureaux.
(D) ***lounge :*** salle de repos, salon.

88

According to the spokesperson, what did visitors like?

(A) The new Web site
(B) The extended opening hours
(C) The information desk
(D) The convenient location

Selon le porte-parole, qu'ont aimé les visiteurs ?

(A) Le nouveau site Internet
(B) Les horaires d'ouverture étendus
(C) Le guichet d'accueil
(D) L'emplacement commode

Réponse **(D)**

On apprend en ❸ ***the location is easily accessible by public transportation*** (le lieu est facilement accessible par les transports en commun), l'emplacement est donc commode ***(it's a convenient location)***. En ❹, la femme rajoute ***visitors said they appreciated*** (ce qui est apprécié des visiteurs).

(B) ***extended :*** étendu, rallongé.

Transcription - traduction

Questions 89 through 91 refer to the following excerpt from a meeting.

W

Hi, everyone, let's begin ❶ **the weekly call-center staff meeting.** First of all, I wanted to let you know that ❷ **I've just hired two additional customer service representatives** to help out on the phones. Yes, I know that's not enough. But there isn't much I can do with our budget. Anyway, their first day is next Monday, but before they start, ❸ **it's important that we revise our training manual.** ❹ **I'm going to assign a section to each one of you.** Please go through your section, and if you see anything that has to be corrected, please send me an e-mail with the page number and your comments. I'll review all your suggestions and make a final draft.

Les questions 89 à 91 se rapportent à l'extrait d'une réunion suivant.

Bonjour à tous, commençons la réunion hebdomadaire du personnel du centre d'appels. Tout d'abord, je voudrais vous annoncer que je viens d'embaucher deux conseillers clientèle de plus pour nous aider avec les appels. Oui, je sais que ce n'est pas assez. Mais il n'y pas grand-chose que je puisse faire avec notre budget. Quoiqu'il en soit, leur premier jour est lundi prochain mais avant qu'ils ne commencent, il est important que nous mettions à jour notre manuel de formation. Je vais en donner une partie à chacun d'entre vous. Merci de parcourir votre partie et si vous voyez quelque chose qui doit être corrigé, merci de m'envoyer un courriel avec le numéro de page et vos commentaires. Je vais regarder toutes vos suggestions et faire une version définitive.

Vocabulaire **weekly** *hebdomadaire* **call-center** *centre d'appels* **staff meeting** *reunion du personnel* **let someone know** *informer quelqu'un* **help out** *aider, donner un coup de main* **anyway** *(ici) quoiqu'il en soit, bref* **revise** *mettre à jour, corriger* **training** *formation* **assign** *donner, confier* **section** *partie* **go through** *passer en revue* **review** *vérifier, revoir* **final draft** *version définitive*

Questions - traductions

89

Who most likely are the listeners?

(A) Customer service representatives
(B) Software developers
(C) Corporate attorneys
(D) Financial advisers

Qui sont probablement les participants à la réunion ?

(A) Des conseillers clientèle
(B) Des développeurs informatiques
(C) Des juristes
(D) Des conseillers financiers

90

What does the woman mean when she says, "Yes, I know that's not enough"?

(A) She acknowledges her own mistakes.
(B) She is worried about a deadline.
(C) She wants the listeners to volunteer.
(D) She recognizes the listeners' concerns.

Qu'entend la femme par : « Yes, I know that's not enough » ?

(A) Elle reconnaît ses erreurs.
(B) Elle s'inquiète au sujet d'une date limite.
(C) Elle veut que son auditoire se porte volontaire.
(D) Elle reconnaît les préoccupations de son auditoire.

91

What task does the speaker assign to the listeners?

(A) Updating a mailing list
(B) Revising training materials
(C) Mentoring new staff
(D) Learning to use a software program

Quelle tâche la femme donne-t-elle à son auditoire ?

(A) Mettre à jour une liste de distribution
(B) Revoir le matériel de formation
(C) Guider le nouveau personnel
(D) Apprendre à utiliser un logiciel

Réponses et commentaires

89 — Réponse (A)

En ❶, on apprend qu'il s'agit de la réunion du personnel du centre d'appels. Puis en ❷, la femme annonce ***I've just hired two additional customer service representatives***. On peut donc penser que les participants sont eux aussi des conseillers clientèle.

(B) ***software :*** logiciel.
(C) ***corporate :*** de l'entreprise, d'entreprise.

90 — Réponse (D)

La femme a annoncé en ❷ qu'elle avait recruté deux personnes de plus ; puis elle reconnaît par la phrase ***yes, I know that's not enough*** que ce n'est pas suffisant. ***Recognize :*** admettre, reconnaître ; ***concern :*** préoccupation, souci.

(A) ***acknowledge :*** admettre, reconnaître.
(C) ***want someone to do something :*** vouloir que quelqu'un fasse quelque chose ; ***volunteer :*** se porter volontaire.

91 — Réponse (B)

La femme indique en ❸ ***it's important that we revise our training manual*** (il est important que nous mettions à jour notre manuel de formation) puis en ❹ ***I'm going to assign a section to each one of you*** (je vais en donner une partie à chacun d'entre vous). Elle demande donc à chacun de mettre à jour une partie du manuel.

(C) ***mentor :*** guider, conseiller.

Transcription - traduction

Questions 92 through 94 refer to the following announcement and list.

Les questions 92 à 94 se rapportent à l'annonce et à la liste suivantes.

W

Hello, Priceway Grocery shoppers. ❶ It's our fifth anniversary, and we're celebrating with a special sale this week. You'll find savings on everything from canned goods to fresh fruits and vegetables. And make sure you stop by our bakery, where you can find our featured item— fresh-baked bread! You won't want to miss it! ❷ A full list of discounts for this week is available at the doorway to the store. Thank you for being our loyal customers over the past five years. We hope to continue serving you for many years to come.

Bonjour à tous les clients du supermarché Priceway. C'est notre cinquième anniversaire et nous le fêtons cette semaine avec des promotions. Vous ferez des économies sur tout, depuis les conserves jusqu'aux fruits et légumes frais. Et n'oubliez pas de passer par notre boulangerie où vous trouverez notre produit mis à l'honneur : du pain qui sort du four ! Vous ne voudriez pas manquer cela ! Une liste complète des promotions de la semaine est disponible à l'entrée du magasin. Merci d'avoir été nos clients fidèles pendant les cinq dernières années. Nous espérons pouvoir vous servir encore pendant de nombreuses années.

Vocabulaire **grocery store** *supermarché* **special sale** *vente spéciale, promotion exceptionnelle* **savings** *économies* **canned goods** *conserves* **stop by** *passer* **featured item** *article mis à l'honneur* **customer** *client*

Questions - traductions

92

Why is the store having a sale?

(A) To celebrate an anniversary
(B) To promote a grand opening
(C) To compete with a nearby store
(D) To introduce new products

Pourquoi le magasin propose-t-il des promotions ?

(A) Pour fêter un anniversaire
(B) Pour promouvoir une inauguration
(C) Pour rivaliser avec un magasin à proximité
(D) Pour introduire de nouveaux produits

Réponses et commentaires

Réponse **(A)**

En ❶, la femme annonce ***It's our fifth anniversary, and we're celebrating with a special sale*** (c'est notre anniversaire, et nous le fêtons avec des promotions).

(B) ***grand opening :*** inauguration.
(C) ***compete with :*** rivaliser, affronter ; ***nearby :*** à proximité.

93

Look at the graphic. What is the discount on the featured product?

(A) 20%
(B) 25%
(C) 30%
(D) 40%

Regardez le tableau. Quelle est la remise sur l'article mis à l'honneur ?

(A) 20 %
(B) 25 %
(C) 30 %
(D) 40 %

Priceway Grocery Discounts	
Bread	40%
Fruits	20%
Canned items	25%
Cereal	30%

Épicerie Priceway Promotions	
Pain	– 40 %
Fruits	– 20 %
Boîtes de conserves	– 25 %
Céréales	– 30 %

Réponse **(D)**

Il s'agit du pain *(bread)* qui est à – 40 %.

94

Where is a full list of discounts available?

(A) Near the bakery
(B) In the local newspaper
(C) At the entrance
(D) By each cash register

Où trouve-t-on une liste complète des promotions ?

(A) Près de la boulangerie
(B) Dans le journal régional
(C) À l'entrée
(D) Près de chaque caisse

Réponse **(C)**

La femme indique en ❷ ***A full list of discounts for this week is available at the doorway to the store*** (une liste complète des promotions de la semaine est disponible à l'entrée du magasin).

Transcription - traduction

Questions 95 through 97 refer to the following announcement and brochure.

Les questions 95 à 97 se rapportent à l'annonce et à la brochure suivantes.

M

Attention, passengers. Welcome aboard Trilsen Airways flight 209 with nonstop service to Seattle. At this time, ❶ **please make sure your bags and personal items are properly stowed** in the overhead bins or under the seat ahead of you. ❷ **Our flight today will be about six hours long,** and we expect an on-time arrival. We'll be taking off in just a few minutes, so I'd like to remind you that wireless Internet access is available on this flight. You can refer to the brochure in your seat-back pocket for pricing options. Once our cruising altitude has been reached, ❸ **flight attendants will come around with our complimentary beverage service.**

Chers passagers, bienvenu à bord du vol Trilsen Airways 209 sans escale à destination de Seattle. Merci de vous assurer dès maintenant que vos bagages et affaires personnelles soient correctement rangés dans les compartiments à bagages ou sous le siège devant vous. La durée de notre vol est estimée à six heures, et nous prévoyons une arrivée à l'heure. Nous allons décoller dans quelques minutes et je voudrais vous rappeler qu'Internet sans fil est disponible sur ce vol. Vous pouvez consulter la brochure dans la poche arrière du siège pour connaitre les conditions tarifaires. Une fois l'altitude de croisière atteinte, l'équipage passera pour vous proposer des boissons.

Vocabulaire **flight** *vol* **nonstop** *sans escale* **at this time** *en ce moment* **personal item** *affaire personnelle* **properly** *correctement* **stow** *ranger* **expect** *s'attendre*

Questions - traductions

95

What does the speaker request that passengers do?

(A) Store their luggage
(B) Turn off their mobile phones
(C) Fasten their seat belts
(D) Double-check their seating assignments

Que demande l'homme aux passagers ?

(A) De ranger leurs bagages
(B) D'éteindre leur téléphone portable
(C) D'attacher leur ceinture de sécurité
(D) De revérifier l'affectation des sièges

Réponses et commentaires

Réponse (A)

L'homme demande en ❶ ***please make sure your bags and personal items are properly stowed*** (merci de vous assurer dès maintenant que vos bagages et affaires personnelles soient correctement rangés). ***Store :*** ranger, stocker.

(D) ***double-check :*** revérifier.

96

Look at the graphic. How much does Internet access cost for the duration of the flight?

(A) $2.00
(B) $5.00
(C) $8.00
(D) $10.00

Wireless Internet Access Rates	
½ hour	$2.00
2 hours	$5.00
4 hours	$8.00
6 hours	$10.00

Regardez la brochure. Combien l'accès à Internet coûte-t-il pour la durée du vol ?

(A) 2 $
(B) 5 $
(C) 8 $
(D) 10 $

Tarifs d'accès Internet sans fil	
30 min	2 $
2 heures	5 $
4 heures	8 $
6 heures	10 $

Réponse (D)

Nous apprenons en ❷ que la durée du vol est estimée à 6h ***(about six hours long)***, le prix est donc de 10 $.

97

What does the speaker say flight attendants will do later?

(A) Show a video
(B) Serve beverages
(C) Distribute customs forms
(D) Provide blankets

Que feront les membres de l'équipage plus tard selon l'homme ?

(A) Montrer une vidéo
(B) Servir des boissons
(C) Distribuer des formulaires pour la douane
(D) Fournir des couvertures

Réponse (B)

L'homme explique en ❸ ***flight attendants will come around with our complimentary beverage service*** (l'équipage passera pour vous proposer des boissons).

(C) ***customs :*** douane.

Transcription - traduction

Questions 98 through 100 refer to the following excerpt from a meeting and chart.

Les questions 98 à 100 se rapportent à l'extrait d'une réunion et au graphique suivants.

W

Alright everyone, ❶ **here's the breakdown of this year's video-game market shares.** ❷ **We're still among the top four gaming companies,** but we need to pay attention to DTQ's rapid growth—they just surpassed us. ❸ **We're not that far behind at seventeen percent,** but we need to keep up. ❹ **Our market experts attribute DTQ's expansion to its new business model.** DTQ now offers its games for free, with consumers making extra purchases during the game. We think this business approach could also help us attract new users, so ❺ **in the next quarter we're going to try it out** with some of our existing games to see if we can grow beyond our seventeen-percent market share.

Votre attention à tous, voici la répartition des parts de marché dans les jeux vidéo pour cette année. Nous sommes toujours dans le top quatre des sociétés de jeux vidéo, mais nous devons faire attention à la croissance rapide de DTQ – ils viennent de nous dépasser. Nous ne sommes pas si loin derrière avec 17 %, mais nous devons arriver à suivre. Nos experts du marché attribuent la croissance de DTQ à son nouveau modèle économique. DTQ propose désormais ses jeux gratuitement et les consommateurs font des achats additionnels pendant le jeu. Nous pensons que cette approche commerciale pourrait aussi nous aider à attirer de nouveaux utilisateurs ; nous allons donc en faire l'essai au trimestre prochain sur certains de nos jeux existants pour voir si nous pouvons progresser au-delà de nos 17 % de part de marché.

Vocabulaire **breakdown** *répartition* **game** *jeu* **market share** *parts de marché* **growth = expansion** *croissance* **surpass** *dépasser* **keep up** *faire aussi bien, suivre* **business model** *modèle économique* **purchase** *achat* **quarter** *trimestre* **try something out** *essayer quelque chose* **grow** *croître* **beyond** *au-delà*

Questions - traductions

98

What industry does the speaker work in?

(A) Game development
(B) Film production
(C) News reporting
(D) Interior design

Dans quelle industrie la femme travaille-t-elle ?

(A) Le développement de jeux
(B) La production de films
(C) La couverture de l'actualité
(D) L'architecture d'intérieur

Réponses et commentaires

Réponse (A)

Elle parle bien de jeux vidéo ***(video-games)*** en ❶ : ***here's the breakdown of this year's video-game market shares*** (voici la répartition des parts de marché dans les jeux vidéo pour cette année), puis elle précise en ❷ ***We're still among the top four gaming companies.***

99

Look at the graphic. What company does the speaker work for?

(A) Sylkview Studios
(B) DTQ and Co.
(C) Entertainable
(D) Cube 9

Regardez le graphique. Pour quelle société la femme travaille-t-elle ?

(A) Studios Sylkview
(B) DTQ and Co.
(C) Entertainable
(D) Cube 9

Réponse (C)

La femme mentionne en ❸ que leur part de marché ***(market share)*** est de 17 %. Elle travaille donc pour Entertainable.

Market Shares Parts de marché

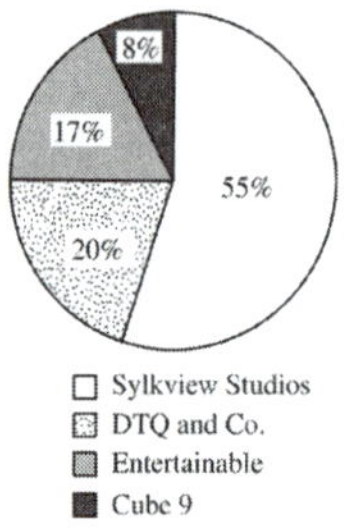

100

According to the speaker, what will the company do in the next quarter?

(A) Restructure a department
(B) Reduce production costs
(C) Negotiate a contract
(D) Try a different business model

Selon la femme, que fera la société au prochain trimestre ?

(A) Elle réorganisera un service.
(B) Elle réduira les coûts de production.
(C) Elle négociera un contrat.
(D) Elle essayera un modèle économique différent.

Réponse (D)

La femme explique en ❹ ***Our market experts attribute DTQ's expansion to its new business model*** (nos experts du marché attribuent la croissance de DTQ à son nouveau modèle économique) puis elle indique en ❺ que l'entreprise en fera l'essai (du modèle économique – ***business model***) au prochain trimestre ***(next quarter we're going to try it out).***

PART 5

Questions - traductions

Réponses et commentaires

101

Ms. Iwata handed out copies of the agenda that ------- had printed for the meeting.

(A) hers
(B) he
(C) she
(D) herself

Madame Iwata a distribué des exemplaires de l'ordre du jour qu'elle avait imprimés pour la réunion.

Réponse (C)

Le blanc est suivi d'un verbe, il manque donc le sujet de cette phrase. ***She*** (elle) est un pronom personnel sujet.
Hand out : distribuer; ***agenda :*** ordre du jour.

(A) pronom possessif : le sien / la sienne / les sien(ne)s
(B) pronom personnel sujet : il
(D) pronom réfléchi : elle-même

102

The food ------- for the conference must be sent to the caterer by Friday at 5:00 P.M.

(A) order
(B) group
(C) profit
(D) lesson

La commande de repas pour la conférence doit être envoyée au traiteur avant vendredi à 17 heures.

Réponse (A)

Les quatre propositions sont des noms communs. Le champ lexical contenant les mots ***food*** (ici, repas), ***caterer*** (traiteur) et ***conference*** indique qu'il doit s'agir d'une commande pour un événement.

(B) le groupe
(C) le bénéfice
(D) le cours

103

The product review says that the Cozy Days space heater is ------- to warm up than similar products.

(A) slowest
(B) slower
(C) slowed
(D) slowing

Les commentaires sur le produit disent que le chauffage d'appoint Cozy Days met plus longtemps à chauffer que des produits similaires.

Réponse (B)

On a une forme du verbe être ***(is)*** avant le blanc, ce qui pourrait laisser croire qu'il faut une forme en ***-ing*** ensuite; mais ***than*** + nom plus loin implique une comparaison. Il faut donc compléter avec une forme du comparatif, ***slower***.

(A) superlatif : le plus lent
(C) prétérit/participe passé
(D) V + ***-ing*** : ralentir

104

Employees from San Jose International will arrive in Alajuela tomorrow for ------- first training session.

(A) they
(B) their
(C) them
(D) theirs

Des employés de San José International vont arriver demain à Alajuela pour leur première session de formation.

Réponse (B)

Le blanc est suivi d'un groupe nominal, ***first training session*** (première session de formation); ce qui appelle un déterminant possessif qui renvoie à ***employees*** en début de phrase.

(A) pronom personnel sujet : ils / elles
(C) pronom complément d'objet : eux / elles
(D) pronom possessif : le / la / les leur(s)

105

To apply for a driving permit, you must ------- two forms of identification.

(A) meet
(B) work
(C) show
(D) ride

Pour faire une demande de permis de conduire, vous devez produire deux pièces d'identité.

Réponse (C)

Les quatre propositions sont des verbes. C'est le contexte qui indique quel verbe choisir – montrer / produire ***(show)*** est le plus approprié.

(A) rencontrer
(B) travailler
(D) (ici) aller en voiture

Questions - traductions

Réponses et commentaires

106

Sales of Seviana Cosmetics have ------- improved since the new marketing campaign began last quarter.

(A) steady
(B) steadily
(C) steadiest
(D) steadied

Les ventes des cosmétiques Seviana ont régulièrement augmenté depuis le début de la nouvelle campagne de marketing le trimestre dernier.

Réponse (B)

Le verbe conjugué ***have improved*** appelle un adverbe pour le qualifier.

(A) adjectif : constant
(C) superlatif : le plus constant
(D) prétérit/participe passé

107

Most applicants to Shim Accounting Services have completed a ------- internship at the company headquarters.

(A) clear
(B) present
(C) taken
(D) paid

La plupart des postulants au cabinet de comptabilité Shim Accounting Services ont effectué un stage rémunéré au siège de la société.

Réponse (D)

Trois propositions sont grammaticalement correctes ; c'est donc le contexte qui détermine le choix de la bonne réponse. Ici, il s'agit de trouver le mot qui peut qualifier ***internship*** (le stage) ; le plus logique est donc « rémunéré ».

(A) adjectif : clair
(B) adjectif : actuel
(C) participe passé : pris

108

Each Beehive Crafts Supply customer may redeem ------- coupon per visit.

(A) alone
(B) one
(C) first
(D) once

Chaque client des fournitures d'arts plastiques Beehive peut faire valoir un bon par visite.

Réponse (B)

Devant le nom il manque un déterminant ; seul ***one*** convient.
Craft supply : fournitures d'arts plastiques.
Redeem : faire valoir.

(A) seul
(C) premier
(D) une fois

109

Dietrich Dentistry asks patients to provide 24-hour notice to cancel a scheduled -------.

(A) appointment
(B) involvement
(C) requirement
(D) investment

Le cabinet dentaire Dietrich demande à ses patients de prévenir 24 heures à l'avance pour annuler un rendez-vous.

Réponse (A)

Les quatre propositions sont des noms communs. Le contexte et le verbe déterminent le bon choix du nom approprié. Seul un rendez-vous ***(appointment)*** peut être annulé ***(canceled)*** par les patients d'un dentiste.

(B) implication
(C) critère
(D) investissement

110

The building inspection has been postponed until next week ------- that the electrical work can be completed.

(A) also
(B) when
(C) than
(D) so

L'inspection du bâtiment a été reportée à la semaine prochaine afin que les travaux électriques puissent être terminés.

Réponse (D)

Parmi les propositions, seule la conjonction ***so*** combinée à ***that*** permet d'exprimer le but (afin que).

(A) aussi
(B) quand
(C) que

PART 5

Questions - traductions

111

Mr. Carson ------- all the arrangements for the company retreat next month.

(A) having made
(B) to make
(C) making
(D) will make

M. Carson s'occupera de tous les préparatifs pour le séminaire de l'entreprise le mois prochain.

112

The cafeteria in Morris Hall offers ------- breakfast and lunch for Arai and Ramos associates.

(A) complimentary
(B) accountable
(C) replaced
(D) secured

La cafétéria de Morris Hall propose un petit déjeuner et un déjeuner gratuits pour les employés de Arai et Ramos.

113

Visitors to Kensington Corporation must obtain guest passes ------- the security office prior to entering the facility.

(A) upon
(B) from
(C) toward
(D) between

Les visiteurs de la société Kensington doivent se procurer des badges visiteurs auprès du service de sécurité avant d'entrer dans l'établissement.

114

Tachibana Pharmaceuticals' new method of ------- chemical solutions will increase efficiency in the laboratory.

(A) combine
(B) combinations
(C) combining
(D) combines

La nouvelle méthode de Tachibana Pharmaceutique pour combiner des solutions chimiques va augmenter l'efficacité du laboratoire.

115

Lexino Publisher's dictionary database allows users to search for entries in ------- languages.

(A) multiplied
(B) multiplying
(C) multiples
(D) multiple

La base de données du dictionnaire des éditions Lexino permet aux utilisateurs de chercher des entrées dans plusieurs langues.

Réponses et commentaires

111 — Réponse (D)

Le mois prochain ***(next month)*** indique que les préparatifs ***(arrangements)*** concernent un événement futur. Il faut donc la forme future du verbe.
Company retreat : mise au vert, séminaire.

(A) ayant fait
(B) infinitif : faire
(C) V + ***-ing***

112 — Réponse (A)

Toutes les propositions sont des adjectifs ; seul ***complimentary*** (gratuit) correspond au contexte de la phrase.

(B) responsable
(C) remplacé
(D) sécurisé

113 — Réponse (B)

From (auprès de) précise ici le nom du service qui délivre les badges.
Prior to : avant.

(A) en
(C) vers
(D) entre

114 — Réponse (C)

Il manque un verbe dans la proposition. Puisque ce verbe vient se placer après une préposition, il doit être à la forme ***-ing***.

(A) base verbale : combiner
(B) nom commun : combinaisons
(D) présent, 3e personne du singulier

115 — Réponse (D)

Il manque un adjectif pour qualifier le nom ***languages*** (langues). N'oubliez pas que, contrairement au français, les adjectifs sont invariables en anglais.

(A) prétérit/participe passé : multiplier
(B) V + ***-ing***
(C) nom au pluriel : multiples

Questions - traductions

Réponses et commentaires

116

No one is permitted on the factory floor ------- proper safety gear.

(A) following
(B) regarding
(C) unless
(D) without

Personne n'est autorisé à entrer dans l'atelier sans l'équipement de sécurité approprié.

Réponse (D)

La préposition ***without*** (sans) permet d'introduire le groupe nominal ***safety gear*** sans lequel l'accès à l'atelier est interdit.

(A) suivant
(B) en ce qui concerne
(C) ***Unless*** (à moins que) permet bien d'introduire une condition, mais doit être suivi d'une structure verbale.

117

Heidt Used Appliance Store guarantees that your purchase will arrive in working -------.

(A) condition
(B) conditional
(C) conditionally
(D) conditioned

Le magasin d'appareils d'occasion Heidt vous garantit que vos achats arriveront en état de marche.

Réponse (A)

Il manque un nom pour compléter le groupe nominal qui commence par ***working***.

(B) adjectif : conditionnel
(C) adverbe : conditionnellement
(D) prétérit/participe passé

118

------- Ms. Park appreciated the job offer from Seon Advisory Group, she declined the opportunity because she would have to relocate.

(A) Now that
(B) Only if
(C) While
(D) Whether

Bien que Mme Park ait été sensible à l'offre d'emploi du groupe Seon Advisory, elle a refusé cette opportunité parce qu'elle l'obligerait à déménager.

Réponse (C)

While prend ici le sens de « bien que » ***(although)***.

(A) Maintenant que
(B) Seulement si
(D) ***Whether*** est souvent associé à ***or not*** (que... ou non...).

119

The convention center is located on Market Street, directly ------- Glenview Shopping Center.

(A) opposite
(B) among
(C) apart
(D) nearby

Le centre de congrès se trouve dans Market Street, juste en face du centre commercial de Glenview.

Réponse (A)

Ici, la localisation exacte du centre de congrès est recherchée.

(B) ***Among*** (parmi) s'emploie généralement avec un pluriel.
(C) séparé
(D) L'association de ***directly***, qui annonce un endroit précis, et de ***nearby*** (à proximité) n'est pas possible.

120

------- a small festival celebrating the town's heritage, the Clarytown Celebration has become one of the biggest annual events in the area.

(A) Origin
(B) Originate
(C) Originated
(D) Originally

À l'origine petit festival commémorant le patrimoine de la ville, la Célébration de Clarytown est devenue l'un des plus grands évènements annuels de la région.

Réponse (D)

Ici, seul un adverbe peut être utilisé.

(A) nom : origine
(B) verbe : venir de
(C) prétérit/participé passé

PART 5

Questions - traductions

Réponses et commentaires

121

------- of the management team include improving productivity and reducing annual expenditures.

(A) Priority
(B) Prioritizing
(C) Priorities
(D) Prioritized

Les priorités de l'équipe de direction comprennent l'amélioration de la productivité et la réduction des dépenses annuelles.

Réponse (C)

Ici, il manque un sujet dans la phrase; seul un nom peut être utilisé. Dans la phrase, deux priorités sont citées, le nom doit donc être au pluriel; de plus, le singulier serait précédé par un article (*the* ou *a*). *Expenditure :* dépense(s).

(A) nom au singulier : priorité
(B) V + *-ing*
(D) prétérit/participé passé

122

------- employees affected by changes to Linerex Corporation's health plan should watch the online presentation.

(A) Every
(B) Much
(C) Those
(D) Which

Il est conseillé aux employés qui sont concernés par les changements du plan de santé de la société Linerex de regarder la présentation en ligne.

Réponse (C)

Ici, seul le déterminant *those* convient car il est suivi d'un pluriel.

(A) ***Every*** (chaque) s'utilise avec un nom au singulier.
(B) ***Much*** (beaucoup) s'utilise avec un nom indénombrable.
(D) ***Which*** (lequel, laquelle...) suggère une question.

123

Senior human resources personnel need to ------- at least two training events this year to be eligible for a bonus.

(A) have hosted
(B) be hosted
(C) have been hosted
(D) hosting

Les employés confirmés du service des ressources humaines doivent avoir animé au moins deux sessions de formation cette année pour prétendre à une prime.

Réponse (A)

Ici, on parle d'une action terminée, non datée; il faut donc un verbe au *present perfect* simple.

(B) ***be*** + participé passé = forme passive
(C) passif du ***présent perfect*** : a / ont été animé(s)
(D) V + ***-ing***

124

Aomori Agriculture Solutions specializes in increasing crop yields ------- the development of better farming techniques.

(A) because
(B) through
(C) previous
(D) although

Aomori Solutions Agricoles est spécialisée dans l'augmentation du rendement des cultures par le développement de meilleures techniques agricoles.

Réponse (B)

Through (par) introduit le groupe nominal et indique le moyen.
Yield : récolte, rendement; *crop :* culture; *farming :* (ici) agricole.

(A) parce que. Il n'y a pas de verbe après le blanc, ce qui exclut ***because***.
(C) précédent
(D) bien que

125

Chae Media, Inc., plans to ------- the renovation of its publishing house in Seoul.

(A) send away for
(B) move forward with
(C) take back from
(D) watch out for

Chae Médias SARL a prévu de mettre en œuvre ses projets de rénovation pour sa maison d'édition à Séoul.

Réponse (B)

Les quatre propositions sont des verbes. Le contexte détermine le choix du verbe. *Inc. = Incorporated :* S.A. / SARL.

(A) commander par correspondance
(C) reprendre
(D) faire attention à

Questions - traductions

Réponses et commentaires

126

The marketing team at Bescura Cars has created a series of ------- humorous commercials, designed to appeal to younger consumers.

(A) economically
(B) exactly
(C) deliberately
(D) patiently

L'équipe de marketing des Voitures Bescura a créé une série de publicités volontairement humoristiques conçues pour plaire aux consommateurs plus jeunes.

Réponse (C)

Ici, le contexte détermine le choix de l'adverbe pour qualifier le groupe nominal ***humorous commercials.***
Design : concevoir; ***appeal to someone :*** plaire à quelqu'un.

(A) économiquement
(B) exactement
(D) patiemment

127

Programmers at Ulrich-Ahn Company are responsible for ensuring that software conforms to the ------- system standards.

(A) establish
(B) established
(C) establishing
(D) establishes

Les programmeurs de l'entreprise Ulrich-Ahn ont la responsabilité de s'assurer que le logiciel soit conforme aux normes établies du système.

Réponse (B)

The introduit le groupe nominal ***system standards***; il manque un adjectif pour le compléter.

(A) base verbale : établir
(C) V + ***-ing***
(D) présent, 3e personne du singulier

128

Pour the cake batter into the pan and shake gently if the batter is ------- distributed.

(A) unevenly
(B) undeniably
(C) unwillingly
(D) unknowingly

Verser la pâte à gâteau dans le moule et secouer doucement si elle est inégalement répartie.

Réponse (A)

L'adverbe à choisir se rapporte au verbe « répartie » ***(distributed)*** et le contexte indique le bon mot à choisir.
Even : (ici) égal; ***pan = baking pan :*** moule à gâteau.

(B) indéniablement
(C) contre son gré
(D) à son insu

129

Geneto Technology uses three ------- of laboratory accuracy to ensure consistent results.

(A) indicators
(B) indicate
(C) indicating
(D) indicated

Geneto Technology utilise trois indicateurs de précision de laboratoire afin de garantir des résultats cohérents.

Réponse (A)

C'est un nom commun qui permet de compléter le groupe nominal.
Comme le blanc est précédé par ***three***, il s'agit donc d'un nom au pluriel.

(B) base verbale : indiquer
(C) V + ***-ing***
(D) prétérit / participe passé

130

The financial figures released by Tsai and Wu International ------- only to expenses from the month of July.

(A) organize
(B) ponder
(C) correspond
(D) subscribe

Les résultats financiers publiés par Tsai et Wu International correspondent seulement aux dépenses du mois de juillet.

Réponse (C)

Les quatre propositions sont des verbes.
La présence de ***to*** (aux) et le contexte appellent le verbe correspondre ***(correspond).***

(A) organisent
(B) réfléchissent
(D) s'abonnent. ***Subscribe*** s'emploie aussi avec ***to***, mais ne convient pas au sens de cette phrase.

PART 6 131 - 134

Texte à trous - traduction

Questions 131-134 refer to the following advertisement.

> There is no better time to visit beautiful Nova Scotia, and Nova Scotia Tours can help! With over 25 years in business, we know how to plan ------- (**131.**) tailored to our clients' specifications. You and your family can enjoy everything from our Gaelic fiddle music and Ukrainian heritage festivals to the fresh, salty air and delicious seafood. For adventure seekers, there are many activities ------- (**132.**) you busy. ------- (**133.**). Or, ------- (**134.**) you prefer, relax and dine at any of our world-class restaurants. But don't wait. Call us today at 902-555-0166!

Les questions 131 à 134 se rapportent à la publicité suivante.

Il n'y a pas de meilleur moment pour visiter la Nouvelle Écosse, et Novia Scotia Tours est là pour vous aider! Grâce à notre expérience professionnelle de plus de 25 ans, nous savons comment organiser des vacances sur mesure pour correspondre aux demandes de nos clients. Avec votre famille, vous pourrez tout apprécier – depuis la musique de violon gaélique jusqu'aux festivals culturels ukrainiens en passant par l'air frais et iodé ou encore de délicieux fruits de mer. Pour ceux qui aiment l'aventure, il y a de nombreuses activités pour s'occuper. **Essayez l'observation de baleines, faites du kayak ou du vélo.*** Ou si vous préférez, vous pouvez vous détendre et diner dans des restaurants de classe internationale. Mais n'attendez pas. Appelez-nous aujourd'hui au 902-555-0166 !

*Traduction de la réponse à la question 133.

Questions - traductions

Réponses et commentaires

131

(A) garments — (A) vêtements
(B) deliveries — (B) livraisons
(C) conferences — (C) conférences
(D) vacations — (D) vacances

Réponse (D)

Les quatre propositions sont des noms au pluriel. Il s'agit ici de choisir celui qui est le plus en rapport avec le thème du texte, les vacances.

132

(A) to keep — (A) infinitif
(B) keep — (B) base verbale
(C) having kept — (C) participe présent
(D) would keep — (D) conditionnel

Réponse (A)

Il faut choisir la forme verbale qui convient. Ici on veut exprimer le but, il faut donc une subordonnée à l'infinitif, avec *to*.

133

(A) Book now to reserve your hotel. — (A) Réservez votre hôtel dès maintenant.
(B) Speak with our representatives Monday through Friday. — (B) Parlez à nos représentants du lundi au vendredi.
(C) Try whale watching, kayaking, or cycling. — (C) Essayez l'observation de baleines, faites du kayak ou du vélo.
(D) Choose from over hundreds of locations. — (D) Choisissez parmi des centaines de sites.

Réponse (C)

La phrase précédente évoque les nombreuses activités disponibles pour ceux qui aiment l'aventure ; la phrase suivante parle des activités qui permettent le repos. Il manque donc une phrase pour présenter les activités « d'aventure », sportives.

(B) ***representative :*** interlocuteur, représentant.

134

(A) if — (A) si
(B) moreover — (B) de plus
(C) despite — (C) malgré
(D) both — (D) tous les deux

Réponse (A)

La phrase précédente présente des activités sportives, puis on parle d'activités plus reposantes ; « si » est la conjonction qui permet de faire l'articulation entre les deux phrases.

CORRIGÉS • TEST 1

Mots & expressions

Nova Scotia : la province canadienne de la Nouvelle Écosse ***plan :*** organiser, planifier ***tailored to :*** sur mesure ***specifications :*** demandes, cahier des charges (affaires) ***fiddle :*** violon ***salty :*** iodé (air) ***seafood :*** fruits de mer ***a seeker :*** quelqu'un qui recherche quelque chose en particulier ***whale :*** baleine ***keep busy :*** s'occuper ***relax :*** se détendre ***world-class :*** de classe internationale

PART 6 135 - 138

Texte à trous - traduction

Questions 135-138 refer to the following article.

New Head at Balmer Industries

Balmer Industries, one of the ------- pharmaceutical companies in Switzerland, yesterday announced
135.
the appointment of Li Xia Qiao as its newest CEO. The announcement ------- nearly two months
136.
after Edon Durian, the current head of Balmer, made public that he will retire at the end of the year. ------- . Qiao is well-known in the industry for successfully heading several small
137.
pharmaceutical companies. The job at Balmer will be the first position she has held at the helm of an international firm of this size. Qiao, ------- currently resides in Basel, begins working in Zurich
138.
on 28 November.

Les questions 135 à 138 se rapportent à l'article suivant.

Nouveau directeur chez Balmer Industries

Balmer Industries, l'une des principales sociétés pharmaceutiques en Suisse, a annoncé hier la nomination de Li Xia Qiao comme nouveau PDG. Cette communication survient presque deux mois après l'annonce par Edon Durian, l'actuel directeur de Balmer, de son départ à la retraite à la fin de l'année. **M. Durian a dirigé l'entreprise pendant 7 ans.*** Mme Qiao est bien connue dans l'industrie pour avoir dirigé plusieurs petites entreprises pharmaceutiques avec succès. Son poste chez Balmer sera le premier qu'elle tiendra à la tête d'une entreprise internationale de cette envergure. Mme Qiao, qui habite actuellement à Bâle, commencera à travailler à Zurich le 28 novembre.

*Traduction de la réponse à la question 137.

Questions - traductions

Réponses et commentaires

135

(A) leading
(B) determined
(C) hopeful
(D) mutual

(A) principales
(B) déterminées
(C) optimistes
(D) mutuelles

Réponse (A)

Toutes les propositions sont des adjectifs. Il faut choisir celui qui convient le mieux au sujet traité ; il n'y a que ***leading*** qui convienne dans le contexte d'une entreprise pharmaceutique.

136

(A) come
(B) comes
(C) will come
(D) will have come

(A) base verbale
(B) 3ᵉ pers. sing. présent
(C) futur
(D) *future perfect*

Réponse (B)

Il faut choisir la forme qui correspond à ***the announcement*** : 3ᵉ personne du singulier du présent.

137

(A) The company is currently interviewing for the position.
(B) A new CEO will be announced in November.
(C) Balmer then plans to move its headquarters to Basel.
(D) Durian has led the company for seven years.

(A) La société fait actuellement passer des entretiens de recrutement pour ce poste.
(B) Un nouveau PDG sera nommé en novembre.
(C) Balmer prévoit ensuite de transférer son siège social à Bâle.
(D) M. Durian a dirigé l'entreprise pendant 7 ans.

Réponse (D)

La phrase précédente parle de M. Durian, il est logique que la suivante donne quelques précisions à son sujet.

(A) ***interview :*** faire passer un entretien de recrutement.
(C) ***headquarters :*** siège social ; ***Basel :*** Bâle.

138

(A) whose
(B) her
(C) who
(D) herself

(A) dont
(B) elle
(C) qui
(D) elle-même

Réponse (C)

Seul un pronom relatif qui s'applique à une personne convient dans cette subordonnée. ***Who*** permet d'apporter une information sur l'ancédédent, Mme Qiao.

Mots & expressions

appointment : nomination ***newest :*** superlatif de *new* ***CEO – chief executive officer :*** PDG – président-directeur général ***current :*** actuel ***make public :*** annoncer ***retire :*** prendre sa retraite ***head :*** diriger, présider ***at the helm of :*** à la tête de ***reside :*** habiter, demeurer

PART 6 139 - 142

Texte à trous - traduction

Questions 139-142 refer to the following notice.

> Are you an amateur athlete looking for a -------? Get ready for the premier competition of the year.
> **139.**
> Test your abilities at the Johannesburg Metropolitan Meet of Champions, ------- athletes from
> **140.**
> Randburg, Roodepoort, and Sandton will have a chance to represent their hometowns and compete for prizes in a variety of sports. The meet will take place in Roodepoort on 30 March.
>
> ------- . To register, visit jmmchampions.co.za. ------- athletes are not eligible to participate
> **141.** **142.**
> in the competitions but may register as volunteers for the event.

Les questions 139 à 142 se rapportent à l'annonce suivante.

Êtes-vous un athlète amateur à la recherche d'un défi ? Préparez-vous pour la compétition la plus importante de l'année. Testez vos capacités à la Rencontre des Champions de la Métropole de Johannesburg où des athlètes de Randburg, Roodepoort et Sandton auront l'occasion de représenter leur ville et de concourir pour des prix dans un grand nombre de disciplines. La rencontre aura lieu à Roodepoort le 30 mars. **Elle est ouverte aux athlètes à partir de 15 ans.*** Pour vous inscrire, allez sur jmmchampions.co.za. Les athlètes professionnels n'ont pas le droit de participer aux compétitions mais peuvent s'inscrire en tant que bénévoles pour l'évènement.

*Traduction de la réponse à la question 141.

Questions - traductions

Réponses et commentaires

139

(A) trainer — (A) entraîneur
(B) scholarship — (B) bourse
(C) teammate — (C) coéquipier
(D) challenge — (D) défi

Réponse (D)
Les quatre propositions sont des noms communs, qui pourraient tous convenir si on ne considère que la première phrase. C'est la phrase suivante, qui annonce une compétition à laquelle participeront des sportifs de plusieurs villes, qui permet de choisir ***challenge***.

140

(A) with — (A) avec
(B) yet — (B) déjà
(C) where — (C) où
(D) along — (D) le long de

Réponse (C)
Le début de la phrase parle de la rencontre, puis des athlètes; le pronom relatif ***where*** permet de relier un lieu (la rencontre) aux sportifs.

141

(A) Tickets are available at all locations. — (A) Des billets sont disponibles sur tous les sites.
(B) It is open to athletes 15 years or older. — (B) Elle est accessible aux athlètes à partir de 15 ans.
(C) Winners will be announced then. — (C) On annoncera alors les gagnants.
(D) Training is scheduled for the next day. — (D) L'entraînement est programmé pour le lendemain.

Réponse (B)
Étant donné que les phrases qui précèdent parlent uniquement des athlètes, et que la phrase suivante indique que la compétition n'est pas ouverte aux professionnels, la réponse (B) est la plus logique.

(A) ***available :*** disponible.
(C) ***winner :*** gagnant.
(D) ***training :*** (sport) entraînement.

142

(A) profession — (A) profession, au singulier
(B) professional — (B) adjectif : professionnel
(C) professions — (C) professions, au pluriel
(D) professionally — (D) adverbe : professionnellement

Réponse (B)
Car il faut un adjectif pour qualifier « athlètes ».

Mots & expressions
challenge : défi ***abilities :*** capacités, compétences ***meet :*** une rencontre (sportive) ***hometown :*** ville natale ***compete for :*** concourir pour ***be eligible to :*** avoir droit à, être éligible à ***a volunteer :*** un bénévole

PART 6 143 - 146

Texte à trous - traduction

Questions 143-146 refer to the following e-mail.

To: Claudia Espino
From: Yumiko Fujihara
Date: June 2
Re: Tokyo Showcase Request

Dear Ms. Espino,

Mr. Miyashita, the owner of The Miyashita Gallery of Kyoto, was pleased to display your work as part of the May Modern Artists Celebration. He was ------- (**143.**) impressed with your stunning collection of oil paintings of everyday life in Madrid. He now hopes to present these pieces at his other gallery in Tokyo in September. Are they available for ------- (**144.**) and sale? -------. (**145.**) Please inform us if you are interested and, -------, (**146.**) we can arrange a meeting to discuss compensation and further details.

Respectfully yours,

Yumiko Fujihara
Administrative Assistant
The Miyashita Gallery

Les questions 143 à 146 se rapportent au courriel suivant.

A : Claudia Espino
De : Yumiko Fujihara
Date : 2 juin
Re : Sollicitation pour exposition à Tokyo

Chère Madame Espino,

M. Miyashita, le propriétaire de la Galerie Miyashita de Kyoto, a été ravi d'exposer votre travail dans le cadre de la Célébration d'Artistes Modernes du mois de mai. Il a été particulièrement impressionné par votre éblouissante collection de peintures à l'huile de scènes de la vie quotidienne madrilène. Il espère maintenant présenter ces œuvres dans son autre galerie à Tokyo en septembre. Sont-elles disponibles à l'exposition et à la vente? Toute œuvre non vendue vous serait retournée en octobre.* Merci de nous faire part de votre intérêt et, le cas échéant, nous pouvons prévoir une réunion pour discuter de votre indemnisation et des autres détails.

Respectueusement,
Yumiko Fujihara
Assistante administrative
Galerie Miyashita

*Traduction de la réponse à la question 145.

Questions - traductions

Réponses et commentaires

143

(A) particular — (A) particulier
(B) particularity — (B) particularité
(C) particularize — (C) spécifier
(D) particularly — (D) particulièrement

Réponse (D)

Le participé passé ***impressed*** (impressionné) est qualifié par l'adverbe ***particularly*** (particulièrement).

144

(A) repair — (A) réparation
(B) analysis — (B) analyse
(C) exhibition — (C) exposition
(D) treatment — (D) traitement

Réponse (C)

Les quatre propositions sont des noms communs. Comme on parle ici d'œuvres et d'une galerie d'art, la réponse (C) est la plus logique.

(A) Il n'est pas question dans le texte de restaurer les tableaux de Mme Espino ni (B) de les analyser.

145

(A) Any work that does not sell would be returned to you in October.
(B) We can restore the art to its original condition.
(C) The gallery specializes in sculptures of all kinds.
(D) You will receive a discount on any piece you buy.

(A) Toute œuvre non vendue vous serait retournée en octobre.
(B) Nous pouvons restaurer des œuvres d'art à leur état d'origine.
(C) La galerie est spécialisée en sculptures de tous genres.
(D) Vous bénéficierez d'une remise sur chaque œuvre que vous allez acheter.

Réponse (A)

La phrase qui précède parle d'exposer et surtout de vendre des œuvres de l'artiste ; il faut donc expliquer ce qui arrivera aux œuvres invendues ensuite.

(C) ***of all kinds :*** de tous genres. Mme Espino est peintre ***(oil paintings)***, une galerie spécialisée dans les sculptures ne l'inviterait pas.
(D) ***discount :*** remise. Mme Espino est l'artiste à qui l'on propose d'exposer et de vendre, ce n'est pas elle qui va acheter les œuvres.

146

(A) even if — (A) même si
(B) if so — (B) si c'est le cas
(C) so long as — (C) tant que / du moment que
(D) in case — (D) au cas où

Réponse (B)

Le début de la phrase implique une réponse fermée de la destinataire, la fin de la phrase prévoit une action liée à la réponse.

Mots & expressions

request : demande ***showcase :*** exposition, vitrine ***display :*** exposer, afficher ***as part of :*** dans le cadre de ***stunning :*** éblouissant ***piece (of art) :*** œuvre ***compensation :*** indemnités, compensation

Texte - traduction

Questions 147-148 refer to the following directory.

Welcome to

Moon Bay Department Store

1 Please use this temporary directory to navigate our store while it is under renovation. We are expanding Level 2, which previously held our shoe department, in order to build a food court for our valued customers.

Level 1
Electronics and Technology
Home Furnishings

Level 2
Closed for Renovations Until June 4

2 **Level 3**
Children's Clothing
Athletic Equipment

Level 4
Women's Clothing
Men's Clothing
Shoes

Les questions 147 à 148 se rapportent au plan de magasin suivant.

Bienvenue au grand magasin Moon Bay

Merci d'utiliser ce plan de rayon temporaire pour vous déplacer dans notre magasin pendant les travaux. Nous agrandissons le niveau 2 où se trouvait auparavant le rayon chaussures pour y construire un espace de restauration pour notre aimable clientèle.

Niveau 1
Électronique et informatique
Ameublement

Niveau 2
Fermé pour travaux jusqu'au 4 juin

Niveau 3
Mode enfant
Équipement sportif

Niveau 4
Mode femme
Mode homme
Chaussures

Questions - traductions

Réponses et commentaires

147

Why is the store under renovation?

(A) To reorganize a clothing department
(B) To expand a shoe department
(C) To create an eating area
(D) To add extra dressing rooms

Pourquoi le magasin est-il en travaux ?

(A) Pour réorganiser un rayon vêtements
(B) Pour agrandir un rayon chaussures
(C) Pour créer un espace de restauration
(D) Pour ajouter des cabines d'essayage supplémentaires

Réponse (C)

Food court dans la deuxième phrase en ❶ et ***eating area*** en (C) sont des synonymes.

(D) ***dressing room :*** cabine d'essayage.

148

Where are exercise machines most likely located?

(A) On Level 1
(B) On Level 2
(C) On Level 3
(D) On Level 4

Où peut-on probablement trouver des appareils de musculation ?

(A) Au niveau 1
(B) Au niveau 2
(C) Au niveau 3
(D) Au niveau 4

Réponse (C)

C'est dans le rayon ***athletic equipment*** (en ❷) qu'on trouve les équipements sportifs.

Mots & expressions

directory : annuaire ; (ici) plan de magasin ***department store :*** grand magasin ***navigate :*** guider, parcourir ***level :*** niveau, étage ***hold (held, held) :*** contenir, détenir ***food court :*** espace de restauration ***valued :*** estimé ***clothing :*** habillement, mode

PART 7 149 - 150

Texte - traduction

Questions 149-150 refer to the following chain of text messages.

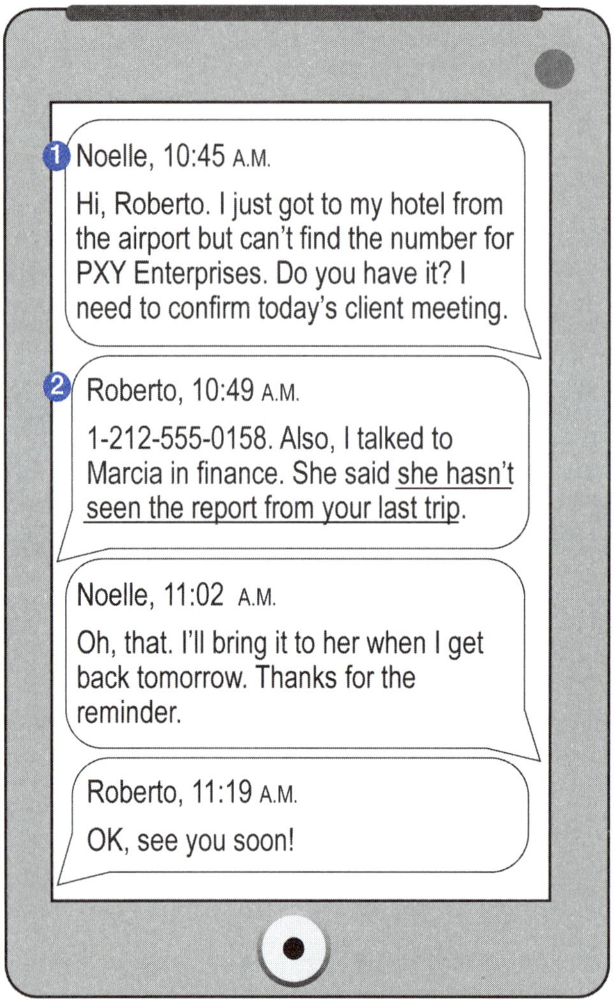
1 Noelle, 10:45 A.M.
Hi, Roberto. I just got to my hotel from the airport but can't find the number for PXY Enterprises. Do you have it? I need to confirm today's client meeting.

2 Roberto, 10:49 A.M.
1-212-555-0158. Also, I talked to Marcia in finance. She said she hasn't seen the report from your last trip.

Noelle, 11:02 A.M.
Oh, that. I'll bring it to her when I get back tomorrow. Thanks for the reminder.

Roberto, 11:19 A.M.
OK, see you soon!

Les questions 149 à 150 se rapportent à l'échange de SMS suivant.

Noelle, 10h45
Bonjour Roberto. Je viens de rejoindre mon hôtel depuis l'aéroport mais je n'arrive pas à trouver le numéro de PXY Enterprises. L'auriez-vous ? Je dois confirmer la réunion d'aujourd'hui auprès des clients.

Roberto, 10h49
1-212-555-0158. Par ailleurs, j'ai parlé à Marcia du service Financier. Elle a dit qu'elle n'avait pas vu le rapport de votre dernier voyage.

Noelle, 11h02
Ah oui, ça. Je lui apporterai quand je serai de retour demain. Merci pour le rappel.

Roberto, 11h19
Ok, à bientôt !

Questions - traductions

Réponses et commentaires

149

Who is Roberto?

(A) A co-worker of Noelle's
(B) A financial consultant
(C) An employee of PXY Enterprises
(D) A travel agent

Qui est Roberto ?

(A) Un collègue de Noelle
(B) Un conseiller financier
(C) Un employé de PXY Enterprises
(D) Un agent de voyage

Réponse (A)

On comprend qu'ils sont collègues car ils parlent du numéro de téléphone d'un client en ❶ et ils évoquent le service financier de leur entreprise en ❷.

(B) ***consultant :*** conseiller, consultant.
(C) PXY Enterprises est évoquée en tant que tiers et client commun, Roberto ne peut donc pas en être un employé.
(D) Il est question d'aéroport et de voyage mais rien ne permet de dire que Roberto travaille dans une agence de voyages.

150

At 10:49 A.M., what does Roberto most likely mean when he writes, "she hasn't seen the report from your last trip"?

(A) Marcia has been out of the office.
(B) The report got lost.
(C) Marcia will finish the report.
(D) The report is late.

À 10h49, que Roberto veut-il probablement dire quand il écrit « she hasn't seen the report from your last trip » ?

(A) Marcia a été absente du bureau.
(B) Le rapport a été perdu.
(C) Marcia finira le rapport.
(D) Le rapport a du retard.

Réponse (D)

Dans son SMS de 11h02, Noelle dit ***oh, that*** (ah oui, ça) ; elle a donc l'air d'être bien au courant (ce qui sous-entend qu'elle sait qu'elle doit encore apporter son rapport au service financier.

Mots & expressions

text message : SMS, texto ***chain :*** enchaînement ; (ici) échange ***meeting :*** réunion ***also :*** (ici) par ailleurs ***report :*** rapport

Texte - traduction

Questions 151-152 refer to the following notice.

Connor's

2005 Great Hill Rd.
Edmonton, AB, T5J 1N7
780-555-0199
www.connors.ca

❶ You're invited!

Customer Appreciation Night

Wednesday, 11 October
6:00 P.M. – 9:00 P.M.

Our computer specialists will demonstrate the latest computer tablets, digital cameras, and phones. They'll explain how to operate various devices and provide tips on how to choose the right computer for your home or business.

❷ Receive 20% off all paper and pens and 10% off all copy orders on 11 October only.

Connor's

Offering the best in office supplies and equipment for 25 years

Les questions 151 à 152 se rapportent à l'annonce suivante.

Connor's
2005 Great Hill Rd.
Edmonton, AB, T5J 1N7
780-555-0199
www.connors.ca

Vous êtes invité(e) !
Soirée de remerciements pour les clients
Mercredi 11 octobre
18-21h

Nos spécialistes en informatique présenteront les tablettes numériques, les appareils photos numériques et les téléphones les plus récents. Ils vous expliqueront comment faire fonctionner divers appareils et vous proposeront des conseils afin de choisir le bon ordinateur pour votre domicile ou votre bureau.

Vous bénéficierez d'une réduction de 20 % sur le rayon papier et stylos et 10 % sur toute commande de photocopies le 11 octobre uniquement.

Connor's
Le meilleur des fournitures et équipements de bureau depuis 25 ans

Questions - traductions

Réponses et commentaires

151

What is the purpose of the notice?

(A) To introduce a Web site
(B) To extend an invitation
(C) To advertise a new computer
(D) To promote a new copying service

Quel est l'objectif de l'annonce ?

(A) Présenter un site Internet
(B) Lancer une invitation
(C) Faire de la publicité pour un nouvel ordinateur
(D) Faire la promotion d'un nouveau service de photocopies

Réponse (B)

En ❶, on comprend que les destinataires de l'annonce sont invités à un évènement qui s'adresse à tous les clients ***(customer appreciation night)***.
extend : agrandir, rallonger ; (ici) présenter.

(A) ***introduce :*** présenter.
(C) ***advertise :*** faire de la publicité.
(D) ***promote :*** faire de la promotion.

152

What is available for a discount on October 11?

(A) Computer tablets
(B) Telephones
(C) Digital cameras
(D) Copy orders

Qu'y a-t-il en promotion le 11 octobre ?

(A) Des tablettes numériques
(B) Des téléphones
(C) Des appareils photo numériques
(D) Des commandes de photocopies

Réponse (D)

En ❷, l'invitation précise que toute commande de photocopies bénéficiera d'une réduction ***(10% off all copy orders)***.

CORRIGÉS • TEST 1

Mots & expressions	***notice :*** annonce, affiche ***appreciation :*** remerciement, reconnaissance ***latest :*** le plus récent ***computer tablet :*** tablette numérique ***camera :*** appareil photo ***digital :*** numérique ***operate :*** faire fonctionner ***device :*** appareil, dispositif ***provide :*** fournir ***tips :*** conseils ***office supplies :*** fournitures de bureau

Texte - traduction

Questions 153-154 refer to the following advertisement.

Delights Crepe Palace

993 Weston St., Portland, Maine 14104
Phone: 207-555-0116
delightscrepepalace.com

1 Hours:

Monday-Friday 11 A.M.-8 P.M. Saturday 10 A.M.-9 P.M. Sunday noon-5 P.M.

2 All our crepes are filled with delicious fruit and served hot with dessert toppings. If you have never tried these thin, sweet French pancakes, you're in for a treat!

3 Visit our central downtown location, easily accessible from the train station. Give us a call or go to our Web site to place an order for pickup. Delivery is not available.

Crepes:

4 Small $5 Medium $8 Large $10

Fillings: Strawberries, Blueberries, Mangoes, Bananas
Toppings: Chocolate, Fudge, Whipped Cream, Marshmallows
5 (The first topping is free. Additional toppings are $.50 each.)

Les questions 153 à 154 se rapportent à la publicité suivante.

Delights Crepe Palace
993 Weston St., Portland, Maine, 14104
Téléphone : 207-555-0116
delightscrepepalace.com

Heures d'ouverture :

Du lundi au vendredi 11h-20h Samedi 10h-21h Dimanche 12h-17h

Toutes nos crêpes sont fourrées de délicieux fruits et servies chaudes avec des nappages sucrés. Si vous n'avez jamais goûté à ces crêpes françaises fines et sucrées, vous allez vous régaler !

Venez visiter notre établissement du centre ville qui est facilement accessible depuis la gare. Appelez-nous ou rendez-vous sur notre site Internet pour passer une commande à emporter. La livraison n'est pas possible.

Crêpes :

Petite 5 $ Moyenne 8 $ Grande 10 $

Garnitures : fraises, myrtilles, mangue, banane
Nappages : chocolat, caramel mou, chantilly, guimauve
(Le premier nappage est inclus dans le prix, les nappages supplémentaires coûtent 0,5 $ chacun.)

Questions - traductions

Réponses et commentaires

153

What is indicated about the restaurant?

(A) It charges a fee for delivery.
(B) It has a convenient location.
(C) It is closed on weekends.
(D) It recently opened a new location.

Qu'est-il indiqué au sujet du restaurant ?

(A) Des frais sont facturés pour la livraison.
(B) Il se trouve dans un emplacement pratique.
(C) Il est fermé le week-end.
(D) Il a récemment ouvert un nouvel établissement.

Réponse (B)

❸ indique qu'il se trouve au centre-ville *(downtown)* et qu'il est facilement accessible *(easily accessible)* depuis la gare. *Convenient :* pratique.

(A) ***charge :*** facturer ; ***fee :*** frais.
(C) Le restaurant est ouvert ***(open)*** et non fermé ***(closed)*** le week-end, comme il est indiqué en ❶.
(D) On ne lit nulle part que le restaurant a ouvert un nouvel établissement ***(new location)***.

154

What is stated about the crepes?

(A) They come in different sizes.
(B) They cost $.50 each.
(C) They are filled with chocolate.
(D) They are served cold.

Que dit-on à propos des crêpes ?

(A) Elles existent en différentes tailles.
(B) Elles coûtent 0,50 $ chacune.
(C) Elles sont fourrées au chocolat.
(D) Elles sont servies froides.

Réponse (A)

Au point ❹ on trouve différentes tailles de crêpes avec leurs prix.

(B) Ce sont les nappages supplémentaires qui coûtent 0,50 $ (en ❺).
(C) Le chocolat peut être un nappage ***(topping)*** mais pas une garniture ***(filling)*** (2e et 3e phrases du point ❹).
(D) Les crêpes sont servies chaudes ***(hot)*** (❷).

CORRIGÉS • TEST 1

Mots & expressions

filled with : fourré/farci avec ***filling :*** garniture ***topping :*** nappage, décor ***thin :*** fin ***pancake :*** crêpe épaisse ***be in for a treat :*** se régaler (au futur) ***downtown :*** centre ville ***location :*** (ici) établissement ; emplacement ***order :*** commande ***for pickup :*** à emporter ***delivery :*** livraison ***blueberry :*** myrtille ***fudge :*** caramel ***whipped cream :*** chantilly

Texte - traduction

Questions 155-157 refer to the following advertisement.

ARTISTICS, INC., GRAND OPENING!

❶ Artistics, Inc., is proud to announce that our store has reopened at a new location, 2416 Whalley Avenue. We will continue to specialize in business cards, flyers, posters, menus, catalogs, and other promotional materials. In addition, our bigger space now allows us to offer the services of an expanded team of graphic designers who can work with you to conceptualize and design your product in order to achieve maximum visual appeal.

❷ We invite you to visit our store and take a look at hundreds of sample cards, mailers, and brochures, all of which can be customized for your specific products or services. If you make a purchase of $200 or more in printing services in the month of April, you will receive a complimentary 100-count box of business cards (a $25 value).

Artistics, Inc.
2416 Whalley Avenue
Cairns 4870
Telephone 617 4041 6565

Les questions 155 à 157 se rapportent à la publicité suivante.

Inauguration de Artistics SARL

Artistics SARL est fière de vous faire part de la réouverture de son magasin à un nouvel emplacement au 2416 Whalley Avenue. Nous continuerons à nous spécialiser dans les cartes de visite, prospectus, affiches, menus, catalogues et autre matériel publicitaire. De plus, notre espace agrandi nous permet dorénavant de vous proposer les services d'une plus grande équipe de graphistes qui peuvent travailler avec vous afin de conceptualiser et concevoir votre produit pour atteindre le maximum d'attrait visuel.

Nous vous invitons à venir voir notre magasin et à regarder les centaines d'échantillons de cartes, publipostages et brochures qui peuvent tous être personnalisés pour vos produits ou services spécifiques. Si vous faites un achat égal ou supérieur à 200 $ pour des services d'impression pendant le mois d'avril, vous recevrez gratuitement une boîte de 100 cartes de visites (d'une valeur de 25 $).

Artistics SARL
2416 Whalley Avenue
Cairns 4870
Téléphone 617 4041 6565

Questions - traductions

Réponses et commentaires

155

What type of business is Artistics, Inc.?

(A) A printing company
(B) An art gallery
(C) A Web site design firm
(D) An employment agency

Quel genre de commerce est Artistics SARL ?

(A) Une imprimerie
(B) Une galerie d'art
(C) Une société de conception de sites Internet
(D) Un cabinet de recrutement

Réponse (A)

La deuxième phrase en ❶ mentionne les types de produits disponibles, qui sont des produits en papier, et les services d'impression *(printing services)* sont clairement indiqués dans la 2e phrase en ❷.

(C) ***Web site design :*** conception de sites Internet ; ***firm = company :*** société.

156

What is indicated about Artistics, Inc.?

(A) It now has multiple locations.
(B) It has hired additional staff.
(C) It is expanding its online services.
(D) It is open seven days a week.

Que dit-on au sujet d'Artistics SARL ?

(A) Elle a maintenant plusieurs établissements.
(B) Elle a embauché davantage d'employés.
(C) Elle élargit ses services en ligne.
(D) Elle est ouverte 7 jours sur sept.

Réponse (B)

La 3e phrase en ❷ mentionne une plus grande équipe de graphistes *(an expanded team of graphic designers)*, ce qui implique que l'entreprise a embauché.

(A) On pourrait croire que cet établissement s'est ajouté aux autres, mais dans la première phrase du point ❶ on constate qu'il s'agit d'une réouverture ***(reopened)*** avec davantage d'espace ***(bigger space)*** (phrase 2 du point ❶) ; rien ne permet de dire qu'il y a un autre établissement.

157

What is offered with a purchase of $200 or more?

(A) Free shipping
(B) A set of business cards
(C) A $25 gift card
(D) A box of brochures

Qu'est-ce qui est offert pour un achat de 200 $ ou plus ?

(A) La livraison gratuite
(B) Un jeu de cartes de visite
(C) Une carte cadeau de 25 $
(D) Un carton de brochures

Réponse (B)

La dernière phrase en ❷ indique que 100 cartes de visites sont offertes *(you will receive a complimentary 100-count box of business cards)*.

(C) La valeur du cadeau est de 25 $ mais il ne s'agit pas d'une carte cadeau.

Mots & expressions

Inc. = incorporated : S.A. ou SARL ***business card :*** carte de visite ***flyer :*** prospectus ***poster :*** affiche ***promotional material :*** matériel publicitaire ***expanded :*** agrandi, élargi ***graphic designer :*** graphistes ***design :*** concevoir, dessiner ***achieve :*** atteindre ***appeal :*** attrait ***sample :*** échantillon ***mailer :*** publipostage, mailing ***purchase :*** achat ***printing :*** impression ***complimentary :*** gratuit ***value :*** valeur

Texte - traduction

Questions 158-160 refer to the following survey.

Savatrix Professional Workshops

Feedback Form

1 Workshop # *4* : *Strategies for Effective Meetings*

Attendee name : *Monica Montero*

2 **Please select up to three factors that were most important in your decision to attend this workshop.**

Facilitators of workshop	[ ]	Cost	[x]
Date and time of workshop	[ ]	Length of workshop	[ ]
Workshop topic	[x]	Other ______________	[ ]

3 **Please indicate whether or not you agree with the following statements.**

	Yes	No
The facilitators presented information in a compelling manner.	[x]	[ ]
The facilitators seemed knowledgeable about the topic.	[x]	[ ]
The facilitators proceeded at a good pace.	[ ]	[x]
The knowledge and skills I gained will be useful at my job.	[x]	[ ]
I would consider attending other workshops offered by these facilitators.	[x]	[ ]
I would recommend this workshop to my colleagues.	[x]	[ ]

Please indicate other comments and suggestions below.

While the material presented was helpful, I felt that one day was not enough time to thoroughly cover the presenters' topics. Also, I would be interested in a future workshop that addresses time management.

Les questions 158 à 160 se rapportent à l'enquête suivante.

Formation des Ateliers professionnels Savix

Formulaire de commentaires et avis
Atelier n° 4 : Stratégies pour des réunions efficaces
Nom du participant : Monica Montero

Merci de sélectionner jusqu'à trois critères qui ont le plus compté dans votre décision de participer à cet atelier.

Les animateurs de l'atelier		Le coût	X
La date et l'horaire de l'atelier		La durée de l'atelier	
Le sujet de l'atelier	X	Autre	

Merci d'indiquer si vous êtes d'accord ou non avec les affirmations suivantes.

	Oui	Non
Les animateurs ont présenté l'information de manière captivante.	X	
Les animateurs semblaient avoir de solides connaissances du sujet.	X	
Les animateurs ont avancé à un rythme adéquat.		X
Les connaissances et compétences que j'ai acquises seront utiles pour mon travail.	X	
Je pourrais participer à d'autres ateliers proposés par ces animateurs.	X	
Je recommanderai cet atelier à mes collègues.	X	

Merci d'indiquer vos autres commentaires et suggestions ci-dessous.
Bien que les supports présentés soient utiles, j'ai eu l'impression qu'une seule journée ne suffisait pas pour couvrir les sujets proposés par les animateurs. Je serais également intéressée par un futur atelier concernant la gestion du temps.

Questions - traductions

Réponses et commentaires

158

What is indicated about the workshop?

(A) It was the fourth in a series.
(B) It was expensive.
(C) It was crowded.
(D) It was held in Ms. Montero's office.

Qu'indique-t-on à propos de l'atelier ?

(A) C'était le quatrième d'une série.
(B) Il coûtait cher.
(C) Il y avait beaucoup de participants.
(D) Il avait lieu dans le bureau de Mme Montero.

Réponse (A)

Le symbole # que l'on trouve en ❶ correspond à « n° » en français, c'est donc bien le quatrième atelier.

(C) ***crowded :*** bondé, noir de monde.

159

What is suggested about Ms. Montero?

(A) She is an employee at Savix Professional Workshops.
(B) She has signed up for another workshop.
(C) She was familiar with the presenters before attending the event.
(D) She wants to have meetings that are more productive.

Que sous-entend-on au sujet de Mme Montero ?

(A) C'est une employée des Ateliers Professionnels Savix.
(B) Elle s'est inscrite à un autre atelier.
(C) Elle connaissait les animateurs avant de participer à l'évènement.
(D) Elle voudrait que ses réunions soient plus productives.

Réponse (D)

Elle souhaite visiblement plus d'efficacité car elle a choisi un atelier dont le titre est « Stratégies pour des réunions efficaces » (❶). De plus, en ❷ elle indique que c'est bien le sujet de l'atelier qui a influé sur son choix d'y participer (elle a coché la case ***workshop topic***). Enfin, en suggestion, elle explique qu'elle serait intéressée par un atelier sur la gestion du temps ***(time management)***.

(C) ***familiar with :*** connaître.

160

What did Ms. Montero believe needed improvement?

(A) The workshop location
(B) The workshop materials
(C) The length of the workshop
(D) The cost of the workshop

Que faut-il améliorer selon Mme Montero ?

(A) L'endroit où se déroule l'atelier
(B) Les supports utilisés pour l'atelier
(C) La durée de l'atelier
(D) Le coût de l'atelier

Réponse (C)

Elle a coché « non » à la 3e affirmation avant le point ❸, pour indiquer que le rythme de travail n'était pas adapté.

CORRIGÉS • TEST 1

Mots & expressions

workshop : atelier ***survey :*** enquête, sondage ***feedback :*** retour, avis ***attend :*** assister à
facilitator : animateur ***topic :*** sujet ***compelling :*** captivant
knowledgeable : qui possède de solides connaissances ***pace :*** rythme, vitesse ***skill :*** compétence
thorough : rigoureux, complet

Texte - traduction

Questions 161-163 refer to the following e-mail.

To:	All Employees
From:	Su Kyung Cho <skcho@greatcars.co.nz>
Subject:	Annual outing
Date:	1 December

1 I wanted to let everyone know that management has decided to postpone our annual company hiking trip, which is usually held in December. As all of you know, that is the busiest time of year for our car rental agency, and every year it is difficult to fit the trip into our schedule. The new date is 23 January. This should be more convenient for anyone who wants to go.

2 If you would like to help plan the trip, please call Sandra Logan in Human Resources at extension 45. She needs help coordinating meals for the day. She has already confirmed that we will be hiking the Tongariro Alpine Crossing up to the Emerald Lakes.

Su Kyung

Les questions 161 à 163 se rapportent au courriel suivant.

À : Tous les employés
De : Su Kyung Cho <skcho@greatcars.co.nz>
Objet : Sortie annuelle
Date : 1er décembre

Je voulais informer tout le monde que la direction a décidé de reporter la randonnée annuelle de notre entreprise qui se déroule habituellement en décembre. Comme vous le savez tous, c'est la période la plus chargée pour notre agence de location de voitures, et chaque année, il est difficile de faire tenir ce voyage dans notre planning. La nouvelle date est le 23 janvier, ce qui devrait être plus commode pour tous ceux qui veulent y participer.

Si vous souhaitez aider à la préparation du voyage, merci d'appeler Sandra Logan aux Ressources Humaines au poste 45. Elle a besoin d'aide pour coordonner les repas pour la journée. Elle a déjà confirmé que nous allions faire une randonnée au Tongariro Alpine Crossing jusqu'aux Lacs d'Émeraude.

Su Kyung

Questions - traductions

Réponses et commentaires

161

What is the purpose of the e-mail?

(A) To schedule a meeting
(B) To make hotel reservations
(C) To explain a car rental policy
(D) To announce a change in plans

Quel est le but de ce courriel ?

(A) Programmer une réunion
(B) Faire des réservations d'hôtel
(C) Expliquer un règlement de location de voitures
(D) Annoncer un changement d'organisation

Réponse (D)

En ❶, on apprend qu'un voyage sera reporté ***(postpone)***, il s'agit donc d'un changement d'organisation.

162

What will occur in December?

(A) An increase in business
(B) A sales meeting
(C) An employee award ceremony
(D) A company hiking trip

Que se passera-t-il en décembre ?

(A) Une augmentation de l'activité
(B) Une réunion des ventes
(C) Une remise de récompenses aux salariés
(D) Une randonnée d'entreprise

Réponse (A)

Occur est un synonyme de ***happen :*** se passer.
La 2e phrase du point ❶ indique qu'il s'agit de la période la plus chargée ***(busiest time of year)***.
Business : (ici) activité économique, entreprise, affaires.

(C) ***award :*** récompense.
(D) L'avant-dernière phrase en ❶ indique que le voyage du personnel aura lieu en janvier, non en décembre.

163

According to the e-mail, why should people contact Ms. Logan?

(A) To rent a car
(B) To schedule an interview
(C) To help make food arrangements
(D) To select a vacation destination

Selon le courriel, pourquoi les gens devraient-ils contacter Mme Logan ?

(A) Pour louer une voiture
(B) Pour programmer un entretien
(C) Pour aider aux préparatifs des repas
(D) Pour choisir une destination de vacances

Réponse (C)

Food arrangements est un synonyme de ***meal coordination*** (que l'on trouve dans la 2e phrase du point ❷).

Mots & expressions

outing : sortie ***postpone :*** reporter ***hiking :*** randonnée ***rental :*** location ***fit :*** (faire) rentrer ***extension :*** numéro de poste

PART 7 164 - 167

Texte - traduction

Questions 164-167 refer to the following online chat.

Mark Slater

Slater, Mark, 10:22 A.M.	Does anybody want to get some lunch at the noodle shop across the street?
Davis, Sara, 10:23 A.M.	I'm in.
Yu, Peter, 10:25 A.M.	Me too.
Briggs, Francesca, 10:25 A.M.	Sorry, I have to stay to finish my presentation for our meeting this afternoon. Could somebody bring me something?
Slater, Mark, 10:26 A.M.	Sure, Francesca. We'll get your usual. What are you going to present?
Briggs, Francesca, 10:28 A.M.	I'm going to review how to log in to the new computer system. Mr. Cooke also wants me to make sure everybody understands the new technology policies.
Yu, Peter, 10:29 A.M.	Do you need help with that?
Briggs, Francesca, 10:31 A.M.	I might. Are you good at formatting artwork for a slide show?
Yu, Peter, 10:33 A.M.	I can come over to your desk in an hour and help you.
Briggs, Francesca, 10:34 A.M.	That would be great.
Davis, Sara, 10:36 A.M.	Will you include a demonstration in your presentation? I always find that helpful.
Briggs, Francesca, 10:37 A.M.	Yes, but I need to find a volunteer who hasn't logged in yet for the demonstration.
Slater, Mark, 10:38 A.M.	I haven't logged in yet. You can use me as your example.
Briggs, Francesca, 10:40 A.M.	Perfect. I'll walk you through the steps during the meeting.

SEND

Les questions 164 à 167 se rapportent au chat en ligne suivant.

Slater, Mark, 10:22	Est-ce que quelqu'un veut aller manger au fast-food asiatique d'en face ce midi ?
Davis, Sara, 10:23	Je suis partante.
Yu, Peter, 10:25	Moi aussi.
Briggs, Francesca, 10:25	Désolée, je dois finir ma présentation pour notre réunion de cet après-midi. Est-ce que quelqu'un pourrait me rapporter quelque chose ?
Slater, Mark, 10:26	Bien sûr, Francesca. On te prendra ton plat habituel. Que vas-tu présenter ?
Briggs, Francesca, 10:28	Je vais passer en revue la manière de se connecter au nouveau système informatique. M. Cooke veut aussi que je m'assure que tout le monde comprend bien les règles concernant les nouvelles technologies.
Yu, Peter, 10:29	As-tu besoin d'aide pour cela ?
Briggs, Francesca, 10:31	Peut-être. Est-ce que tu t'y connais bien en formatage d'illustrations pour un diaporama ?
Yu, Peter, 10:33	Je peux venir dans ton bureau dans une heure pour t'aider.
Briggs, Francesca, 10:34	Ce serait super.
Davis, Sara, 10:36	Vas-tu inclure une démo dans ta présentation ? Je trouve que c'est toujours utile.
Briggs, Francesca, 10:37	Oui, mais pour la démo, je dois trouver un volontaire qui ne s'est pas encore connecté.
Slater, Mark, 10:38	Je ne me suis pas encore connecté. Tu peux m'utiliser comme exemple.
Briggs, Francesca, 10:40	Parfait. Je te guiderai dans la procédure pendant la réunion.

ENVOYER

Questions - traductions

Réponses et commentaires

164

At 10:23 A.M., what does Ms. Davis most likely mean when she writes, "I'm in"?

(A) She is in the office.
(B) She will go to the noodle shop.
(C) She will attend the meeting.
(D) She is logged on to a computer system.

À 10h23, qu'entend probablement Mme Davis quand elle écrit « I'm in » ?

(A) Elle est au bureau.
(B) Elle va aller au fast-food asiatique.
(C) Elle va assister à une réunion.
(D) Elle est connectée à un système informatique.

Réponse (B)

***Be in :* être partant – ici, pour aller au fast-food.**

(D) ***log on :*** se connecter.

165

What is indicated about the presentation?

(A) It will take place over lunch.
(B) It will be given by Mr. Yu.
(C) It will last about an hour.
(D) It will include graphics.

Que dit-on à propos de la présentation ?

(A) Elle aura lieu pendant le déjeuner.
(B) Elle sera donnée par M. Yu.
(C) Elle durera environ une heure.
(D) Elle va comprendre des graphiques.

Réponse (D)

***Artwork* et *graphics* sont des synonymes ici, mais *graphics* est un faux ami de « graphiques » en français.**

(A) La présentation aura lieu après le déjeuner car Francesca devra travailler pendant le déjeuner pour finaliser celle-ci.

166

What is suggested about Mr. Cooke?

(A) He is giving a demonstration.
(B) He is a new employee.
(C) He is Ms. Briggs's supervisor.
(D) He is setting up a new account.

Que suggère-t-on à propos de M. Cooke ?

(A) Il fait une démonstration.
(B) C'est un nouvel employé.
(C) Il est le responsable de Mme Briggs.
(D) Il crée un compte.

Réponse (C)

Francesca dit que M. Cooke veut qu'elle s'assure de quelque chose *(he wants me to make sure that...)*, ceci implique donc un ordre de la part d'un supérieur.

(D) ***set up :*** installer, créer.

167

Who will use the new computer system for the first time during the meeting?

(A) Mr. Slater
(B) Ms. Davis
(C) Mr. Yu
(D) Ms. Briggs

Qui utilisera le nouveau système informatique pour la première fois pendant la réunion ?

(A) M. Slater
(B) Mme Davis
(C) M. Yu
(D) Mme Briggs

Réponse (A)

C'est bien Mark Slater qui se porte volontaire dans son message de 10h38.

CORRIGÉS • TEST 1

Mots & expressions

noodle shop : fast-food asiatique (***noodle*** = nouille) ***be in :*** être partant ***usual :*** habituel ***log in :*** se connecter ***artwork :*** illustration, visuel ***slideshow :*** diaporama ***walk someone through something :*** guider quelqu'un (dans une procédure)

Texte - traduction

Questions 168-171 refer to the following memo.

MEMO

From: Daniel Horge, Manager
To: All employees
Date: June 1
Re: Staffing

1 Nancy Wollowitz, the front desk receptionist, will be taking a two-week vacation from June 7 to June 21. — [1] —. A temporary worker has been hired from a placement agency to fill in for her during this time. — [2] —. He will take over most of her usual duties, including answering the phone, scheduling hair appointments, and checking clients in and out of the facility. Please introduce yourself to Mr. Sans and make yourself available should he have any questions. — [3] —.

2 Additionally, please make sure that you submit your time sheet by June 5. Ms. Wollowitz will send in payroll information before she leaves, so your pay will be deposited into your account on the normal payday of June 14. This is important because Mr. Sans will not be trained to use our payroll software. — [4] —.

If you have questions regarding this matter, please contact Ms. Wollowitz before June 7 or me after that date, and we will be happy to help you.

Les questions 168 à 171 se rapportent à la note de service suivante

Note de service

De : Daniel Horge, Directeur
A : Tous les employés
Date : 1er juin
Re : recrutement

Nancy Wollowitz, notre hôtesse d'accueil, prendra un congé de deux semaines du 7 au 21 juin. Un intérimaire d'une agence a été embauché pour la remplacer pendant ce temps. Son nom est Michael Sans.* Il va reprendre la plupart de ses tâches habituelles, et répondra notamment aux appels, prendra les rendez-vous pour les coupes, accueillera les clients à leur arrivée et les accompagnera quand ils partent. Merci de vous présenter à M. Sans et de vous rendre disponible pour répondre à ses éventuelles questions.

Par ailleurs, merci de bien soumettre votre relevé d'heures avant le 5 juin. Mme Wollowitz enverra les informations pour la paie avant son départ, votre salaire sera donc versé sur votre compte le jour de paie habituel, le 14 juin. Ceci est important car M. Sans ne sera pas formé à l'utilisation de notre logiciel de paie.

Si vous avez des questions à ce sujet, merci de contacter Mme Wollowitz avant le 7 juin ou moi-même après cette date, et nous serons ravis de vous aider.

*Traduction de la réponse à la question 171.

Questions - traductions

Réponses et commentaires

168

Where do the recipients of the memo most likely work?

(A) At a job-placement agency
(B) At an accounting firm
(C) At a hair salon
(D) At a doctor's office

Où les destinataires de cette note de service travaillent-ils probablement ?

(A) Dans une agence d'intérim
(B) Dans un cabinet de comptabilité
(C) Dans un salon de coiffure
(D) Dans un cabinet médical

Réponse (C)

Dans la 3e phrase en ❶, on apprend que M. Sans prendra les rendez-vous pour les coupes *(hair appointments)*.

(A) M. Sans a été recruté dans une agence d'intérim mais pour le poste de réceptionniste chez un coiffeur.

169

What is indicated about Ms. Wollowitz?

(A) She is retiring.
(B) She found a new job.
(C) She is taking some time off.
(D) She is Mr. Horge's supervisor.

Qu'indique-t-on au sujet de Mme Wollowitz ?

(A) Elle part à la retraite.
(B) Elle a trouvé un nouvel emploi.
(C) Elle prend des congés.
(D) C'est la responsable de M. Horge.

Réponse (C)

Take time off est un synonyme de ***take a vacation*** (1re phrase du point ❶).

170

By when should employees submit their hours?

(A) June 1
(B) June 5
(C) June 7
(D) June 14

Avant quelle date les employés devront-ils soumettre leurs heures ?

(A) 1er juin
(B) 5 juin
(C) 7 juin
(D) 14 juin

Réponse (B)

Les employés indiquent leurs heures de travail *(hours)* sur le relevé d'heures *(time sheet)* qu'ils doivent remettre avant le 5 juin (1re phrase du point ❷).

171

In which of the positions marked [1], [2], [3], and [4] does the following sentence best belong?
"His name is Michael Sans."

(A) [1]
(B) [2]
(C) [3]
(D) [4]

À quel endroit signalé par [1], [2], [3] et [4] la phrase suivante s'insère-t-elle le mieux ?
« His name is Michael Sans. »

(A) [1]
(B) [2]
(C) [3]
(D) [4]

Réponse (B)

On annonce la présence d'un intérimaire dans la 2e phrase en ❶ et puisqu'on évoque son pronom personnel dans la phrase suivante *(he will take over)*, cette position est idéale. La position [3] arrive trop tard car son nom a déjà été mentionné.

Mots & expressions

memo = memorandum : note (de service) ***staffing :*** recrutement, effectifs ***front desk :*** réception
temporary worker : intérimaire ***placement agency :*** agence d'intérim ***fill in for someone :*** remplacer qqn
take over : reprendre ***duty :*** responsabilité ***facility :*** établissement
time sheet : feuille de présence, relevé d'heures ***payroll :*** paie ; registre du personnel ***payday :*** jour de paie

Texte - traduction

Questions 172-175 refer to the following article.

Valuables Found on Beach

1 September 20—A gold ring valued at $1,200 was found during storm cleanup at Avondale Beach on Saturday morning. This was only one of many objects retrieved from the sand over the weekend by the Kirkland Sanitation Department. — [1] —. In preparation for Friday's fireworks show, municipal cleaning crews combed the beach on Saturday and Sunday to remove debris washed up by Thursday night's storm.

2 Crew member Liam O'Donnell, who has worked every storm cleanup for the last five years, said, "You wouldn't believe some of the things we find. Last year I pulled a vacuum cleaner out of the sand. But it's really common to find things like umbrellas, jewelry, coins, and even bicycles. — [2] —. These are things that beachgoers often forget or lose at the beach. When there's a storm, they all come to the surface, and we find them." — [3] —.

3 All valuables found by city cleaning crews are taken to the Kirkland Community Center. — [4] —. During that time, anyone who has lost an item can look for it at the community center. Any valuables that are not claimed are sold at the annual community auction, which benefits the city library and parks.

Les questions 172 à 175 se rapportent à l'article suivant.

Objets de valeur trouvés à la plage

20 septembre – Un anneau en or estimé à 1 200 $ a été trouvé samedi matin au cours du nettoyage de la plage d'Avondale après la tempête. C'est l'un des nombreux objets qui ont été retirés du sable pendant le week-end par le service d'assainissement de Kirkland. En préparation du spectacle pyrotechnique de vendredi, les équipes municipales de nettoyage ont passé la plage au peigne fin samedi et dimanche afin d'enlever les détritus échoués après la tempête de la nuit de jeudi.

Liam O'Donnell, un membre de l'équipe qui a participé à chaque nettoyage d'après-tempête des cinq dernières années, nous a dit : « Vous n'imaginez pas tout ce qu'on trouve. L'année dernière, j'ai retiré un aspirateur du sable. Mais il est vraiment courant de trouver des choses comme des parapluies, des bijoux, des pièces et même des vélos. Ce sont souvent des objets oubliés ou perdus par les personnes qui fréquentent la plage. Quand il y a une tempête, ils remontent tous en surface et nous les trouvons. ».

Tous les objets de valeur trouvés par les équipes de nettoyage municipales sont déposés à la maison de quartier de Kirkland. **Ils y sont conservés pendant 90 jours.*** Pendant ce temps, toute personne ayant perdu un objet peut venir voir s'il est à la maison de quartier. Tout objet non réclamé est vendu lors de la vente aux enchères annuelle du quartier au profit de la bibliothèque et des parcs de la ville.

*Traduction de la réponse à la question 175.

Questions - traductions

Réponses et commentaires

172

What is the purpose of the article?

(A) To report the weather
(B) To describe a cleanup effort
(C) To advertise jewelry
(D) To announce an annual auction

Quel est le but de l'article ?

(A) Fournir un bulletin météo
(B) Décrire un effort de nettoyage
(C) Faire de la publicité pour des bijoux
(D) Annoncer une vente aux enchères annuelle

Réponse (B)

Dans la 1re phrase du point ❶, il est question du nettoyage de la plage après la tempête ***(storm cleanup at Avondale Beach).***

173

What is suggested about Mr. O'Donnell?

(A) He works for the city.
(B) He owns a gold ring.
(C) He was hired last month.
(D) He lost an item at the beach.

Que suggère-t-on à propos de M. O'Donnell ?

(A) Il travaille pour la ville.
(B) Il possède un anneau en or.
(C) Il a été embauché le mois dernier.
(D) Il a perdu un objet à la plage.

Réponse (A)

En ❷, on apprend que M. O'Donnell travaille au sein de l'équipe municipale de nettoyage ***(municipal cleaning crew).***

174

What is stated about Avondale Beach?

(A) It rents umbrellas to beachgoers.
(B) It has a network of biking trails.
(C) It was closed for 90 days.
(D) It will host a fireworks show.

Que dit-on au sujet de la plage d'Avondale ?

(A) Les gens qui vont à la plage peuvent y louer des parasols.
(B) On y trouve un réseau de pistes cyclables.
(C) Elle a été fermée pendant 90 jours.
(D) Elle va accueillir un spectacle pyrotechnique.

Réponse (D)

Dans la 3e phrase en ❶, on peut lire qu'on nettoie la plage en préparation du spectacle pyrotechnique de vendredi ***(In preparation for Friday's fireworks show).***

(B) ***network :*** réseau ; ***bike trail :*** piste cyclable.

175

In which of the positions marked [1], [2], [3], and [4] does the following sentence best belong?
"They are kept here for up to 90 days."

(A) [1]
(B) [2]
(C) [3]
(D) [4]

À quel endroit signalé par [1], [2], [3] et [4] la phrase suivante s'insère-t-elle le mieux ?
« They are kept here for up to 90 days. »

(A) [1]
(B) [2]
(C) [3]
(D) [4]

Réponse (D)

La phrase qui suit le [4] précise ***during that time*** (pendant ce temps), alors qu'aucune durée n'a été indiquée auparavant.

Mots & expressions

ring : bague, anneau ***storm :*** orage, tempête ***retrieve :*** extraire, récupérer
Sanitation Department (US) : service de voirie/d'assainissement ***fireworks :*** feu d'artifice
comb : (ici) passer au peigne fin ***debris :*** détritus ***wash up :*** s'échouer ***library :*** bibliothèque

Texte - traduction

Questions 176-180 refer to the following e-mail and letter.

1. Courriel

E-mail

To: Sasikala Sharma
From: Zachary Bauers
Subject: This season
Date: 20 July

Dear Sasikala:

1 Thank you for giving me the great news. I'm glad to know we have so many subscribers returning for another season and that we also have an increase in new subscribers. Our advertising must be working!

2 In answer to your question, we still haven't yet made a decision about the final show. I'm hoping plans to produce *After the Sun* will work out. It is an expensive production, and the budget is still an issue. If we can't afford to do it, we'll have to mail the tickets for the first four shows to subscribers in August as planned. Then we can send the tickets for the final show in September, after it has been chosen. I'll let you know by the end of next week whether we have decided to go ahead with *After the Sun*.

Zachary

2. Lettre

Belmont Community Theatre

12 August

Mr. Jake Harbaugh
14 Snyder Court, #4
Winnipeg R2C 0H9

Dear Mr. Harbaugh:

1 Thank you for subscribing to the upcoming Belmont Community Theatre season! On behalf of the theatre, I want to welcome you. We are always pleased to have new subscribers, and I am certain you will be delighted with the upcoming season. Please find enclosed the tickets for the five plays for this season.

2 Play descriptions, performer biographies, and a complete schedule can be found on our Web site. If you have any questions, please contact the box office at 204-555-0142.

Subscribers enjoy exclusive benefits, including ticket exchanges, which can be made by phone, mail, or in person at the box office. Please be aware that programs and schedules are subject to change.

Sincerely,

Sasikala Sharma

Patron Services Director
Belmont Community Theatre

Les questions 176 à 181 se rapportent au courriel et à la lettre suivants.

À : Sasikala Sharma
De : Zachary Bauers
Objet : Cette saison
Date : 20 juillet

Chère Sasikala,

Merci de m'avoir fait part de cette formidable nouvelle. Je suis content d'apprendre que nous avons autant d'abonnés qui reviennent pour une nouvelle saison et que le nombre de nos nouveaux abonnés a augmenté. Notre publicité doit être efficace !

Pour répondre à votre question, nous n'avons pas encore pris de décision pour le dernier spectacle. J'espère que nous allons pouvoir mener à bien notre projet de produire *After the Sun*. C'est une production coûteuse et le budget pose encore un problème. Si nous n'avons pas les moyens de le produire, nous allons devoir envoyer les billets pour les quatre premiers spectacles aux abonnés en août, comme prévu. Puis nous enverrons les billets pour le dernier spectacle en septembre après qu'il a été choisi. D'ici la fin de la semaine prochaine, je vous ferai savoir si nous avons décidé de poursuivre avec *After the Sun*.

Zachary

Compagnie Théâtrale de Belmont

12 août
M. Jake Harbaugh
14 Snyder Court, #4
Winnipeg R2C 0H9

Cher M. Harbaugh,

Nous vous remercions pour votre abonnement à la prochaine saison de la Compagnie théâtrale de Belmont ! Au nom du théâtre, je vous souhaite la bienvenue. Nous sommes toujours ravis d'avoir de nouveaux abonnés, et je suis certaine que vous serez enchanté par notre programme à venir. Veuillez trouver ci-joint les billets pour les cinq pièces de la saison.

Vous trouverez sur notre site Internet la présentation des pièces, les biographies des acteurs et un planning complet. Si vous avez des questions, merci de contacter la billetterie au 204-555-0142.

Les abonnés bénéficient d'avantages exclusifs, y compris l'échange de billets qui peut se faire par téléphone, par courriel ou en personne à la billetterie. Veuillez noter que les programmes et les plannings peuvent être sujets à modifications.

Cordialement,
Sasikala Sharma
Directrice des relations avec le public
Compagnie théâtrale de Belmont

Questions - traductions

Réponses et commentaires

176

What is Mr. Bauers pleased about?

(A) There will be an increased number of plays produced this season.
(B) There are more season subscribers this year.
(C) A positive review appeared in the local news.
(D) The new advertising campaign is being launched.

De quoi M. Bauers se réjouit-il ?

(A) Un plus grand nombre de pièces seront produites cette saison.
(B) Il y a davantage d'abonnés cette année.
(C) Une bonne critique a été publiée dans les informations locales.
(D) La nouvelle campagne publicitaire est en cours de lancement.

Réponse (B)

Dans le document 1, en ❶, M. Bauers indique dans la 2e phrase ***we also have an increase in new subscribers*** (le nombre de nos nouveaux abonnés a augmenté).

177

Why is Mr. Bauers concerned?

(A) Some tickets were lost in the mail.
(B) A budget meeting was rescheduled.
(C) A play might cost too much to produce.
(D) Play rehearsals are behind schedule.

Pourquoi M. Bauers est-il inquiet ?

(A) Des billets ont été perdus dans le courrier.
(B) Une réunion budgétaire a été reprogrammée.
(C) La production d'une pièce pourrait être trop chère.
(D) Les répétitions pour une pièce ont pris du retard.

Réponse (C)

Dans le document 1, en ❷, M. Bauers explique que le budget pour la production de cette pièce pose encore un problème (***budget is still an issue***).

178

Why did Ms. Sharma send the letter to Mr. Harbaugh?

(A) To confirm a schedule
(B) To thank him for his subscription
(C) To let him know about some changes
(D) To give him news about a new play

Pourquoi Mme Sharma a-t-elle envoyé la lettre à M. Harbaugh ?

(A) Pour confirmer un planning
(B) Pour le remercier de s'être abonné
(C) Pour l'informer de changements
(D) Pour lui donner des nouvelles au sujet d'une nouvelle pièce

Réponse (B)

Dans le document 2, au point ❶, Mme Sharma écrit ***Thank you for subscribing*** (nous vous remercions pour votre abonnement).

Questions - traductions

Réponses et commentaires

179

What is suggested about the Belmont Community Theatre's upcoming season?

(A) The fifth play will be *After the Sun*.
(B) It will last longer than previous seasons.
(C) There are new subscriber benefits.
(D) The ticket prices have increased.

Que suggère-t-on à propos de la saison à venir de la Compagnie Théâtrale de Belmont ?

(A) La cinquième pièce sera *After the Sun*.
(B) Elle sera pus longue que les saisons précédentes.
(C) Il y a de nouveaux avantages pour les abonnés.
(D) Le prix des billets a augmenté.

Réponse (A)

Dans le document 1, dans la 4e phrase du point ❷, on constate qu'il était prévu de n'envoyer que quatre billets s'ils n'avaient pas les moyens de produire ***(if we cannot afford)*** *After the Sun* ; on apprend finalement dans le document 2 en ❶, que les billets pour cinq pièces ont été envoyés à M. Harbaugh ***(please find enclosed the tickets for the five plays)***. C'est donc bien *After the Sun* qui sera la 5e pièce.

180

According to the letter, what can subscribers do on the Web site?

(A) Exchange their tickets
(B) Select their seats
(C) Read about actors
(D) Contact the box office

Selon la lettre, que peuvent faire les abonnés sur le site Internet ?

(A) Échanger leurs billets
(B) Choisir leurs sièges
(C) Trouver des renseignements sur les acteurs
(D) Contacter la billetterie

Réponse (C)

Actor est un synonyme de ***performer***.
On trouve des biographies d'acteurs ***(performer biographies)*** sur le site Internet (c'est indiqué au point ❷ du document 2).

Mots & expressions

subscriber : abonné ***advertising :*** publicité ***produce :*** produire, réaliser ***work out :*** fonctionner, marcher
issue = problem ***afford :*** se permettre ***choose (chose, chosen) :*** sélectionner, choisir
go ahead : poursuivre, aller de l'avant ***community :*** communauté, quartier ***on behalf of :*** au nom de
upcoming : à venir ***enclosed :*** en pièce jointe ***play :*** pièce de théâtre ***performer :*** acteur
benefit : avantage, bénéfice ***box office :*** billetterie, guichet ***subject to change :*** sujet à modifications

Texte - traduction

Questions 181-185 refer to the following invoice and e-mail.

1. Facture

Restaurflex Supply

Client Name: The Gramerty
Client Address: 793 Pemberton Ave., Millersburg, NY 12505
Date: May 18

Item Number	1 Description	Quantity	Unit Price	Total
RX1652	Blue paper napkins with white trim, 25 cm x 25 cm	3,000	$0.10	$300.00
RX1993	Blue paper place mats, 38 cm x 25 cm	3,000	$0.50	$1,500.00
RX2028	Plastic cups with lids, 1 liter, blue	500	$0.30	$150.00
RX1800	Food-grade plastic bags in blue with color logo, 10 cm x 20 cm x 45 cm	3,000	$0.30	$900.00
			Total	$2,850.00

If you have any questions, please contact your sales representative, Amine Guettera, at aguettera@restaurflexsupply.com.

2. Courriel

To: aguettera@restaurflexsupply.com
From: chitanmistry@thegramerty.com
Subject: Invoice
Date: May 22

Dear Mr. Guettera,

1 Congratulations on your new position and thank you for sending the invoice for the products I ordered. When I spoke with Emilia Katzenbach, my previous contact at Restaurflex, she offered a discount on item RX1800, bringing the unit cost from 30 cents to 20 cents each. I understand that your prices have increased, but The Gramerty is a longtime customer. Could you please speak to her to confirm this and then send us an updated invoice?

2 In addition, customers who ordered from our take-away menu have complained that the plastic lids on their containers did not close securely, and their soup leaked out. We never had this problem before our most recent order last December. I would like to return the remainder of this item, RX2333, and be reimbursed accordingly. Could you recommend a suitable replacement?

Thank you,

Chitan Mistry
General Manager, The Gramerty

Texte - traduction

Les questions 181 à 185 se rapportent à la facture et au courriel suivants.

Restaurflex Supply

Nom du client : The Gramerty

Adresse du client : 793 Pemberton Ave., Millersburg, NY 12505

Date : 18 mai

Numéro de produit	Descriptif	Quantité	Prix unitaire	Total
RX1652	Serviettes en papier bleues avec bordure blanche, 25 cm x 25 cm	3000	0,10 $	300,00 $
RX1993	Sets de table bleus, 38 cm x 25 cm	3000	0,50 $	1500,00 $
RX2028	Gobelets en plastique avec couvercle, 1 litre, bleus	500	0,30 $	150,00 $
RX1800	Sacs plastique alimentaires bleus avec un logo en couleur, 10 cm x 20 cm x 45 cm	3000	0,30 $	900,00 $
			Total	2850,00 $

Si vous avez des questions, merci de contacter notre commercial, Amine Guettera : aguettera@restaurflexsupply.com.

À : aguettera@restaurflexsupply.com

De : chitanmistry@thegramerty.com

Objet : Facture

Date : 22 mai

Cher M. Guettera,

Félicitations pour votre nouveau poste et merci d'avoir envoyé la facture pour les produits que j'ai commandés. Quand j'ai parlé à Emilia Katzenbach, mon interlocutrice précédente chez Restaurflex, elle m'a proposé une remise sur l'article RX1800, ramenant ainsi le prix à l'unité de 30 centimes à 20 centimes/pièce. J'ai vu que vos prix ont augmenté, mais The Gramerty est un client de longue date. Pourriez-vous s'il vous plaît lui en parler pour confirmer ceci puis nous envoyer une facture mise à jour?

Par ailleurs, des clients qui ont commandé des plats dans notre menu à emporter se sont plaints que les couvercles en plastique des barquettes ne fermaient pas hermétiquement, et leur soupe a fui. Nous n'avons jamais rencontré ce problème avant notre toute dernière commande du mois de décembre dernier. Je souhaite vous renvoyer le stock restant de cet article, RX2333, et me faire rembourser en conséquence. Pourriez-vous me recommander un remplacement adéquat?

En vous remerciant,

Chitan Mistry

Directeur Général, The Gramerty

Questions - traductions

Réponses et commentaires

181

What most likely is The Gramerty?

(A) A party-supply company
(B) A bank
(C) A restaurant
(D) A retail shop

Que pourrait-être The Gramerty ?

(A) Une entreprise d'articles de fête
(B) Une banque
(C) Un restaurant
(D) Un magasin de vente au détail

Réponse (C)

Dans le document 2, M. Mistry évoque sa carte à emporter ***(take-away menu)*** au point ❶, et le descriptif des produits dans le document 1 est également très évocateur d'un travail dans la restauration.

(A) Même si on lit le mot ***supply*** ici également, c'est Restaurflex qui fournit des produits (pour la restauration, et non pour des fêtes).

182

What is the same for each product on the invoice?

(A) The size
(B) The color
(C) The logo
(D) The quantity

Quel est le point commun à chaque article sur la facture ?

(A) La taille
(B) La couleur
(C) Le logo
(D) La quantité

Réponse (B)

Seule la couleur bleue ***(blue)*** est évoquée à chaque ligne du descriptif (document 1).

183

What product does Mr. Mistry expect to be discounted?

(A) Napkins
(B) Place mats
(C) Disposable cups
(D) Plastic bags

Sur quel article M. Mistry s'attend-il à une remise ?

(A) Les serviettes
(B) Les sets de table
(C) Les gobelets jetables
(D) Les sacs en plastique

Réponse (D)

Au point ❶ du document 2, il mentionne une remise pour la référence RX1800, ce qui correspond bien à la dernière ligne de la facture (document 1), soit les sacs en plastique.

Questions - traductions

Réponses et commentaires

184

Who is Ms. Katzenbach?

(A) Mr. Mistry's supervisor
(B) The manager of The Gramerty
(C) A longtime customer of The Gramerty
(D) A salesperson at Restaurflex Supply

Qui est Mme Katzenbach ?

(A) La responsable de M. Mistry
(B) La directrice de The Gramerty
(C) Une cliente de longue date de The Gramerty
(D) Une commerciale chez Restaurflex Supply

Réponse (D)

Salesperson est un synonyme de ***sales representative***. On apprend au point ❷ du document 2 que Mme Katzenbach est une collègue de M. Guettera, et qu'elle a fait des offres commerciales auparavant (remise : ***discount***).

185

What is NOT suggested by the e-mail?

(A) Mr. Mistry has ordered from Restaurflex Supply previously.
(B) Mr. Mistry has worked with Mr. Guettera many times.
(C) Restaurflex Supply has recently raised its prices.
(D) The Gramerty has received complaints from customers.

Qu'est-ce qui N'EST PAS suggéré dans le courriel ?

(A) M. Mistry a déjà passé des commandes chez Restaurflex Supply.
(B) M. Mistry a souvent travaillé avec M. Guettera.
(C) Restaurflex Supply a récemment augmenté ses prix.
(D) The Gramerty a eu des plaintes de la part de ses clients.

Réponse (B)

La première phrase du document 2 suggère que c'est le premier contact entre M. Mistry et M. Guettera, car ce dernier est félicité par M. Mistry pour son nouveau poste ; il dit ensuite que le commercial avec qui il était en contact auparavant était Mme Katzenbach.

(A) Au point ❶ du document 2, la première phrase fait référence à une commande ***(order)*** de décembre.
(C) on apprend à la fin du 1er paragraphe du document 2 que les prix ont augmenté ***(prices have increased)***.
(D) Au point ❷ du document 2, on évoque les plaintes ***(complaints)*** de la part des clients.

Mots & expressions	***napkin :*** serviette ***trim :*** (ici) bordure ***place mat :*** set de table ***lid :*** couvercle ***container :*** barquette ***food-grade :*** alimentaire ***leak (out) :*** fuir ***remainder :*** restant

Texte - traduction

Questions 186-190 refer to the following instructions, letter, and text message.

1. Instructions

① **Instructions for San Aldo University Press Authors**

San Aldo University Press is pleased to be publishing your forthcoming book. Carefully follow these instructions for preparing and submitting your manuscript. Failure to do so may result in book production delays or increased production fees.

- The text file of your manuscript should include all content from the title page to the list of references.
- If applicable, save and supply digital artwork, tables, and charts as individual files.
- If applicable, obtain signed permissions for digital artwork; permission forms can be obtained from www.saupress.sau.edu/author.
- Review the author checklist, downloadable from www.saupress.sau.edu/author.

Please e-mail all these documents directly to your San Aldo University Press editor.

2. Lettre

San Aldo University Press
130 Oceanside Way
San Aldo, California 95523
saupress.sau.edu

January 12

Kwon Tae-Hwan
16 Yeonsan 4(sa)-dong
Yeonje-gu, Busan
South Korea

Dear Dr. Kwon,

① Your coauthor just e-mailed the remainder of your permission forms to me, and I now have all materials needed to begin the production phase for *The Economics of Simple Living*. A production schedule is enclosed; we are still on track for a July release. Please review and make note of important dates that require action from you and your coauthor. In the meantime, should you have any editorial questions, please contact me, as usual.

② I look forward to your visit at the end of August, when we will have the kickoff of your promotional tour at San Aldo University's bookstore.

Best regards,

Zahera Sadik

Zahera Sadik
Editor, Economics & Political Science
650-555-0179 ext. 11
zahera@saupress.sau.edu

3. SMS

From: Kwon Tae-Hwan
Received: February 20, 1:14 P.M.
To: Talia Burstein

① Talia, I shared our edits to the book jacket with Zahera and Eugene. They will e-mail the updated text for the book cover later today. We will need to provide immediate feedback, so keep checking your e-mail throughout the evening. Thanks.

Texte - traduction

Les questions 186 à 190 se rapportent aux consignes, à la lettre et au SMS suivants.

Consignes pour les auteurs des Presses Universitaires de San Aldo

Les Presses universitaires de San Aldo sont ravies de publier votre prochain ouvrage. Suivez attentivement ces consignes pour la préparation et l'envoi de votre manuscrit. Leur non respect peut entraîner un retard de production du livre ou l'augmentation des coûts de production.

- Le fichier texte de votre manuscrit doit inclure tout le contenu, de la première de couverture jusqu'à la liste des sources.
- Si applicable, sauvegardez et fournissez les illustrations, les tableaux et les diagrammes dans des fichiers séparés.
- Si applicable, obtenez les permissions de reproduction signées pour les illustrations numériques; vous pouvez obtenir des formulaires de demande d'autorisation sur le site www.saupress.sau.edu/author.
- Vérifiez la liste de contrôle à destination des auteurs téléchargeable sur www.saupress.edu/author.

Merci d'envoyer tous ces documents directement à votre éditeur des Presses Universitaires de San Aldo.

Presses Universitaires de San Aldo
130 Oceanside Way
San Aldo, California 95523
saupress.sau.edu

12 janvier
Kwon Tae-Hwan
16 Yeonsan 4 (sa)-dong
Yeonje-gu, Busan
Corée du Sud

Cher Dr. Kwon,

Votre co-auteure vient de m'envoyer le solde de vos fichiers de permissions par courriel, et je dispose désormais de tout le matériel nécessaire pour démarrer la phase de production pour *Le Budget d'une vie simple*. Un planning de production est en pièce jointe; nous sommes toujours dans les temps pour une publication en juillet. Merci de le vérifier et de bien vouloir noter les dates importantes nécessitant une action de votre part et de votre co-auteure. Dans cette attente, merci de me contacter comme d'habitude si vous avez des questions sur le plan éditorial.

J'attends avec impatience votre visite à la fin du mois d'août à l'occasion du démarrage de votre tournée promotionnelle à la librairie de l'université San Aldo.

Cordialement,

Zahera Sadik
Éditrice, Économie et Sciences Politiques
650-555-0179 poste 11
zahera@saupress.sau.edu

De : Kwon Tae-Hwan
Reçu le : 20 février 13:14
À : Talia Burstein

Talia, j'ai partagé nos modifications sur le livre avec Zahera et Eugene. Ils enverront le texte mis à jour pour la couverture par courriel plus tard dans la journée. Nous allons devoir leur faire un retour immédiat, donc je vous remercie de vérifier régulièrement vos courriels pendant la soirée.

Merci.

Questions - traductions

Réponses et commentaires

186

According to the instructions, what must authors do?

(A) Approve an editorial schedule
(B) Complete a checklist review
(C) Submit their final manuscript over the Internet
(D) Include all tables and charts in one file

Selon les consignes, que doivent faire les auteurs ?

(A) Valider un planning éditorial
(B) Vérifier une liste de contrôle
(C) Soumettre leur manuscrit définitif par Internet
(D) Inclure tous les tableaux et diagrammes dans un seul fichier

Réponse (B)

Voir le dernier point de la liste à puce dans le document 1 : ***Review the author checklist*** (Vérifiez la liste de contrôle à destination des auteurs).

187

What is true about *The Economics of Simple Living*?

(A) It includes artwork.
(B) It is available in an electronic version.
(C) Its cost of production was high.
(D) Its publication was delayed.

Qu'est-ce qui est vrai au sujet de *Le Budget d'une vie simple* ?

(A) Il inclut des illustrations.
(B) Il est disponible en version électronique.
(C) Son coût de production était élevé.
(D) Sa publication a été retardée.

Réponse (A)

La première phrase du document 2 mentionne ***Your coauthor just e-mailed the remainder of your permission forms to me*** (votre co-auteure vient juste de m'envoyer le solde de vos fichiers de permissions par courriel). Or, il est indiqué dans les consignes que les auteurs doivent obtenir des permissions de reproduction signées pour les illustrations numériques ; ces permissions concernent donc des illustrations.

(B) Aucun document ne mentionne une version électronique.
(C) et (D) sont faux car on apprend dans le premier paragraphe du document 2 que la production peut démarrer à temps ***(on track)*** et rien n'est dit au sujet du coût de production.

188

According to the letter, what will happen in August?

(A) A bookstore will offer a discount.
(B) A book will be published.
(C) Ms. Sadik will contact Dr. Kwon.
(D) Dr. Kwon will travel to California.

Selon la lettre, que se passera-t-il en août ?

(A) Une librairie proposera des remises.
(B) Un livre sera publié.
(C) Mme Sadik contactera Dr. Kwon.
(D) Le Dr. Kwon se rendra en Californie.

Réponse (D)

Le Dr. Kwon se rendra en Californie, au siège des Presses Universitaires de San Aldo (voir l'adresse de l'expéditeur sur la lettre, document 2) pour le démarrage de la tournée promotionnelle ***(kickoff of your promotional tour)*** (2e paragraphe du document 2).

Questions - traductions

Réponses et commentaires

189

Who most likely is Ms. Burstein?

(A) Dr. Kwon's coauthor
(B) Dr. Kwon's editor
(C) Ms. Sadik's manager
(D) Ms. Sadik's assistant

Qui est probablement Mme Burstein ?

(A) La co-auteure de Dr. Kwon
(B) L'éditrice de Dr. Kwon
(C) La responsable de Mme Sadik
(D) L'assistante de Mme Sadik

Réponse (A)

Dans le document 3, au point ❶, Dr Kwon parle de « nos modifications » ***(our edits)*** en s'adressant à elle.

190

In the text message, the word "keep" in paragraph 1, line 6, is closest in meaning to

(A) consider
(B) withhold
(C) continue
(D) reserve

Dans le SMS, la signification du mot « keep » au paragraphe 1, ligne 6 se rapproche le plus de

(A) considérer
(B) retenir
(C) continuer
(D) réserver

Réponse (C)

Keep doing something signifie « continuer à faire quelque chose », donc ici il s'agit de regarder régulièrement ses courriels.

Mots & expressions

forthcoming : à paraître, à venir ***carefully :*** attentivement ***failure to do something :*** échouer à faire / ne pas faire quelque chose ***digital :*** numérique ***artwork :*** illustration ***review :*** vérifier, relire ***checklist :*** liste ***economics :*** économie, budget ***enclosed :*** ci-joint ***be on track :*** sur la bonne voie ***kickoff :*** démarrage ; coup d'envoi ***edit :*** modification ***book cover :*** couverture

Texte - traduction

Questions 191-195 refer to the following schedule and e-mails.

1. Planning

Bridgewater Spring Festival Weekend Activities

Saturday 18 May

12:00 P.M. Pizza Cook-Off – competitors will choose the ingredients to create the best pizza, and attendees will act as judges! Win one free cheese pizza each month for the remainder of the year. $5 entry fee.
Sponsor: Bridgewater Pizzeria
Venue: Bridgewater Pizzeria

2:00 P.M. to 5:00 P.M. Spring Garden Tour – visit some of the most beautiful home gardens in the city. Bridgewater's best home gardener will be awarded a $50.00 cash prize.
Sponsor: Bridgewater Parks Commission
Venue: See Garden Tour map

Sunday 19 May

9:30 A.M. Walk for Health – complete the 5-mile walk around Swan Creek Park to receive a free two-week gym membership worth $30. All participants will receive a free "Get Fit!" T-shirt.
Sponsor: Treager's Gym
Venue: Swan Creek Park north entrance

4:00 P.M. University String Quartet – enjoy the music of Haydn, Mozart, and Schubert in this performance featuring first violinist Jemiah Weisz. $10 entrance fee.
Sponsor: Bridgewater University
Venue: University Concert Hall

2. Courriel

From: Leeann Allen <leeann.allen@bridgewaterparks.org>
To: Angela Russo <arusso@tqmail.net>
Date: May 15
Subject: Weekend festival

Hello Angela,

Since rain is likely on Sunday, I would like to move Matt Treager's event, which will take place outdoors, to Saturday and move yours to Sunday at noon.

We will update the festival Web site and send out an e-mail to notify festivalgoers of this schedule change. We will also post notices on the message boards in the park. Let me know if this works for you.

Yours,

Leeann Allen, festival organizing committee

3. Courriel

E-mail

From: Martin Sanchez <m.sanchez@flx.realty.com>
To: Takeshi Ogawa <togawa@flx.realty.com>
Date: May 17
Subject: Planning meeting

Takeshi,

Yes, I can fill in for you tomorrow to meet with your clients and show them the properties. I'll let you know how it goes next week when you're back in the office.

Good luck with the tour judges. I hope you'll be $50 richer by Monday.

Martin

Texte - traduction

Les questions 191 à 195 se rapportent au planning et aux courriels suivants.

Activités pour le week-end du festival de printemps de Bridgewater	
Samedi 18 mai **12h Concours de la meilleure pizza** – les concurrents choisiront leurs ingrédients pour créer la meilleure pizza, et les spectateurs seront les juges ! Gagnez une pizza au fromage par mois pour le reste de l'année. Prix d'entrée : 5 $. Sponsor : Pizzeria Bridgewater Lieu : Pizzeria Bridgewater **14h-17h Visite des jardins printaniers** – visitez quelques-uns des plus beaux jardins privés de la ville. Le meilleur jardinier amateur de Bridgewater recevra 50 $ en espèces. Sponsor : La commission des espaces publics et parcs de Bridgewater Lieu : Voir la carte pour la visite des jardins	**Dimanche 19 mai** **9h30 – Promenade de santé** – faites une marche de 8 km autour du parc Swan Creek pour recevoir une adhésion de deux semaines à la salle de gym d'une valeur de 30 $. Tous les participants recevront gratuitement un T-shirt « Gardez la forme ! ». Sponsor : Treager's Gym Lieu : L'entrée nord du parc de Swan Creek **16h : Quatuor à cordes de l'Université** – appréciez la musique de Haydn, Mozart et Schubert dans cette représentation avec la violoniste Jemiah Weisz. Prix d'entrée : 10 $ Sponsor : L'université de Bridgewater Lieu : Salle de concert de l'université

De : Leeann Allen <leeann.allen@bridgewaterparks.org>
À : Angela Russo <arusso@tqmail.net>
Date : 15 mai
Objet : Week-end de festival

Bonjour Angela,

Puisqu'il va probablement pleuvoir dimanche, je voudrais décaler l'évènement de Matt Treager, qui aura lieu à l'extérieur, au samedi et le vôtre au dimanche midi.

Nous mettrons à jour le site Internet du festival et enverrons un courriel aux festivaliers pour les prévenir de ce changement de programme. Nous allons également placer des annonces sur les panneaux d'affichage dans le parc. Dites-moi si cela vous convient.

Bien à vous,

Leeann Allen, comité d'organisation du festival

De : Martin Sanchez <m.sanchez@flx.realty.com>
À : Takeshi Ogawa <togawa@flx.realty.com>
Date : 17 mai
Objet : réunion de planification

Takeshi,

Oui, je peux te remplacer demain pour rencontrer tes clients et leur montrer les biens. Je te dirai comment ça s'est passé la semaine prochaine quand tu seras de retour au bureau.

Bonne chance pour la visite avec les juges. J'espère que lundi tu seras plus riche de 50 $.

Martin

Questions - traductions

Réponses et commentaires

191

What is stated about the University String Quartet performance?

(A) It requires an admission fee to attend.
(B) It will be delayed because of the weather.
(C) It was moved to a different venue.
(D) It will end at 5:00 P.M.

Que dit-on à propos de la représentation du quatuor à cordes de l'université ?

(A) L'entrée pour y assister est payante.
(B) Elle sera reportée à cause de la météo.
(C) Elle a changé de lieu.
(D) Elle se terminera à 17 heures.

Réponse (A)

Dans le planning en 1, on lit le mot ***entrance fee*** qui a le même sens que ***admission*** ; ils indiquent que l'entrée est payante.

(B) ***delay :*** reporter, retarder.

192

What is the purpose of the first e-mail?

(A) To advise festivalgoers that it will rain
(B) To provide feedback on a Web site
(C) To request a change to a schedule
(D) To announce an upcoming festival

Quel est l'objectif du premier courriel ?

(A) Prévenir les festivaliers qu'il y aura des averses
(B) Fournir un retour sur un site Internet
(C) Demander un changement de programme
(D) Annoncer un festival à venir

Réponse (C)

À la première phrase du 1er courriel (document 2), Leeann dit qu'elle aimerait décaler des évènements ***(move events)***.

(A) Les festivaliers seront prévenus par courriel, sur le site Internet et par affichage dans le parc suite à ce courriel de Leeann Allen (paragraphe 2 du document 2 : ***we will update [...] to notify festivalgoers***).

193

In the first e-mail, the word "<u>notices</u>" in paragraph 2, line 2 is closest in meaning to

(A) ideas
(B) reviews
(C) evaluations
(D) announcements

Dans le premier courriel, la signification du mot « <u>notices</u> » au paragraphe 2, ligne 2 se rapproche de

(A) idées
(B) critiques
(C) évaluations
(D) annonces

Réponse (D)

Notices et ***announcements*** sont ici synonymes et signifient tous les deux « annonces, notifications ».

Questions - traductions

Réponses et commentaires

194

Who most likely will participate in a festival activity on Sunday afternoon?

(A) Ms. Allen
(B) Ms. Russo
(C) Mr. Treager
(D) Mr. Sanchez

Qui participera probablement à une activité du festival dimanche après-midi ?

(A) Mme Allen
(B) Mme Russo
(C) M. Treager
(D) M. Sanchez

Réponse (B)

Dans le 1er courriel (document 2), on apprend que l'événement de Mme Russo va être décalé du samedi au dimanche.

(A) Elle fait partie du comité d'organisation.
(C) Son évènement aura finalement lieu le samedi (document 2) en raison de la météo pluvieuse le dimanche.
(D) M. Sanchez ne participe pas au festival mais il souhaite bonne chance à un des ses collègues, M. Ogawa, qui y participe.

195

Why is Mr. Ogawa most likely unable to meet with his clients?

(A) He is one of the festival organizers.
(B) He is performing in a music concert.
(C) He is a judge for a cooking competition.
(D) He is competing in a festival event.

Pourquoi M. Ogawa n'est-il probablement pas en mesure de rencontrer ses clients ?

(A) C'est l'un des organisateurs du festival.
(B) Il joue dans un concert.
(C) Il est juge pour un concours de cuisine.
(D) Il concourt dans un évènement du festival.

Réponse (D)

Dans le document 3, M. Sanchez espère que son collègue M. Ogawa sera plus riche de 50 $ le lundi suivant. Cela correspond à la somme que le meilleur jardinier amateur peut gagner au concours du *Spring garden Tour* (document 1), ce qui indique que M. Ogawa s'absente de son bureau pour participer à ce concours.

Mots & expressions	***cook-off :*** concours de cuisine ***competitor :*** concurrent ***attendee :*** (ici) spectateur ***home gardener :*** jardinier amateur ***quartet :*** quatuor ***outdoors :*** à l'extérieur ***noon :*** midi ***message board :*** panneau d'affichage ***fill in for someone :*** remplacer quelqu'un ***property = realty :*** bien (immobilier)

Texte - traduction

Questions 196-200 refer to the following article, e-mail, and floor plan.

1. Article

Metro Area Business Watch - October

The grand opening of the Ocean Crest Mall in Marlow Bay is scheduled for next spring, and available spaces are filling rapidly. Once the mall opens, business is expected to <u>take off</u> just as quickly. While the Ocean Crest Mall is not the only such establishment in Marlow Bay, it will be the first to open directly onto the boardwalk. The mall will include boutiques, specialty stores, and a variety of food vendors.

The mall management is hoping to attract business owners from outside Marlow Bay. According to rental manager Barbara Lancer, a number of the businesses that have rented space are new to the area.

"This was by design," she explained. "The Marlow Bay City Council offered the mall owners a tax incentive if we are able to bring new businesses to Marlow Bay. We're still a little short of our goal to have 75% of our spaces rented to nonlocal businesses. We are offering reduced rental prices on new leases for out-of-town businesses.

Applications from business owners looking to lease retail and restaurant space will be accepted until the December 15 deadline. Interested business owners are encouraged to contact Lancer by e-mail at blancer@oceancrestmall.com.

2. Courriel

From: Tracy Fernandez <tfernandez@kmail.com>
To: Barbara Lancer <blancer@oceancrestmall.com>
Date: October 9
Subject: Available space

Dear Ms. Lancer,

I am a friend of Eric Raye, owner of The Shoe Horn, and he suggested that I contact you about a rental space in the Ocean Crest Mall. He told me about a great benefit that he received that is available to business owners like me. I own Edge Fashion and sell contemporary women's apparel. I have two retail locations in the nearby city of Hazelton, and I am considering expanding to Marlow Bay. If possible, I would like to be near my friend's store, but I do not want a space that is beside a restaurant or food service. A space on the boardwalk side that overlooks the beach would be ideal.

Could you please send me a map of the mall showing any available spaces that might meet my needs? Also, could you provide information about the size of each space and rental fees?

Thank you in advance,

Tracy Fernandez

3. Plan de niveau

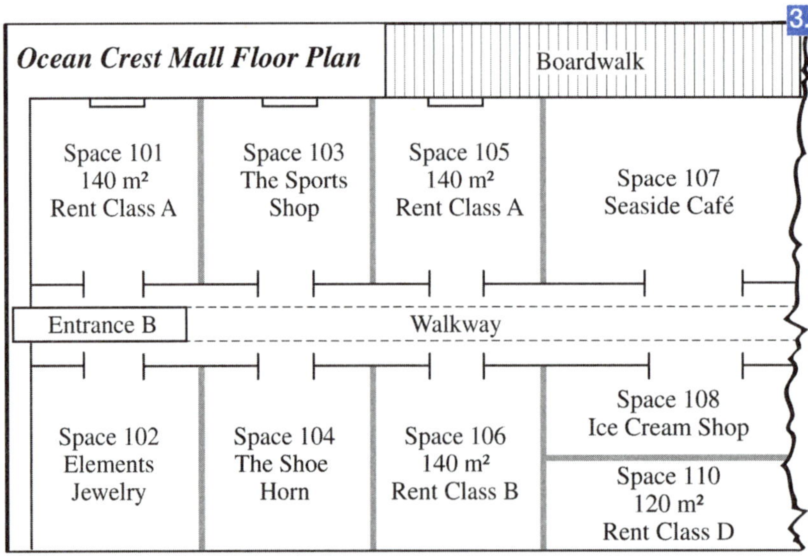

Les questions 196 à 200 se rapportent à l'article, au courriel et au plan de niveau suivants.

Les actualités commerciales de la zone urbaine – octobre

L'inauguration du centre commercial Ocean Crest à Marlow Bay est prévue pour le printemps prochain, et les emplacements disponibles se remplissent à toute vitesse. On s'attend à ce que les affaires décollent dès l'ouverture du centre commercial. Bien qu'Ocean Crest ne soit pas le seul établissement de ce type à Marlow Bay, ce sera le premier centre commercial à s'ouvrir directement sur la promenade. Le centre commercial comprendra des boutiques, des magasins spécialisés et plusieurs points de restauration rapide.

La direction du centre espère attirer les propriétaires de magasins situés dans les environs de Marlow Bay. Selon Barbara Lancer, la gestionnaire de location, bon nombre des entreprises ayant loué un emplacement sont nouvelles dans la région. « C'est ce que nous souhaitions » a-t-elle expliqué. « Le conseil municipal de Marlow Bay a proposé aux propriétaires du centre commercial des avantages fiscaux pour faire venir de nouveaux commerces à Marlow Bay. Nous sommes encore un peu éloignés de notre objectif de louer 75 % des emplacements à des commerces extérieurs. Nous proposons des tarifs de location réduits sur les nouveaux baux pour les commerces extérieurs à la localité. »

Les demandes des propriétaires d'un commerce qui souhaitent louer un emplacement à destination commerciale ou pour la restauration seront acceptées jusqu'à la date butoir du 15 décembre. Les entrepreneurs intéressés sont encouragés à contacter Mme Lancer par mail : blancer@oceancrestmail.com.

De : Tracy Fernandez <tfernandez@kmail.com>
À : Barbara Lander <blancer@oceancrestmail.com>
Date : 9 octobre
Objet : Emplacement disponible

Chère Mme Lancer,

Je suis une amie d'Eric Raye, le propriétaire de The Shoe Horn, et il m'a conseillé de vous contacter au sujet d'un emplacement à louer dans le centre commercial Ocean Crest. Il m'a parlé d'un grand avantage dont il a bénéficié et qui s'applique aux propriétaires d'un commerce comme moi. Je suis propriétaire d'Edge Fashion et je vends des vêtements tendance pour femmes. J'ai deux boutiques de vente au détail à Hazelton, qui se situe dans les environs de Marlow Bay, et je réfléchis à la possibilité de me développer à Marlow Bay. Si possible, je voudrais être à proximité du magasin de mon ami mais je ne veux pas d'un emplacement situé à côté d'un restaurant ou d'un service de restauration. Un emplacement du côté de la promenade surplombant la plage serait idéal.

Pourriez-vous m'envoyer un plan du centre commercial avec les emplacements disponibles qui pourraient répondre à mes besoins ? Pourriez-vous également me fournir des renseignements sur la surface de chaque emplacement et les tarifs de location ?

En vous remerciant par avance,
Tracy Fernandez

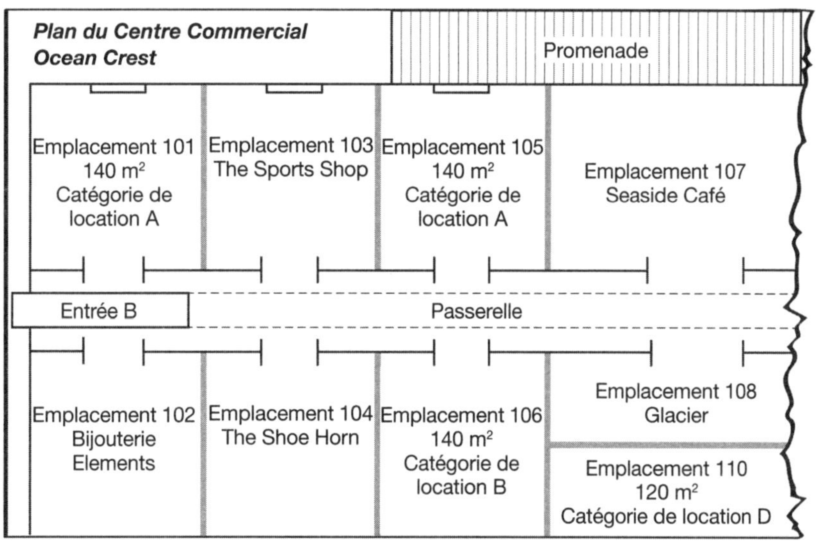

Questions - traductions

Réponses et commentaires

196

What is the purpose of the article?

(A) To explain why the opening of a new mall has been postponed
(B) To announce plans to build a new mall
(C) To review the stores and restaurants in a new mall
(D) To encourage business owners to rent space in a new mall

Quel est l'objectif de l'article ?

(A) Expliquer pourquoi l'ouverture du nouveau centre commercial a été reportée
(B) Annoncer le projet de construction d'un nouveau centre commercial
(C) Donner un avis sur les magasins et restaurants d'un nouveau centre commercial
(D) Encourager les propriétaires de magasin à louer un emplacement dans un nouveau centre commercial

Réponse (D)

Dans l'article en **1**, on vante les mérites du nouveau centre commercial à plusieurs reprises ; dans la 2e phrase par exemple, on affirme que les affaires vont décoller rapidement ***(business is expected to take off quickly)***, ce qui sous-entend que les propriétaires réaliseront un bon chiffre d'affaires grâce aux nombreux futurs clients.

197

In the article, the phrase "take off" in paragraph 1, line 5, is closest in meaning to

(A) remove
(B) discount
(C) increase quickly
(D) leave suddenly

Dans l'article, la signification de « take off » au paragraphe 1, ligne 5 se rapproche le plus de

(A) enlever
(B) faire une remise
(C) augmenter rapidement
(D) partir subitement

Réponse (C)

Ici, ***business is expected to take off*** signifie que l'on s'attend à ce que les ventes décollent, c'est-à-dire qu'elles augmentent rapidement.

198

What is stated about the Ocean Crest Mall?

(A) It will be the only mall in Marlow Bay.
(B) It will have direct access to the boardwalk.
(C) It will include 75 retail spaces to rent.
(D) It will open for business on December 15.

Que dit-on au sujet du centre commercial Ocean Crest ?

(A) Ce sera le seul centre commercial de Marlow Bay.
(B) Il aura un accès direct à la promenade.
(C) Il va comprendre 75 emplacements à louer.
(D) Il ouvrira ses portes au grand public le 15 décembre.

Réponse (B)

Dans la 3e phrase de l'article en **1**, on apprend que le centre commercial s'ouvre directement sur la promenade ***(open directly onto the boardwalk)***.

Questions - traductions

Réponses et commentaires

199

What is indicated about Mr. Raye?

(A) He is a friend of Ms. Lancer.
(B) His business was the first to open.
(C) He is paying a reduced rental rate.
(D) His store opens onto the beach.

Qu'indique-t-on au sujet de M. Raye ?

(A) C'est un ami de Mme Lancer.
(B) Son commerce était le premier à ouvrir.
(C) Il paie un tarif de location réduit.
(D) Son magasin donne sur la plage.

Réponse (C)

Dans le courriel en 2, phrase 2, Mme Fernandez mentionne l'avantage dont M. Raye a bénéficié ***(benefit)***, et on lit dans l'avant-dernier paragraphe de l'article en 1 qu'il y aura des tarifs réduits sur les nouveaux baux des entreprises extérieures à la localité ***(reduced rental prices on new leases for out-of-town businesses).***

(A) C'est un ami de Mme Fernandez, et non de Mme Lancer.

200

What space will Ms. Fernandez most likely be interested in renting?

(A) Space 101
(B) Space 105
(C) Space 106
(D) Space 110

Quel emplacement Mme Fernandez va-t-elle probablement vouloir louer ?

(A) Emplacement 101
(B) Emplacement 105
(C) Emplacement 106
(D) Emplacement 110

Réponse (A)

L'emplacement 101 est proche de celui de son ami (le 104, ***The Shoe Horn***, voir document 3). De plus, il n'est pas à proximité immédiate d'un point de restauration, ainsi que Mme Fernandez le demandait (voir les deux dernières phrases du premier paragraphe du courriel en 2).

(B) Le 105 est proche du 104, mais juste à côté d'un café, ce que Mme Fernandez souhaite éviter.
(C) et (D) Les emplacement 106 et 110 sont proches du glacier, ce qui ne convient pas.

Mots & expressions

metro(politan) area : zone urbaine ***floor plan :*** plan de niveau ***mall :*** centre commercial
space : (ici) emplacement ***business :*** les affaires, les entreprises ***take off :*** décoller
boardwalk : promenade (en bois) ***food vendor :*** petite restauration ***management :*** direction
business owner : (ici) propriétaire de commerce ***tax incentive :*** avantage fiscal ***lease :*** bail
benefit : avantage ***apparel :*** vêtements ***retail location :*** magasin de vente au détail
overlook : surplomber ***walkway :*** passage, passerelle

Transcriptions, réponses et commentaires du test d'entraînement *TOEIC*® (2)

TOEIC® TEST (2) – Réponses

Item Number	Key	Item Number	Key	Item Number	Key	Item Number	Key
1	D	51	C	101	D	151	B
2	A	52	C	102	B	152	D
3	C	53	B	103	D	153	C
4	B	54	A	104	B	154	B
5	D	55	D	105	A	155	A
6	D	56	B	106	A	156	B
7	B	57	A	107	C	157	A
8	A	58	C	108	B	158	C
9	C	59	C	109	C	159	A
10	A	60	A	110	A	160	B
11	B	61	A	111	B	161	D
12	C	62	A	112	D	162	A
13	B	63	B	113	B	163	D
14	C	64	B	114	C	164	B
15	C	65	B	115	A	165	C
16	C	66	D	116	D	166	A
17	B	67	B	117	C	167	B
18	B	68	B	118	B	168	C
19	A	69	A	119	D	169	D
20	B	70	B	120	B	170	C
21	B	71	D	121	A	171	A
22	C	72	C	122	B	172	B
23	B	73	C	123	C	173	A
24	A	74	B	124	D	174	C
25	A	75	C	125	C	175	D
26	A	76	A	126	A	176	A
27	C	77	C	127	C	177	B
28	C	78	C	128	A	178	D
29	A	79	D	129	A	179	C
30	B	80	A	130	B	180	C
31	B	81	D	131	C	181	B
32	B	82	C	132	B	182	C
33	D	83	A	133	A	183	D
34	A	84	B	134	D	184	D
35	C	85	D	135	C	185	A
36	A	86	D	136	B	186	C
37	D	87	B	137	D	187	A
38	D	88	D	138	A	188	B
39	C	89	C	139	C	189	D
40	A	90	C	140	A	190	D
41	A	91	B	141	B	191	C
42	C	92	B	142	D	192	A
43	B	93	A	143	B	193	B
44	C	94	C	144	A	194	A
45	B	95	B	145	C	195	B
46	C	96	C	146	D	196	B
47	D	97	A	147	A	197	A
48	B	98	D	148	D	198	A
49	B	99	A	149	C	199	C
50	A	100	B	150	B	200	D

Transcriptions
Réponses - Traductions

1

M

(A) She's wearing headphones.
(B) She's opening a drawer.
(C) She's holding a microphone.
(D) She's pushing a button.

Réponse (D)

(A) Le casque est sur la table. ***Headphones :*** un casque, des écouteurs.
(B) ***drawer :*** tiroir.
(C) Elle ne touche pas le micro, le verbe tenir (***hold***) ne convient pas.

(A) Elle porte un casque.
(B) Elle ouvre un tiroir.
(C) Elle tient un micro.
(D) Elle appuie sur un bouton.

2

W

(A) They're using laptop computers.
(B) They're exchanging business cards.
(C) One of the men is putting on a sweater.
(D) One of the men is moving a chair.

Réponse (A)

Des hommes sont assis autour d'une table avec des ordinateurs portables.

(C) On voit un pull (***sweater***) mais il se trouve sur le dossier de la chaise.

(A) Ils utilisent des ordinateurs portables.
(B) Ils s'échangent des cartes de visite.
(C) L'un des hommes met un pull.
(D) L'un des hommes déplace une chaise.

3

W

(A) She's pointing toward a building.
(B) She's handing the man an umbrella.
(C) They're greeting each other.
(D) They're walking side by side.

Réponse (C)

Une femme porte un parapluie et serre la main d'un homme.
Greet : saluer, se dire bonjour.

(A) ***point :*** montrer du doigt.
(B) Il s'agit bien d'un verbe (***hand***, donner) ; attention à ne pas être induit en erreur par la main (***hand***) visible sur la photo.
(D) Ils ne sont pas côte à côte (***side by side***), ils sont face à face, et le verbe ne convient pas.

(A) Elle montre un bâtiment du doigt.
(B) Elle tend un parapluie à l'homme.
(C) Ils se saluent.
(D) Ils marchent côte à côte.

Transcriptions
Réponses - Traductions

4

M
(A) A chalkboard is being erased.
(B) Some people are attending a presentation.
(C) A man is leaning against a doorway.
(D) All of the seats are occupied.

Réponse **(B)**
Attend : assister à.

(A) On voit un tableau (***board***) mais personne ne l'efface.
(C) ***lean against :*** être adossé à; ***doorway :*** embrasure de porte, porte.
(D) Des sièges sont vides (***empty***).

(A) On efface un tableau noir.
(B) Des personnes assistent à une présentation.
(C) Un homme est adossé à l'embrasure d'une porte.
(D) Tous les sièges sont pris.

5

W
(A) Passengers are exiting an airport terminal.
(B) An aircraft is taking off from a runway.
(C) Pieces of luggage are lined up on the pavement.
(D) A staircase has been positioned next to an airplane.

Réponse **(D)**
On voit des passagers descendre d'un avion.
Staircase : escalier (ici : d'embarquement).

(B) ***airplane/aircraft :*** avion; ***take off :*** décoller; ***runway :*** piste (aviation).
(C) ***pavement :*** chaussée.

(A) Des passagers sortent du terminal d'un aéroport.
(B) Un avion décolle d'une piste.
(C) Des bagages sont alignés sur la chaussée.
(D) Un escalier (d'embarquement) a été placé à côté d'un avion.

6

M
(A) Fresh vegetables are being chopped on a cutting board.
(B) Food is being cleared from a counter.
(C) Bowls have been stacked on a kitchen shelf.
(D) Some cookware has been left on a stove.

Réponse **(D)**
De nombreux aliments sont sur une table, des ustensiles de cuisine se trouvent sur une cuisinière à l'arrière-plan.
Cookware : batterie de cuisine, ustensiles;
stove : cuisinière.

(A) ***chop :*** couper; ***cutting board :*** planche à découper.
(B) ***clear :*** enlever; ***counter :*** plan de travail, comptoir, guichet.
(C) ***bowl :*** saladier, bol; ***stack :*** empiler; ***a shelf :*** une étagère.

(A) On est en train de couper des légumes frais sur une planche à découper.
(B) On est en train d'enlever des aliments d'un plan de travail.
(C) Des saladiers ont été empilés sur une étagère de cuisine.
(D) Des ustensiles de cuisine ont été laissés sur une cuisinière.

Transcriptions - traductions

Réponses et commentaires

7

W What time does the movie start tonight?

W (A) We're moving on Saturday.
(B) At seven o'clock.
(C) It was in the theater.

À quelle heure le film commence-t-il ce soir ?

(A) Nous déménageons samedi.
(B) À 19 heures.
(C) C'était au théâtre.

Réponse **(B)**

Car la question ***What time*** (À quelle heure) implique une réponse avec un indicateur de temps.

(B) Attention à ne pas être induit en erreur par la ressemblance entre ***movie*** (film) et ***moving*** (déménager).
(C) Le temps de la réponse (passé) ne correspond pas à l'énoncé (futur).

8

M Where is the furniture department?

M (A) On the tenth floor.
(B) A sofa and two chairs.
(C) I took it apart.

Où est le rayon meubles ?

(A) Au 10ᵉ étage.
(B) Un canapé et deux chaises.
(C) Je l'ai démonté.

Réponse **(A)**

Car la question ***Where*** (Où) implique une réponse avec un indicateur de temps.
Furniture : mobilier.

(B) L'énoncé demande où, et non quoi.
(C) ***take apart :*** démonter.

9

W Who led the budget presentation yesterday?

M (A) Yes, I read it.
(B) The main conference room.
(C) Ms. Varma did.

Qui a animé la présentation du budget hier ?

(A) Oui, je l'ai lue.
(B) La salle de conférence principale.
(C) Mme Varma.

Réponse **(C)**

Car la question ***Who*** (qui) implique une réponse qui indique une personne. Dans (C), l'utilisation de l'auxiliaire ***did*** évite de répéter le verbe ***led*** (passé de ***lead***).

(A) Attention à ne pas être induit en erreur par la ressemblance entre ***led*** et ***read*** (lire).
(B) La question demande qui et non où.

10

M Would you rather drive to the game or take the train?

W (A) Let's drive.
(B) On Thursday, I believe.
(C) Please take it with you.

Préfères-tu aller au match en voiture ou en train ?

(A) Allons-y en voiture.
(B) Jeudi, je crois.
(C) Je vous en prie, amenez-le.

Réponse **(A)**

Car la question porte sur un choix à faire entre deux options et la réponse (A) se prononce pour l'une des deux.

(B) La phrase ne porte pas sur le choix à faire.
(C) Attention à ne pas être induit en erreur par la répétition de ***take***.

11

W When are they announcing the winner of the competition?

M (A) At the radio station.
(B) By the end of the week.
(C) A gift certificate.

Quand le gagnant du concours sera-t-il annoncé ?

(A) À la station de radio.
(B) D'ici la fin de la semaine.
(C) Un bon cadeau.

Réponse **(B)**

Car la question ***When*** (quand) implique une réponse avec un indicateur de temps.
Competition : compétition, concours.

(A) La question demande quand, pas où.
(C) L'énoncé ne porte pas sur le prix décerné au concours.

PART 2 Test 2 – Pistes 14-18

Transcriptions - traductions

Réponses et commentaires

12

M Would you like to make a donation to the arts council fund?
W (A) No thanks, I have some.
(B) He's very generous.
(C) Sure, here's five dollars.

Voudriez-vous faire un don au comité de soutien de l'art ?
(A) Non, merci, j'en ai.
(B) Il est très généreux.
(C) Bien sûr, voici cinq dollars.

Réponse (C)
Car la question pose une question qui implique une réponse par « oui » ou par « non ». (C) commence par ***Sure*** (bien sûr), qui remplace un « oui ».
(A) Cette phrase suppose qu'on a proposé un objet à l'interlocuteur.
(B) ***The arts council fund*** est un organisme, pas une personne (***he***).

13

W Who chose the restaurant for the company banquet?
M (A) Maybe once last year.
(B) Someone from Human Resources.
(C) Next Friday evening.

Qui a choisi le restaurant pour le banquet d'entreprise ?
(A) Peut-être une fois l'année dernière.
(B) Quelqu'un des Ressources Humaines.
(C) Vendredi soir prochain.

Réponse (B)
Car ***someone*** correspond parfaitement au « qui » (***who***) de l'énoncé.
(A) La réponse est hors propos.
(C) L'énoncé est au passé (***chose*** est le passé de ***choose***). ***Next*** suggère un évènement futur.

14

M Are you going to accept the management position?
W (A) Everyone else.
(B) They're in finance.
(C) Yes, I start June first.

Allez-vous accepter le poste de direction ?
(A) Tous les autres.
(B) Ils sont dans la finance.
(C) Oui, je démarre le 1er juin.

Réponse (C)
Car la question implique une réponse par « oui » ou par « non ». ***Management :*** direction, mais aussi management.
(A) La réponse est hors propos.
(B) On ne répond pas par ***they*** à une question sur ***you***.

15

W Which spaces are designated for visitor parking?
M (A) Only for two hours.
(B) It's alright, I'll take the bus.
(C) The ones with yellow signs.

Quelles sont les places de parking réservées aux visiteurs ?
(A) Seulement pendant deux heures.
(B) C'est bon, je vais prendre le bus.
(C) Celles avec les panneaux jaunes.

Réponse (C)
On répond souvent à ***which*** par ***the ones*** (ceux / celles) ou au singulier, ***the one*** (celui / celle). ***Sign :*** panneau.
(A) La question ne porte pas sur une durée.
(B) porte sur un mode de transport mais ne répond pas à la question.

16

M Wouldn't you rather meet in a conference room?
W (A) It usually doesn't.
(B) A three o'clock meeting.
(C) It would be quieter.

Ne préférez-vous pas que l'on se voie dans une salle de conférence ?
(A) Ce n'est pas le cas d'habitude.
(B) Une réunion à trois heures.
(C) Ce serait plus calme.

Réponse (C)
En demandant la préférence (***Wouldn't you rather***), l'énoncé formule une suggestion. (C) sous-entend l'acceptation de cette suggestion.
(A) Répondre ***it*** à une question avec ***you*** est hors propos.
(B) L'heure de la réunion n'est pas pertinente ici.

Transcriptions - traductions

Réponses et commentaires

17

W Do you know who this jacket belongs to?

M (A) Yes, very expensive.
(B) No, where did you find it?
(C) It won't take too long.

Savez-vous à qui appartient cette veste ?
(A) Oui, très cher.
(B) Non, où l'avez-vous trouvée ?
(C) Cela ne durera pas trop longtemps.

Réponse (B)

Car la question implique une réponse par « oui » ou par « non ».

(A) On demande le propriétaire, pas un prix.
(C) Attention à ne pas être induit en erreur par la ressemblance entre ***belongs to*** (appartient à) et ***too long*** (trop longtemps)

18

M Let's work through lunch to finish the project.

W (A) A sandwich and an apple.
(B) But I really need a break!
(C) It was this morning.

Travaillons pendant l'heure du déjeuner pour finir le projet.
(A) Un sandwich et une pomme.
(B) Mais j'ai vraiment besoin de faire une pause !
(C) C'était ce matin.

Réponse (B)

Break : une pause

(A) On ne demande pas ce qu'on va manger au déjeuner.
(C) Attention à ne pas être induit en erreur par le changement de temps. ***Let's work*** sous-entend une référence au futur.

19

W Why does Dr. Yang need another lab assistant?

M (A) I didn't know he requested one.
(B) At least three years' experience.
(C) Yes, we visited the new lab.

Pourquoi le Dr. Yang a-t-il besoin d'un autre assistant de laboratoire ?
(A) Je ne savais pas qu'il en avait demandé un.
(B) Au moins trois ans d'expérience.
(C) Oui, nous avons visité le nouveau laboratoire.

Réponse (A)

Car l'énoncé demande pourquoi le Dr Yang a besoin de quelqu'un en plus.
(A) ne répond pas directement à la question mais se positionne sur le sujet en indiquant qu'il n'était pas au courant.
Request : demander.

(B) ne répond pas à la question ***Why***.
(C) ***lab : laboratory.***

20

W Dr. Martinez will be free this afternoon.

M (A) I've been here before.
(B) What about tomorrow morning?
(C) The pharmacy is just downstairs.

Le Dr. Martinez sera disponible cet après-midi.
(A) Je suis déjà venu ici.
(B) Et demain matin ?
(C) La pharmacie est juste en bas.

Réponse (B)

L'énoncé indique la disponibilité du médecin.
(B) représente une réaction indirecte à l'énoncé et indique qu'un autre créneau est recherché.

(A) est hors propos.
(C) Attention à ne pas être induit en erreur par l'association entre médecin (***Dr***) et pharmacie (***pharmacy***). ***Downstairs :*** en bas, au rez-de-chaussée / à l'étage en dessous.

21

W Can I write an article on the festival for Tuesday's newspaper?

M (A) You're right; it's too long.
(B) The deadline has passed.
(C) He's at the museum now.

Puis-je écrire un article sur le festival pour le journal de mardi ?
(A) Vous avez raison, c'est trop long.
(B) La date butoir est dépassée.
(C) Il est au musée en ce moment.

Réponse (B)

La question posée implique une réponse par « oui » ou par « non » et (B) sous-entend « non » en disant que la date (pour remettre les articles) est dépassée. ***Deadline :*** date butoir.

Dans (A), attention à ne pas être induit en erreur par la ressemblance entre ***write*** (écrire) et ***right*** (raison).
(C) La réponse est hors propos.

Transcriptions - traductions

Réponses et commentaires

22

M Don't you want to see the apartment?
M (A) West of Main Street.
(B) We had to order a part.
(C) I've found a place already.

Ne voulez-vous pas voir l'appartement ?
(A) À l'ouest de Main Street.
(B) Nous devions commander une pièce.
(C) J'ai déjà trouvé un logement.

Réponse (C)

Car la question implique une réponse par « oui » ou « non ».
(C) sous-entend « non » et indique la raison du refus. *Place :* endroit, ici : un endroit où loger / logement.

(A) L'énoncé ne demande pas une adresse.
(B) ***order :*** commander ; ***part :*** pièce, morceau, partie. Attention à ne pas être induit en erreur par la ressemblance entre ***a part*** et ***apartment***.

23

M Should I order the supplies now, or wait until next week?
W (A) A total of seventy-five dollars.
(B) Actually, I already sent the order.
(C) It's in the supply closet.

Devrais-je commander les fournitures maintenant ou attendre jusqu'à la semaine prochaine ?
(A) Un total de soixante-quinze dollars.
(B) En fait, j'ai déjà envoyé la commande
(C) C'est dans le placard à réserves.

Réponse (B)

Supplies : fournitures, réserves, (petit) équipement.
Actually (en fait) est utilisé ici pour signaler une réponse inattendue. À ne pas confondre avec « actuellement », qui se dit *currently*.

(A) donne un prix, alors que l'énoncé demande une décision.
(C) ***closet :*** placard. ***It's*** (***it is***) est un singulier alors que l'énoncé parle de ***supplies***, un pluriel.

24

M How should I store these photographs?
W (A) Mateo is responsible for that.
(B) From the company picnic.
(C) Yes, the staff is very helpful.

Comment devrais-je stocker ces photographies ?
(A) Mateo en est responsable.
(B) Du pique-nique d'entreprise.
(C) Oui, le personnel est très serviable.

Réponse (A)

La question *How* (Comment) demande une façon de faire en réponse.
Store : stocker, garder.
(A) ne donne pas une réponse directe, mais oriente vers la personne qui pourrait renseigner.

(B) La réponse est hors propos.
(C) ***staff :*** personnel.

25

M Where should I set up the equipment for the photo shoot?
W (A) That's scheduled for next week.
(B) It was taken in Amsterdam.
(C) I got it from the electronics store.

Où devrais-je installer le matériel pour la séance photo ?
(A) C'est planifié pour la semaine prochaine.
(B) Elle a été prise à Amsterdam.
(C) Je l'ai acheté au magasin d'électronique.

Réponse (A)

Set up : installer, monter ;
a photo shoot : une séance photo.

(B) On parle bien d'une photo, mais pas d'une séance photo, et on utilise le passé. ***Take (a photo) :*** prendre (une photo).
(C) Ici encore on utilise le passé. Attention à ne pas être faire l'amalgame entre ***equipment*** (matériel) et ***electronics*** (électronique).

26

W You haven't seen Jennifer today, have you?
W (A) I saw her a while ago.
(B) I don't have any yet.
(C) No, my name's Janet.

Tu n'as pas vu Jennifer aujourd'hui, n'est-ce pas ?
(A) Je l'ai vue il y a petit moment.
(B) Je n'en ai pas encore.
(C) Non, je m'appelle Janet.

Réponse (A)

(B) Avec ***yet***, la bonne réponse à la question serait ***I haven't seen her yet***.
(C) La réponse est hors propos.

Transcriptions - traductions

Réponses et commentaires

27

M Could you help me find the Murphy Company file?

M (A) I'm fine, thanks.
(B) He left a while ago.
(C) I don't work on that account.

Pourriez-vous m'aider à trouver le dossier de l'entreprise Murphy ?

(A) Ça va, merci.
(B) Il est parti il y a quelque temps.
(C) Je ne travaille pas pour ce compte.

Réponse (C)

Account : compte.

(A) Attention à ne pas être induit en erreur par la ressemblance entre ***find*** (trouver) et ***fine*** (bien).
(B) Il ne faut pas prendre la Murphy Company de l'énoncé pour une personne citée en (B) : ***he left*** (il est parti).

28

W Why has the workshop been canceled?

M (A) About twenty minutes ago.
(B) In room fourteen.
(C) Because many people couldn't attend.

Pourquoi l'atelier a-t-il été annulé ?

(A) Il y a vingt minutes environ.
(B) Dans la salle 14.
(C) Parce que beaucoup de monde ne pouvait pas y participer.

Réponse (C)

(A) répond à la question ***when*** (quand), alors qu'on demande ***why*** (pourquoi).
(B) indique un lieu.

29

M You've already signed the contract, haven't you?

W (A) I'll do it right now.
(B) Yes, I turned it off.
(C) What does the sign say?

Vous avez déjà signé le contrat, n'est-ce pas ?

(A) Je vais le faire immédiatement.
(B) Oui, je l'ai éteint.
(C) Qu'y a-t-il d'écrit sur le panneau ?

Réponse (A)

(B) ***Yes*** est une réponse valide au ***question tag*** (***haven't you***), mais le reste de la réponse ne correspond pas.
(C) Attention à ne pas confondre le verbe « signer » (***sign***) et le nom « panneau » (***sign***).

30

M I thought the professional development training was really helpful.

W (A) I'd be happy to help.
(B) That was my experience, too.
(C) Sure, I'll take care of it.

J'ai trouvé que la formation sur le développement professionnel était vraiment utile.

(A) Je serais ravi d'aider.
(B) C'était mon ressenti également.
(C) Bien sûr, je vais m'en charger.

Réponse (B)

Car l'énoncé indique un ressenti par rapport à une formation. ***Helpful :*** utile.
(B) confirme le ressenti exprimé.
Experience : expérience, ici ressenti.

(A) Attention à ne pas être induit en erreur par la répétition de ***help*** et ***helpful***.
(C) La réponse est hors propos.

31

W Where did you make the dinner reservation?

W (A) Tomorrow at twelve-thirty.
(B) Didn't you make it?
(C) For fourteen people.

Où avez-vous réservé pour le dîner ?

(A) Demain à midi trente.
(B) Ce n'est pas vous qui l'avez fait ?
(C) Pour quatorze personnes.

Réponse (B)

Car l'intonation de (B), avec l'accent sur le mot ***you***, suggère que la deuxième femme n'a pas fait de réservation, car elle pensait que c'était à la première de le faire.

(A) La réponse précise une heure, alors que la question demande ***where*** (où).
(C) On précise le nombre de personnes, mais on ne répond pas à la question ***where***.

Dialogue - traduction

Questions 32 through 34 refer to the following conversation.

M Hi Karen, I wonder if you can help me. ❶ I have a doctor's appointment tomorrow afternoon, so ❷ I need someone to take my shift at the restaurant.

W No problem—I can do that. ❸ Would you cover my shift next Monday evening in exchange?

M Of course. ❹ I'll let the supervisor know about the change in schedule right now.

Les questions 32 à 34 se rapportent à la conversation suivante.

Bonjour Karen, je me demandais si tu pouvais m'aider. J'ai un rendez-vous chez le médecin demain après-midi, j'ai donc besoin que quelqu'un prenne mon service au restaurant.

Pas de problème – je peux le faire. Pourrais-tu t'occuper de mon service lundi soir prochain en échange ?

Bien sûr. J'informe le responsable du changement de planning tout de suite.

Vocabulaire **wonder** *se demander* **doctor's appointment** *rendez-vous chez le médecin* **shift** *(ici) service (restauration)* **cover** *(ici) s'occuper de quelque chose* **supervisor** *responsable* **schedule** *planning, emploi du temps*

Questions - traductions

Réponses et commentaires

32

What does the man say he has to do tomorrow?

(A) Have his car fixed
(B) See a doctor
(C) Submit a report
(D) Plan an event

Que dit l'homme à propos de ce qu'il doit faire demain ?

(A) Faire réparer sa voiture
(B) Aller chez le médecin
(C) Remettre un rapport
(D) Organiser un évènement

Réponse (B)

L'homme indique en ❶ ***I have a doctor's appointment tomorrow afternoon*** (J'ai un rendez-vous chez le médecin demain après-midi).

(A) ***have something done :*** faire faire quelque chose.

33

What do the speakers agree to do?

(A) Collaborate on a project
(B) Meet at a restaurant
(C) Exchange contact information
(D) Trade work shifts

Sur quoi les interlocuteurs se mettent-ils d'accord ?

(A) Collaborer sur un projet
(B) Se rencontrer au restaurant
(C) S'échanger leurs coordonnées
(D) Échanger leurs services

Réponse (D)

En ❷, l'homme indique qu'il a besoin qu'on le remplace pendant son service ***(I need someone to take my shift at the restaurant)*** ; en ❸, la femme lui demande de prendre le sien en échange ***(Would you cover my shift next Monday evening in exchange).***
Agree to do something : se mettre d'accord pour faire quelque chose.

(B) Ils travaillent au restaurant, ils ne vont pas s'y rencontrer.

34

What will the man probably do next?

(A) Notify a manager
(B) Cancel an appointment
(C) Train new staff
(D) Clean a work area

Que l'homme va-t-il probablement faire ensuite ?

(A) Informer un responsable
(B) Annuler un rendez-vous
(C) Former de nouveaux employés
(D) Nettoyer un lieu de travail

Réponse (A)

L'homme dit en ❹ ***I'll let the supervisor know*** (j'informe le responsable).
Notify someone = let someone know : informer quelqu'un.

(B) ***cancel :*** annuler.
(C) ***train someone :*** former quelqu'un.

Dialogue - traduction

Questions 35 through 37 refer to the following conversation with three speakers.

Les questions 35 à 37 se rapportent à la conversation suivante entre trois personnes.

W Hi Ken, hi Julio! ❶ How did the art gallery opening go last weekend? ❷ Was the client happy with the marketing materials?

Bonjour Ken, bonjour Julio ! Comment s'est passée l'inauguration de la galerie d'art le week-end dernier ? Le client était-il content des supports publicitaires ?

M Alfredo? He was very pleased. He said he thought the brochures we designed were one of the main reasons for such a great turnout.

Alfredo ? Il en était ravi. Il a dit qu'il pensait que les brochures que nous avons conçues sont l'une des raisons principales du grand nombre de visiteurs.

M And it's worth checking out the gallery when you have some time. I'm sure Alfredo would be happy to give you a tour.

Et cela vaut la peine d'aller voir la galerie quand vous en aurez le temps. Je suis certain qu'Alfredo serait heureux de vous la faire visiter.

M Yes, the place is so bright and modern, with a fantastic collection of local works of art.

Oui, le lieu est si lumineux et moderne, avec une superbe collection d'œuvres d'art de la région.

W You know, ❸ I'm taking a vacation in that area in February. I'll make a point of visiting him.

Tu sais, je pars en vacances dans cette région en février. Je vais mettre un point d'honneur à lui rendre visite.

Vocabulaire **opening** *(évènement) inauguration* **be pleased** *être ravi* **turnout** *assistance, participation* **local** *de la région / ville* **make a point of V-ing** *mettre un point d'honneur à faire qqch*

Questions - traductions

Réponses et commentaires

35

What were the men doing last weekend?

(A) Conducting a tour
(B) Training new employees
(C) Attending a gallery opening
(D) Designing a building

Qu'ont fait les hommes le week-end dernier ?

(A) Ils ont mené une visite
(B) Ils ont formé de nouveaux employées
(C) Ils ont assisté à l'inauguration d'une galerie
(D) Ils ont conçu un bâtiment

Réponse **(C)**

En ❶, la femme demande ***How did the art gallery opening go last weekend?***, les deux hommes y étaient donc. ***Attend an event :*** assister à un évènement. ***Opening :*** ouverture, inauguration.

(A) C'est Alfredo qui est en mesure de faire visiter. ***Give a tour = conduct a tour :*** faire visiter, mener une visite.
(D) Le bâtiment est déjà construit – c'était l'inauguration le week-end dernier. ***Design :*** concevoir.

36

What type of work did the speakers do for Alfredo?

(A) They created marketing materials.
(B) They furnished an office space.
(C) They revised a workflow procedure.
(D) They made a financial investment.

Quel genre de travail les interlocuteurs ont-ils fait pour Alfredo ?

(A) Ils ont créé des supports publicitaires.
(B) Ils ont meublé un bureau.
(C) Ils ont corrigé un processus de flux de travail.
(D) Ils ont fait un investissement financier.

Réponse **(A)**

En ❷, la femme interroge : ***Was the client happy with the marketing materials?*** (Le client était-il content des supports publicitaires ?). On comprend donc que les interlocuteurs ont créé ces supports.

(B) ***furnish :*** meubler.
(C) ***workflow :*** flux de travail.

37

What does the woman plan to do in February?

(A) Hire new staff
(B) Relocate to another city
(C) Attend a conference
(D) Take a vacation

Qu'a prévu de faire la femme en février ?

(A) Embaucher de nouveaux membres du personnel
(B) Déménager dans une autre ville
(C) Assister à une conférence
(D) Prendre des vacances

Réponse **(D)**

La femme indique en ❸ ***I'm taking a vacation in that area in February*** (je pars en vacances dans cette région en février).

(A) ***hire :*** embaucher ; ***staff :*** employés.
(B) ***relocate, move :*** déménager.

PART 3

Test 2 – Pistes 39-40

Dialogue - traduction

Questions 38 through 40 refer to the following conversation.

Les questions 38 à 40 se rapportent à la conversation suivante.

W Hi, I'm Petra Barlow. ❶ I have an interview for a position in the accounting department here at Houseman Incorporated.

Bonjour, je m'appelle Petra Barlow. J'ai un entretien pour un poste dans le département comptabilité ici chez Houseman Incorporated.

M Hello, Ms. Barlow. Let me check in the computer. While I do that, ❷ would you put on this visitor's badge so it's easy to see?

Bonjour Madame Barlow. Permettez-moi de vérifier cela dans mon ordinateur. Pendant ce temps-là, pourriez-vous accrocher ce badge visiteur de manière à ce qu'il soit bien visible ?

W Yes, of course. I'm supposed to meet with Helen Wade in meeting room 2B. Is that right?

Oui, bien sûr. Je suis censée rencontrer Helen Wade en salle de réunion 2B. C'est bien ça ?

M Actually, ❸ it looks like there was a last-minute change. ❹ You'll be meeting in room 12A instead. It's down that hallway and to your left.

En fait, il semblerait qu'il y ait eu un changement de dernière minute. Vous serez en salle de réunion 12A à la place. C'est au bout du couloir à gauche.

W Thanks a lot!

Merci beaucoup !

Vocabulaire **(job) interview** *un entretien d'embauche* **accounting** *comptabilité* **hallway** *couloir*

Questions - traductions

Réponses et commentaires

38

Why is the woman at Houseman Incorporated?

(A) To register for a class
(B) To have a business lunch
(C) To lead a seminar
(D) To attend an interview

Pourquoi la femme est-elle chez Houseman Incorporated ?

(A) Pour s'inscrire à un cours
(B) Pour un déjeuner d'affaires
(C) Pour animer un séminaire
(D) Pour passer un entretien

Réponse **(D)**

La femme explique en ❶ ***I have an interview for a position*** (J'ai un entretien pour un poste).

39

What does the man ask the woman to do?

(A) Wait in the lobby
(B) Update an application
(C) Wear a badge
(D) Provide photo identification

Que l'homme demande-t-il à la femme ?

(A) D'attendre dans le hall d'entrée
(B) De mettre à jour une candidature
(C) De porter un badge
(D) De fournir une pièce d'identité

Réponse **(C)**

L'homme demande en ❷ ***would you put on this visitor's badge*** (pourriez-vous accrocher ce badge visiteur).

(D) ***provide :*** fournir ; ***photo identification = photo ID :*** pièce d'identité.

40

What does the man say has changed?

(A) The location of a meeting
(B) The date of an event
(C) The length of a session
(D) The number of participants

De quel changement l'homme parle-t-il ?

(A) Du lieu d'une réunion
(B) De la date d'un évènement
(C) De la durée d'une session
(D) Du nombre de participants

Réponse **(A)**

L'homme indique en ❸ ***it looks like there was a last-minute change*** (il semblerait qu'il y ait eu un changement de dernière minute) puis en ❹ ***You'll be meeting in room 12A instead*** (Vous serez en salle de réunion 12A à la place). ***Instead*** indique bien qu'il s'agit d'un changement de lieu de réunion.

Dialogue - traduction

Questions 41 through 43 refer to the following conversation.

Les questions 41 à 43 se rapportent à la conversation suivante.

M Good afternoon. I currently subscribe to your Gold Plan ❶ satellite television package. I'd like to switch to the Platinum Plan because there are some new movie channels that I'd like to watch.

Bonjour. Je suis abonné à votre bouquet Or de chaînes par satellite. Je voudrais passer au bouquet Platine parce qu'il y a de nouvelles chaînes cinéma que j'aimerais pouvoir regarder.

W Of course, I'd be happy to help you upgrade your subscription. ❷ Could you spell your last name for me so that I can look up your account?

Bien sûr, je serais ravie de vous aider à faire évoluer votre abonnement. Pourriez-vous m'épeler votre nom de famille afin que je puisse chercher votre compte ?

M Yes, it's K-W-A-N. When should I expect to have access to the extra channels?

Oui, c'est K-W-A-N. Quand puis-je m'attendre à avoir accès aux chaînes supplémentaires ?

W ❸ Your account will reset tomorrow at six A.M., so you'll be able to watch them first thing in the morning. I just want to remind you that an extra fifteen dollars will appear on your next monthly bill for this expanded service.

Votre compte sera réinitialisé demain à 6 h, vous pourrez donc les regarder dès le matin. Je voudrais juste vous rappeler qu'un montant de 15 dollars supplémentaires apparaîtra sur votre prochaine mensualité pour ce service plus étendu.

Vocabulaire **currently** *actuellement* **subscribe to** *s'abonner à* **switch to** *changer pour / passer à* **upgrade** *faire évoluer, mettre à niveau* **spell** *épeler* **look up** *chercher* **account** *compte* **reset** *réinitialiser, remettre à zéro* **bill** *facture*

Questions - traductions

Réponses et commentaires

41

What is the conversation mainly about?

(A) A television service
(B) A newspaper subscription
(C) A radio program
(D) A theater production

Quel est le sujet principal de la conversation ?

(A) Un service de télévision
(B) Un abonnement à un journal
(C) Une émission de radio
(D) Une pièce de théâtre

Réponse **(A)**

L'homme parle en ❶ de ***satellite television package*** (bouquet de chaînes par satellite).

(B) ***subscription :*** abonnement (le terme n'est pas uniquement utilisé pour les médias écrits). ***Subscriber :*** abonné(e).

42

What does the woman ask for?

(A) A bank balance
(B) The Web-site address of a business
(C) The spelling of a name
(D) A serial number

Que demande la femme ?

(A) Un solde bancaire
(B) L'adresse du site Internet d'une entreprise
(C) L'orthographe d'un nom
(D) Un numéro de série

Réponse **(C)**

La femme demande en ❷ ***Could you spell your last name for me*** (Pourriez-vous m'épeler votre nom de famille). ***Spelling :*** orthographe ; ***spell :*** épeler.

43

According to the woman, when will the change take effect?

(A) Today
(B) Tomorrow
(C) Next week
(D) Next month

Quand le changement prendra-t-il effet selon la femme ?

(A) Aujourd'hui
(B) Demain
(C) La semaine prochaine
(D) Le mois prochain

Réponse **(B)**

En ❸, la femme indique ***Your account will reset tomorrow at six A.M.*** (Votre compte sera réinitialisé demain à 6h), ce qui confirme que le changement prendra effet le lendemain matin.

(D) La référence au mois prochain concerne le supplément qui paraîtra sur la facture.

Dialogue - traduction

Questions 44 through 46 refer to the following conversation.

Les questions 44 à 46 se rapportent à la conversation suivante.

W Hi, I've just unloaded the last box of bathroom tiles. The whole delivery's in your warehouse now. ❶ Would you be able to sign for them? I need a signature.

Bonjour, je viens de décharger le dernier carton de carrelage de salle de bain. La livraison complète est maintenant dans votre entrepôt. Pourriez-vous signer pour le confirmer? J'ai besoin d'une signature.

M I'm sorry; this is my first day on the job. ❷ I'd better check with the warehouse manager to see if I'm allowed to do that.

Je suis désolé, c'est mon premier jour de travail. Je ferais mieux de vérifier auprès du responsable de l'entrepôt pour voir si j'ai le droit de le faire.

W Should I wait here while you check?

Voulez-vous que j'attende ici pendant que vous vérifiez?

M Actually, ❸ if you wouldn't mind moving your truck, that'd be great, since ❹ we're expecting some other deliveries shortly.

En fait, si cela ne vous dérange pas, ce serait super de déplacer votre camion car nous attendons d'autres livraisons sous peu.

Vocabulaire **(un)load** *(dé)charger* **tiles** *carrelage* **delivery** *livraison* **had better do something** *faire mieux de* **warehouse** *entrepôt, magasin* **shortly** *sous peu*

Questions - traductions

Réponses et commentaires

44

What does the woman request?

(A) An invoice
(B) A map
(C) A signature
(D) A replacement part

Que demande la femme?

(A) Une facture
(B) Une carte
(C) Une signature
(D) Une pièce de rechange

Réponse **(C)**
La femme demande en ❶ ***Would you be able to sign?*** (Pourriez-vous signer?).

45

What does the man say he has to do?

(A) Find his security pass
(B) Talk with a supervisor
(C) Unlock a door
(D) Check inventory

Qu'est-ce que l'homme dit devoir faire?

(A) Trouver son badge d'accès
(B) Parler à un responsable
(C) Déverrouiller une porte
(D) Vérifier les stocks

Réponse **(B)**
L'homme explique en ❷ ***I'd better check with the warehouse manager*** (Je ferais mieux de vérifier auprès du responsable de l'entrepôt).

46

What does the man ask the woman to do?

(A) Return later
(B) Lower a price
(C) Move a vehicle
(D) Remove some boxes

Que demande l'homme à la femme?

(A) De revenir plus tard
(B) De baisser un prix
(C) De déplacer un véhicule
(D) D'enlever des cartons

Réponse **(C)**
L'homme demande en ❸ ***if you wouldn't mind moving your truck*** (si cela ne vous dérange pas ... de déplacer votre camion). En effet, il explique en ❹ ***we're expecting some other deliveries shortly*** (nous attendons d'autres livraisons sou peu).

Dialogue - traduction

Questions 47 through 49 refer to the following conversation.

M OK, Ms. Torres, I have your price estimate. **❶ To have the whole exterior of your house painted, including the fence, ❷ will cost you five thousand dollars.**

W That's quite a bit more than we expected. **❸ And actually Colgate Painting said they would do it for four thousand dollars...**

M Well, **❹ the cost of paint and supplies is included in the price I quoted you**, so we really offer a very good deal.

W That's a bit of a relief. If there are no other charges, **❺ we'll probably be able to stay within our budget.**

Les questions 47 à 49 se rapportent à la conversation suivante.

Bon, Mme Torres, j'ai votre devis. Cela vous coûtera cinq mille dollars pour faire peindre tout l'extérieur de votre maison, y compris la clôture.

C'est bien plus que ce à quoi nous nous attendions. Et en fait, Colgate Painting ont dit qu'ils le feraient pour quatre mille dollars...

Eh bien, le coût de la peinture et du matériel est compris dans le prix que je vous ai donné, notre proposition est donc très intéressante.

Je suis un peu soulagée. S'il n'y a pas d'autres frais, nous allons probablement pouvoir rester dans le budget que nous avions prévu.

Vocabulaire **price estimate = quote** *devis* **have something done** *faire faire quelque chose* **fence** *clôture* **quite (= considerably, very)** *franchement, bien* **quote** *faire un devis* **relief** *soulagement* **charges** *frais* **within** *dans, dans le cadre de*

Questions - traductions

Réponses et commentaires

47

What are the speakers discussing?

(A) An appliance warranty
(B) Blueprints from a designer
(C) A building permit
(D) A home improvement project

De quoi parlent les interlocuteurs?

(A) De la garantie d'un appareil
(B) Des plans d'un concepteur
(C) D'un permis de construire
(D) D'un projet de rénovation

Réponse **(D)**

L'homme parle en ❶ de ***To have the whole exterior of your house painted, including the fence*** (faire peindre tout l'extérieur de votre maison, y compris la clôture).
Il s'agit donc bien d'un projet de rénovation.
Home improvement : bricolage, rénovation.

(A) ***appliance :*** appareil; ***warranty :*** garantie.
(B) ***designer :*** concepteur, designer.

48

Why does the woman say, "And actually Colgate Painting said they would do it for four thousand dollars"?

(A) To clarify a request
(B) To negotiate a price
(C) To offer some help
(D) To recommend a service

Pourquoi la femme dit-elle : « And actually Colgate Painting said they would do it for four thousand dollars » ?

(A) Pour clarifier une demande
(B) Pour négocier un prix
(C) Pour proposer de l'aide
(D) Pour recommander un service

Réponse **(B)**

L'homme indique en ❷ ***[it] will cost you five thousand dollars*** ([cela] vous coûtera 5000 dollars). La femme réplique en ❸ qu'une société concurrente propose un prix inférieur ; elle sous-entend ainsi qu'elle aimerait que l'homme baisse son prix.

49

Why is the woman relieved?

(A) Some work will be completed on time.
(B) A cost estimate includes supplies.
(C) A selected item is in stock.
(D) Experienced workers will be on-site.

Pourquoi la femme est-elle soulagée?

(A) Des travaux seront finis à temps.
(B) Un devis comprend le matériel.
(C) Un article choisi est en stock.
(D) Des travailleurs qualifiés seront sur place.

Réponse **(B)**

L'homme explique en ❹ ***the cost of paint and supplies is included in the price I quoted you***. En ❺, la femme explique qu'elle est soulagée car ***we'll probably be able to stay within our budget*** (nous allons probablement rester dans le budget que nous avons prévu).
Cost estimate = quote= price estimate : devis.

(C) ***item :*** un article, objet; ***in stock :*** en stock, disponible.
(D) ***on-site = on the premises :*** sur place.

Dialogue - traduction

Questions 50 through 52 refer to the following conversation with three speakers.

Les questions 50 à 52 se rapportent à la conversation suivante entre trois personnes.

W Thabo and Michiko, **❶ I need help designing some pamphlets for our evening business courses.** I'd like to have them ready before the end of April.

Thabo et Michiko, j'ai besoin d'aide pour concevoir les brochures de nos cours de commerce du soir. J'aimerais les finaliser pour la fin avril.

W Sure. Should we take a look at the ones from last year or make them different?

Bien sûr. Devons-nous regarder ceux de l'année dernière ou les faire différemment ?

M You know, **❷ I think the pamphlets last year had too many details.** People can get dates and times from the Web site.

Vous savez, je trouve que les brochures de l'année dernière contenaient trop de détails. Les gens peuvent trouver les dates et les horaires sur le site Internet.

W I agree. Let's focus on the skills that people will learn in each class.

Je suis d'accord. Focalisons-nous sur les compétences que les gens vont acquérir dans chaque cours.

M OK. **❸ I'll come up with a rough version of the text for the pamphlet by tomorrow and e-mail it to you.** Then, next week we can start working on the design.

D'accord. Je vais écrire un brouillon du texte pour la brochure d'ici demain et je vous l'enverrai par courriel. Puis, nous pourrons commencer à travailler sur le design la semaine prochaine.

Vocabulaire **design** *concevoir, dessiner* **pamphlet** *brochure* **business course** *cours de commerce / de gestion* **skill** *compétence* **rough version = draft** *ébauche, brouillon* **come up with** *trouver, imaginer* **by (+ date)** *d'ici le (+ date)*

Questions - traductions

50

What are the speakers planning to advertise?

(A) Evening classes
(B) Job opportunities
(C) An online store
(D) A printing demonstration

Que veulent promouvoir les interlocuteurs ?

(A) Des cours du soir
(B) Des offres d'emploi
(C) Un magasin en ligne
(D) Une démonstration d'impression

Réponse (A)

La femme indique en ❶ ***I need help designing some pamphlets for our evening business courses*** (j'ai besoin d'aide pour concevoir les brochures de nos cours de commerce du soir).

51

According to the man, what was the problem with last year's pamphlets?

(A) They were not ready on time.
(B) They were the wrong size.
(C) The information was too specific.
(D) The contact number was missing.

Selon l'homme, quel a été le problème avec les brochures de l'année dernière ?

(A) Elles n'étaient pas prêtes à temps.
(B) Elles n'avaient pas la bonne taille.
(C) Les informations étaient trop précises.
(D) Il manquait un numéro de téléphone.

Réponse (C)

L'homme explique en ❷ ***I think the pamphlets last year had too many details*** (je trouve que les brochures de l'année dernière contenaient trop de détails). ***Specific :*** précis, ici dans le sens où il y avait trop de détails.

52

What does the man say he will send the woman?

(A) Free product samples
(B) A list of participants
(C) A draft of a document
(D) A revised schedule

Qu'est-ce que l'homme dit qu'il enverra à la femme ?

(A) Des échantillons gratuits
(B) Une liste de participants
(C) Le brouillon d'un document
(D) Un emploi du temps mis à jour

Réponse (C)

L'homme dit en ❸ ***I'll come up with a rough version of the text for the pamphlet by tomorrow and e-mail it to you*** (Je vais écrire un brouillon du texte pour la brochure d'ici demain et vous l'enverrai par courriel). ***Draft*** et ***rough version*** sont utilisés comme des synonymes ici.

(A) ***product sample :*** échantillon.

Test 2 – Pistes 49-50

Dialogue - traduction

Questions 53 through 55 refer to the following conversation.

Les questions 53 à 55 se rapportent à la conversation suivante.

M Hello. ❶ I'm calling because I'd like to temporarily stop my mail delivery. I'm going to be out of town for the next two weeks.

Bonjour. Je vous appelle car j'aimerais temporairement arrêter la distribution de mon courrier. Je serai en déplacement pendant les deux semaines à venir.

W Certainly. We can hold your mail here at the post office for you. But you'll need to put in your request ❷ at least a day before you leave.

Bien sûr. Nous pouvons vous garder votre courrier ici au bureau de poste. Mais vous devez en faire la demande au moins un jour avant votre départ.

M That sounds great. Do I need to come into the office and complete a form?

Ça me paraît très bien. Dois-je venir à la poste pour remplir un formulaire ?

W No, actually, ❸ you have to submit the "hold mail" form on our Web site.

Non, en fait vous devez remplir le formulaire « garder le courrier » sur notre site Internet.

Vocabulaire **mail** *courrier* **delivery** *livraison* **be out of town** *être en déplacement* **put in** *soumettre* **request** *demande* **form** *formulaire*

Questions - traductions

Réponses et commentaires

53

Why is the man calling?

(A) To make plane reservations
(B) To reschedule mail delivery
(C) To get directions to a shop
(D) To order some envelopes

Pourquoi l'homme appelle-t-il ?

(A) Pour réserver des vols
(B) Pour modifier la distribution du courrier
(C) Pour avoir des indications pour se rendre à un magasin
(D) Pour commander des enveloppes

Réponse **(B)**

L'homme explique en ❶ ***I'm calling because I'd like to temporarily stop my mail delivery*** (Je vous appelle car j'aimerais arrêter la distribution de mon courrier temporairement).

54

According to the woman, how far in advance should the man make his request?

(A) One day
(B) Two days
(C) One week
(D) Two weeks

Selon la femme, combien de temps à l'avance l'homme devra-t-il faire sa demande ?

(A) Un jour
(B) Deux jours
(C) Une semaine
(D) Deux semaines

Réponse **(A)**

En ❷, la femme lui dit « au moins un jour avant de partir » ***(at least a day before you leave).***

55

What is the man required to do?

(A) Pay a fee
(B) Confirm an address
(C) Give an account number
(D) Submit an online form

Que l'homme doit-il faire ?

(A) Payer des frais
(B) Confirmer une adresse
(C) Donner un numéro de compte
(D) Remplir un formulaire en ligne

Réponse **(D)**

La femme lui explique en ❸ ***you have to submit the "hold mail" form on our Web site*** (vous devez remplir le formulaire « garder le courrier » sur notre site Internet).

(A) ***fee :*** frais, prix.

Dialogue - traduction

Questions 56 through 58 refer to the following conversation.

W Hello, Oscar—it's Tanya from the Cardona Museum. Unfortunately ❶ ***our budget's been cut***, so we'll have to delay some of the renovations we've asked you to do.

M Ah - that's too bad. Do you know which parts of the project you'd like to put off?

W Well, ❷ I know we talked about adding a library wing on the west side of the building—but that's very expensive. So, ❸ if we don't make that addition, that's all we may need to cut.

M You know, ❹ that's not a bad idea. Let's see how much you'd save if I take the library out of the renovation proposal. ❺ I'll e-mail you a revised estimate this afternoon.

Les questions 56 à 58 se rapportent à la conversation suivante.

Bonjour Oscar, c'est Tanya, du Musée de Cardona. Malheureusement, notre budget a été revu à la baisse, nous devons donc reporter à plus tard certains travaux de rénovation que nous vous avions demandé de faire.

Oh, c'est dommage. Savez-vous quelles parties du projet vous voulez reporter ?

Eh bien, je sais que nous avions évoqué la possibilité d'ajouter une aile pour une bibliothèque sur le côté ouest du bâtiment, mais c'est très cher. Donc, si nous ne faisons pas cet ajout, c'est peut-être tout ce que nous devrons enlever.

Vous savez, ce n'est pas une mauvaise idée. Voyons combien vous économiserez si j'enlève la bibliothèque du projet de rénovation. Je vous enverrai un devis actualisé par courriel cet après-midi.

Vocabulaire **cut a budget** *réduire un budget* **put off** *reporter* **library** *bibliothèque (attention aux faux amis : librairie =* **bookshop***)* **wing** *aile (de bâtiment)* **west** *ouest* **take out** *enlever, retirer* **estimate** *devis*

Questions - traductions

Réponses et commentaires

56

What is the problem?

(A) A deadline has been moved up.
(B) Some funding has been reduced.
(C) Some materials have not been delivered.
(D) An architect is not available.

Quel est le problème ?

(A) Une date butoir a été avancée.
(B) Un financement a été réduit.
(C) Des matériaux n'ont pas été livrés.
(D) Un architecte n'est pas disponible.

Réponse **(B)**

La femme indique en ❶ ***our budget's been cut*** (notre budget a été revu à la baisse). ***Funding :*** financement.

(A) ***deadline :*** date butoir ; ***move up :*** avancer.
(C) ***material :*** matériau.

57

Which part of the renovations will likely be postponed?

(A) A library addition
(B) Some roof repairs
(C) An electrical system upgrade
(D) Some window replacements

Quelle partie des rénovations sera probablement remise à plus tard ?

(A) L'ajout d'une bibliothèque
(B) Des réparations du toit
(C) Une modernisation de l'installation électrique
(D) Le remplacement de fenêtres

Réponse **(A)**

Postpone : remettre à plus tard, reporter. La femme dit en ❷ ***I know we talked about adding a library wing*** (je sais que nous avions évoqué la possibilité d'ajouter une aile pour une bibliothèque), puis elle explique en ❸ que la suppression de cet ajout pourrait être la seule modification ***(if we don't make that addition, that's all we may need to cut)***.

(C) ***upgrade :*** amélioration, mise à niveau, modernisation.

58

What does the man mean when he says, "That's not a bad idea"?

(A) He would like to hear more suggestions.
(B) He prefers the original plan.
(C) He agrees with the proposed solution.
(D) He has a better idea.

Que l'homme veut-il dire par : « That's not a bad idea » ?

(A) Il voudrait entendre plus de propositions.
(B) Il préfère le plan prévu au départ.
(C) Il est d'accord avec la solution proposée.
(D) Il a une meilleure idée.

Réponse **(C)**

L'homme dit en ❹ « ce n'est pas une mauvaise idée », puis ajoute en ❺ ***I'll e-mail you a revised estimate this afternoon*** (Je vous enverrai un devis actualisé par courriel cet après-midi), ce qui indique qu'il valide l'idée et va la mettre en pratique.

(D) Si l'homme avait eu une meilleure idée, il aurait sans doute rajouté « mais » puis expliqué son idée.

Dialogue - traduction

Questions 59 through 61 refer to the following conversation.

Les questions 59 à 61 se rapportent à la conversation suivante.

M Hi, Gabriella. ❶ I wanted to talk to you about using the new online time reporting system… ❷ A lot of people have been asking about it.

Bonjour Gabriella, je voulais vous parler de l'utilisation du nouveau système de pointage du temps de travail en ligne. Beaucoup de gens ont posé des questions à ce sujet.

W Yes, well, I've been very busy. But ❸ I am planning the training session for early next week. That should make it quite clear to everyone.

Oui, eh bien, j'ai été très occupée. Mais je prévois une session de formation pour le début de la semaine prochaine. Cela devrait bien clarifier les choses pour tout le monde.

M OK. But isn't there any written documentation?

D'accord. Mais n'y a t-il pas de documentation écrite?

W What do you mean?

Que voulez-vous dire?

M You know, a guide that staff can follow in the meantime.

Vous savez, un manuel que les employés pourraient utiliser en attendant.

W I don't think that's necessary. I'll have everyone go through the steps with me in the computer lab. Then they'll know exactly what to do. It's very simple.

Je ne pense pas que ce soit nécessaire. Je ferai en sorte que tout le monde suive les différentes étapes en salle informatique. Ils sauront alors exactement quoi faire. C'est très simple.

Vocabulaire **online** *en ligne* **time reporting system** *système de pointage (du temps de travail)* **quite** *(ici) très*

Questions - traductions

Réponses et commentaires

59

What are the speakers discussing?

(A) Drafting a contract
(B) Working extra hours
(C) Using a new time reporting system
(D) Revising a vacation policy

De quoi les interlocuteurs parlent-ils?

(A) De rédiger un contrat
(B) De faire des heures supplémentaires
(C) D'utiliser un nouveau système de pointage du temps de travail
(D) De mettre à jour des directives sur les vacances

Réponse **(C)**

L'homme indique en ❶ ***I wanted to talk to you about using the new online time reporting system*** (je voulais vous parler de l'utilisation du nouveau système de pointage du temps de travail en ligne).

(A) ***draft :*** rédiger; faire un premier jet.
(D) ***revise :*** mettre à jour, corriger, revoir.

60

What does the man imply when he says, "A lot of people have been asking about it"?

(A) Staff are confused about a procedure.
(B) People have heard that a workshop is interesting.
(C) Staff are waiting for a new assignment.
(D) A vacation calendar has not been posted yet.

Que l'homme veut-il dire par «A lot of people have been asking about it»?

(A) Des employés sont un peu perdus concernant une procédure.
(B) Des gens ont entendu dire qu'un atelier était intéressant.
(C) Des employés attendent une nouvelle mission.
(D) Un calendrier des congés n'a pas encore été publié.

Réponse **(A)**

L'homme dit en ❷ «Beaucoup de gens ont posé des questions à ce sujet». Il veut dire que le sujet préoccupe les employés, qui auraient besoin de davantage d'explications; ils sont un peu perdus.

(B) ***workshop :*** atelier.
(C) ***assignment :*** mission, tâche.
(D) ***vacation :*** congé; ***post :*** publier, afficher.

61

What does the woman plan to do?

(A) Lead some training
(B) Ask for assistance
(C) Take some time off
(D) Author a manual

Qu'a prévu la femme?

(A) Animer une formation
(B) Demander de l'aide
(C) Prendre des congés
(D) Écrire un guide

Réponse **(A)**

La femme indique en ❸ ***I am planning the training session*** (je prévois une session de formation).
Lead : diriger, animer.

(C) ***time off :*** congés.
(D) ***author :*** (ici) écrire; ***manual :*** guide.

Dialogue - traduction

Questions 62 through 64 refer to the following conversation.

Les questions 62 à 64 se rapportent à la conversation suivante.

M Hi. I'm going on a trip, and ❶ I'm interested in buying an electronic reader so I don't have to carry books with me.

Bonjour, je vais partir en voyage et je suis intéressé par l'achat d'une liseuse électronique afin de ne pas avoir à emporter de livres avec moi.

W Well, we carry all major brands of e-readers here—I'm sure we can find the right one for you.

Eh bien, nous avons toutes les grandes marques de liseuses en stock – je suis sûre que nous allons trouver celle qui vous convient.

M Oh, good.

Oh, très bien.

W Are you looking for any special features?

Souhaitez-vous avoir des fonctionnalités particulières ?

M ❷ It has to be user-friendly—I'm not very good with technology. I just want to read books—not watch movies or play games.

Elle doit être facile à utiliser – je ne suis pas très à l'aise avec la technologie. Je veux seulement lire des livres, pas regarder des films ou jouer à des jeux.

W In that case, I'd suggest this one. It's very easy to download e-books onto it, and it holds up to three hundred books. Here, ❸ let me show you how it works.

Dans ce cas, je vous conseille celle-ci. Il est très facile d'y télécharger des livres électroniques, et elle peut contenir jusqu'à 300 livres. La voici, je vais vous montrer comment elle fonctionne.

Vocabulaire **trip** *voyage* **electronic reader / e-reader** *liseuse (électronique)* **carry** *(ici) vendre* **brand** *marque* **feature** *(informatique) fonctionnalité, caractéristique* **user-friendly** *intuitif, convivial, facile d'utilisation*

Questions - traductions

Réponses et commentaires

62

Where does the conversation most likely take place?

(A) At an electronics store
(B) At a public library
(C) At a movie theater
(D) At a travel agency

Où la conversation a-t-elle probablement lieu ?

(A) Dans un magasin d'électroménager
(B) Dans une bibliothèque municipale
(C) Dans un cinéma
(D) Dans une agence de voyage

Réponse **(A)**

L'homme dit en ❶ ***I'm interested in buying an electronic reader*** (je suis intéressé par l'achat d'une liseuse électronique) ; on peut donc en déduire qu'il se trouve dans un magasin d'électroménager.

(B) On ne fait pas d'achats dans une bibliothèque.
(D) l'homme se prépare à partir en voyage, mais ce n'est pas une agence de voyage.

63

What is the man concerned about?

(A) Repair fees
(B) Difficult technology
(C) Warranty terms
(D) Screen size

Qu'est-ce qui préoccupe l'homme ?

(A) Les frais de réparation
(B) La technologie trop complexe
(C) Les conditions de garantie
(D) La taille de l'écran

Réponse **(B)**

Il explique en ❷ ***It has to be user-friendly—I'm not very good with technology*** (Elle doit être facile à utiliser – je ne suis pas très à l'aise avec la technologie).

(A) ***fee :*** frais, prix.
(C) ***warranty :*** garantie ; terms : conditions.
(D) ***screen :*** écran.

64

What does the woman offer to do?

(A) Call a supervisor
(B) Provide a demonstration
(C) Exchange an item
(D) Apply a discount

Qu'est-ce que la femme propose de faire ?

(A) Appeler un responsable
(B) Faire une démonstration
(C) Échanger un article
(D) Appliquer une remise

Réponse **(B)**

La femme propose en ❸ ***let me show you how it works*** (je vais vous montrer comment elle fonctionne).
Provide : assurer, fournir.

(A) ***supervisor :*** responsable.
(C) ***item :*** article, objet.
(D) ***discount :*** remise.

Dialogue - traduction

Questions 65 through 67 refer to the following conversation and price list.

Les questions 65 à 67 se rapportent à la conversation et à la liste de tarifs suivantes.

W Hi, I'd like to have this dress cleaned. ❶ I'm going to a conference at the end of this week, and I'd like to take it with me. Oh, and… can you tell me how much it'll cost?

Bonjour, je voudrais faire nettoyer cette robe. Je me rends à une conférence à la fin de la semaine, et je voudrais l'emporter. Oh, et… pourriez-vous me dire combien cela coûte ?

M Let me take a look… it's going to be twelve dollars.

Je vais regarder… cela coûtera douze dollars.

W Oh, that much? Your sign out front says dresses can be cleaned from seven dollars and up.

Oh, tant que ça ? Votre panneau sur la devanture indique que les robes peuvent être nettoyées à partir de sept dollars.

M Well yes, but it's the material the dress is made of. We have to use special cleaning products to make sure we don't damage the fabric.

C'est vrai, mais cela dépend du tissu de la robe. Nous devons utiliser des produits de nettoyage spécifiques pour nous assurer de ne pas abîmer le tissu.

W OK.

D'accord.

M ❷ I can rush the service and have it to you by Wednesday evening. Does that work?

Je peux accélérer le service et vous la préparer pour mercredi soir. Est-ce que cela vous convient ?

Vocabulaire **have something done** *faire faire quelque chose* **dress** *robe* **out front** *sur la devanture, à l'extérieur* **7$ and up** *à partir de 7 $* **fabric** *tissu* **rush** *(ici) accélérer, précipiter*

Questions - traductions

Réponses et commentaires

65

What does the woman say she will do later this week?

(A) Attend a dinner
(B) Go to a conference
(C) Host a celebration
(D) Visit her family

Qu'est-ce que la femme dit qu'elle fera plus tard dans la semaine ?

(A) Aller à un dîner
(B) Aller à une conférence
(C) Animer une cérémonie
(D) Rendre visite à sa famille

Réponse **(B)**

La femme explique en ❶ ***I'm going to a conference at the end of this week.***

(C) ***host :*** animer, recevoir, accueillir ; ***celebration :*** cérémonie, fête.

66

Look at the graphic. What is the dress made of?

(A) Cotton
(B) Wool
(C) Mixed synthetics
(D) Silk

Regardez le tableau. En quelle matière est la robe ?

(A) Coton
(B) Laine
(C) Synthétiques mélangés
(D) Soie

	Sparkle Dry Cleaning		Pressing Sparkle
Tissu	**Fabric**	**Price**	Prix
Coton	Cotton	$7	7 $
Laine	Wool	$9	9 $
Synthétiques mélangés	Mixed synthetics	$10	10 $
Soie	Silk	$12	12 $

Réponse **(D)**

Be made of : consister en, être en (+ matière / matériau). Il faut regarder à quelle matière correspond le prix, 12$.

67

What does the man say he will do?

(A) Print a receipt
(B) Expedite a service
(C) Send a confirmation
(D) Schedule an appointment

Que dit l'homme à propos de ce qu'il va faire ?

(A) Imprimer un reçu
(B) Accélérer un service
(C) Envoyer une confirmation
(D) Planifier un rendez-vous

Réponse **(B)**

L'homme dit en ❷ ***I can rush the service*** (je peux accélérer le service). Il utilise le verbe ***rush***, synonyme de ***expedite***. ***Expedite = process faster :*** accélérer.

(A) ***receipt :*** reçu, ticket de caisse.
(D) ***schedule :*** planifier, prévoir.

PART 3

Test 2 – Pistes 59-60

Dialogue - traduction

Questions 68 through 70 refer to the following conversation and ticket.	Les questions 68 à 70 se rapportent à la conversation et au billet suivants.
W Hi, Jim. I hear you're going to the jazz concert on Friday. Can I ask you a favor?	Salut Jim, on m'a dit que tu allais voir le concert de jazz vendredi. Puis-je te demander un service ?
M Sure, what do you need?	Bien sûr, de quoi as-tu besoin ?
W A few of us from the graphics department are also attending the concert, but we have a meeting until six o'clock on Friday. Since there are no assigned seats, ❶ we were wondering if you could save a few places for us.	On sera plusieurs du département Graphique à aussi aller voir le concert mais nous avons une réunion jusqu'à 18 heures vendredi. Puisqu'il n'y a pas de places numérotées, on se demandait si tu pouvais nous en garder quelques-unes.
M That shouldn't be a problem. I don't have any meetings on Friday afternoon, so I plan to get there when the doors open. How many should I reserve?	Ce n'est pas un problème. Je n'ai pas de réunion vendredi après-midi donc j'ai prévu d'y aller dès l'ouverture des portes. Combien de sièges dois-je réserver ?
W Hmm... ❷ I'm not sure yet if Eduardo is joining us. Why don't ❸ I send him an e-mail right now, and I'll let you know how many seats to save.	Hum, je ne sais pas si Eduardo va se joindre à nous. Je vais lui envoyer un courriel tout de suite, et je te dirai combien de sièges garder.

Vocabulaire **favor** *service* **meeting** *réunion* **assigned seats** *sièges numérotés* **wonder** *se demander* **save** *(ici) garder, économiser*

Questions - traductions

Réponses et commentaires

68

What does the woman ask the man to do?

(A) Record a performance
(B) Save some seats
(C) Check the time of a meeting
(D) Arrange for transportation

Que demande la femme à l'homme ?

(A) D'enregistrer un spectacle
(B) De garder des places
(C) De vérifier l'horaire d'une réunion
(D) D'organiser le transport

Réponse **(B)**
La femme demande en ❶ ***we were wondering if you could save a few places for us*** (on se demandait si tu pouvais nous en garder quelques-unes).

69

Look at the graphic. When does the man plan to arrive at the concert hall?

(A) At 5:30 P.M.
(B) At 6:00 P.M.
(C) At 6:30 P.M.
(D) At 7:00 P.M.

Regardez le document. À quelle heure l'homme a-t-il prévu d'arriver à la salle de concert ?

(A) À 17h30
(B) À 18h00
(C) À 18h30
(D) À 19h00

CLARK CONCERT HALL	Salle de concert Clark
PETERSVILLE JAZZ BAND	Petersville Jazz Band
SHOWTIME 6:30	Début du concert 18h30
DOORS OPEN 5:30	Ouverture des portes 17h30
FRIDAY, MARCH 27	Vendredi 27 mars

Réponse **(A)**
L'homme prévoit d'y être à l'ouverture des portes, donc à 17h30 selon le billet.

70

What will the woman do next?

(A) Print a confirmation
(B) Send an e-mail
(C) Approve a purchase
(D) Request contact information

Que va faire la femme ensuite ?

(A) Imprimer une confirmation
(B) Envoyer un courriel
(C) Approuver un achat
(D) Demander des coordonnés

Réponse **(B)**
La femme indique en ❷ qu'il lui manque une information ***(I'm not sure yet if Eduardo is joining us)***, puis en ❸ elle se propose d'envoyer un courriel pour l'obtenir : ***Why don't I send him an e-mail right now*** (Je vais lui envoyer un courriel tout de suite).

Transcription - traduction

Questions 71 through 73 refer to the following telephone message.

W

Hello, this is Sylvia Chen. I recently purchased a camera from your online shop. Unfortunately, when the camera arrived, ❶ **the lens was scratched.** ❷ **I want to bring it to the post office this afternoon** to return it for an exchange, but I'd like to speak to someone from your company before I mail it. You see, ❸ **I'm moving to a new house next week**, so ❹ **the replacement will have to be shipped to my new address.**

Les questions 71 à 73 se rapportent au message téléphonique suivant.

Bonjour, Sylvia Chen à l'appareil. J'ai récemment acheté un appareil photo dans votre boutique en ligne. Malheureusement, l'objectif était rayé quand l'appareil est arrivé. J'aimerais l'apporter à la poste cet après-midi et le renvoyer pour un échange mais je voudrais parler à quelqu'un de votre entreprise avant de le poster. Vous comprenez, je déménage la semaine prochaine, donc l'appareil de rechange va devoir être envoyé à ma nouvelle adresse.

Vocabulaire **purchase = buy :** *acheter* **lens :** *objectif* **scratch :** *rayer, gratter* **move :** *déménager* **ship :** *envoyer, expédier*

Questions - traductions

Réponses et commentaires

71

What is wrong with the camera?

(A) It is missing a part.
(B) It is an older model.
(C) It is too heavy.
(D) It is damaged.

Quel est le problème avec l'appareil photo ?

(A) Il lui manque une pièce.
(B) C'est un modèle plus ancien.
(C) Il est trop lourd.
(D) Il est abîmé.

Réponse (D)

La femme explique en ❶ que l'objectif a été rayé ***(the lens was scratched)***, l'appareil est donc abimé ***(damaged)***.

72

Where does the speaker want to go this afternoon?

(A) To a real estate agency
(B) To a camera store
(C) To a post office
(D) To a warehouse

Où la femme veut-elle aller cet après-midi ?

(A) Dans une agence immobilière
(B) Dans un magasin de matériel photo
(C) À la poste
(D) Dans un entrepôt

Réponse (C)

La femme dit en ❷ qu'elle souhaite apporter l'appareil à la poste dans l'après-midi ***(I want to bring it to the post office this afternoon)***.

73

Why does the speaker request a return call?

(A) To change an order
(B) To arrange a rental
(C) To confirm an address
(D) To get driving directions

Pourquoi la femme demande-t-elle à être rappelée ?

(A) Pour changer une commande
(B) Pour organiser une location
(C) Pour confirmer une adresse
(D) Pour obtenir un itinéraire

Réponse (C)

Return call : rappel.
En ❸, la femme évoque son futur déménagement ***(I'm moving to a new house)*** et indique en ❹ qu'elle doit donc faire changer l'adresse d'expédition ***(the replacement will have to be shipped to my new address)***.

(B) ***(car, house) rental :*** location.
(D) ***driving directions :*** itinéraire.

PART 4

Test 2 – Pistes 64-65

Transcription - traduction

Questions 74 through 76 refer to the following broadcast.

W

Now, turning to local news, ❶ the annual Art Walk festival will be held this Saturday. The festival offers residents the chance to discover local art galleries and to talk with gallery owners and artists. ❷ The walk starts at the Clareton City Hall, where you'll receive a map showing all the participating galleries. And this year, for the first time, food from local restaurants will be available at each gallery. ❸ Information about parking for the event can be found on the city's Web site.

Les questions 74 à 76 se rapportent à l'émission suivante.

Et maintenant place aux informations locales. Le festival annuel Art en Balade aura lieu ce samedi. Le festival donne l'occasion aux habitants de découvrir des galeries d'art locales et de parler avec les galeristes et artistes. La promenade commence à l'hôtel de ville de Clareton, où on vous remettra un plan qui répertorie toutes les galeries participantes. Et cette année pour la première fois, des plats cuisinés par des restaurants locaux seront disponibles dans chaque galerie. Des renseignements sur le stationnement durant l'évènement sont disponibles sur le site Internet de la ville.

Vocabulaire **local** *de la ville / région, du coin* **news** *informations, actualité* **walk** *promenade* **hold (held, held)** *(se) tenir, avoir lieu* **offer** *proposer, donner* **resident** *habitant* **owner** *propriétaire* **City Hall** *hôtel de ville* **map** *plan, carte routière*

Questions - traductions

Réponses et commentaires

74

What is happening this weekend?

(A) A marathon
(B) An art festival
(C) A music concert
(D) A community picnic

Que se passera-t-il ce week-end ?

(A) Un marathon
(B) Un festival d'art
(C) Un concert
(D) Un pique-nique de quartier

Réponse (B)

La femme indique en ❶ ***the annual Art Walk festival will be held this Saturday*** (le festival annuel Art en Balade aura lieu ce samedi). Comme l'indique son nom, il s'agit d'un festival d'art.

(A) Les personnes intéressées vont se balader de galerie en galerie, mais ce n'est pas un marathon.

75

Where are listeners instructed to go first?

(A) To a ticket booth
(B) To a stadium
(C) To a city hall
(D) To a county park

Où les auditeurs doivent-ils se rendre en premier ?

(A) À une billetterie
(B) Dans un stade
(C) À l'hôtel de ville
(D) Dans un parc départemental

Réponse (C)

La femme indique en ❷ que les visiteurs doivent récupérer le plan de l'évènement à l'hôtel de ville de Clareton ***(The walk starts at the Clareton City Hall, where you'll receive a map).***

76

What details can be found on the city's Web site?

(A) Parking information
(B) Rain dates
(C) A map of the city
(D) A list of musicians

Quels détails trouve-t-on sur le site Internet de la ville ?

(A) Des renseignements sur le stationnement
(B) Les jours de pluie
(C) Un plan de la ville
(D) Une liste de musiciens

Réponse (A)

La femme précise en ❸ ***Information about parking for the event can be found on the city's Web site*** (des renseignements sur le stationnement durant l'événement sont disponibles sur le site Internet de la ville).

(C) Le plan de la ville est distribué à l'hôtel de ville, il n'est pas disponible sur le site Internet.
(D) On ne mentionne ni musique ni musiciens, mais on parle du mot plus générique ***artists***.

Transcription - traduction

Questions 77 through 79 refer to the following talk.

M

❶ **Hello Alborada Apartments residents.** Thank you for letting me speak at ❷ **tonight's tenant meeting.** My name is Jay, and I'm the new maintenance manager for the complex. In my first few days as maintenance manager, I've realized that ❸ **many of you are having problems with the air conditioning in your apartments.** So my crew and I will be coming around to each apartment over the next three weeks to inspect all the air conditioning units and decide which ones need to be replaced. The good news is, the pool will be opening for the summer next week. ❹ **Don't forget to collect your pool passes from the main office on Monday.**

Les questions 77 à 79 se rapportent au discours suivant.

Bonjour à tous les habitants des appartements Alborada. Je vous remercie de me laisser intervenir ce soir pendant la réunion des locataires. Je m'appelle Jay, et je suis le nouveau responsable de l'entretien de l'immeuble. Dans les jours qui ont suivi ma prise de fonctions en tant que responsable de l'entretien, je me suis rendu compte que vous étiez nombreux à avoir des problèmes avec la climatisation dans vos appartements. Mon équipe et moi allons donc passer dans chaque appartement au cours des trois prochaines semaines pour inspecter toutes les climatisations et décider lesquelles doivent être remplacées. Une bonne nouvelle : la piscine ouvrira la semaine prochaine pour l'été. N'oubliez pas de venir chercher vos badges d'accès à la piscine lundi au bureau principal.

Vocabulaire **resident** *habitant* **let someone do something** *permettre à quelqu'un de faire quelque chose* **tenant** *locataire* **meeting** *réunion* **maintenance** *entretien* **manager** *responsable* **complex** *immeuble* **air conditioning (unit)** *climatisation* **come round** *passer*

Questions - traductions

Réponses et commentaires

77

Who is the audience for the talk?

(A) Hotel guests
(B) Maintenance staff
(C) Apartment residents
(D) Garden club members

À qui ce discours s'adresse-t-il ?

(A) À des clients d'un hôtel
(B) À du personnel d'entretien
(C) À des habitants d'appartements
(D) À des membres d'un club de jardinage

Réponse **(C)**

On comprend en ❶ ***(Alborada Apartments resident)*** et en ❷ qu'il s'agit d'une réunion de locataires ***(tenant meeting)*** d'un immeuble ***(complex)***.

78

What problem does the speaker mention?

(A) The pool needs to be painted.
(B) A reservation has been lost.
(C) Some air conditioners are not working.
(D) The hotel restaurant is closed.

Quel problème l'homme mentionne-t-il ?

(A) La piscine doit être peinte.
(B) Une réservation a été perdue.
(C) Des climatisations ne fonctionnent pas.
(D) Le restaurant de l'hôtel est fermé.

Réponse **(C)**

L'homme explique en ❸ ***many of you are having problems with the air conditioning in your apartments*** (vous étiez nombreux à avoir des problèmes avec la climatisation dans vos appartements).

(B) ***lose (lost, lost) :*** perdre.

79

What does the speaker remind listeners to do on Monday?

(A) Check out on time
(B) Sign a new lease
(C) Make minor repairs
(D) Pick up passes

Que l'homme rappelle-t-il à l'auditoire de faire lundi ?

(A) Libérer sa chambre à l'heure
(B) Signer un nouveau bail
(C) Faire des petites réparations
(D) Récupérer des badges

Réponse **(D)**

L'homme rappelle en ❹ ***Don't forget to collect your pool passes from the main office on Monday*** (N'oubliez pas d'aller chercher vos badges d'accès à la piscine lundi au bureau principal).

(B) ***lease :*** bail.

PART 4 Test 2 – Pistes 68-69

Transcription - traduction

Questions 80 through 82 refer to the following announcement.

W

Hi, everyone. Today we have some urgent business to attend to. I just received word that Moon-Hee Lee will be making a visit to our store tomorrow. For those of you who don't know, ❶ Ms. Lee is our regional manager, who oversees five stores in the area including this one. Now, it's very important that we give her a good impression, so I'm requesting that everyone stay a bit late today ❷ to help get the store cleaned and organized. And, since you'll be working extra hours today, ❸ you can each select a morning to take off next week. Just let me know which day you choose to come in later, so I can update the schedule.

Les questions 80 à 82 se rapportent à l'annonce suivante.

Bonjour à tous. Aujourd'hui, nous avons une affaire urgente à traiter. Je viens d'apprendre que Moon-Hee Lee viendra visiter notre magasin demain. Pour ceux parmi vous qui ne le savent pas, Mme Lee est la directrice régionale qui supervise cinq magasins dans le secteur, y compris celui-ci. Il est très important que nous lui fassions bonne impression ; je vous demande donc à tous de rester un peu plus tard aujourd'hui pour aider à nettoyer et à organiser le magasin. Puisque vous ferez des heures supplémentaires aujourd'hui, vous pouvez chacun choisir une matinée à prendre la semaine prochaine. Dites-moi simplement quel jour vous choisissez pour arriver plus tard afin que je puisse mettre le planning à jour.

Vocabulaire **attend to** *s'occuper de, faire attention à* **receive word** *apprendre* **store** *magasin* **oversee** *superviser* **include** *comprendre, inclure* **now** *(ici) alors* **request** *demander* **take (a day) off** *prendre un (jour de) congé* **update** *mettre à jour* **schedule** *planning, emploi du temps*

Questions - traductions

Réponses et commentaires

80

Who is Moon-Hee Lee?

(A) A regional manager
(B) A new employee
(C) A health inspector
(D) A prospective client

Qui est Moon-Hee Lee ?

(A) Une directrice régionale
(B) Une nouvelle employée
(C) Une inspectrice sanitaire
(D) Une cliente potentielle

Réponse (A)

La femme explique en ❶ ***Ms. Lee is our regional manager*** (Mme Lee est la directrice régionale).

(C) ***health :*** santé. La personne demande bien aux employés de rester pour nettoyer le magasin, mais Mme Lee ne vient pas faire une inspection sanitaire.
(D) ***prospective :*** potentiel, futur.

81

Why does the speaker ask listeners to stay late?

(A) To process a large order
(B) To wait for a shipment to arrive
(C) To attend a workshop
(D) To prepare the store for a visit

Pourquoi la femme demande-t-elle aux employés de rester tard ?

(A) Pour traiter une grande commande
(B) Pour attendre que de la marchandise arrive
(C) Pour assister à un atelier
(D) Pour préparer le magasin à une visite

Réponse (D)

La femme indique en ❷ ***to help get the store cleaned and organized*** (pour aider à nettoyer et à organiser le magasin).

(A) ***process :*** traiter, transformer.
(B) ***shipment :*** marchandise, cargaison, expédition.

82

What does the speaker offer the listeners?

(A) A company dinner
(B) A cash bonus
(C) Some time off
(D) Some merchandise

Que propose la femme aux employés ?

(A) Un dîner d'entreprise
(B) Une prime en espèces
(C) Du temps de repos
(D) De la marchandise

Réponse (C)

La femme explique en ❸ ***you can each select a morning to take off next week*** (vous pouvez chacun choisir une matinée à prendre la semaine prochaine).
Time off : temps de repos, congés.

(B) ***bonus :*** prime ; ***cash :*** espèces.
(D) ***merchandise :*** marchandise.

Transcription - traduction

Questions 83 through 85 refer to the following broadcast.

M

This is Scott Durlin, and you're listening to Scott's Money Advice on WYBR Radio Ninety-One, where ❶ **we discuss how to handle all types of money and home-budget topics.** I want to let listeners know, that as of today, ❷ **you can download audio files of past broadcasts of our show from my newly updated Web site,** www.scottsadvice.com. This is in addition to the usual links and interactive features on topics from the show. <u>And I always like to hear from you</u>, so ❸ **please e-mail me any money questions you might have.** I'll be sure to answer them on the air. Now let's return to our discussion of what to do when buying a car, with our guest, Nina Robinson.

Les questions 83 à 85 se rapportent à l'émission suivante.

C'est Scott Durlin à l'antenne et vous écoutez les Conseils Financiers de Scott sur radio WYBR Ninety-One, où nous discutons de la manière de gérer les finances et le budget familial. Je voudrais informer les auditeurs qu'à partir d'aujourd'hui, vous pouvez télécharger des fichiers audio d'émissions passées sur mon site Internet récemment mis à jour : www.scottsadvice.com. Ils sont disponibles en plus des liens et du contenu habituels portant sur les sujets de l'émission. Et je suis toujours ravi d'avoir de vos nouvelles, donc n'hésitez pas à m'envoyer un courriel concernant toutes les questions financières que vous pouvez vous poser. Je ferai en sorte d'y répondre à l'antenne. Revenons maintenant à notre discussion sur ce qu'il faut faire lors de l'achat d'une voiture avec notre invitée, Nina Robinson.

Vocabulaire **advice** *conseil* **handle** *s'occuper de, gérer* **topic** *sujet* **home-budget** *budget familial* **download** *télécharger* **file** *fichier, dossier* **broadcast** *émission* **show** *émission* **update** *mettre à jour* **newly** *récemment* **usual** *habituel* **link** *lien* **feature** *(ici) contenu, fonctionnalité* **on (the) air** *à l'antenne*

Questions - traductions

83

What is the main topic of the radio show?

(A) Financial planning
(B) Web site design
(C) Interior decorating
(D) Car repairs

Quel est le sujet principal de l'émission de radio ?

(A) La planification financière
(B) La conception de sites Internet
(C) La décoration d'intérieur
(D) La réparation de voitures

Réponses et commentaires

Réponse (A)

L'homme explique en ❶ ***we discuss how to handle all types of money and home-budget topics*** (nous discutons de la manière de gérer les finances et le budget familial). Il s'agit donc de planification financière.

(B) ***design :*** conception, design.

84

What has recently become available online?

(A) Step-by-step instructions
(B) Audio recordings
(C) Product reviews
(D) Free estimates

Qu'est-ce qui est disponible en ligne depuis peu ?

(A) Des instructions étape par étape
(B) Des enregistrements audio
(C) Des critiques de produits
(D) Des devis gratuits

Réponse (B)

Le présentateur de l'émission mentionne en ❷ des fichiers audio ***(audio files)*** qui sont désormais disponibles pour réécouter les émissions passées, ce sont donc bien des enregistrements ***(recordings)***.

(C) ***review :*** critique, avis.
(D) ***free :*** gratuit.

85

Why does the speaker say, "<u>And I always like to hear from you</u>"?

(A) To arrange for a guest speaker
(B) To ask for technical help
(C) To thank his audience for their interest
(D) To encourage listeners to contact him

Pourquoi le présentateur dit-il « <u>And I always like to hear from you</u> » ?

(A) Pour prévoir un invité dans son émission
(B) Pour demander de l'aide technique
(C) Pour remercier ses auditeurs de leur intérêt
(D) Pour encourager les auditeurs à le contacter

Réponse (D)

Il invite en ❸ son auditoire à lui envoyer des courriels auxquels il répondra à l'antenne ***(answer them on the air)***.

(C) ***audience = listeners of a radio show :*** auditeurs.

PART 4

Test 2 – Pistes 72-73

Transcription - traduction

Questions 86 through 88 refer to the following speech.

W

Good evening! I'm so glad you all could make it tonight **❶ to celebrate our company's expansion. ❷ When I first started this greeting card company,** it was only a small team of three people struggling to make our business work. And now we have twenty full-time employees, we've expanded our distribution, and we even have a new, much larger office space. So please, before you leave the banquet, **❸ pick up your gift bag.** It's my personal token of appreciation to thank all of you for your contribution to our company's success.

Les questions 86 à 88 se rapportent au discours suivant.

Bonsoir ! Je suis très heureuse que vous ayez tous pu venir ce soir pour fêter la croissance de notre entreprise. Quand j'ai créé cette entreprise de cartes de vœux, il n'y avait qu'une petite équipe de trois personnes qui se battait pour faire fonctionner notre affaire. Et maintenant nous avons vingt employés à temps complet, nous avons agrandi la distribution et nous avons même de nouveaux bureaux bien plus grands. Donc avant de quitter le banquet, je vous remercie de venir chercher votre pochette cadeau. C'est mon témoignage symbolique de reconnaissance pour vous remercier tous d'avoir contribué au succès de notre entreprise.

Vocabulaire **expansion** *croissance, expansion* **struggle** *se battre* **business** *entreprise* **full-time** *à plein temps* **office space** *bureaux* **pick up** *venir chercher* **gift** *cadeau* **token** *marque, témoignage symbolique* **appreciation** *reconnaissance*

Questions - traductions

Réponses et commentaires

86

What is being celebrated?

(A) The completion of some renovations
(B) The retirement of a colleague
(C) An award for community service
(D) The growth of a company

Quelle est l'occasion de la fête ?

(A) La fin des travaux
(B) Le départ à la retraite d'un collègue
(C) Une récompense pour des activités d'intérêt collectif
(D) La croissance d'une entreprise

Réponse **(D)**

La femme indique en ❶ ***to celebrate our company's expansion*** (pour fêter la croissance de notre entreprise). ***Growth*** et ***expansion*** sont utilisés comme synonymes ici pour évoquer la croissance de l'entreprise.

(B) ***retirement :*** retraite.
(C) ***award :*** récompense.

87

Who most likely is the speaker?

(A) A lead architect
(B) A business owner
(C) A current client
(D) A conference coordinator

Qui est probablement la locutrice ?

(A) Une architecte en chef
(B) Une entrepreneuse
(C) Une cliente actuelle
(D) Une coordinatrice de conférence

Réponse **(B)**

En ❷, la femme dit ***When I first started this greeting card company*** (quand j'ai créé cette entreprise de carte de vœux) ; cela indique que c'est elle qui l'a créée, elle est donc une entrepreneuse ***(business owner)***.

(A) ***lead*** (+ métier) : (métier) en chef.

88

What are employees asked to do before they leave?

(A) Meet a public official
(B) Be in a group photograph
(C) Make a donation
(D) Collect a gift

Que demande-t-on aux employés de faire avant de partir ?

(A) Rencontrer un membre de l'administration locale
(B) Poser dans une photo de groupe
(C) Faire un don
(D) Récupérer un cadeau

Réponse **(D)**

La femme demande en ❸ ***pick up your gift bag*** (venez chercher votre pochette cadeau). ***Collect :*** (ici) récupérer, collectionner ; ***gift = present :*** cadeau.

(C) ***donation :*** don.

Transcription - traduction

Questions 89 through 91 refer to the following telephone message.

M

Hi, Mariko, this is François Duchamp calling from Human Resources. ❶ We're supposed to begin posting the laboratory assistant position this Friday. But, I don't know, ❷ have you seen the interview questions we use? Since you supervise the laboratory employees, ❸ I'd really be interested in your opinion of them. It would be great if you have some time today to talk about this. I'm about to go to an early lunch, but I'll be at my desk until five o'clock this afternoon. Thanks.

Les questions 89 à 91 se rapportent au message téléphonique suivant.

Bonjour Mariko, c'est François Duchamp des Ressources Humaines à l'appareil. Nous sommes censés publier le poste d'assistant de laboratoire ce vendredi. Mais je ne sais pas, avez-vous vu les questions que nous utilisons pour l'entretien ? Puisque vous êtes responsable des employés du laboratoire, je serais vraiment très intéressé par votre avis. Ce serait vraiment bien si vous aviez un peu de temps pour en parler aujourd'hui. Je m'apprête à partir tôt pour déjeuner mais je serai à mon bureau jusqu'à 17 heures cet après-midi. Merci.

Vocabulaire **post** *publier* **position** *poste (ici poste à pourvoir)* **interview** *entretien*

Questions - traductions

Réponses et commentaires

89

What position is being advertised?

(A) Program coordinator
(B) Administrative assistant
(C) Laboratory worker
(D) Human Resources director

Quel poste à pourvoir publiera-t-on ?

(A) Responsable de projet
(B) Assistant administratif
(C) Technicien de laboratoire
(D) Directeur des ressources humaines

Réponse **(C)**

L'homme indique en ❶ ***We're supposed to begin posting the laboratory assistant position*** (nous sommes censés publier le poste d'assistant de laboratoire). ***Laboratory worker*** et ***laboratory assistant*** sont utilisés comme des synonymes.

90

What does the man imply when he says, "Have you seen the interview questions we use"?

(A) He is confirming an assignment.
(B) He has misplaced some forms.
(C) He is concerned about some questions.
(D) He wants the woman to lead an interview.

Que l'homme laisse-t-il entendre par « Have you seen the interview questions we use » ?

(A) Il confirme une mission.
(B) Il a égaré des formulaires.
(C) Il est préoccupé par certaines questions.
(D) Il veut que la femme conduise l'entretien.

Réponse **(C)**

En ❷, il faut bien tenir compte de l'intonation de vu ***(seen)*** et de vraiment ***(really)*** en ❸ – le locuteur sous-entend ainsi que les questions devraient être revues. Il précise d'ailleurs en ❸ ***I'd really be interested in your opinion of them*** (je serais vraiment très intéressé par votre avis).

(A) ***assignment :*** mission, tâche. En RH, cela peut aussi signifier mutation.
(B) ***misplace :*** égarer.

91

Why does the man want to meet with the woman?

(A) To introduce an applicant
(B) To ask for her opinion
(C) To offer her a promotion
(D) To plan an orientation

Pourquoi l'homme veut-il rencontrer la femme ?

(A) Pour lui présenter un candidat
(B) Pour lui demander son avis
(C) Pour lui proposer une promotion
(D) Pour planifier un séminaire d'intégration

Réponse **(B)**

Il explique clairement en ❸ que son avis l'intéresse ***(interested in your opinion of them).***

(A) ***applicant :*** candidat, postulant.
(D) ***orientation :*** séminaire d'intégration.

Transcription - traduction

Questions 92 through 94 refer to the following telephone message and bill.

W

Hi, this is Laura Dunn. I'm calling about a catering order you just delivered ❶ for our corporate luncheon this afternoon. I just realized that ❷ one of the food trays we ordered wasn't included— ❸ we're missing the pasta. Now, between the sushi and the chicken dish, we'll have enough food, but I wanted to make sure we get a refund on the pasta. Could you please process the refund to the same credit card I used to place the order? Thanks and have a nice day.

Les questions 92 à 94 se rapportent au message téléphonique et la facture suivants.

Bonjour, c'est Laura Dunn à l'appareil. Je vous appelle au sujet de la commande de traiteur que vous venez de nous livrer pour notre déjeuner d'entreprise cet après-midi. Je viens de me rendre compte qu'un des plateaux que nous avons commandés n'était pas inclus – il nous manque les pâtes. Bon, entre les sushis et le plat de poulet, nous aurons assez de nourriture, mais je voudrais m'assurer que nous soyons remboursés pour les pâtes. Pourriez-vous faire le remboursement sur la même carte de crédit que j'ai utilisée pour commander ? Merci et bonne journée.

Vocabulaire **bill** *facture, addition* **catering** *service traiteur* **luncheon** *déjeuner (formel)* **order** *commander* **tray** *plateau* **now** *(ici) bon* **dish** *plat* **refund** *remboursement*

Questions - traductions

Réponses et commentaires

92

What event does the woman mention?

(A) A training session
(B) A company lunch
(C) A cooking contest
(D) A grand opening

Quel évènement la femme mentionne-t-elle ?

(A) Une session de formation
(B) Un déjeuner d'entreprise
(C) Un concours de cuisine
(D) Une inauguration

Réponse (B)

La femme dit en ❶ ***for our corporate luncheon*** (pour notre déjeuner d'entreprise). ***Corporate luncheon*** et ***company lunch*** expriment ici la même chose : un déjeuner d'entreprise.

(C) ***contest :*** concours.

93

What is the problem?

(A) An item is missing.
(B) A delivery was late.
(C) A discount was not applied.
(D) A staff member is unavailable.

Quel est le problème ?

(A) Un produit manque.
(B) Une livraison était en retard.
(C) Une remise n'a pas été appliquée.
(D) Un membre du personnel n'est pas disponible.

Réponse (A)

En ❷, la femme explique qu'un des plateaux n'était pas inclus ***(one of the food trays was not included)***, celui-ci manquait donc ***(missing)***.

(A) ***item :*** (ici) produit, article, objet.
(C) ***discount :*** remise ; ***apply :*** appliquer.

94

Look at the graphic. How much money will the woman be refunded?

(A) $160
(B) $140
(C) $135
(D) $50

Regardez le tableau. Quelle somme remboursera-t-on à la femme ?

(A) 160 $
(B) 140 $
(C) 135 $
(D) 50 $

Réponse (C)

La femme explique en ❸ que ce sont les pâtes ***(pasta)*** qui n'ont pas été livrées, elle sera donc remboursée de 135 $.

Receipt	
Sushi	$160
Rice and chicken	$140
Pasta	$135
Assorted fruit	$50

Reçu	
Sushis	160 $
Riz et poulet	140 $
Pâtes	135 $
Assortiment de fruits	50 $

Transcription - traduction

Questions 95 through 97 refer to the following talk and chart.

M

Good morning and ❶ **thanks for inviting me to this board meeting.** ❷ **You asked me to find ways for our company to become more environmentally friendly,** so here's what I came up with. Here are four options for desktop management software. After business hours, when most computers are not in use, these programs will automatically turn off our computers, saving costs and energy. All are compatible with the hardware we use, and the projected savings are comparable for all four software systems. However, ❸ **only one has a system for backing up data in an emergency. So that's the one I recommend.**

Les questions 95 à 97 se rapportent au discours et au tableau suivants.

Bonjour et merci de m'avoir invité à cette réunion du conseil d'administration. Vous m'avez demandé de réfléchir à des idées pour que notre entreprise devienne plus écologique, donc voici ce que j'ai trouvé. Voici quatre options pour des logiciels de gestion bureautique. Après les heures de bureau, quand la plupart des ordinateurs ne sont pas utilisés, ces programmes vont automatiquement éteindre nos ordinateurs, nous permettant d'économiser argent et énergie. Tous sont compatibles avec le matériel informatique que nous utilisons et l'économie projetée est équivalente pour les quatre logiciels. Un seul cependant possède un système pour sauvegarder des données en cas d'urgence. C'est donc celui-ci que je recommande.

Vocabulaire **board** *conseil d'administration* **environmentally friendly** *écologique* **come up with something** *trouver, imaginer quelque chose* **desktop** *(informatique) bureau, (par ext.) ordinateur de bureau* **(desktop computer)** **software** *logiciel* **business hours** *heures de bureau, heures d'ouverture* **save** *économiser* **saving** *économie* **hardware** *matériel informatique* **back up** *(informatique) faire une sauvegarde* **data** *donnée(s)*

Questions - traductions

95

Where does the talk most likely take place?

(A) At a press conference
(B) At a company meeting
(C) At a job-training session
(D) At a technology conference

Où le discours a-t-il probablement lieu ?

(A) À une conférence de presse
(B) À une réunion d'entreprise
(C) À une session de formation professionnelle
(D) À une conférence sur la technologie

96

What does the company want to do?

(A) Hire a consultant
(B) Purchase new desktop computers
(C) Become more environmentally friendly
(D) Have employees work at night

Que veut faire l'entreprise ?

(A) Embaucher un consultant
(B) Acheter de nouveaux ordinateurs de bureau
(C) Devenir plus écologique
(D) Faire travailler du personnel de nuit

97

Look at the graphic. Which option does the speaker recommend?

(A) Option 1
(B) Option 2
(C) Option 3
(D) Option 4

Regardez le tableau. Quelle option l'homme recommande-t-il ?

(A) Option 1
(B) Option 2
(C) Option 3
(D) Option 4

Réponses et commentaires

Réponse (B) (95)

C'est une réunion d'entreprise ***(company meeting)*** car on apprend en ❶ que c'est une réunion d'un conseil d'administration ***(thanks for inviting me to this board meeting).***

Réponse (C) (96)

L'homme explique en ❷ ***You asked me to find ways for our company to become more environmentally friendly*** (Vous m'avez demandé de trouver des idées pour que notre entreprise devienne plus écologique).

(A) ***hire :*** embaucher.
(B) On souhaite acheter un nouveau logiciel ***(software)*** et non des ordinateurs.

Réponse (A) (97)

Il recommande en ❸ le seul système avec un système de sauvegarde intégré ***(back-up system)***, donc l'option 1.

		Option 1	Option 2	Option 3	Option 4
Prix	Price	$450	$350	$450	$500
Système de sauvegarde	Back-up system	Yes	No	No	No

Transcription - traduction

Questions 98 through 100 refer to the following excerpt from a meeting and schedule.

W

Welcome to your first day at The Harling Company! ❶Your role in handling customer inquiries over the phone will be crucial to our sales. Here's your training calendar… So, today, we'll get you set up and we'll teach you the basics of the job. Then, for the rest of the week you'll be trained one-on-one by your manager. You'll practice answering the phones and receive feedback at the end of the week on your interaction with the customers. ❷You'll really enjoy working with your managers, you'll see… they're great! Oh, and one more thing: the company president wants to meet all of you. So ❸she organized a team lunch to welcome you all.

Les questions 98 à 100 se rapportent à l'extrait d'une réunion et au planning suivants.

Bienvenue à votre premier jour au sein de la société Harling ! Votre rôle de prise en charge des demandes des clients par téléphone sera essentiel pour nos ventes. Voici votre planning de formation… Donc aujourd'hui, nous allons vous installer et vous apprendre les bases du métier. Puis pendant le reste de la semaine vous serez formés individuellement par votre responsable. Vous allez vous entraîner à répondre au téléphone et allez recevoir à la fin de la semaine un retour sur votre interaction avec les clients. Vous allez vraiment apprécier de travailler avec vos responsables, vous allez voir… ils sont super ! Ah, une dernière chose : la présidente de l'entreprise voudra vous rencontrer. Elle a donc organisé un déjeuner d'équipe pour vous souhaiter la bienvenue à tous.

Vocabulaire **handle** *se charger de* **inquiry** *demande* **sales** *ventes* **training** *formation* **set up** *installer* **one-by-one** *individuellement* **feedback** *retour, impressions*

Questions - traductions

98

What are listeners training to be?

(A) Computer technicians
(B) Restaurant chefs
(C) Assembly line workers
(D) Customer service representatives

À l'exercice de quelle fonction les participants se forment-ils ?

(A) Techniciens informatique
(B) Chefs de restaurant
(C) Opérateurs de chaîne de montage
(D) Chargés de clientèle

Réponses et commentaires

Réponse (D)

Train to be : se former en / pour devenir.
La femme indique en ❶ ***Your role in handling customer inquiries over the phone will be crucial***, ils devront s'occuper des demandes des clients ***(handling customer inquiries)***, ils seront donc bien des chargés de clientèle.
Customer service : service client.

(C) ***assembly line :*** chaîne de montage.

99

According to the speaker, what will the listeners enjoy doing?

(A) Working with managers
(B) Touring the company
(C) Meeting with customers
(D) Using new equipment

Selon la femme, que vont apprécier les employés ?

(A) Travailler avec les responsables
(B) Visiter l'entreprise
(C) Rencontrer des clients
(D) Utiliser du nouveau matériel

Réponse (A)

La femme dit en ❷ ***You'll really enjoy working with your managers*** (vous allez vraiment apprécier de travailler avec vos responsables).

(B) ***tour :*** visiter, voyager.

100

Look at the graphic. On what day will the listeners meet with the company president?

(A) Tuesday
(B) Wednesday
(C) Thursday
(D) Friday

Regardez le planning. Quel jour les employés vont-ils rencontrer la présidente de l'entreprise ?

(A) Mardi
(B) Mercredi
(C) Jeudi
(D) Vendredi

Réponse (B)

La femme indique en ❸ ***she organized a team lunch to welcome you all*** ([la présidente] a organisé un déjeuner d'équipe pour vous souhaiter la bienvenue à tous). Selon le planning, le déjeuner d'équipe a lieu le mercredi.

Training Schedule

Tuesday	Wednesday	Thursday	Friday
Set up and basics	Practice	Practice	Practice
	Team Lunch		Receive Feedback

Planning de formation

Mardi	Mercredi	Jeudi	Vendredi
Installation et bases	Mise en pratique	Mise en pratique	Mise en pratique
	Déjeuner d'équipe		Retour sur le travail

PART 5

Questions - traductions

Réponses et commentaires

101

------- the Chiba office nor the Nagoya office is hiring.

(A) Both
(B) But
(C) Either
(D) Neither

Ni le bureau de Chiba ni le bureau de Nagoya n'embauchent en ce moment.

Réponse (D)

La présence de ***nor*** (ni) dans la phrase appelle un premier « ni » ***(neither)*** : ***neither ... nor :*** ni... ni.

(A) (Tous) Les deux. ***Both*** serait suivi d'un verbe conjugué au pluriel.
(B) Mais
(C) L'un ou l'autre. ***Either*** s'associe généralement à ***or***.

102

Mr. Aromdee will prepare a dish from ------- hometown of Bangkok.

(A) he
(B) his
(C) him
(D) himself

M. Aromdee va préparer un plat de Bangkok, sa ville natale.

Réponse (B)

La présence d'un nom après le blanc appelle un déterminant possessif (son / sa).

(A) pronom personnel : il
(C) pronom complément : le / lui
(D) pronom réfléchi : lui-même

103

Korean Star Airlines offers daily nonstop flights ------- London and Busan.

(A) aboard
(B) onto
(C) up
(D) between

Korean Star Airlines propose des vols quotidiens sans escale entre Londres et Busan.

Réponse (D)

Le blanc se trouve avant deux lieux géographiques reliés par ***and***. Seul ***between*** (entre) permet de décrire la liaison des vols entre les deux villes.

(A) à bord
(B) sur
(C) en haut

104

Mr. Hirose ------- at Seventh Street Financial five years ago.

(A) works
(B) worked
(C) working
(D) will work

M. Hirose travaillait dans le cabinet Seventh Street Financial il y a cinq ans.

Réponse (B)

La présence du mot ***ago*** (il y a) indique qu'il faut employer le prétérit.

(A) présent, 3e personne du singulier : travaille
(C) V + ***-ing***
(D) futur : travaillera

105

------- of the new employees were able to attend the orientation.

(A) Most
(B) Other
(C) Else
(D) Another

La plupart des nouveaux employés ont pu assister au séminaire d'orientation.

Réponse (A)

Parmi les quatre propositions, seul ***most*** peut être suivi par ***of*** et être employé avec un verbe au pluriel.
Orientation : séminaire d'orientation.

(B) Autre
(C) adjectif : autre; adverbe : autrement, sinon
(D) ***Another*** (un(e) autre) est parfois suivi par ***of***, mais il s'emploie alors avec un verbe au singulier.

Questions - traductions

Réponses et commentaires

106

A loud beeping ------- indicates that the copy machine has not been closed securely.

(A) sound
(B) sounds
(C) sounding
(D) sounded

Un son qui bipe fort indique que la photocopieuse n'a pas été bien fermée.

Réponse (A)

Il manque le nom dans le sujet de la phrase. Le verbe est à la 3e personne du singulier, ce qui implique l'emploi d'un nom au singulier.

(B) verbe au présent, 3e personne du singulier ; « sons » au pluriel
(C) V + ***-ing***
(D) prétérit / participe passé

107

Please ------- our Web site to find unique recipes made with Hahm food products.

(A) come
(B) go
(C) visit
(D) take

Merci de consulter notre site Internet pour y trouver des recettes uniques élaborées à partir des produits alimentaires Hahm.

Réponse (C)

Il faut choisir l'un des quatre verbes en fonction du contexte, ici, le fait d'aller voir sur un site Internet. ***Visit*** convient car il s'emploie sans préposition, contrairement à ***come*** et ***go*** qui nécessitent ***to***.
Food product : aliment, nourriture.

(A) venir
(B) aller
(D) prendre

108

Due to construction delays on Maplewood Avenue, employees will ------- need to find alternate routes.

(A) probable
(B) probably
(C) probability
(D) probabilities

En raison du retard des travaux sur Maplewood Avenue, les employés devront probablement trouver des itinéraires alternatifs.

Réponse (B)

Ici, il manque un adverbe pour compléter la phrase.
Route : route, itinéraire.

(A) adjectif : probable
(C) nom : probabilité
(D) nom au pluriel : probabilités

109

Bilto miniature model planes contain hundreds of small parts and must be assembled with -------.

(A) contact
(B) level
(C) care
(D) amount

Les modèles réduits d'avion de Bilto sont composés de centaines de petites pièces et doivent être assemblés avec précaution.

Réponse (C)

Ici, l'expression ***with care*** convient car elle décrit la façon d'assembler les pièces.
Model plane : maquette d'avion ;
miniature model : modèle réduit.

(A) contact
(B) niveau
(D) somme

110

The ------- image on this month's magazine cover is credited to Marlot Images.

(A) creative
(B) creatively
(C) creating
(D) creativity

L'image artistique sur la couverture du magazine de ce mois-ci est attribuée à Marlot Images.

Réponse (A)

Un blanc laissé entre un article ***(the)*** et un nom ***(image)*** est certainement un adjectif.
Cover : couverture ; ***credited to :*** attribué à.

(B) adverbe : de façon créative
(C) V + ***-ing***
(D) nom : créativité

PART 5

Questions - traductions

Réponses et commentaires

111

Participation this year was the largest ------- in the history of the Securitas conference.

(A) totally
(B) ever
(C) soon
(D) hardly

La fréquentation cette année a été la plus forte de toute l'histoire des conférences de Securitas.

Réponse (B)

Ever est employé pour accentuer l'importance de quelque chose ou pour comparer une situation présente avec le passé. Ici, on compare la fréquentation d'un événement par rapport à ses précédentes éditions.

(A) totalement
(C) ***Soon*** (bientôt) est exclu en raison du temps de la phrase (passé).
(D) à peine

112

Ms. Fields is not able to travel from New York to Buenos Aires ------- sufficient notice.

(A) inside
(B) except
(C) about
(D) without

Mme Fields ne peut pas voyager de New York à Buenos Aires sans être prévenue suffisamment à l'avance.

Réponse (D)

Dans cette phrase, il faut choisir la bonne réponse en fonction du contexte et du sens de la phrase. Seul ***without*** peut convenir. ***Notice :*** préavis.

(A) à l'intérieur
(B) sauf
(C) à propos de

113

Yuvaves Transit Company drivers should have their vehicles inspected -------.

(A) rather
(B) annually
(C) quite
(D) highly

Les conducteurs de Yuvaves Transit Company devraient faire inspecter leur véhicule chaque année.

Réponse (B)

Il faut un adverbe pour compléter cette phrase, seul ***annually*** peut convenir.

(A) ***Rather*** (plutôt) et (C) ***quite*** (plutôt, assez) sont généralement suivis d'un adjectif.
(D) ***Highly*** (grandement) s'emploie surtout devant un adjectif ***(highly esteemed...)***.

114

Cell Choice marketers are ------- to become familiar with competitors' products and advertising.

(A) encourage
(B) encourages
(C) encouraged
(D) encouraging

Les vendeurs de Cell Choice sont encouragés à se familiariser avec les produits et la publicité des concurrents.

Réponse (C)

Après l'auxiliaire ***be***, il y a deux formes possibles : soit ***-ing***, pour former le présent continu, soit le participe passé, ce qui forme le passif. Il s'agit bien ici d'une forme passive. ***Marketer :*** vendeur, professionnel du marketing.

(A) base verbale
(B) présent, 3e personne du singulier
(D) V + ***-ing***

115

The customer service department has seen a ------- decrease in the number of complaints over the past year.

(A) dramatic
(B) polite
(C) frequent
(D) different

Le service client a enregistré une baisse spectaculaire du nombre de plaintes pendant l'année écoulée.

Réponse (A)

L'adjectif ***dramatic*** s'emploie souvent pour décrire des changements radicaux ; il n'a pas ici un sens négatif, il décrit l'amplitude spectaculaire du changement.

(B) polie
(C) régulière
(D) différente

Questions - traductions

Réponses et commentaires

116

The financial review board has stated that no budget proposal may ------- ten pages.

(A) excessive
(B) excess
(C) exceeding
(D) exceed

Le conseil d'examen financier a déclaré qu'aucune proposition budgétaire ne peut excéder dix pages.

Réponse (D)

Après un auxiliaire modal il faut utiliser la base verbale du verbe.
Board : conseil, comité; ***state :*** déclarer.

(A) adjectif : excessif
(B) nom : excès, surplus
(C) V + ***-ing***

117

As president, Ms. Min made great efforts to ------- a productive environment at Chae Investment Corporation.

(A) process
(B) estimate
(C) establish
(D) participate

En tant que présidente, Mme Min a fait de gros efforts pour instaurer un climat productif au sein de la société Chae Investment.

Réponse (C)

Il faut choisir le verbe qui convient en fonction du contexte. Ici, après le blanc, on parle du climat d'une entreprise; le verbe adéquat est bien « instaurer ».
Corporation : société.

(A) traiter
(B) estimer
(D) participer. On s'attend à voir la préposition ***in*** après le verbe ***participate***.

118

The city council will meet tomorrow to field questions from ------- concerning the new water tower.

(A) resident
(B) residents
(C) residences
(D) residential

Le conseil municipal se réunira demain pour répondre aux questions des habitants concernant le nouveau château d'eau.

Réponse (B)

Il faut un nom au pluriel car il n'y a pas d'article ***(the, a)***. Seul un pluriel peut exister sans article. Ici, on parle de questions posées, il s'agit donc de personnes : la réponse est ***residents***.
Field : répondre à; ***water tower :*** château d'eau.

(A) nom singulier : habitant
(C) nom pluriel : résidences
(D) adjectif : résidentiel

119

Cruz-Alva Oil provides ------- priced solutions for all your energy needs.

(A) competing
(B) competition
(C) competitive
(D) competitively

Cruz-Alva Oil fournit des solutions compétitives pour tous vos besoins énergétiques.

Réponse (D)

Un adverbe qualifie en général un verbe (il décrit comment le verbe agit), mais il peut aussi qualifier un adjectif (ici, ***priced***), pour apporter plus de précisions sur celui-ci.

(A) V + ***-ing***
(B) nom : compétition, concurrence
(C) adjectif : compétitif

120

Southenic Electronics' technicians are on hand 24 hours a day ------- you can be at ease knowing help is always available.

(A) because of
(B) so
(C) everything
(D) until

Les techniciens de Southenic Electronics sont disponibles 24h/24 afin que vous soyez rassuré en sachant que vous pourrez toujours avoir de l'aide.

Réponse (B)

Il y a une relation de cause à effet entre les deux propositions de la phrase, c'est donc ***so*** qui convient.
Be on hand : sous la main, (ici) disponible; ***at ease :*** à l'aise, (ici) rassuré.

(A) à cause de. Après ***because of*** on s'attend à trouver un nom ou un verbe en ***-ing***.
(C) tout
(D) jusqu'à

PART 5

Questions - traductions

Réponses et commentaires

121

Strong strategic-thinking ------- and sharp marketing instincts are important qualities for a successful product manager.

(A) skills
(B) findings
(C) realities
(D) approximations

De solides compétences en matière de vision stratégique et un instinct aiguisé pour le marketing sont des qualités importantes pour un chef de produit brillant.

Réponse (A)

Ici, on parle de qualités nécessaires précédées par deux groupes nominaux qui détaillent ces qualités; il faut donc compléter le premier groupe avec un nom : ***skills***.

(B) résultats
(C) réalités
(D) approximations

122

------- of city buses will attend a training session on new vehicles in the coming months.

(A) Operations
(B) Operators
(C) Operate
(D) Operating

Les conducteurs de bus municipaux vont assister à une séance de formation sur les nouveaux véhicules dans les mois à venir.

Réponse (B)

Il manque un sujet à cette phrase, on attend donc un nom. En fonction du contexte, c'est bien ***operators*** qui convient.
Bus operator est synonyme de ***bus driver*** : conducteur / chauffeur de bus.

(A) nom : opérations, manœuvres
(C) base verbale : opérer
(D) V + ***-ing***

123

Renovations on the top floor of the Melaka Building are set to ------- after the elevators are installed in early August.

(A) expire
(B) construct
(C) commence
(D) arrange

Les rénovations du dernier étage de la tour Melaka sont prévues pour débuter après l'installation des ascenseurs début août.

Réponse (C)

Set to (prévu pour / de) introduit une action; ***expire*** convient sur le plan grammatical, mais n'a pas de sens dans la phrase; on imagine mal des rénovations qui prennent fin après l'installation des ascenseurs, tâche qui serait plutôt faite au début des travaux.
Building : bâtiment; (ici) tour; ***set to do something :*** s'apprêter à faire quelque chose.

(A) prendre fin
(B) construire
(D) arranger

124

At Ben Flores Blinds, first-time customers can benefit from ------- rates of 30 percent off.

(A) introducing
(B) introductions
(C) introduced
(D) introductory

Aux Stores Ben Flores, les nouveaux clients peuvent bénéficier de tarifs de lancement à – 30 %.

Réponse (D)

Il faut trouver un adjectif qui qualifie le mot ***rates*** (tarifs).
Blind : store.

(A) V + ***-ing***
(B) nom au pluriel : introductions
(C) prétérit/participe passé

125

------- your return has been received, a refund will be issued to your account within three business days.

(A) In order that
(B) Instead
(C) Now that
(D) Meanwhile

Maintenant que votre retour a été réceptionné, un remboursement sera effectué sur votre compte dans les trois jours ouvrables.

Réponse (C)

Il faut choisir la bonne réponse en fonction du contexte; on parle d'un produit renvoyé puis d'un remboursement.

(A) ***In order that*** (afin que) est suivi d'un subjonctif.
(B) Soit ***instead*** (à la place, plutôt) est suivi de ***of***, soit il est placé en fin de phrase.
(D) ***Meanwhile*** (pendant ce temps) est suivi d'une virgule et renvoie à une durée ou à une activité déjà mentionnée.

Questions - traductions

Réponses et commentaires

126

Last year, Entertainment Azusa, Inc., and Sohn Multimedia decided that ------- their expertise and resources would increase profits for both organizations.

(A) combining
(B) combined
(C) combines
(D) combine

L'année dernière, Azusa Entertainment SARL et Sohn Multimédia ont décidé que la combinaison de leur expertise et de leurs ressources augmenterait les bénéfices pour les deux structures.

Réponse (A)

Le verbe utilisé agit comme sujet de la proposition, il faut donc qu'il soit sous la forme *-ing*.
Inc. = Incorporated : SARL, S.A;
entertainment : divertissement;
profit : bénéfice.

(B) prétérit / participe passé
(C) présent, 3e personne du singulier
(D) base verbale

127

Before the laboratory carts can be used to transport ------- materials, technicians must wipe all exposed surfaces with a disinfectant cloth.

(A) vague
(B) passive
(C) sensitive
(D) demonstrative

Avant que les chariots de laboratoire puissent être utilisés pour transporter des substances sensibles, les techniciens doivent essuyer toutes les surfaces exposées avec un chiffon désinfectant.

Réponse (C)

Les quatre propositions sont grammaticalement correctes, il faut donc choisir celle qui correspond au contexte. Ici, on parle d'un laboratoire et de substances, sans doute « sensibles » donc.
Cart : chariot; ***cloth :*** chiffon; tissu.

(A) vagues
(B) passives
(D) démonstratives

128

As the publication date of the sequel to the controversial novel approaches, public ------- is growing exponentially.

(A) anticipation
(B) anticipatory
(C) anticipated
(D) anticipate

À l'approche de la date de publication de la suite du roman controversé, l'attente du grand public augmente de manière exponentielle.

Réponse (A)

Ici, ***public*** agit comme adjectif, il faut donc qu'il qualifie un nom.
Novel : roman.

(B) adjectif : anticipatif
(C) prétérit / participe passé
(D) base verbale

129

For the duration of Ms. Dernal's leave, her corporate and private accounts will be overseen by Jian Wu and David Dembo, -------.

(A) respectively
(B) almost
(C) likewise
(D) even

Pendant la durée du congé de Mme Dernal, ses clients professionnels et particuliers seront respectivement suivis par Jian Wu et David Dembo.

Réponse (A)

Il faut trouver une réponse adéquate en fonction du contexte de la phrase; on parle de deux types de clients puis de deux collègues de Mme Dernal, c'est donc « respectivement » qui convient.
Leave : congé(s); ***oversee :*** superviser, (ici) gérer.

(B) presque
(C) de même
(D) même

130

Improvements in irrigation technology throughout the region were followed by ------- gains in corn production.

(A) proportionally
(B) proportional
(C) proportioning
(D) proportions

Les améliorations des techniques d'irrigation dans toute la région ont été suivies par une augmentation proportionnelle de la production de maïs.

Réponse (B)

Attention à ne pas prendre le nom au pluriel *(gains)* pour un verbe conjugué ! Il faut donc un adjectif pour décrire ces augmentations.
Throughout : à travers, durant; ***corn :*** maïs.

(A) adverbe : proportionnellement
(C) V + *-ing*
(D) nom au pluriel : proportions

PART 6 131 - 134

Texte à trous - traduction

Questions 131-134 refer to the following instructions.

> Your CM200 microwave oven can be placed easily in your kitchen, family room, or office. Set the oven on a flat surface such as a kitchen countertop or a sturdy table. It is important to allow air to flow ------- **131.** around the oven. Allow at least 10 centimeters of space around the sides, top, and back of the microwave oven. Do not ------- **132.** the oven in an enclosed space. Do not place it above a gas or electric range. ------- **133.**. The reason for this is that blocked air exits will cause the oven to shut down automatically ------- **134.** it is turned on.

Les questions 131 à 134 se rapportent au mode d'emploi suivant.

Votre four à micro-ondes CM200 peut facilement trouver sa place dans votre cuisine, votre salon ou votre bureau. Posez le four sur une surface plane, telle qu'un plan de travail ou une table solide. Il est important de laisser l'air circuler librement autour du four. Prévoyez au moins 10 cm autour des parois latérales, du dessus et de l'arrière du four à micro-ondes. N'installez pas le four dans un endroit fermé. Ne le mettez pas au-dessus d'une gazinière ou d'une cuisinière. **Dégagez toutes les aérations pendant la cuisson.*** La raison en est que des sorties d'air bouchées provoqueront l'arrêt automatique du four après la mise en route.

*Traduction de la réponse à la question 133.

Questions - traductions

131

(A) freedom — (A) liberté
(B) freer — (B) plus libre
(C) freely — (C) librement
(D) freeing — (D) libérant

Réponses et commentaires

Réponse (C)

La phrase mentionne l'importance de laisser l'air circuler *(flow)*. L'adverbe ***freely*** (librement) permet de qualifier le verbe et convient au sens de la phrase.

132

A) remove — (A) enlever
(B) install — (B) installer
(C) choose — (C) choisir
(D) purchase — (D) acheter

Réponse (B)

Il faut choisir entre quatre propositions à l'infinitif. Il est question d'une interdiction avant le blanc ***(do not)***, puis d'un espace fermé après ; c'est donc le verbe donné en (B) qui convient le mieux pour compléter la phrase.

133

(A) Keep all vents clear during cooking.
(B) Follow all directions when preparing packaged meals.
(C) Do not use the oven to boil any liquids.
(D) Do not microwave more than two plates at a time.

(A) Dégagez toutes les aérations pendant la cuisson.
(B) Suivez les instructions lorsque vous cuisinez des plat préparés.
(C) N'utilisez pas le four pour faire bouillir des liquides.
(D) Ne réchauffez pas plus de deux plats à la fois au micro-ondes.

Réponse (A)

La réponse (A) explique que les aérations doivent être dégagées, ce qui représente une introduction logique à la phrase suivante : si la circulation de l'air est bloquée, le four s'arrête.
Vent : aération, bouche d'aération.

(C) ***boil :*** (faire) bouillir.
(D) ***microwave :*** réchauffer / cuire au micro-onde.

134

(A) from — (A) de
(B) next — (B) prochain
(C) like — (C) comme
(D) after — (D) après

Réponse (D)

Étant donné la phrase, la seule préposition qui convient est la (D).

Mots & expressions	***family room = living room :*** salon ***set on :*** poser sur ***flat :*** plat ***sturdy :*** robuste, solide ***allow :*** (ici) prévoir ***remove :*** enlever, retirer ***install :*** installer ***choose :*** choisir ***purchase = buy :*** acheter ***side :*** côté ***top :*** dessus ***back :*** arrière ***gas range :*** gazinière ***electric range :*** cuisinière ***shut down :*** s'éteindre ***turn on / off :*** allumer / éteindre

PART 6 135 - 138

Texte à trous - traduction

Questions 135-138 refer to the following letter.

July 7

Dear Mr. Whitney:

This letter serves to confirm that Naoko Sugimori ------- (**135.**) with Takana Motors. Ms. Sugimori has held the title of Systems Analyst for four years and earns a salary in the upper range for that post. ------- (**136.**). I will also testify to ------- (**137.**) high level of performance. ------- (**138.**) working with Takana Motors, Ms. Sugimori has demonstrated a strong work ethic and excellent business insight.

If you have any further questions, please do not hesitate to contact me at 03-1092-8374.

Sincerely,

Jessica Krause
Engineering Program Director
Takana Motors

Les questions 135 à 138 se rapportent à la lettre suivante.

Le 7 juillet

Cher M. Whitney,

Ceci est une attestation confirmant que Naoko Sugimori travaille chez Takana Motors. Mme Sugimori occupe le poste d'analyste de systèmes depuis quatre ans et elle gagne un salaire dans la fourchette haute pour ce poste. **En complément, elle touche une prime annuelle qui est plus élevée que la moyenne.*** J'atteste également son haut niveau de performance. Dans le cadre de ses fonctions chez Takana Motors, Mme Sugimori a démontré une grande éthique de travail et une excellente compréhension des affaires.

Si vous avez de plus amples questions, n'hésitez pas à me contacter au 03-1092-8374.

Cordialement,

Jessica Krause
Directrice du Programme de Génie Automobile
Takana Motors

*Traduction de la réponse à la question 136.

Questions - traductions

Réponses et commentaires

135

(A) had been employed
(B) will be employed
(C) is employed
(D) has employed

(A) *past perfect* continu
(B) futur
(C) présent
(D) *present perfect*

Réponse (C)

Mme Sugimori est toujours employée chez Takana Motors. Il convient donc de choisir le présent au passif (*be* + PP).

136

(A) Our new entry-level vehicle is also very popular.
(B) In addition, she earns an annual bonus that is higher than average.
(C) Likewise, she works well under pressure.
(D) I will be happy to offer her a position with our company.

(A) Notre nouveau véhicule d'entrée de gamme est aussi très apprécié.
(B) En complément, elle touche une prime annuelle qui est plus élevée que la moyenne.
(C) De même, elle travaille bien sous pression.
(D) Je serais ravie de lui proposer un poste au sein de notre entreprise.

Réponse (B)

La phrase précédente concerne le salaire de Mme Sugimori. (B) apporte un complément d'information, on reste dans le même sujet.

(A) est sans rapport avec le sujet développé dans la lettre ; il s'agit de Mme Sugimori, pas de la présentation d'un véhicule.
(D) On comprend que Jessica Krause écrit une lettre de recommandation pour Mme Sugimori, ce qui signifie qu'elle travaille déjà dans son entreprise.

137

(A) our
(B) its
(C) your
(D) her

(A) notre
(B) son
(C) votre
(D) son

Réponse (D)

Il faut choisir le bon déterminant possessif pour Mme Sugimori : ***her***, féminin 3e personne du singulier.

138

A) while
(B) whether
(C) prior to
(D) as long as

(A) pendant que
(B) si
(C) avant de
(D) tant que

Réponse (A)

Mme Krause dresse le bilan des compétences de Mme Sugimori au cours *(while)* des années qu'elle a passées chez Takana Motors.

(C) ***prior to*** (avant de) est grammaticalement correct dans la phrase, mais cette réponse ne convient pas, car Mme Krause ne peut pas témoigner des qualités de Mme Sugimori dans ses emplois précédents.

Mots & expressions

testify : attester, témoigner ***hold :*** occuper (un poste) ***entry-level :*** entrée de gamme
salary range : fourchette salariale ***prior to (+ -ing) :*** avant de
insight : compréhension, connaissance approfondie ***engineering :*** génie, ingénierie

Texte à trous - traduction

Questions 139-142 refer to the following e-mail.

To: Komplet Industries Staff
From: Technology Department
Subject: Update
Date: March 27

It is with great excitement that I inform you that the Komplet Industries Web site is to have a new look and improved functionality. The site ------- **139.** several upgraded features such as mobile-device readability and an interactive tour of Komplet facilities. The ------- **140.** to the new site is scheduled to occur on Saturday, March 31. ------- **141.**. Please be aware that problems may occur while we change over to the new Web site. We will work ------- **142.** to ensure that any problems are resolved quickly. Please send feedback on persistent issues to webinfo@komplet.net.

Les questions 139 à 142 se rapportent au courriel suivant.

À : Membres du personnel de Komplet Industries
De : Service informatique
Objet : Mise à jour
Date : 27 mars

C'est avec beaucoup d'enthousiasme que je vous informe que le site Internet de Komplet Industries va avoir une nouvelle présentation et des fonctions améliorées. Le site va inclure plusieurs fonctionnalités mises à niveau, telles que l'affichage pour appareil mobile et la visite interactive des installations de Komplet. La migration vers le nouveau site est planifiée samedi 31 mars. **C'est un moment où le trafic sur le site Internet sera plus faible.*** Soyez conscients que des problèmes peuvent apparaître pendant que nous migrons vers le nouveau site Internet. Nous travaillerons assidûment pour s'assurer que les problèmes soient résolus rapidement. Merci d'envoyer vos remarques sur d'éventuels problèmes persistants à webinfo@komplet.net.

*Traduction de la réponse à la question 141.

Questions - traductions

Réponses et commentaires

139

(A) included — (A) prétérit
(B) had included — (B) plus-que-parfait
(C) will include — (C) futur
(D) to include — (D) infinitif

Réponse (C)
Car on parle du futur site Internet, le verbe doit donc être au futur.

140

(A) transition — (A) migration
(B) gathering — (B) réunion
(C) demolition — (C) démolition
(D) challenge — (D) défi

Réponse (A)
Les quatre propositions sont des noms communs, il faut donc choisir le plus adapté au sens de la phrase. Comme il s'agit de migrer du site Internet actuel vers sa nouvelle version, ***transition*** (ici, migration) s'impose.

141

(A) As a result, new advertising will be added to the site.
(B) This is a time when traffic on the Web site will be lighter.
(C) The factory tour will begin at 3:00 P.M.
(D) Our remodeled offices are due to open in April.

(A) Par conséquent, de nouvelles publicités seront ajoutées sur le site.
(B) C'est un moment où le trafic du site Internet sera plus faible.
(C) La visite de l'usine commencera à 15h.
(D) Nos locaux rénovés doivent rouvrir en avril.

Réponse (B)
La phrase précédente donne la date de transition du site Internet ; la réponse (B) permet d'expliquer le choix de cette date.

(D) ***remodel :*** rénover, refaire.

142

(A) instructively — (A) instructivement
(B) previously — (B) précédemment
(C) potentially — (C) potentiellement
(D) diligently — (D) assidûment

Réponse (D)
Les quatre propositions sont des adverbes. Le plus adapté est ***diligently*** car on comprend que les problèmes éventuels doivent être résolus rapidement.

Mots & expressions

technology department : (ici) service informatique ***update :*** mise à jour ***be to + verbe :*** (exprime le futur) ***improve :*** améliorer ***device :*** appareil, dispositif ***mobile-device :*** appareil mobile ***upgrade :*** mettre à niveau ***facilities :*** installations, équipement ***transition :*** (informatique) migration ***light :*** (trafic) faible ***occur :*** se produire ***diligent :*** assidu, appliqué ***feedback :*** remarques, retour ***issue :*** problème ***persistant :*** (problème) persistant, répété

Texte à trous - traduction

Questions 143-146 refer to the following letter.

Council Member Deborah Hsu
451 Forest Place, Ground Floor
Huxton, RI 02310

Dear Council Member Hsu,

I am writing on behalf of my fellow community members to request more bicycle lanes in our town. The development of new business facilities near residential areas ------- **143.** the distance we need to commute. The opening of a bicycle shop on Holleyhill Avenue attests to the increase in bicycle usage. In fact, the *Huxton Daily* made note of ------- **144.** in an article earlier in the year.

I understand that the council approved plans on September 6 for bicycle lane development on Teasdale Street and Port Avenue. I fully support these ------- **145.** . ------- **146.** . Please improve the safety and efficiency of our roads by adding bicycle lanes.

Thank you.

Sincerely,

Gabriel Richards

Les questions 143 à 146 se rapportent au courrier suivant.

Deborah Hsu, Membre du Conseil
451 Forest Place, RDC
Huxton, RI 02310

Madame la Conseillère Municipale,

Je me permets de vous écrire au nom des autres membres de la communauté pour demander une augmentation du nombre de pistes cyclables dans notre ville. Le développement de nouveaux quartiers d'affaires proches des zones résidentielles a raccourci la distance que nous devons parcourir pour les trajets domicile/travail. L'ouverture d'un magasin de cycles dans Holleyhill Avenue témoigne de l'augmentation de l'utilisation de vélos. De fait, ceci a été abordé dans un article du Huxton Daily plus tôt dans l'année.

J'ai entendu dire que le conseil municipal avait approuvé le 6 septembre des projets pour le développement de pistes cyclables dans Teasdale Street et Port Avenue. Je soutiens entièrement ces mesures. **En fait, je pense que davantage de pistes cyclables devraient suivre.*** Merci d'améliorer la sécurité et l'efficacité de nos routes en y ajoutant des pistes cyclables.

En vous remerciant.

Cordialement,
Gabriel Richards

*Traduction de la réponse à la question 146.

Questions - traductions

Réponses et commentaires

143

(A) shorten
(B) has shortened
(C) shortening
(D) to shorten

(A) base verbale
(B) *present perfect*
(C) V + *-ing*
(D) infinitif

Réponse (B)
Seul le verbe conjugué au ***present perfect*** convient pour compléter la phrase.

144

(A) this
(B) which
(C) few
(D) them

(A) cela
(B) qui / que
(C) peu
(D) eux

Réponse (A)
Car la phrase fait référence à la phrase précédente (la plus grande utilisation de vélos), le démonstratif ***this*** permet d'y renvoyer.

145

(A) companies
(B) groups
(C) measures
(D) factories

(A) entreprises
(B) groupes
(C) mesures
(D) usines

Réponse (C)
La phrase précédente parle de l'acceptation par le conseil municipal de projets d'ouverture de pistes cyclables ; étant donné ce que dit l'auteur du courrier, on comprend qu'il soutient ces « mesures ».

146

(A) In fact, more bicycle safety courses should be provided.
(B) In addition, new bicycle shops have been opened.
(C) In other words, riding a bicycle is good exercise.
(D) Indeed, I feel that more bicycle lanes should follow.

(A) En fait, plus de cours de sécurité routière pour les cyclistes devraient être proposés.
(B) De plus, de nouveaux magasins de vélo ont ouvert.
(C) En d'autres termes, faire du vélo est une bonne activité physique.
(D) En fait, je pense que davantage de pistes cyclables devraient suivre.

Réponse (D)
La réponse (D) permet de prolonger la phrase précédente en demandant l'ouverture d'un plus grand nombre de pistes cyclables, ce qui constitue l'objet principal du courrier. ***Follow :*** suivre.

(A) ***bicycle safety :*** sécurité routière pour les cyclistes.
(C) ***in other words :*** autrement dit ; ***ride a bike :*** faire du vélo.

Mots & expressions

council : conseil (municipal) ***ground floor :*** rez-de-chaussée ***commute :*** faire les trajets domicile / travail ***make note of :*** mentionner ; noter ***indeed :*** en effet, en fait ***understand :*** (ici) entendre dire ***fully :*** entièrement, pleinement ***improve :*** améliorer

Texte - traduction

Questions 147-148 refer to the following form.

Ganzon Automotive
Silang Avenue, Butuan City
Agusan del Norte, Philippines 8600

Mechanic on duty: Efren Limbaco
Date: April 6
Client: Rowena Bautista, Simpao Trucking Corporation

Vehicle Information
Make: Kimpo
Model: Heavy Duty 600
Vehicle type: 3-axle, commercial truck

1 **Work Completed**
Replaced and balanced tire: ₱12,000
Installed new passenger door lock: ₱4,800

Les questions 147 à 148 se rapportent au formulaire suivant.

Ganzon Automobiles
Silang avenue, Butuan City
Agusan del Norte, Philippines 8600

Mécanicien de service : Efren Limbaco
Date : 6 avril
Client : Rowena Bautista, société Simpao Trucking

Renseignements sur le véhicule
Marque : Kimpo
Modèle : Poids Lourd 600
Type de véhicule : 3 essieux, camion commercial

Réparations effectuées
Remplacement et équilibrage d'un pneu : 12 000 ₱
Installation d'une nouvelle serrure de portière côté passager : 4 800 ₱

Questions - traductions

Réponses et commentaires

147

What is the purpose of the form?

(A) To give details about work on a vehicle
(B) To ask about purchasing a vehicle
(C) To request a correction to a bill
(D) To schedule maintenance work

Quel est l'objectif du formulaire ?

(A) Donner le détail des réparations effectuées sur un véhicule
(B) Se renseigner pour l'achat d'un véhicule
(C) Demander qu'une facture soit révisée
(D) Planifier des travaux d'entretien

Réponse (A)

On peut lire en ❶, sous ***Work completed*** (réparations effectuées), le détail des réparations faites sur un véhicule.

(D) ***maintenance :*** entretien.

148

What action is mentioned?

(A) Repairing an axle
(B) Painting a truck
(C) Changing oil
(D) Replacing a lock

Quelle action est mentionnée ?

(A) La réparation d'un essieu
(B) La peinture de la carrosserie d'un camion
(C) La vidange
(D) Le remplacement d'une serrure

Réponse (C)

Action : mesure, action
En ❶, on voit qu'une serrure ***(lock)*** a été installée ; ***installed*** est ici un synonyme de ***replaced***.

Mots & expressions

form : formulaire ***on duty :*** de service ***corporation :*** société ***make :*** marque ***heavy duty :*** (ici) poids lourd ***axle :*** essieu ***truck :*** camion ***balanced :*** équilibré ***door lock :*** serrure de portière

PART 7 149 - 150

Texte - traduction

Questions 149-150 refer to the following online chat.

Andreas Hildebrand

Andreas Hildebrand	**10:04**	**Hi Eun Hee, do you have a minute to look at something?**
Eun Hee Park	10:04	Sure, what do you need?
Andreas Hildebrand	10:05	**I'll e-mail it to you. It's the draft for the cover of Anne Wahlberg's book.**
Eun Hee Park	10:06	One second...
Eun Hee Park	10:10	Okay, got it. Let me take a look.
Andreas Hildebrand	**10:11**	**Is the title too difficult to read? I wanted it to be eye-catching and different.**
Eun Hee Park	10:13	I like the effect. But you could be right. Maybe if you changed the color? Even just a darker shade of blue would help.
Andreas Hildebrand	**10:14**	**Good idea. I'll give that a try. Mind if I run it past you again later?**
Eun Hee Park	10:15	No problem.

Les questions 149 à 150 se rapportent à la discussion en ligne suivante.

Andreas Hildebrand	10:04	Bonjour Eun Hee, aurais-tu une minute pour regarder quelque chose ?
Eun Hee Park	10:04	Bien sûr, de quoi as-tu besoin ?
Andreas Hildebrand	10:05	Je te l'envoie par courriel. C'est le projet de couverture du livre d'Anne Wahlberg.
Eun Hee Park	10:06	Un instant...
Eun Hee Park	10:10	Ok, je l'ai reçu. Je le regarde.
Andreas Hildebrand	10:11	Est-ce que le titre est trop difficile à lire ? Je voulais qu'il attire l'œil et qu'il soit différent.
Eun Hee Park	10:13	J'aime bien l'effet obtenu. Mais tu as peut-être raison. Si tu changeais la couleur ? Peut-être qu'une nuance de bleu plus sombre pourrait aider.
Andreas Hildebrand	10:14	Bonne idée. Je vais essayer ça. Ça t'ennuie si je te le remontre plus tard ?
Eun Hee Park	10:15	Pas de problème.

Questions - traductions

Réponses et commentaires

149

At 10:10 A.M., what does Ms. Park most likely mean when she writes, "Okay, got it"?

(A) She understands what Mr. Hildebrand said.
(B) She has the package Mr. Hildebrand is looking for.
(C) She has received an e-mail Mr. Hildebrand sent.
(D) She has found a file Mr. Hildebrand wants to see.

A 10h10, qu'entend probablement Mme Parks par « Okay, got it » ?

(A) Elle comprend ce que M. Hildebrand a dit.
(B) Elle a le colis que M. Hildebrand cherche.
(C) Elle a reçu le courriel que M. Hildebrand a envoyé.
(D) Elle a trouvé le fichier que M. Hildebrand veut voir.

Réponse **(C)**

Le contexte de la conversation nous fait comprendre qu'elle vient de recevoir le courriel avec le projet de couverture que M. Hildebrand veut qu'elle regarde.

(A) Cette solution aurait pu être possible également. Mais juste après, ***let me take a look*** (je le regarde) fait bien référence au document qu'elle vient de recevoir.

150

What will Mr. Hildebrand most likely do next?

(A) Change a deadline
(B) Revise a design
(C) Give a presentation
(D) Meet with Ms. Wahlberg

Qu'est-ce que M. Hildebrand va probablement faire ensuite ?

(A) Modifier une date butoir
(B) Corriger un projet
(C) Faire une présentation
(D) Rencontrer Mme Wahlberg

Réponse **(B)**

Ici, ***draft*** est synonyme de ***design*** (projet). À 10h13, Eun Hee Park suggère une modification ; à 10h14, M. Hildebrand indique qu'il va en tenir compte ***(I'll give it a try)***.
Revise : corriger, revoir ; ***design :*** (ici) projet, ébauche.

Mots & expressions ***draft :*** ébauche, esquisse ***eye-catching :*** tape à l'œil, accrocheur ***shade :*** nuance

Texte - traduction

Questions 151-152 refer to the following advertisement.

Copycentric–for All Your Printing and Copying Needs

1 Now offering
- Printing of large posters
- Printing of digital photographs in a variety of formats
- Professional copying of documents, with binding available
- 24-hour service available at our new Taylor Street location

2 Visit our Web site at www.copycentric.com for information on our five locations. We guarantee low prices and offer delivery on bulk orders.

Les questions 151 à 152 se rapportent à la publicité suivante.

Copycentric – pour tous vous besoins en matière d'impression et de photocopies

Nous vous proposons désormais
- L'impression d'affiches en grand format
- L'impression de photos numériques dans une multitude de formats
- Des photocopies professionnelles de documents, avec possibilité de reliure
- Un service 24h/24 dans notre nouveau point de vente de Taylor Street

Rendez-vous sur notre site Web : www.copycentric.com pour obtenir des renseignements sur nos cinq magasins. Nous garantissons des prix bas et nous proposons la livraison pour les commandes importantes.

Questions - traductions

Réponses et commentaires

151

What is indicated about Copycentric?

(A) It sells copy machines.
(B) It has opened a new store.
(C) It only provides black-and-white copying.
(D) It has been in business for five years.

Qu'indique-t-on au sujet de Copycentric ?

(A) On y vend des photocopieuses.
(B) Un nouveau magasin vient d'ouvrir.
(C) On n'y fournit que des photocopies en noir et blanc.
(D) Il existe depuis cinq ans.

Réponse (B)

Un nouveau point de vente (***location*** est synonyme de ***store location***) a ouvert dans Taylor Street (voir la dernière phrase du point ❶).

152

What does Copycentric offer?

(A) Nighttime hours at all locations
(B) Digital-photography classes
(C) Professional editing services
(D) Delivery service for large orders

Qu'est-ce que Copycentric propose ?

(A) Des horaires d'ouverture en nocturne pour tous les magasins
(B) Des cours de photo numérique
(C) Un service d'édition professionnelle
(D) Un service de livraison pour les commandes importantes

Réponse (D)

On peut lire dans la dernière phrase du point ❷ : ***we offer delivery on bulk order*** (nous proposons la livraison pour les commandes importantes). ***Large order*** est synonyme de ***bulk order***.

(A) Le service 24h/24 n'existe que dans le magasin de Taylor Street.

Mots & expressions

poster : affiche ***digital :*** numérique ***binding :*** reliure ***location :*** emplacement, (ici) point de vente ***bulk :*** volume

Texte - traduction

Questions 153-154 refer to the following notice.

Stanford Employment Agency

1 Stanford Employment Agency seeks a receptionist for a busy office. Primary duties include greeting potential clients, filing, and typing. The successful candidate must have a friendly manner and be able to operate a multiline telephone system in a busy office setting. In addition, the receptionist will assist the office manager as directed.

2 Candidates must have finished secondary school. Prior experience in a similar job is helpful but not necessary. Excellent salary and benefits are offered. Please send a letter of interest and résumé to Gita Aggarwal, Stanford Employment Agency, 17 Market Way, Edinburgh, EH1 1TH.

Visit our Web site for more information.
www.stanfordemployment.co.uk

Les questions 153 à 154 se rapportent à l'annonce suivante.

Cabinet de recrutement Stanford

Le cabinet de recrutement Stanford cherche un/e réceptionniste pour un bureau dynamique. Les responsabilités principales comprennent l'accueil de clients potentiels, le classement et la saisie d'informations. Le candidat retenu doit être souriant et savoir utiliser un standard téléphonique multilignes dans un environnement de travail dynamique. Par ailleurs, le/la réceptionniste assistera le/la responsable administratif selon ses directives.

Les candidats doivent avoir terminé leurs études secondaires. Une expérience dans un poste similaire est un atout mais n'est pas indispensable. Une bonne rémunération et des avantages sont proposés. Merci d'envoyer une lettre de motivation et votre CV à Gita Aggarwal, cabinet de recrutement Stanford, 17 Market Way, Edinburgh, EH1, 1TH.

Consultez notre site Web pour plus de renseignements.
www.stanfordemployment.co.uk

Questions - traductions

Réponses et commentaires

153

What is indicated about the job?
- (A) It is available only to office managers.
- (B) It involves teaching people to type.
- (C) It includes welcoming people to the office.
- (D) It requires the ability to repair telephone lines.

Qu'indique-t-on au sujet du poste?
- (A) Il n'est ouvert qu'à des responsables.
- (B) Il exige qu'on enseigne la dactylographie.
- (C) Il comprend l'accueil de personnes dans les locaux.
- (D) Il exige de savoir réparer des lignes téléphoniques.

Réponse (C)

On peut lire dans la 2e phrase en ❶ ***Primary duties include greeting potential clients*** (les responsabilités principales comprennent l'accueil de clients potentiels).

(B) ***type :*** écrire, saisir sur un clavier.
(D) On doit pouvoir utiliser ***(operate)*** et non réparer ***(repair)*** plusieurs lignes téléphoniques.

154

What is required of job candidates?
- (A) Experience in a previous job
- (B) Completion of secondary school
- (C) Participation in a telephone interview
- (D) Completion of an online application

Qu'exige-t-on de la part des candidats?
- (A) De l'expérience dans un emploi précédent
- (B) Avoir terminé les études secondaires
- (C) De participer à un entretien téléphonique
- (D) De remplir une candidature en ligne

Réponse (B)

On peut lire dans la 1re phrase du ❷ ***Candidates must have finished secondary school*** (les candidats doivent avoir terminé leurs études secondaires).

(D) ***application :*** candidature.

Mots & expressions

employment agency : cabinet de recrutement ***busy :*** animé, dynamique ***duty :*** responsabilité ***file :*** classer, ranger ***type :*** (ici) saisir (avec un clavier) ***friendly manner :*** être souriant ***setting :*** cadre ***secondary school :*** (ici) lycée ***letter of interest :*** lettre de motivation

PART 7 155 - 157

Texte - traduction

Questions 155-157 refer to the following e-mail.

To:	warren.cluett@reva.org
From:	delia.kwon@reva.org
Date:	June 30
Subject:	Shipment arrival

Hi Warren,

We will be receiving a shipment of bricks tomorrow morning. — [1] —. When the truck arrives, please take inventory as the shipment is unloaded and verify that the quantities on the receipt are accurate. — [2] —. In addition, please make sure that the bricks are stacked no more than three bricks high. — [3] —. They are fragile, and I am concerned that they might crack from the pressure if they are stacked in tall piles.

— [4] —. Please also confirm the successful arrival of materials and report any problems to me by e-mail.

Thank you,

Delia Kwon
Manager, Reva Development

Les questions 155 à 157 se rapportent au courriel suivant.

De : warren.cluett@reva.org
À : delia.kwon@reva.org
Date : 30 juin
Objet : Arrivée de la cargaison

Bonjour Warren,
Nous allons recevoir une cargaison de briques demain matin. Le fabricant m'a indiqué que le camion arriverait à 7h30.* Quand il sera là, merci de faire l'inventaire lors du déchargement de la cargaison et de vérifier que les quantités indiquées sur le bon de réception sont correctes. De plus, merci de vous assurer que les briques soient empilées à hauteur de trois briques maximum. Elles sont fragiles, et je crains qu'elles ne se fissurent sous le poids si les piles sont trop hautes.

Je vous prie également de confirmer la bonne réception des matériaux et de me signaler tout problème par courriel.

En vous remerciant,
Delia Kwon
Directrice, Reva Development

*Traduction de la réponse à la question 157.

Questions - traductions

Réponses et commentaires

155

What is the purpose of the e-mail?

(A) To provide instructions to an employee
(B) To address a mistake with a shipment
(C) To place an order for bricks
(D) To record the inventory for a shipment

Quel est l'objectif du courriel ?

(A) Fournir des consignes à un employé
(B) S'occuper d'une erreur dans une cargaison
(C) Passer une commande de briques
(D) Enregistrer l'inventaire d'une cargaison

Réponse (A)

Dans le 1er paragraphe du courriel, Mme Kwon explique à M. Cluett comment procéder à l'arrivée d'une livraison.

(B) ***address (a problem) :*** s'occuper (d'un problème).
(C) ***place an order :*** passer une commande.
(D) ***record :*** enregistrer, noter. M. Cluett doit faire l'inventaire, mais ce n'est qu'une partie des consignes qu'il reçoit dans le courriel.

156

Why is Ms. Kwon concerned about the shipment?

(A) It may arrive late.
(B) It contains breakable material.
(C) It was very expensive.
(D) It is for an important client.

Pourquoi Mme Kwon est-elle inquiète au sujet de la cargaison ?

(A) Elle pourrait arriver en retard.
(B) Elle contient des matériaux fragiles.
(C) Elle est très coûteuse.
(D) Elle est pour un client important.

Réponse (B)

On peut lire à la 4e phrase du courriel, au sujet des briques : ***They are fragile, and I'm concerned that they might crack*** (elles sont fragiles, et je crains qu'elles ne se fissurent).

157

In which of the positions marked [1], [2], [3], and [4] does the following sentence best belong?

"The manufacturer has informed me that the truck will be arriving at 7:30 A.M."

(A) [1]
(B) [2]
(C) [3]
(D) [4]

À quel endroit signalé par [1], [2], [3] et [4] la phrase suivante s'insère-t-elle le mieux ?

« Le fabricant m'a indiqué que le camion arriverait à 7h30. »

(A) [1]
(B) [2]
(C) [3]
(D) [4]

Réponse (A)

On apprend dans la première phrase du courriel que le camion arrive le matin et il est donc logique que l'horaire soit précisé dans la phrase suivante.

(B) [2] se trouve au milieu des instructions sur ce qu'il y a à faire.
(C) [3] au milieu des explications sur la nature fragile des briques.

Mots & expressions

shipment : (ici) cargaison ***unload :*** décharger ***accurate :*** précis, exact ***stack :*** (verbe) empiler ; (nom) pile ***crack :*** se fissurer ***tall :*** grand, haut ***material :*** matériau ***report something :*** signaler quelque chose

Texte - traduction

Questions 158-160 refer to the following schedule.

Date	1st Shift 8 A.M.–12 P.M.	2nd Shift 12 P.M.–4 P.M.	3rd Shift 4 P.M.–8 P.M.
Monday, November 8	Jamal Abdula	Jamal Abdula	Sara Atiq
Tuesday, November 9	Lillian Gold	Jamal Abdula	Paul Rastogi
Wednesday, November 10	Paul Rastogi	Paul Rastogi	Sara Atiq
Thursday, November 11	Lillian Gold	Lillian Gold	Sara Atiq
Friday, November 12	CLOSED	CLOSED	CLOSED

1 Please advise a store manager by Friday, November 5, if you plan to switch with another employee. All sales associates must enter their hours for the week using the computer by their cash register before the close of business on Thursday, November 11.

Les questions 158 à 160 se rapportent au planning suivant.

Date	1re rotation 8h – 12h	2e rotation 12h – 16h	3e rotation 16h – 20h
Lundi 8 novembre	Jamal Abdula	Jamal Abdula	Sara Atiq
Mardi 9 novembre	Lillian Gold	Jamal Abdula	Paul Rastogi
Mercredi 10 novembre	Paul Rastogi	Paul Rastogi	Sara Atiq
Jeudi 11 novembre	Lillian Gold	Lillian Gold	Sara Atiq
Vendredi 12 novembre	FERMÉ	FERMÉ	FERMÉ

Veuillez informer un responsable du magasin avant le vendredi 5 novembre si vous avez prévu d'échanger votre service avec celui d'un autre employé. Tous les vendeurs doivent saisir leurs heures pour la semaine en utilisant l'ordinateur situé près de leur caisse avant la fermeture du jeudi 11 novembre.

Questions - traductions

Réponses et commentaires

158

What is indicated on the schedule?

(A) Jamal Abdula works on Wednesdays.
(B) Lillian Gold is a store manager.
(C) All employees will have Friday off.
(D) Some employees work every day.

Qu'est-ce qui est indiqué sur le planning ?

(A) Jamal Abdula travaille les mercredis.
(B) Lillian Gold est responsable de magasin.
(C) Tous les employés auront leur vendredi de libre.
(D) Certains employés travaillent tous les jours.

Réponse (C)

Le magasin sera fermé *(closed)* le vendredi 12 novembre.

(B) ***store manager :*** responsable de magasin.

159

Who is scheduled to work only during the third shift?

(A) Sara Atiq
(B) Jamal Abdula
(C) Lillian Gold
(D) Paul Rastogi

Qui travaille seulement pendant la 3e rotation ?

(A) Sara Atiq
(B) Jamal Abdula
(C) Lillian Gold
(D) Paul Rastogi

Réponse (A)

On voit bien dans le planning que Sara Atiq n'est présente que dans la colonne de la 3e rotation.

160

What must employees do by November 5?

(A) Enter their hours in the system
(B) Tell a manager about changes to their work schedule
(C) Request work hours for the following week
(D) Receive training on use of the cash register

Que doivent faire les employés avant le 5 novembre ?

(A) Saisir leurs heures dans le système
(B) Prévenir un responsable de changements dans leur planning de travail
(C) Demander les horaires de travail pour la semaine suivante
(D) Suivre une formation sur l'utilisation de la caisse

Réponse (B)

On le comprend à la lecture de la 1re phrase du point ❶ : ***Please advise a store manager by Friday, November 5, if you plan to swith with another employee*** (veuillez informer un responsable du magasin avant le vendredi 5 novembre si vous avez prévu d'échanger votre service avec celui d'un autre employé). Ici, ***plan to switch*** est synonyme de ***changes to the work schedule***.

Mots & expressions	***shift :*** équipe, poste, rotation ***switch :*** échanger, intervertir ***advise :*** informer ; conseiller ***sales associate :*** vendeur

Texte - traduction

Questions 161-164 refer to the following text-message chain.

10:03
ALINA: Hi. I just arrived...about to get my conference badge, so I should get to our table soon.

10:04
KONRAD: Glad you got in okay. Do you have the perfume samples?

10:06
ALINA: No, they were too heavy to bring on the plane, so I sent them by express mail. They're expected here by 11 A.M.

10:07
CHARLIE: Okay. Our table is in Area 12A of the conference center.

10:08
ALINA: Got it.

10:09
KONRAD: After we get our table set up, let's check out DTY's presentation in 14E. It's close by, so the time would work out.

10:13
ALINA: Okay, I have my badge, so I'm on my way. The people in reception will send boxed lunches to our display table. Let's plan on getting ready for the afternoon session while we eat.

10:15
CHARLIE: Okay, when you get here we can check out DTY. I want to see their new spring lineup.

10:17
ALINA: Yes, I'll bet it's no threat to us. I'm interested in seeing the materials Na-Young and her group have developed to promote their new product line.

Send

Texte - traduction

Les questions 161 à 164 se rapportent l'échange de SMS suivant.

10:03

Alina : Salut, je viens d'arriver… je suis sur le point de récupérer mon badge pour la conférence, je devrais donc bientôt arriver à notre stand.

10:04

Konrad : Content que tu sois bien arrivée. As-tu les échantillons de parfum ?

10:06

Alina : Non, ils étaient trop lourds pour les prendre dans l'avion, je les ai donc envoyés par courrier express. Ils doivent arriver d'ici 11h.

10:07

Charlie : OK. Notre stand est dans la zone 12A du centre de congrès.

10:08

Alina : D'accord.

10:09

Konrad : Après avoir installé notre stand, allons voir la présentation de DTY en 14E. Ce n'est pas loin, ça devrait donc aller pour les horaires.

10:13

Alina : OK, j'ai mon badge, j'arrive. Les gens de la réception vont faire livrer des plateaux repas sur notre stand. Je propose que l'on se prépare pour la session de l'après-midi en mangeant.

10:15

Charlie : OK, quand tu arriveras ici, on ira vérifier ce que font DTY. Je veux voir leur nouvelle gamme de printemps.

10:17

Alina : D'accord, je parie que nous n'avons rien à craindre. J'aimerais bien voir le matériel publicitaire que Na-Young et son groupe ont développé pour promouvoir leur nouvelle ligne de produits.

Envoyer

Questions - traductions

Réponses et commentaires

161

What is indicated about the group's lunch?

(A) It will be served in 14E.
(B) It will be provided at half price.
(C) It will occur after a competitor's presentation.
(D) It will give them additional time for preparation.

Qu'indique-t-on au sujet du déjeuner du groupe ?

(A) Il sera servi en 14E.
(B) Il sera proposé à moitié prix.
(C) Il aura lieu après la présentation d'un concurrent.
(D) Il leur donnera du temps supplémentaire pour se préparer.

Réponse (D)

À 10h13, Alina propose de se préparer [...] pendant le repas *(getting ready [...] while we eat)*.

162

At 10:08, what does Alina mean when she writes, "Got it"?

(A) She understands the directions.
(B) She has the lunch.
(C) She will give the presentation.
(D) She is paying for lunch.

À 10h08, qu'entend Alina par : « Got it » ?

(A) Elle comprend les indications.
(B) Elle a le déjeuner.
(C) Elle donnera la présentation.
(D) Elle payera le déjeuner.

Réponse (A)

Get something est ici synonyme de ***understand something***. Alina indique donc qu'elle a compris où se situe le stand.

Questions - traductions

Réponses et commentaires

163

What is suggested about Na-Young?

(A) She works in a personnel department.
(B) She arranged travel for her coworkers.
(C) She is a product designer.
(D) She works for DTY.

Que suggère-t-on à propos de Na-Young ?

(A) Elle travaille aux ressources humaines.
(B) Elle a organisé le transport pour ses collègues.
(C) Elle est designer de produits.
(D) Elle travaille pour DTY.

Réponse (D)

À 10h15, Charlie propose d'aller voir le stand de DTY ***(check out DTY)***, ce à quoi Alina répond à 10h17 qu'elle souhaite particulièrement y voir le travail de Na-Young ***(seeing the materials Na-Young and her group have developed).***

(A) ***personnel department* = *HR (Human Ressources) department.***
(C) ***designer :*** concepteur, designer.

164

What will Alina most likely do next?

(A) Pick up a conference badge
(B) Arrive at Area 12A
(C) Deliver product samples
(D) Look over a menu

Qu'est-ce qu'Alina fera probablement ensuite ?

(A) Elle récupérera un badge pour la conférence.
(B) Elle arrivera en zone 12A.
(C) Elle livrera des échantillons de produits.
(D) Elle regardera une carte.

Réponse (B)

Nous apprenons à 10h13 qu'elle a déjà son badge et qu'elle est en route ***(on my way)*** vers Konrad qui se trouve en zone 12A (texto de 10h07).

(D) ***look over :*** jeter un coup d'œil.

Mots & expressions	***sample :*** échantillon ***conference center :*** centre de congrès ***check something :*** regarder quelque chose ***display table :*** stand ***lineup :*** (ici) gamme ***threat :*** menace

Texte - traduction

Questions 165-167 refer to the following Web page.

http://www.civilengineeringdigest.com

WELCOME TO *CIVIL ENGINEERING DIGEST* WEB SITE

CIVIL ENGINEERING DIGEST
Subscription Offer

The *European Chronicler* calls it, "a must for all engineers working in Europe!"

1 *Civil Engineering Digest* is the number one trade journal for civil engineers across Europe. It provides articles on the latest technologies being used, along with ratings of materials and equipment. Each month's issue also includes profiles of colleagues in the field and outlines important infrastructure projects, such as bridges and dams that are being completed throughout the continent. Furthermore, readers will get emails announcing upcoming public seminars in their area. Subscribe today!

2 Send me *Civil Engineering Digest* for two years for only €54.00!

Send me *Civil Engineering Digest* for one year for only €32.00!

Send me *Civil Engineering Digest* for six months for only €18.00!

Sign me up for a trial subscription for two months, free of charge! *

3 *Those signing up for the free trial will automatically be charged for a one-year subscription after the trial ends. Customers may contact us to cancel this subscription.

Les questions 165 à 167 se rapportent au site Internet suivant.

http://www.civilengineeringdigest.com

BIENVENUE SUR LE SITE INTERNET DE *CIVIL ENGINEERING DIGEST*

CIVIL ENGINEERING DIGEST
Offre d'abonnement

Pour *European Chronicler,* c'est « un incontournable pour tous les ingénieurs qui travaillent en Europe! ».

Civil Engineering Digest est la revue professionnelle numéro un pour les ingénieurs en génie civil dans toute l'Europe. Elle propose des articles sur les technologies les plus récentes, ainsi que des classements de matériaux et d'équipements. Chaque mois, la revue présente également les profils des collègues dans ce domaine, et expose les grandes lignes d'importants projets d'infrastructures, tels que les ponts et les barrages en chantier sur tout le continent. De plus, les lecteurs recevront des courriels pour les tenir informés des séminaires accessibles à tous dans leur région. Abonnez-vous dès aujourd'hui!

- Envoyez-moi *Civil Engineering Digest* pendant deux ans pour seulement 54 €!
- Envoyez-moi *Civil Engineering Digest* pendant un an pour seulement 32 €!
- Envoyez-moi *Civil Engineering Digest* pendant six mois pour seulement 18 €!
- Inscrivez-moi à un essai gratuit pendant deux mois!*

*Les lecteurs qui souscrivent à l'essai gratuit seront automatiquement débités du montant équivalent à un an d'abonnement à la fin de la période d'essai. Les clients peuvent nous contacter pour annuler cet abonnement.

Questions - traductions

Réponses et commentaires

165

How often is *Civil Engineering Digest* published?

(A) Daily
(B) Weekly
(C) Monthly
(D) Annually

Quelle est la périodicité de *Civil Engineering Digest* ?

(A) Quotidienne
(B) Hebdomadaire
(C) Mensuelle
(D) Annuelle

Réponse (C)

Dans le point ❶, la 3e phrase précise ***each month's issue*** (chaque mois, la revue...).

166

What is NOT offered to subscribers of *Civil Engineering Digest*?

(A) Job advertisements for civil engineers
(B) Reports on other engineers
(C) Reviews of building materials
(D) Details about new structures being built

Que ne propose-t-on PAS aux abonnés de *Civil Engineering Digest* ?

(A) Des offres d'emploi pour les ingénieurs en génie civil
(B) Des présentations d'autres ingénieurs
(C) Des critiques de matériaux de construction
(D) Des détails sur les nouvelles structures en chantier

Réponse (A)

On parle des profils, mais on ne mentionne pas d'offres d'emploi.

Les profils d'autres ingénieurs (B) et les nouveaux projets en construction (D) sont évoqués dans la 3e phrase du point ❶.

(C) Les critiques ***(reviews)***, appelées « classements » dans le texte ***(ratings)***, sont mentionnées dans la 2e phrase du point ❶.

167

What is suggested on the form?

(A) Online subscriptions are available for €18.
(B) Trial subscribers will be charged €32 after two months.
(C) Readers are invited to subscriber-only seminars.
(D) The journal has been available for two years.

Qu'est-ce qui est suggéré sur le formulaire ?

(A) Des abonnements en ligne sont disponibles pour 18 €.
(B) Les abonnés à l'essai gratuit devront payer 32 € au bout de deux mois.
(C) Les lecteurs sont invités à des séminaires réservés aux abonnés.
(D) La revue existe depuis deux ans.

Réponse (B)

On apprend au point ❸ que l'offre d'essai se transformera en abonnement d'un an, et on peut lire plus haut sous le point ❷, phrase 2 qu'un abonnement d'un an coûte 32 €.

(A) On ne mentionne pas spécifiquement les abonnements en ligne.

(C) Les séminaires sont ouverts à tous ***(public seminars)***.

Mots & expressions

civil engineering : génie civil ***subscription :*** abonnement ***subscribe :*** s'abonner
must (nom) : incontournable ***journal :*** revue ***trade :*** profession, métier ***across :*** à travers
provide : fournir ***rating :*** classement ***issue :*** (édition) numéro ***outline :*** exposer les grandes lignes
dam : barrage ***trial subscription :*** essai (gratuit) ***free of charge :*** gratuit

Texte - traduction

Questions 168-171 refer to the following e-mail.

To:	Distribution List
From:	Ken Gupta <kgupta@ltaa.co.uk>
Subject:	LTAA update
Date:	15 October

1 A special meeting of the London Travel Agents' Association will take place on 1 November. Clarissa Tang will be speaking on business travel in Australia, New Zealand, and Malaysia.

2 After the talk she will be signing copies of her books, including her most recent title, *Make Time to Travel.* Books will be available for purchase at a substantial discount.

3 The session will be held at the Carol Hotel on Frame Street, and the presentation will start at 6:00 p.m. A complimentary buffet dinner will be provided afterwards for attendees, but seating will be limited, so please contact us to reserve a spot in advance. If you are interested, please send a message to Mark DiStefano at mdistefano@ltaa.co.uk by 25 October.

The complete meeting schedule is available at www.ltaa.co.uk.

Sincerely,

Ken Gupta

Les questions 168 à 171 se rapportent au courriel suivant.

À : Liste de diffusion
De : Ken Gupta <kgupta@ltaa.co.uk>
Objet : Mise à jour LTAA
Date : 15 octobre

Une réunion spéciale de l'association des agents de voyage de Londres aura lieu le 1er novembre. Clarissa Tang y parlera des voyages d'affaires en Australie, en Nouvelle Zélande et en Malaisie.

Après sa conférence, elle dédicacera des exemplaires de ses livres, y compris son ouvrage le plus récent *Prenez le temps de voyager*. Les livres seront disponibles à la vente avec une remise considérable.

L'évènement se déroulera à l'Hôtel Carol dans Frame Street, et la présentation démarrera à 18 heures. Puis un buffet dînatoire sera gracieusement proposé aux participants mais les places assises étant limitées, merci de nous contacter pour réserver votre place à l'avance. Si vous êtes intéressé(e), merci d'envoyer un message à Mark DiStefano : mdistefano@ltaa.co.uk avant le 25 octobre.

Le planning complet de la rencontre est disponible à l'adresse suivante : www.ltaa.co.uk.

Cordialement,
Ken Gupta

Questions - traductions

Réponses et commentaires

168

What is the purpose of the e-mail?

(A) To advertise a new hotel
(B) To offer tourist information
(C) To announce information about a meeting
(D) To promote a travel agency

Quel est l'objectif du courriel ?

(A) Présenter un nouvel hôtel
(B) Donner des renseignements touristiques
(C) Fournir des renseignements au sujet d'une réunion
(D) Promouvoir une agence de voyage

Réponse (C)

Au point ❶, on apprend que le courriel va parler d'une réunion avec une intervenante.

169

What is suggested about Ms. Tang?

(A) She is employed at the Carol Hotel.
(B) She purchased some discounted items.
(C) She recently canceled a trip.
(D) She has written more than one book.

Que suggère-t-on à propos de Mme Tang ?

(A) Elle travaille à l'Hôtel Carol.
(B) Elle a acheté des articles en réduction.
(C) Elle a récemment annulé un voyage.
(D) Elle a écrit plus d'un livre.

Réponse (D)

Au point ❷, on apprend qu'elle dédicacera ses livres ***(books)***, au pluriel.

170

What is indicated about the meal?

(A) It begins at 6:00 P.M.
(B) It will feature recipes from *Make Time to Travel*.
(C) It is offered at no cost to meeting participants.
(D) It has been rescheduled.

Qu'indique-t-on au sujet du repas ?

(A) Il commence à 18h.
(B) Il inclut des recettes de *Prenez le temps de voyager*.
(C) Il est offert aux participants à la réunion.
(D) Son horaire a été modifié.

Réponse (C)

Au point ❸, dans la 2e phrase, on apprend que le buffet sera offert aux participants ***(A complimentary buffet will be provided)***. ***Complimentary*** est un synonyme de ***at no cost*** et de ***free of charge*** (gratuitement).

(A) C'est la présentation (et non le repas) qui commence à 18h.
(B) ***feature :*** inclure, présenter.

171

According to the e-mail, why should people contact Mr. DiStefano?

(A) To reserve a place for dinner
(B) To order books at a discounted rate
(C) To get the complete schedule
(D) To make a hotel room reservation

Selon le courriel, pourquoi devrait-on contacter M. DiStefano ?

(A) Pour réserver une place au dîner
(B) Pour commander des livres à un tarif réduit
(C) Pour obtenir le planning complet
(D) Pour réserver une chambre d'hôtel

Réponse (A)

Dans la 2e phrase du point ❸, on apprend que le nombre de places assises (au dîner) est limité ***(seating is limited)*** et on conseille donc de réserver une place ***(reserve a spot)***.

Mots & expressions	
	meeting : réunion, rencontre ***talk :*** (ici) conférence ***copy :*** (ici) exemplaire ***substantial :*** important, conséquent ***complimentary :*** gratuit ***attendee :*** participant ***spot :*** endroit, (ici) place

Texte - traduction

Questions 172-175 refer to the following advertisement.

BSSI

Blakeley Self Storage, Inc.
440 Cleary Ave.
Brownsburg, IN 46112
(317) 555-0142

At Blakeley Self Storage, we guarantee the most convenient self-storage experience in Brownsburg with a clean and safe environment for all your storage needs. — [1] —.

1 The insulated ceilings and sealed floors of our storage units protect your items from moisture and fluctuating temperatures. We offer a wide range of unit sizes to accommodate virtually any item you may want to store. — [2] —. Moreover, every unit is on the ground floor, minimizing the effort required to access your items. Blakeley's largest units are five meters tall, a full meter taller than those of our competitors. There is no minimum number of units you must rent. Rent is collected once a month.

2 We believe that customers should have full control over their storage units, so unit access is 24 hours a day. With Blakeley, moving is convenient, too. — [3] —. Our facilities can accommodate trucks even up to 20 meters in length.

3 Visit www.blakeleyselfstorage.com to browse the full range of unit sizes, a list of vacancies, testimonials, and price information. Please call us for the most up-to-date information on unit availability. We maintain waiting lists for those whose desired unit sizes are currently unavailable. — [4] —.

Les questions 172 à 175 se rapportent à la publicité suivante.

Blakely Self Storage, SARL
440 Cleary Ave.
Brownsburg, IN 46112
(317) 555-0142

Avec Blakely Self Storage, vous avez la garantie de la solution la plus pratique en matière de garde-meuble à Brownsburg dans un environnement propre et sûr pour tous vos besoins de stockage.

Les plafonds isolés et les planchers étanches de nos unités de stockage protègent vos objets de l'humidité et des variations de température. Nous proposons un vaste éventail de surfaces de box pour loger quasiment tout objet que vous souhaiteriez stocker. De plus, chaque box se trouve au rez-de-chaussée, ce qui réduit vos efforts pour accéder à vos affaires. Chez Blakely, les plus grands box font 5 mètres de haut, soit un bon mètre de plus que ceux de nos concurrents. Nous n'imposons pas de quantité minimale de box à louer. Le loyer est dû sur une base mensuelle.

Nous pensons que nos clients doivent pouvoir gérer leur box de stockage comme bon leur semble, l'accès aux box se fait donc 24h/24. Avec Blakely, on peut aussi déménager facilement. Nos installations peuvent accueillir des camions jusqu'à 20 mètres de long.

Consultez le site www.blakelyselfstorage.com pour prendre connaissance de toute notre gamme de surfaces de box, la liste des box disponibles, les témoignages de nos clients, ainsi que les tarifs. N'hésitez pas à nous appeler pour être informé sur les tout derniers box disponibles. Nous avons créé une liste d'attente pour tous ceux qui cherchent un box dont la surface n'est pas disponible actuellement. **Si vous décidez de vous inscrire sur une liste d'attente, nous vous contacterons dès qu'un espace sera libéré.***

*Traduction de la réponse à la question 175.

Questions - traductions

Réponses et commentaires

172

What is indicated about the self-storage units?

(A) They are heated in the winter.
(B) They are all located on the same level.
(C) They are protected by video security cameras.
(D) They are all five meters in height.

Qu'indique-t-on à propos des box du garde-meuble ?

(A) Ils sont chauffés en hiver.
(B) Ils se trouvent tous au même étage.
(C) Ils sont protégés par des caméras de vidéosurveillance.
(D) Ils font tous 5 m de hauteur.

Réponse (B)

Dans la 3e phrase du point ❶, on indique que les box se trouvent tous au rez-de-chaussée *(ground floor)*.

173

What does Blakeley Self Storage do to make moving easier?

(A) It provides space for large vehicles.
(B) It offers freight-delivery services.
(C) It gives referrals for moving companies.
(D) It facilitates transfers to other branches.

Que fait la société Blakely Self Storage pour faciliter les déménagements ?

(A) Elle fournit de l'espace pour les grands véhicules.
(B) Elle propose des services de livraison de marchandises.
(C) Elle recommande des sociétés de déménagement.
(D) Elle facilite le transfert vers d'autres succursales.

Réponse (A)

Au point ❷, on apprend que le site est accessible aux véhicules de grande taille *(can accommodate trucks even up to 20 meters in length)*.

(B) ***freight :*** fret, marchandises.
(C) ***give a referral :*** recommander quelqu'un / quelque chose.

174

What is featured on the company Web site?

(A) A brief history of the company
(B) A virtual tour of the facility
(C) A list of available units
(D) An exclusive discount coupon

Que trouve-t-on sur le site Internet de l'entreprise ?

(A) Un aperçu de l'histoire de l'entreprise
(B) Une visite virtuelle des installations
(C) Une liste des box disponibles
(D) Un coupon pour une remise exclusive

Réponse (C)

Dans la 1re phrase du point ❸, on apprend qu'on peut consulter les espaces disponibles sur le site Internet. Dans le texte, ***vacancies*** est synonyme de ***something that is available***.

175

In which of the positions marked [1], [2], [3], and [4] does the following sentence best belong?

"Should you choose to be placed on one, we will contact you as soon as a space is vacated."

(A) [1]
(B) [2]
(C) [3]
(D) [4]

À quel endroit signalé par [1], [2], [3] et [4] la phrase suivante s'insère-t-elle le mieux ?

« Si vous décidez de vous inscrire sur une liste d'attente, nous vous contacterons dès qu'un espace sera libéré. »

(A) [1]
(B) [2]
(C) [3]
(D) [4]

Réponse (D)

Should you choose est synonyme de ***if you choose*** ; la préposition associée à une liste est ***on*** et ***one*** renvoie à ***waiting list*** dans la phrase précédente, en ❸.

Mots & expressions

self storage : garde-meuble, self-stockage ***inc. = incorporated :*** S.A., SARL ***experience :*** (ici) solution ***insulated :*** isolé ***ceiling :*** plafond ***sealed floor :*** plancher étanche ***unit :*** unité, (ici) box ***item :*** objet ***moisture :*** humidité ***accommodate :*** loger ***facility :*** établissement, installations ***browse :*** regarder ; naviguer

Texte - traduction

Questions 176-180 refer to the following advertisement and form.

1. Publicité

❶ **NORTHWOOD**

Northwood's Annual Clearance Sale!
July 24–30
Stock up on workplace essentials at fantastic prices!

❷ **WRINKLE-FREE DRESS SHIRTS**. Made from a durable, wrinkle-free cotton-polyester fabric and especially good for those long days at the office! Available in white, light blue, charcoal, and taupe. **Item #M913, $39.99**

PREMIUM DRESS SHIRTS. These shirts are made from our finest quality Egyptian cotton. Hand-stitched collar and cuffs. Available in white, cream, light blue, and lilac. **Item #MS756, $79.99**

WOOL TROUSERS. These versatile trousers can be paired with a suit jacket and dress shoes for the office, or with a casual shirt for a night at the movies. Our most popular item! Available in light or dark gray. **Item #MT744, $59.99**

❸ **Shipping Information:** Orders under $50 will be shipped at a flat rate of $5. Orders between $50 and $150 will be shipped at a flat rate of $10. Shipping for orders over $150 is free. These rates apply to items purchased during each of the annual clearance sales.

2. Formulaire

http://www.northwood.com

NORTHWOOD

Name	Gilles Routhier
Address	3899 Penn Street
City	Jefferson City
State	MO
Phone	573-291-5966
Email	GillesRouthier@teleword.com

Item #	**Size**	**Quantity**	**Color**
MT744	34	1	Dark Gray

If you have finished entering items to purchase, press submit to calculate total and shipping charges.

SUBMIT

Texte - traduction

Les questions 176 à 180 se rapportent à la publicité et au formulaire suivants.

NORTHWOOD

Déstockage annuel chez Northwood!

24-30 juillet

Faites des réserves de vêtements de travail à des prix sensationnels!

CHEMISES HABILLÉES INFROISSABLES. Fabriquées avec du tissu résistant en coton-polyester qui ne froisse pas, très pratiques pour les longues journées au bureau! Disponibles en blanc, bleu clair, gris anthracite et taupe. **Article n° M913, 39,99 $**

CHEMISES DE QUALITÉ SUPÉRIEURE. Ces chemises sont fabriquées à partir de notre coton égyptien de première qualité. Col et manches cousus main. Disponibles en blanc, crème, bleu clair et mauve. **Article n° MS756, 79,99 $**

PANTALONS EN LAINE. Ces pantalons polyvalents peuvent être portés avec une veste et des chaussures de ville pour le bureau ou avec une chemise décontractée pour une soirée au cinéma. C'est notre article le plus populaire! Disponibles en gris clair ou gris foncé. **Article n° MT744, 59,99 $**

Informations sur la livraison : les commandes inférieures à 50 $ seront livrées au prix forfaitaire de 5 $. Les commandes entre 50 $ et 150 $ seront livrées au prix forfaitaire de 10 $. La livraison pour les commandes d'une valeur de plus de 150 $ est gratuite. Ces tarifs s'appliquent aux articles achetés lors des déstockages annuels.

---

http://www.northwood.com

NORTHWOOD

Nom Gilles Routhier
Adresse 3899 Penn Street
Ville Jefferson City État MO
Téléphone 573-291-5966
Courriel GillesRouthier@teleworld.com
N° d'article MT744 Taille 34 Quantité 1 Couleur Gris foncé

Après avoir saisi les articles que vous souhaitez acheter, appuyez sur « Soumettre » pour calculer le total et les frais de livraison.

[SOUMETTRE]

Questions - traductions

Réponses et commentaires

176

For whom is the advertisement most likely intended?

(A) People who regularly work in an office
(B) People who are going away on vacation
(C) People who spend a lot of time outdoors
(D) People who are browsing in a shopping mall

À qui cette publicité s'adresse-t-elle probablement ?

(A) À des personnes qui travaillent régulièrement dans un bureau
(B) À des personnes qui partent en vacances
(C) À des personnes qui passent beaucoup de temps à l'extérieur
(D) À des personnes qui font du shopping dans un centre commercial

Réponse (A)

On apprend qu'il s'agit d'achats pour le travail ***(workplace)*** à la 3ᵉ ligne du point ❶ du document 1 et plus précisément « pour le bureau » sous le point ❷ ***(at the office)***.

(C) ***outdoors :*** à l'extérieur.
(D) ***browse :*** (ici) faire les magasins.

177

What is indicated about Northwood?

(A) It is located in Jefferson City.
(B) It offers clearance prices once a year.
(C) It is closing on July 30.
(D) All of its clothes are handmade.

Que dit-on au sujet de la société Northwood ?

(A) Elle se trouve à Jefferson City.
(B) Elle propose des prix de déstockage une fois par an.
(C) Elle ferme le 30 juillet.
(D) Tous ses vêtements sont faits main.

Réponse (B)

Dans le point ❶ du document 1, on peut lire ***Northwood's Annual Clearance Sale*** (Déstockage annuel chez Northwood). ***Once a year*** est synonyme de ***annually***.

178

What information is NOT given in the advertisement?

(A) The item number of each product
(B) The material each product is made of
(C) The colors available for each product
(D) The sizes available for each product

Quelle information n'est PAS donnée dans la publicité ?

(A) Le numéro d'article de chaque produit
(B) La matière de chaque produit
(C) Les couleurs disponibles pour chaque produit
(D) Les tailles disponibles pour chaque produit

Réponse (D)

À aucun moment les tailles ne sont mentionnées dans le document 1 (contrairement au document 2).

Questions - traductions

179

What is Mr. Routhier buying from Northwood?

(A) A shirt
(B) A suit
(C) A pair of trousers
(D) A pair of shoes

Qu'est-ce que M. Routhier achète chez Northwood ?

(A) Une chemise
(B) Un costume
(C) Un pantalon
(D) Une paire de chaussures

180

How much will Mr. Routhier probably have to pay for shipping?

(A) $0
(B) $5
(C) $10
(D) $50

À combien s'élèveront probablement les frais de livraison pour M. Routhier ?

(A) 0 $
(B) 5 $
(C) 10 $
(D) 50 $

Réponses et commentaires

Réponse (C)

Le document 2 indique le numéro d'article que M. Routhier achète : MT744. En le cherchant dans les articles proposés dans le document 1, on constate qu'il correspond à ***Wool trousers***.

Réponse (C)

On voit dans le document 2 que M. Routhier commande un pantalon d'une valeur de 59,99 $, la livraison sera de 10 $ (point ❸ du document 1).

Mots & expressions

clearance sale : liquidation, déstockage ***stock up :*** faire des réserves ***dress shirt :*** chemise habillée ***wrinkle-free :*** infroissable, sans repassage ***durable :*** résistant, solide ***charcoal :*** gris anthracite (couleur) ***collar :*** col ***cuff :*** manche ***hand-stitched :*** cousu main ***lilac :*** mauve ***versatile :*** polyvalent ***dress shoes :*** chaussure de ville / de soirée ***flat rate :*** prix forfaitaire

Texte - traduction

Questions 181-185 refer to the following Web page and form.

1. Site Internet

Welcome to the *Brighton Reader* Web Page

1 The *Brighton Reader* offers a variety of options for making your personal announcement.

2 Our prices include a one-time publishing of your event in the jumbo Sunday edition of the *Brighton Reader* and online at www.brightonreader.co.uk for 30 days. You may also purchase ten copies of the Sunday edition for the special reduced price of £3 total when you publish an event.

To send your information, please complete the electronic form found here.

3 Option 1: 55 words maximum, no photos, for £15
Option 2: 75 words maximum, 5 x 7.6 cm photo in black and white, for £45
Option 3: 100 words maximum, 8.9 x 12.7 cm photo in black and white, for £60
Option 4: 150 words maximum, 10.2 x 15.2 cm maximum-size colour photo, for £90

2. Formulaire

Ordered by:	Azin Shinwa
Announcement category:	Graduation
Date of submission:	13 May
Date of publication:	18 May

Text to publish:

Congratulations to Bita Shinwa, daughter of Mr. Azin Shinwa, for her graduation from the Andawal University medical programme on 15 May. Highlights of her studies include a three-month residency programme abroad, a semester-long rural practical workshop, and academic honours. Bita studied for six years to receive her degree and will be going on to work as a cardiologist overseas in the United States. She will also donate one weekend a month as a general practitioner at the Camiden Free Clinic in Chicago. Congratulations, Bita, and best wishes for the future!

Words:	92
Photo attachment:	Bitagraduation
Options:	Full-colour printing

Texte - traduction

Les questions 181 à 185 se rapportent à la page Internet et au formulaire suivants.

Bienvenue sur le site Internet du *Brighton Reader*

Le *Brighton Reader* vous propose de nombreuses possibilités pour passer votre annonce personnelle.

Nos prix comprennent une seule publication de votre annonce dans la grande édition du dimanche du *Brighton Reader* ainsi qu'une publication en ligne pendant 30 jours sur le site www.brightonreader.co.uk. Vous pouvez également acheter dix exemplaires de l'édition du dimanche au tarif spécial de 3 £ pour l'ensemble lorsque vous publiez une annonce.

Pour soumettre vos informations, merci de remplir le formulaire électronique que vous trouverez ici.

Option 1 : 55 mots maximum, sans photo, pour 15 £
Option 2 : 75 mots maximum, une photo de 5 × 7,6 cm en noir et blanc, pour 45 £
Option 3 : 100 mots maximum, une photo de 8,9 × 12,7 cm en noir et blanc, pour 60 £
Option 4 : 150 mots maximum, une photo de 10,2 × 15,2 cm maximum en couleurs, pour 90 £

Commande de : Azin Shinwa
Catégorie de l'annonce : Remise de diplôme
Date d'envoi : 13 mai
Date de publication : 18 mai

Texte à publier :

Félicitations à Bita Shinwa, la fille de M. Azin Shinwa, pour l'obtention de son diplôme de médecine de l'Université d'Andawal le 15 mai. Les temps forts de ses études ont compris un programme d'internat de trois mois à l'étranger, un semestre de pratique en milieu rural et des mentions universitaires. Bita a étudié pendant six ans pour obtenir son diplôme et poursuivra son parcours outre-Atlantique en tant que cardiologue aux États-Unis. Elle donnera aussi un week-end par mois de son temps pour exercer en tant que médecin généraliste au dispensaire Camiden à Chicago. Félicitations, Bita, et plein de bonnes choses pour ton avenir !

Mots : 92
Photo jointe : Bitaremisediplome
Option : Impression en couleurs

Questions - traductions

Réponses et commentaires

181

What is being advertised?

(A) University facilities
(B) Personal announcements
(C) Newspaper subscriptions
(D) Event-planning services

De quoi fait-on la publicité ?

(A) Des installations universitaires
(B) Des annonces personnelles
(C) Des abonnements à un journal
(D) Des services de planification d'évènements

Réponse (B)

On peut lire à la 1re ligne du document 1 qu'il s'agit d'annonces personnelles ***(personal announcement)***.

182

What is suggested about the *Brighton Reader*?

(A) It offers reduced prices to new subscribers.
(B) It sponsors a number of community events.
(C) It is available in more than one format.
(D) It is printed only on Sundays.

Que suggère-t-on à propos du *Brighton Reader* ?

(A) Il offre des prix réduits aux nouveaux abonnés.
(B) Il parraine bon nombre d'évènements locaux.
(C) Il est disponible dans plus d'un format.
(D) Il n'est imprimé que le dimanche.

Réponse (C)

Dans le document 1 au point ❷, on évoque la grande édition du dimanche et la version en ligne ***(online)***.

(A) Une réduction de tarifs est bien proposée, mais aux personnes qui passent une annonce (dernière phrase en ❷ du document 1), pas aux nouveaux abonnés.

183

How much did the *Brighton Reader* probably charge Azin Shinwa?

(A) £15
(B) £45
(C) £60
(D) £90

Combien le *Brighton Reader* a-t-il probablement facturé Azin Shinwa ?

(A) 15 £
(B) 45 £
(C) 60 £
(D) 90 £

Réponse (D)

On lit à la fin du document 2 que M. Shiwa a choisi l'option ***full colour printing***, qui correspond à l'option 4 du document 1, la seule qui permet d'avoir une photo en couleurs. Selon la dernière ligne du document 1, il paiera donc 90 £.

Questions - traductions

Réponses et commentaires

184

What is Bita Shinwa's profession?

(A) Newspaper editor
(B) Marketing specialist
(C) University professor
(D) Medical doctor

Quel est le métier de Bita Shinwa ?

(A) Rédactrice d'un journal
(B) Spécialiste en marketing
(C) Professeur à l'université
(D) Docteur en médecine

Réponse (D)

On apprend dans le document 2 qu'elle travaillera en tant que cardiologue ***(cardiologist)*** et exercera une fois par mois en tant que médecin généraliste ***(general practitioner)***.

185

What does the form indicate about Bita Shinwa's plans?

(A) She will volunteer her time.
(B) She will go abroad for the first time.
(C) She will donate money.
(D) She will participate in a workshop.

Qu'est-ce que le formulaire indique sur les projets de Bita Shinwa ?

(A) Elle fera du bénévolat.
(B) Elle partira à l'étranger pour la première fois.
(C) Elle fera un don d'argent.
(D) Elle participera à un atelier.

Réponse (A)

On lit dans le document 2 ***She will also donate one weekend a month*** (Elle donnera aussi un week-end par mois de son temps). Ici, ***volunteer*** est synonyme de ***donate time***.

(B) Son internat s'est déroulé à l'étranger, ce ne sera donc pas sa première fois à l'étranger (document 2).

Mots & expressions

jumbo : géant, énorme ***purchase :*** acheter ***graduation :*** remise de diplôme ***highlight :*** temps fort ***residency :*** internat ***(academic) honours :*** mentions ***overseas :*** (ici) outre-Atlantique ***donate :*** donner, faire un don ***general practitioner :*** médecin généraliste ***free clinic :*** dispensaire

Texte - traduction

Questions 186-190 refer to the following Web page and e-mails.

1. Site Internet

https://www.staffcelebrations.com

Staff Celebrations
Event planning for companies large and small since 1982

Picnics | Award Ceremonies | Team-building Events | Milestone Celebrations

Picnics with your company in mind! Pricing to fit every budget.

We do it all:
- Setup and cleanup
- Shuttle service between parking area and site if needed
- Food and beverages (choose from a wide variety of snack and meal options)
- Games and activities for adults and children (many to choose from)
- Photos
- Gift bags for each guest (optional; your choice of items to include)

1 We'll come to your site, or you can rent either of our two beautiful spaces: the Garden Grove in Glenview (for up to 200 people) or the Bridge Center in Woodsorrel (for 200-1,000 people).

Treat your staff to an event they'll remember!

2. Courriel n° 1

To: Delilah Chalmers <dchalmers@sybrassarchitecture.com>
From: Kacper Bukowski <kbukowski@fordingfitness.com>
Date: February 12
Subject: Staff Celebrations

Dear Ms. Chalmers,

My company is considering hiring Staff Celebrations for our employee picnic this summer, and the company gave us your name as a reference. If you have a moment, could you answer a few questions about their services? Specifically, we would like to know what the staff and location were like and whether the gift bag option is worth the additional cost. It would be very helpful if you could send us your impressions by the end of next week.

Thank you in advance for your help.

Kacper Bukowski
Executive Staff Assistant
Fording Fitness Center

3. Courriel n° 2

E-mail

To: Kacper Bukowski <kbukowski@fordingfitness.com>
From: Delilah Chalmers <dchalmers@sybrassarchitecture.com>
Date: February 14
Subject: RE: Staff Celebrations

Dear Mr. Bukowski,

I am happy to provide you with some information about Staff Celebrations. We hired them for our tenth annual company picnic, which was held this past July. Over 200 of our employees and their families were in attendance. After looking into several options, we settled on Staff Celebrations to plan and host our event because they were highly recommended by several other companies in the area. We were delighted with the convenience of their service. All we had to do was make a few menu and game selections, and they did the rest. We chose to use one of their sites, which was as beautiful as promised. Despite uncomfortably high temperatures on the day of our event, the staff at Staff Celebrations remained cheerful and enthusiastic. We did not opt for the gift bag option, although I recall from our initial meeting that the choices for that seemed to be reasonably priced and of high quality. I highly recommend Staff Celebrations.

Regards,

Delilah Chalmers
Vice President for Corporate Events
Sybrass Architecture

Texte - traduction

Les questions 186 à 190 se rapportent à la page Internet et aux courriels suivants.

https://www.staffcelebrations.com

Staff Celebrations

Organisation d'évènements pour grandes et petites entreprises depuis 1982

Pique-niques Cérémonies de remise de prix Séminaires de cohésion Célébrations d'évènements marquants

Des pique-niques conçus en pensant à votre entreprise ! Tarification adaptable à tous les budgets.

Nous nous chargeons de tout :
– Préparation et rangement
– Service de navette entre le parking et le lieu du pique-nique si besoin
– Repas et boissons (choisissez parmi une large gamme d'options pour les collations et les repas)
– Jeux et activités pour adultes et enfants (à choisir parmi de nombreuses options)
– Photos
– Pochettes cadeau pour chaque invité (facultatif ; vous choisissez les articles à inclure)

Nous nous rendons sur votre site ou bien vous louez l'un de nos deux beaux emplacements : le Garden Grove à Glenview (jusqu'à 200 personnes) ou le Bridge Center à Woodsorrel (200 à 1 000 personnes).

Offrez un évènement inoubliable à vos employés !

À : Delilah Chalmers <dchalmers@sybrassarchitecture.com>
De : Kacper Bukowski <kbukowski@fordingfitness.com>
Date : 12 février
Objet : Staff Celebrations

Chère Mme Chalmers,

Mon entreprise envisage de faire appel aux services de Staff Celebrations pour notre pique-nique d'entreprise cet été et cette société m'a donné votre nom comme référence. Si vous avez quelques instants, pourriez-vous répondre à quelques questions concernant leurs services ? Nous aimerions particulièrement savoir comment étaient le personnel et l'emplacement et si l'option pochette cadeau mérite de payer un supplément. Cela nous serait d'une grande aide si vous nous envoyiez vos impressions avant la fin de la semaine prochaine.
En vous remerciant par avance de votre aide,

Kacper Bukowski

Assistant administratif du personnel
Centre de remise en forme Fording

À : Kacper Bukowski <kbukowski@fordingfitness.com>
De : Delilah Chalmers <dchalmers@sybrassarchitecture.com>
Date : 14 février
Objet : RE : Staff Celebrations

Cher M. Bukowski,

C'est avec plaisir que je vous donne quelques renseignements au sujet de la société Staff Celebrations. Nous l'avons engagée pour notre dixième pique-nique annuel d'entreprise qui a eu lieu en juillet dernier. Plus de 200 de nos employés et leur famille y ont assisté. Après avoir considéré plusieurs options, nous avons choisi la société Staff Celebrations pour planifier et accueillir notre évènement car elle nous a été hautement recommandée par plusieurs autres entreprises du secteur. Nous avons été ravis par la pertinence de leur service. Nous nous sommes contentés de prendre quelques décisions concernant les menus et jeux, et ils ont fait tout le reste. Nous avons choisi d'utiliser un de leurs sites, qui était aussi beau que promis. Malgré des températures inconfortablement élevées le jour de notre évènement, les employés de Staff Celebrations ont conservé leur bonne humeur et leur enthousiasme. Nous n'avons pas opté pour l'option pochette cadeau même si je me rappelle que les choix proposés lors notre première rencontre étaient à un prix raisonnable et de très bonne qualité. Je recommande vivement Staff Celebrations.

Cordialement,

Delilah Chalmers
Vice-présidente des évènements d'entreprise
Sybrass Architecture

Questions - traductions

Réponses et commentaires

186

What is indicated about Staff Celebrations?

(A) It provides snacks free of charge.
(B) It has a new location.
(C) It offers transportation for guests.
(D) It requires payment in advance.

Qu'indique-t-on au sujet de la société Staff Célébrations ?

(A) Elle fournit des collations gratuitement.
(B) Elle dispose d'un nouveau site.
(C) Elle propose un service de transport pour les invités.
(D) Elle exige un paiement à l'avance.

Réponse (C)

On peut lire dans le document 1 sous le point ❶ qu'un service de navette *(shuttle service)* existe.

187

Why did Mr. Bukowski contact Ms. Chalmers?

(A) To inquire about the services provided by Staff Celebrations
(B) To give her some information about a research project
(C) To ask her company to cater an upcoming event
(D) To make suggestions for improving a service

Pourquoi M. Bukowski a-t-il contacté Mme Chalmers ?

(A) Pour se renseigner sur les services fournis par Staff Celebrations
(B) Pour lui donner des renseignements sur un projet de recherche
(C) Pour demander à son entreprise d'être le traiteur lors d'un évènement à venir
(D) Pour faire des suggestions d'amélioration d'un service

Réponse (A)

On peut lire dans le document 2 que les coordonnées de Mme Chalmers lui ont été données comme référence par la société Staff Célébrations (phrase 1) pour avoir un avis sur les services qu'elle propose.

188

In the first e-mail, in paragraph 1, line 5, the word "impressions" is closest in meaning to

(A) imprints
(B) perceptions
(C) copies
(D) preferences

Dans le premier courriel, la signification du mot « impressions » au premier paragraphe, ligne 5 se rapproche le plus de

(A) empreintes
(B) perceptions
(C) exemplaires
(D) préférences

Réponse (B)

Ici, M. Bukowski demande à Mme Chalmers son avis sur l'entreprise Staff Celebrations ; il s'agit donc bien de sa perception de l'entreprise.

Questions - traductions

Réponses et commentaires

189

What does Ms. Chalmers mention that Mr. Bukowski did NOT specifically ask about?

(A) Gift bags
(B) Location
(C) Staff
(D) Food

Qu'a mentionné Mme Chalmers qui n'a PAS été spécifiquement demandé par M. Bukowski ?

(A) Les pochettes cadeau
(B) Le site
(C) Le personnel
(D) Le repas

Réponse (D)

Dans le document 2, M. Bukowski demande quelques précisions sur la qualité de la prestation fournie par Staff Celebrations (le personnel, le site et les pochettes cadeau), mais il ne pose pas de question sur les repas.

190

Where was the Sybrass Architecture event most likely held?

(A) At Fording Fitness Center
(B) At Sybrass Architecture
(C) At the Garden Grove
(D) At the Bridge Center

Où l'évènement de Sybrass Architecture avait-il probablement lieu ?

(A) Au centre de remise en forme Fording
(B) Au cabinet Sybrass Architecture
(C) Au Garden Grove
(D) Au Bridge Center

Réponse (D)

Puisque Mme Chalmers évoque dans le document 3, ligne 2, la présence de plus de 200 employés avec leur famille ***(over 200 of our employees and their families)***, il s'agit du lieu qui peut accueillir un tel nombre de personnes, c'est-à-dire le Bridge Center, comme il est indiqué à l'avant-dernière ligne du document 1 : ***for 200-1000 people***. Mme Chalmers précise également que la société Staff Celebrations a accueilli l'évènement ***(host our event)***, celui-ci n'a donc pas eu lieu ailleurs.

Mots & expressions

award : récompense ***milestone :*** évènement marquant ***cleanup :*** rangement, nettoyage
treat someone to something : offrir quelque chose à quelqu'un
executive staff assistant : assistant administratif du personnel ***settle on :*** se décider pour, choisir

Texte - traduction

Questions 191-195 refer to the following report, e-mail, and Web-site article.

1. Rapport

Opportunities for Leadership Development: Evaluation Report
Executive Summary

This report documents the results of a study conducted by the Centre for Management Development and Assessment (CMDA) on behalf of Vaughan Biotechnics. The investigation sought to determine whether administrative workers have sufficient career advancement opportunities and whether the current set of leadership training courses meets the needs of supervisors.

The responses of human resources (HR) directors illustrate the current state of affairs, since they are responsible for ensuring that employees have ample training and development opportunities. Nearly 75% of HR directors indicated that Vaughan Biotechnics does not provide sufficient training programmes for supervisors. Some suggested that the lack of training opportunities led to low promotion rates.

In addition to providing in-depth coverage of these and other findings, this document contains a series of recommendations that will be carefully studied by government officials for possible implementation.

2. Courriel

To:	rylan.saunders@vaughanbiotech.co.uk
From:	salma.gorshani@vaughanbiotech.co.uk
Subject:	Course suggestion
Date:	13 July

Dear Mr. Saunders,

I'd like to add another course to the list of suggestions. Having led various large-scale projects over the last five years, I have come to realize how helpful social media can be for supervisors and managers. Therefore, I suggest that you include among the new training courses one that focuses on social media and covers such topics as planning, executing, and assessing social media campaigns.

Thank you and best wishes,

Salma Gorshani

3. Article

https://www.vaughanbiotech.co.uk/employee/mycareer

Supervisor Training Programme Now Available

On Tuesday, HR director Mr. Rylan Saunders unveiled the new training programme for employees interested in becoming supervisors. The redesigned programme is the result of an inquiry carried out last January that looked into the opportunities available to employees wanting to move up the career ladder. It also included an analysis of the trainings, which determined that Vaughan Biotechnic's original programme was no longer effective. The improved programme includes courses that reflect today's complex work environment. Courses like Supervising Using Social Media help would-be managers learn how to utilize current tools to lead successful projects. Click the 'professional development' link for more information and to register.

Les questions 191 à 195 se rapportent au rapport, au courriel et à l'article d'un site Internet suivants.

Des opportunités pour le développement des qualités de gestion managériale :
Rapport d'évaluation
Résumé

Ce rapport décrit les résultats d'une étude menée par le Centre du développement et de l'évaluation de la gestion (CDEG) pour Vaughan Biotechnics. L'enquête a cherché à déterminer si les agents administratifs ont suffisamment d'opportunités d'évolution de carrière et si l'étendue des formations existantes pour le développement des qualités managériales correspond aux besoins des cadres.

La réaction des directeurs des ressources humaines (DRH) illustre la situation actuelle puisqu'ils ont comme responsabilité de s'assurer que les employés ont de nombreuses possibilités de formation et de développement. Près de 71 % des salariés du service RH ont indiqué que Vaughan Biotechnics ne fournissait pas assez de formations aux responsables potentiels. Certains ont sous-entendu que le manque d'opportunités de formation avait pour conséquence un faible taux de promotions.

En complément du traitement approfondi de ces résultats et d'autres résultats, ce document contient une série de recommandations qui seront soigneusement étudiées par les représentants du gouvernement pour une éventuelle mise en œuvre.

À : rylan.saunders@vaughanbiotech.co.uk
De : salma.gorshani@vaughanbiotech.co.uk
Objet : Proposition de cours
Date : 13 juillet

Cher M. Saunders,

Je voudrais ajouter un autre cours à la liste des suggestions. Après avoir mené de nombreux projets de grande envergure ces cinq dernières années, j'ai fini par me rendre compte à quel point les réseaux sociaux pouvaient être utiles aux cadres et aux directeurs. C'est pour cela que je vous suggère d'inclure parmi les nouveaux cours de formation un qui soit axé sur les réseaux sociaux et qui couvre des sujets tels que la planification, la mise en œuvre et l'évaluation de campagnes médiatiques sur les réseaux sociaux.

Je vous en remercie.
Meilleures salutations,

Salma Gorshani

---

https://www.vaughanbiotech.co.uk/employee/mycareer

Disponibilité des formations de responsables

Mardi dernier, le directeur des ressources humaines, Rylan Saunders a dévoilé le nouveau programme de formation pour les employés qui souhaitent devenir cadres. Le programme totalement revu est le résultat d'une enquête menée en janvier dernier sur les possibilités mises à la disposition des employés qui souhaitent grimper les échelons. Elle comprenait également une analyse des formations qui concluait que le programme d'origine de Vaughan Biotechnics n'était plus pertinent. Le programme amélioré comprend des cours qui reflètent l'environnement de travail complexe actuel.

Des cours comme « Superviser en se servant des réseaux sociaux » aident les cadres en devenir à apprendre à utiliser des outils actuels pour mener des projets réussis. Pour obtenir plus de renseignements et pour s'inscrire, cliquez sur le lien « développement de carrière ».

Questions - traductions

Réponses et commentaires

191

Why did the CMDA collect information from the directors of Human Resources?

(A) They used to hold leadership positions.
(B) They determine the criteria for promotion.
(C) They provide staff with learning opportunities.
(D) They are in charge of hiring new employees.

Pourquoi le CDEG a-t-il recueilli des renseignements auprès des directeurs des ressources humaines ?

(A) Ils détenaient auparavant des positions de leader.
(B) Ils déterminent les critères pour les promotions.
(C) Ils permettent aux salariés de se former.
(D) Ils sont responsables de l'embauche de nouveaux employés.

Réponse (C)

Au deuxième paragraphe du document 1, on peut lire que les DRH doivent s'assurer que les employés ont de nombreuses possibilités de formation ***(they are responsible for ensuring that employees have ample training)***. ***Provide :*** fournir, mettre à disposition.

192

What is indicated about the CMDA study?

(A) It was completed in January.
(B) It is conducted every year.
(C) It was critical of supervisors.
(D) It was distributed to the public.

Qu'indique-t-on à propos de l'étude du CDEG ?

(A) Elle s'est terminée en janvier.
(B) Elle est menée tous les ans.
(C) Elle a été critique envers les cadres.
(D) Elle a été distribuée au public.

Réponse (A)

Dans la deuxième phrase du document 3, la période à laquelle l'étude a eu lieu est précisée ***(an inquiry carried out last January)***.

193

What most likely is a recommendation the CMDA made to Vaughan Biotechnics?

(A) Reduce funds available to directors of Human Resources.
(B) Change the type of courses aspiring supervisors must take.
(C) Increase the number of female supervisors in its labor force.
(D) Allow for more meetings between supervisors and upper management.

Quelle est probablement l'une des recommandations du CDEG à Vaughan Biotechnics ?

(A) Réduire les budgets à la disposition des directeurs des ressources humaines.
(B) Changer le type de cours que les futurs responsables doivent suivre.
(C) Augmenter le nombre de femmes responsables parmi ses effectifs.
(D) Prévoir davantage de réunions entre les responsables et la direction.

Réponse (B)

La 4e phrase du document 3 explique que la société intègre désormais des cours qui reflètent l'environnement de travail complexe actuel ***(courses that reflect today's complex work environment)*** car le programme d'origine de Vaughan Biotechnics n'était plus pertinent ***(Vaughan Biotechnic's original programme was no longer effective)*** (document 3, phrase 3).

(C) ***labor force :*** (ici) effectifs (d'une entreprise).
(D) ***allow for :*** prévoir, compter.

Questions - traductions

Réponses et commentaires

194

In the e-mail, the word "covers" in line 4 is closest in meaning to

(A) is concerned with
(B) is placed over
(C) guards against
(D) accounts for

Dans le courriel, la signification du mot « covers » à la 4e ligne se rapproche le plus de

(A) concerne
(B) est placé au-dessus
(C) se méfie de
(D) répond de

Réponse (A)

Dans le document 2, Mme Gorshani propose un sujet de cours supplémentaire et suggère les thèmes qu'il pourrait aborder : ***covers such topics as...***
Covers se rapproche donc bien ici de ***is concerned with***.

195

What is suggested about Ms. Gorshani?

(A) Her leadership style is popular with her employees.
(B) Her proposal to the HR director was accepted.
(C) She had read the report written by the CMDA.
(D) She thinks there are enough opportunities for mentoring.

Qu'est-ce qui est suggéré au sujet de Mme Gorshani ?

(A) Son style managérial est apprécié de ses employés.
(B) La proposition qu'elle a faite au DRH a été acceptée.
(C) Elle avait lu le rapport rédigé par le CDEG.
(D) Elle pense qu'il y a assez de possibilités d'encadrement.

Réponse (B)

Dans le document 2, Mme Gorshani dit dans la dernière phrase que des cours axés sur les réseaux sociaux devraient être mis en place ***(courses [...] that focus on social media)*** ; et on peut lire dans l'avant-dernière phrase du document 3 qu'un tel cours existera désormais.

(A) ***popular with :*** apprécié de.
(D) ***mentoring :*** tutorat, encadrement.

Mots & expressions

report : rapport, compte rendu ***leadership :*** qualité / posture managériale
executive summary : résumé (analytique) ***document :*** rendre compte, décrire ***on behalf of :*** pour, au nom de
seek (sought, sought) : chercher ***set (of) :*** (ici) : l'étendue de
meet someone's needs : correspondre aux besoins de quelqu'un ***supervisor :*** responsable, cadre
state of affairs : situation ***coverage :*** couverture ***finding :*** résultat, conclusion
government official : représentent du gouvernement ***focus on :*** se concentrer sur, être axé sur ***unveil :*** dévoiler

Texte - traduction

Questions 196-200 refer to the following letter, e-mail, and advertisement.

1. Lettre

Dear friend of the Linwood Community Center,

I am writing to invite you to sponsor the Linwood Community Center's annual Bike for Linwood fund-raising event. The money raised by this year's 50-kilometer ride will support the new music education program at the center. Sponsorship would give your company great exposure as the event will be covered by local newspapers and is attended by over 5,000 spectators.

Our sponsorship options include the following.

Primary Sponsor: Company name and logo will be prominently displayed on all promotional materials. Company representative will be photographed with the race winners. $10,000

Associate Sponsor: Company name will be listed on banners at the event. Sponsor will receive a certificate of appreciation suitable for display. $5,000

Corporate Sponsor: Company name will be listed in our directory of sponsors. Sponsor will receive a certificate of appreciation. $1,000

Contributing Sponsor: Sponsor will receive a certificate of appreciation. $500

No matter at what level you choose to participate, you will be helping the community. Please contact me with any questions.

Sincerely,

Rosalyn Sanchez

Rosalyn Sanchez
Director of Fund-raising

2. Courriel

E-mail

From:	bkelly@torypharm.com
To:	rsanchez@linwoodcc.org
Date:	June 12
Subject:	Event details

Dear Ms. Sanchez,

I am attaching a digital copy of our company's logo for use in your event's advertising materials.

Our director of Community Relations, Nancy Glass, and her assistant will be attending the event and would like to have electronic copies of the photographs from the event to post on our Web site. She would also like to tour the Linwood Community Center before the event and meet some of the students from the new program. Please confirm that this is possible and let me know what time she should plan to arrive.

Sincerely,

Blake Kelly, Tory Pharmaceuticals

3. Publicité

Bike for Linwood Fund-raising Event
Sponsored by

TORY *Pharmaceuticals*

50-kilometer ride on June 19 at 9 A.M.

Riders depart from Swanton Town Hall, and the finish line is in front of Linwood Center. Riders and spectators are invited to stay for a celebration that includes entertainment provided by the students from the center's newest program. Food and drinks will be available for purchase.

Texte - traduction

Les questions 196 à 200 se rapportent à la lettre, au courriel et à la publicité suivants.

Cher ami du Centre Social de Linwood,

Par la présente, je vous invite à parrainer l'évènement annuel de collecte de fonds « Pédalez pour Linwood » organisé par le Centre Social de Linwood. Cette année, les fonds collectés lors de la course à vélo de 50 kilomètres permettront de soutenir le nouveau programme d'éducation musicale au centre. Votre parrainage apporterait une excellente visibilité à votre entreprise, car l'évènement sera suivi par les journaux régionaux et il attire plus de 5 000 spectateurs.

Nos options de parrainage sont les suivantes :

Parrainage principal : le nom de l'entreprise et son logo figureront au premier plan sur tous les supports publicitaires. Un représentant de l'entreprise sera pris en photo avec les gagnants de la course. 10 000 $

Parrainage associé : le nom de l'entreprise apparaîtra sur les bannières pendant l'évènement. Le parrain recevra un certificat d'appréciation qui pourra être exposé. 5 000 $

Parrainage d'entreprise : le nom de l'entreprise sera mentionné dans notre répertoire de parrains. Le parrain recevra un certificat d'appréciation. 1 000 $

Parrainage contributif : le parrain recevra un certificat d'appréciation. 500 $

Quelle que soit votre option de participation, vous aiderez la communauté. Merci de me contacter si vous avez des questions à ce sujet.

Meilleures salutations,
Rosalyn Sanchez
Directrice de la Collecte de Fonds

De : bkelly@orypharm.org
À : rsanchez@linwoodcc.org
Date : 12 juin
Objet : Détails concernant l'événement

Chère Mme Sanchez,

Je vous envoie en pièce jointe une version numérique du logo de notre entreprise à utiliser sur les supports publicitaires de votre évènement.

Notre directrice des relations avec le public, Nancy Glass, et son assistante assisteront à l'évènement et aimeraient bien avoir des versions numériques des photos de l'évènement pour les afficher sur notre site Internet. Elle aimerait également visiter le Centre Social de Linwood avant l'évènement et rencontrer quelques étudiants du nouveau programme. Merci de me confirmer si cela est possible et de me dire à quelle heure elle devrait prévoir d'arriver.

Meilleures salutations,

Blake Kelly, Tory Pharmaceutique

Collecte de fonds pour l'évènement « Pédalez pour Linwood »
Parrainé par
TORY Pharmaceutique

Une course de 50 kilomètres le 19 juin à 9 heures

Les cyclistes prennent le départ à la mairie de Swanton, et l'arrivée se trouve en face du Centre Social de Linwood. Les cyclistes et les spectateurs sont invités à rester à la fête qui comprend un spectacle donné par les étudiants du nouveau programme du centre. De la nourriture et des boissons seront disponibles à la vente.

Questions - traductions

Réponses et commentaires

196

For whom is the letter most likely intended?

(A) Advertising designers
(B) Business owners
(C) Local bicycle riders
(D) Community center volunteers

À qui cette lettre s'adresse-t-elle probablement ?

(A) À des concepteurs publicitaires
(B) À des entrepreneurs
(C) À des cyclistes de la région
(D) À des bénévoles du centre social

Réponse (B)

Dans la 1re phrase du document 1, on apprend que des parrains sont recherchés ***(invite you to sponsor)***, et on détaille ensuite les conditions du parrainage pour les entreprises ***(companies)***.

(A) ***advertising designer :*** concepteur/dessinateur publicitaire.

197

In the letter, the word "exposure" in paragraph 1, line 4, is closest in meaning to

(A) condition of being made known
(B) state of being unprotected
(C) disclosure of something secret
(D) position with reference to compass

Dans la lettre, la signification du mot « exposure » dans le premier paragraphe se rapproche le plus de

(A) fait de se faire connaître
(B) état dans lequel on est sans protection
(C) divulgation de quelque chose de secret
(D) position d'après une boussole

Réponse (A)

Dans le document 1, le mot ***exposure*** est utilisé pour expliquer que les entreprises partenaires auront une excellente visibilité grâce à la couverture médiatique de l'événement et au nombre de spectateurs ***(the event will be covered by local newspaper and is attended by over 5,000 spectators)***. Il s'agit donc du fait de se faire connaître.

(C) ***disclosure :*** divulgation.

198

What type of sponsorship did Tory Pharmaceuticals most likely select?

(A) Primary sponsor
(B) Associate sponsor
(C) Corporate sponsor
(D) Contributing sponsor

Quelle catégorie de parrainage la société Tory Pharmaceutique a-t-elle choisi ?

(A) Parrainage principal
(B) Parrainage associé
(C) Parrainage d'entreprise
(D) Parrainage contribuant

Réponse (A)

Selon le document 1, c'est la seule forme de parrainage qui affiche le logo de l'entreprise, et on constate en 3 que le logo de cette société est proéminent sur la publicité de l'évènement.

Questions - traductions

Réponses et commentaires

199

What is suggested about Nancy Glass?

(A) She works at the community center.
(B) She will be competing in the race.
(C) She will have her picture taken with the winners of the race.
(D) She has attended this fund-raising event for several years.

Que suggère-t-on à propos de Nancy Glass ?

(A) Elle travaille au centre social.
(B) Elle participera à la course.
(C) Elle se fera prendre en photo avec les gagnants de la course.
(D) Cela fait plusieurs années qu'elle assiste à cet évènement de collecte de fonds.

Réponse (C)

On apprend dans le document 2 que Nancy Glass travaille pour Tory Pharmaceutique, qui parraine l'événement (document 3). Dans les options de parrainage (document 1), on constate que l'option ***Primary sponsor*** donne la possibilité à un représentant de l'entreprise ***(company representative)*** d'être pris en photo avec les gagnants.

200

What is indicated about the event?

(A) It was started by Blake Kelly.
(B) Riders will start from the community center.
(C) Portions of the race will be televised.
(D) It includes a musical performance.

Qu'indique-t-on au sujet de l'évènement ?

(A) Il a été lancé par Blake Kelly.
(B) Les cyclistes prennent le départ au centre social.
(C) Des parties de la course seront retransmises à la télévision.
(D) Il comprend une performance musicale.

Réponse (D)

L'avant-dernière phrase du document 3 indique qu'il y aura un spectacle donné par les étudiants du nouveau programme (d'éducation musicale : document 1 phrase 2). On peut donc déduire qu'il s'agit d'une performance musicale.

Mots & expressions

community center : maison de quartier, centre social ***sponsor :*** parrainer ***fund-raising :*** collecte de fonds ***sponsorship :*** parrainage ***exposure :*** (ici) visibilité ***cover (an event) :*** couvrir, traiter ***display :*** afficher, exposer ***list :*** énumérer, mentionner ***banner :*** bannière ***directory :*** annuaire, répertoire ***digital :*** numérique ***community relations :*** relations avec le public ***post :*** afficher, mettre sur un site ***tour :*** visiter ***town hall :*** mairie ***entertainment :*** divertissement, (ici) spectacle

Achevé d'imprimer en avril 2025 en Italie par L.E.G.O. S.p.A. Lavis (TN)
Dépôt légal : Juin 2022 - Édition 04
15/5012/4

TOEIC® TEST (1)

ANSWER SHEET

LISTENING SECTION

1	A B C D	26	A B C	51	A B C D	76	A B C D
2	A B C D	27	A B C	52	A B C D	77	A B C D
3	A B C D	28	A B C	53	A B C D	78	A B C D
4	A B C D	29	A B C	54	A B C D	79	A B C D
5	A B C D	30	A B C	55	A B C D	80	A B C D
6	A B C D	31	A B C	56	A B C D	81	A B C D
7	A B C	32	A B C D	57	A B C D	82	A B C D
8	A B C	33	A B C D	58	A B C D	83	A B C D
9	A B C	34	A B C D	59	A B C D	84	A B C D
10	A B C	35	A B C D	60	A B C D	85	A B C D
11	A B C	36	A B C D	61	A B C D	86	A B C D
12	A B C	37	A B C D	62	A B C D	87	A B C D
13	A B C	38	A B C D	63	A B C D	88	A B C D
14	A B C	39	A B C D	64	A B C D	89	A B C D
15	A B C	40	A B C D	65	A B C D	90	A B C D
16	A B C	41	A B C D	66	A B C D	91	A B C D
17	A B C	42	A B C D	67	A B C D	92	A B C D
18	A B C	43	A B C D	68	A B C D	93	A B C D
19	A B C	44	A B C D	69	A B C D	94	A B C D
20	A B C	45	A B C D	70	A B C D	95	A B C D
21	A B C	46	A B C D	71	A B C D	96	A B C D
22	A B C	47	A B C D	72	A B C D	97	A B C D
23	A B C	48	A B C D	73	A B C D	98	A B C D
24	A B C	49	A B C D	74	A B C D	99	A B C D
25	A B C	50	A B C D	75	A B C D	100	A B C D

READING SECTION

101	A B C D	126	A B C D	151	A B C D	176	A B C D
102	A B C D	127	A B C D	152	A B C D	177	A B C D
103	A B C D	128	A B C D	153	A B C D	178	A B C D
104	A B C D	129	A B C D	154	A B C D	179	A B C D
105	A B C D	130	A B C D	155	A B C D	180	A B C D
106	A B C D	131	A B C D	156	A B C D	181	A B C D
107	A B C D	132	A B C D	157	A B C D	182	A B C D
108	A B C D	133	A B C D	158	A B C D	183	A B C D
109	A B C D	134	A B C D	159	A B C D	184	A B C D
110	A B C D	135	A B C D	160	A B C D	185	A B C D
111	A B C D	136	A B C D	161	A B C D	186	A B C D
112	A B C D	137	A B C D	162	A B C D	187	A B C D
113	A B C D	138	A B C D	163	A B C D	188	A B C D
114	A B C D	139	A B C D	164	A B C D	189	A B C D
115	A B C D	140	A B C D	165	A B C D	190	A B C D
116	A B C D	141	A B C D	166	A B C D	191	A B C D
117	A B C D	142	A B C D	167	A B C D	192	A B C D
118	A B C D	143	A B C D	168	A B C D	193	A B C D
119	A B C D	144	A B C D	169	A B C D	194	A B C D
120	A B C D	145	A B C D	170	A B C D	195	A B C D
121	A B C D	146	A B C D	171	A B C D	196	A B C D
122	A B C D	147	A B C D	172	A B C D	197	A B C D
123	A B C D	148	A B C D	173	A B C D	198	A B C D
124	A B C D	149	A B C D	174	A B C D	199	A B C D
125	A B C D	150	A B C D	175	A B C D	200	A B C D

TOEIC® TEST (2)

ANSWER SHEET

LISTENING SECTION

1	Ⓐ Ⓑ Ⓒ Ⓓ	26	Ⓐ Ⓑ Ⓒ	51	Ⓐ Ⓑ Ⓒ Ⓓ	76	Ⓐ Ⓑ Ⓒ Ⓓ
2	Ⓐ Ⓑ Ⓒ Ⓓ	27	Ⓐ Ⓑ Ⓒ	52	Ⓐ Ⓑ Ⓒ Ⓓ	77	Ⓐ Ⓑ Ⓒ Ⓓ
3	Ⓐ Ⓑ Ⓒ Ⓓ	28	Ⓐ Ⓑ Ⓒ	53	Ⓐ Ⓑ Ⓒ Ⓓ	78	Ⓐ Ⓑ Ⓒ Ⓓ
4	Ⓐ Ⓑ Ⓒ Ⓓ	29	Ⓐ Ⓑ Ⓒ	54	Ⓐ Ⓑ Ⓒ Ⓓ	79	Ⓐ Ⓑ Ⓒ Ⓓ
5	Ⓐ Ⓑ Ⓒ Ⓓ	30	Ⓐ Ⓑ Ⓒ	55	Ⓐ Ⓑ Ⓒ Ⓓ	80	Ⓐ Ⓑ Ⓒ Ⓓ
6	Ⓐ Ⓑ Ⓒ Ⓓ	31	Ⓐ Ⓑ Ⓒ	56	Ⓐ Ⓑ Ⓒ Ⓓ	81	Ⓐ Ⓑ Ⓒ Ⓓ
7	Ⓐ Ⓑ Ⓒ	32	Ⓐ Ⓑ Ⓒ Ⓓ	57	Ⓐ Ⓑ Ⓒ Ⓓ	82	Ⓐ Ⓑ Ⓒ Ⓓ
8	Ⓐ Ⓑ Ⓒ	33	Ⓐ Ⓑ Ⓒ Ⓓ	58	Ⓐ Ⓑ Ⓒ Ⓓ	83	Ⓐ Ⓑ Ⓒ Ⓓ
9	Ⓐ Ⓑ Ⓒ	34	Ⓐ Ⓑ Ⓒ Ⓓ	59	Ⓐ Ⓑ Ⓒ Ⓓ	84	Ⓐ Ⓑ Ⓒ Ⓓ
10	Ⓐ Ⓑ Ⓒ	35	Ⓐ Ⓑ Ⓒ Ⓓ	60	Ⓐ Ⓑ Ⓒ Ⓓ	85	Ⓐ Ⓑ Ⓒ Ⓓ
11	Ⓐ Ⓑ Ⓒ	36	Ⓐ Ⓑ Ⓒ Ⓓ	61	Ⓐ Ⓑ Ⓒ Ⓓ	86	Ⓐ Ⓑ Ⓒ Ⓓ
12	Ⓐ Ⓑ Ⓒ	37	Ⓐ Ⓑ Ⓒ Ⓓ	62	Ⓐ Ⓑ Ⓒ Ⓓ	87	Ⓐ Ⓑ Ⓒ Ⓓ
13	Ⓐ Ⓑ Ⓒ	38	Ⓐ Ⓑ Ⓒ Ⓓ	63	Ⓐ Ⓑ Ⓒ Ⓓ	88	Ⓐ Ⓑ Ⓒ Ⓓ
14	Ⓐ Ⓑ Ⓒ	39	Ⓐ Ⓑ Ⓒ Ⓓ	64	Ⓐ Ⓑ Ⓒ Ⓓ	89	Ⓐ Ⓑ Ⓒ Ⓓ
15	Ⓐ Ⓑ Ⓒ	40	Ⓐ Ⓑ Ⓒ Ⓓ	65	Ⓐ Ⓑ Ⓒ Ⓓ	90	Ⓐ Ⓑ Ⓒ Ⓓ
16	Ⓐ Ⓑ Ⓒ	41	Ⓐ Ⓑ Ⓒ Ⓓ	66	Ⓐ Ⓑ Ⓒ Ⓓ	91	Ⓐ Ⓑ Ⓒ Ⓓ
17	Ⓐ Ⓑ Ⓒ	42	Ⓐ Ⓑ Ⓒ Ⓓ	67	Ⓐ Ⓑ Ⓒ Ⓓ	92	Ⓐ Ⓑ Ⓒ Ⓓ
18	Ⓐ Ⓑ Ⓒ	43	Ⓐ Ⓑ Ⓒ Ⓓ	68	Ⓐ Ⓑ Ⓒ Ⓓ	93	Ⓐ Ⓑ Ⓒ Ⓓ
19	Ⓐ Ⓑ Ⓒ	44	Ⓐ Ⓑ Ⓒ Ⓓ	69	Ⓐ Ⓑ Ⓒ Ⓓ	94	Ⓐ Ⓑ Ⓒ Ⓓ
20	Ⓐ Ⓑ Ⓒ	45	Ⓐ Ⓑ Ⓒ Ⓓ	70	Ⓐ Ⓑ Ⓒ Ⓓ	95	Ⓐ Ⓑ Ⓒ Ⓓ
21	Ⓐ Ⓑ Ⓒ	46	Ⓐ Ⓑ Ⓒ Ⓓ	71	Ⓐ Ⓑ Ⓒ Ⓓ	96	Ⓐ Ⓑ Ⓒ Ⓓ
22	Ⓐ Ⓑ Ⓒ	47	Ⓐ Ⓑ Ⓒ Ⓓ	72	Ⓐ Ⓑ Ⓒ Ⓓ	97	Ⓐ Ⓑ Ⓒ Ⓓ
23	Ⓐ Ⓑ Ⓒ	48	Ⓐ Ⓑ Ⓒ Ⓓ	73	Ⓐ Ⓑ Ⓒ Ⓓ	98	Ⓐ Ⓑ Ⓒ Ⓓ
24	Ⓐ Ⓑ Ⓒ	49	Ⓐ Ⓑ Ⓒ Ⓓ	74	Ⓐ Ⓑ Ⓒ Ⓓ	99	Ⓐ Ⓑ Ⓒ Ⓓ
25	Ⓐ Ⓑ Ⓒ	50	Ⓐ Ⓑ Ⓒ Ⓓ	75	Ⓐ Ⓑ Ⓒ Ⓓ	100	Ⓐ Ⓑ Ⓒ Ⓓ

READING SECTION

101	Ⓐ Ⓑ Ⓒ Ⓓ	126	Ⓐ Ⓑ Ⓒ Ⓓ	151	Ⓐ Ⓑ Ⓒ Ⓓ	176	Ⓐ Ⓑ Ⓒ Ⓓ
102	Ⓐ Ⓑ Ⓒ Ⓓ	127	Ⓐ Ⓑ Ⓒ Ⓓ	152	Ⓐ Ⓑ Ⓒ Ⓓ	177	Ⓐ Ⓑ Ⓒ Ⓓ
103	Ⓐ Ⓑ Ⓒ Ⓓ	128	Ⓐ Ⓑ Ⓒ Ⓓ	153	Ⓐ Ⓑ Ⓒ Ⓓ	178	Ⓐ Ⓑ Ⓒ Ⓓ
104	Ⓐ Ⓑ Ⓒ Ⓓ	129	Ⓐ Ⓑ Ⓒ Ⓓ	154	Ⓐ Ⓑ Ⓒ Ⓓ	179	Ⓐ Ⓑ Ⓒ Ⓓ
105	Ⓐ Ⓑ Ⓒ Ⓓ	130	Ⓐ Ⓑ Ⓒ Ⓓ	155	Ⓐ Ⓑ Ⓒ Ⓓ	180	Ⓐ Ⓑ Ⓒ Ⓓ
106	Ⓐ Ⓑ Ⓒ Ⓓ	131	Ⓐ Ⓑ Ⓒ Ⓓ	156	Ⓐ Ⓑ Ⓒ Ⓓ	181	Ⓐ Ⓑ Ⓒ Ⓓ
107	Ⓐ Ⓑ Ⓒ Ⓓ	132	Ⓐ Ⓑ Ⓒ Ⓓ	157	Ⓐ Ⓑ Ⓒ Ⓓ	182	Ⓐ Ⓑ Ⓒ Ⓓ
108	Ⓐ Ⓑ Ⓒ Ⓓ	133	Ⓐ Ⓑ Ⓒ Ⓓ	158	Ⓐ Ⓑ Ⓒ Ⓓ	183	Ⓐ Ⓑ Ⓒ Ⓓ
109	Ⓐ Ⓑ Ⓒ Ⓓ	134	Ⓐ Ⓑ Ⓒ Ⓓ	159	Ⓐ Ⓑ Ⓒ Ⓓ	184	Ⓐ Ⓑ Ⓒ Ⓓ
110	Ⓐ Ⓑ Ⓒ Ⓓ	135	Ⓐ Ⓑ Ⓒ Ⓓ	160	Ⓐ Ⓑ Ⓒ Ⓓ	185	Ⓐ Ⓑ Ⓒ Ⓓ
111	Ⓐ Ⓑ Ⓒ Ⓓ	136	Ⓐ Ⓑ Ⓒ Ⓓ	161	Ⓐ Ⓑ Ⓒ Ⓓ	186	Ⓐ Ⓑ Ⓒ Ⓓ
112	Ⓐ Ⓑ Ⓒ Ⓓ	137	Ⓐ Ⓑ Ⓒ Ⓓ	162	Ⓐ Ⓑ Ⓒ Ⓓ	187	Ⓐ Ⓑ Ⓒ Ⓓ
113	Ⓐ Ⓑ Ⓒ Ⓓ	138	Ⓐ Ⓑ Ⓒ Ⓓ	163	Ⓐ Ⓑ Ⓒ Ⓓ	188	Ⓐ Ⓑ Ⓒ Ⓓ
114	Ⓐ Ⓑ Ⓒ Ⓓ	139	Ⓐ Ⓑ Ⓒ Ⓓ	164	Ⓐ Ⓑ Ⓒ Ⓓ	189	Ⓐ Ⓑ Ⓒ Ⓓ
115	Ⓐ Ⓑ Ⓒ Ⓓ	140	Ⓐ Ⓑ Ⓒ Ⓓ	165	Ⓐ Ⓑ Ⓒ Ⓓ	190	Ⓐ Ⓑ Ⓒ Ⓓ
116	Ⓐ Ⓑ Ⓒ Ⓓ	141	Ⓐ Ⓑ Ⓒ Ⓓ	166	Ⓐ Ⓑ Ⓒ Ⓓ	191	Ⓐ Ⓑ Ⓒ Ⓓ
117	Ⓐ Ⓑ Ⓒ Ⓓ	142	Ⓐ Ⓑ Ⓒ Ⓓ	167	Ⓐ Ⓑ Ⓒ Ⓓ	192	Ⓐ Ⓑ Ⓒ Ⓓ
118	Ⓐ Ⓑ Ⓒ Ⓓ	143	Ⓐ Ⓑ Ⓒ Ⓓ	168	Ⓐ Ⓑ Ⓒ Ⓓ	193	Ⓐ Ⓑ Ⓒ Ⓓ
119	Ⓐ Ⓑ Ⓒ Ⓓ	144	Ⓐ Ⓑ Ⓒ Ⓓ	169	Ⓐ Ⓑ Ⓒ Ⓓ	194	Ⓐ Ⓑ Ⓒ Ⓓ
120	Ⓐ Ⓑ Ⓒ Ⓓ	145	Ⓐ Ⓑ Ⓒ Ⓓ	170	Ⓐ Ⓑ Ⓒ Ⓓ	195	Ⓐ Ⓑ Ⓒ Ⓓ
121	Ⓐ Ⓑ Ⓒ Ⓓ	146	Ⓐ Ⓑ Ⓒ Ⓓ	171	Ⓐ Ⓑ Ⓒ Ⓓ	196	Ⓐ Ⓑ Ⓒ Ⓓ
122	Ⓐ Ⓑ Ⓒ Ⓓ	147	Ⓐ Ⓑ Ⓒ Ⓓ	172	Ⓐ Ⓑ Ⓒ Ⓓ	197	Ⓐ Ⓑ Ⓒ Ⓓ
123	Ⓐ Ⓑ Ⓒ Ⓓ	148	Ⓐ Ⓑ Ⓒ Ⓓ	173	Ⓐ Ⓑ Ⓒ Ⓓ	198	Ⓐ Ⓑ Ⓒ Ⓓ
124	Ⓐ Ⓑ Ⓒ Ⓓ	149	Ⓐ Ⓑ Ⓒ Ⓓ	174	Ⓐ Ⓑ Ⓒ Ⓓ	199	Ⓐ Ⓑ Ⓒ Ⓓ
125	Ⓐ Ⓑ Ⓒ Ⓓ	150	Ⓐ Ⓑ Ⓒ Ⓓ	175	Ⓐ Ⓑ Ⓒ Ⓓ	200	Ⓐ Ⓑ Ⓒ Ⓓ